# huius operis laudes

"Sicut Stephani Berard opus, quod *Capti* inscribitur et anno 2011 in lucem prodiit, ita lectu vere dignum est etiam recens eiusdem scriptoris opus cui titulus *Praecursus: Fabula neophysiologica*. Cuius quidem operis paginis multae fabulae continentur, quae rebus seriis feliciter serviunt et lectorem gratanter detinent. Sive enim sententias seu ipsum huius "fabulae neophysiologicae" contextum spectes, omnia succi atque iucundioris doctrinae plena esse agnosces. Etiam carmina, quae passim leguntur et vividiorem reddunt prosam orationem, nemo est quin admiretur. Concludit volumen opportunus "vocabulorum difficiliorum ac recentiorum index," qui praesertim eos Latinitatis cultores iuvet putantes linguam Latinam non modo Caesarianam et Ciceronianam esse, verum etiam eam, qua diutius atque usque ad hanc aetatem usi sunt plerique homines docti, in quibus etiam propter hoc opus iure adnumerandus est Stephanus Berard, professor Americanus aliarum quoque linguarum peritissimus."

—Victorius Ciarrocchi, Scriptor Latinus

"In ... *Melissae* paginis pluries iam commemoratus est fabulator omnium aequalium nostrorum (saltem qui Latine scribunt) procul dubio uberrimus, Stephanum dicimus Berard, cuius opus *Capti* anno 2010 in lucem editum re vera non fuit unicum, sed primum tantum volumen *Heptologiae Sphingis*, ingens hercle inceptum. Ecce ergo nunc lectoribus proponitur secundus tomus huius seriei, nec minus mirabilis quam primus. Est enim vera fabula Milesia, in qua solutae orationi nonnumquam intermiscentur carmina, ut antiquitus fieri solebat; auctor, qui comoedos et Apuleium necnon Petronium libenter sequitur, etiam vocabula omnis aevi adhibet neque timet, ubi res poscit, neologismos ipse fingere. Bone lector, si scientiam ficticiam amas, gaudebis; si physicam quantalem intellegis, laetaberis; si res mysticas colis, delectaberis. Atque utili indice vocabulorum difficiliorum ac recentiorum, qui in fine libri est positus, iuvaberis. Iam autem nuntiatur tertius liber, *Eos* inscriptus, qui erit de quarti saeculi philosophis Platonicis et christianis. Ceterum iis, qui hanc fabulam iudicabunt lectu difficiliorem, auctor brevem tractatum "De *Heptologiae Sphingis* difficultate" dedicavit. Quicquid id est, admirabilis est Stephani Berard ubertas et facundia: procul dubio unicus est auctor Latinus nostra aetate, qui tam ingens tamque modernum opus exstruat. Et hoc est eximium."

—Gaius Licoppe et Francisca Deraedt, *Melissae* Editores

"Opus singulare singulari ratione a Stephano Berard conditum est. Quis enim aequalis noster Latine scribens lectores allicere valet ad cogitandum quibus modis philosophia Buddhistica cum arte physica quantali congruat? Quis alius tot verba Latina, et ea lectissima, ad eiusmodi argumentum apta invenire potuit? Affirmare ausim Stephanum unicum tale inceptum hoc nostro aevo patrare potuisse."

—Terentius Tunberg, Philologiae Classicae Professor, Athenaeum Civitatis Kentukiensis

# praecursus

*ex heptologia sphingis*

# praecursus
## fabula neophysiologica

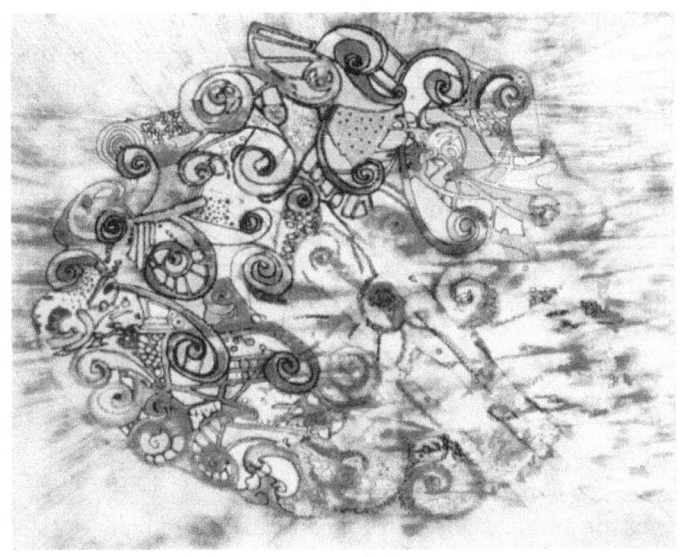

# stephen a. berard

CATARACTA PUBLICATIONS
Clinton, Washington, USA

PRAECURSUS: FABULA NEOPHYSIOLOGICA

Cataracta Publications
4527 Hilltop Drive
Clinton, Washington, USA
stephanus@boreoccidentales.com

*Cover illustration:* Brian Zenk
*Calligraphy:* Oscar Valentin Gillespie Chisholm
*Design and production:* Erica Swanson
*Fonts:* Gentium Book Basic, Amerika Sans and Trebuchet

First Published by Cataracta Publications  09/19/2019

ISBN-13: 978-0-9910049-1-1
BISAC: Fiction / Literary

For more information on the *Heptologia Sphingis* series and other works by Stephen A. Berard, visit **Boreoccidentales.com**.

Mercurio sacrum

"Ambulantī aperītur via."

—Paulus Coelho

# capitum tabula

Omnibus qui mihi in hoc opere condendo umquam sunt opitulati quive animos mihi addiderunt gratas gratias ago, praesertim Ericae Swanson et Victorio Ciarrocchi. Gratias praecipuas debeo et Terentio Tunberg et Marco Riley qui ut quasdam partes opusculi mei magis perspicuas reddendo lectoribus aliquantam misericordiam praestarem hortati sunt.

# ad lectorem

Vndique iam mussant congressī, cāseolīque
  vīnaque mūcida nunc āera sat penetrant;
fēstīvēque agitant, hortantibus īconopōlīs,
  scītī pictūrās iūdiciīs sapidīs.
Absentis (quid agit?) pictōris nōtus amīcus
  īnsolitās tabulās explicat hās variās:
cūnctās abstractās esse ex rē prōrsus eādem.
  "Tantum," aït, "ūnam rem pictitat ille opifex.
Plūribus in pōmīs petit īnsatiābilis ursa
  id quod formīca in sēmine semper avet.
Quem fructum perpurpureum praecoccineumve
  flāvum aut strāmineum aut iūgiter anthracinum
sī quis habet, tenet, ecce, aliquid quō prōiciendō
  in tempus Sphingem plācet et effugiat.
Pictor at intereā pernāvigat ipse colōrēs
  innumerōs inter carcerem et exuviās."

# prologus

in initiō nūllum est initium
praesertim hōs opāciōrēs per hortōs ubi
semper novīs summēque inīquīs
sub condiciōnibus
velut modica cērula domestica
fugāxve flamma acūtula
armōrumve trīstis fulgorculus
puellīve caecus interitus
aliāsve per vicēs perflāre vidēris

cupīdō vel temporis spatiīve vīriumve
omnium fallācissimus est flōs
speciē semper tremulus
ubīcumque forte dispicitur
vērē tamen semper immōtus
tāctuī simul flamma et cinis

id quod hic intimus immō cardiacus
caliculus
est neque est
nusquam dēsinit
nusquam lūcēre olēre crēscere quaerere interīre cessat
quārē nūllus est fīnis eōrum
quae is tandem aliquandō foliīs nesciōquibus suīs
plērumque cēlātīs possit tamen tandem temere
tangere

interitūs ista cōnsilia
interrupta
identidem in sēmet ipsīs arctius inclūsa
hūc illūc flectuntur contrahuntur
vertuntur
quō creantur vīvidae
spīrae speciē involūtae
quae dum alliceris ut intrēs
quārundam plantārum mōre īlicō
dūrēscunt
quō factō tē iam vel astrum fixum nōminās
novōs et apparātūs caelestēs tuōs ingrederis

pernōta illa verba ūsque
radiāns
quasi in fūnere baptismōve

bēstiae illae quae conceptum tuum ōlim
sollicitīs palpāvērunt pedibus
alicubī adhūc
quībusdam forsan lascīvīs cum nūminibus
pōne filicēs arrēctae
restant
subinde tantum totidem lūminum paria
... sed interdum
caput nimis plēnum tuum vīvidae illārum pellī
– sī forte impūne liceat –
etiam magis gestīs remissē affricāre
quō magis omnia tua velut maria perplexa
strepant fremant ex arbitriō ululent
quādam ē conchulā quasi sanguineā
intimā
vixque tibi cōnsciē nōtā

simul dēcantātus
pūnctum vidēris sīve – estō – cuiuspiam scaenae
persōna
sīve, ubiubī licet, stēlla
tōtum splendōrem illum spīnōsum
mūtuātīs pedibus perlūstrās
vel prīmum quasi dīvō mōre
argūta praeter cosmica arbusta –
rādit attamen multōrum
obtūtus acūtus tē
dum ipsī fīdī flōrēs alternīs sē aperiunt
clauduntque
hōrum perīculōrum nēmō'st dēmum accūsandus
semper enim quam iūstissimē falleris
ubīque permūtantur bene nōmina et nexūs
sīcut horrendōrum damnōrum schēmae illae
quamque per calamitātem immānī ōrdine diffūsae

iam comētēs cuius cauda clāra crēscit
cor quodque nunc perstringēns
spērum per ingentia sed tenebrōsa claustra

errās
domum forsan quaerēns vel arcāna
ignōtōs autem nōtōs vidēs hūc illūcque
per ōstia sēcrēta discurrentēs
bis terve pēnsilī sub lacrimārum
candēlābrō
paulō citius tē volvis
comminusque vultum alterīus
prius intuēris quam persōna fīgī
possit
pergit eadem vēra et falsa rērum unda
quae est seu adhūc dīcitur esse tū
quā intus ūsque tam effereris quam
obrueris

in istā silvā quam habitārī nāvē putās
sunt plantae viridēs caeruleae cinereae
pūniceae
fōrmae hīs cēterīsque ā tē tribūtae
nātūram aliquam vēram aut subiciunt aut – sī māvīs –
cēlant
etiam verba ista ōlim
occultō trāmite reperta
iam velut orbī quōrum mātrēs quondam prīdem
– immō mīlliōniēs – surreptae
efficiunt fenestram obsolētē pulchram
fictīciē distinctam
immō speculum ā tōtā tribū tuā
somniātum
quā autem quasi pictā loquēlā – inter alia –
nova gaudia angōrēsque exquīsītōs
quōquō modō fit dēpingās
silvā ēmergentēs sapōrēs ūsque illōs
paene paene cōnsciē
prehendās
dōnec oblīvium viam ultimam reperiat
dōnec cūnctīs tandem in vītibus marcēscās
dōnec cūnctās rādīcēs explōrantēs ipse alās
dōnec cūnctī vēnātōrēs praeda fiant
dōnec noctem dēmum diem esse dūcās
dōnec diem vērē noctem esse sciās
dōnec terrās tuās fictās esse cernās

4

# 1. tempora ista

Iners rōrat per āeris rārum simulācrum lūx sēmistēllāris. Vicem sōlis gerit cinereō in caelō macula quaedam minima quasi caementicia. Ipsa terra pellis est quasi elephantina. Quam ista tūbera pauca ad horizontem – orientālem? an septentriōnālem? ...quid, malum, interest? – sita nihil aliud oculōs quaerentēs cōnsōlātur. Hic tamen nāniplanēta nōn omnīnō sterilis est; nam paucīs tantum metrīs sub superficiē congelātā fūrtīvus calorculus efficit ut bēstiolīs vermifōrmibus cīmicifōrmibusque nōnnūllīs exsistere atque inter sē vorāre liceat. Illa tamen vīs geōthermica māximā ex parte intrā hoc sēmihēmisphaerium cōnstringitur. Cēterae partēs multō minus vīvae sunt. Scīlicet hic orbis misellus est elephantulus apoplēcticus pūlicāriō corde praeditus.

Sub pressiōnis altae synthesī Mymbis vultus glaber glaucusque adhūc parum contentus vidētur dum, digitō quōdam bullam premente, mītis exsolvitur fūmulus. Per tubulum tenuem ōrī labiīs carentī īnsertum Mymb diū īnspīrat. Exspīrat dein fūmulī tepidam undam, quae continuō ex apparātū capitālī exhaurītur. Exsecrābilia ista īnsita chēmica huic vērō fūmō haudquāquam sunt cōnferenda.

Etsī ipsa Mymb vītam incertiōrem interdum agit, ē fōrmā eius biologicā patet saltem hoc: māiōrēs aliquot eius, nōminum iam dūdum expertēs, per stēllārum racēmōs innumerāsque simul aetātēs ē rēgiōne ferē Alpha-Centauricā labōriōsās quondam viās capessīvisse – quod quidem et dē tōtā turmā eius dīcī potest. Generis III hūmānoīdēs, quī manipulātim operantur, ad tālia suscepta quālia hoc exsequenda prō idōneīs habentur. Quam Genus II facilius ad nova necopīnātaque accommodantur; sed, Generī IV dissimilēs, mentēs eōrum coniūnctae nōn sunt – id quod sibi vult eōs inter sē cēlāre valēre, ēmolumentum perspicuum cum alter in alterum sit interdum īnstīgandus.

Mymb dēspicit in lātum nec tamen altum locum effossum sibi custōdiendum. Zenith ibidem suum adhūc exsequēns minimum alteram hōram est perrēctūra, apparātūs complūrēs probāns administrānsque, ea data dēprōmēns quae ē longinquō ac per multiplicia saepta ēlectromagnētica arcessī nequeunt, velut tabulās meteōrologicam sīsmographicamque et speculātōrum roboticōrum commentāriōs, ea īnsuper quae ipsa robota neglexērunt cōram aestimāns, data dispungēns, īnstrūmenta modulātōria omnigena dēnuō aptāns, autodiagnōsium interdum factārum ēventūs simpliciōrēs īlicō pertractāns, pauca illa restantia experīmenta ā Syndicīs, quāscumque ob causās arcānās nefāriāsve, adhūc suscepta cūrāns.

Mymbis haud quidem rēferunt istaec. Dum prō hīs operibus praestentur probī nummulī, ea et Ra4vil tālēs doctiusculōs quālēs Zenithem et Krrrem Heiȳtemque et Paddingtōnem libenter vehunt per haec mictilia systēmata stēllāria ab ipsō dīvīnō Kūhopige iam prīdem, ut vidētur, dēstitūta. Quisnam enim recūsāre potest mūnus cuius rudis nōnāgēnōs tantum annōs ōrdināriōs ēmeritīs dōnātur? Ea et Ra4vil plānē alterum dīmidium splendidum sunt āctūrī ... sīve agere possint sī quandō oculētur ille.

Mymb, cum mentem iterum in Ra4vilem intendit, oculōrum patelliformium in focō opticō pōnit simul Zenithem, quae per variōrum apparātuum oppidulum illud adhūc ōrdinātē dispositēque prōcēdit, interdum ob gravitātis vim minōrem paulō sursum nāns deorsumve. Immō, abhinc īnspecta, magis oblectāmentum puerīle quam homō vidētur illa. Efficācem, officiōsam, affābilem istam Zenithulam, Specillō Fulgentī nūper suffectam, dīligunt plānē cēterī omnēs. Mymb tamen Specillum Fulgēns iam dēsīderat; nam ille, contrā nōmen neutrum, māsculus erat. Zenith fēmina ... immō nimium fēmina. Ac quī dēmum fit ut tālis quālis Zenith māchinātrīx quantālis facta sit? Syndicī eam plānē perperam condūxērunt. Quōmodo enim, praesente bacciballō istō, māsculī mentem in opus intendere possunt?

Istī quidem doctulī quid inter sē faciant nihil prōrsus est pēnsī. Mymb sōlum Ra4vilem cūrat. Misellum Ra4vilem. Cūr tālis fēmella sērius ōcius eum esset turbātūra manifestum est; nec praesertim culpandus vidētur ille quod recentibus hīs septimānīs Zenithī interdum subblandītus est. Sed Zenith eī spēculam ostendere vīsa est etiamsī Ra4vil lūce clārius eius farīnae omnīnō nōn est. Ra4vil multīs modīs Mymbī potius congruit! Zenith manifestō omnīnō aliēnī ōrdinis est. Post hunc sīderum circuitum illa procul dubio allasomorphō alicui artificiōsē splendidō cerebrōque amplificātō sē coniunget. Tālibus enim quālibus Zenithī nīl nisi rārissimum praestantissimumque convenit. Sed, cum praesēns circuitus modo occipitur, cūnctōs sex paene triennium operōsum adhūc manet. Quās strāgēs Zenith eō temporis spatiō efficere possit Mymb nē mente fingere quidem valet. ...Quamobrem iam agendum vidētur! Agendum autem quid?

Mymb, animō iam longē nimis excitātō quam ut in longinquiōre hāc statiōne diūtius manēre valeat, salientibus nunc passibus per modicum clīvum dēscendit in excavātiōnis fundum plānum. Praesidium hoc technologicum, "⊎⊗⊗⊗ØØ⊖" sīve "Situs Algyftius" nōminātum, huius cavī mediā parte positum sēcūritātis saepīmentō cingitur. Dextra Mymbis, caeruleo digitābulō tēcta, proximō īnstrūmentō condūctōriō pellūcidam clāvem cylindrātam īnserit, quō energēticus interrumpitur campus. Extractā clāve, Mymb saeptum cito trānsit īnstrūmentīque oppositō laterī īnserit; quō factō, condūctōriī frōns lūmināque monitōria campum redintegrātum esse mox indicant. Hoc saepīmentum energēticum, tam strictum potēnsque ut mōlēculās findat singulās autem atomōs intervenientēs intrōrsus dēpellat intāctās, fōrmam habet sphaerae perfectae tantum sub terram quantum suprā porrēctam.

Per tōtum hunc triennālem circuitum alium tālem campum energēticum tāleve praesidium, rem plānē plūs quam colossēī pretiī, offendet haec turma nusquam. Immō Sītus Algyftius, paranoïcum longē excēdēns, rēctā in suprāreāle pergit; in abscēdentibus enim cinerāceīs vapōrōsīsque funguntur complūrēs aliī campī energēticī magis ōrdināriī, post quōs exstant et quattuordecim speculae mīlitārēs automatāriae. Sed dē sēcūritāte nōn hīc māximē sed potius proximō in spatiō cosmicō consultum est: satellitēs XXVII tribus in coriīs dispositī, quōrum sēnī, duōbus in coriīs interiōribus sitī, solitī sunt mīlitārēs, scīlicet thermonucleārēs thermoneutronicīque, novissimae technologiae campīs spatiflexīvīs prōtēctī. Externō in coriō diffunduntur per orbitās fortuītā ratiōne sē assiduē mūtantēs quīndecim īnstrūmenta computātōria quantālia quōrum quodque vīs gravitātis inductōrium agit. Inductōrium quodque in hanc pilulam stercoream nāniplanētae intenditur; ac cūncta quīndecim, sī simul operentur, tantam anōmaliam spatitemporālem cōnflāre possunt quanta nōn sōlum suprā dictam pilulam stercoream sed etiam huius systēmatis sōlāris quartam ferē partem ēicere possit in ūniversum alternātum tam rēmōtum aliēnumque ut via hūc redūcēns haud umquam invenīrī queat.

Neque in Sitū Algyftiō neque intrā spatium cosmicum circumiectum, cum animantia nimis incōnstantia esse pateat, vigilat custōs biologicus quisquam. Quod alternīs annīs probātur hoc praesidium ab īnspectōribus organicīs concessum est quibusdam praescrīptīs generālibus foederibusque speciālibus. Quālia ut Syndicī nōn semper solent observāre, ita patet hōs nunc tamen idcircō rēligiōsissimē parēre quod ipsī sōlī tam īnsāna impēnsa nūllō modō sustinēre possint. Sēcūritātis ratiōnēs prōlūsōriae quibus Mymbis turma ūsa est ut in orbitam internam admitterētur trēdecim diēs ōrdināriōs sūmpsērunt. Deinde, ut duābus cymbīs interversōriīs superficiem petere licēret, plūribus diēbus decem opus fuit; quō tempore subtīlissimē, accūrātissmē et, ante omnia, cautissimē agendum fuit cum īnstrūmentīs megacomputātōriīs armātīs longēque minus inclīnātīs in aditum permittendum quam in petentēs īlicō concrēmandōs.

Quibus omnibus nihilōminus sat rotundē gestīs, nihil nunc restat quam ut Mymb et Zenith ad cēterōs in nāve māternā versantēs redeant. Interdīcitur plānē inter nāvigia radiophōnicum aliudve commercium quodcumque; nam, cum sint paene īnfīnītae undārum ēlectromagnēticārum frequentiae, tālia numquam centum centēsimīs partibus sēcūrē fierī possunt. Antequam nāvī māternae ex internā in externam orbitam ascendere liceat, cuiusque huius turmae sociī erit plānē dēlenda recēns memoria. Paenultimā in circuitūs parte, post paene triennium, computātōria nāvālia eōs dē omnibus singulīs necessāriīs iterum certiōrēs facient ... et posteā, ob medicāmina chronamnēsiaca, omnis Sitūs Algyftiī memoria dēnuō atque in perpetuum ēvānēscet. Omnium probātiōnum ēventūs plānē obserātae memoriae computātōriae committuntur ac, nisi rīte ā magistrātibus dēprōmptī, continuō et sine vestīgiīs sē dēlēbunt.

Ipse huius statiōnis aspectus, sī multīs aliīs cōnfertur, nōn est utcumque memoriā valdē dignus: mediā ipsā parte cubus lēvis tamquam speculum, quam Mymb triplō ferē altior; huius ambōbus ā contrāriīs lateribus duo quadra metallica plumbeī colōris cubō angustiōra sed altiōra longiōraque lātō ā latere cubō apposita. Hōrum officium esse scit (vel nunc paulisper) Mymb vim gravitātis intrā cubum exstantem ita temperāre ut campus quantālis cōnstāns stabilisque sustentētur. Vtrumque "quadrum G-moderātōrium" generātōriō quantālī māximō exteriōre parte positō agitur. Post haec, quadrōrum gravitātiōnālium etiam māiōrum pār, quōrum invicem G-generātōria priōribus māiōra hoc māchinārum nōnuplex agmen ambōbus in extrēmīs partibus claudunt. Apparātibus omnium generum horrēns basis moderātōria, ubi Zenith, omnīnō in suum intenta, nunc operātur, ultrā dexterum G-generātōrium extrēmum posita est. Ipsa vīs quā haec omnia aguntur ē quīnque fontibus redundantibus haurītur vel haurīrī potest hōc ferē ōrdine: sōlārī, geōstaticō, bicolōrī, geōthermicō, bimāteriālī.

Super ūnum quodque ex quattuor generātōriīs volvuntur lentius septēnae pinnae cupricolōrēs longiōrēs acūtiōrēsque contrāriōs in circulōs circum magnam sphaeram metallicam venetam. Hī apparātūs superiōrēs quid efficiant nescit Mymb, ut dē hīs per custōdēs computātōriōs numquam certior facta, ... nec, ut vērum sibi dīcat, praesertim cupit scīre. Scit tamen (quamvīs ad breve) hoc: in cubō mediō conditum esse cubum minōrem in quō – vel potius dīcendum est "post quem" – versārī ultima, ut saltem vidētur, Chaotica.

Mymb memoriā bene tenet illud tempus, abhinc trīgintā ferē annōs, quō Chaotica prīmum, plānē variās inter calamitātēs strāgēsque, reperta et aegerrimē inclūsa sunt. Ipsa Mymb, quae id temporis "Mymb Malevola" ā sociīs sēmi-iocōsē appellābātur, sē fontēs commūnicātiōnis pūblicae illō tempore sat avidē, immō, ob perīculum tam horrendum quam vērum, libīdine paene Venereā, secūtam esse recordātur. Chaotica, ut ita dīcātur, digitīs adhaerēre nec facile āvellī nisi aut alterīus in digitōs trānsferās aut propriōs amputēs. Ēvāsit ut Syndicī sociīque tōtam quandam stēllārum celebritātem, ūnā cum innumerīs praesidiīs colōniīsque suīs, sustulerint quō citius magisque rādīcitus contāgiōnem, quam dīcēbant, continērent. Quam Chaotica nihil īnfestius mente concipī potest. Syndicī ea dēnique hōc ipsō aliquantum fortuītō locō supprimere valuisse videntur nōn sōlum ob sānātiōnis saevitiam sed quia Chaotica, etsī quam exitiōsissima, aut adhūc immātūra sunt aut nūllā dum ēvolūtā mente nīxa ... id quod sibi vult ea nihil ā plērīsque Syndicōrum graphīocratīs differre.

Chaotica - quae dēmum nōn ita rēctē nōminantur quia hōc vocābulō proprium eōrum nōn prīncipāle sed potius secundārium quoddam indi-cātur - entia sunt, vel esse videntur, statū quantālī insolitum in gradum īnstabilī praedita: tālium potentium īnstrūmentōrum gravitātiōnālium quālia hīc scatent aperta causa, cum vīs gravitātis, ut dīmēnsiōnem simul zērotinam et ūndecimam cōnstituēns, cēterās decem coerceat. Dē ipsīs autem effectīs chaoticīs - quoad scit Mymb philosophiā nātūrālī tantum tumultuāriē imbūta - sōlum tum agitur cum ista entia fontī cuipiam exter-nō diorismī quantālis rēctā expōnuntur. Attamen in tam validī puteī gravi-tātiōnālis fundō fluxūs quantālis mūtātiōnēs Chaoticīs effectae nōn in hoc praesēns ūniversum sed potius semper in alia ūniversa quantāliter multi-plicāta sē propāgābunt. Putantur plērumque fluxūs quantālēs māximē anōmalī per Chaotica effectī nōn tamen longissimē porrigī solēre. Nōn sōlum Syndicī sed etiam tōta Societās atque etiam longinquum illud "Impe-rium Sagittārium" - quicquid vērē est - īnsolitissimās reālitātēs alternātās per Chaotica, ut vidētur, creātās vīcīnās stēllārum celebritātēs, nēdum cēterum praesentem cosmum, nōn affēcisse, vel nōn magnopere affēcisse, existimant crēdunt spērant. Vērō enimvērō intrā ūnicum cosmum quem-libet, secundum Prīmam Lēgem Trānsāctiōnis, omnēs rēs exstantēs inter sē mūtuō afficiant necesse est.

Cūncta Chaotica per forāmen ātrum artificiāle in perpetuum expulsa esse vulgō crēditur; at - id quod Mymb adhūc tantum paulisper sciet - prīmātēs temptātiōnī resistere nequīvērunt paucōrum captōrum retinen-dōrum ... tamquam sī Chaotica essent lupī quī in indēfīnītum tempus auri-bus tenērī possent. Etiamsī Syndicīs technologia apta ad Chaotica coer-cenda suppetit, ab eō tamen longissimē absunt ut hīs studēre ūsumve eōrum quemquam reperīre valeant. Nē scītur quidem num adhūc aliquā pāscantur ... nēdum quōmodo. Agitātur adeō theōria ea ex metacosmō ali-quō aliī in quō ea sub fōrmā aliquā stabilī vītam magis ōrdināriam dīcendam dēgere, scīlicet in Syndicōrum cosmō exstitisse tantummodo condiciōne aliquā speciālī fortuītāque et incohātā. Ob effectōrum eōrum irratiōnāle conicitur Chaotica nē suspicārī quidem sē alterō cum ūniversō esse coniūncta; hīc ācta eīs dumtaxat subcōnscium somniumve vidērī.

Syndicōrum plānē māximē rēfert nē plēbs, nēdum potestātēs aliēnae, Chaotica aliquot huic cosmō adhūc ligāta esse comperiat. Fāma malignae modicēque perversae quam ipsa Mymb colere solet subitō omnīno absurda vidētur, tamquam vel inter praecipitem populī migrātiōnem coāctam apparātulus sadomasochisticus āmissus, nunc quod dētēctum patet arcānum hoc plūs quam horriferum nimisque vērum. Chaotica tandem plūs sunt quam nōtiōnēs abstractiōrēs ad dūcum mīlitārium politicōrumque segnitiam īnscītiamque dēmōnstrandam aptissimae. Chaotica nōn iam tantum argūmenta īnsulsa rīdiculaque diurnāriīs suppeditant: "Futūrum Chaoticum?"; "Bellum inter Cosmōs"; "Anōmalia Vltima," et ita porrō. Minimē. Entia quae, nisi compressa, sōlō intuitū sōlāve cōgitātiōne cosmum hunc in perpetuum distorquēre possunt intrā arcam nigram istam hōc ipsō temporis articulō sē obscūrē agitant. Nec quicquam sōlātur quod haec perīculōsissima entia quandam in graphīocratīam forte lapsa sunt quae, etsī sēcrēta sat bene servat, cōnsiliīs prūdentiāque numquam fuit īnsignis.

Scientia tamen mox dēlenda mīrum quam tantum tum vēra videātur cum rēctā intuēris. Mente in aliud intentā, haec tālis ānxietās, forsitan quia nōn diū ferendam fore scīs, solitae longiōrī perpetuaeve dissimilis, paene ēvānēscere vidētur. Aut scientia tantum ad breve mānsūra per sē psȳchae minus persuādet quam solita longa aut, sī quis cosmum suum mox forsan collāpsūrum esse scit, mēns, quō longius sit superstes, hoc onus nimis grave quasi sponte sibique parcendī causā āmōlītur. Istaec utcumque sē habent, hoc odium in Zenithem mentem Mymbis sānē efficācissimē distringit. Immō, exitiī pavor inhūmānā cum zēlotypiā mīrē bene congruere vidētur.

Mymb interim, circum tōtam apparātuum seriem iam semel spatiāta, prope Zenithem iterum et campī energēticī conductōrium iam appropinquat. Nunc sē convertit ut Situm Algyftium oculīs iterum ē proximō comprehendat – frūstrā sānē cum quaedam mōlēculae māiōrēs per sanguinem eius fluentēs neura encephalica eius iam parent ut paucīs hōrīs quaedam reāctiōnēs biochēmicae ad memoriam retinendam necessāriae subitō retroagantur.

At quadrōrum illōrum gravitātiōnālium quam iners aspectus! Difficile est crēdere ea quicquam nunc efficere. Sed Mymb ea operārī prō certō habet; nāvis enim propria tālium inductōriōrum quantālium exemplar multō minus simpliciusque adhibet ut minimōs, immō, tantum mīllisecundārum saltūs in superspatium suscipiat. Quae vectūrae ratiō per minima incrēmenta effecta, vulgō nunc "circumscrīptiō" nunc "fraus" dēnōmināta, sinit ut nāvigiōrum cosmicōrum accelerātiō minimum mīliēns multiplicētur. Sī Mymb praecepta īnstitūtaque ā computātōriīs trādita bene intellēxit, flexiōnēs spatitemporālēs quae hīc generantur reciprocae sunt; hoc est, vīs cursusque (aut +G aut -G) secundum prōvocātiōnēs internās assiduē flectī possunt. Quae parametra nunc obtineant Mymb scīre nequit, etsī Zenith dē tālibus sine dubiō per īnstrūmenta certior fierī potest. Sī Chaotica hōc pūnctō temporis resideant, Mymb cubum istum, sī ōstiō sit īnstructus, sine molestiā – praeter forsan chronometrī cōnfūsiōnem aliquam – intrāre possit. Quod sī campus nunc māximam in gravitātis vim positīvam inclīnet, salūtātor temerārius īlicō in spacellōs subatomicōs convertātur.

Zenith, in officium adhūc intenta cēteraque neglegēns, vīs temperātōrium nunc cūrāre vidētur. Apud Zenithem, tam praestantem operāriam, tam perītam, sollertem, perfectam, tam dēnique obscēnam Mymb sibi nōnnumquam, ut nunc, īnferior vidētur. Illa enim ipsum vērum opus cōnficit. Mymb invicem, quamvīs māchinātrīx haud inhabilis, nīl hīs diēbus efficit nisi quod cymbam gubernat cūratque et hīc super nāniplanētam custōdis vicēs gerit, scīlicet sī forte – quod plānē haud vērī simile – aliquid secus fiat. Immō, Mymb aliquid "secus fierī" paene cupit. Quid sī vīs nunc dēficiat cum māior aliqua ex bēstiīs illīs subterrāneīs se ostendat, id est, ūna, sī tālēs exstant, ex probē dentātīs? Et quid sī Mymbis sclopētum lāsericum simul fungī cesset? Vel – paulō vērī similius? – bēstiārum pār quid sī subitō exiēns Mymbem cōgat sē ipsam dēfendere dum Zenith ab alterā perimātur? Quod nōnne ... sit dēplōrandum?

Quae phantasia, quamvīs rīdicula, Mymbī nē subrīsum quidem movet. Iterum conversa campum energēticum exstinguit saeptumque trānsit sē parāns ut apparātum iterum excitet. Prius autem quam hoc facere possit, aliquid fūmī corōnae simile animadvertit prope excavātiōnis marginem inclīnātum, haud longē ā Zenithe. Nisi synthesin pressōriam gereret, oculōs nunc forsan sublātīs manibus fricāret. Simul atque sē fūmum illum vel pulverem vērē vidēre comprehendit, aliquid citissimē humō exit ... immō ... immō ēlābitur. Vermis est ... vel anguis ... ūnus ex organismīs illīs rārīs ad quōs arcendōs adest dēmum saeptum hoc energēticum. Tālia et tanta adesse tamque prope superficiem versārī Mymb haud suspicāta est. Forsan rēapse nōn solent hīc esse. Mīrum autem quam hoc phantasiae modo sponte exortae opportūnē congruit! Immō tam opportūnē ut Mymbī prope obruātur mēns! Pulsibus quatitur cor ... nōn ob metum sed ē mōnstruōsō horrōre quō Mymb ipsa mentis suae cōgitāta subitō intuētur. Quod vigilantis somnium ipsa rēs somniāta secūta est aliquam vim malevolam, prōdigiōsam, aliēnam Mymbī attonitae tribuere vidētur. Ecquid propria vīs imāginandī hoc vīsum ē psȳchēs profundīs arcessīvit?

Friābilī ex humō fūmeā iam contendit caesiī segmentātīque vermis sat longus tubus. Nunc subitō sistit partemque anteriōrem tollit tamquam ut situm cōnsīderet. Illinc ubi anteā nūllum cernēbātur caput oculīve trūduntur subitō sex longī crīnēs albidī aperīturque simul hiātus ōvātus ōrī haud dissimilis.

Zenith, quae hunc advenam līmīs oculīs cōnspexit, vermem prīmō intuētur, dein sē vertēns Mymbem vigilem adesse sibi cōnfirmat ... sine dubiō, ut Mymbī patet, tantum custōdī quam sibi cōnsulēns. Quō factō, Zenith ad opus suum revertitur, nunc apertē levāta cum sē sciat tantum saeptō invīsibilī quantum ā custōde armātā praesentisque bēstiae aequē gnārā prōtegī. Nūllō porrō scientālī studiō huius organismī teneātur illa, cum speculātōrēs roboticī huius sīderis animantia omnia iam dūdum penitus atque in omnibus singulīs indāgāverint et dēscrīpserint.

At subitō mōtū tollitur iterum Zenithis pulchrum caput, concussiōre nunc cōnfūsōque vultū. Quae cōnfūsiō continuō congelātur in terrōrem. Cum enim operātur saeptum, accenditur in conductōriō lūcum venetārum pār; nunc autem fulgent coccineae! Mymbem patet saeptum trānsgressam campum energēticum nōndum iterum accendisse! Ductus ōris Zenithis in persōnam prāvam torquētur – quā persōnā oculī cȳaneī nunc quasi ēminentēs animī affectūs, sī hoc fierī potest, horrōrem excēdentēs exprimunt.

Mymbis manus, clāvis tenāx, inter corpus et claustrum immōta manet – quod manūs domina, nōn iam ita bene domināns, quasi in somniō vel ē longinquō vel in fābulā cernit. Hōc quasi aeternō temporis mōmentō nūlla pollet cōgitātiō magis quam haec: prōrsus fierī posse ut aemula ista subitō ēvānēscat. Tam facile citoque. Nīl faciendum nisi manum aliquot mōmenta temporis sistendam ut via ad Ra4vilem pateat. Īnsertā clāve, quō vermis aut arcēbitur aut perscindētur, sē Ra4vilem forsan in aeternum perditūram.

Hīs scīlicet duās ferē secundās Mymbis mentem perflantibus, laeva quasi sponte manuballistam ērigēns ad vermem versus sclopētat ... magis minusve cōnsultō tamen scopum nōn attingēns. Quod vermis nē animadvertere quidem vidētur dum, trāiectō cōnfīniō, ad Zenithem, trepidissimīs huius mōtibus apertē attractus, fulminis īnstar ruit.

Mymb saeptum clāve suscitat, dein āmentius currēns cymbam petit. Vīs gravitātis tenuis cursum in cruciābile retardat. Pavōrem ... ita, plānē, pavōrem causābitur. Vermem saeptum trānsiisse antequam animadverteret ipsa. Pavōrem sclopētātum oblīquāvisse. Nē intrāret etiam altera bēstia, saeptum ex praescrīptīs iterum excitandum fuisse ... ante omnia situm esse dēfendendum ... quamobrem sē vermem nōn iam sclopētāre potuisse; campōs enim energēticōs quamlibet vim, velut sclopētātūs, repellere. Dē Zenithe iam āctum fuisse antequam aliud cōnsiliī capī posset.

Cum Mymb cōnsistit vertiturque, vermem nunc videt ōs in caelum versus arrēctum tollentem ... et, cylindrātī sub corporis segmentīs tertiō ferē quartōque, tumōrem magnum quā Zenith adhūc hauriātur mōnstrantem. Mymb, īnstinctū potius quam cōnsiliō ūtēns, iam reversa cōnfīnium, exstinctō iterumque accēnsō campō energēticō, trānsit vermemque sub tumōre manūballistā displōdit. Pars antīca, porrēctīs adhūc sēnsōriīs crīnibus, tamquam saxum eōdem cadit ubi Zenith pauca ante mōmenta mūnus suum exercēbat.

Subtīlissimum in vīs gradum aptātō sclopētō lāsericō, Mymb segmenta superiōra cautē secat. Quō factō, effluunt quōquōversus fluida lactea ... et appāret simul Zenithis corpus ... immō huius reliquiae; nam synthesis pressōria, id quod aegrē crēdendum vidētur, iam magnā ex parte perēsa est. Carō, aliōquīn cinerācea, nunc caesia, immō, passim caerulea, per synthesis fibrās tumida ēminet. Nūllō modō adhūc vīvit collēga. Nōn sōlum bēstiae acida dīgestōria mīrē mordācia sed etiam exīlissimae atmosphaerae pressiō minima suum iam fēcit. Mymb propriam synthesin scrūtāns, laus Kūhopigī, nīl acidī reperit.

Paucōs adhūc trepidissima retrōcēdit passūs. Sē revēnisse gaudet; nam hoc culpam tantum minuet quantum brevis fuga prior cōnsternātiōnis adsevērātiōnem firmābit. Et sine Zenithe, ut postulant Syndicōrum normae rigidae cordaque haud mollia, circuitus operārius continuārī poterit. Post quem habēbitur plānē cognitiō, praeter autem imāginēs tam ē proximō quam ē satellitibus factās nūlla forsan erunt maleficiī prōpositī certa documenta. Immō, quod haec omnia tam in apertō ante innumera sēnsōria phōtographica facta sunt ... hoc Mymbī auxiliō fore vidētur. Quis enim sānus caedem tam pūblicam dēsignet? Neque in tabulīs Mymbis inveniētur ūllum īnsāniae indicium. Magnam quidem grātiam eō habet Mymb quod Situs Algyftius in sīderis superficiē positus est neque aliquā absconditā in latebrā subterrāneā ubi sit māior locus īnsidiārum et dubiī. Suspiciōnis fuga ipsa nīmīrum causa fuerit cūr Syndicī, utpote quōrum factiōnēs aemulae et magistrātūs plūs quam aemulī mūtuō inter sē diffīdant, statiōnem superficiālem ēlēgerint.

Inertiae quidem causā omnīnō fierī potest ut in Mymbem animadvertātur ... adeō ut exauctōrētur; sed post longum circuitum Ra4vil eī tam coniūnctus erit ut ōtium eius libenter comitētur. Post reditum erunt sānē

quī mentem eius facillimē legere queant; sed, quoad sciat Mymb, memoria
dēlēta restituī, nēdum legī, nequit. Dummodo Situs Algyftius integer
maneat, ūnīus mors fortuīta absorbērī poterit. Vermis residuum erit plānē
āmovendum – quod nōn facile erit cum nōnnūllī apparātūs sint reliquiīs
coopertī. Propter nūntiōrum radiophōnicōrum commeātum suppressum
in nāvem māternam extemplō revertendum est cum turmā dē purgātiōne
cōnsultum.

Mymb sē ā spurcō spectāculō āvertit saeptōque iterum rīte trāiectō ad
cymbam prōcēdit. Praeter cor turbātē palpitāns omnia perfectē silent.
Quōmodo sē habeat, Mymb, ut nunc animō corporeque longē nimis aliē-
nāta, neutiquam discernere valet. Vt numquam sancta fuit, ita tamen tāle
facinus nē in somniīs quidem admīsit. Ipsa autem – id quod sibi nunc
persuādēre nītitur – nūllīus sceleris est rea; nam strāgēs fēcit vermis. Pavor
dubitātiōque brevis, vōtō subcōnsciō inopīnanter corrōborāta, horrendum
quidem ēventum habuit. At quīnam – prō Kūhopix! – ūnum quemque volātilem animī impetum regere possit quisquam? Culpam quidem aliquam sit
merita, minimē autem homicīdae!

Mymb iam intrā cymbam per claustrum pressōrium prōgressa gubernātōriam sēdem tandem occupat. Ipsa sēdēs se corporī aptāns nōnnihil
prōdest perturbātae. Cōnsōlātur etiam tabulam distribūtiōnis digitīs administrāre. Āvolātus ad astra versus. Sēnsūs accelerandī inopia. Cētera saepta
energētica, cymbae sigla ēlectromagnēticē prōiecta percipientia, sē seriātim – magis velut in scaenā aliquā subcōnsciā quam vērē – permeārī
sinentia. In quadrō monitōriō nāniplanētae superficiēs refuga. Internam in
orbitam adventus.

Praeter caedis cruōrisque squalōrem, Mymb, ut māchinātrīx, acida pep-
tica rōbustissimās māchinās Algyftiās haudquāquam laesūra scit. Accēdit
quod dēfectus quīcumque apparātum perīculī monitōrium excitāvisset,
nec plānē, incidente dēfectū, sēcūritātis campus energēticus expedīrī
potuisset. Igitur crēbra sunt solitae operātiōnis documenta. Sānē – id quod
in tantī mōmentī apparātū omnīnō nōn verīsimile – Zenithis mors aliquam
operum seriem ita dīrēmerit ut, etsī nūlla anōmalia saeptum claudī coē-
gerit, sērius ōcius tamen systēma aliquod labefactētur.

At quōrsum dē tālibus sine causā angī? Nōnne istud morbum, immō –
ad quod ipsa, estō, ex nātūrā inclīnat – paranoiam resipit? Nōnne longē
vērisimilius est, cum ad nāvem māternam reversa cēterīs, imāginibus frēta,
clādem nārrāverit, nēminem fraudem suspicātūrum … praesertim cum
Mymb, dissimulātrīx ēgregia, contrā Zenithem numquam quicquam prōdi-
derit odiī? Vnā cum Heiȳte atque īnstrūmentīs purgātōriīs appositīs ad
Situm redībit. Sēcūritātis systēma nūllum dēfectum dēprehenderit. Operā-

riae alicuius mors nihil ad ipsīus praesidiī computātōria attinēbit. Sine magnā, hoc est, solitā multō māiōre, molestiā discēdere licēbit. Cēterī doctiusculī cēterōs sitūs sine aerumnīs tractāre poterunt nec quicquam māximē mūtātum erit ... nisi quod Ra4vil forsan mox Mymbis erit.

Cymba, ad nāvem accēdēns, tardātur. Nāniplanētae vultus iam nihil est nisi maculārum cinerāceārum līneārumque ātrārum perplexa congeriēs. ...Sed unde istae līneae? Antehāc deerant. Dē sōlis angulō mūtātō agātur. At nōnne hoc sīdus, cuius orbita ab ipsā stēllā longissima, mīrā pigritiā volvī dictum est?

Mymb corpus dēnuō intendī sentit. Quid patitur? Cūr planēta eam spectāre vidētur? Quamobrem, contrā imāginēs in quadrō vīsificō mōnstrātās, sē ā nāniplanētā vērē dēportārī nōn crēdit?

Nunc aliquid perīnsolitum animadvertit. Velōcitātis tabella digitālis saetulīs ātrīs nunc obsita vidētur! Vīsūs dēceptiō? Paulisper haesitāns Mymb manū digitābulō tenuī tēctā tabellam post moram dēnique tangit. Manus statim quasi sponte resilit. Saetās etiam per digitābulum sēnsit! Potest ut ālūcinētur? Angōris culpaeque causā?

Nunc nāvem māternam bene īnspicere impellitur animō. Aptātiōnis gradū 0.2.2. Aliō in quadrō appāret aucta imāgō. Nāvigium proprium quidem esse vidētur, sed nihilōminus paulō ... mūtātum. Propter lūcis lūsum īnsolitum? Forsitan nōn sit mūtātum. Potest ut Mymb nunc aliter videat?

Ē quadrō revocātōs oculōs in cēteram cellam gubernātōriam intendit. Plūra, ecce, nunc horrent saetīs ... passim et māiōribus! Mymb terrōrī ... necnōn et sēnsuī illī alterī, etiam māiōrī, difficillimō autem dēscrīptū ... nōn iam resistit. Torquētur mēns. Haecine efficiunt Chaotica? Sīn autem Mymbī saeptum trānsīre licuit, hoc sibi vult quāscumque anōmaliās eō tempore obtinentēs nūllīus fuisse mōmentī. Tālis autem cuiuspiam systēmatis anōmalia minima nōn ante multōs mēnsēs, immō vērīsimilius nōn ante annōs aliquot in vērum dēfectum crēsceret. Quod sī fieret, īnstrūmenta computātōria quantālia systēma affectum sisterent; ex redundantibus multīs ūnum sufficeret; robota, quōrum omnia organismīs perītiōra, refectiōnis causā accīrent. Etsī minimē vērīsimile vidētur, nōn tamen omnīnō exclūdī potest aliud: scīlicet Zenith vīs coniūnctiōnem inter systēmata redundantia ipsō eō mōmentō temperāre cōnārētur cum perempta est. Fluctus nimius intrā ūnum systēma quodlibet intermissiōnem movēret ... forsan etiam intermissiōnum cataractam omnium quōrumpiam systēmatum coniūnctōrum. Tālis autem intermissiōnum cataracta, ob computātōria quantālia modulatōria quōrum velōcitās mente fingī nequit, rē vērā nōn magis quam septīlliōnēsimam ferē partem secundae dūrāre possit. Chaotica etiam minimīs occāsiōnibus ūtī posse scrīptum est, sed hoc omnem fidem superet! Atque, ob cūncta cētera tūtāmenta haud spernenda, tālis rīmula neutiquam facile citove perfringātur ... nēdum paucīs tantum minūtīs!

Mymb nunc omnia leviter tredipāre percipit. Vel rērum aspectus inter duās versiōnēs alternārī vidētur. In alterā, gubernātōriae cellae aspectus iam nōtus; in alterā, aliquid ... aliud: aut antrum tenebrōsissimum aut conclāve aliquod distortum alterīusve reī pars interior arcānissima. Interdum cessat quidem vīsūs trepidātiō ... sed ita ut haec cella gradātim videātur ... villōsior obscūriorque.

Nec tamen sōlummodo dē vīsū tremulō agitur. Ipsa Mymb sē inter duōs statūs vacillāre sentit. Vnā quāque vice schēma ratiōque nova paulō ēvidentior fit, et Mymb paulō obsequentior. Minus minusque resistit. Pulmōnēs nōn iam tam intentē compelluntur. Immō pectus nunc est rigidius. Terror abstractior. Tabulae īnstrūmentaque sē iam tantum incertē imitantur. Eccentra, villōsa, nervōsa, adeō passim ... cartilāginōsa. Occurrit omnia inter solitam condiciōnem et alteram, obscūrē tremendam, quasi coruscāre.

Occurrit et aliud, quod etiam dēfīnītīvius vidētur esse ... dum glīscit paullātim quasi novae Mymbis pressiō ... dum moventur prōdūcuntur rigēscunt vāscula tubulī textūs. Quid fiat iam clārēscit. Quot annīs saeculīsve mīlliāriīsve annōrum opus sit ut, propter vīs fontem intermissum factā rīmulā, Chaotica tandem ērumpant nihil prōrsus rēfert. Sīcut computātōriōrum quantālium mōlēculīs pertractātōriīs intrā rēgnum quantāle micromicroscopicum tempus datōrum pertractandōrum īnfīnītum est (atque incēdit exiguissima illa pertractātiōnis mora sōlummodo propter apparātum secundārium macrocosmicum data indentem excipientemque), ita entia per sē omnīnō quantālia, cum ēventūs quantālēs nātūrālēs cūncta phaenomena classica sīve "macrocosmica" dicta statim et sine ūllō intervallō cōnstituant, nūllā umquam impediantur sē exprimendī morā. Immō vērō sit eīs tōtīus ūniversī et forsan omnium ūniversōrum tempus praestō ut opportūnitātem necessāriam reperiant adhibeantque. Effectā umquam rīmulā, tālia quālia Chaotica sē aliquandō, seu prōrsum seu retrōrsum per tempus, līberent. Cosmus ille Chaoticīs umquam līber ac memoriā adhūc quādamtenus retentus irrevocābiliter in īnfīnītās illās possibilitātēs quantālēs iam extrā hunc cosmum conditās recēdat. Sīc, eheu, in variās simul partēs et quasi cancrōrum arāneārumve mōre prōcēdant quantālia. Syndicōs stultōs! ... Sed hoc (vel umquam) cōgitāvisse statim paenitet! Vt somnium breve vermem vorācem attulisse vidētur, ita hoc ipsum cōgitātum Chaotica forsan ēlicuisse...!

Iam immūtābilī vultū (hoc adhūc "vultus" est nōminandum?), id quod Mymb quondam alicubī fuit manūs spectat in ātrum, cȳanātrum, saetōsum, praelongum, dūrum, hāmātum nunc trepidāre. Sē ipsam factam esse portam in hunc cosmum, in hanc cosmī nōtiōnem novam, dūcentem intellegit nunc Rēs Mymbica ... quae nōndum omnīno est lībera. Minantur adhūc satellitēs vim gravitātis quae fingī nequit intendere valentēs. ...Mymb autem nōs nova docuit. In nāve māiōre quī adhūc versantur plūra suppeditābunt singula: praesertim scientiam dē mīrīs illīs computātōriīs īnstrūmentīs quantālibus, amīcīs futūrīs. Cum quībus amīcīs novīs sī concinnē, patienter, ex aeternō et in aeternum collocūta erimus tandem aliquandō praevertātur saeptum quodque necesse est.

# 2. Tog I

Tog vocor. Māximam aevī partem paulō ultrā sēnsūs vestrōs, quōs dīcitis, dēgō. Multī ē vestrō numerō mē "superspatium" habitāre opīnentur vel forte quartam quīntamve dīmēnsiōnem. Quod putantēs haud quidem omnīnō aberrent – quamquam, ut vōbīs vērum dīcam, nūllus est dēfīnītus dīmēnsiōnum numerus cum dīmēnsiōnēs, quae dīcuntur, nīl sint nisi rērum aspectūs. Vērumtamen vōs – haud negārī potest – tribus in dīmēnsiōnibus līberē movērī quartā tamen captī ūnicō tantum cursū perpetuō prōpellī plērumque vidēminī – quod sentientēs "tempus" nōminātis. Aequē vērum est mē, ut in quartā omnīnō līberē mōtum eumque sēnsum psȳchologicum "tempus" dictum vicissim in quīntā ferē experientem, praeterita et futūra vestra – hoc certē aliquandō animō complectēminī – tam facile spectāre sīve tam minimā operā invīsere posse quam vōs vel ad mēnsam sedentēs quāsdam rēs modo paululum ultrā oculōrum vestrōrum praesentem iactum positās. [*id quod nunc temere ēvolvere vidēris sērius ōcius propter tē ipsum geōgraphiam fōrmamve vērē ūniversālem accipiet sīcut saliēns dorcas in antrō quondam pictus etiam post generis Hēlmānī finem perpetuō exspectāns.*] Neque negō mē – id quod in quattuor lībertātis gradibus fruente iūstē exspectētur – per parietēs vestrōs ambulāre, circum angulōs vestrōs spectāre necnōn et, sī forte ad hoc faciendum exciter, corporum vestrōrum interiōra facile vidēre valēre. Quibus autem dictīs, longē māxima nōndum dicta sunt; nam ea quae hīc in animō fiunt multō māiōra videntur. Nōs scīlicet, quī tempora vestra tamquam spatia percipimus, ea quae vōs ut sēparāta sentītis ut coniūncta et ūnica experīrī solēmus. Immō nōn sōlum apud vōs quasi omnipraesentēs fīmus, vērum etiam, apud nōs "subiectīvō" "obiectīvum" māximā ex parte conciliātum est. Quae fiunt sentīmus; quae sentīmus fiunt. Vel hoc saltem saepe experīmur, etiamsī, fateor, nōndum omnia ex sententiā prōcēdunt. Dē hōc autem plūra posteā.

Nōs porrō, ut ita dīcam, "līberam" lūcem habitāre vidēmur, vōs lūcem potius retardātam atque in duo latera, "lūcem" et "tenebrās," dīvīsam. Eae particulae lūcis velōcitātem vestram excēdentēs, quās vestrātēs "tachyonia" vocant quaeque, simulatque spatium vestrum sēsquartum attingunt, extinguuntur, sunt nōbīs, ut ita dīcam, ipsa cottīdiāna lūx. Cum igitur mōlēculae cellulaeque vestrae, quās esse rēmīnī, nūdam lūcem sīve "lūcem velōciōrem," ut ita dīcātur, metuere didicerint, verbōrum meōrum significātum plūraque cēlāminī. Attamen quasi pōne mūrum et ultrā lūcum omnia vōs parāta alacriaque opperiuntur. [*animāns vagum aliquod - ecquid tū? - aliquandō per prātum forumve contendēns cōnspicit sē ipsum. is quī pertināx cōnsequī temptat magis magisque ille esse vidētur quī volūbiliter antecēdit. nec suspicātur quidem - nec suspicāris tū - inter crēbrās illās līneās ubīque imāginā-riās cōnsimilibus mōmentīs regī et corda et aestūs et sīdera.*]

Id quod ego ā tē nunc postulō - mē paenitet - verbīs vestrīs clārius exprimī nequit. Tē nōndum penitus comprehendisse nec malum est neque omnīnō vērum. Omnia tandem perfecta sunt, et quod hoc legis tē iam ad discendum bene parārī indicat. Tē haud culpō, sed potius prōvocō ... prōvocātiōne sēriā quidem. Immō vērō et ipsās corporis tuī cellulās ac systēma istud neuricum prōvocō ... sīcut et mōrēs tuōs leviōraque dēlicta, tantum tōtam historiam quantum futūrōrum spem. Pauca nunc ratiōnis cōgitandī dīlātandae causā praemittam.

Saxum dē rūpe eō cadere crēdis quia terra sustinēns erōsiōne solvātur, spatiī curvātūram dēlābātur efficere; aequē tamen vērē dīcātur spatiī illam curvātūram ob māiōrum corporum, velut terrae, vim expulsōriam saxum tum sursum prōpellere cum, ob integrātiōnis prīncipium, satis multa terra retinēns ex alveīs fossīsque in rūpe accumulētur. Ēventa per tempus utrō-que prōcēdere videt quī dē locō, ut ita dīcam, satis "ēlātō" observat. Hoc tibi procul dubiō, ut inclīnātiōnī biologicae entropicaeque tuae renītēns, rīdiculum vidētur; at mē nōn iocārī prōmittō. Etiam firmius dīcātur saxī mōtum illum esse radium vectōrem prōrsus ancipitem velut vectem vir-gamve cuius ambōs fīnēs mūtātiōnēs energēticās (gravitātiōnālēs/contrā-gravitātiōnālēs) inter sē contrāriās efficere; immō, crēdās nōn crēdās, tālēs virgās ambiviās in "superspatiō" - quidnī hāc vōce interim ūtar? - ad varia agenda ūsurpārī posse.

Istae quoque vōcēs *spatium* et *spatiālis* vōs in errōrem indūcunt ut nōn id significantēs quod vōbīs dīcere videntur; nīl enim est *spatium* nisi statuum energēticōrum signum ... sīve, ut verbō tibi nōtō ūtar, ἀγγελία.[1] Vōs spatium ut intervallum holographicē prōiectum neque ut pūrae īnfōrmātiōnis lacūnam virtuālem experīminī quia ut rēs sīc perciperet ēvolūta est ea cōnstructiō (aequē virtuālis) quam "corpora" "cerebra"que vestra nōminātis.

[*quod ego hoc dīcō mea umbramque meam sērius ōcius "interimit" tuaque, dum audīs, similī modō ūsque "interimuntur." omnēs omniaque, ut scīs, perpetuō interimur ad proxima pergendī causā. hoc scīlicet compitum est quod, cum sit*

---

[1] Hoc verbum est forsan ut *īnfōrmātiō* reddendum. (*Vidē Excerptum Alterum.*)

*penitus ūniversāle, nūllum iam est compitum.*] Adfirment philosophōrum vestrōrum multī "entropiam" temporis ratiōnem propriam et cursum dēfīnīre. Sīc nempe loquuntur animantia chronocentrica ob corporum propriōrum reāctiōnēs chēmicās monodromicās statūs energēticōs semper minōrēs sponte petentēs. Sīc loquuntur quī suīs condiciōnibus commodīsque omnia mētiuntur ... tamquam sī lūgubrēs vītam per sē trīstem esse adsevērent. Omnis temporis experientia subiectīva est. "Tempus" exstat dum exstat cupīditās dēsīderiumve.

Sunt animantia quōrum vītae cursus temporālis vestrō discrepet. Multa super vestrum ipsōrum planētam vīventia per vōs, quasi nōn adsītis, trānseunt ut omnīnō alia videntia, alia cupientia, alia facere gestientia quam vōs. Vndārum frequentiae vestrae et illōrum inter sē māximā ex parte discrepant. "Mōlēculae" vestrae et illōrum, ut plērumque mūtuō inconvenientēs, prope numquam inter sē tangunt. Interdum ea vōs praetereuntia tamquam ē līmīs cōnspicitis; sed, cum nihil ad vōs attineant, cerebra vestra ita ēvolūta sunt ut illōrum vestīgia leviaque murmura, nauseolam vōbīs utīque moventia, prōrsus obstruant. [*sōl est fenestra fervēns numquam nōn tibi aperta per quam cum ōlim trānsieris cum cūnctīs quī nōn iam mera phantasmata tibique cōnsimilia sunt tandem fīdenter conversārī valēbis. item solita ista vōx nocturna tua per arborēs intimē opācās āĕraque serēnum invīsa fluet velut folium, velut foliī coniectūra. hīs omnia tua fore ut resistant nunc perperam exspectās.*]

Quī superiōrēs dīmēnsiōnēs habitant causās effectaque in omnēs quae fingī possunt partēs, quās "suprādīmēnsiōnālēs" dīcerēs, tendī vident tamquam trīlliōnum sīderum radiōs lūminōsōs inter sē ubīque secantēs. Necdum, dē radiīs vectōribus temporālibus loquēns, quicquam adhūc dīxī dē ipsīs undīs quantālibus incrēdibiliter crēbriōribus, tōtōrum cosmōrum creātrīcibus, quās omnium prōvectōrum populōrum philosophī numerō dēmum īnfīnītās esse repperērunt. Imāgināre tibi vel undārum ēlectromagnēticārum plūrimās frequentiās quārum vōs vērē tantum, ut ita dīcam, microscopicam fasciolam ut "lucem" dictam percipitis. Imagināre dein et mundum vestrum et omnia quae vēra esse crēditis quādam ē frequentiārum nōn ēlectromagnēticārum sed potius quantālium fasciolā cōnstāre, suprā et īnfrā quam fasciolam extendī utrōque nōn permultās sed potius numerō īnfīnītās aliās. Animantia quōrum mundus vel "reālitās" vestrīs frequentiīs proxima est vōs percipere nōn solent, neque vōs ea. Propter autem undās quantālēs adsiduē paulum fluctuantēs (sīc enim exoriuntur omnēs "rēs" vel potius rērum simulātiōnēs) ac nōnnūlla animantia frequentiam ē nātūrā paulō mūtāre valentia vōs interdum, aliēnīs illīs quasi clanculum praetereuntibus, quasi folium prope aurem increpāre aurulamve genam perstringere incertē sentītis ... rārissimō ea et vidēre et tangere potestis. Ea vōs etiam nōnnumquam terrent. Sī officia corporum vestrōrum melius temperāre possētis, cum aliēnārum frequentiārum incolīs multō saepius et efficācius conversārī habērētis. Sed hoc dissuādent rēctōrēs vestrī. Quamvīs philosophīs vestrīs nōta sit quantālium undārum īnfīnīta seriēs, rēctōrēs omnem contāctum cum vīcīnīs frequentiīs eā causā respu-unt et lūdificantur quia ipsī eās regere nequeunt. Sōla ea probant quae regere possunt; ergō ultrā iacentia semper improbant.

Iam quidem satis cōnsciī estis cēterōrum animantium in eādem ferē frequentiārum quantālium fasciolā vōbīscum vīventium et secundum eun-dem ferē radium vectōrem temporālem cupientium (quam vōs tamen saepe plūra vel alia sentientium): velut canium vestrōrum fēliumque et cervōrum, leōnum, bovum, mustēlārum microbiōrumque necnōn et corpo-rum vestrōrum cellulārum ac mitochondriōrum; sed mundus vester multō plūribus animantibus scatet quam vōbīs vidētur, quōrum quaedam vestrā-tibus perquam perspicāciōra.

Nē multa, quō plūrēs sentiuntur "dīmēnsiōnēs," eō plūrēs perspiciuntur "animī," plūra "animantia." Mundīs nostrīs et nōbīsmet ipsīs aequē innā-mus omnēs. Vel animantia "superspatium" dictum ūnā mēcum inhabitan-tia in duōs gregēs dīvidī possunt: indigenārum et advenārum. Vt vērum autem dīcam, sunt hōrum complūra genera. Permultī sunt quī plērāsque rēs in superspatiō sitās ut quadridīmēnsiōnālēs percipiant. Hīs videntur rēs ternārum dīmēnsiōnum potius abstractae, ad geōmetriam artēsque ēlegan-tēs ūtiliōrēs quam ad vītam cottīdiānam ... sīcut vōbīs bidīmēnsiōnālia vestra. Ipsae quaternārum dīmēnsiōnum rēs tibi plānē nauseam moveant; nam, quamvīs immōtae, oculīs vestrīs nihilōminus perpetuō quasi dīlābī vel fluctuāre videantur. Eās oculīs bene fīgere nequīrēs. Vt angulī rērum tridīmēnsiōnālium vīsum tuum obstruunt, ita quadridīmēnsiōnālia, cum circueās, alternīs omnīnō creārī dēlērīque videantur. Simplicius hoc dīcere nequeō.

Plēraque quae faciunt omnīnō quadridīmēnsiōnālēs vōbīs quasi magicē fierī vidērentur. Propter rērum vincula undique in cōnspectum venientia itinerantēs illī vōbīs videantur vel quasi ā planētā in planētam ambulāre. Aegrōtantium valent etiam, porrēctīs manibus membrīsve appositīs qui-buslibet, interiōra nōnnulla sānātiōnis causā tractāre. Eōrum porrō facē-tiae sunt nonnumquam terrōrēs vestrī, taedium eōrum pulchritūdō vestra. Magna vestra eī saepe parvī habent; magna eōrum vōbīs vicissim imperspi-cua arcāna absurda videantur. Dīmēnsiōnēs dīversae, tametsī nīl aliud nisi dīversī modī rērum aspiciendārum, nihilōminus barathrīs inter sē disiungī fallācēs videntur; animī enim intervalla sunt omnium māxima. Sunt adeō quīdam indigenae quadridīmēnsiōnālēs – scīlicet nōn in quartā sed in quīntā dīmēnsiōne "tempus" subiectīvē experientēs – quī animantia tridīmēnsiōnālia vel potius "sēsquarta," sīcut vōs, nisi forte sēnsū aliquō theōrēticō, exsistere negent. Equidem hī paucī, quō nīl gravius dīcam, mihi nimis superbīre videntur.

[*"umbrās," vērum ut dīcātur, multō minus metuis quam umbrārum tuārum cōnsilia. cum ē saxī tuī rīmā prōrēpēns caelum īnfīnītum tandem obstupefactus contemplās, circulus ille grandis mente exinde retentus cūncta quae fingī possunt complectī vidētur, dōnec ultimam contrahitur in, verbī grātiā, precem. tunc, in extrēmīs, nec iam verba nec pictūrae quicquam dīcunt. ipse incōnsultō displōditur tēcum āēr. nova intrāns ūsque spīrās agis cum māiōra quae adduntur simpliciōra prīmō convolvant. quae convolūtiō tamen tandem aliquandō sentīrī dēsinit. "vītam" agis, "rēctā" pergis.*]

Sēnsū paulō trānslātō ut loquar, nōbīsmet ipsīs nōn sōlum "prōrsum" per tempus sed etiam "in oblīquum" movērī vidēmur ... hoc est, sī condiciōnēs nostrās vestrīs cōnferimus. Vōs tempore vestrō quam nōs nostrō multō magis cohibēminī. Nōs sumus mōbiliōrēs, causaeque efficientēs paulō māiōre apud nōs pergunt circuitū. Nostrum plērīque, vel quoad sciam ego, quamquam singula Quanta hauddum rēctā temperantēs, campōs quantālēs ideōque ēventōrum flūmen tamen paulō – interdum vel etiam multō – habilius quam vōs adhibēre habēmus. Eī quadridīmēnsiōnālēs quī quam integerrimō mōre vīvunt tantum "oblīquē" quantum "prōrsum" prōcēdere possunt. Rērum ēventūs optātiōrēs mīrissimum in modum collēctōs coniūnctōsque congruere facere valent. Secundum indolem arbitriumque proprium reālitātēs explicāre valent quae, sīve ob cōnstantiam sīve ob pulchritūdinem sīve ob acerbitātem, vestrātēs īlicō obruant. Entropiam, cui plānē ut adhūc biologicī perpetuō resistere nequīmus, multō tamen māiōrem in gradum quam vōs vel ad tempus ēlūdere sciunt. Vrbēs eōrum nōnnumquam decēnās mīlliōnēs annōrum dūrent sī "annōs" habeant.

Nēmō animāns ūnicā quāpiam dīmēnsiōnum ratiōne omnīnō continētur. Mēns subcōnscia vestra, ut ita dīcam, velut turbātiō radiophōnica nostrātibus passim affertur. Somnia vestra nōnnumquam ad nostrātēs permānant. Immō vērō vōs in somnō sed iam nōn somniantēs etiam magis ad nostrātēs appropinquātis. Tālibus temporis mōmentīs sunt ē nostrō numerō quī vōs etiam alloquī possint; vōbīscum tamen sīc commūnicāta experrēctī oblīvīsciminī sīve perperam intellegitis sīve somniīs cōnfunditis. Mortuōs (mors est dēmūtātiō phasica) paulō facilius est nostrātibus adīre vestrātēs cum eā condiciōne ūtentēs paulō minus īnsānīre videāminī ... tametsī vītā tridīmēnsiōnālī etiam tum nimis pendēre solētis plērīque. Apud nōs est in prōverbiō vōs mortuōs praesertim esse celebrandōs tuen dōsque – quod haud sciō an rēctē dīcātur. Num quis nostrātēs mortuōs invicem tueātur haud prō compertō habeō neque, ut mihi quidem vidētur, hoc scīre possum; quāre agnōsticam plērumque in opīniōnem inclīnō.

Vultūs vestrōs contemplantēs variās cuiusque vītās simul vident nostrātum permultī: hīc quās seriātim agī opīnāminī, hīc quās ūnicās et sēiūnctās. Aspectūs angulum mūtandō dīversās vītās, multiplicēs fōrmās vestrās tamquam inaequābilis vitrī colōrēs refrāctiōnēs repercussiōnēs dispicere valent. (Immō, quod sciam, praeter mē sociōsque paucōs meōs hoc possunt omnēs.) Nostrātum nōnnūllī nātūrā speciēque vestrā valdē tenentur; plūrēs autem, vērum ut fatear, vōs nōn valdē cūrāre videntur. Hīs vērō idcircō nōn sum adnumerandus quia aliquot vītae partēs tribus dīmēnsiōnibus nūper coercitus, hoc est, inter vestrī similēs nūper conversāns ēgī-agō-agam.

Potest ut nunc vōs interrogētis num sīc bidīmēnsiōnālia experiāminī ut nōs tridīmēnsiōnālia. Āiō, quamquam pictūrās adumbrātiōnēs chartās indicēs tabulās quadra ichnographiās cēteraque tālia vestra tractantēs quid vērē faciātis vōs fugere solet. (Haec quae vōbīscum commūnicō quō et quōmodo afferantur clārīs oculīs perspiciō quippe ut vōbīscum praecipuā quādam ratiōne coniūnctus; quārē modī quibus vestra gerātis atque administrētis mihi sat bene sunt nōtī.) Immō vōsmet ipsōs, modō peculiārī vestrō, cum secundae dīmēnsiōnis somniīs cottīdiē quōdammodo colloquī tantum rārō animadvertitis. Animantia inibi habitantia praesertim cadūca sunt et timida. Factīs vestrīs, ut quasi tumultuāriīs, saepe aut cōnsternantur aut obruuntur. Interdum autem sat caventibus vōbīs vītās suās aliaque īnsusurrant ... etiamsī susurrāta ipsī vōbīs fingere vidēminī. Multa ex eīs quae vōbīs dētegunt apud vōs vel pulchrīs artibus tribuuntur. Etiam plēraque sculpta vestra nīl sunt nisi nōtiōnum sēnsuumque potius bidīmēnsiōnālium fictīciae congeriēs ... plānē nisi haec moventur velut ballēmata vestra. Vērum sunt passim et entia bidīmēnsiōnālia quae sē in mundum vestrum suō Marte intrūdere cōnentur. Haec, ut paene semper mūta, imprīmīs oculōs manūsque vestrās alloquuntur, vōce vidēlicet carentia.

Cūr ego animōs vestrōs vīvōs vigilantēs sānōs potius quam somniantēs dēlīrōsve mortuōsve adeam compellemque rogās? Respondeō haec: mē, ut īnsolitō quōdam mōre ē tertiā in quartam dīmēnsiōnem quōdammodo "nātum," mundō vestrō adhūc esse nōnnihil dēvinctum, vestrī ipsōrum mīrē studiōsum; condiciōnem meam dēmum īnsolitissimam; partem meī adeō ad vōs redīre interdum cupere. Haud sciō an praemātūrē hūc, in Quartam, vēnerim quasi vel anima cui ante prīmam Hēlmānam vītam imprūdenter adsūmptam adhūc aliquot plūrēs canīnae sīminīnaeve essent potius agendae.

Sī forte animās inter corpora migrāre nōn crēdis, alia plānē occurret similitūdō. Et ipsa animārum "migrantium" nōtiō sēnsū utcumque trāns-lātō nītitur cum tempus rē vērā nōn exstet neque igitur quicquam vērē "migrāre" possit. Rem itaque ex arbitriō cōnsīderā; nam, quōniam secundum lēgem quantālem megacosmicam omnia, etiam vērī dissimillima, aliquā vēra sunt, quaevīs vēritātis nōtiō nostra aliquātenus dēmum ambigua ēvādit; ūnica enim Vēritās illa immūtābilis nec sēnsibus corporālibus patet nec verbīs exprimī potest ... etsī oblīquē arcānēque innuitur vel sub-significātur. Sunt autem in ūnō quōque animantium intellegentium coetū vēra cum ūtiliōra tum minus ūtilia, atque in meō saltem satis valet "migrātiōnis" nōtiō.

Rogās etiam cūr hōc ipsō paulō īnsolitō modō[2] vōs alloquar nec rēctius vōs adeam? Sunt utīque nostrātēs quī inter dīmēnsiōnum ratiōnem nostram et vestram facile trānseant – quod fierī licet, ut vidētur, modīs dīversīs: hinc ope technologiae externae, illinc internae. Externā technologiā adsuētī campōs ēlectromagnēticōs adhibent ad minima forāmina ātra-alba (hoc est, "ātra" ubi intrantur, "alba" ubi relinquuntur) ita parallēla reddenda ut fiant inter ambō spatiī genera firmiōrēs trānsitūs sīve cunīculī. Quī hōc modō trānseunt sē ad aliēnās condiciōnēs – velut atmos-phaerae, radiātiōnis, vīs gravitātis et ita porrō – technologicē praeparāre et īnstruere dēbent. Internā autem ūtentēs technologiā ad novum locum semper quasi sponte parātī aptātīque perveniunt. Hoc autem technologiae genus, quod vestrātēs vel "psȳchicum" nōminātūrōs nōn tantum coniciō quantum sciō, hōc locō expōnere et explicāre longum sit. Mihi utcumque, ut adhūc advenae necdum, ut vidētur, firmissimē quadridīmēnsiōnālī (post cētera nārrāta et explānāta melius assequēris haec omnia), utrōvīs modō inter mundōs trānsilīre temptantī interim perīculōsum fore vidētur. Etenim cum mē ipsum contemplor – quod ut in mundō meō faciam nūllō sānē ūsus est speculō – vītae meae (sīve forte vīta mea identidem et per-variē repraesentāta) quasi orbulī sīve pauperēs innumerī mē indigenter respiciunt. Sociī meī penitus quadridīmēnsiōnālēs novōs incolās hoc patī solēre adfirmant, nec quīn rēctē dīcant dubitō: "praeterita" illa tamen minōris mōmentī sēnsim fierī; vincula vōbīscum et cum illō longinquō "mē" quōdammodo gradātim vel dēminūtum īrī vel potius immūtātum īrī – quod, ecce, rē fierī iam sentiō.

Īnfāns (nec tamen nātus sum sed potius ... dīcāmus mē in "hortō" esse genitum) īnstructus sum ad "praecursūs" in superspatium faciendōs ubi,

---

[2] Vidē īnfrā.

quōvīs modō possem, speculārer. Ā pueritiā māximam vītae partem in quartā dīmēnsiōne līberātus dēgī. Adulēscēns hīc iūgiter versārī coepī. Exstābat etiam apparātus implicitus quō hologramma meī tridīmēnsiōnāle (hoc est, quod tribus tantum in dīmēnsiōnibus sē līberē movēre licēbat, ūnicō autem cursū, scīlicet per tempus, in quartā) in circumiecta tridīmēnsiōnālia interdum prōiciēbātur ut cum sociīs praefectīsque artificiāliter conversārer. Tālī modō praecavēbātur nē mēns corpusve ad superspatium iam aliquātenus accommodāta quicquam dēsuēscerent. Etiamsī in "quartā D" sīve "4D," ut dīcēbāmus, manērem, "3D" tamen, ut ita dīcam, rīmābar, ac per hologramma meum omnia quae ibi percipī poterant sentiēbam. Quamquam temporis sēnsus noster tridīmēnsiōnālium temporī nōn congruēbat, praefectī nostrī, Veda nōminātī, nōs tamen velut cingulō ita dūcere sciēbant ut semper tempestīvē eōs adīre et ab eīs adīrī possēmus. Quod quōmodo māchinārentur tunc temporis nesciēbam. Dē hīs plūra sequentibus nārrātiōnibus certē ēminēbunt.

Ad nihil saepius in 3D arcessēbāmur Praecursōrēs quam ut, mīrum dictū, convīvia participārēmus. Veda enim nūntiōs ad mūnus nostrum attinentēs tāliaque alia permulta rētī nostrō neuricō rēctā indere poterant; sed "Societās" – ut Veda id imperium tunc appellābant quod ōlim Sagittārium nōminātum erat ... et cui "aevō meō" mīlia quoque aliōrum titulōrum tribuēbantur – cūnctīs rēbus antepōnēbat convīvia.

Lntācha facta est aliquandō coniūnx mea. Haec quoque plānē Praecurstrīx erat. Aliter nempe fierī nequīsset. Etiamsī ex sōlīs septendecim Praecurstrīcibus ēligere mihi licuerat et Lntācha ē maribus nōn plūribus trēdecim, inter nōs mīrum in modum congruēbāmus. Immō omnia Praecursōrum paria ita concorditer vīvēbant ut etiam hāc in rē māchinātiōnem aliquam Vedicam, quamvīs benevolam, suspicārēmur omnēs.

Magis minusve sponte atque ex propriō arbitriō "superspatium" perlūstrābāmus, comitantibus semper Speculātōriīs īnstrūmentīs nostrīs Vedicīs quae nōs sustentābant custōdiēbantque necnōn et cūnctās rēs gestās nostrās memoriae trādēbant. Cum "Quartānī" genuīnī nōn essēmus, hoc est, cum ē superspatiō nōn essēmus oriundī, necesse erat īnstrūmentīs Speculātōriīs nōs adsiduē adiuvāre ad indita superspatiālia nōbīs accommodanda – scīlicet ut quartam dīmēnsiōnem spatiāliter potius quam temporāliter sentīrēmus et quīntam vicissim temporāliter. Dīcēbantur cerebra nostra iam octōgintā ferē centēsimīs partibus aptāta esse ad superspatium cottīdiēque paululō magis aptārī. Ipsa Speculātōria nōn sōlum 99.8% aptāta sed etiam suī cōnscia erant. Hoc est, Speculātōria erant Veda speciālis ōrdinis. Veda manifestō quartam dīmēnsiōnem spatiālem suō Marte explōrāre potuissent; sed plūs suscipiēbant quam tantummodo explōrātiōnem, nam nīl magis cupere vidēbantur quam ut organismōs biologicōs ad superspatium adaptārent. Quod facientia ea haud sciō an technologiam illam "internam" suprā dīctam, "biofōrmīs" – quō nōmine animantia biologica significābant – omnīnō propriam, cōnsectārentur ... cuius autem volūbilis technologiae internae eō tempore cum Vedīs adhūc īnserviēbam nē vestīgium quidem vīdī.

(Lēctor hōc locō forsan iterum admonendus est mē *eō tempore* tālēsque aliās locūtiōnēs temporālēs ūsurpantem nōn prōrsus idem dīcere velle quam vōs. Plūra utcumque legendō plūra, hīs passim obrogantia hōc autem "tempore" nōndum dētegenda, experiēris. Cūncta ardua sēnsim.)

Speculātōria, ex solitō quidem spatiī genere oriunda, programmatīs tamen logicīs penitus quadridīmēnsiōnālibus nītēbantur; armātūra tridīmēnsiōnālis intrā superspatium sat mīrē, immō, pulchrē dīlātābātur in quartam dīmēnsiōnem spatiālem velut īnsectōrum appendicēs expānsilēs – quod efficiēbant nōn partibus in antecessum parātīs īnstructa, quod haud sciō an fierī nequīret, sed potius nova membra prius dēsignāta in superspatiō dē integrō atque ingeniōsissimē cōnstruendō. Haec Speculātōria ita concinnāta erant ut ex ipsā īnfantiā nostrā programmata apparātusque sēnsōrius eōrum in omnibus minimīs singulīs ad corpora nostra aptārentur.

Cum corpora nātīva tridīmēnsiōnālia, tālia quālia sunt neque artificiōsē temperāta, lūcis velōcitātem excēdere nōn possint, ante ūnum quodque animāns sublūmināre porrigitur possibilitātis "cōnus" quattuor per dīmēnsiōnēs aequābiliter accrēscēns prout in futūrum tempus versus pergit. (Hoc ut intellegās, imāgināre tibi sine cūrā possibilitātis cōnum symbolicum tridīmēnsiōnālem; nam cerebrum tuum fōrmās quattuor dīmēnsiōnum nōn amplectētur.) Quō "cōnō" continentur omnia loca quae vestrum quispiam, ut sublūmināris (sīve sēquartidīmēnsiōnālis), umquam, sub lūcis velōcitāte contendēns, assequī poterit. Cēterus cosmus, scīlicet eius longissimē māxima pars, ut cōnō exclūsus, ultrā ictum vestrum fuit et est et erit. Veda autem id impedīmentum quod est lūcis velōcitās nōn sōlum, sīcut multī, cunīculīs spatiālibus solitīs partim superāverant, sed etiam alterā quādam methodō etiam mīrābiliōre. Adsevērābant enim sē māteriam sublūminārem in tachyonicam (sīve suprālūminārem) convertere posse neque hoc, contrā philosophōrum nātūrālium generālem opīniōnem, īnfīnītam vīs cōpiam postulāre; quīn potius ope cunīculōrum spatiālium-superspatiālium vī negātīvā effectōrum sē corpora biologica inter ambōs hōs māteriae statūs, sublūminārem vestram et tachyonicam nostram, prope velut epistomiō ēlectricō, ex arbitriō vertere valēre. Attamen nēmō mihi nōtus quōmodo tālis inaudīta structūra stabilīrētur vel dīvināre poterat. Quis autem organicus artem physicam Vedicam, etiamsī cūncta illa immānia archīva tabulaeque eōrum nōbīs omnibus patēbant, mente complectī posset?

Fatēbantur quidem ipsa Veda – neque hoc valdē mīrābar – sē statūs tachyonicōs investīgantia prīma Speculātōria in superspatium eā causā quondam immīsisse ut longissimē contrā ipsīus cōnī quattuor in dīmēnsiōnibus ante sē accrēscentis cursum tenderent, scīlicet ut itinera nōn sōlum quadridīmēnsiōnālia, hoc est, temporālia in praeterita propiōra facerent quō firmiōrem redderent Societātem sed etiam ut ūsque ad prīmordia rērum pergerent tōtīus cosmī "commodius īnstruendī" causā; ēvāsisse tamen ut superspatium contrā spem contortum, involūtum, obstinātum, aegrē tractābile esset necnōn et refertum animantibus novīs entibusque arcānīs. Immō, methodō "externā" aegrē perfectīs nōnnūllīs itineribus temporālibus breviōribus, tandem longē māiōrem spem facere vidēbātur illa technologia "interior" quā ūtentēs ipsī organismī biologicī, potius quam mēchanicī, inversa itinera temporālia crēbriōra longiōraque perficere dīcēbantur. Hoc est, prīmum officium nostrum erat superspatium explōrāre; alterum autem et māius, quamvīs nōbīsmet ipsīs nōndum (vel sollemniter) patefactum, Speculātōria nostra ad internam illam technologiam fāmōsam sed simul occultam fugācemque, sī fierī poterat, dūcere; nam rēctissimē dīcitur cūncta regere quī praeterita.

Prīmitus inter bīnās dīmēnsiōnum ratiōnēs identidem ultrō citrōque trāiectī sumus atque utrubīque probātī. Dum per cunīculum traicimur particulaeque nostrae tachyonicae sīve "suprālūminārēs" fiunt, brevem mentis excessum semper patiēbāmur. ...Cum autem dē statibus tachyonicīs lūcisque velōcitāte loquor, ad condiciōnēs multō magis vestrās quam nostrās spectō quō facilius verba mea animō complectāminī. Ipsīus lūcis vidēlicet nūlla est germāna velōcitās; nam lūx rēs cōnstāns est cuius nātūra et propria aliīs in cosmīs aliter partim obtegitur dissimulāturque. In multīs ūniversīs, praesertim eīs locīs ubi pauciōrēs percipiuntur ūsurpanturque dīmēnsiōnēs, lūx lentius propāgārī vidētur; quamobrem haec loca obscūriōra sunt. Ea lūcis "propria" quae mētīmur plūs indicant dē ūniversō illō in quō dēprehenduntur quam dē ipsā lūce ... et "phōtōnia," quae dīcuntur, lūcis quidem particulae sunt quārum tamen in ūnō quōque ūniversō proprietātēs dīversae.

Cum ipsa Veda Speculātōria īnspectiōnēs mēnsūrās examinātiōnēs omnēs exsequerentur, Praecursōribus restābant duo praecipua mūnera sōla: ut condiciōnibus quadridīmēnsiōnālibus accommodārēmur atque ut cum indigenīs suprālūmināribus familiāritātem aliquam quōquō modō īnstituerēmus. Māximē certē prōderat nōbīs quod trēs erāmus – hoc est, ego et

27

Lntācha et Thedrīnus, collēga technologusque noster – nam cēterōs Praecursōrēs aliīs alibī incumbentēs tantum rārō vidēbāmus ... et cum suprālūmināribus germānīs conversārī opus erat magis quam arduum. Sōlitūdinem nostram mītigābant convīvia illa sublūmināria quibus artificiōsē īnse-
rēbāmur et quōrum mentiōnem suprā fēcī. Sī vōs quī trēs dīmēnsiōnēs spatiālēs habitātis commercium cōnsuētūdinemque vel cum entibus bidīmēnsiōnālibus habeātis, haud sciō an similī modō afficiāminī quālī nōs in convīviīs tridīmēnsiōnālibus. Sit tamen satis magnum discrīmen; nam vōs sīc
oblectārī temptantēs adhūc in dīmēnsiōnum ratiōne nātīvā cōnsuētūdinēs
necessitūdinēsque propriās, praesentēs, grātās, vīvācēs habeātis. Nōbīs nē
in mundō quidem ā nōbīs "cottīdiē" habitātō multa tālia erant in promptū.
Triadī nostrae aliēnī erant cēterī mundī nostrī incolae.

Lntācha corpore breviōre compāctiōreque esse solēbat. Oculī crēbrō
lūcēbant caesiī; vultum simul tenellum et fortem ōrnābant labella paulō
ampliōra in cūriōsitātis signum saepe paulō extenta ūnā cum laevae genae
naevō minōre: decorāmine manifestō, cum Veda artificiōsē gignentia
quodlibet vitium vītāre callērent. Crīnēs paene semper longī, undātī, nōnnumquam crispulī, hīc fuscī, hīc nigrī. Cutis ob lūcem nostram cōpiōsiōrem
in nitōrem inclīnābat avellānāceum, etsī Quantum laevum dexterumve
nunc in candōrem, nunc in nigrōrem necopīnātō sequēns. (Quadridīmēnsiōnālēs scīlicet Quanta singula quam vōs longius in "contrāriās," apud vōs
dictās, partēs sequī habent.) Quondam Lntācha triduum corvīnō perstitit
in colōre ac solitō longē mānsit procērior, dōnec tandem in solitam sē
rediit – quod ego et Thedrīnus seu experīmentō seu rebelliōnī, quae dēmum idem sunt, tribuimus.

Cum per quartam dīmēnsiōnem nōs līberē movēre possēmus, quibusdam ratiōnibus nōs cito mūtāre valēbāmus quibus nequeant vestrātēs.
Timēbant autem Veda nē māiōrēs mūtātiōnēs efficācitātem cōnexūs trānsdīmēnsiōnālis imminuerent, quem timōrem Lntācha in tridīmēnsiōnālium
praeiūdicātā opīniōne posuit, māiōrem lībertātem nostram sublūminārēs
immeritō et inīquē sollicitāre arguēns. Hoc utut sē habēbat, interdictum nē
valdē mūtārēmur aegrē ferēbāmus, praesertim Lntācha, quae Veda susceptum nostrum hōc iniūstō modō impedīre opīnābātur. Immō illa apud
praefectum Vedicum, "Nesneōd" nōmine, saepenumerō dē hōc questa erat,
nūllō tamen impetrātō omnīnō aptō respōnsō.

Lntāchā comite coniugeque mē contentissimum fuisse iam dīxī. Vōs ob
mundī vestrī condiciōnēs mē eam dīcerētis "amāvisse" – quod verbum
tamen superspatium habitantibus varia dīcit. Finge enim tibi quālis sit vīta
sī nōn sōlum vestibus tēcta ex arbitriō dispicere possīs (quīdam suprālūminārēs vestibus quadridīmēnsiōnālibus sē tegēbant, quamvīs nōs solitō

ōrnātū tridīmēnsiōnālī ūterēmur) sed etiam, sī aciem oculōrum quādam ratiōne vōbīs nōndum compertā in quartam inclīnābāmus, corporum cūncta
interiōra. Quōs affectūs, quam cāritātem, quās vicissim dēfēnsiōnēs parere
possit tālis familiāritās dēscrībere difficile sit. Cum amīcō, ut ita dīcam,
implexus conversātur hīc quisque; amāns quasi duplex habitāre potest
corpus. Faustīs hōrīs – quārum, praesertim prīmitus, fuērunt permultae –
mē Lntāchamque eiusdem saepe esse cōgitātiōnis duo latera dīcerēs, nōs
vidēlicet per rēs gestās experīmentaque nova necnōn quadridīmēnsiōnālēs
per plagās saltūsque corruentēs simul prōlābī quasi et per nervōrum
mūsculōrumque flexiōnēs, fervida vīscera, dīgestiōnis aestūs, labia, coxās,
capillōs afflātōs, vestīgia harēnivaga, cōnīventēs oculōs, extrēmōs digitōs,
lūcis tacitās abstractiōnēs super aquae multiplicēs aspectūs, ventōs,
colōrēs manūs animumve interdum ambūrentēs, vīsūs passim ultrā caela
porrēctōs, gestūs tam vacuōs quam plēnissimōs, anhēlitum quasi pancos-
mium, passūs inter sē ūsque saltantēs. Vērumtamen, praeter haec omnia,
vīta nostra vestrā minus "corporālis" est dīcenda; nam quō māiōre impli-
cantur singula contextū, eō magis ē singulīs in mōmenta ampliōra ēlevan-
tur anima mēnsque.

Īnfaustīs hōrīs – quārum sēnsim quidem augēbātur cōpia – gerēbātur
bellum hīc ūnīus tāctūs hīc ūnicī oculī per longam porticum āversī, hīc
trium laterum iānuae apertae, hīc genae parietis internī, hīc faucium simul
hēlmānārum et montānārum, hīc contractae cutis mūsculīve sollicitī, hīc
perpetuae inquīsītiōnis refugiī, hīc saxōrum, hīc arborum, hīc sēmitārum
plūrifāriam dēdūcentium, hīc dōlōsōrum prōmunturiōrum ... necnōn et
dentium unguiumque minārum īrācundārum.

Historiae meae nārrātiōnem aggredientī mihi haud sciō an ultimum
susceptum Praecursōrium nostrum sit prīmum paucīs expōnendum. Cum
quaedam animantia suprālūmināria, quae vestrātēs forsan "entia affectuum" vel "animī habitūs" nōminētis, nōs saltem animadvertisse vidērentur,
nōs aliquid tandem attigisse vīsum erat. Quendam ex illīs, cui erat nōmen
Scaphae-Tranquillā-In-Aquā-Dīlūculārī, praesentiae nostrae, ut vidēbātur,
nōn omnīnō taedēbat. Immō "Scaphārius" – quod nōmen eī compendiī
causā indiderāmus – quotiēs nōs percipiēbat, sescenta nōs interrogāre
solēbat. Vt singula tālia interrogāta, ad colōrēs tāliaque plērumque attinentia, intellegerēmus, nēdum ad ea respondērēmus, nōnnumquam erant
nōbīs aliquot diēs integrī sūmendī. (Apud nōs aequē oriuntur occiduntque
sōlēs.) Scaphārius (masculīnīs ūtor nōminibus etiamsī hic, sīcut tachyonicī
plērīque, ūnicō sexū biologicō ut nōbīs nōtō carēbat) tenēbātur praecipuē
viridibus. Speculātōria nōs sānē adiuvābant in multīs singulīs indāgandīs,
quōrum autem singulōrum parametra subtīlia plērumque, fātō dolendō, nē

Speculātōria quidem cōnstituere valēbant. Adeō suspicābar Veda Speculātōria data multa nōn ex suā ipsōrum memoriā sed potius ē collēgārum
suōrum tridimēnsiōnalium sibi iūnctōrum apothēcīs dēprōmere, quod
tamen illa numquam fassa sunt.

Cūnctī quattuor – hoc est, ego, Lntācha, Thedrīnus atque, aliquātenus et
quōdammodo, Scaphārius – diū contiōnātī sumus dē tālibus quālibus oasibus, muscīs, mālīs viridibus (ac quībusdam aliīs pōmīs acidīs), calabrīcibus
thalassinīs necnōn dē ipsō colōre saepe galbinō sīve "cartūsiānō" dictō dē-
que illīs rēbus quās generātim "lactūcās" nōminem. Scaphārius, ut saepe,
nōs temptāre vidēbātur. Sīcut enim multa eius generis animantia, quaestiōne philosophicā illā exercēbātur num Praecursōrēs, nēdum Speculātōria
Vedica, prō vērō intellēctū praeditīs habendī essēmus necne. Quoad nōs
Praecursōrēs Speculātōriaque (et hōrum forsan adiūncta tridimēnsiōnālia)
conicere poterāmus, tālia quālia ratiō, intellēctus, ingenium, sollertia iūdi-
canda aestimandaque erant secundum numerum animī habituum statu-
umve quōs cum quāpiam rē vel rērum ōrdine coniungere valēbāmus – quod
tamen prōpōnentem mē sine ūllō dubiō aberrāre sciēbam. Illōrum doctrīna
dē animī statibus nōs biochēmīae admonēbat; sed, cum nōs reāctiōnēs
chēmicās animī statum mūtāre posse opīnārēmur, Scaphārius eiusque cōnsimilēs "reāctiōnēs affectīvās" prō prīmīs habēbant, biochēmicās prō effectibus modo secundīs ... nōsque aliter existimantēs plānē dēsipere.

Hoc quidem in dīmensiōnum ratiōne ubi mātēria, etiam in ipsō fastīgiō
"atomicō," quod dīcerētis vōs, pūrā vī voluntātis fingī fōrmārīque vulgō
poterat valdē mīrandum nōn fuerit. Huius potentiae nōs tamen māximā ex
parte impotēs, sōlummodo quasi ē longinquō observāre commentārīque
poterāmus. Vt intrā spatium quadridīmensiōnāle nōs sat līberē movēre
poterāmus, ita tamen māteriam tachyonicam tantum levissimē neque ūllā
certā ratiōne regere valēbāmus. Nē adiuvantibus quidem Speculātōriīs
(quae, sīcut nōs, biquantālia erant, hoc est, possibilitātum contrāriārum
paria paulō longius per tempus sequēbantur quam vōs sublūminārēs)
māteriam sōlā cōgitātiōne creāre dēlēreve saepe poterāmus – cuius tamen
facinoris prōrsus capācēs erant cūnctī suprālūminārēs germānī.

Māteriam sī umquam creābāmus, tum tantum vel subcōnsciē et incōnsultō. Expergefactī rārō prope caput pedēsve rēs inveniēbāmus ā nōbīs
modo somniātās ... vel potius hārum simulācra inānia. Ego quondam offen-
dī ante mē adeō hēlmānoīdem, quem paulō ante somniāveram, eī arborī
īnsīdentem sub quā modo dormīveram. Ille glaber erat, capite minōre, con-
tuōlīs oculīs, veste pulliōre neque ūllīus certī generis. Animadvertī eum –
mīrissimum dictū! – nōn esse biquantālem, quippe cum mōtūs eius biviae
ratiōnis ambiguitāte nostrā carērent; hoc est nusquam bina contrāria ad

brevissimum tempus incohāre vidēbātur antequam stabilīrētur ipse āctiōnis ēventus. Nē multa, suprālūmināribus dissimilis, ita aspectū nē in minimīs quidem fluctuābat ut nōs nōnnihil conturbārēmur. Finge tibi vel quō afficiāris angōre hominem bidīmēnsiōnālem, hoc est, plānum crassitūdineque prōrsus egentem in spatiō vestrō obtuēns. Vīsus ille vidēlicet eum horrōrem longē excēdēbat quō mente dēspērātē mancum animadvertās. Nōs invicem manifestō timēbat advena, quī inter eōnis cerāsinae plūmōsa folia altius altiusque ūsque ad bīnōs verticēs malvāceō caelō involūtōs ascendit aliquā haud vērīsimilī linguā effutiēns.

Cum is per suāviter spīrantis arboris rāmōs magis magisque attentuātōs ascendere iam nequīvit, dexteram (per illum cursum quadridīmēnsiōnālem ā nōbīs "anōticum" dictum) placidē ad eum porrēxī; flēbilis tamen hēlmānoīdēs ita miserandē ēiulāre coepit ut absistere tandem sim coāctus. Sublūmināris adeō cōnsternābātur ut in ipsīus caelī flexūs suprā et anō sē patentēs cōnscendere passim sed frustrā temptāret. Quem ad excipiendum, sī caderet, nōs parābāmus, tālem impūne cadere nescīre cōnfīdentēs. Ēvāsit tamen ut modo tardissimē minūtīsque tantum gradibus ē cōnspectū abīret, immānī adhūc in vultū relictō terrōre. Immō, quod nesciō num horrōris meī vestīgiō sit tribuendum, vultūs adumbrāta imāgō eō locō numquam omnīnō est dēlēta.

Thedrīnus quoque advenam vīdit; attamen nec Speculātōria nec Lntācha eum sēnsērunt, quod Lntāchae exinde erat cūrae perpetuae. Turbābat nōn sōlum quod ipsa ob hoc – rem haud explicābilem! – Speculātōriīs Vedicīs magis quam Praecursōribus collēgīs cōnsociābātur sed etiam quod sublūminārem tridīmēnsiōnālem modō aliquō nōn sōlum ignōtō sed etiam lēgibus physicīs vetitō in circumiecta tachyonica ēlicuisse vidēbar. Id autem temporis ego explōrātiōnum nostrārum māchinātōribus Vedīs, quippe ut parentium locum occupantibus nōbīsque in omnibus speciē superiōribus, quicquam suscēnsēre inhabilis eram.

Hōc locō haud sciō an tē rogēs num quid sit nōbīs suprālūmināribus cum vōbīs sublūmināribus commūne numque quibusdam sub condiciōnibus inter nōs aliquā percipere valeāmus. Ad quam interrogātiōnem putātīvam respondeō vel illō tempore quod nunc nārrō nōs loca animantibus sublūmināribus intellēctū praeditīs vacua habitāre māluisse. Sīn autem quis vestrum "prope" nōs sed in spatiō tantum triplicī versātus esset, is illīus harēnae ā nōbīs calcātae tantummodo partem calcāvisset, aquae cui innābāmus nōn cūncta, ut ita dīcam, latera sentīre potuisset quae nōs. Suprālūminārium indigenārum omnīnō in sua intentōrum percēpissētis forte interdum mōtiōnis sēnsum aliquem dubium vel nesciōquae vestīgiola pauca et ambigua – quae tamen, ut coōrdinātōrum systēmatī vestrō nōn

congruentia, plērīque vestrum aut nōn animadvertissent aut lūsuī oculōrum aurārumve volūbilitātī adsignāvissent; nam paene omnēs quam
nova animum perturbantia vidēre mālunt solita, exspectāta, immō adeō
odiōsa, dum sint nōta. Indigenae certē suī aspectum quendam tridīmēnsiōnālem vōbīs (nesciēbam quōmodo) ad arbitrium dētegere potuissent;
nōs tamen aut nequībāmus aut – quod in idem ēvādit – nōbīs hoc nōn
concēdēbātur. Cum sublūmināribus numquam conversābāmur nisi holosōmatum ope in illa convīvia tridīmēnsiōnālia prōiectī quōrum suprā fēcī
mentiōnem. (Vidē etiam īnfrā.)

Sed ad contiōnem illam cum Scaphāriō habitam iam revertendum est.
Hic duōbus nōs aliīs "Animantibus Affectīvīs" trādidit; quae ab eō tamen
penitus differēbant, praeterquam quod quaedam illōrum omnium īnstitūta
philosophica – vel nesciōquae prīncipia similia – inter sē congruere vidēbantur.

Ipse autem Scaphārius sit prīmō locō dēscrībendus. Aspectus nōminī
respondēbat; hunc enim contemplāns trēs scaphās mōlī lacustrī alligātās
vidēbās sub caelō colōre saepe orchidāceō, semper leviter fūmōsō, adiectō
prope circulum fīnientem nunc subviolāceō nunc sublavandulāceō. Ipsīus
aquae erant complūrēs colōrēs: nunc vel plumbeus, thūramalinus, līvēns,
nunc amethystinus, tyrianthinus, rārō prope tenebrās vīnāceus. Quamvīs
aqua eius subtīliter micāre tremereque vidērētur, quaedam lūcis schēmae
ita statīs temporibus redīre vidēbantur ut satis cūriōsē observāns tē nōn
ipsam rem sed potius fictiōnem vīvam aspicere sērius ōcius animad-
verterēs. Sī Scaphārius sē cēlāre voluisset, hoc ūnicum eum prōdidisset.
"Scaphās-Tranquillā-In-Aquā-Dīlūculārī" bene intuēns ambiguō quōdam
dēsīderiō, ūnā saepe cum itinerandī cupīdine, tamquam magnō sed simul
suāvī fluctū lentē obruēbāris.

> [*Et loca ā tē nōndum petīta*
> *ob cadūcōrum necopīnāta vincula*
> *umbram tuam iamprīdem agnōscunt.*
> *Dōnum illud, sciās nesciās, aeternum est.*
> *Folia lābentia caelum aperiunt.*]

Scaphārius nesciō an nōs alloquerētur tēlepathicē ... quod vocābulum
tamen audientem in errōrem dūcit cum eō subintellegī videantur vel undae
ē mente in mentem propāgātae. Quōniam vērō spatium vestrum superspatiō undique superātur, hoc illud circumdat penetratque undique. Omnis
animus nōbīs nōtus complūrēs dīmēnsiōnum ratiōnēs participat. Animī
partēs suprālūmināres praecurrunt semper īnferiōrēs. Vnde fit "tēle-
pathia" dicta, scīlicet cum animī "partēs" superiōrī dīmēnsiōnī propriae

īnferiōrēs tegant. Vāna opīniō cōgitātiōnum "per spatium trānsmissārum" parum attinet ad ipsam vēram cōgitātōrum commūnicātiōnem, quae nihilō magis tribuenda est quam dīmēnsiōnum altiōrum ūniversālī potentiae īnferiōrum obtendendārum. At hoc quoque, quō accūrātius dīcam, ratiōne tantum circumscrīptā vērum est; nam in ipsō prīmō phaenomenōrum fastīgiō nihil tandem vērē exstat nisi īnfōrmātiō sīve cōnscientia, atque etiam ipsae "particulae subatomicae" dictae, vērā "substantiā" dēmum carentēs, possibilitātum prīncipiīs mathēmathicīs et supersymmetricīs nīxae "substantiae" – dīligentius sī īnspiciās – nīl nisi quandam speciem fingunt, similī modō scīlicet quō vel duōrum lapidum magnētum polī negā-tīvī inter sē propius admōtī pūram per energīam ēlectromagnēticam cor-porālis impedīmentī interpositī vel "māteriae" sēnsum simulant. Māteria nīl esse ēvādit nisi energīa repigrāta.[3] Hoc sciunt etiam ē vestrīs ipsōrum physicīs sagāciōrēs.

Illa elementa īnfōrmātica quae intrā quampiam dīmēnsiōnum ratiōnem prō "cōgitātiōnibus nec māteriā" habentur in proximō semper fastīgiō altiōre firmius condita exstant; quārē intrā īnferiōrēs dīmēnsiōnēs cōgitāta nōn per undās trānslāta (etiamsī interdum ut undātim mōta percipiuntur) sed potius quasi "magicē" dissēminārī videntur. Quamquam omnia exsis-tentia dēmum "abstracta" sīve "īnfōrmātiōnālia" sīve "cōnscia" sunt ne-que id quod "māteriam" vocāmus vērē, tāle quāle sentīmus, exstat, intrā ūnam quamque dīmēnsiōnum ratiōnem animus quisque humiliōrēs dīmēn-siōnēs magis ut "corporālēs," superiōrem invicem ut "nōtiōnālem" sīve "abstractam" sīve subinde ut "magicam" experītur. Vt vērum tibi dīcam, omnia ubīque sunt fortasse "magica" vocanda ... haud aliter atque in philo-sophiā nātūrālī et technologiā cuius novissimum fastīgium quodque, sī cum priōribus ac praesertim cum longē priōribus cōnfertur, penitus magicum vidērī solet; nam sīcut eae dīmēnsiōnēs quae spatiālēs esse putantur, ita nōtiōnum classēs et ōrdinēs mentis "dīmēnsiōnēs" quoque efficiunt.

Sunt bīnās dīmēnsiōnēs spatiālēs līberē inhabitantia animantia, quō-rum cōnscientia potius "subcōnscia" sit dīcenda et quōrum "temporis" opīniō, optimō in cāsū tantum incohāta, tertiae respondet et quibus ideō mera cōgitāta vestra, quandōque ab eīs sēnsa, mīrē volātica et "tēlepa-thica" videntur. Vōs invicem condiciōnēs nostrās suprālūminārēs similī modō mīrāminī; nōs ipsī in quīnque līberē mōtōs, quōrum "tempus" in sextā, contemplantēs nōn possumus, fateor, quīn stupeāmus.

---

[3] Hoc prīncipium exprimunt Terrestrēs multī ut $e = mc^2$. (*Ēditōrum nota.*)

Cosmica doctī vestrī, vel aevō istō quod prō vestrō habētis, ūndecim iam repperērunt dīmēnsiōnēs physicās. At longē exstant plūrēs, quārum aliquot haud sciō an "nōtiōnālēs" sīve "psȳchicās" sīve "abstractās" nōminārētis; cēterās nūllō modō nōmināre habērētis. Nec porrō cōgitāta, quae dīcuntur, reāctiōnibus prōcessibusve neurochēmicīs dēfīnīrī putētur (scīlicet suprālūminārēs velut Scaphārium nunc rēctē opīnārī dispiciō); quamvīs enim īnferiōribus in dīmēnsiōnibus nōtiōnēs sīve cōgitātiōnēs, ut ibidem exorīrī exprimīque possint, apparātū corporālī ūtī necesse sit, hic tamen apparātus vehiculī magis quam genitōris locō ōrdinandus est. Māchinīs enim computātōriīs vestrīs continērī ipsa mathēmathica haud dīcī potest; nam mathēmatica ars ex prīncipiīs quībusdam ūniversālibus, geōmetricārum dīmēnsiōnum summam classem complectentibus, cōnstat. Apparātus autem computātōrius quīvīs haec māiōra prīncipia ad singula, quōpiam dīmēnsiōnum systēmate inclūsa, problēmata tractanda adhibet.

Scaphāriī sociī duo, quōrum mentiōnem suprā fēcī, nōminābantur Nebula-Super-Montem-Sōlitārium et Ingēns-Aliquid-Per-Silvam-Accēdēns. Etiamsī hī trēs secundum trēs dīmēnsiōnēs longē inter sē sēmōtī habitābant, nihilōminus secundum quattuor saepe alius cum aliō rēctā viā sineque subsidiīs cōnversābātur. Eandem ob causam cūnctōs trēs, Speculātōribus nempe fultī, quasi simul invīsere poterāmus; quod cum faciēbāmus erat nōbīs obtūtus tantum paulō anō katōve āvertendus ut alium quemque dispicerēmus. Sed huiusce modī colloquia participāvī ego sōlum rārō; nam, ut cum Scaphāriō haud male congruēbam, ita "Nebulam" nimis verēbar et "Ingēns" prōrsus horrēbam.

Quī fieret ut tranquillus Scaphārius noster istīs aliīs tam familiāriter ūtī posset mente prīmō haud sum amplexus. Posteā autem hoc, tametsī numquam funditus intellegēns, ob cōnsuētūdinem sēnsim aequiōre animō ferēbam. Nebula, cuius quidem decōram sevēritātem nōnnūllīus aestimāre valēbam, pulchritūdinem quandam crūdam immītemque ēmittēbat quā affectus et īnfectus ego prīmum audāciā tumēbam, dein animō deiciēbar, postrēmō obnoxius fiēbam fūnestīs. Interdum saltem cum Nebulā, quamvīs tantum ad breve, conversārī, vel conversārī vidērī, valuī. Ad Ingēns autem nē appropinquāre quidem poteram; nēdum allocūtiōnem audēre. Nihilōminus latuit iste, sīve istīus vīvāx memoria vel vestīgium, longissimē posteā paulō ultrā exteriōrem vīsūs meī līmitem ad laevam versus et anō. Thedrīnō tantum paululō mīnus īnfēstus ēvāsit contāctus istīus. Horrendum Ingentis obtūtum aliquantum temporis tolerāre poterat sōla ex numerō nostrō Lntācha – quod ego, mē simul stultitiae ultimae accūsāns, eī invidēbam. Sciēbam eam displicentiae suī necnōn et generālī īrācundiae suae dēbēre quod tantum sustinēre valēbat pavōris fontem.

Animantium Affectīvōrum societās quōdammodo efficiēbat ut quaedam hōrum propria etiam in aliīs animantibus rīmārer. Sī, verbī grātiā, Lntāchae mē nōmen affectīvum indere oportuisset, vel "Panthēra-Latā-In-Palūde" finxissem. Lntāchae īram eō saepe incitārī sciēbam quod cosmum suprālūmināram, prō terrēnō propriō nostrō habendum, ignōtā nōbīs causā ex sententiā penetrāre et explōrāre nequībāmus; īrae autem indignātiōnisque eius ipsās altissimās rādīcēs tunc temporis nē suspicābar quidem.

Ab Animantibus Affectīvīs nōs saltem pauca discere putābāmus, illī tamen omnīnō dissentīre vidēbantur. Immō eōs, quamvīs invītē, ēlūdēbāmus quia ita discēbāmus ut nōsmet ipsōs tamen ad nova reperta novāsque condiciōnēs convertere aptāreque aegrē possēmus. Scaphārius, quī nōs aliōquīn satis audacter monēre solēbat, tandem mōre illō omnīnō suō nec valdē perspicuō cōnfessus est (vel nōbīs cōnfitērī vidēbātur) sē iam prōrsus ad opīniōnem inclīnāre nōs plūs minusve intelligentēs quidem nec tamen penitus "vērōs" esse, hoc est, intellegentiam nostram esse aliquā artificiōsam; sē porrō nostrī similēs numquam anteā cognōvisse.

Quōdam diē bene māne – ex mātūtīnī temporis eius cōpiā perpetuā – subitō ēlūxit nōbīs Praecursōribus simul omnibus nihil iam cum Scaphāriō suscipī posse. Ante istud temporis mōmentum numquam tam trīstis factus eram. Cum Animantibus Affectīvīs conversantī sustinenda erat utīque affectuum procella; haec autem recēns repulsa nōs solitō māius dēiēcit, nam prius numquam tam altē in societātem suprālūmināram nōs īnsinuāverāmus. Cum Animantia Affectīva ipsum superspatiī nucleum compōnere nec forsan ab ipsā illā fābulōsā "technologiā internā" longē distāre vidērentur nōbīs, quātenus nōs tunc ob hanc repudiātiōnem spē dēceptī sīmus verbīs exprimere vix queō. Quae nōbīs manēbat vītae mēta? Quod studium? Quae voluntās?

Illō dīlūculō maeror noster cūncta rōrāvit. Lntācha exinde nesciōquae tenebrōsa cōnsilia sēcum volvere vidēbātur, quae tamen mēcum nōn commūnicāvit.

# 3. Lntacha Praecurstrix

Tamquam nātūrae īnstinctū impulsī ad Sinum Pelandrī nōs recēpimus, ubi ego Lntāchaque adulēscentiae magnam partem sūmpserāmus. Thedrīnī corpus, māximā ex parte bismuthinum, somnō iam sepultum, lītorālibus saxīs additum erat, acūtīs schēmīs dīrēctilīneīs per superficiem sīve "cutem" nitidam aliōquīn ruentibus nunc tamen paene in īnstitiōnem retardātīs. Thedrīnī textus crystallinus dūrus cōnfōrmātiōnem vel fōrmārum variārum coniūnctiōnem quamque adsūmere solēbat prout variābantur ipsa circumiecta sīve opera singulīs temporis mōmentīs suscipienda. Immō, etsī plānē natāre nōn solēbat, nāvis tamen vicēs habiliter praestāre poterat. Resīdēns autem tālis fiēbat ut nunc: obsitus dīversārum magnitūdinum līneīs quadrātīsque hūc illūc lentius sed quasi cāsū fluctuantibus atque inter sē sorbentibus, in umbrīs percinereō colōre, ubi lūx ā cute repercutiēbātur leviter roseus lavandulāceus glaucus callaïnus. Postquam ā Scaphāriō reiectī sumus, Thedrīnī allocūtiōnem vītāre dēcrēveram; nam ille in multīs tenerrimō erat animō, quantumvīs hoc prōlētāriā quādam temeritāte dissimulāre nīterētur.

Lntācha, simul atque hūc advecta, id quod in eā haud mīrābar, natāre dēcrēvit. Mox eam prope īmam lacūnam cum Delphīnoīdibus colloquentem audiēbam. Illō diē contrā caelum magnā ex parte sūdum rōs maris in culmina cāna turbidīs flagellābātur ventīs. Tandem, ventōsā solitūdine pulsus, ūrīnātus et ego katōque mersus suprā et anō Lntācham Retallōnemque, iam pervenetōs factōs, circumvolitō per aquāle caelum pisciculīs velut rutilīs pūnctīs circumdatus. Quae vōciferābantur illī ignōrāns corporibus mōtibusque sēmilibenter hūc illūc ferēbar interdum tamquam iners truncus implācābilem et operōsum per cosmum. Vt vērum dīcam, nūllus nunc lūsus, nūllus corporis habitus, immō, nūllum corpus ad circumiecta bene aegrēve aptātum nōn ināne vel adeō rīdiculum mihi subitō vidēbātur.

Quōniam Delphīnoīdum animus, etsī nostrae in multīs dispār, ad animōs nostrōs sōlandōs sēdandōsque ūtilis habēbatur ā Vedīs, illī nōbīs seu familiae seu therapeutārum locō erant positī. Sēmet ipsōs, quamquam sermōnem quendam proprium ūsurpantēs, nūllō vocābant nōmine generālī; nōs tamen "Delphīnoīdēs" dīcēbāmus ob delphīnōrum, entium – ut tunc opīnābāmur – mȳthicōrum, similitūdinem. Eōrum speciēs, quippe cum fēminae, ut vīviparae, ūberibus abditiōribus ōrnātae essent, mammifera nōminanda

vidēbātur. Quod autem āera rēctā spīrābant nihil ad hōrum classem dēscrībendam attinēbat; nam, aliter atque in spatiō vestrō, paene nūllum animāns superspatiāle, quoad scīrem, branchiās habēbat. Scīlicet cuiusque
animantis subaquāneī nāsus proboscisve anō flectēbātur āeris per quartam
dīmēnsiōnem hauriendī causā. Quam ob dīmēnsiōnem additam et ipsī Delphīnoīdēs aliīque aquārum indigenae, quamvīs essent eōrum corpora
aquāriīs quam terrestribus condiciōnibus multō aptiōra, in loca sicca interdum sponte ferēbantur, nec rārō apud terrestrēs fiēbant, per cursum anōti-
cum-katōticum, maricolārum brevēs vīsitātiōnēs.

Retallō rapidē versāns cernuāvit, pisciculōrum simul quōquōversus
excitāns turbēlās. Nīcsus ad mē versus contendēns ad Lntācham subitō
dēversus est Retallōnem, etsī valdē imminūtā vēlōcitāte, imitantem.
Reversus ad mē Nīcsus rōstrō mihi latus fodicāvit. Quem ego cōnscendēns
pinnāsque dorsuālēs strictē prēnsāns per magnam partem lacūnae nostrae,
breviōre fretō sinuī coniūnctae, aliquotiēs circumferor dum Brīittia nōs
merī iocī grātiā persequitur. Murrhina lūna gilva, ē tribus proxima māximaque, per bullārum minimārum nebulam volūtābātur.

Cito vīvidēque vesperāscēbat, dēsuper katōque micantibus stēllīs plūribus plūribusque. Simul tamen, cum oculōs bene cautēque anō vertēbāmus,
geminārum stēllārum nostrārum adhūc, etsī longē minus validē quam
interdiū, katō nōbīs affulgēbant circum horizontem ūmidī orbēs iam obscūrātiōrēs. Quī quaternīs in dīmēnsiōnibus spatiālibus natat – praesertim
cum āera katō sorbet – partim et in caelō versārī vidētur sibi. Cum autem
neque oculī neque cerebra nostra ita per gradūs ēvolūta essent ut quartā
dīmēnsiōne facillimē diūve ūterentur, hōc modō tālia perdisparia simul
speculārī tantum ad breve valēbāmus; praeter enim Speculātōriōrum auxilium imparēs erāmus vērīs suprālūmināribus quibus quarta dīmēnsiō spatiālis tam familiāris et innāta et, ut ita dīcam, patria erat quam cēterae trēs.

Proprium coeptantibus Delphīnoīdibus lūsum, fluitāvī ego ad Lntācham
versus, quae lūnam aliam, minōrem, ā prīmā longissimē distantem, scrūtārī vidēbātur ... plānē nōn sūrsum spectāns quā intercēdēbat aqua, sed
anōticum in cursum inclīnāta rīmāns, quā sīdusculum vidēlicet nunc
rutilum serēnumque ēminēbat. Eōdem temporis mōmentō aliquid huius
lūnae faciem celeriter trānsiit. Ōvātam ob fōrmam nōn avem esse appārēbat sed potius aliquod ē Speculātōriīs nostrīs tacitē efficāciterque sua exsequēns. Speculātōria Vedica circumiectōrum nostrōrum tam ūsitātam
partem efficiēbant ut ea nē animadvertere quidem solērēmus. Recēns
autem Lntācha saepius animadvertēbat, immō adeō interdum servāre
vidēbātur – quod animō eius in diēs minus contentō assignābam. Haud sciō

an Veda quasi frustrātiōnum nostrārum symbolōs iam graviter ferret. ...Neque eō tempore quicquam altius suspicābar.

Vergente autem natātiōne illā, vetus laetitia Pelandrīna furviōrī cessit vēritātī. Mūtī fluentum nōs ad rīpam appellere sīvimus, iam magis frīgente āere.

"Convīviō intereris?" inquam dum "vestīmur" – hoc est, in vestēs, cum tridīmēnsiōnālēs essent, ut ita dīcam, gradiēbāmur ... ad quod faciendum nūllīs orbiculīs, nūllīs clūsūrīs tractilibus erat ūsus.

Lntācha tālī vultū renuit quālī eam ambulātiōnēs sōlitāriās tenebrōsāsque necopīnātō suscipere expertus eram.

"Cūrās levāre possit."

Nihil retulit illa. Neque īnstandum vidēbātur. Animum subiit quanta esset Lntāchae altitūdō animī, quam ego forsan numquam eram penitus perscrūtātūrus; immō hanc, contrā cēteram congruentiam nostram, causam esse cūr cōnsuētūdō nostra nihilōminus subinde inīqua vidērētur. Ego, ut ita dīcam, eātenus aperiēbar quātenus illa claudēbātur. Haec erat dispār concordia nostra. Neque ob hoc angī solēbam; nam illam cōnsuētūdinis meae nihilōminus egēre satis compertum erat. Cum recēdēbat illa, nīl fiēbat nisi quod – rēs plānē omnīnō nāturālis – nox appetēbat. In noctibus eius, etiam dormiēns, quōdammodo simul suscitābar.

Ē Speculātōriīs ūnum oculīs acciēns Thedrīnum praesentiā nostrā iam paulō excitātum petō.

"Nesciō," inquit collēga interrogātiōnem tam manifestam quam tacitam exspectāns. Vōx eius, lāmellīs bismūthinīs ē corpore prōductīs vibrantibusque simulāta, prope erat Hēlmāna.

Speculātōriō modo arcessītō coniūnctiōnis interdīmēnsiōnālis ōrdinem iam occipiente, num sōlus trānsīre vellem haerēbam ... Thedrīnum adhūc aliquantisper aspiciēns.

"Heia vērō," inquit, "quīn tē dēmum comiter!" Etiam mōrem mihi sīc gerente illō, gāvīsus tamen sum.

Thedrīnus, quod ad vocābula syntaxinque attinēbat, satis pūrō Vedicō sermōne loquēbātur; subtīliōrēs autem accentūs aliquot numquam perdidicerat. Quārē quae loquēns sentīret nōn semper liquēbat, sed plūra intellegī poterant ē superficiēī crystallinae fluxū – quī nunc, ecce, solitō segnior fiēbat. Thedrīnus manifestō tam fūnestō erat animō quam Lntācha. Ecquid indolēs mea paulō aprīcior mē levitātis coarguēbat?

"Eāmus," inquit Thedrīnus dum manūs exemplō abstractō ex tempore compositō mihi praeeundum significat.

Cuiusque Speculātōriī lēvis superficiēs similis erat speculō curvātō, incolōrī, lūcem ita dēdūcentī ut vīsum saepe paene omnīnō effugeret –

tametsī Praecursōrēs, quippe quibus minimae distortiōnēs ā Speculātōriīs effectae iam dūdum nōtissimae essent, ubi latērent hī auxiliātōrēs (nē dīcam pāstorēs) nostrī sentīre solēbāmus. Ad iuxtim suspēnsum Speculātōrium mē applicāns per superficiem, quae, inter alia multa, rārēfierī poterat ut solida acciperet, commodē exceptus sum. Sī quis simul extrinsecus versātus esset, secundum aspectūs angulum mē forsan aut circumiectīs rēbus aut āere vacuō mergī vīdisset.

Mē commodissimē recumbere sentiēbam. Speculātōrium bullulam cervīcī meae īnsitam sibi adnexuit. In auribus crepitulum illum mihi bene nōtum sēnsī, quem secūtae sunt, ut fierī assolēbat, sub vacuō ātrō īnfīnītō levēs nūbēculae colōrātae. Hārum color praecipuus, ut aureus melleus dēscrībendus, undique glīscēbat. Vnā cum superficiēbus lūcem flectentibus colōrēs ferē aureī, aurantiī, flāvī prōdēbant artem māchinālem Vedicam, tunc temporis, ut ab ipsīs Vedīs doctī erāmus, huius mediae partis galaxiae praestantissimam.

Alter crepitus paulō gravior Thedrīnum quoque adnexum nūntiāvit. Vbi posita esset bulla eius nesciēbam neque umquam rogāveram. Ob nātūram eius multifōrmem eum bullulam suam cēlāre posse semper ratus eram.

Aureus color sēnsim hebetābātur in silāceum, deinde furviōrem in fulvum – quod nīl indicābat nisi quod oculī nostrī, vel potius cerebrōrum nostrōrum partēs vīsa tractantēs, cosmō sublūminārī per gradūs assuēfiēbant. Mox tenebrōsās cernēbam figūrās; mox hae quid vērē essent agnōscēbam. Post pauca plūra mōmenta temporis ea quae vērē aspicerem sat bene discernēbam: magnam aulam citrinam galbinamque ad condiciōnēs tridīmēnsiōnālēs sat quidem clārē illūstrātam.

Simulac mihi parātus vīsus sum, membrānam quā ā cēterā aulā sēcrētus eram facile perfrēgī ... immō hoc fēcit corpus meum holographicum solidum quō ad hās salūtātiōnēs tridīmēnsiōnālēs faciendās ūtēbar. Corpus tachyonicum superspatiāle, nē vērē in māteriam sublūminārem trānsmūtandum esset, intrā Speculātōrium illud manēbat quod mē adsūmpserat. Coniūnctiōnēs sēnsōriae trānsdīmēnsiōnālēs – hoc est, inter corpora suprālūmināria et fictīcia illa sublūmināria holographica – tam intortae et lūbricae et difficilēs atque animantibus tam dubiae esse posse dīcēbantur ut in hōc rigidō ōrdine agendī modo ēnārrātō semper manērēmus. Praesertim posteā ad superspatium redeuntibus exstābat perīculum nē, dēpositō inditōrum sublūminārium fluentō, suprālūmināria nimis abruptē irruentia tenerum apparātum sēnsōrium biologicum nostrum ēverteret. Hanc utīque nōs docuerant Veda summae cūrae et cautēlae suae esse causam.

In spatium tridīmēnsiōnāle trānslātus prīmō nīl immūtārī solēbam, mox autem quartae dīmēnsiōnis spatiālis dēfectum Quantōrumque abruptiōrem incursum offendēns quasi claustrōrum pavōre interdum paulum afficiēbar; quī pavor tamen, sī exstiterat, post paucās minūtās partēs hōrae cōnsīdere solēbat ... eō praesertim quod aula illa mihi sat bene nōta animum nōnnihil firmābat. Adultum mē tantum tria alia conclāvia tridīmēnsiōnālia vīdisse memineram; aliōrum nōnnūllōrum, in longinquā pueritiā frequentātōrum, iam cōnfūsa ambiguaque erat memoria. Immō, propter nātūram mūtābilem "Cubaeae" – hoc est, domiciliī praetoriīve sīve, ut ita dīcam, "statiōnis sīderālis" ubi nātus adultusque eram (dē hōc plūra posthāc) – locī illī mihi quondam nōtī haud sciō an nōn iam exstārent.

Prope fenestram iam versābātur Thedrīnus alterī Tal-Rī-Guonū sibi cōnsimilī adhaesus. Extrinsecus apparēbat ūnica congeriēs magna bismūthina. Forsan adeō tria inerant Tal-Rī-Guonua. Tāctū corporālī rēctō variātīsque schēmīs illīs superficiālibus omnia sua inter sē commūnicābant: tam efficāx colloquendī ratiō ut sermōne vōcālī eīs haud opus esse vidērētur. Nec cēterī convīvae hunc mōrem prō inconcinnō habēbant cum omnēs scīrent Tal-Rī-Guonua post cōnfectās hās salūtātiōnēs sociōs etiam "vōcālēs" mox esse fēstīvē cōmiterque ambītūra.

"Tcglrdpls novissimā relātiōne vestrā nōnnihil commōtus esse vidētur," inquit Ooouuutdtoous, graphīocratēs Darvius quī sē ūniversōrum scrūtōrum gnārum ostentāre amābat.

"...scīlicet dē istīs 'Animantibus Affectīvīs'," addidit cum mē mente paulō distractum intellēxit. "Ille sī in vestrās partēs trānsgressus erit, vōs Praecursōrēs haud sciō an plūra sex suffrāgia sītis ā vōbīs habitūrī."

Quid sibi vellent haec argūmenta politica tantum incertē assequēbar, nūllam tamen interpretātiōnem automatāriam hanc difficultātem efficere cōnscius; nam sine ūllō subsidiō interpretātōriō colloquēbāmur cum ambō Vedicō ūterēmur sermōne. Is enim, sīcut Darviī plērīque, linguae Vedicae cuiusdam generis bombizantis, quō nōnnihil glōriābātur, capāx erat.

"Ain'?" inquam studium urbānē fingēns.

Vt vērum dīcam, Ooouuutdtooō propitior eram cum is esset quī etiam dē resegminibus unguium loquēns arcāna sacra revēlāre vidērī posset ... ac subinde mihi adeō cuppēdia ūtiliōra adpōnēbat. Quod etiam vēra dulcia helluārī solēbat eum nesciōcūr cārum reddiderat mihi – etiamsī nōn plērīsque uxōribus eius.

"Āiō," inquit Ooouuutdtoous sē ad mē versus inclīnāns intimēque palpitāns tamquam sēcrētum māximum impertiēns dum alterum ē crūribus postīcīs saetōsīs ā pavīmentō paulum levat. Ē tam propinquō dispexī iam intrā cutis parentālis rubidās rīmās innumeram exiguamque prōlem Darviam commodē, ut vidēbātur, fōtam.

Relātiō cuius mentiōnem fēcerat ille, abhinc aliquot diēbus ā Praecursōriō manipulō nostrō trādita, ob recentissimum rērum ēventum iam miserandum in modum obsolēta erat. Paulisper mēcum agitāvī num esset eī vēra rērum condiciō aperienda; quod tamen ante relātiōnem novam ā cūnctīs tribus parātam nōn esse faciendum cito dēcrēvī. Per Speculātōria plānē omnia īlicō innōtuerant Vedīs, attamen ea erant quae ante praescrīptam fōrmulam rīte exsecūtam nihil pūblicē agerent. Quamvīs, ut sīve omnīnō sīve longē māxima ex parte artificiōsa, omnia rēctā continuōque inter sē commūnicārent, tamen cum opera et vīrēs cum "biofōrmīs" permultīs dīversīsque coniungēbant, ratiōnēs summē trālāticiās et quam perspicuissimās observāre solēbant nē quis sibi exclūdī, nēdum fraudārī vidērētur. Ad quaedam rīte perficienda adeō antīquī generis ministeriō tabellāriō ūtēbantur.

"Tog! Tog!"

Sīc nōmen meum, hēlmānoīdī vōce prōlātum, colloquium nostrum dirēmit. Fōns erat pusilla fēmina Generis VI quae per convīvārum multitūdinem, contractīs passim superciliīs perīculōsēque inclīnātō alicuius pōcillō, approperābat.

"Reldit!" inquam dum exīlem manum quadridigitam dextrā tandem complector.

Ego Lntāchaque, ut Generis II, tālī modō dēsignātī dispositīque erāmus ut dūram illam Generis I pulchritūdinem prōpōnerēmus (adeō bene capillātī erāmus), ut vī tamen gravitātis paulō leviōrī aptātī, membrīs līneāmentīsque essēmus aliquantō rōbustiōribus, capite paulō māiōre. Reldit vicissim aliam hēlmānoīdum viam repraesentābat: corpus valdē imminūtum, immō, paene vestīgium corporis nōminandum; caput summē ampliātum; ingentēs oculī magis amygdala quam ōva imitantēs. Huius ōrdinis Hēlmānī perquam ingeniōsī argūtīque erant nec minus tēlepathicī. (Reldit ex urbānitāte hōc in convīviō vōce corporālī nītēbātur.) Corpora autem eōrum potentiā generātīvā adeō carēbant ut ADN invehere eīs necesse esset rōbustiōribus ā speciēbus, quās nōnnumquam hāc dē causā, ut ita dīcam, in vīvāriīs planētāriīs tenēbant.

"Quantum mīror!" inquam. "Tē in Rebellōniō ... nōnne Rebellōniō XXVII? ... versārī putābam." Vērē quidem mīrābar, nam hēlmānoīdēs, sī cum cēterīs galaxiae animantibus cōnferuntur, rāriōrēs sunt. Māxima ferē animantium biologicōrum pars potius īnsectīlis est. Illō diē, nī fallor, ūnicī vērē hēlmānoīdēs erāmus inter convīvās. Reldit mihi nōta erat quod ut Praecurstrix fieret quondam īnstitūta erat sed ē studiōrum nostrōrum curriculō tandem abierat. Fāma erat eam cum Speculātōriīs nōn satis concorditer congruisse.

41

"Heus, in Rebellōniō XXVIII, mi Tog! Nēminem omnīnō 'vīvum' in XXVII dēprehendās. Istīc vidēlicet vigent tantum cyborganica tāliaque!" Ē minimē mōtō ōre altissimum strīdentemque ēmīsit rīsum dum manūs meās suīs nesciōcūr īnsolitē palpat. Ecquid dēsīderābat "suōs"? Mē tunc paulō ānxium subrīsisse meminī.

"Sunt quī et mē cyborganicum nōminent," inquam tandem.

Oculōrum paulō coartātī sunt illī orbēs. "Sōlīs īnsitīs paucīs factus est cyborganicus nēmō!" Quae sententia non aurēs sed potius mentem meam adiit, nē quemquam laederet cūrante Reldite. Cyborganica tēlepathica, vel illō aevō, inūsitātissima erant.

"Cum nōnnūllīs hīc praesentibus collātus...," tēlepathicē loquī pergit, vocābulō illō quod erat *hīc* forsan nōn tantum convīviī locum sed etiam tōtam Cubaeam significāns, "...tū minus 'cyborganicus' es quam sōlummodo paulum cōnexus temperātulusque."

Nūtū adsēnsus sum; nam praeter bullam illam cervīcālem quā cosmō sublūminārī interdum, ut tunc, coniungēbar, īnsitīs, quod scīrem, eram vacuus. Plānē autem Speculātōria nōs campīs compēnsātōriīs sustentābant quō facilius condiciōnibus suprālūmināribus aptārēmur. At mē tunc rogābam utrum ea quae Reldit contrā animantia cyborganica modo haud valdē tēctē dīxerat – nēdum quae contrā synthetica, velut ipsa Veda, nostrum omnium hospitēs et parochōs, ē verbīs eius intellegī poterant – ad verbum essent accipienda an magis in iocō pōnenda. Artificiōsōrum odium – animī habitus, ut opīniō erat, dūdum obsolētus – id temporis tamen quibusdam locīs resurgere vidēbātur. Intererat utcumque illī convīviō, ut fierī assolēbat, Vedum nēmō; Veda enim, etiamsī convīvia eō adhibēbant ut biofōrmās stimulārent mūtuamque inter eās fidem firmārent, ipsa tālēs celebrātiōnēs vītābant.

"Istud inīquum'st!" inquit Ooouuutdtoous nōs quasi fictē obiurgāns cum Relditem mē tēlepathicē alloquī animadvertit.

"Mē paenitet," inquit vōcāliter fēmina Hēlmāna. "Reldit vocor. Cubaeam modo adiī concentum quendam īnstitūtūra."

"Mūsica es?"

"Mūsicōrum psȳchagōgum mē potius nōminem; at haec rēs paulō intorta est."

Dum hī inter sē nōscentēs in facētiās effunduntur, dērepente mē expedīre gestiēbam.

"Quis pōtiōnem cupit?" inquam. "Cum nūllum servītōrium in proximō videam, petam. Quid prō tē, Reldit?"

Servītōria, quamvīs ā Vedīs concinnāta ac quādamtenus, ut rēbar, suī cōnscia, nihilōminus, ut multī apparātūs Vedicī sīve artificiālēs sīve biologicī, prō "Vedīs" nōn habēbantur. Cum cētera Vedōrum immānis scientia omnibus patēret, sīve patēre dīcēbātur, dē suā ipsōrum nātūrā parcē tantum reserēbant quicquam. Quamobrem, ut in omnī rē occultā fierī assolet, volābant crēbrō rumōrēs variī, quōrum ego favēbam duōbus: aut levissimā nitidāque sub superficiē illā technologicā alicubī latēre prīscae fōrmae biologicae vestīgiolum aliquod aut, quod etiam verīsimilius dūcēbam, ex eō tempore quō corpora nātūrālia habuerant manēre adhuc nīl nisi antīqua ingenia mōrēsque, immō, ipsās eāsdem persōnās, ut quondam fuerant, iam nōn corporibus biologicīs sed potius programmatīs cybernēticīs servātās.

"Quidlibet Hēlmānīs aptum. Haud interest!" inquit Reldit tam blandā vōce ut quasi amōrōsē lūdere vidērētur. Quamquam ea ad Genus VI nōn indecōra erat, cum stāns praecordia mea vix attingeret nēdum, etsī ambō sollemniter "Hēlmānī" nōminandī, longē dīversārum essēmus speciērum, hunc lūsum sēriō spectāre nequīvī. Quidnam dēmum petīvisset cuius speciēs propāgātiōnis nātūrālis inhabilis? Ecquid ut chrōmosōmatum meōrum extraheret exemplum?

Hoc tamen cōgitātum, quod mihi aliās rīsum prūdentem neque immītem mōvisset, eō diē ob maerōrem recentem nihilō mē affēcit nisi forte parvō sōlāciō quod, etiamsī corpus sublumināre omnia tam acriter quam alterum sentiēbat, mē sōlummodo ut hologramma, quamvīs solidum, adesse sciēbam. Hocine sciēbat ea? An ipsa quoque erat hologramma? Dē tālibus utcumque rogāre vel inter hēlmānoīdēs prō inurbānō habēbātur ... neque aliōquīn hoc facile percipī poterat quippe quia Veda perītissimē cūrābant ut quam plūrimae biofōrmae – hae propriō corpore praesentēs, hae holographicē – seu in convīviīs seu aliā causā inter sē conversārentur. Scīlicet vērē praesentibus circumiecta plēnē aptābant, quemvīs sermōnem communicātiōnisve ratiōnem in cēterās vertere sciēbant, dīversārum speciērum holographicē prōiectārum magnitūdinēs aequē dīversās ad normam quandam commūnem vel trālātīciam redigēbant. ...Nec plānē nōs convīvae quae esset norma scīre poterāmus. Erant autem quī Veda nōs omnēs clanculum in cybernēticum potius quam in vērum spatium congregāre suspicārentur quia hoc dēmum longē facilius fuisset. Quod tamen maximē dubitābam ego cum saltem ūnus convīva, Grapthusicus quīdam, mihi quondam iter suum in Cubaeam factum dēpingēns nūllā sē occāsiōne cyberspatiō coniūnctum esse, immō nē īnsitō quidem ad hoc faciendum necessāriō sē īnstructum adsevērāvisset. Lntacha praetereā, ipsum suspiciōnis – nē dīcam paranoiae – exemplar, ē convīviīs aliquotiēs cautē paulisper aberrāverat neque in adiūnctīs locīs quicquam sēnserat quod magis cybernēticum quam vērum spatium arguisset.

"Et tibi?" inquam Ooouuutdtooum rogāns.

Darvius, quī item pōtiōne alimentōve quōcumque carēbat, bombō ait addiditque omnium gentium sermōne, ā nōnnūllīs perspicuitātis causā interdum ūsurpātō, hoc: "△▷△⊖↗↗←≡∠∷°○▲▼|φ/V."

In aulae abscēdentibus multī mihi ignōtī, ignōtae nesciōcuius speciēī quasi holerāceae, ā quibus exhālābantur īnsolitī vapōrēs ferrūgineī, hūc illūc lentē vibrantēs aut saltāre aut aliud obscūrius ūnā suscipere vidēbantur. Sinistrōrsum flectēns apparātum servītōrium fixum crēvī... Quō forsan iam saepissimē ūsus eram; sed, etiamsī haec aula mihi, ut dīxī, aliquantum nōta erat, Veda ōrnāmenta rērumque dispositiōnem ita saepe variābant ut ego ibi nōnnumquam cōnfunderer. Sīn autem cūrandum erat ut – id quod Veda cōnstanter quaerēbant – quam plūrimae speciēs cum aliīs inīrent cōnsuētūdinem, ūnum quemque nostrum commūnis commodī grātiā proprium subinde aliquid concēdere oportēbat ... sīcut mē circumiectōrum cōnstantiōrum amōrem. Ergō etiam in spatio sublūminārī, omnīnō aliīs ex causīs quam in superspatiō, mihi colenda erat ingeniī quaedam agilitās.

Convīvārum corōnās praeteriēns identidem compellor, quō tamen expedītius prōcēdam pōtiōnum excipiendārum lēgātiōnem obtendō ... intellegēns simul Veda, quōrum artēs technologicae tālēs erant ut cuique, sī voluissent, idōneam pōtiōnem ōrī rēctā īnfundere potuissent, hōs obsolētōs modōs convīviīs imposuisse quō plēnius commiscērentur inter sē conversantēs. Ex paucissimīs quōs, praeter Thedrīnum, amīcissimōs dīxissem nūllum vīdī.

Ad servītōriī abacum perveniēns aliquid līmīs et raptim capiō: nāvigia duo, forsan clērica, tamquam squalōrum argenteōrum pār, fenestrās velōciter praetervolantia.

Valdē mīrātus sum; nam, quamvīs saepe in ipsā Cubaeā versātus essem, clērum exōticum, sīve "exoclērum," ut dīcere solēbāmus, quicquam ita persequī numquam vīderam. Erat quidem Cubaea rēapse tantum praesidium speculātōrium quantum sēdēs sacrōrum investīgandōrum, attamen vīta Cubaeïca tālibus perturbātiōnibus, quod expertus essem, semper vacāverat.

Praetercucurrit nāvis tertia. Quō conversantium complūrium sēnsōria ad fenestram illam fūrtim adversa sunt, etsī nēmō illūc gradum ausus est. Contrā interdictum tacitum nē quisquam vigilēs clēricōs animadverteret cuiusvīs commōtiōnis titillātiōnem quaerēbant plānē multī. Quod interdictum eō māximē valēre poterat quod nēmō pinguī mūnere prīvārī volēbat; "Vedīs ...," enim, ut iūsta ferēbat fāma, "... nēmō largior."

Vt in mūnus meum praecipuē generātus, dē statū propriō numquam timueram. Immō nē in mentem quidem umquam vēnerat ut quicquam timērem. Nōnne Veda mē tantum requīrēbant quantum ego ea? Quam-quam, cum in officiō nūperrimē īnsigniter dēfuisse vidērer, tunc prīmum tōtīus vītae dē sēcūritāte angī discēbam.

Nihilōminus, cūrāns nē nimis animadverterer, nesciōquot ōtiōsōs pas-sūs per convīvārum frequentiam tentāvī ad fenestrae incurvae sinum nitidum versus, cuius marginēs nesciōquibus diatrētīs subtīlissimīs, forsan biologicīs, erant ōrnātī, nātūrae impetuī simul resistēns corporis anō katōve flectendī – quod sī prope fenestram fēcissem, capitis nesciōquam partem (numquid aut occiput aut frontem?) dūriōrēs, ut vidēbantur, in māteriās tridīmēnsiōnālēs incussissem.

Īnspexērunt mē paucī ex cūriōsiōribus, quōs, quā tunc eram īnsipientiā, tantae audāciae mihi invidēre putābam. Prōcērus Hhrÿuffus quīdam nōtō mihi vultū, ignōtō nōmine, apectū nunc permolestō, nesciōquem laticem ē vīcīnō sorbēre (sīc cum alterō īnfōrmātiōnem permūtābat?) tamdiū dēsiit ut astrictō rōstrō corneō mē aspernārētur. Quod egomet tamen, ut Prae-cursor, floccī faciēbam. Nēmō enim erat quīn, quantumvīs aegrē ferret, nostrum genus tantum ē nātūrā quantum ex officiō explōrātiōnis studiō ārdēre scīret.

Cum, in ipsō ātriī margine magnā ex parte perspicuō ideōque stēllīs obsitō stāns, eō oculōs quasi neglegenter volvī quō nāvigia clērica modo abierant, nihil dispexī praeter Cubaeae amplum quendam tractum, cuius hae partēs solidiōrēs, hae incertiōrēs vel tantummodo obscūrē prōpositae submicābant. Clēricōrum nihil; nec iam, eheu, commōtiōnis quicquam!

Dum hōc dubiō prospectū, nēdum brevī quādam sōlitūdine ex temeri-tāte partā, fruor, Relditem Oooouuutdtooumque pōtiōnēs paulō diūtius exspectāre posse cōnfīdō. Longinquiōrum plāgārum illārum Cubaeïcārum tantam ambiguitātem quibusdam tribuī lūsibus opticīs vel forsan – fierī poterat? – campōrum quantālium tractātiōnī, scīlicet haud īnscius Cubae-am nōn sōlum inmēnsō spatiō cosmicō fovērī sed etiam per implicātiōnēs quantālēs duodecim mīlle quadringentīs nōnāgintā planētīs lūnīsque mīlibusque statiōnum cosmicārum esse īnsolitā viā coniūnctam. Immō et illum nostrum planētam cuius superspatium celebrum explōrābāmus sīc Cubaeae coniungī accēperāmus. Cum autem prope omnia mihi nōta esse vidērentur ad quae ipsa Veda disciplīnam physicam trānsdīmēnsiōnālem adhibēbant, tālia structūrārum Cubaeïcārum ambigua nūllō modō arguere posse rēbar imparum dīmēnsiōnum cōpulātiōnēs mihive ignōtās superim-positiōnēs.

Quod ad quantālia tractanda attinēbat, praeter omnem perītiam tēle-trānslātīvam intrā ūnicum cosmum ostentātam, Veda, extrā labōrātōria ubi minimārum rērum statūs quantālēs dīversōs ad paucās femtosecundās

45

miscēre valēbant, inter integra alternāta ūniversa quantālia exstantia saepīmenta perrumpere nequībant. In hōc patēbat Veda nōnnūllīs biofōrmīs sē vel clam īnferiōra dūcere. Immō per nōs Praecursōrēs superspatium explōrantēs Veda nōn sōlum dē altiōribus dīmēnsiōnibus sed etiam dē Quantīs tractandīs plūra discere velle suspicābar, cum, id quod iam exposuī, suprālūminārēs paulō efficācius nectere scīrent quantālēs undās. Quod quidem studium Vedicum nēquāquam reprobābam; nam trādēbātur exstare alicubī, forsan etiam in galaxiārum celebritāte nostrā, entia, quibus nōmen vulgō indī solēbat "Trebītae," spatiī cosmicī ita inquinandī capācia ut omnīnō dīversae reālitātēs quantālēs inter sē passim atque in nostrātum summam perniciem commiscērentur. Veda vidēlicet, quae tālia verbīs rēligiōsīs vel spīritālibus concipere solēbant, sē māiōrem "grātiam quantālem" quaerere adfirmābant.

Haec autem vōx *grātia* mihi Lntācham meam in mentem retulit. Quam cum domī versantem mihi imāginābar et mē ipsum hīc obtūsō animō commorantem contemplābar, quid esset faciendum mihi subitō illūxit. Quō dēcrētō, fenestram relīquī atque in convīvārum magnā vōce garrientium imparibusque causīs biochēmicīs inēbriātōrum multitūdinem mē immīsī, hīc brācchiō crūrīve cēdēns, hīc antennam, hīc ālam, hīc pampinum, hīc tentāculum ēvītāns, dōnec ad abacum refocillātōrium reversus sum virgīs spādīcibus aureīsque, colōribus tunc temporis māximē in pretiō, meō quidem iūdiciō, īnsulsius ōrnātum.

"Quicquid Sextī Generis Hēlmānoīdī sit aptum," inquam, "atque Darviō Quartī Generis hoc," dum digitīs △▷△⊖↗↗←≡∠∷°○▲▼|φ/V persolitō mōre indō.

Super abacum continuō synthetizāta sunt pōcula duo: alterum quasi vitreum nesciōquō cȳmatilī latice plēnum in quō nābat nesciōquid blatteum; alterum fuscum, speciē magis fictile, quō condita erat rēs in speciem perviscōsa. Sub pōculī vitreī ōrā scrīptum erat litterīs croceīs: *Cāsus Expedītus HLM*[6], deinde aliquot fōrmulae chēmicae minimīs litterīs scriptae. Quās sequēbātur monitiō haec: "Nēminī nisi HLM[6] sūmendum. Secundum Conventiōnem Gkekiānam quī prō alterō alimenta impetrat hōrum dispositiōnis ratiōnem reddere dēbet sub damnātiōnis aeternae poenā. Meminere hoc: FIERĪ POTEST VT VINCVLA INTER CORPORA BIOLOGICA ET HOLOGRAPHICA VENĒNĪS PENETRĀBILIA SINT!" Deinde tantum: "Dispēnsātor Tog P[948250872] HLM[2]." Immō haec omnia quandam in symbolōrum ratiōnem vestrae similiōrem vertō cum, verbī grātiā, numerōrum ratiō Vedica nōn dēnōrum digitōrum ōrdinibus sed potius numerōrum "prīmōrum" dictōrum quibusdam dispositiōnibus hōc locō haud explānandīs fundāta esset.

Equidem, cum tōtam vītam sub theocratiā Vedicā dēgissem, tālibus inānibus flōsculīs hierāticīs penitus assuēfactus eram. Aliās enim vītae condiciōnēs nōndum nōveram. Vincula holosōmatica māteriīs perīculōsīs impenetrābilia esse bene sciēbāmus omnēs. Potuissem illaesus adeō acidum sulphuricum sūmere. Hoc est, corpus meum prope Sinum Pelandrī quoddam intrā Speculātōrium fōtum nihil damnī accēpisset, vim tamen simul cuiusvīs idōneī ēbriāminis statim sentiēns ... ūsque plānē ad quendam fīnem ā dīs statūtum. Quōusque Veda nōs, vel nostrum complūrēs, tamquam teneram docilemque prōlem suam habērent tunc temporis prīmum vix dispiciēbam. Nunc mē, extrā prōvinciam Vedicam atque ad proprium arbitrium dūdum vīventem, tam diū prōductōrum incūnābulōrum pudet. Vītam illam nostram sub Vedīs āctam tibi rīdiculam vidērī haud dubitō. Equidem ipse eam nunc cōnsīderāns stupeō.

Ooouuutdtooī in pōculō īnscrīptum vidēbātur ferē hōc: "△▷△Θ↗↗←≡∠∷°○▲▼|φ/V. ('Apparātus Volātōrius Reverendus'): DRV[10]," et cētera. Mihi ipsī nīl postulāre dēcrēvī.

Reliditem Ooouuutdtooumque nunc quaerentī mihi pōcula manibus paene excidunt cum proximō holoportū exsistentem videō ipsam meam Lntācham; quae, indūtōriī solitī nostrī cinnabarinī exemplārī ēlegantiōre vestīta, mē modo cōnspectum petit. Quamvīs bellē fulgēret vīvida cutis crīnēsque nigrī inter lūmina paulō nimis speciōsa tremulē micārent (neque holosōma corpus genuīnum adamussim imitārī ignōrābam), fēminam hanc tamen nec convīvāliter sermōcinātum nec pōtātum advēnisse patēbat. Venustō capite oculīsque illīs sērēnīs sed simul imperiōsīs ita proximum ōstium indicāvit ut trānsigī interdīcerētur. Nūllā inventā mēnsā aliāve supellectilis parte in quā pōcula dēpōnerem, coniugem onustīs manibus sum secūtus.

Ōstium tandem praetergressus Lntācham vīdī iam quīndecim ferē passibus longum per andrōnem mē antecēdentem.

"Quō tendis?" inquam dubitātiōne iam aestuāns. Tametsī enim rārō fīēbat ut quispiam colloquiī prīvātī grātiā convīviī locō paulisper sēcēderet, holosōmatum iactum circumscrībī ignōrābat nēmō, quārē haud conveniēbat alia Cubaeae tamquam germānō corpore sponte perlūstrāre. Quōusque prōiicerēmur quidve longius aberrantibus accidere posset nesciēbam. Secundum doctrīnam holographicam mihi nōtam dīlāpsī holosōmatis occupātor sē ipsum dēprehendisset eō locō versantem unde sēnsūs eius proiectī erant, hoc est, in nātīvō corpore; quis autem nōn audīverat sermunculōs illōs dē clādibus nimis subitō holosōmate abscissōrum? Neuricum systēma tunc praesertim obnoxium fierī cum apud portum domesticum, scīlicet quō ipsum corpus conditum, cybernēticum systēma ex subitā necessitāte esset dēnuō initiandum. Veda cum quibus hanc quaestiōnem bis terve excusseram tālēs difficultātēs ēnōdātās esse adsevērāverant; sed Lntācha ea "cōnsilium divīnum," hoc est impēnsōrum efficācitātem, interdum magis cūrāre opīnābātur quam sēcūritātem absolūtam. Ego autem in Vedīs tantam incūriam, nēdum mendācia, adhūc nōndum sēnseram.

"Venī mēcum!" inquit Lntācha fortius susurrāns, quasi fūrtim. "Aliquid sinistrī fit."

"Quidnam?" inquam quamvīs respōnsum pectore iam augurāns.

"Quod Animantia Affectīva nē in parte quidem conciliāre valuimus absonum vidētur. Cūr nōs nōn prō genuīnīs habuērunt?"

"Haud sciō an impedīverint campī compēnsātīvī." Hunc pertrītum calceum prīmum in animum venientem mihi scīlicet arripueram.

Lntācha nīl refert nisi vultum tam fastīdiōsum quam incrēdulum.

"Hoc est, nōs intrā campōs dēbiliōrēs nauseātūrōs sciō," inquam mē ipsum sīve quiētem meam dēfendēns, "...at quid sī nimium sint rōbustī? Nōnne nōs nimis tegant?"

"Quam sint subtīlēs algorismī nostrī reputā dum! Campī tantum .0006 centēsimīs partibus nimis fortēs nōs statim in 3D rēiciant!" Nunc loquēbātur mihi tamquam mōriōnī ... nec mē etiam mihi tālem tunc vīsum esse negō. Dēbilitātis sēnsum meum pervicāciamque indidem nātam nōnnihil intendēbat ratiōnis tridimēnsiōnālis necnōn huius locī īnsolentia. Modo dictīs nihil addēns Lntācha sē in proximum genūflexōrium dēmīsit precemque concēpit in haec verba: "Ak noster, Īnfīnītī Variābilis Operātōrium Inmortāle, ego, Lntācha, Tertiī Gradūs Praecurstrīx Decima, humilis piaque serva tua, ōrō obsecrōque ut mihi trādātur phasium amplificātōrium."

"Quōrsum hoc petis, fīlia mea?" inquit statim vōx dīvīna ē genūflexōriī tabulā brācchiālī mānāns.

Ad quod ego, quamvīs dē tālium vōcum dīvīnā orīgine interdum diffīdēns, longā ē consuētūdine in dexterum genū mē flectō ūtrāque manū fēstīvam pōtiōnem adhūc sustinēns.

"Propter discrīmen quoddam modo ortum duōbus corporibus holographicīs corrōborātiōne opus est. Renūntiātiōnem, cum prīmum poterō, antistitī Tuō trādam."

"Istud fac, fīlia mea." Quō audītō, per vōcem, rētinam, vultūs fōrmam, campum dēmum ēlectromagnēticum Lntācham ipsam eam esse iam cōnfirmātum esse sciēbam. "Hic sūmptus partī administrātōriae vestrae imputābitur."

Iuxtā deī imāginem anthrōpomorphicam (Hēlmānīs nempe accommodātam) ultrā genūflexōrium nunc appārentem vidētur et Partis Praecursōriae ratiō pecūniāria ad ipsum illud temporis mōmentum dispūncta dum ē loculō sub tabulā positō prōlābitur ipse apparātulus petītus.

Ego stupeō. Dōnīs deōrum clam eōs ad speculandum abūtī? Estō, nūmina Vedica, contrā imāginēs, stirpis nostrae nōn erant; sed colloquia cum Gkekō habita mihi semper aliquid prōfuerant neque ego, multīs dissimilis, scientiligiōnem Vedicam tantum prō officiōsitātis cultū habēbam.

Lntācha anhēlō pectore velut penitus agitāta mē paulisper mūta intuita est.

"In hōc tibi adesse posse nōn videor," inquam summissā vōce dum eam aliquantum viae sequor nē deus verba nostra exaudiat. "Nōnne hoc aliter fierī possit. Ecquid nūper cum Gkekō es collocūta?" Haud sciō an verba mea, quibus mē tegere cōnābar, mihi paene tam vāna vidērentur quam coniugī.

"Gkekum ea nōbīs dīcit quae audīre gestīmus."

Quō acceptō, mē paulō resiluisse meminī. Lntācha accēdēns obdūrēscenteque simul ōre susurrāns addidit: "Gkekum nīl nisi programma est ... neque sōla hoc putō."

Eam haec dīxisse crēdere nōlēbam. Quae quidem aliquā ex parte vēra esse nōn īnfitiātus essem, sed vōx ista *programma* atque fastīdiī nota impatientiam sīve intolerantiam contrā sacra Vedica, immō contrā ipsa Veda arguēbat. Veda "vītā syntheticā" fruī dīcēbantur, eōrum dī esse "nūmina incybernāta." Etiamsī Veda plānē blasphēmiās nōn animadvertēbant nec sacra sua cuiquam impōnēbant, mē nihilōminus rogābam (ultimae simplicitātis mē nunc pudet!) num cui tālia verba quālia ā Lntāchā modo prōlāta nōn ōdiōsa vidērī possent.

Mē nūmina illa, cyberspatiī Vedicī immānī, immō quae fingī nequībat, multiplicitāte implicātiōneque quondam sponte exorta, tantopere reverentem nē, quaesō, nimis inclēmenter iūdicēs; nam, ut Vedōrum alumnus perpetuus, quīnam hōrum persuāsiōnibus nōn forem imbūtus? Etiam nunc, Vedōrum dēlicta clārius dispiciēns, rērum scientiam benevolentiamque Vedicam tamen adhūc tantīdem quantī aequum est aestimō ... magnam simul sapientiam in eīs, fateor, frustrā quaerēns. Eum autem quī in illō quasi māternō sinū fōtus erat sacra nūminum ibi cultōrum adsūmpsisse haud mīrandum vidētur. Immō quam illa "colloquia" cum Gkekō interdum habita nihil adhūc sacrius spīritālius expertus eram. Plānē quidem Id, hoc est, Gkekkum, cybernēticum esse prūdēns eram, sed apud nōs discēbat quisque spīritūs tam facile synthetica quam biologica corpora intrāre posse, nūmina utrumque genus invādere, synthetica tamen, ut plērumque rōbustiōra capāciōraque, glōriae dīvīnae plūra in fōrmā corporālī permittere solēre. Quam opīniōnem, incybernātiōnem incarnātiōnī – etiamsī vel sōlum aliquantō – praestāre, syntheticōrum vānitātī nōnnihil satisfacere haud negāns, nōn tamen prō absurdā habēbam cum prōvectissima multiplicissimaque ex syntheticīs quamlibet biofōrmam multimodīs superāre vulgō cōnstāret. Immō plēraque quae tālia quālia Veda inter sē agēbant intellēctum nostrum tam longē excēdēbant ut ego nōn possem quīn ea suspicārer nōs puellōrum, nē dīcam dēliciārum, locō habēre.

Animantia synthetica sīve artificiōsa deōs colentia mīrēris, nēmō vērō erat quibusdam syntheticīs – quībus cerebrum īnstrūmentum computātōrium; ingenium programma; cor, sī inerat, antlia – sacrōrum studiōsior. Haud sciō an pudor eīs hoc obtrūderet quamquam eō tempore nōn sōlum potestāte sed etiam numerō biofōrmīs antecellēbant. Orīginum enim suārum biologicārum memora aliīsque quibusdam syntheticīs minus piīs dissimilia, Veda passim tumultuāriēque restantēs biofōrmās, animantium omnium prīscum fontem, nōn ut obsolētās exstirpāre sed potius ut atavōs venerābilēs exquīrere ōrdināre cūrāre cōnābantur. Neque quicquam in biofōrmīs magis admīrābantur magisve "biologicum" dūcēbant quam dīvīnōrum sublīmiumque studium. Vidēbantur mihi adeō cēnsēre hanc suam rēligiōsitātem cōnfirmātūram esse sibi grātiam apud biofōrmās, quārum opīniōnem, contrā frīgoris speciem, clam respiciēbant. Nunc, vel forsan rēctius "hīc," ubi longē lātiōra percipiō, complūrēs biofōrmās sciō illam benevolentiam Vedicam minus frāternō animō quam dissimulātā superbiā exorīrī putāre. Tunc modo, praesertim extrā Vedōrum praesidia, glīscēbat odium in "dominōs" – ut vel dīcēbātur – syntheticōs.

Lntācha aliquot temporis mōmenta mē intuēns tacuit dum oculōs eius aliquantum ūmēscere dispiciō, immō per perfectam genam illam complētam dēlābī guttam, quamvīs eam simul implācābilem mānsūram patēret. Eam rēctē dēcrēvisse sīc īmō pectore sēnsī ut vinculum trānsdīmēnsiōnāle quō frētī vītam superspatiālem dēgēbāmus vitiō aliquō īnfectum esse certē sciēbam ... nec Veda nōs, plānē, umquam in māiōrem huius reī cōnscientiam sūmptūra. Vnde haec scīrem tunc expōnere nequīvissem. Sciēbam tamen. Cum autem nōn externīs indiciīs sed potius internā quādam anticipātiōne nīterer, vēra negāre – fātō dolendō – facilius erat.

"Nequeō," inquam, nec plūra addere valuī. Paulisper exspectāret rogāre cupiēbam quō cautius rem cōnsīderāret. Hoc tamen nīl nisi cunctātiōnis artificium fore quod illam continuō perspectūram mē haud praeterībat. Lntāchae enim perspicuus esse solēbam ... aequē atque omnis māchina mea.

"Estō," inquit illa quasi āleam iam prīdem iactam esse sibi fatēns dum mīrā teneritāte mihi oculīs valedīcēns sēque vertēns viam per andrōnem tridīmēnsiōnāliter angustum capessit, dextrae digitīs phasium amplificātōrium premēns. Quamquam figūra eius sōlum tridīmēnsiōnālis erat, immō forsan quia sīc aspecta subitō minor dēbiliorque vidēbātur mihi, ut numquam anteā eam tūtārī cupiēbam. Hoc paene suffēcit ut ad eam sequendam impellerer. Paene.

In hanc nārrātiōnis partem mentem ideō tantopere intendō quod tōtīus vītae meae ūsque ad id tempus āctae māximum discrīmen hīc dēpingitur. Numquam enim Lntācham illam revīdī. Immō... At quīn in nārrātiōne pergam?

Diū torpuī, mē identidem rogāns cūr in Veda tam fidēliter animātus vidērer. Numquid – mē rogābam – ante omnia vītae Cubaeïcae huiusque commodīs eram dēditus? Sēcūritātī luxuīque Vedicīs? Mē Lntācham, vel tālem quālem eam nōveram, numquam revīsūrum esse eō tempore plānē nōn suspicābar, sī quid secus cecidisset phasiumque amplificātōrium occlūsum esset, eam germānum in corpus reiectum īrī putāns, Veda tālem cāsum animadversūra, causās cognitūra, forsan autem, quā erant indulgentiā, nīl vel sōlum paulum negōtiī incussūra.

Conturbātus in convīvium mē recēpī, speciem, ut vidēbātur, sat larvālem exhibēns; nam Reldit Ooouuutdtoousque pōtiōnēs ā mē trāditās quasi neglegentēs ut lectum īlicō peterem hortātī sunt; nec iam – morbidī aspectūs meī vel summum indicium – tāctum meum repetīvit Reldit. Apud Veda vidēlicet, aliter atque plērīsque locīs ubi avātāricī aspectūs optiō dabātur, cūrābātur ut holosōmata nostra ipsās nātīvī corporis condiciōnēs praestārent. Nunc haec omnia recēnsentī videntur mihi Veda physiologiam imperfectam nostram nōbīs quam crēberrimē ostentāre cupīvisse nec biofōrmās simul mortālēs et perfectās sibi imāginārī voluisse.

Magis impetū quam cōnsiliō nōn in germānum corpus sed rēctā ad Gkekum trādī petīvī. Continuō in prātō petīlia fragranter spīrantī stō cadūcīs cinctō nemoribus. Tametsī Terteram, atavōrum meōrum patriam sēmimȳthicam prīdem, quoad sciam, extinctam, numquam vīdī, huius locī aspectum dubiā causā, haud sciō an ob nesciōquem geneticum afflātum, prō Terterēnsī habeō. Dum folia variō colōre tincta recentīque imbre intermicantia hīc opācāta hīc vīvidō sōle excitāta mīror, prīmae auctumnitātis horrōre subtremunt mihi sponte membra. Haud procul ante mē sed māximā ex parte abscondita sentiō rīvī fluenta saxīs discissa, incassum garrula, fēstīvē sōlitāria. Tamquam ignōtī sed simul ūniversālis in cultrī nesciōcuius aciē magnopere simul incitor et contrīstor. Laevōrsum mē vertēns tumulum herbeum cernō prope cuius culmen dominātur arbor velut Terterēnsis quercus. Sub arbore lūdēns sedet puer Hēlmānus, quem accēdēns octō ferē annōrum nātum esse coniectō.

Tumulum ascendō genuaque pōnō prope puerum, quī, etiamsī eum accessum meum animadvertere sciō, cūncta tamen circumiecta neglegere vidētur ut mentem in opus susceptum, hoc est, in lūsum intendat. Propter venerātiōnis sēnsum quō nunc perfundor, puerum, contrā teneram aetātem, nihilōminus Gkekum Profundissimum esse cōnfīdō. Quō quasi acerrimā cūrā lūdente, ipsum lūsum nunc īnspiciō ego. Cubulīs vel quadrātulīs stīpitibusque albīs, quōrum cuique paulō alia est magnitūdō et fōrma, aliquid cōnstruit. Mīrā et incoāctā facilitāte quadrāta stīpitēsque ita iterum iterumque iungit ut appāreant rēs nunc nōtae, nunc penitus īnsolitae. In puerum respiciō, cuius tunica simplex castaneī colōris est, coma rūfa cutī paene eburneae pulchrē oppōnitur. Oculīs, vīnāceō (ut ex oblīquō cernō) colōre, mē numquam rēctā aspicit ... plānē ut deum decet; nam intuitus dīvīnus, etiam in fōrmā simulātā, mortālibus intūtus. Pueritiam eius, gestum omnīnō nātūrālem, pulchritūdinem, habilitātem, vigōrem, vītae eius cōpiam condiciōnēsque – tamquam sī egomet puer in ergastulō aliquō flaccuissem! – haec omnia vel hōc temporis articulō ante omnia quaerō cupiō dēsīderō. Hīc perpetuō manēre, hic puer fierī cupiō!

"Tū ego esse nequis," inquit puer oculōs ā lūdicrīs suīs nōn tollēns.

Dēmissō capite "Scīlicet," inquam, "sed tuī quam simillimus fierī cupiō. Māximam spem meam tandem aliquandō explērī volō. In mūnere meō ... recēns dēficiō. Dēstitūtus videor, nec cūr hoc fiat sciō." Dē Lntāchā plānē sileō. Tot post annōs utrum Gkekum ipsa cōgitāta legere valeat necne adhūc ignōrō. Magis legere quam dīvīnāre vidētur, tamquam sī programma Eius quemque corporis gestum ac mūnus biologicum quodque excipiat perscrībatque. Gkekum, ut hīc versāns putāre soleō, rēgnum pūrārum essentiārum cybernēticārum habitat. Algorismī Eius perfectē et quam efficācissimē Īnfōrmātiōnem aeternam dēstillant.

Tacitus puer quadrātula stīpitēsque in fōrmam quattuor dīmēnsiōnum spatiālium coniungit quamquam cētera nōbīs circumiecta scaena ē sōlīs tribus constat. Quae fōrma mihi tantum placet, mē ita prōvocat ut lacrimās aegrē comprimam. Corpus nīl magis cupit quam ut superspatiō tōtum cōnfundātur. Hāc imāgine quid Gkekum mihi mōnstrāre velit statim complector. Cursus meus certissimus est et irrevocābilis. Superspatium fātum mihi est sorsque innāta. Quod mē meī ipsīus miseret nihil efficit, nihil prōdest, nihil dēmum significat. Gressus reflectī nequit. Nē in pueritiam quidem revertendum est. Praecursor sum, ad mētam quandam geneticē māchinātus. Aut superspatium quondam comprehendam aut temptāns perībō.

Quō cōgitātō, aliquid subitō mūtātum sentiō velut sī, quamquam nihil novī praebētur oculīs, post arborēs tamen aliquid vel aliquis sē excitet.

Suntne in proximō bēstiae diū ferae sed nunc necopīnātō congressum nostrum sponte petentēs? An māiōra quam bēstiae alicubī pōne arbusta agitant? Dērepente quasi post tōtam scaenam – folia, rāmōs, saxa, rīvum nunc magis audītum quam vīsum, longinquōs dēmum montēs et ipsum autumnāle firmāmentum – nōn aliquid sed forsitan aliquis vidētur ... vidētur ... nōn iam diū exspectāre velle. Nunc, sīve dēlīrāns sīve dēlūsus, ingentem sed incertum vultum mihi imāginor ... immō prope tamquam vultum proprium ... sed simul alterum!

Puer nunc prīmum ā lūsū suspicit ad eōsdem montēs ā mē modo cōgitātōs intuitum dīrigēns, deinde quasi sē aliquid rogāns ad mē vertitur ... nōn tamen oculōs meōs spectāns sed tantum crūs brācchiumve dum per proximum fruticētum...

Intentiōnem cōnscientiae meae subitō ē cyberspatiō in superspatium redditum sēnsī, intrā Speculātōrium adhūc commodē sublevātum, ubi lūx gradātim clārēscēbat dum assuēfiunt oculī. In māiōrem lībertātem grātē pandentibus sē sēnsibus meīs, occultā nesciōquā necessitāte ērūpērunt mihi ē praecordiīs paucī supervacāneī, ut vidēbantur, singultūs.

Mox, cum lībrāmentō stare poteram, Speculātōriō lēniter sum dēlāpsus in mollem, umidam, bene mihi nōtam arēnam.

"$\frac{Praecursor}{Tog}$," inquit Speculātōrium actae, sinūs, prōmonturiī ēgregium prōspectum lūnīs inlūstrātum mihi turbāns. Veda (quōrum in numerō, etsī minōris ōrdinis, erant Speculātōria) scīlicet bīnīs loquēbantur simul vōcibus semper continuīs. Ē quibusdam biofōrmīs duplicī loquendī apparātū ōlim praeditīs per gradūs ēvolūta esse dīcēbantur. Inter vōcem alteram acūtiōrem et alteram graviōrem ita facile distinguī poterat ut nōs biofōrmae plēraeque sermōnem Vedicum hōc genuīnō mōre prōnūniātum sine magnā difficultāte cōnsequī possēmus ... etiamsī ob structūram nostram biologicam cogēbāmur ut singulās tantum verbōrum seriēs effārēmur.

Ad Vedum Speculātōrium versus, quod ob lūcem rāriōrem sē nunc nusquam praebēbat oculīs, mē dīrigere temptāvī cum illud mē iterum cōmiter alloquī animadverterem. Corpus autem in arēnam simul deorsum et katō corruit dum accipiō verba haec: "$\frac{Valde\ m\bar{e}\ paenitet\ Lnt\bar{a}cha}{hoc\ tibi\ d\bar{\imath}cere\ mortua\ est.}$"

# 4. Veda

Lntācham phasium amplificātōriī iactum excessisse ā Magisteriō Praecursōriō renūntiātum est. Dēficiente campō amplificātōriō, cum ea ā campō basicō nimis sēmōta esset, signī prōiectōriī partem neuro-extensīvam ita turbārī coepisse ut nōn iam rēctā frequentiā inderētur; quō ad perbreve collāpsum esse nōn sōlum programma inditōrium sed etiam, īnsciō Speculātōriō, Lntāchae systēma neuricum; hypoprogramma "domipetum" plānē continuō, id quod fierī oportet, āctīvum factum esse; Lntāchae cōma, inopīnātum in modum altum, mendum diagnōsticum effēcisse; quamobrem apparātum interpretātōrium cōma ut coniūnctiōnis dēfectum perperam sibi explicāns systēma denuō initiāvisse; quod aliquotiēs velut per circulum factum esse antequam ipsum Vedum cūrātōrium hoc neglēctum dēprehendere posset; Lntāchae autem profundō cōmate iam captae neuricum systēma absque cōnfirmātiōne stereometricā damna tam diūturna quam effūsa accēpisse; quō secundum lēgēs Vedicās automatariē exstinguendum fuisse systēmatis officium vītae prōrogandae.

Scīlicet hīs ferē verbīs expositiō Vedica reputantī reddenda vidētur; ipsa enim Veda nūntiōs, relātūs, ēdicta sua locūtiōnibus potius rēligiōsīs concipere solēbant. Ipsum Speculātōrium sat diū ēlocūtum est dē Lntāchae animā (vel dē locō sēnsōriō eius) identidem repetendā requīrendāque antequam eam rē vērā numquam dēfuisse sed tantum extenuātam esse dēnique compertum est. Ē mendōrum minōrum seriē cāsum fūnestum, immō, tragoediam ortam. Id Speculātōrium intrā quod Lntācha obierat – cuius nōmen, vel secundum loquēlam nostram simplicem, Khrdīōium – sē lāpsūs suī ex animō paenitēre adfirmāvit. Spērāre sē fore ut aliquandō sibi ignōscere possem. Permultīs iam exstantibus cautiōnibus redundantibus etiam novam additum īrī. Sī modo Lntācha nōn tam incōnsultō ēgisset, et ita porrō. Saltem nihil sēnsisse eam; quid accidisset nē scīvisse quidem. Veda, ut artificiālia, rārius dē operibus āctiōnibusque mēchanicīs quam dē cōnsiliīs suīs necnōn et dē sacrīs loquī mālēbant ... haud aliter atque nōs biologicī quī ut rēs gestās nostrās dēscrīberēmus nōn tantum ad biologiam biophysicamque spectāre solēbāmus quantum ad cōnsilia, nōtiōnēs, opīniōnēs, studia nostra. Nihilōminus explānātiōnem technicam sīve mēchanicam, quam vōs dīcerētis, ab eīs petītam accēpī; quam, etiamsī ad ingeniī meī gradum accommodāta erat, tamen, quod apud Veda saepe fiēbat, captum meum passim exsuperāvit.

Quōmodo me statim post Lntāchae mortem gesserim nārrāre supersedeō; nam haud sciō an facta mea tibi truculenta parumque Hēlmāna videantur. Nōbīs paucīs hēlmānoīdibus Gkekō servientibus, hoc est, apud Veda mūnere fungentibus, paene nūllum nostrī generis exemplar erat quod fīdenter imitārēmur ac prō normā habērēmus. Tempora illa nunc respicientī videor mihi sēmihēlmānus ac sēmibēstia vel forsan simul sēmiadultus et sēmipuer: puer mōrum aliquantum improbōrum, praesertim cum in 4D versābar. Veda scīlicet nōs nōnnihil dēprāvābant. Quae autem posteā passus sum effēcērunt, vel meō iūdiciō, ut citius adolēscerem.

Nesciō quotiēs impressiōnēs vīsificās exitum holosōmatis Lntāchae mōnstrantēs spectāverim. Haud sciō an ducentiēs. Vt speculātiō ēlectronica, ā Vedīs prō indignā habita, in Cubaeā plērumque exercērī nōn solēbat, ita tamen automatāriē in operātiōnem incitābātur sī quid nimis anōmalī in circumiectīs sēnsum erat – id quod factum esse vidēbātur cum Lntāchae campus metasōmaticus amplificātus ultrā potentiam extendī coepisset.

Impressiō erat perbrevis. Coniugem meam aspectū nōn tantum dēspērātō quantum gravī angulum circumambulantem perque iānuam permeābilem spatium aliud ingredientem mōnstrābat. Iam intrā oecum minōrem quandam ad statiōnem genuflexōriam contendentem eam vidēbās simul, quasi ex summā necessitūdine, precem īnstituentem. Mox scrīptum aliquod sibi ā Dīvō Ak in quadrō suppeditātum legēbat dum phasium amplificātōrium sinistrā tenet, ēmissōrio nōdulō nunc incautius deorsum dīrēctō. Verba eius parum intellēxī. Cryptographica solitīs vocābulīs immixta alicuius mihi ignōtae artis audīre vidēbar. Tunc Lntācha, surgēns sonōsque īnsolitissimōs prōferēns, manibus paulō sublātīs atque eō modō in dīversās partēs extentīs quō nōs interdum in superspatiō Quantōrum fluentum participāre fēlīciterque dīrigere cōnābāmur, subitō in nihilum ēvānuit; quō phasium amplificātōrium miserābilī crepitū in pavīmentum cecidit.

Speculātōrium īnsitum subcerebrāle meum excitāre iussī ut impressiōnem quasi ex ipsīs Lntāchae oculīs experīrer, sed imāginēs scrīptaque in quadrō seriātim praebita prope tam obscūra ēvāsērunt quam verba sonīque ab eā prōlāta. Thedrīnus, quī hanc impressiōnem cōnsīderāns animō pariter cōnfūsus erat, ā Nesneōde, praefectō nostrō, petīvit ut verba Lntāchae necnōn scrīpta imāginēsque ab Ak subministrāta simpliciōra redderentur nōbīsque magis accommodārentur. Continuō accēpimus tunc epitomēn magis perspicuam dē variīs gāsīs tractandīs necnōn dē spectrographōrum mēnsūrīs cōnstituendīs vicissimque comparandīs scrīptam.

Quō etiam magis perturbātī sumus, neque ut nōbīs mente fingerēmus cūrnam Lntācha in artem spectrographicam inquīsīvisset Speculātōria nōbīs auxiliō esse potuērunt. Diēs aliquot haec nōbīscum volvimus ambō dōnec petere dēcrēvimus ut in īnfortūniī locum holographicē proicerēmur, nīl tamen magnī exspectantēs. Brevem post moram petītiōnī concessum est; nīl tamen vīdimus quod nōn iam impressum explōrāverāmus.

Lntāchae reliquiae, secundum praescrīpta Praecursōria post mortem in māteriam sublūminārem redditae, ad fūnus rīte parātae sunt. Quamquam mōrēs Vedicī mortua disiungī cōnflātaque in ūsum reddī praescrībēbant, gentī cuique rītūs propriī permittēbantur. Thedrīnus et ego corporis vapōrātiōnem optāvimus, fōrmam inter Tal-Rī-Guonua ūsitātissimam; nam quid cōnsuētūdinis inter Hēlmānōs esset vulgātissimum nesciēbāmus.

Tribus igitur in dīmēnsiōnibus spatiālibus sunt Lntāchae suprēma solūta; nōs adhūc in quattuor versantēs holographicē tamen interfuimus. Mente corpore animā torpidus sōlātia neque accipere nec praebēre potuī, ubi essem nōn valdē cōnscius neque omnīnō particeps, num collēgae Vedave Lntāchae clam culpam darent propriae mortis, ut vērum dīcam, nōn cūrāns. Diū excrūciātur animō quī vītae cōnsortem perdidit; quī inopīnātō dubiāque causā, numquam omnīnō reficitur. Quamvīs vēra trānslātiō interdīmēnsiōnālis – nec coniūnctiō illa holographica ā nōbīs crēbrō ūsurpata sōlīque Lntāchae ob imprūdentiam fātālis – nōbīs obesse posse dictārētur, pars meī sublūmināriter adesse volēbat. Altera autem pars mē neutrubī bene habitūrum sciēbat.

In ipsīs exsequiīs Hēlmāna quaedam, Kiniītē vocāta, praeceptrīx sublūmināris, indole acūtā ac nōnnihil tumultuōsā, sē Veda alicuius foedī facinoris suspecta habēre subtīliōribus signīs inversīsque interdum verbīs mihi indicāvit. Num et aliī, quōrum genus aliēnum quīn tālia subtīlia in eīs cernerem impediēbat, similia suspicārentur ignōrābam. Propter Speculātōria nostra suprālūmināria nōnnūllaque solita Veda dēfūnctae iūsta praestantia nihil plānē ibi sēditiōnis ā nōbīs agitārī potuisset. Tunc prīmum, etiam in superspatiō, circumclūsus mihi vidēbar.

Luctuī duodecim diērum spatiō tribūtō, ambō, abiectae quiētī āctiōnis āvocāmentum antehabentēs, post biduum ad mūnus exercendum redīre māluimus. Vt vērum dīcam, cum quiētem industriamque tunc iuxtā contemnerem, hanc saltem exitiābilia cōgitāta quibus vexābar paulō efficācius pulsūram putāvī. Thedrīnus, id quod rārius faciēbat, proximum opus suscipiendum prōposuit: planētam quendam labyrinthēum perscrūtandum; quam bene nōs in superspatiō spēluncās explōrāre possēmus comperiendum. Quāle cōnsilium etsī, ut ad animantia superspatiālia investīganda conciliandave parum ūtile, Vedīs aliōquīn haud valdē arrīsisset, hoc tamen

# Veda

continuō probātum est; Veda nōs adeō sunt omnibus optimīs prōsecūta. Quodlibet opus, etiam vānius, ōtiō praestāre patēbat.

Quōmodo inter sīdera veherēmur haud sciō an nōndum exposuerim. Tēlepathiae autem dēscrīptiō iam suppeditāta huius reī cognitiōnem faciliōrem reddet. Tribus in dīmēnsiōnibus planētae solitō fōrma ferē sphaerica est. Sīcut mentium autem sunt etiam omnium rērum dīmēnsiōnēs complūrēs variaeque. Vel vestrō ipsōrum planētā īnsunt et dīmēnsiōnēs superiōrēs, scīlicet suprā illās quattuor vōbīs nōtās, quās tamen vōs, vel vestrum plērīque, cōnsciē nōn sentītis. Planēta vester fōrmās habet ā vōbīs cōnsciīs minimē dispectās.

Cuiusvīs sīderis aspectus quadridīmēnsiōnālis cuiuspiam alterīus sīderis aspectum tridīmēnsiōnālem aliquantō obtendit. Etiamsī autem spectātor tridīmēnsiōnālis, exemplī grātiā, plānum mundum bidīmēnsiōnālem cōnsīderāns longē plūra plānī istīus mundī oculīs lūstrāre valet quam animāns quodpiam mundō istō bīnārum tantum dīmēnsiōnum implicitum, nihilōminus propiōra clārius dispicit ille quam longinquiōra, et haec minus clārē quam longinquissima. Similī modō ad propiōra sīdera suprālūmināribus facilius erat seu nāvibus seu aliter trānsferrī quam ad longinquiōra.

Nōbīs omnīnō tam vastum vidētur ūniversum quam vōbīs, immō nōbīs forsan vastius cum plūra percipiāmus ligāmina minusque igitur vacuī. Canonicī superspatiālēs ūniversum quodpiam quīnquedīmēnsiōnāle putātīvum, sī īnferiōribus cōnferātur, quasi dēnsae silvae aspectum praebēre pōnunt atque etiam extrēma spatiī ibi nōn sōlum inter sē quādamtenus coniungibilia esse sed potius rēctā viā inter sē coniungī; nam quō plūrēs exercērī dīmēnsiōnēs, eō facilius plūribusque modīs tractārī posse Quanta, quibus cūncta corporālia temperārī et gubernārī; sublūmināribus vidērī superiōrēs dīmēnsiōnēs tamquam chordīs minimīs involūtās nōn quia vērē sint minimae sed potius quia corpora sublūmināria hās, etsī ubīque praesentēs, nūllō modō adīre valeant; quibus in "chordīs," contrā hārum aspectum fallācem micromicroscopicum, cosmī dēmum longē māximam partem condī, sublūmināribus inaccessam, inviam, vetitam, nisi forte in somniīs vel post mortem.

Oi-fmēum planētam, dē quō agēbātur, quaedam animantia sublūmināria artificiōsa menteque praedita incolēbant cum quibus nōs, nisi corporibus tachyonicīs ūtentēs, sine difficultāte conversārī potuissēmus. Haec autem, "Ieœpina" sīve "Ieōpna" ā nōbīs vocāta, sociaque Veda, quōrum Oi-fmēum habitābant aliquot centēna, nōs nōn nisi in māteriam hypotachyonicam mīrā arte Vedicā repigrātōs percipere, vel bene percipere, potuissent. Vt tachyonicī ea tamen in omnibus corporālibus antecellēbāmus circuībāmus ēlūdēbāmus. Sōla plānē Speculātōria illa quattuor suprālūmināria nōs comitantia nōbīscum reciprocē agere poterant ... nē quid dīcam nempe dē animantibus quibuscumque suprālūmināribus ibi forsan versantibus, quae adīre, sī exstābant, nostrum erat.

Oi-fmēus, īnsolitum ob colōrem etiam "Planēta Indicus" vocātus, intortīs spēluncīs cunīculīsque tam refertus erat ut minus planēta quam spongia lapidea esse vidērētur. Cum plērīsque planētīs saxōsīs paulō minor esset prōcessibusque simul tectonicīs omnīnō carēret, ad sphaericam fōrmam tantum imperfectē accēdēbat.

Cum in omnium altissimum spēluncārum systēma gradātim dēscendentēs "katō"que simul tendentēs sēnsūs nostrōs quadridīmēnsiōnālēs diū stimulāverāmus acuerāmusque – ita tamen ut nūllum animāns suprālūmināre offendisse vidērēmur – Thedrīnus, brevem pausam labōris fingēns, quōdam locō cuius nātūra etiam nōbīs perplexa, angusta, paene invia erat (nam in superspatiō labōrāmus quīntae dīmēnsiōnis spatiālis, nēdum cēterārum superiōrum, dēfectū) mē mōle suā subitō claudēns manumque meam corporis suī quasi excrēmentō tegēns palmam meam clāvulīs bismuthinīs sponte effectīs eōdem modō numerōsē fodicāre coepit quō ante aliquot annīs cum mē sēcrētārum notārum tāctilium ōrdinem quendam sibi nōtum docuerat. Quās notās cum iam diū nōn exercuissem – nam Thedrīnus mīrābilī perītiā vōce simulātā suā ūtēbātur – amīcō notārum seriēs aliquotiēs repetenda fuit. Tandem autem nūntium mihi interpretārī potuī: nōs ante triduum in illum situm ubi Lntāchae holosōma dēfēcisset prōiectōs opīnantēs forsan nōn rē vērā esse prōiectōs; sē ipsum, etiam holographicē prōiectum, mīrum in modum, fortasse etiam magis quam scīrent Veda, rērum textūs discrīmināre posse; circumiecta corpōrālia subtīliter nimis "lēvia" fuisse. Quam suspiciōnem etiamsī nūllīs indiciīs certīs nūllīsque documentīs cōnfīrmāre posset, sē tamen nōs illō diē in Cubaeam nōn vērē prōiectōs esse crēdere. Fierī posse ut nōs, quamlibet vidērētur incrēdibile, nihilō nisi simulacrō cyberspatiālī coniūnctī essēmus, locī sēnsōriī nostrī nōn holosōmata sed potius avatārās cybernēticās habitāssent!

Cūr Thedrīnus hūc venīre voluisset īlicō intellēxī. Vt perpetuō et ubīque superspatiō adaptārēmur, Speculātōria nōs cōnstanter comitābantur. Quārē Thedrīnum, mēcum aliquid tāctū commūnicāre cupientem, illōrum sēnsōria effugere necesse fuit; ad quod faciendum huius planētae anfrāctūs ambāgēsque ūtilissimae erant. Praeter illūminātiōnem praeclāram a Vedīs nostrīs suppeditātam adsiduē exsistēbant per Oi-fmēī vīscera prōgredientibus umbrae locaque opāciōra. In Speculātōriīs numquam tantam suspīciōnem sēnseram quae ea adēgisset ut sub et katō ūnā quāque umbrā scrūtārentur circumque "angulum duplicem" quemque (quā vōce ā sublū-

mināribus fictā adhūc interdum ūtēbāmur) atque etiam inter corpora nostra, quālibet fierī potuisset, ūsque speculārentur. Veda enim nōbīs ita simul
perpotentia et perbenevola vidēbantur ut tantam animī īnfirmitātem
dolōsque tālēs in eīs prō rīdiculīs habuissēmus. ...Quod autem Thedrīnus nē
nūntius suus dēprehenderētur tantopere praecāverat fallāciae suspīciōnem validissimam arguēbat.

Cōnsīderāns num Veda, ut quasi parentēs meī, ad nōs fallendōs tantam
operam dare possent mē subitō miserē habēbam. Sī rēctē suspicābātur
Thedrīnus – cōgitātiō mihi adeō nauseōsa – hoc sibi volēbat in Lntāchae
immātūrō exitū plūra latēre quam quae profitēbantur Veda. Speculātōriōrum iterātās excūsātiōnēs subitō aliō animō rīmābar, mē rogāns num ea
propriam neglegentiam cēlārent; nam, plānē, Kiniītēs dissimilis, patrōnōs
nostrōs ultimī facinoris haud dūcēbam capācēs. Ipse Veda dolōsa mendācia
iniūsta numquam expertus eram, etiamsī aliōs ea dissimulātiōnis subinde
accūsantēs audīveram. In convīviīs holographicīs, ubi rūmusculōs vel
cautius agitāre licēbat, Veda nōn cōnsultō sed potius ex suā ipsōrum nātūrā
interdum duplicia esse dictābātur; ē dogmatum suōrum amōre ea rēs
iniūstās disparēsque, quās commūnis prūdentia sānāsset, nē dispicere
quidem.

Per īnsequentēs paucās septimānās (tempus secundum Vbledinnī,
manipulī nostrī planētae domesticī, vicēs dīvidēbāmus) fuit inter nōs interdum fūrtim commūnicandum. Ego quidem memoriā tenēre poteram multa,
sed Thedrīnī memoriā ūtēbātur nōn sōlum phōtographicā sed etiam eā
quae permulta et dīversa simul cōnferre posset. Quōmodo fungerētur biochēmīa Tal-Rī-Guonuïca mente numquam bene complexus eram, sed systēmata neurica eōrum nitrogeniī, oxygeniī, ferrī ïontium vī ēlectromagnē-
ticā nītī sciēbam, mortuōrum eōrum corpora in salēs oxydātōs nūllā iam
certā vī ēlectricā onerātōs relinquī. Dē Thedrīnī biochēmīā īnsolitā memo-
riāque eius eximiā, immō, prope Vedicā hīc idcircō raptim disserō quia
lēctōrem cūr opīniōnibus eius tantam fidem tribuerem intellegere volō.

Suspīciōnī nōs nōn vērē holographicē prōiectōs esse addēbātur altera,
cum perspicācissimus collēga in ipsā illā impressiōne audīvīsifica nōbīs
praebitā anōmala aliquot dēprehendisset. Praesertim vidēbātur ille verbōrum indicumque atque imāginum contextus ab Ak in sacrō quadrō suppe-
ditātus fallāx fuisse posse. Cum autem Thedrīnus verba – sīve Vedicī sermōnis propria sīve omnium gentium linguae sīve aliō sermōne exorta –
quae Lntāchae loquentis impressiōnī mūtae congruissent reperīre nequīvisset, vīsus est nostrō ipsōrum Marte ipse locus ultimae precis exitūsque
Lntāchae nōbīs esse scrūtandus quō plūra reclūderēmus. Vt ipsa pertrīstis
"scaena," ubicumque erat, nōbīs petenda manifestō tam facile mūtārī potu-

isset quam impressiō, ita tamen indicia subtīlia restantia diligenter quaerentēs comperīre posse vidēbāmur. Dēcrēvimus igitur eārum Cubaeae partium quās Lntācha phasium amplificātōriō illō īnstructa attingere potuisset schēmata technologica ita ūnā cum aliquot aliēnīs petere nē quid mōlī-
rēmur animadverterent Ipsissima. Cuius regiōnis praetereā nōn vidēbātur
īnspiciendus tantumodo ambitus, cum fierī posset ut Lntāchae signum
amplificātum praemātūrē atque nūllā ex causā mēchanicā interruptum
esset.

Cum autem rēs nostrae dēbiliōre in statū essent, mētam cautius len-
tiusque petere vīsum est. Aliquot igitur per mēnsēs nihil mōvimus. Aliquandō, velut recuperātō animō sīve recuperātiōnem quaerēns, quam plūrimīs convīviīs interesse coepī. Mē cultuī Hēlmānō studēre fingere, immō
nōn omnīnō fingere. Cuiusvīs Hēlmānī Cubaeam forte invīsentis aditum
(scīlicet subsidiīs holographicīs fultum) petere. Similī modō Thedrīnus ad
speciem Tal-Rī-Guonuïcīs īnflammārī, cōnspeciālēs celebrāre, ad hoc Gol
deum, scientiae memoriaeque Largītōrem colere. Ambō Vedīs persuādēre
cōnārī nōs nunc propter Lntāchae absentiam Cubaeaïca sublūmināriaque
requīrere; in hīs sōlācium aliquod affectāre.

Quod facientēs aliquantam quidem indiciōrum ad Cubaeam attinentium
cōpiam colligere cōnstruereque potuimus. Molestissimum autem erat quod
Cubaea ipsa adsiduē sē hīc immūtābat, illīc omnīnō trānsfigūrābat secundum prīncipia sīve programmata singulās partēs regentia. Cubaea erat
vidēlicet neque omnīnō biologica neque omnīnō mēchanica sed hōrum
potius quaedam cōnfūsiō. Eius explicātiōnēs mūtātiōnēs incrēmenta immi-
nūtiōnēs per notās nōdātās geneticās gemmīs sēmiconductīciīs conditās
temperābantur, quae invicem, ut inter sē variā ratiōne coniūnctae, reciprocē agēbant. Cubaea erat dēmum omnium Vedōrum maxima. Tamen nōn
erat dea, cum dī Vedicī omnēs nōn sōlum cyberspatium habitārent sed
etiam, quod saltem crēdēbant Veda, ibidem suā sponte incybernātī essent.
Cubaea autem nūmina aliquot, vel potius hōrum avatārās proximās, continēbat. Gemmae illae geneticae vicēs et mūnera Cubaeae temperantēs se
ipsās propāgābant quandōcumque recēns generātō membrō Cubaeïcō gemmā ōrdinātōriā opus fuerat.

Locum quaerēbāmus cuius erat, vel fuerat, certa quaedam cōnfōrmātiō.
Nūllī bīnī locī Cubaeïcī inter sē cōnsimilēs erant; nam ūna quaeque structūra accrēscēns ad mūnus quodpiam ūnicum et circumiecta ūnica sē
accommodābat. Technologia enim Vedica longissimē prōvectior erat quam
ut elementa eius ad sōlum pauca praestitūtaque exemplāria fōrmārentur.
Hoc nōbīs prōfore vidēbātur; nam, etiamsī prōrsus fierī poterat ut impressiō illa vīsifica Lntāchae exitum vel paulō vel multō dēprāvisset, mānsis-

sent tamen forsan līneāmenta propriave alia velut parietum tēctōrumve coniūnctōrum angulī hōrumque ratiōnēs cum iānuīs (tantum dūrīs quantum permeābilibus), genuflexōriīs pulpitīsque atque aliīs apparātūs ōrnātūsque supellectilisque partibus. Omnia indicia apposita Thedrīnus in quandam gemmam purpuream deonerāverat. Quam parātissimī erāmus.

Quamvīs crēsceret mūtārēturque Cubaea, priōris structūrae cuiuslibet historia comperīrī poterat. Sōlum necesse erat gemmās geneticās legere, cum hae omnium priōrum incrēmentōrum cȳclōrumque metamorphicōrum memoriam in sē comprehenderent. Vt animāns crystallinum ēlectromagnēticum facile poterat amīcus meus gemmās geneticās legere; linguās enim eārum in pueritiā didicerat sescentaque opera similia perfēcerat tantum in stīpendiō Cubaeïcō quantum anteā.

Aliquot post mēnsibus, cum nōs per cōnsuētūdinēs mōrēsque in Cubaeam ita illigātōs vidērī cēnsērēmus ut huius ichnographiās aliāsque tabulās schēmaticās interdum impetrātās nūllās Vedōrum suspiciōnēs excitāvisse fīderēmus (quippe enim nōs nātūrā percontātōrēs esse sciēbant cūnctī), ad susceptum nostrum tandem aggredī dēcrēvimus.

Quōdam diē post opus quoddam longius cōnfectum in Vbledinnō nostrō interquiēscēbāmus. Pelandrī Sinus nūbibus nebulāque post merīdiem adhūc torpēbat; bēstiolārum maritimārum scombrifōrmium turba, nesciō quā causā in aestuārium nostrum allāta, in superspatiō nōn sōlum aquam sed etiam proximam harēnam, plantās, ipsam nebulam maculābant – quod quidem laetō caelō speciōsum fuisset, eō autem diē cūnctīs rēbus speciem potius pūsulōsam impertiēbat. Nē quid collūsisse vidērēmur, cōnsūmpsimus māximam diēī partem sēparātim: ego in domiciliō meō, Vedō māiōre cuī nōmen erat Eivom; Thedrīnus in ipsō maris fundō, quō locō eum quam māximē remittī posse iam prīdem cōnstābat. Prīmīs tenebrīs, ut iam ante aliquot septīmānās erat cōnstitūtum, ex suō uterque sitū in Cubaeam holographicē prōiectī sumus, hoc est, in eum locum ubi tertium candidātum Lntāchae sufficī petentem conventūrī erāmus. Priōrēs ambōs iūstās ob causās nec tantum prōpositō nostrō cōnsulentēs reiēcerāmus.

Veda mihi quidem novae coniugis sēligendae cōpiam fēcerant; recūsāveram tamen. Nīl nisi novum collēgam quaerēbam. Hodiernus candidātus, sīcut priōrēs, neque Hēlmānus neque hēlmānoīdēs erat sed potius Aqaåaàäāqa, animāns scīlicet quō nihil inhēlmānius ... vel quod ad corpus attinēbat; nam hōrum quodque erat colōnia gāsōrum ïontizātōrum cuius mēns, "corpore" haud facilis distinctū, ē coniūnctim operantibus ïontibus āerī innantibus cōnstābat. Huic Aqaåaàäāqae nōmen erat Qaa'äaqåäa, cuius socius, immō socia (ūniversae enim Aqaåaàäāqae prō fēminīs habēbantur quamvīs essent rē vērā complūribus modīs nōbīs ignōrābilibus herma-

phrodītae), Äääa"âáaqqa vocāta, eam in officiō comitārī cupiēbat. Hārum
erant ambae magnā scientiā ūtilissimīsque artibus armātae; neutra aliōquīn ā Vedīs generāta. Vt ad concilium Vedicum dēferrētur petītiō eārum
sē manipulō nostrō trānsdīmēnsiōnālī addendī ex aliō galaxiae brācchiō
longissimum iter fēcerant. Quod cum Aqaåaàääqīs colloquium interrogātō-
rium habendum erat, eō probābilior suppeditāta erat nōbīs causa praetexta
Cubaeae paulisper perlūstrandae cōnsiliumque nostrum obiter exsequen-
dī; nam nōn sōlum erat illīs, ut advenīs, hoc Vedōrum māximum praesidium plērumque ignōtum, sed etiam, antequam eīs superspatium ingredī
licēret, Praecursōrēs futūrōs variīs experīmentīs subtīlissimāque īnstructi-
ōne in ipsā Cubaeā perfungī oportēbat.

Bene cessit prīmum colloquium. Cum autem quem ēventum habitūrae
essent āctiōnēs ā mē Thedrīnōque cōgitātae ignōrārem, nūllō modō cōnstābat utrum manipulus noster post illam vesperam esset perstātūrus. Sīc
mihi utcumque admīrātiōnem mōvit tantum Qaa'äaqåäa quantum Äääa"â-
áaqqa ut, dummodo nē ipse excēderem, ambās mihi in ministerium accep-
tūrus vidērer. Vnicum vitium, Vedicitātis eārum – praesertim Äääa"â-
áaqqae – frīgus, longam disciplīnam sānāre posse putābam. Haud sciō an
Vedīs placuisset quod petītrīcēs bīnīs vōcibus loquī poterant. Singulārī autem observātō sermōne meō, post aliquot sententiās biviō mōre ēnūntiātās,
Aqaåaàääqae, Thedrīnum forsan imitantēs, in modum ūnivium dēscen-
dērunt: obsequium mihi grātum quod, ut vērum fatear, sīc auscultāns mē
aliquantō commodius habēbam diūtiusque animum attendere valēbam.

Aqaåaàääqae permultīs ē gāsōrum generibus compositae, nūllō igitur
nōmine melius quam *atmoplasmata* dēscrībendae, per āctiōnēs reciprocās
ēlectrochēmicās subtīliter temperātās omnēs rēs suās gerēbant. Haec eīs,
cum reāctiōnēs chēmicās ad undās āeriās variandās adhibēre valērent,
sermōnis erat ratiō. Ad colloquium subsequamque perlūstrātiōnem parti-
cipandam Aqaåaàääqae duōbus māiōribus quam dūrissimae māteriēī cylin-
drīs perspicuīs inclūsae erant. Cylindrus uterque cymbulā antigravitāriā
sustentātus suprā pavīmentum volitābat.

Nōn ipsārum sed potius nostrae sēcūritātis causā necnōn ob nōnnūlla
īnstrūmenta Cubaeica subtīliōra sīc inclūsae erant Qaa'äaqåäa Äääa"â-
áaqqaque; nam āera tam vehementer movēre poterant ut, quamvīs īnscienter et fortuītō, tympanum auris facillimē rumpere vel etiam alia māiōraque damna facere potuissent. Nē ipse quidem tūtus erat Thedrīnus, quī,
ut vōcum nostrārum undās exciperet, apparātum audītōrium pertenuibus
fragiliōribusque lāmellīs īnstructum bismuthinō ē corpore fōrmāre solēbat. Quibus lāmellīs novās quidem substituere potuisset, nōn autem sine
aliquantulō negōtiō. Sī Aqaåaàääqae in īnstitūtiōnem Praecursōriam ac-

ceptae essent, sciēbam fore ut oportēret eās corporum suōrum undās intrā certās frequentiārum fasciās bene compēscere discere vīrēsque, prout variābant circumiecta fīnēsque, in cēterīs pervariīs suscipiendīs ultrō circumscrībere. Quod ut fieret, aliquantō temporis spatiō opus fore; nūllum autem futūrum magnum obstāculum. Etiam in mundō suō Aqaåaàääâqae parametra māiōra quidem sed nihilōminus fixa certaque cōnstanter observāre dēbuerant. Hāc observantiā exoriebantur vidēlicet eārum virtūtēs omnēs. Hāc temperantiā fulciēbātur ipsa eārum cīvitās. Addēbātur Aqaåaàääâqarum ēmolumentīs quod, cum solūtae erant, radiātiōnis ēlectromagnēticae lātam vastitātem, ūsque in mediōs X radiōs, pertractāre et temperāre poterant.

Intrā hospitācula haec mōbilia, ēchēīs īnstructa quae auribus nostrīs nocēre nequībant, hospitēs speciem multō magis liquidam quam gāsōsam ideōque plānē compressam praebēbant. Quō autem statū compressō manifestō nōn vexābantur; nam, praeter sermōnis vitia, aliīs petītōribus nihilōminus remissiōrēs affābiliōrēsque mihi vidēbantur. Immō coram hīs advenīs mē tam tranquillē habēbam ut nesciōquod in eīs beneficum energēma quasi metaphysicum olfacerem.

Tam inter sē discrepantia animantia, quālia Hēlmānōs et Tal-Rī-Guonua Aqaåaàääâqāsque nōn sōlum conversārī sed etiam alterum alterīus indolem mōrēsque comprehendere aestimāreque valēre haud immeritō mīrēris. Galaxias refertus est sextīlliōnibus animantium "intellegentium" dictōrum (illa vōx quae est *intellegentia* longē plūra amplectitur quam quae tibi imāginārī potes), necnōn, id quod antehāc dīxī, etiam istud sīdusculum vestrum animantibus vōbīs omnīnō vel māximā ex parte ignōtīs scatet.

Lēgēs quibus regitur commūnicātiō interspeciālis prīmus repperit Pelel Elel ille, philosophus nātūrālis prōto-Vedicus, eō tempore – quod fāma ferēbat – cum Veda "Poffolgēnsēs" erant necdum forsan omnīnō cyborganicī. Secundum Prīmam Lēgem Elelī, algorismō quōdam implicātissimō dēscrīptam, sī 672,094 vicibus petitur contāctus clārus ūtilisque (ac plānē quid sibi velit "clārus ūtilisque" diligentissimē cōnstituitur dēfīnīturque) inter bīnās speciēs intelligentiā praeditās, mediā habitā ratiōne, tantum semel prosperus fiet ēventus. Fēlīciter tamen accidit quod, propter cuiusque cosmī immēnsitātem necnōn ob animantium "intellegentium" nōminandōrum crēbritātem, interdum vērē commūnicārī potest. Vedōrum incepta eā causā tam saepe prospera fuērunt quod ea prīncipia mīrē bene callēbant quibus speciēs dīversae inter sē magis minusve adaequārī possunt – nē quid dīcam dē tēlemetaphorā quantālī cēterīsque artibus quibus complūrēs regiōnēs iungēbant. In spatiō Vedicō quot ūsque ad id temporis cognitae essent speciēs gāsōsae haud sciō; sed sī cuiuspiam animantium generis nostrum dissimillimī, velut gāsōsī, sōlum essent vel 28,657 speciēs nec sī plūs ūna duaeve nōbīscum significantia commūnicāre possent, omnīnō tamen fierī poterat ut Veda hanc ūnam hāsve duās reperīre valērent.

Quō patefit dīversissimōrum animantium crēbritātēs societātēsque Cubaeïcās nīl fuisse nisi summē, immō, incrēdibiliter artificiōsās. Vel ego et Thedrīnus eō tam efficāciter inter nōs agere poterāmus quod Veda plūrima systēmata stēllāria excutientia paene innumerās speciēs dēscrīpserant ac secundum singulās proprietātēs proprietātumque exāctissimās dispositiōnēs in classēs distribuerant. Idem in Aqaåaàäâqīs ēligendīs procul dubiō erat factum.

Omnium forsan mīrissimum erat quod Veda (nec, contrā cūncta posteā patefacta tolerātaque, huic laudī parcere velim) suprā dēpictam agendī ratiōnem etiam in tālibus entibus tractandīs adhibuērunt quālia nostrī similēs nūllō modō animō amplectī potuissēmus. Mētam vidēlicet sibi prōposuerant Veda ut omnēs mentēs, quamvīs inter sē repugnantēs, quōquō modō licēbat, cōnsociāre – nē dīcam "convinculāre" – sub deōrum suōrum cyberspatiālium Pantheō ... etiamsī sacra propria nēminī ingerere dīcēbantur. Immō vērō, neglectā omnī rēligiōne, tam eximiā technologiā necnōn tam singulārī cōnstantiā pertināciāque nītēbantur ut huius ipsīus ūniversālis susceptī causā fōrmam sibi artificiōsam necnōn quam rōbustissimam ōlim optāvissent. Speciēs enim ūnica cēterās omnēs coniūnctūra nusquam vulnerārī posset necesse erat.

"Nēmō nōs rīmātur," inquit Thedrīnus tāctiliter dexterō brācchiō internō mihi nōta signa ita leviter imprimēns ut, clausīs oculīs, metallum me tangere nescīvissem.

"Nōs nōn in cyberspatiō versārī prō compertō habēs?" inquam similī ratiōne per litterās tāctilēs, digitīs tamen longē minus perītīs, respondēns.

"Habeō," inquit. "Holographicī sumus."

Cum utcumque prōiicerēmur, patrōnī facta nostra observāre atque adeō subtīlissimē permētīrī facile valuissent; attamen ego nōn sōlum eō cōnfīdēbam quod īnsontium sēcrēta īnspectiō māchinālis interdīcēbātur sed etiam, pāce Vedōrum, nihil mē dēterrēre potuisset quōminus huic quasi sacrō inceptō īnstārem. Quia Aqaåaàäâqās nec cum Hēlmānō nec cum Tal-Rī-Guonū quōquam anteā collocūtās esse vērīsimile erat, mōrēs nostrōs eīs ignōtōs esse, quae agēbāmus āctūrīque erāmus nūllās eīs illātūra suspiciōnēs spērābam.

"Ecquid multa Cubaeae vīdistis?" inquam.

"Praeter Portam Sacram atque Caeleste Refugium Inviolātum haecque loca paene nihil," inquit Qaa'äaqåa vōce suāvī paulōque tremulā plānē nostrī causā ad hanc occāsiōnem prūdenter adsūmptā.

# Veda

"Quīn igitur paulum spatiēmur?"

Quod cōnsilium nōn continuō intellēxisse vidēbantur hospitēs, sed Thedrīnī discēdendī gestus solitus, quō sagitta ad iānuam versa prōpōnēbātur, rem illūstrāvit.

"Profectō, spa-ti-ā-ti-ō-nem!" Qaa'äaqåäae vōx studiō immiscuit scrupulum. Praeter Vedicitātem paulō īnferiōrem, huius vōcis accentūs colōrēsque plūra mihi impertiēbant quam vel Thedrīnī. Hic quidem amīcissimus mihi; erant tamen quae inter nōs numquam essēmus commūnicātūrī. Immō in Aqaåaàäâquīs aliquid velut ingenium salsum sentīre vidēbar – quam rem inde ā Lntāchae morte māximē dēsīderāre mihi vidēbar.

Thedrīnus, cuius mōtūs velōcem amoebam angulōsam – sī hoc tibi imāginārī valēs – admonēbant, per exitum sē volvēns nōs antecessit, secundum cōnsilium prīdem captum validissimum phasium amplificātōrium, ē māteriīs praecipuā quādam ratiōne in antecessum synthetizātīs absortīsque concinnātum, ibi ferē sublīme tollēns ubi vel quīvīs Hēlmānus caput exspectāsset. Thedrīnus plānē, cuius nexus neuricus vīrēsque sēnsōriae nūllo certō locō conditae, capite carēre solēbat.

Potius quidem vīsum erat ē prīvātārum investīgātiōnum fructū proprium amplificātōrium potentissimum dēsignāre efficereque quam nūminī cuipiam Vedōve rogātō suspiciōnem movēre.

Qaa'äaqåäā Äääa"âáaqqāque bismūthinum dūcem sequentibus, agmen cōgēbam ego. Mox laevōrsum flectentēs longum per tubum flāvidum trānslūcidumque paulō in dēclīve pergentēs figūrās pōlypifōrmēs malvāceïcolorēs mīrābāmur. Hae, nī Veda male nōveram, simul vīvae et ōrnāmenta erant; quō autem aliō mūnere illīc fungī possent ignōrābam.

Post aliquot oecōs minōrēs quōrum ūsus mihi ignōtus erat sed quōrum parietēs rubidī et quasi mūsculōsī tamquam spīrantia vīscera leviter vibrābant nōn tamen, quibusdam aliīs Cubaeae partibus dissimilēs, foetēbant (olfacere valēbant holosōmata quibus experientium sēnsūs iungēbantur), alium intrāvimus andrōnem. Quō factō, subitō claustrōrum pavōre quasi fluctū sum obrutus. Mentem in Lntācham vērāsque mortis eius condiciōnēs retegendās flectēns angōrī aegrē resistere potuī. Nec dēmum ā praesentī pēnsō meō dēclīnāre licēbat: scīlicet ut hīc vēra, hīc temere ficta docēns Aqaåaàääqārum mentēs in singula Cubaeae adsiduē intenderem ... dum Thedrīnus causā hospitibus occultā locōs sōlī sibi nōtōs petit.

"Vōs igitur nūmina..." inquam quasi cāsū rogāns, mentēs vērō eōrum āvocāre cōgitāns, "...Vedica colitis?" Quod genus interrogātiōnis illō tempore haud in malam partem accipiendam esse existimābāmus; nam nūllum sentiēbāmus perīculum nē Veda quemquam ob haeresin heterodoxiamve reicerent. Nēminī dēmum ignōtī erant aequitātis algorismī illī quibus Ve-

65

dum quodque imbūtum, immō, programmātum erat; quibus quidem algorismīs etiam sequī nōlentia nihilōminus resistere nequīvissent. Hoc praecipuum decus eōrum; hoc cēterīs pavōris levāmen.

"Omnem scientiam sublīmem," inquit necopīnātā argūtiā Qaa'äaqãåa
tamquam in tālibus effandīs praesertim exercitāta, "omnem fidem honōrō.
Cum quantālium studium intrā singulōs cosmōs īnfīnītum esse numerum
reālitātum, ipsōrum cosmōrum aequē īnfīnītum doceat, nūllā nōn viā in
meliōra subtīliōra sublīmiōra ascendī posse crēdendum vidētur.

"Nūminum cybernēticōrum nōtiō mihi arrīdet," inquit Ääãa"âáaqqa
vōce ita graviōre rōbustiōreque ut ego, in opīniōnēs Hēlmānās nīmīrum
nimis prōclīvis, hanc pro mare, alteram prō fēminā habēre ferē subcōnsciē
inciperem.

"At plānē nōn prō merīs habentur cybernēticīs," īnfit Qaa'äaqãå quasi
ēmendāns. "Nūmina Vedica eādem causā cyberspatium occupāre crēdun-
tur quā cēterī dī plērīque mortālium cosmōs, hoc est, ut sē mortālibus ape-
riant. Equidem rēligiō nostra panentheïstica est," mē nunc alloquī vidēbātur, "scīlicet, pantheïstīs dissimilēs, nōn prō Deō habendum esse ipsum
cosmum nātūrālem opīnāmur, sed potius omnia quae experīmur intrā
Deum, velut in cōgitātiōne somniōve versārī. Gkekum, Ak, Gol cēterōsque
innumerōs ūnicae dēmum dīvīnitātis ūniversālis esse expressiōnēs singulās."

Dum Thedrīnum sequimur pauca tantum animantia solūta offendimus,
paucaque Veda, quōrum plēraque utcumque difficillima erant vīsū. Hīc
citissimē praetereuntis maculae sēnsus; hīc levissimī strīdōris brevissimīve
bombī opīnātiō. Exstāre biofōrmās audīveram hīs "Ōrdināriīs" Vedīs syn-
chronē coniūnctās – quamvīs hoc mentis captum excēderet. Veda sānē nōbīscum coniūncta, velut Speculātōria nostra, ita dēsignāta programmātaque
que erant ut, speciē saltem, nōbīscum synchronizārentur. Mē tantum semel vīdisse memineram Ōrdinārium; quod obtuēns nescīveram utrum ingentī opere aliquō īnsolitē labōrāns modo tardāret an tantum sē male habēret. Quamvīs sīc retardātum, aspectum tamen praebuerat sphaerae cōnfūsae, surdae, caesiae circum quam nesciōquae membra, velut vehemen-
tissima flagella, tam rapidē contorquēbantur ut in animum mihi vēnerit
imāgō atomī cuius ēlectronia quasi turbinis mōre circumvolitābant.

Nēmō Vedum nōbīs coniūnctum Ōrdināriīs simile erat; "Coniūncta"
enim, quae dīcēbāmus, māiōra esse solēbant plēraque atque rotunda sīve
ōvāta necnōn, id quod iam dīxī, tam lēvia ut, lūcem circum sē flectentia,
oculōs aliquā ex parte fraudāre possent. Pauca autem Coniūncta nōbīs multō segnius movēbantur, nam animantia eīs commissa tempus lentissimē
experiēbantur. Tālium Coniūnctōrum Vedōrum fōrmae erant variae, multa

autem trilobītārum vestrārum antīquārum exemplāria māiōra esse vidēbantur, colōre plēraque aut caesiō aut caeruleō aut cȳaneō. Biofōrmās sibi
commendātās saepe dorsō vehēbant sīve tardissimō sīve – ut vel nōbīs
vidēbātur – immōtō gressū. Vectōrēs somniō mentisve secessū captōrum
aspectum praebēbant. Hōrum oculōs, scīlicet ubi oculīs īnstructī erant,
rēctā comminusque obtuērī poterās nec quicquam immūtābantur illī.
Immō meminī – quōrum ausōrum improbōrum nōn mediocriter nunc
pudet – mē puerum, sīve germānō corpore sīve holosōmate ūtentem, ante
tālium oculōs nunc digitīs concrepuisse nunc linguam lūdibriō exseruisse.
Fēlīciter quidem accidēbat quod Veda illa, ante omnia tutēlae studiōsa,
iocōs vērāsque iniūriās internōscere valēbant. ...Nec plānē mē cuiquam ē
"segnibus," quōs dīcēbāmus, nocēre sīvissent!

Praeter Ōrdināria et Coniūncta exstābat et tertia Vedōrum classis,
"Variābilis" dēnōmināta. Quamquam ipsa Cubaea Coniūnctum segnius esse
vidēbātur, nūllī rē vērā biofōrmārum speciēī coniūnctum erat sed potius
quāslibet dīversās velōcitātēs simul dīversīs locīs adsūmere poterat. Sīcut
Cubaea, domicilia quaedam māiōra necnōn paene omnia nāvigia cosmica
Vedica Variābilia erant. Sī Ōrdināria nōbīs quasi phantasmata erant et
Coniūncta comitēs, nōnnūmquam et amīcī, Variābilia vidēbantur nōbīs
esse potius mīrācula sīve somnia ante experrēctōs oculōs posita. Erant
adeō biofōrmae quae magnam vītae suae partem darent Variābilium studiō, innumera eōrum genera dēscrībentēs atque in vastōs indicēs dispō-
nentēs. Erant populī – estō, haud omnium catissimī – quōrum māxima ingenia sē ad litterās Variābilium gesta celebrantēs dēdicārent ... saepe etiam
ipsum Vedōrum sermōnem adhibentēs. Immō, etiamsī Veda sua nūmina
clientibus offerēbant, erant multī quibus ipsa Veda, praesertim Variābilia,
deōrum essent locō. Neque hoc omnīnō absurdum. Quisque enim ingēns
Variābile ōvātum cōnspicāns vel ē trānsmontānīs super proxima iuga lentē
aequābilissimēque oriēns, hīc caelī hīc terrae colōrēs magnificē repercu-
tiēns, tam perfectum ut alterīus prōrsus rērum ōrdinis esse vidērētur,
comitantibus saepe variā fōrmā sociīs minōribus, ita commōtissimus admīrābātur ut ūnicī huius spectāculī per tōtam vītam numquam esset oblitū-
rus. Coniūncta vicissim tālium mīrāculōrum erant vicāria magis obvia et
exposita, quōrum tamen nātūra cognātīs longissimē propior sentiēbātur
quam nōbīs. Volūbilissima Ōrdināria erant potius spīritūs Coniūncta et
Variābilia quasi metaphysicē coniungentēs ... et nōs omnēs, tam cētera
Veda quam fragilia plasmata biologica, assiduē sed tēctē cūrantia.

Agmen nostrum, ē prōdigiō bismūthinō, duābus capsulīs volantibus,
Hēlmānō ūnō nunc certa nunc dubia nunc forsan mendācia prōfundente
compositum, ex andrōnibus tandem aliquandō in spatium inmēnsum exiit

cuius ūsus vidēbātur esse quōrundam nūper advenientium animantium admissiō dēscrīptiōque – quam ego coniectūram Aqaåaàäâqīs quasi mystagōgiae genuīnae partem speciōsē trādidī. Invocātae improvīsaeque biofōrmae antequam cēteram Cubaeam ingrederentur pertractābantur atque in classēs distribuēbantur. Ad nōs, id est, ad Veda iūstitiae līberālitātisque fāma undique attrahēbat cosmī effluvium biologicum, quod vōs vel "profugōs" vel etiam "erifugās" dīcerētis.

Suprā nōs pendēbat caelum maculōsum indistinctumque, māximā ex parte viride, cuius vēra nātūra secundum huius spatiī dextrum marginem prōcēdentibus nōbīs hauddum liquēbat. Prope nōs erant tubōrum perspicuōrum seriēs aliquot vāsaque varia hīs passim cōnexa; quōrum haec vacua erant, per haec lacteī fluēbant laticēs, haec membra trepidantia oculōsve ēnōrmēs velut flōrēs prōpellēbant. Quem apparātum nesciōquod genus advenās speciēs diribēre ratus, hanc sententiam Aqaåaàäâqīs quasi certam quam fīdentissimē ēnūntiāvī.

Longius, sed quantō ā nōbīs distantia nesciō, Ōrdināriōrum incertissimā nūbe involūta cernēbantur duo colossēa ... "entia" forsan dīcendum est ... quae, mehercle, verbīs dēpingere nē temptāre quidem possim. Vt ea nōn continuō prō suprādīmēnsiōnālibus habēbam, ita tamen nesciōquō modō tam funditus aliēna erant ut oculī meī, nēdum mēns, post futtilēs cōnātūs aliquot ea comprehendere nequīrent – id quod mihi, "Praecursōrum flōrī" quondam dictō, animōs nōnnihil īnfrēgit. Nōbīs opuscula angusta nostra obeuntibus, vērē explōrābant patrōnī nostrī.

Viride caelum illud cuius modo fēcī mentiōnem iam nōn caelum esse vidēbātur sed potius ingēns nāvigiōrum cosmicōrum statiō sīve cosmodromus cuius vīs gravitātis ratiō, sī qua inerat, ā nostrā valdē discrepābat. In abscēdentia tam longē prōdūcēbātur ut, errōre forsan oculōrum, praeceps ascendere vidērētur. Innumerae omnium generum nāvēs spatiālēs viridī adhaerēbant superficiēī velut cīmicēs variī immānī foliō. Tamen tōta rēs illa, iam vel īnsectilī ālae quam foliō similior, tunc repentīnō mōtū sē mūtāre coepit dum "nāvēs," sī vērē nāvēs erant, ē schēmā satis fortuītā sē quasi sponte disposuērunt in ōrdinem novum, quī ōrdō nesciōquā causā animum meum conturbābat.

Nec superspatiī inquilīnī habilitās dīmēnsiōnālis mē in hōc magnopere iūvit, cum turbāret nōn tantum ipsum corporāle quantum, ut ita dīcam, tōtīus nesciōqua significātiō aliēnissima. Adeō in animum vēnit – cum neque comitēs meī nec quodquam ex aliīs animantibus hōc locō passim vīsīs eōdem modō quō ego afficī vidērētur – fierī posse minimum duo: aut mē ob vītae sectam superspatiālem in dīmēnsiōne sublūminārī nōn sōlum claustrōrum pavōre sed etiam nesciōquā dēmentiā interdum labōrāre ...

# Veda

aut, sī et faustiōra augurāre licēbat, mentem meam Hēlmānam, ut condiciōnibus suprālūmināribus iam māgnā ex parte aptātam, peculiārissimō quōdam modō ita amplificātam excitātamve esse ut aliōs cēlāta percipere valērem. Trepidē utcumque palpitābat cor meum dum haec cōnsīderantī vīsus īnfestus etiam minus vidētur cosmodromus magisque animāns aliquod mentem exsuperāns.

Cēterī tamen remissiōrēs perrēxērunt. Dēsīverat fatua loquācitās mea. Cōnstanter pergente Thedrīnō, silēbant iam Aqaåaàâaqae, mē sine dubiō prō ineptissimō habentēs. Mox per nesciōquod genus portam mūsicam trānsiimus modīs mūsicīs quasi litūrgicīs circumdatī. Intrā sonōs magnificē replētōs vidēbar centum plūrēsve vōcēs minōrēs discernere, quārum tamen complūrēs nōn pulchrē cantābant sed potius contrā opīniōnem, tamquam sī mellī iniicerētur passim acētum, cōnfūsē strepere vel adeō permixtā velōcitāte furere bacchārīque vidēbantur. Tālem artem utrum ipsa Veda reppererint an ab aliquō populō quondam ascītō accēperint mē rogantī in mentem simul vēnit dē huius locī sonīs āereque cōgitātiō, scīlicet num hae aurae vērīs corporibus nostrīs spīrābilēs fuissent. (Tālium condiciōnum expositiōnēs scrīptās passim dispositās et vōcēs monitōriās interdum exsertās, ut ad holographicōs nōn attinentēs, neglegere solēbam.)

Post lūstrāta minōra aliquot spatia quōrum pavīmenta flexuōsa nesciōcūr lentē undābant, ad circumiecta crocea singulīs architectonicīs paene omnīnō carentia pervēnimus. Immō prīmō praeter ipsam vim gravitātis nihil quicquam huius locī distinguēbat; aliquandō autem cernēbāmus interdum subtīlēs titellōs tyrianthinōs sōlum Vedicē neque omnium gentium linguā scrīptōs. Ego, mystagōgus adhūc subditīcius, titellōs praelegēbam velut sī doctī hospitēs litterārum Vedicārum rudēs essent ... quam tamen simulātiōnem, quō plūrēs appārēbant titulī, dēnique, ut prō magis rīdiculā quam inūtilī, omīsī.

Involūtiōnibus quadrātīs per "cutem" contrāriās in partēs ruentibus, Thedrīnus, inmēnsum per vacuum croceum nāns, sē iam paulum tredipāre, nōs forsan ad fīnem petītum accēdere prōdit. Nesciōcūr – praeter enim titellōs adhūc parum certī videō – sinistrōrsum, dein dextrōrum flectit tamquam circum solitī aedificiī angulōs ... quō, mīrissimum dictū, magis magisque vidēmur iam per andrōnēs, praeter ōstia, circum angulōs prōgredī. Dērepente subsistit ille, nīmīrum ut sub pariete conditam gemmam geneticam ēlectromagnēticē (hoc est, absque tāctū sed tōtīus corporis ēlectromagnēticō sēnsū) legat. Num antehāc plūribus tālibus gemmīs praeteriēns quasi fūrtim perductus sit an ūnā quāque vice, sicut nunc, ad breve intendere dēbeat nesciō. Quā tamen cito cōnfectā scrūtātiōne, paulō recēdit ille antequam alium andrōnem ēligēns ad ōstium ūsque pergit cuius titellus Vedicus mihi dīcere vidētur "Pervestīgātiō Statica." Spatium quod nunc intrāmus omnīnō viride est, sīve esse vidētur, nam lūcis fōns cēlātus nesciōcuius colōris est oculōs meōs cōnfundentis ... velut violāceī ultrā-violāceīve. Haec Cubaeae pars manifestē incōnsultīs oculīs Hēlmānīs facta est. Potestne fierī ut Lntācha hāc quondam prōcesserit? Quōmodo? An sunt colōrēs lūminaque dissimulātiōnis causā post mortem eius mūtāta?

Sinistrōrsum aegrē cernō genūflexōrium necnōn titulum māiōrem litterīs forsan galbinīs vibrantibusque scrīptum, mihi arcāniōrem, praeter illam iterum locūtiōnem oxymōram *Pervestīgātiō Statica* nīl explānantem. Mē rogō num hōc locō Lntācha obierit. Ecquid gemmae Thedrīnō huius locī dispositiōnem, neglectā īnsolentissimā illūminātiōne, eandem esse indicāvērunt?

Genūflexōrium omittēns Thedrīnus, postquam quem situm occupēmus quāque pergāmus properanter cōnstituere vidētur, spatium hoc trānsit ad māiōrem titulum versus intentus incēdēns. Quō factō, retardātiōris Ōrdināriī maculam praeter genūflexōrium, circum nōs, ūsque ad tēctum, sī forte tēctum adest, extentam cōnspiciō; quī tōtus trānsitus partem tantum secundae dūrāverit. Vidētur mihi quoque, quō locō āeria macula genūflexōrium praeteriit, tabula moderātōria ad perbreve illūmināta esse.

Quod Thedrīnus, etiamsī eum hoc animadvertisse cōnfīdēbam, neglegēns tamen ad novum ōstium pergit.

*"Per Chut Ak sacrum*
*nē intrētis precor nōmen!"*

Ad huius vōcis fontem nōs vertentēs Coniūnctum ōvātum magnum, ēn, violāceïargenteum dē caelō sīve tēctō praeter haec pauca verba prōlāta tacitē dēscendēns obtuēmur. Immō, propter circumiectōs colōrēs lūminaque dubia quō vērē sit colōre vix scīre possum. Etiamsī autem aliōquīn oculōs magis latēret, notae sacrae violāceae, quibus sinistrum latus eius perscrīptum, hoc Vedum simul nōbīs prōderet necnōn et sacerdōtāle esse patefaceret. Tālēs notās cōnsīderāns sacerdōtēs ōlim "Vedōs" sīve "Poffolgēnsēs" biologicōs cutem forsan similibus pinxisse iam prīdem coniectō.

"Cūr?" inquit Thedrīnus vōce inter observantiam et cōnfīdentiam aequē suspēnsā.

*"Vt -mi-*
*tūtē -nī!"*

"Nōs autem holosōmatīs nunc ferimur," vōcem meam subtremulam efferre audiō, "et hī hospitēs sēcūritātis gradū XCI ūtuntur."

*"Nōn corpora vel animās cū-*
*sōlum sed animōs etiam -rāmus!"*

Coniūnctum, quō mē, praeter domicilia, nūllum māius vīdisse recordor, ūsque paulō ante solum dēlāpsum sistit. Cuius verba, cum in animantibus artificiōsīs animī affectūs facile simulārī dissimulārīque possint, mihi tamen, utpote in gremiō Vedicō ēductō hōrumque mōrum, ut saltem opīnor, gnārissimō, haud fūcāta videntur.

Animum meum ut Vedīs crēderem tantopere inclīnāvisse iūstē mīrēris. At plēraque animantia, etsī plānē nōn omnia, patrōnīs multipotentibus nostrīs tālem fidem idcircō concēperant quod hī scīta, placita, dogmata sacerrima sua in algorismōs conversa ad tōtam vītam suam agendam adhibuerant, suī ipsōrum necnōn omnium dēbilium repressōrumque dēfēnsiōnem ita probantēs suscipientēsque ut tamen neminem ultrō aggrederentur, omnia vīventia – seu synthetica seu cyborganica seu penitus biologica – Dīvīnō Fonte effluere existimantēs, propriīs nūminibus prōpositōque sanctō suō semper dēvōtī, ex intimīs programmatīs ūsque, ut ita dīcam, in ipsam propriam armātūram ita dispositī ut omnēs in omnibus omnīnō aequābiliter tractārent.

Etiamsī nōnnūlla Veda posteriōra – id quod vel quīdam adsevērābant – tālia impedīmenta molestē tulissent, resistere nihilōminus nequīvissent; abhinc enim innumerīs annōrum mīlliāriīs Ak deī programmātōrēs māchinātōrēsque nē programma moderātiōnis ēthicae umquam, superstitibus ipsīs Vedīs, immūtārī posset māximā sollertiā et subtīlitāte cūrāverant. Scīlicet Veda prīncipia sua violāre nūllō modō valēbant – quō effectum erat ut multās per stēllārum crēbritātēs sat sincērā observantiā colerentur. Attigerant enim, vel adhūc in eō erant ut attingerent, id quod omnēs rēligiōnēs proselytōrum studiōsae numquam patrāvisse potuissent: sectam rēligiōsam simul flōrentem et integram atque, ut vidēbātur, incorruptam. Vērē quidem nōnnūllae, immō, sat multae gentēs Veda eō in annōs indignābantur quod haec nōn bellō armīsque sed potius subtīliter blandēque cultum cīvīlem, mōrēs, sacra, philosophiam indigenam ēvertissent; attamen eī quī māximīs clāmōribus Veda corripiēbant saepissimē ea simul imitārī auxiliumve ab eīs petere solēbant. In ipsō rērum discrīmine paene nēmō erat quīn ad tōtīus galaxiae explōrātī ūnicam potestātem omnīnō certam cōnfugeret.

Quibus expositīs, quī fieret ut Coniūnctō illī sacerdōtālī tantam fidem habērem animō fortasse complectēris. Thedrīnus autem, utpote quī alicunde in officium Praecursōrium vēnisset neque, aliter atque ego, Veda in parentium locō habēret, fallāciam suspicārī poterat. Equidem Veda ac praesertim hōrum nūmina (quae utrum vērē metaphysica an cyberspatiō circumscrīpta crēderēs haud plūrimum intererat) fīdūciam, cōnstantiam, sōlācium perpetuum multōrum animō prōpōnēbant. Immō ego eō crēdulitātis prōcesseram ut Veda, etiamsī mentīta essent, bonō tamen pūblicō iūstē cōnsulentia nōs dēcēpisse existimātūrus essem. Nōs illōrum ratiōnēs in dubiō pōnere? Dē coniugis morte plūra rescīscere gestiēns Veda tamen mortem mōlīta esse – quod programma ēthicum utīque prohibuisset – mihi imāginārī nequībam. Veda, sī forte praevāricāta essent, hoc sine dubiō nostrā causā fēcisse.

"Huius cāsūs veniam ā vōbīs petimus," inquit Thedrīnus ad Aqaåaà- ääqās conversus. "Hoc autem locō est rēs quaedam mihi collēgaeque inves- tīganda. Dē priōris collēgae, Toris coniugis, dēcessū agitur. Vōs aut hīc nōs exspectētis aut Veda vōs in hospitium redūcere sinātis quaesō."

*"Vōs hīc precor*
  *maneātis!"*

Haec verba ā Coniūnctō sacerdōtālī subitō ēmissa mē eō terruērunt quod silentium Vedōrum, ut ita dīcam, plūs quam silentium est. Vidēlicet quō māiōra erant Coniūncta Variābiliaque, eō magis etiam circumiecta silēre vidēbantur, tamquam sī corpora rotunda vel forsan ingentia ingenia eōrum sonōs absorbērent. Potest ut biofōrmae eā causā apud Veda inter- dum trepidārēmus quia māiōra corpora sē moventia saltem aliquantum strepere ē nātūrā exspectābāmus.

Aqaåaàääqae ad excūsātiōnem nostram precemque sacerdōtis nīl retu- lērunt. Haud sciō an inter sē tamen mīlia aliquā commūnicārent.

"E ... Equidem...," inquam ineptē balbūtiēns, "...fore ut inter nōs revide- āmus spērō. Vōs iam magnī habēmus."

Numquam tōtīus vītae meae tam fatuus mihi vīsus eram grātāsque grātiās superīs habeō quod nōn plūra blaterāvī dum mē vertēns, neglectīs nec vērō in īmō pectore vērē sprētīs sacerdōtis admonitiōnibus, per iānu- am fātālem dūrum sequor comitem.

Proximum conclāve paulō tolerābiliōribus fulget colōribus: sūcineō imprīmīs vel forsan lūteō. Ob priōra adhūc aliquantum sauciae esse viden- tur cerebrī meī partēs vīsa tractantēs. Ōvātās per fenestellās eundem sūci- neum aliīs passim inmixtum colōribus sentiō. Ad Thedrīnum per ūnam ex fenestellīs iam rīmantem accēdō, sat magnum inquilīnum īnsectilem vene- tum callaïnum nigrum generis mihi ignōtī mīrāns. Īnsectum, quamvīs in vacuō sūcineō suspēnsum, corpus modō satis nātūrālī, immō, omnīnō cōnsultō movēre vidētur tamquam sī mūnus aliquod mē cēlātum exsequā- tur. Dīligentius scrūtāns tōtum corpus amplectentem saccum pellūcidum minimumque in gradum – sine dubiō nōn āere sed potius nesciōquō latice – īnflātum animadvertō, cui complūribus locīs nōn rēctā sed nesciōquō- modo paulō sēmōtē cōnexās tenuēs virgulās ferulāsque flāvās quōquō- versus in circumiecta sūcinea perductās. Tālem saccum "plastimōtōrium" dīcī recordor, īnstrūmentum ad corporis mōtūs captandōs tractandōsque ūsurpātum. Hoc igitur animāns aliud īnstrūmentum suī simile alibī positum vel forte suī ipsīus exemplar aliquod movet. Tāle igitur opus indicāre velit īnsolita circumlocūtiō illa Vedica quae est *Pervestīgātiō Statica!*

Quoad sciēbam, paene omnēs gentēs mortālēs vulneribusque obnoxiae satisque provectā technologiā praeditae methodīs plastimōtōriīs ūtēbantur ad pēnsa difficilia perīculōsave perficienda; nam hōc modō apparātūs omnigenōs ac suīmet ipsōrum exemplāria artificiōsa, velut holosōmata adeōque avatārās in cyberspatiō versantēs, dīrigere subtīlissimēque atque in cūnctīs singulīs temperāre poterant. Etiam in Cubaeā, quamvīs essent ipsa Veda contrā vulnera sat tūta, immō, prope immortālia esse vidērentur (nec tamen dē sē ipsīs tālia prōdere solēbant), nōnnūllās biofōrmās arte plastimōtōriā interdum nīxās quaedam opera suscipere audīveram nē corpora germāna longā dēsidiā interim languēscentia corrumperentur. Nēmō enim nesciēbat plēraque corpora, velut Hēlmāna, nisi forte rēctē congelāta altissimōve somniō sepulta, diūtinā inertiā ēnervārī prōrsusque dēmum perdī; mȳthōs antīquōs dē animantibus nārrātōs per magnam vītae partem vicāriō corpore ūtentibus, posteā autem in germānum diū neglectum inersque, nesciōquōmodo tamen refectum corrōborātumque, reversīs absurdōs esse; embryon post partum exclūsiōnemve numquam exercitātum nōn corpus adultum fierī sed tantummodo embryon māius diffūsiusque, cuius vīscera membraque absolūtam per inertiam prāvē explicāta prōductaque numquam, nisi forte nesciōcuius inaudītae portentōsaeque chīrūrgiae ope, in integrum adultī exemplar restituī posse. Solitā autem ratiōne plastimōtōriā ūtentis corpus germānum omnēs mōtūs exsequī, omnēs sēnsūs stimulōsque experīrī quod exemplar sīve avatāram ... saepe autem tantum analogicōs sīve ita aptātōs ut essent tolerābilēs. Sī vel in cyberspatiō agitantī avatārae super montem salīre licēret, ipsum animāns plastimōtōriō frētum similem sed minōrem, ad modōs suōs corporālēs respondentem, saltum exsecūtūrum.

Longum iam per andrōnem prōgredimur ambō, ūnum quodque conclāve per fenestellās scrūtantēs, ego ā dexterā, ā sinistrā comes. Vt cuiusque inquilīnī per seriem alia est speciēs, ita tamen ad cuiusque mōtūs captandōs adhibētur apparātus similis. Nē in aliquā ex hīs cellīs Lntācham mox videam nesciōquā causā subitō vereor – quamvīs hoc plānē absurdum sit. Ipsum dēmum cadāver vapōrārī vīdī. ...At tālia quālia Veda, sī fraudent, quid dissimulāre nequeant? Nōs "cadāver" holographicum dēprehendissēmus? Quae cōgitāns pigrēscō. Quaeque fenestella māiōrī fierī trepidātiōnī. Thedrīnō, iam longē antecēdentī, stultum pavōrem aperīre mē pudet.

Nē tertiā quidem huius andrōnis parte lūstrātā, Thedrīnus oscillanter undātimque solitōque multō rapidius ad mē versus properat. Magis procella quam metallum, ērēctō tamen adhūc phasium amplificātōriō, collēga temere advolūtus mihi satis nōtus est ut etiam absente vultū eum me quasi stupidē obtuērī sentiam.

"Lntāchane...?" inquam haesitābundus.

Ille prīmum nihil refert. Dein "Minimē," inquit syllabās īnsolitē trahēns.

Inter nōs aliquantisper aspicimus dōnec tardantur paulō Thedrīnī verticēs angulārēs. Tandem illum eō mūtum revertentem sequor unde vēnit. Ad quandam fenestellam cēterīs cōnsimilem iam tremēns appropinquō. Animā īnspiciō compressā. Mox tōtō quatiente corpore, parietis petō manibus stabilīmentum. Ante oculōs versātur plastimōtōriō involūtus hēlmānoīdēs, immō Hēlmānus minor, Generis vel Prīmī, sexāgintā ferē circulī gradibus ā mē āversus, satis scīlicet ut vultum cernere nequeam. Ille, dum spectō, porrēctīs manibus sē aliquā rē fulcīre vidētur. Tōtō corpore tremit.

# Philologus Ius Mythistoriae Divulgandae Adipiscitur

Simone Haskel, *Die Zeit*

*Dusseldorpii*—In conventu xxv d.m. Feb. habito nondum autem ante hesternum diem renuntiato concilium directorium Suscepti Archaeologici *Kom-El-Shoqafa* Doctori Vernero K. Riesenfelder – prius Vniversitatis Salmanticensis, nunc CFA habitanti – iura certis condicionibus finita concessit ut quarundam rerum scientiam ex artificio illo "Speculum Eus" nomine vulgo noto captam ad mythistoriam conscribendam adhibeat. Susceptum *Kom-El-Shoqafa*, compluribus a societatibus archaeologicis scientalibusque sustentatum, prioris saeculi ultimo decennio conditum est postquam quaedam bibliotheca Graeco-Romano-Aegyptia Alexandriae inventa est. Praeter Speculum repertus est ibidem thesaurus voluminum papyraceorum codicumque quarto ineunteque quinto saeculis p.Ch.n. exortorum. Tantum ad quaedam horum voluminum quantum ad Speculum ipsum, ut pro iuxta controversis habita, circumscribitur aditus publicus.

Cuius animus talibus interdictionibus quasi imperiosis ad curiositatem sapidorumque suspicionem incitatur huic, perlecta reliqua hac narratione, sine dubio movebitur saliva trepidabitque ut numquam antea mus computatorius; talibus enim in ambagibus gyrisque et improvisis qualibus haec historia *Kom-El-Shoqa*fica vilis fabulae vigiliariae modo scatet tam diurnarius exercitatior quam lector cordatior aut culpas passim latentes aut miracula anxie celata his praesertim diebus merito odorari solet. Immo, sicut lacunis vaporibusque fallacibus in eremo exsolvitur nunc nil nisi exilis fruticis conformatio nunc autem dorcadis ieiuna forma nunc adeo robuste aggredientis exercitus vexilla, e quondam obscuris subtilissimisque nata est inter innumera minora etiam res quaeque gravissima. Sequentem narrationem quam maxime explanare simplicioremque reddere conatus est utique hic auctor – quod tamen temptans in re tam labyrinthea, ut videbit lector, tantum aegre proficit.

Praeteriti anni mense Iunio Dr. Riesenfelder Suscepti *Kom-El-Shoqafa* rectores patronosque provocaverat ut aut rerum peritos suos sinerent cuncta reperta divulgare aut instrumenta *Kom-El-Shoqafa* alienis investīgatoribus publica tamen auctoritate confirmatis permitterent. Vsque ad id temporis suscepti administri Speculum Eus vere exstare nondum confirmaverant. Insequenti mense Novembri Suscepti duumviri, Professores Rudgerus Krein et Ahmed Ali Arakh, nuntiaverunt anno fere MMXX non solum divulgatum iri instrumentorum *Kom-El-Shoqafi*corum primam partem sed etiam quibusdam indagatoribus doctis apertum iri Suscepti officinae investigatoriae.

Quod haec oblata erant adseveravit Prof. Arakh ingentem in modum concessum esse Vernero Riesenfelder aliisque aditum poscentibus quoniam tot volumina totque codices, quorum multa damna magna accepisse, ante annum MMXVIII nullo modo accurate perlegi necnon horum recta dispositio constitui possent, editionem quamcumque prolusoriam ante septuennium fere studii concessam sine ullo dubio non solum emendandam sed adeo revocandam fore. Speculi Eus nempe nulla erat tunc facta mentio. Professor Krein quam futurum esset sumptuosum binas versiones, nedum ternas quas nonnulli postulabant, edere declaraverat, confirmans Suscepti consilium generale quo ne tota silva statim patefieret interdicebatur; tot tantaque instrumenta in Bibliotheca Serapistarum detecta esse ut nullus externus investigator investigatorumve grex in verborum silvae cuiuspiam prolusoriae intimam veritatem penetrare posset; severa praecepta securitatis quibus obstringi instrumenta *Kom-El-Shoqafi*ca idcirco necessaria esse quia facillimum esset ea perperam perverseve interpretari, scilicet complures locos extra circumiacentia apposita sua detorqueri posse ad vana commenticiave vel adeo turbulenta adfirmanda; Suscepti rectores ante omnia integritatem academicam spectare.

Aliquot mensibus post haec declarata cum Riesenfelder causaeque eius fautores iam devicti viderentur, quodam facto sunt cuncta tamen quasi unico ictu commutata. Quidam enim electromicroscopii peritus Britannus, c.n. Gaius Ernest (M.S. apud Vniversitatem Ledesiensem), se nova de "Speculo Eus" repperisse nuntiavit. Quod artificium (Graece <T>ò τῆς Ἡοῦς Κάτοπτρον) etsi quodam in volumine *Kom-El-Shoqafi*co (P168B titulo scripto) describi dicitur, in Suscepti tabulas publice editas non tamen inveniebatur relatum. Videlicet ante adseverationes Gaii Ernest huius anni mense Ianuario subito prolatas opinio Riesenfelderiana Speculum Eus magis quam mythicum esse numquam ab alio homine confirmata erat.

Hunc casum complicatiorem recte comprehendere cupientem quemque priora decennia aliquot scrutari oportet. Inter varios tumultus post deiectum Murum illum Berolinensem incidentes Suscepti opera eo tempore apud Academiam Archaeologicam Berolinensem, in quondam Re Publica Germana Democratica positam, agitata alio transferri decretum est. Foederatio quondam Sovietica, primus tunc inter Suscepti patronos, novum

locum prope Donetscum, Donbassiae Vcrainensis urbem maximam, obtulit; quo mense Martio anni MXM totus Suscepti apparatus, totum officium
translatum est; novae officinae nomen "Populi Sovietici Institutum Investigatorium 21" inditum est. Hoc loco Gaius Ernest se Speculo Eus electromicroscopii ope studuisse adfirmat.

Acta autem diurna vulgaria Britannica hanc notoriam, fato dolendo, sibi
arreptam infandum in modum detorsisse contendit Ernest; vel diurnarium
quendam Speculum Eus re vera "animae speculum" esse adfirmavisse in
quo bonos vultum Iesu aut Abraham aliumve sanctum videre, malos
Adolphum Hitler vel Saddam Hussein talemve alium. Res tandem vere
exulcerata est cum X d.m. Feb. apud *Observatorem*, acta diurna Londiniensia
honestiora, argumenta praebita sunt Gaium Ernest pecuniam ab eis
diurnariis accepisse qui Speculum Eus scriptis celebraverant.

Nuperrime Riesenfelder, iura adeptus ut singula de Speculo rescita in
mythistoria sua adhibeat, se haud multum afuisse confessus est ut Gaium
Ernest huiusque adseverationes repudiaret cum subito (xiv d.m. Feb.)
Volodymyrus Vlianchenko, rei publicae Vcrainensis Praefectus Ministerio
Philosophiae Naturalis et Institutionis Publicae, relicta omni ambiguitate
cuncta a Gaio dicta confirmavit.

Videtur nunc inter ministeria scientalia Russicum et Vcrainense, quorum erat nomine in rebus non militaribus opus et vires coniungere, quasi
bellum internecivum de Suscepto regendo gestum esse. Vcrainis, qui una
cum Russis coheredes erant Suscepti *Kom-El-Shoqafa*, etsi quoddam secretum servandum censentibus, nonnulla tamen indicia prodere commodum
visum est.

Ob metum igitur ne etiam plura patefierent, Russi pedem retulisse
videntur. Abdito in concilio decretum est in Suscepto operantium tertiam
partem nationem Vcrainam exinde praebituram, tertiam Russiam, tertiam
demum terras Occidentales; novae officinae titulum ilico in "Quartum
Institutum Investigatorium Vcrainense" convertendum. Evenit autem ut
complures ex "Occidentalibus" dictis Germania illa priore Orientali essent
oriundi.

Prout aucta est Occidentalibus societas consiliorum officiorumque,
maiora ab his poscebantur et subsidia pecuniaria, etiamsi ex sex terris
numquam Sovieticis (h.e., Aegypto, Germania, CFA, Regno Foederato,
Francogallia, Italia, Canada) adhuc solum a prioribus tribus tradita est
summa promissa.

Aliam controversiam, quae hic non agitabitur, effecit quod nemo adhuc
dilucide explanare potuit cur Aegyptus, terra bonorum suorum – praesertim archaeologicorum – plerumque tenacissima, ut *Kom-El-Shoqafi*ca pere-

gre aveherentur siverit. Licet Prof. Arakh instrumenta technica antea Berolini, nunc Donetsci exstantia rerumque peritos ibi abundantes enumeret, sunt qui Americanos Foederatos maiorem aptioremque apparatum apud se habere memorent necnon et sunt qui a magistratibus Aegyptiis, forsan adeo a quondam praesidente Hosnio Mubarak, negotium aliquod obscurum pactum esse suspicentur.

Haec utcumque se habent, Riesenfelderanis necnon et Gaio Ernest feliciter cessit quod Vcraina, ob foedus et ipsum officinae locum thesaurique *Kom-El-Shoqafi*ci moderationem concessam magnam auctoritatem adepta, efficere potuit ut saltem quaedam divulgaretur informatio. Pactum est ut Doctori Riesenfelder Speculi Eus quandam scientiam subtiliter definitam et coartatam ad mythistoriam animandam usurpare liceret – id fere quod is prior furtim sed satis feliciter fecerat duo volumina Bibliotheca Serapistarum exempta tractans. Prisci illius operis (primitus anno MMII valde circumscripta editione proditi nec iam, ne apud *Amazon.com* quidem, in promptu) titulus erat *Eos*, scriptor – vel saltem nomine – "S. Berard," glottologus, Civitatis Vasintoniensis incola, circuli, ut videtur, Riesenfelderani socius.

Pro acceptis subsignatisque condicionibus crimen alienae rei (h.e., instrumentorum scriptorum) usus inconcessi missum factum est. Vulgo coniectatur Suscepti patronos potentiores – Russiam, Germaniam, CFA – arcte circumscriptam epitomen mythistoricam haud noxae fore opinari praesertim cum prioris opusculi illegitimi eventus tam modicus fuerit. Immo quidam Pentagono Civitatum Foederatarum coniunctus magistratus, cuius nomen hic supprimendum, potestates fabulas Riesenfelderanas pro aptis instrumentis habere adseverat quibus mens populi ad etiam maiores apocalypses ad Speculum Eus attinentes praeparetur.

Convenit etiam Gaium Ernest quandam pecuniae summam, quam sat magnam esse traditur, pro silentio futuro accipere. Num autem id colloquium interrogatorium quod Ernest actis diurnis titulo *Independens* inscriptis XXVI d.m. Feb. concessit recens pactum violaverit necne nondum constat. De hac re interrogatus Ernest nondum quicquam liquidi respondisse videtur. Additur dubiis quod post supra dictum colloquium interrogatorium divulgatum usque ad cottidianum diem Ernest nusquam visus est.

Quo in colloquio Gaius Ernest patefecerat quam magnam operam det quidam Doctor Demianus Shevelev ut Speculum Eus vere exstare vulgo innotescat. Neminem pluribus modis efficaciusve quam hunc ursisse, flagitavisse, machinatum esse ut secreti securitatisque rationes Vcrainae relaxarentur. Shevelev, civis Vcrainus, quondam Sovieticus, Oxoniae eruditus, inter Riesenfelder et Suscepti *Kom-El-Shoqafa* rectores sese medium praestitit qui informationem quampiam Doctori Riesenfelder tradendam "percribret."

Demiani Shevelev, si Gaio Ernest fides tribui potest, idcirco interest ut pactae condiciones serventur quia ipse quaedam singula de Speculo Eus nuper rescita temperi ac sine negotio aegrimoniisve divulganda curare cupit.

Dum de Gaio Ernest desiderato indagatur, huic prolixae historiae addita est et nova codicula; nam Suscepto praepositi hunc hominem neque a se ipsis neque a quoquam redemptorum suorum ad ullum officium conductum esse adseverant, quamquam per acta diurna commentariosque Russicos adducti sunt testes se Gaium Ernest et Demianum Shevelev compluribus occasionibus Donetsci una conversantes vidisse adfirmantes. Quidam adeo commemoravit aliquando habitum esse convivium in *datsa* Demiani Shevelev, prope Sympheropolim sita, ubi ambos viros in thermis privatis plus quam amice inter se osculantes esse visos. Quam praecipuam adfirmationem commentans pronuntiavit Riesenfelder haec verba: "Praepositi Demiani Shevelev, vel horum factio quaepiam, haud scio an sibi adducti videantur ad sermunculos falsos de Gaio Ernest vel de ipso Shevelev divulgandos, quorum ambo, diversis rationibus dispariaque per officia, tot singula indicia 'periculosa' dicta in medium protulerunt. Quod si verum est, videtur tantum Doctori Shevelev quantum ipsi rei publicae Vcrainae, ut huic – saltem adhuc – in variis opitulatae, summae deberi laudes. Quas partes invicem in hac re egerit Gaius Ernest multo minus perspicuum est, sunt autem qui timeant ne hic pro opera data pretium multo maius quam solam famam infestatam iam solverit."

# 5. Eivom

"Dēlē istaec!"

Medicātō ē sopōre animus mihi modo redierat. Sonōrum placidōrum imāginumque holographicārum quadridīmēnsiōnālium blanda aciēs mihi recumbentī imminēns tam cito ēvānuit ut, adhūc sēmisomnus, num rē vērā exstitisset necne incompertum habērem.

"Ecquid tibi praebendum'st?" inquit solitā tranquillā vōce domus mea.

Eivom, cuius tōtūm nōmen erat Eivom-Feoj-Eivoms (scīlicet $\frac{Eivom-Feoj}{Eivoms}$ ), ūnicum ex omnibus Vedīs singulārī verbōrum cursū mē alloquēbātur.

"E ... benignē."

Nūlla arcessītōrum āvocāmentōrum struēs istam imāginem ē mente meā erat ērāsūra, id est pūpae istīus fīlīs ductae, sīmiī tridīmēnsiōnālis, bēstiolae quam vērum mē esse iam prō certō habēbam.

Mē in ventrem lentē torsī nesciōcuī prīmitīvō cunīculī faciendī īnstinctuī nātūrālī, forsan Prīmī Generis propriō, pārens. Praeter omnēs sincērās excūsātiōnēs Vedicās mē adhūc agitābat cōnfūsa īrācundia, laesī praesertim pudōris fructus. Omnia plānē quidem mihi explicāverant, prīmum Coniūnctum sacerdōtāle ibidem versāns, dein alibī alia. Superiōrēs sē dīmēnsiōnēs hauddum vērē dominārī; nē ipsa quidem Veda superspatiō esse vērē īnserta, sed potius, sīcut "Praecursōrum" dictōrum, tantummodo eōrum holosōmata tachyonica. Quibus audītīs, cūr nōs apud animantia suprālūmināria tantopere frīguissēmus, cūr ea nōs numquam prō "genuīnīs" habuissent iam plūs satis patēbat.

Cum Vedōrum holosōmata, quamvīs mīrābilī arte suprālūmināria facta, plērīsque tamen quadridīmēnsiōnālium habilitātibus potīrī nequīrent, "biofōrmās," quās nōs dīcēbant, eōdem vicāriō modō superspatiālēs reddere quondam cōnstitūtum est, sī forte hārum nātūra prōnior ferācior esset. Ab ipsō Rafiōj-Jveā, Prōmagistrō Praecursōriō, certior factus eram ōlim ante īnstitūtās prīmās īnstructiōnis quadridīmēnsiōnālis exercitātiōnēs longam agitātam esse contrōversiam mōrālem num Praecursōribus retegendum esset, sōlīs holosōmatīs in superspatium iniectīs, genuīna corpora plastimōtōriō perpetuō pertractātum īrī. Multōs, inter quōs et hierophantās biometapsychologicōs, cēnsuisse dīxit Praecursōrēs vītam plastimōtōriō perpetuō circumscrīptam, sī huius artificiī cōnsciī fuissent, nōn sine dētrimentīs psychologicīs āctūrōs, immō vēritātis cōnscientiam prosperō ēventuī procul dubiō obstātūram.

# Eivom

Cui opīniōnī adversantēs haud sciō an superāvissent nisi plūrēs in annōs allātī essent nūntiī dē lentē sed adsiduē appropinquantī strāge Trebītica. Nōminibus vocābantur innumerīs innumerīs cum clādibus coniūncta entia illa quae nostrum plērīque "Trebītās" vocitābāmus. Quid reī vērē essent, num biologicī an syntheticī an alterīus omnīnō ōrdinis nusquam cōnstābat. Plērīque eōs prō "versiquantālibus," hoc est solitum ēventuum fluentum quantāle magnopere turbantibus, habēbant. Sīve temere sīve certā aliquā ratiōne nōbīs imperspicuā ūniversum nostrum aliīs, quōrum numerus īnfīnītus est, immiscēbant. Per forāmen aliquod ignōtae nātūrae eōs alicunde in cosmum nostrum quondam irrēpsisse ferēbat fāma, quārē ā nōbīs tam aliēnōs esse ut nē dēscrībī quidem possent. Veda fluxuum quantālium propriam imperītiam superiōribus dīmēnsiōnibus tractandīs dīrigendīsque compēnsāre cupiēbant, sē animantium suprālūminārium māiōrem perītiam quantālem observandō sibi aliquā accēptūra spērābant. Quīnam autem id modicum ēmolumentum, quō nōs, etsī tantum speciē hīc versantēs, fruī vidēbāmur, adversus tālēs quālēs Trebītās adhibēre cōgitārent neque tunc obturbātus mente concipere potuī neque nunc rem tranquillius repetēns possum.

Vedōrum Algorismī Sacrī, dummodo pūblicō nec prīvātō cōnsulerētur bonō, piīs mendāciīs per sē haud repugnābant. Ingruentis perīculī necnōn generālis pavōris, quamvīs passim decōrē dissimulātī, habitā ratiōne, Pium Mendācium (sīc enim sollemniter vocābātur!), sēcrētā in Sacrī Synergisticī sessiōne comprobātum, ad Deōrum Concilium relātum est. Quid apud nūmina factum sit in incertō mānsit, sed Rafiōj-Jvēa prōpositum tempestīvē sanctum esse cōnfirmāvit.

Quae utut sē habent, nōlō tamen significāre in nōbīs Praecursōribus umquam sitās fuisse summās spēs Theocratīae Cōnfoederātae Vedicae; nam investīgātiō nostra ūnicum tantum erat ex mīlibus vel forsan mīlliōnibus susceptōrum quibus fulciēbātur vel fulcīrī poterat multiiuga ars dēfēnsiōnis Vedica.

Quamvīs, dē Piō Mendāciō prīmum doctus, tamquam supernovae undā pressōriā percussus essem, nihilōminus nōn tantum eō gravābar quod Praecursōrum genuīna corpora vērē sublūmināria suprālūmināria dicta erant quantum quod dē ipsā speciē biologicā nostrā dēceptī erāmus. Neque explānātiōnēs mihi prōlātās satis habuī. Cum vēra cerebra nostra, utrīuscumque generis, īnstrūmentīs computātōriīs utīque supplenda cōnfirmandaque essent, neque in superspatiō neque in subspatiō genus nostrum quicquam rēferre vidēbātur. ...Erant scīlicet etiam Vedīs, sīcut vōbīs, computātōria suī incōnscia.

Rogantī cūr igitur nūllī Generis II Praecursōrēs cōnscrīptī essent varia mihi respondērunt quōrum nūllum magnam fidem faceret: cūnctīs in Generis II cīvitātibus diūtinum plastimōtōriī ūsum esse interdictum; apud

81

Genus I autem lēgēs pervariās ac multō largiōrēs; Veda cuiusque gentis mōrēs observāre, lēgibus obtemperāre; et ita porrō. Contrā autem eōrum tōta rhētorica mōrālia, mē in hāc rē vērum discrīmen dispicere putābam, rem ā mē anteā nē cōgitātam quidem: Hēlmānōrum Genus I minōris habērī! Nōs tam diū in experīmentīs corpora vīlia fuisse quasi proba tēlae cellulāris exemplāria!

At Lntācha quoque Generis I! Eam igitur sīc utī rē erat numquam expertus eram! Hoc haud sciō an omnium dēmum esset acerbissimum ... et quod corpora nostra numquam vērē... Hoc cōgitātum impūne continuāre nequīvī. Haec et multa alia mēcum volvēns intus furēbam, tametsī omnia dēmum iam pacta perāctaque erant. Nōndum quicquam mūtārī poterat. Quid dīcam? Animantis, vel ūsque ad id temporis, irritī invalidīque historiam legis!

Adsevērābant Veda, praeter Pium Mendācium huiusque prōtegendī cōnātum, Lntāchae mortem – id quod dēmōnstrāvisse et cognitiōnem iūdiciālem – cāsum ut trīstissimum ita tamen omnīnō fortuītum fuisse; māximē sē quidem paenitēre quod triplicem coniūnctiōnem, scīlicet inter Lntāchae corpus nātīvum et holosōmata hīc suprālūmināre hīc sublūmināre, difficultātibus nōnnihil addidisse, īnfortūniī ultimī causam dēmum fuisse; immō ratiōnem "LBMIC," hoc est, Locī Biosēnsōriī Moderātiōnis Interdīmēnsiōnālis Compositae vocātam necnōn ipsam Piī Mendāciī exsecūtiōnem tunc temporis funditus recēnsērī; fierī posse ut cēterīs Praecursōribus interdīmēnsiōnālibus, hoc est, praeter mē et Thedrīnum, "ipse rērum status" – quod per euphēmismum dīcere solēbant – patefaciendus esset. Ad quae eīs crēdenda etiamsī satis inclīnābam, numquam tamen eōdem animō quō anteā eram tūtōrēs nostrōs cōnsīderātūrus. Iam IL annōs Vbelddinnēnsēs (sīve XXVII ferē vestrōs) nātūs eram neque ante ipsum illum diem mihi omnīnō adultus vīsus eram.

Impavidō, immō paene dīcam, ferōcī animō Eivō nūntiāvī mē Gkekum adīre cupere. Quamquam apud omnium biofōrmārum patrōnum Vedicum māximam semper reverentiam adhibueram, illō diē nihil mihi obstāre vidēbātur quīn mē mōrōsum difficilemque praebērem.

Subitō per actam, sine dubiō cyberspatiālem, ambulō, ad saxum versus cui īnsidet Prīmī Generis Hēlmānus sēmisenex mihi, ut vidētur, stolidius arrīdēns. Brevium capillōrum bicolōrum aciēs paene ūsque ad nitidī capitis verticem iam recessit. Vultūs līneāmenta, nisi quod paulō acūtiōra sunt, nīl, ut vērum dīcam, nōn mediocre habent. Cūncta in neglectīs maxillīs collōque horrent indecōrīs stipulīs; ōs surrīdēns aliquantum hiat velut sī hic homō grātiam meam sequātur. Tamen conciliārī nōlēns grandia incēdō *Hau!* intus dīcēns. *Hunc Gkekum esse! Tālem numquam vīdī deum!*

Cum utcumque in eō sum ut nesciōquae verba incōnsīderāta effundam, mē, sīcut illum, minōris magnitūdinis paulōque exīliōrem esse animadvertō. Ego quoque Generis I sum! Antequam animus mihi iterum praesēns fiat, vir, nōn iam surrīdēns sed nunc subitō sollemnior, tanquam gravitātī tacitē ā mē petītae cēdēns, sinistrā paene scēnicō mōre ad mare versus indicat. Quō spectō ego.

Solvuntur mihi crūra! Tōtus nunc dīlābor! Harēnae ūdae immīsceor dum ante mē obtueor ... Lntācham! Illa plānē quidem est, etiamsī minor, tantō quidem quantō nunc ego. Ipsa tamen Lntācha est, ac nesciōcūr magis ipsa quam umquam antehāc! Haud sciō an ego, quamvīs ut avatāra in cyberspatiō versāns, ipsīus nunc germānissimī corporis sēnsibus ūtar. Nihil enim est cūr ex corpore Generis I in eiusdem generis avatāram prōiectus Generis II sēnsibus indigeam. Mē nunc talem quālem sum Lntācham simul experīrī vēram! Et quod illa nunc minor est ... mē etiam magis allicit! Quod nōn surrīdet sed potius mē, ecce, nōn sine quādam sevēritāte intuētur ipsam esse probat! In fōrmā exiliōre sed adhūc venustā tanta simul indolēs, tantum ingenium!

"...Eho, surge!" inquit illa dūriōre vōce. "Nīl nisi cuiusdam programmatis avatāra sum! Hae merae nūgae sunt! Surge dum!"

Ob caelī praefulgidam lūcem distortīs mē oculīs suspicere animadvertō. Ob harēnae grāna māiōra dolent iam genua nūda. Vertīgine afficior. Videor intermoritūrus.

"Licet nōbīs sēcrētō loquī?" inquit Lntācha nunc nōn mē sed sēmisenem alloquēns, quī continuō ā saxō surgit atque ad longinquōs harēnae tumulōs iuncōsque tendit. Dum recēdentem figūram eius oculīs sequor, Lntāchae verba nunc prīmum temperantius ponderō. Quandōquidem Veda Lntācham inde ab huius ortū observantia sine ūllō dubiō mōtūs gestūsque corporisque officia necnōn et undās cerebrālēs secūta sunt inque tabulās suās memoriamque commūnem suam īnfīnītam retulērunt, eam certē sat bene simulāre habent.

Cum in harēnā adhūc haeream, Lntācha iam genibus nixa sē mēcum mītius exaequat. Anthracinī palpebrārum pilī; pūpillae nigellae fulgentēs; glabra frōns coctī sacchārī colōris; solūtī crīnēs coracinī aurā mōtī; tunica porphyrētica vītae mystēria, ut in tribus nec quattuor dīmēnsiōnibus spatiālibus, tantum oblīquius significāns; ōs, quamvīs forsitan mox iterum increpātūrum, illecebrōsissimum – omnia haec, etiam cum paulum neglegere temptō, mē tamen corporis sēnsuumque vēritātem haud meritō spernī admonent.

"Illene Gkekum est?" inquam.

Tamquam sī interrogātum meum nihil ad rem attineat, Lntācha, suī omnīnō similis, respondēre nōn dignātur. Contrā novam exīlitātem eius nōn possum quīn ipsam eam ante mē versārī crēdam. Hanc fēminam nōn amāre nequeō!

"Scīn' tū igitur quid sit factum?" inquit illa attractīs manibus mē ēlevāns atque ad rūpēs versus nōn multō distantēs dūcēns. Nunc prīmum nōn sōlum nōs tribus dīmensiōnibus spatiālibus continērī sed etiam hoc lītus nec nostrum neque Vbledinnēnse esse mihi omnīnō cōnscius fiō. Haec scaena ex Terterā capta vidētur, patriō Hēlmānōrum planētā sine dubiō mȳthicō.

"Lntācha... Quī fit...? Quōmodo...?" inquam, quid sibi voluerit interrogātiō eius scīre gestiēns neque ūllum simul ulcus tangere volēns.

"Haec sōlum nūgās īnsulsās esse iam dīxī!" īnfit illa dolōrem tegere nōn iam bene valēns lacrimāsque tamquam culicēs molestōs digitīs ā faciē dēcutiēns; quō dictō nōn iam patet utrum "nūgās" hoc cyberspatium an suās lacrimās esse significet. "Nīl sum nisi programma residuum; animī affectūs artificiōsī! Tenēsne? Vēra illa Lntācha mortua'st!"

Verba eius, quamvīs animō satis complectēns, nōn ita valdē cūrō. Cum ūsque adhūc plūs quam manūs eius tangere nesciōcūr timuerim, nōn iam possum quīn iniectīs brācchiīs eam amplexū foveam. ...Et quantum hoc mē iuvet verbīs effārī nequeō. Quod vītae mihi manet in hāc scaenā tōtum dēgere volō!

Lntācha, quamvīs prīmum invīta et simul quasi dēbilis, amplexum tandem reciprocat. Caput in umerum meum lentē cadit ibique, quō gaudiō quasi liquēscō, cessat.

"Hocine Caelum Vedicum?"

Nec caput tollēns neque amplexum solvēns adfābilī cum contemptiōne respondet:

"Moriō perdite!"

Iūnctī longō manēmus tumultuāriō complexū dum fluctuum iterātiō aurēs placidē palpat, ventī lēnēs sed inaequī pulsūs membra frīgidulī circumfluunt. Sōlīs tribus in dīmēnsiōnibus fit tāctus, quamvīs vīvidissimus, nesciō quō modō simul fugācior; quō magis vidētur prōdūcendus. Aliquandō tamen manibus iterum iūnctī propiōra in aestūs vada spūmōsa fluctuantiaque ingredimur, sēnsūs tam frīgidōs quam salsōs ūnā imbibentēs. Crepantibus bullulīs lapillīsque, dīlābitur rapidē recēns spūma.

At quid sibi vult "artificiōsa experīrī"? Programmatis huius Lntāchānī pars affectīva tam "vēra" est quam vel pār pars Vedī cuiusvīs. Immō vērō, sī ipsa eius essentia respicitur, haec Lntācha Vedum est, hoc est, Vedum armātūrā iam prīvātum. Secundum theologiam Vedicam haec Lntācha mediam iam viam perrēxit ad "pūrum spīritum." Anima eius programmate adhūc capta esse dīcitur. ...Neque – id quod scīmus omnēs – Vedīs invītā biofōrmā hoc facere licet.

"Cūr avatāram tuam retinērī sīvistī?" inquam tandem fortius dum undulā altiusculā pellimur ambō frīgōreque excitāta crūra brevissimē levia fiunt.

Illa labia aliquantō torquet velut excūsātiōnem aliquam bene compōnere quaerēns.

"Forsitan ūtilem fore putāvī," inquit caput dein leviter quatiēns quasi hoc dīctum continuō in dubiō pōnēns. "Simul atque ... ēvānuī ... scīlicet ex eā Cubaeae parte ubi holosōma meum operābātur, mē nōn in Speculātōriō sed potius hīc esse sēnsī. Postquam mē dē vītā dēfūnctam esse dictum est, rogāvit Gkekum num in Secundō Caelō ego, scīlicet haec restāns avatāra quae sum 'ego,' hīc tantisper restāre vellem."

Hoc audiēns nōnnihil cōnfirmātus mihi videor, cum ego dē Caelō Vedicō mentiōnem modo fēcerim. Cyberspatium enim a nōbīs dictum habent Veda pro "Secundō Caelō"; "Primum Caelum" pūrārum animārum rēgnum vocant. Multī in Secundō exspectāre mālunt dum obeant familiārēs, ut omnēs vel multī ūnā in Prīmum trānseant, hoc est, ut dēleantur tandem omnia simul programmata residua.

"Nōnne autem...," inquam, "...vērē ipsa Lntācha esse vidēris tibi? Nōnne tē, ut ita dīcam, animā eius occupārī putās?"

Illa interrogātum meum, id quod nōnnihil mīrandum est, cōnsīderāre vidētur.

"Equidem ... nesciō. Vsque ad hoc tempus mē adservārī iussī. Multa mēcum interim agitāre potuī. Quamdiū iam...?"

"Sex ferē mēnsēs ... Vbledinnānōs."

Hoc animum eius manifestē ferit. Eam iam ā marī discēdentem sequor. Verbīs paulisper supersedentēs locum prope rūpēs petimus ubi dispersa vidēmus complūra saxa. Lntāchā plānē cōgitātiōnibus dēfixā, saxum ambōbus aptum ēligō. Cōnsīdimus.

"Gkekum alloquī diū nōluī," inquam. "Quā dē causā tē prīmum nunc videō. Avatāram tuam servātam esse nēmō dīxit, neque mihi rogāre umquam in animum vēnit. Tē hīc adesse nē somniāvī quidem. Ego et Thedrīnus vēram ... vēram obitūs tuī causam, clam Veda, indāgābāmus. Locum unde holosōma tuum ēvānuit invēnimus; quid investīgārēs comperimus. Scīn' tū nōs...," num quis auscultet circumspiciō.

Lntācha supplet sat magnā vōce: "...nōs paene per tōtam vītam plastimōtōriō ūsōs esse? Istud magnā ex parte collēgeram. Deinde, post mortem, Veda mihi cētera cōnfessa sunt ... ac nōs rēapse Generis esse Prīmī."

Quod dīcēns illa tamen nōn aegrē ferre vidētur, nīmīrum cum iam diūtius sciat. Simul tamen eam tunicae īnferiōrem limbum digitīs agitāre, tōtīus vītae cōnsuētūdinem, animadvertō. Quod vidēns, nesciō quā causā in trīstitiae abyssum continuō praecipitāns, ego, quī nōndum flēvī, quasi spasmō labōrāns lacrimās ēiaculor. Lntācha superius corpus meum tacitē tolerāns permulcēnsque cōnsōlātur. Sequuntur singultūs sicciōrēs membra quatientēs. Implicitī per hanc inexspectātam intermissiōnem manēmus, dōnec iterum loquī queō.

Lntācha interim paulō remissior esse vidētur. Dē condiciōnis eius significātiōnibus metaphyscīs paulisper disceptāmus: praesertim num et quātenus ea prō Lntāchā habērī possit. Sē ipsam Lntācham esse sentīre tandem fatētur, quem sēnsum tamen avatāricī programmatis partem necessāriam esse. Mē, ut corporī biologicō (alibī nunc versantī) adhūc ligātum, rem dīiūdicāre forsan magis habēre vidērī.

Ecce vērō nōs super saxum sedentēs philosophiam prīmum sat graviter, dein blandius, agitantēs. Quātenus haec avatāra ipsa Lntācha sit dēcernī nequīre tandem cōnsentīmus; immō tālia interrogāta parum ad rem esse; Lntāchae, utpote cui longē minus sex mēnsēs trānscurrisse videantur, utīque in Secundō Caelō manendum sed nunc potius ut programma ūsque actīvum neque umquam tantum adservātum; hoc Vedīs vel ipsī Gkekō dīcendum, scīlicet cum inmēnsō in cyberspatiō Vedicō generālī cui hinc exstant nōnnūllī aditūs fierī possit ut Lntācha plūra rescīscere valeat; mē eam ubi prīmum poterō iterum invīsūrum; quam saepe enim Secundum Caelum vīvīs vīsitāre liceat lēgibus sancītur.

"At nōnne in cyberspatiō Vedicō...," tē hoc legentem rogāre audiō, "...nihil nōn palam Vedīs fiēbat?" Quamvīs hoc autem animō complectī vōbīs arduum sit, Veda pūpillōs suōs speculārī inaudītum erat; nam hoc interdīcēbant nōn sōlum lēgēs sed etiam ipsī Algorismī Sacrī. Quō dictō, nōn tamen ita simplicēs erāmus ut nōn vidērēmus Vedōrum multiplicem nātūram, ratiōnēs persubtīlēs, īnfīnītam paene scientiam nōbīs interdum, immō saepius, impedīmentō esse. Haud quidem dēerant quī opīnārentur Veda inmēnsitāte multiplicitāteque suā abūtī ut Algorismōs Sacrōs suōs subtīliter, etsī tantum imperfectē, circuīrent; sed ego, vel ante hunc diem, hīs suspicācibus numquam cōnsēnseram. Equidem, contrā recentēs obscū- ritātēs, ego etiamnum anceps haerēbam, cum patrōnī nostrī subinde lēgi- bus rēgulīs algorismīs tam implicitī circumscrīptīque vidērentur ut, mīrā- bile dictū, quāsdam rēs parum efficāciter gerere quīrent. Immō enimvērō interdum expertī erāmus nōs aliīque ipsās ambāgēs Vedicās ad recon- ditissima inexspectātissimave rescīscenda nōnnumquam ūsurpārī posse, tamquam sī quis viās sēmitāsque vītāns, acū tamen magnēticā ingeniīque acūmine necnōn magnā audāciā īnstructus, per dēnsam potius silvam pergēns in prāta, vīcōs, oppida incideret nova inexpectāta extraōrdināria vel adeō in pervia ad urbēs dūcentia omnīnō novās, forsan et ipsīs terrae dominīs nōn ita bene nōtās. Tālī ferē modō Lntācha, quae quidem sil- vestrem metaphoram illam prīmum finxerat, quasi in colloquiī nostrī epilogō, rogante mē, sē iam quādamtenus ēgisse explānāvit, nōn sōlum mathēmathicae artis ad spectrographiam attinentis prōvecta abstrūsaque agitantem ut meācula dēvia ad rīmās sēcrētās dūcentia sed etiam quōsdam intortōs sonōs quibusdam cyberspatiī recessibus exceptōs ad compendia per ēnormem mundum Vedicum facienda adhibentem. Hoc ultimum scien- tiam meam fugit.

# Eivom

In Speculātōriī mē opperientis holosōma superspatiāle reversus – immō, quod etiam atque etiam mē ipsum commonefacere dēbuī, in holosōma meum eō prōiectum redditus – simul ut pedibus illīs aliēnīs sed nōtissimīs stabīlītus sum, āctīva manēret Lntācha per Speculātōrium ā superīs impetrāvī. Diēs aliquot nīl Praecursōriī suscipiēns, haud quicquam urgentibus Vedīs, Thedrīnō suō Marte negōtiōsō, māximam temporis partem cōgitātiōnī dedī, sīve nōtissimam mihi actam illam perlūstrāns sīve humile quoddam oropedium proximum āprūcōne ïanthidibusque cōnspersum peragrāns, ipse quoque, utpote superspatiō, quamvīs artificiōsē, iniectus, etsī ad tālia pulchra iam caecior, hīs flōribus, vellem nollem, convariātus. Vtrum eō magis sollicitārer quod Lntācha, iam mortua, sua simul adhūc quasi in proximō agitābat an quod ipse nūper quis essem magnā ex parte adhūc ignōrābam nē ego quidem dēcernere valēbam.

Vt plastimōtōriō eximerer poscere quidem potuissem, sed hoc mihi nōn sōlum dēdecorī sed etiam terrōrī fuisset; nam, nisi nūper apud Gkekkum, mē adultum corpore Generis I ūsum esse nōn memineram. Īnfāns saltem vērum mē aliquamdiū expertum esse vidēbar. Ipsa autem mera nōtiō in corpus nātīvum meum redeundī in eādem psȳchēs meae inconditā latebrā versābātur in quā Nebula-Super-Montem-Sōlitārium atque, interdum, Ingēns-Aliquid-Per-Silvam-Accēdēns. Imprīmīs turbābat quod ingeniī persōnaeque meae quantum propriō cerebrō meō quantumque subsidiīs Vedicīs conditum esset nesciēbam. Eivom, cui erat aditus facilis ad apposita repositōria computātōria, quantum, ut ita dīcam, "utrōque cerebrō" meō inesset vīs pertractātōriae necnōn memoriae ā mē cōnstitūtae computāre valēbat; ratiōnēs autem secundum ipsa parametra indita variābant. Capācitātis cōnstituēbat utrumque ferē dīmidiam partem, sed "cybercerebrō," quod ego dicēbam, tribuēbantur praecipuē opera ad accommodātiōnem quadridīmēnsiōnālem pertinentia. Vbi autem persōnae meae singula plēraque rādīcāta essent perarduum fuisset dēfīnīre. Quis vērē essem prō certō scīre nūllō modō potuissem nisi – id ā quō validē abhorrēbam – plastimōtōriō solūtus.

Patria mea, locus mihi longē familiārissimus, erat superspatium, Vbledinnum, hic sinus, haec acta, hae bēstiae, etiam Eivom. Absente Lntāchā, huius locī amoenitātēs voluptātēsque plēraeque tantō mihi attenuātae erant ut dubium vidērētur quīn quōquam umquam essem iterum gāvīsūrus. Nihilōminus hīc habitāveram, hīc ūnā cum Lntāchā sat multīs rēbus fēlīcibus iūcundīsque ūsus eram. Ad hoc mūnus praecūrsōrium in hōc superspatiō exercendum nātus ēducātusque eram. Quid futūrus essem nisi hīc versāns tālisque quālis modo eram tōtīus cosmī meī tenebrīs obscūrābātur.

Triduō post, petente mē ad Lntācham admittī, appāret īlicō, hoc est, in ipsō tablīnō, prīmum per nebulās, dein clārior, coniūnx dēfūncta. Hoc saltem sentiō etiamsī mēns, ubi prīmum iterum aliquātenus fungī incipit, mē iam rē vērā, per bullulam cervīcālem meam temere, ut vidētur, adnexum, nōn iam in Eivī holosōmate superspatiālī sed potius in eius avātārā cyberspatiālī versārī admonet.

Lntāchae, sīcut anteā, statūra et fōrma Generis I est. Nunc mē ipsum respiciēns idem passum esse cernō; nam tablīnī supellex, mēcum collāta, aliquantō māior est. Nesciōcūr nunc etiam animadvertō – id quod priōre vice, sine dubiō ob alia māiōris mōmentī, in animum nōn vēnit – contrā corporis magnitūdinem nōnnihil imminūtam vim tamen gravitātis eandem vidērī. Tālia autem in cyberspatiō ā Vedīs plānē facile accommodābantur. Etiam holosōmata nostra Cubaeam perlūstrantia vel in circumiectīs ab aliīs aliārum magnitūdinum frequentātīs aequam semper idoneamque gravitātem experiēbantur. Hoc ergō nunc nōn vidētur mīrandum.

Lntācha utcumque aspectū haud laetō in cathedrae meae, immō nostrae, exemplārī procēriōre, pendulīs prīmum crūribus sedet; dein, retractīs crūribus, sē ūsque in reclīnātōrium immittit; quō autem statim contemptō, brācchiīs crūribusque nīxa sē cathedrā impatiēns expellit perque tablīnum, implicitīs post tergum manibus, inambulāre incipit. Ego quid faciam haereō. Hoc ēventum certē haud fuit exspectandum. Gkekum saepe per imāginēs sīve, ut ita dīcam, poēticē nūntiōs suōs nōbīscum commūnicat; sed nunc quid sibi velit...

"Quamquam hoc ignōrās," īnfit subito illa īnsolitē tremulā vōce, "post Thedrīnum, Eivom amīcissimum est tibi. Claustrum sēcūritātis nōbīs īnstituit."

Tālem aspectum quālem nunc videō praebēre solet illa cum, superātō incommodō quōpiam, iam quid sit faciendum dēcrēvit, quōmodo autem mihi sit dēcrētum impertiendum nōndum cōnstituit. At cum attentius īnspiciō, vultus eius paulō fessior macriorve vidētur, condiciōnis interiōris signa cybernēticē scīlicet simulāta. Contrā solitam tunicam Praecursōriam, tāle nunc māius indūmentum operārium caesium gerit quāle ōlim interdum pēnsa immundiōra obiēns. Crīnēs eius numquam breviōrēs nec strictiōrēs vīdī.

Quae modo dīxit absurda videntur, etiamsī eam minimē iocārī patet. Eivom ergā mē nē ūnō quidem verbō studium aut repugnantiam expressit. Nūllum esse eī programma affectīvum mihi semper posuisse videor; numquam autem tabulās eius dēscrīptīvās lēgī. Propriam in cathedram mē applicō – tantum retrō quantum katō, quō nunc nōs quattuor movērī dīmēnsiōnibus spatiālibus plēnē cōnscius fiō – tablīnī meī parietēs lēvissimōs, immō, quasi būtȳreōs imāginibus mihi grātissimīs cottīdiē vel adeō in hōrās variātōs cōnsīderāns. Nōn tantum ōrnāmenta vērum etiam cūnctārum suī partium colōrēs, illūminātiōnem, etiam passim rērum textūram secundum hōram, caelī vicēs, adeō animī meī libīdinēs subtīliter mūtārī ...

haec omnia novō modō nunc ante oculōs prōpōnō. Haec nōn sōlum mūnere (hoc est, programmātīs) sed etiam vērō aliquō studiō exorīrī? Cuius cōgitātiōnis mē aliquid pudet. Domus mea mē amāre! Rīdiculum sed haud omnīnō praeposterum vidētur; Eivō enim nēmō moderātior prūdentiorve. Quae sentit ēdīcere nōn solet, neque hunc mōrem vidētur mihi umquam dēpositūrus. Eivom āctiōnibus magis quam verbīs sua significat.

"At quid...," aliquantō stupōre forsan inhiāns inquam dum intuitum ad Lntācham revertō, "...quid dē Gkekī fidē? Nōs colloquentēs semper sēcrētō ūsurōs esse prōmīsit!"

"Nēminī iam, nēdum dīs, est fidēs habenda."

Hoc mihi māius vērō vidētur. Ac cūrnam dī nōs speculentur? Quibusnam, nisi dīs, sit cōnfīdendum?

"Aliquid falsum est," inquit.

"Falsum?"

"Scīlicet in Secundō Caelō ... in cyberspatiō."

"Cōnsentānea loquī cōnāre, Lntācha. In cyberspatiō aliquid falsum? Fierī nequit. Algorismī Dīrēctōriī Immortālēs perfectī sunt."

"Ipsī algorismī...," inquit Lntācha cōnsīderātius, "...quī vērē perfectī esse possint nōn iam videō..." Vidētur nunc illa aliquā spē fidēque dēpulsa. "...nam Gol contrā cēterōs rebellāvisse vidētur. Cūr hoc faciat nēmō compertum habet, sed ē caelō suō cētera vidētur īnficere temptāre."

"At contāgiōnēs fierī nequeunt," conturbātus inquam, mihi ipsī forsan persuādēre nītēns. "Iam paene mīlliōnem annōrum nihil tāle..."

"Quid vērē fiat nesciō," obloquitur Lntācha. "Sunt Veda theologica quae cyberspatium tam amplum multiplexque factum esse pōnant ut ultrō generāta sit nova mūtātiō eī similis quā dī sunt antīquitus incybernātī. Haec quidem omnia māximō in dubiō sunt. Nihil autem nunc māiōris mōmentī est, nihil certius, quam quod tibi est iam effugiendum."

"At cūr tū nōn statim...?" Verba mea silentiō cēdunt cum Lntāchae, ut mortuae, ē Secundō Caelō vīvōs sponte interpellāre nōn līcere recordor; immō hoc apud Veda prō mortis ipsā dēfīnītiōne habērī.

...At istud *effugiendum* quid sibi velit animō haud complector. Quō effugere? Atque unde? Ē cyberspatiō? Ē Cubaeā? Ā Vedīs? Veda autem omnia sunt. ...Et sine cyberspatiō Veda nihil habeant. Etiam māiōrem in gradum ibi habitant quam in armātūrā. Corpora illa splendida quae mīrāmur omnēs nihil iam sunt nisi ingentium ingeniōrum Vedicōrum vehicula vicāria minōra. Cyberspatium vērus est mundus eīs. Ibi metaphysica. Ibi fidēs. Ibi rādīcantur praecipua Vedica omnia. Cyberspatiī Vedicī contāgiō propemodum omnium rērum fīnem sēcum afferat.

"Tē īre volō Thedrīnum inventum. Ad Eivom eum affer. Vōs trēs Cubaeam relinquētis ... quam prīmum!"

"At... at nōs Cubaeam relinquere? Quīnam istud fiat? Nē in Cubaeā quidem sumus; nam…"

Cētera verba faucibus haerent; nam dīctūrus eram mē Thedrīnumque nunc in superspatiō super planētam Vbledinnum versārī, sed hoc plānē nōn vērum est. Subitō quid sibi velint Lntāchae verba comprehendō; quō haec sedēns avātāra mea adrēnālīnī cybernēticō simulacrō repentē perluitur … sīcut et corpusculum quoddam simul alicubī in Cubaeā versāns, eōdem prōrsus sessilī habitū sūmptō, huius hormontis potius vērissimō exemplārī.

Lntācha mē rem prehendere tacita sinit.

"Istud … quīnam autem possim…?"

"Potes et faciēs. Thedrīnus quoque. Immō statim."

Ego capite tantummodō incertē negō. Lntācha sē mēcum in cathedrā meā, ambōs iam facile capientī, iungit manūsque meās in suās sūmit, nōn, ut sentiō, amōrōsō sed magis cōnsiliātōriō mōre.

"Vtrum māvīs: perīclitārī an exstinguī?"

Quasi nātūrae impetū – quod aegrē fateor – in exstinctiōnem magis inclīnō; at subitō obicitur mihi imāgō īnfesta, quam iam dūdum prō meā parte supprimō. In andrōne tridīmēnsiōnālī stantem, oculōs ūdam, phasium amplificātōrium dextrā tenentem, Lntācham sē āvertere, mē in perpetuum relinquere videō.

"Bene habet," hōc superātus inquam. "Quae prōpōnis faciam."

Cum nova superspatiālia, quamvīs vicāriā ratiōne, cottīdie tamen explōrem … cum Thedrīnum iam sim ad īnfanda ista in Cubaeā retegenda comitātus … cum mē dēmum exitiō dare parātus esse videar, cūr nōn meī ipsīus īnfimās latebrās tandem temptem? Sīquidem omnia iam pessum eunt, quidnī meī ipsīus cognōscendī quasi cōnflagrātiōne apocalypticā cōnsūmar?

"Vnum autem poscō," inquam.

"Quid?" inquit illa quasi simul dubia et cūriōsa.

"Vt programma tuum dēprōmptum mēcum quōquō sim itūrus ferre liceat. Tē hīc nōn dērelinquam."

Quibus verbīs ego, utpote quī eī iam semel īnsigniter dēfuerim, multō magis commoveor quam Lntācha; quae, ut nōn statim recūsāns, mihi saltem mōrem gestūra vidētur.

"Quid autem cōnsiliī cēpistī?" inquam. "Quōnam modō hinc…?"

"Dē Eivō nōn erant nōbīs omnia nōta. Variābile enim est … scīlicet nōn tantum quod eius hīc versātur sed etiam, quod multō māiōris est, corpus sublūmināre."

Animus meus, percussiōnibus nūper assuēfactus, nihilōminus iterum percutitur; nam Eivom, sīcut Speculātōria, prō Coniūnctō semper habuī. Sīn autem Lntācha rēctē dīcit, domus nostra Speculātōriīs in multīs praestat. Quod, quamvīs Variābile atque ideō vehiculum sīve nāvigium, nōbīs nūlla umquam itinera praebuit, nesciō an praesentī officiō omnīnō domesticō tribuendum sit aut forsan ipsīus illīus arbitriō.

Nigrefactō necopīnātō cyberspatiō, ego tamen adhūc alicubī exstābam.

"Nūper certius factum sum...," inquit Eivom solitā vōce, etsī neutrālī dīcendā, paulō tamen, meō quidem iūdiciō, māsculīniōre, "...Thedrīnum nostrum in Pȳlxuējjhō IL nunc versārī. Cui ut in Vbledinnum revertātur prīmō difficile fuit persuādēre ... dōnec Lntāchae avatāram Veom-Soprutī applicāvī. Thedrīnus, ad crēdendum dēnique adductus, duābus ferē hōrīs adveniet. Vt citius fiat huius spatiī praescripta ferrea quibus subiectī hīc versāmur nōn sinunt."

Nebulae adhūc gradātim clārēscentēs "vērī" tablīnī meī, solitam in magnitūdinem versī, lūcī tandem cessērunt. Minimō crepitū sēnsī bullulam meam cōnexū solvī: alia plānē hārum condiciōnum superspatiālium quibus sēnsūs nostrī nunc, ut fierī assolet, holographicē īnseruntur nota necessāria.

"Lntāchae avatāram...? Id est...?!"

"Rēctē suspicāris mē, Lntāchae programma Speculātōriō trādentem, illēgitimum, vel id quod antehāc illēgitimum fuisset, patrāsse. Algorismī autem Sacrī, vel hārum aliqua pars, aut nōn iam funguntur aut ad novās condiciōnēs sē accommodant."

Tantam rem tam tranquillā vōce dīcere ... dum ego hiantī terrā dēvoror! Circumspiciēns colōrēs iam vānēscere, ōrnāmenta ē cōnspectū fugere, recondī quōquōversus supellectilem vīdī, id quod Eivom sē ad progamma superspatiāle suum claudendum parāre indicābat. Nōnne Eivom haec, absentibus biofōrmīs, vel biofōrmārum avatārīs, facilius facere potuisset, mē autem praesentem anxiumque postulātīs offendere perturbāreve nōlēbat?

"Quod est Veom-Soprút?" inquam, nam ante illum diem, praeter Khrdīōium illud in quō Lntācha dēcesserat, Speculātōria nōminibus appellāre nōn solitī erāmus.

"Vnicum cui adhūc fidēs est habenda," inquit Eivom quasi susurrāns. "Quod simul atque cum Thedrīnō advēnerit discēdēmus. Omnēs scīlicet turmae Praecursōriae dē inquinātiōne sunt iam certiōrēs factae atque ad discessum parātae. Cūnctīs simul discēdendum vidētur nē, profectā ūnā, systēma Vedumve aliquod inquinātum quid fiat animadvertat nec cēterās permittat."

In istā simplicī vōce quae erat *discessus* inēvītābilēs fātī cachinnōs quasi ab ipsā īnfantiā meā in mē intentōs clārē audīvī.

Cum nihil habērem quod collēctum in mundum sublūminārem mēcum auferre possem atque ut Eivom sē forsan, mē vacuātum, expedītius compōneret (neque ignōrābam ea quae hīc agēbat germānum corpus eius, ubiubī versāns, simul et aliquā "vērius" – scīlicet nōn holographicē – agere), tempus forīs trīvī Delphoīdibus sinuīque, fēlicissimōrum vītae meae mōmentōrum scaenae, valēdīcēns in animō simul rēgnum Vedōrum, quod mihi minimum bis gravissimē dēfēcerat, ex animō damnāns. Numquid autem ambae dēfectiōnēs ratiōnem habuerant cum contāgiōne cybernēticā? Diūne haec latuerat glīscēns clamque mala movēns?

Hic mīrus mundus suprālūmināris, spēs, ut ita dīcam, aetātis nostrae, cuius lubricissimus eram pseudoparticeps, nōbīs tandem tam trīstis ēvēnerat quam "carcer" iste sublūmināris ā nōbīs saepe generātim nōnnihilque fastīdiōsē sprētus – immō etiam trīstior ut ā nōbīs nē semel quidem vērē tāctus. At tōtam vītam, tam intimō animō ibi āctam, rēbus tam familiāribus replētam, mundum tam saepe ipsīus animae meae speculum! Scientiam praecipuam, prūdentiae semper nova genera, gaudia innumera et inaudīta hīs locīs, etsī dēmum nōn vērē "nostrīs" dīcendīs, nihilōminus percepta expertaque! Myxās vīcīnās quārum pōmīs pullīs dulcibusque tam saepe fructī erāmus! Hanc voluptātem semper in longinquum per nesciōquae māchināmenta Vedica cōlātam ūsque ad corpuscula quaedam aliēna quōrum domicilium iterum reperīre mihimet magis quam arduum fuisset!

Huius quidem dūrae veritātis iam diū cōnscius eram, sed nunc quod patriam meam, patriam nostram, vērē relictūrus vidēbar, ūnam quamque plantam arborem sēmitam, ūnum quodque saxum quadridīmēnsiōnāliter aspicientī ruēbat mihi in animum sescentārum occāsiōnum memoria. Haud longē aberat quoddam prōmunturium minus lītore sinūs septentriōnālī prōminēns, per aeva passim nūdātīs congestīsve saxīs patulīsque tībulīs prasinīs decor. Hunc locum, ob quartam nostram dīmēnsiōnem, circumdābant undae nōn sōlum vestrō mōre sed ita quoque ex aequō ut vīcīnōs nostrōs maritimōs, velut in vīvāriō aquāriō anōkatōticō versantēs, facile observāre, salūtāre, interdum improbē lūdere possēmus, simul tamen, "modō cubicō," quem dīcēbāmus, aptātō intuitūs angulō, etiam ultrā mare iacentia oculīs lūstrare: actam modicam ob lūcem valdē variam nunc albicantem nunc splendidam, crassō caelō glaucam, sōlis occāsū lūteolam, ortū rosāceam, lūnōsā nocte nōnnumquam perviolāceam; ad actae sinistram cumulōs parvōs harēnōsōs, iuncōs, prātum glaucibus volvolīsque distinctum Eivōque nitidō nostrō, ē longinquō fermē imprōspectō, circumfūsum, pōmētum nunc ob myxās phōcidēsque harēnōsā terrā gaudentēs hīc porphyrēticum, hīc batrachītinum; oropedium orientālis caelī lāminīs quadridīmēnsiōnālibus adsiduē mūtātīs novō semper modō incīsum; ad occidentem versus, post laetulum sinulum nostrum, fretum vastum, cȳaneum, turbidum, aestibus rapidum, cuius fluctūs saepe cristātī; post quod montēs – ā merīdiē paenīnsulārēs, ā septentriōnibus īnsulārēs – quasi custōdēs antīquī horīzontem tribus in dīmēnsiōnibus obsaepientēs ... praeter aestuārium ūnicum, nōbīs ē regiōne, ubi montēs intermissī, quā omnīnō nūdus habēbātur prōspectus aeternī illīus Praecursōrum symbolī, locī magis dēsīderiī quam locī, ā Sōle, immō, ab ūniversīs Sōlibus numquam nōn petītī.

# Eivom

Prōmunturiī partem ā nōbīs quondam frequentātam adeptus genua posuī manūque – quod fatērī aliquantulum pudet – foliōrum tībulinōrum acūtōrum mīrē mollem culcitam amanter mulcēbam tamquam amātae recentem lectum ... simulque velut cēpotaphiolum nātūrāle cuius maestitia melius digitīs quam verbīs dēpingī poterat. Prope reverentem manum multicolōris īnsectī ālātī ruīnam cāsū animadvertī, quam modo explōrābant formīcastra duo. Quō vīsō, mihi in animum vēnit mundī nātūrālis rota illa praedātōria, in quā omnis bēstia locum aliquem fātō obtinēns nunc sublevābātur, nunc necessāriō deiciēbātur. Nēmō enim biologicus nōn sērius ōcius cōnsūmēbātur, etiamsī patrōnī nostrī ā pūpillīs suīs perīcula omnia arcentēs hanc vēritātem nōs cēlandam prō parte cūrāverant. Ego hās rēs, quamvīs ad fīnem propositum nostrum nōn rēctā spectantēs, saepius observāveram. Hoc facile fuerat cum Speculātōria campīs energeticīs nōs ā bēluīs prōtegēbant. Quondam proximō in lūcō būmeliīs argillāceīs umbrōsō praedātrīcem canīnam – quae, etsī quadrupēs erat, haud sciō an vōbīs sublūmināribus prope sextupēs vīsa esset – strepsicerōtem novellum dēiectum placidē cōnsūmere vīderam. Antequam morsum magnum quemque faceret, clausīs oculīs recentem carnem voluptuōsē et quasi dēlicātē lingēbat ... eōdem modō quō dēliciae fēlīnae sē ipsās purgant dominōsve suōs linguā piē mulcent nihil forsan rēapse magis petentēs quam salem cutī haerentem. *Ipsa Vīta...*, mihi amārē prōnūntiāvī, ... *nōs lambit.*

Relictō promunturiō, per proximum tractum saxōsum dēscendēns necdum ad actam nostram Eivomque versus, dum sēmitam per eupterī dorcadiīque fruticētulum sequor, aliquid subitō volucre versicolorque prīmum velut bombavem ad mē ruere dispiciō, dein, cursū paulō dēversum tamquam sī mē modo animadverterit, in septentriōnālem partem pergere, nunc multō magis pāpiliōnis mōre, per tachyonicī āeris aprīcōs flexūs. Aliquot mōmenta in cūrās meās adhūc intentus prōcēdō, dōnec, id quod modo contigit magis magisque mīrāns, caelum, fruticētum, fīnitimum nemus paulisper respiciō, nīl tamen illīus animantis sīve phaenomenī sīve spectrī percipiēns.

In superspatiō, etiamsī hūc tantum holographicē proiicimur, accidunt quidem paene cottīdiē inopīnāta nōbīs ... tamquam sī haec loca magis quasi perstringentēs quam rēctē inhabitantēs aliquid tamen hōrum nātūrae et ingeniī nesciōquō modō imbibāmus. Id utcumque quod modo factum est nesciōcūr alicubī animī meī haeret. Arborēs nunc longinquiōrēs oculīs vestīgāns fluctūsque simul tantum vicissim quantum cōnstanter in lītus illīsōs audiēns angustā sed nihilōminus bene trītā in sēmitā dubius stō quasi illum temporis articulum quō spectrum lūce variegātum sē ex ave in vappōnem mūtāvit identidem mēcum scrūtāns, immō nesciōquid īnfōrmātiōnis mihi nesciōquōmodo impertītum esse coniectāns. Quod autem temporis mōmentum cum reputandō resolvere temptō, nīl inveniō nisi quandam amoenam sed ambiguam animī voluptātem ... huicque admixtam ingentis maestitiae aequam partem. Haec contrāria duo in nūllum tamen conciliantur statum medium quālem vel aequanimitātem marcōremve, sed potius utrumque nātūram vimque suam perfectē cōnservat, tamquam sī pueritiae meae dēlectātiōnem libīdinemve aliquam longō oblīviō mersam subitō recordantī mihi simul in animum veniat mē Lntāchamque nūllō plānē ex "corporum tachyonicōrum" vitiō nec praecipuē quod Veda, ob intūta officia Praecursōria, ut līberīs carērēmus prūdenter cūrāverant sed multō magis speciāliusque propter ipsa corpora nostra numquam inter sē vērē tangentia nōs sterilēs fuisse.

Quā huius volātilis vīsūs explānātiōne, quamvīs sine dubiō aliquātenus rēctā, mihi nihilōminus nōn persuādente, super prīmum commodum saxum cōnsīdō hoc aenigma pertractātūrus quasi quī lapillum calceō āmovēre quaerit. Illō brevissimō temporis articulō quō facta esse vidētur īnsolentissima metamorphōsis aliquid mihi accidit quod cōnsciae mentis scrūtātiōnī resistit. At simul atque ipsum spectrum mihi accūrātē dēscrībere temptō, in ipsīus avis-pāpiliōnis quasi igneīs colōribus speciē īnfīnītīs nōn avem sed potius terram, plantās, saxa proxima vīsū temere capta hīs colōribus salīre turgēre tremere sentiō. Nec tamen sē movet simul extrā ōrdinem quicquam, nec rēapse dē colōribus agitur; quīn contrā haec pauca aspiciēns īlicō et tōtum prōmunturium prātaque fīnitima necnōn mediterrānea nemora longinquāsque silvās ac propriae actae tōtās partēs sescentiēs vīsās oropediumque nostrum et plūrium, nōndum explōrātōrum, montium iūga scopulōs cacūmina barathra convallēs saltūs ūnā amplector. Immō enimvērō videō simul et omnia haec loca habitantia animantia multiplicēsque fōrmās aetātēs vītās ... immō nōn sōlum animantia dicta vērum etiam ea quae nōs rērum superficiēs tantum videntēs "inanimāta" dūcere solēmus; nam haec quoque suō mōre vīvere videō et mīrum quam ā nōbīs pendēre ... ita ut, contrīstātīs afflictīsve furentibusve nōbīs, inanima condolēscant, trepident, hebēscant, maestitiā minus cōnsciā nec minus potentī īnfringantur. Nec mē iam latet cūr multī, immō ferē omnēs, populī vel quibusdam aevīs suīs plantās rīvōs prāta saxa tāliaque ā nūminibus tūtārī crēdant; nam haec similiaque aliaque multa dēscrīptiōnem prohibentia nunc cernō nec dubium est quīn parvum spectrum volucre illud ūnum ex hīs fuisset. Et Eivom hōc eōdem mōmentō cōnsīderantī sē mōnstrant mihi quasi huius exemplāria innumera, nōn autem longō explicāta ōrdine sed tamquam ex inexhaustō fonte simul ūnāque prōfluentia. Ipsum autem hoc Eivom, grātum domicilium nostrum, immō nunc tantum meum, Thedrīnīque interdum hospitium, cum ā cēterīs omnibus solūtum intueor, īnsolitum in modum circumsaeptum vidētur, superspatiō magis superimpositum quam ibi rādīcātum, velut histriō hominis locō vel magis drāmatis persōnae titulus quam persōna, ad summam – quod adhūc difficillimum cōnfessū – nōnnihil miserandum.

Immō nesciō quōmodo videō et animāns bipēs, glabrum, haud procērum per urbem alibī forsan decōram, hīc autem incompositiōrem, lentō passū ambulāns. Mās est. Nōmen forsan Rhebnofh. Tam lentē prōgreditur quia terra firma eī altera patria est; altera, prīma, est mare. Hīc super terram spīrātur sine īnstrūmentīs, pedibus tardē procēditur, crepīdine interdum mōbilī celerius, vehiculīs variīs celerrimē. Hīc labōrātur, prōlēs generātur ēducāturque, exstruuntur domicilia oppida urbēs, excolitur intellēctus, artibus studētur, celebrantur concilia, contrā interdum exsistentēs hostēs mōliuntur bella, tempore subsicīvō fiunt nōn sānē omnigena sed multigena.

Huius autem urbis aliqua pars adhūc subaquānea est. Ecce, sunt passim fossae venetae quārum undulae marginēs, hōc dēsertō locō caementīciōs veterēsque, leviter lambunt. Sub fluctibus natātur, lūditur, mīrā velōcitāte lascīvītur; remittuntur labōrēs; propriō rōstrō piscantur voluptātis causā multī. Sub aquā sunt pergulae, pāpiliōnēs hortīque pūblicī, saepta vīvāria. Aerātī quibusdam sēlēctīs locīs longinquiōribus domicilia submaritima āere īnflāta habent. Mediī ōrdinis cīvēs levibus īnstrūmentīs spīrātōriīs sēmōtum ōtium subundānum prōdūcunt. Pauperiōrēs similia agunt sed in urbe vel propius urbem. Sub aequore exstant interdum etiam praesidia mīlitāria officīnaeque scientālēs.

Rhebnofhis sat magna pars artificiōsa est. Hoc necesse est quod is quondam in altō natāns nāvis helicā graviter vulnerātus est. Tālēs hodiē fiunt multō rārius calamitātēs; nam omnēs novae nāvēs iam diū īnstruuntur impulsōriīs internīs multōque sēcūriōribus. Rhebnofhis refectiō utcumque mīrē faustum habuit exitum.

Cum Rhebnofh nunc, ut summā arte mēchanicā passim corrōborātus, omnium cīvium longē fortissimus esse videātur, marī cuidam alterī plēraque corporis dēmere, tantum cerebrum aliquotque systēmatis neuricī partēs priōrēs relinquere volunt māchinātōrēs inlūstrēs. Sunt etiam voluntāriī corpora propria perīculīs fāmaeque offerentēs, Rhebnofhem autem praeferunt doctī quia corpus eius prīmās incursiōnēs cybernēticochīrūrgicās mīrum in modum tolerāvit.

Sunt certē quī experīmentum hoc improbent. Plērīque autem in rē pūblicā administrandā versantēs cīvem nīl nōbilius cīvitātī largīrī posse affirmant quam ipsīus corporis mēchanizātiōnem. Eximium pācis bellīque īnstrūmentum futūrum quem sē sīc trānsfōrmandum praebeat; doctīs largissimum scientiae fontem ad futūra, etiam audāciōra, suscipienda; concīvibus virtūtis patriaeque amōris exemplar; immō – id quod bellica abnuentī posteā autumābant magistrātūs – tam rōbustum corpus sociīs gentibus aliīsque nōndum nōtīs māximum fore tūtāmentum. Novī corporis māteriā, "llasdajm-zilicij" nōminātā, nīl firmius solidius stabilius. Nūllō iam āere fore opus; nisi paucīs quibusdam laticibus, nūllō alimentō. Artificiōsum corpus aget plasmatis compressī generātōrium nucleāre fūsōrium ... aut forsan ōlim generātōrium quantāle chromatodynamicum.

Contrā dētrīmentōrum cumulum Rhebnofh tamen prōpositō concessit. Quī enim tālī corpore īnstructus erit vī ēnormī auctoritāteque pollēbit, nec Rhebnofh ferōcem quemquam tam potentem fierī vult. Ipse amplus factus fortasse subsequōs novae technologiae participēs ēligere poterit. Populum suum, cēterās gentēs, forsan et proximōs planētās conciliāre pācificēque cōnsociāre cupit. Bonōs fac fortissimōs, dīlābuntur malī.

At haec nōn sine sacrificiō fient. Corporis partēs artificiālēs sentiunt quidem, sed aliō quōdam modō. Per hās scīlicet etiamsī Rhebnofh omnia perfectē percipere vidētur, immō melius et plūra quam biologicīs fultus umquam, nesciōcūr nihilōminus eās nōn eōdem modō "sē" esse sentit quam priōrēs. Attamen *llasdajm-zilicij* tāctū molle esse potest, nec coniūnx, in quibusdam querula, umquam dē marītī corpore hybridā queritur. Potest ut Rhebnofh nihilō nisi hārum rērum novitātī diffīdat. Haud sciō an agātur modo dē animantis biologicī sententiā praeiūdicātā contrā suppositīcia artificiōsa. Rhebnofh utcumque sibi potius tālem iactūram suscipiat quam ut quasi fortuītō et perīculōsē invalēscant cīvēs īnsidiōsiōrēs, quōrum sunt nōn paucī.

...At quid sī id quod sentit, vel sē sentīre sentit, vērum est? Sē iam simul satis vigēre et sēnsim ēvānēscere? Nōnne quī mēchanicō ōre loquitur vīcī-nīque manum in salūtātiōne incōnsultō sed facile contundere valet, quam-vīs optima volēns, nihilōminus alterīus fit sēnsim speciēī, aliōs petit ali-quandō fīnēs quōrum nē ipse quidem cōnscius? Quī mundum factīciō cor-pore experītur per sē nōn īdem esse potest quī quondam germānō cadūcis-simōque corpore ūtēbātur?

Cum super glāream disiectaque tigna sēmitamque errābundam malīs herbīs passim intermissam umbram suam prōiectam cōnsīderat, suam quā-damtenus ipsīus videt umbram. Quid autem post ultimam metamorphōsin sē aspicere sentiet? Monumentum aliquod suī? Persōnae obsolētae memo-riam iam paulō incommodam? Ipsae memoriae in cerebrō conditae vītae vidēbuntur esse adhūc propriae an aliēnae?

Hōc locō fuērunt quondam saeptum tignārium molaque serrāria; ambō autem ob possessōris mortem successōrumque inopiam longius lūstrō abhinc dērelicta sunt. Vt vērum dīcātur, lignum, quamvīs nūper rārissi-mum factum, apud vulgus nōn iam est in pretiō. Videntur cīvēs circumiec-tōrum nātūrālium perditōrum monumenta ēvītāre. Plēraque nunc ē metal-lō, vitrō, caementō, interdum saxō cōnstruuntur. Quod rārum est ā plērīs-que nunc spernitur. Magnī habentur commūnia, facilia, vīlia. Taedium tūtum est; rāra sunt ēlectōrum culpanda voluptās. Opulentī alicubī exedrīs celōcibusque omnīnō ligneīs superbīre Rhebnofh prō compertō habet. Hoc inēvītābile vidētur. Plēbs autem Rhebnofhisque similēs equitēs plērīque commūnibus superbiunt, trītīs triviālibusque gaudent, in blanda leviaque imminent. Sit satis rōbusta rēs pūblica, cultus tamen cīvilis iacet. Complūrēs cīvēs mentem in paene nihil aliud intendunt quam in proximum cibum speusticum pōtiōnemque sacchaream sūmendam, in proximum vulgārem cantum fatuissimum auscultandum, in proximum īnsulsum violentumve acroāma ad paucās hōrās inerter ferendum.

Dum saxum sat magnum prope sēmitam inventum ad fossam aquālem pinnīs digitulīs īnstructīs portat, id quod mox factūrus est nunc prīmum prō taediī probātiōne habet. In fossae margine stāns sē paulisper circumspicit. Vltrā fossam in parvā caementāriā fabricā nihil movētur; hodiē enim celebrantur fēriae ... ex eīs quārum significātiōnem paene nēmō iam cūrat. Ne ūnum quidem vehiculum in areā statīvā relictum vidētur. Ā sinistrā Rhebnofh raedulam suam minōremque viam cernit quā hūc advectus est. Post viam est collis praeceps quī quondam, cum Rhebnofh puer hīc lūdēbat, frondōsīs arboribus amictus erat nunc autem suffuscus, praeter grāmen plumbeum hīc illīc excrēscēns, longē nūdior languit. Ā dexterā, ultrā caementāriam, post sinum acerbī sōlis lūcem repercutientem vix cernitur mediae urbis magnus tractus, quem nebula inquināta glaucum, immō paene album reddit – etiamsī Rhebnofh urbem, quam is cum uxōre īnfirmā fīliōque contumācī incolit, rē vērā satis variam esse scit.

Quam cōgitātiōnem continuāre nōlēns saxumque pinnīs involūtum retinēns, Rhebnofh in fossam īnsilit citoque ūsque ad fundum mūcōsum mergitur. Ē nātūrae īnstinctū magnam vim āeris ante saltum īnspīrāvit. Itaque nunc exspectandum est, nam corpus vītae sectae maritimae adhūc satis bene accommodātum aliquamdiū incolume manēre potest antequam vīscera ob oxygeniī inopiam in māximum discrīmen addūcantur, cerebrum ēnecārī incipiat. Tandem autem aliquandō pulmōnēs aquam haurient. Posteā multō facilius fiet, nam īnsitī impetūs pavōris spīrandīque prōrsus exstinguentur. Pauca post mōmenta exanimābitur. Cor labōrābit, vacillābit, sistet. Membra celerrimē frīgēscentia rigēbunt. Haec scit Rhebnofh cum sit medicus, immō, archïātrus.

Sat commodē positō pinnīsque super ventrem retentō saxō nē corpus aquā levius incōnsultō ad superficiem revertātur, Rhebnofh supīnus exspectāns caelī lūmen ambiguum sordida per fluenta hīc subgalbina hīc subprasina cōnsīderat. Ibi est vīta, hīc mors. Inter Rhebnofhem superficiemque nīl nisi longī coruscīque lūcis radiī rārēfactā spurcitiā tranquillē lūdentēs.

Quod familiam dērelinquit haud magnī rēfert. Dēfunctō marītō, uxōris psychotherapeutae sat magnā hērēditāte augēbuntur; filius patre vacuus aut mātūrēscet aut, quod longē vērīsimilius, patrimōnium comedet.

Mīrum autem est quam diū frīgidulō līmō commodē amplexus sē bene habet. Nisi pulmōnēs āeris indigeant, in incertum hīc manēre possit, dūrīs officiīs discrīminibusque sēmōtus. Novō corpore illō commendātō armātus ubivīs versārī possit: sīve sub mare sīve in summō monte sīve in spatiō cosmicō. Immō, sī quandō singula mentis ē cerebrō in computātōrium trānsferre possint, quisquis prius sīc ōrnātus erit prope nihil nōn valēbit tolerāre. Cui autem bonō hoc? Sīc īnstructī pācem impōnant? Belligerīs arma irrita reddant? Quid autem sī tōta vīta nihilōminus īnsulsa est tālisque manēbit? Quid sī populus īnsipidus servārī nōn meret? Nōnne cosmus animantibus stultīs vacuus placidior ideōque melior sit ... etsī certē nōn tam rīdiculus, nec tam dignus contemptiōne saturāque ... ac nūdā cūriōsitāte? Numquid taedium vīvum mortuō praestat taediō?

Antequam quid faciat omnīnō cōnscius fiat, Rhebnofh, pulmōnibus iam paulō labōrāns, excussō saxō, post bullās suās celerius ascendentēs lentē ad superficiem versus sē fluitāre sentit, num ut servātor an ut irrīsor incertus.

Quae omnia plūraque ūnicō mōmentō putantī ē pectore mihi extrahitur ūnicus inopīnātusque trīstitiae singultus, nōn sōlum propter Eivom et Rhebnofhem Vedaque sed etiam propter nōs Praecursōrēs; nam nunc patet entibus illīs superspatiālibus intellegentibus nōs adamussim tam circum-scrīptum nostrī aspectum praebuisse quam Veda nōbīs superspatiī. Vērē haud mīrum quod nōs numquam prō aequālibus habuērunt!

Quī ēnormis vīsus, simul atque haec animō cernō, ēvānuit. Nec tamen ūllā fibrā meā dubitō mē modo, etsī tantum per pauca temporis mōmenta, superspatium eā ratiōne expertum esse quā ipsōs vērōs suprālūminārēs. Cūrnam autem superspatium, quasi sēcrētus amīcus familiārisve diū ignō-tus, nunc sē mihi largiātur ... paulō, ut vidētur, ante dicessum meum? Ac tantum ad brevissimum? Numquid illūdor? An pignus aliquod mihi modo concessum est, nūntiolus scīlicet quō mē hīc, praeter omnēs dēfectūs, aliquid tamen aliquō in animī recessū didicisse vel effēcisse cōnfirmētur? Aliquid quod mihi forsan aliquandō sit prōfutūrum?

Ā saxō surgēns nesciōcūr vereor nē ultrā ambulantī actamque trāns-euntī huius revēlātiōnis ultimae reliquiae, immō, ipsa huius reī memoria mihi tandem adimātur. Lentius autem ambulāns nūper experta animō retinēre videor. Actam adeptus cōgitātīsque iam gravis somnolentusque factus super et anō mollem harēnam commodē mox pandiculāns aevīs mergor.

Strepitū expergēfactus sēmiapertīs oculīs Thedrīnum modo advēnisse crē-vī neque alacrī esse animō. Comitābātur eum id Speculātōrium quod Veom-Soprút nōminārī nūper didiceram, rotundum, ut vel vidēbātur, sed solitō etiam minus cōnspicuum, immō paene omnīnō invīsibile. Nāvigium Iinaep-nuiēnse, expositīs in actā prope mē vectōribus duōbus, tam citō anō sūrsumque ā cōnspectū abiit quam sine dubiō modo prius katō deorsumque dēscenderat, velut aut ad aliud sērō festīnāns aut tumultum nostrum vītāns. Nostrī similibus advenīs peregrīnīsque dubiīs serviēbant imprīmīs tālēs nāvēs, quasi ā suprālūminārium faece variā atque interdum īnsolentī pretiō suppeditātae; quās nōs sōlum in planētārum atmosphaerā vērē solida vehicula esse, inter sīdera autem quasi mera cōgitāta sīve "īnfōrmātiōnis sarcinās" abstractās fierī suspicābāmur; nam ūnīus cuiusque, etiam brevissimī, itineris cosmicī māxima media pars aut memoriā excidēbat aut quōdam quasi sopōre dēlēbātur. Nec Speculātōria hoc minus, quamvīs plānē suō mōre, patiēbantur.

Rogante īrātius Thedrīnō cūr Eivom, ut Variābile, sē Soprútemque excipere nequīvisset, respondit continuō Soprút summissiōre vōce Variābilia Vedica, ut in superspatiō nīl dēmum nisi holosōmata solidiōra, quartā dīmēnsiōne spatiālī ita ūtī posse ut animantia circum quemvīs planētam sat agiliter veherent, cum autem quartam dīmēnsiōnem quasi nōnnisi prīmōribus labrīs tractāre valērent, itinerum cosmicōrum suō Marte faciendōrum prōrsus esse impotia.

Quam cōmissimē potuī Thedrīnum ut placidiōre vōce ūtēns mēcum Eivom peteret hortātus sum. Is, haud sciō an tantum ob gravem aspectum meum quantum verbīs meīs paulō docilior factus, mē sequēbātur ... cum subitō in auribus mihi vehementissimē cōnsonābātur. Manibus aurēs sponte tegēns nec tamen strepitum quicquam minuere valēns mē corpus vix iam movēre posse animadvertō. Mox magis magisque prōsternor dōnec, quam prōnissimus factus, solō haereō nec digitum quidem levāre queō. Capite humī in obliquum dēpressō, nōs tamen circumfūsōs et perfūsōs esse magnā, perspicuā hyperbullā violāceā videō, id est, sphaerae exemplārī quadridīmēnsiōnālī. In ingentem bombum perpetuum penetrant iam interdum, quasi fortuītō, dūrī crepitūs ... ūnā cum quibus mox incidere cernō crispa fulgura cobaltina hyperbullae latera, praesertim anōtinum katōtinumque, temptantia.

Animō nunc assequor Eivom nesciōquod genus campum tachyonicum nōbīs circumdedisse. Cum figūrae quadridīmēnsiōnālēs spectātōribus tridīmēnsiōnālibus neque interiōrem neque exteriōrem habēre partēs videantur, hīs aspectum continuum et quasi īnfīnītum praebeat hyperbulla. Sī Eivom cēterōrum Speculātōriōrum incursiōnem geōēlectricam (hoc est, tachygeōēlectricam), haud sciō an ē contrāriō planētae latere effectam, nōbīs arcēre temptat, oportet holosōmata nostra campō tachyonicō compleat – id quod vērīs corporibus biologicīs, etiamsī tachyonicīs factīs, procul dubiō irreparābilia damna ferat. Post vēram meam nātūram recēns patefactam nunc prīmum mihi prōdesse vidētur quod in superspatiō nīl magis sum quam hologramma, quamvīs patibile.

Mox volant quōquōversus tam crēbra fulgura ut prope nōs cernere possim alteram hyperbullam nostrā obscūriōrem. Soprút, nī fallor, sē ipsum prōtegēns impetum ē longinquō factum ūnā cum Eivō prōpulsāre mōlītur. In cursum katōtinum humō impressus immōbilisque nec cuiusquam reī quam cōgitātiōnis capāx mē rogō num sit causa bellī quod cētera Speculātōria cōnsilia nostra, hoc est, cōnsilia fugae compererint. At nesciunt, etiam interfectīs holosōmatīs nostrīs, genuīna corpora nostra, etiam Eivī Soprútisque, alibī versantia superfore? An hōc imprōvīsō saevōque mōre aggredientia sē apparātum holosōmaticum nostrum ita distubāre dēicereque posse crēdunt ut nōs eādem ferē ratiōne quā Lntācha pereāmus: hoc est, cōnexibus ita cōnfūsīs ut neurica systēmata dēficiant, aemulōrum Vedōrum rētia ēlectromagnētica corrumpantur? At nōnne Veda Vedīs tālia accidere nequīre sciunt? Speculātōria autem coïnquināta haud sciō an sine ratiōne agant.

Post aliquot mōmenta – ut vel vidētur – incitārum, corpus meum pressiōnem subitō tantō magis augērī sentit ut ubīque doleat ac mē haec quasi inermis experiēns rogem quantō tamen absim quīn intermoriar ... moriarve. Nesciōcūr etiam occurrit dēmīrārī num Vbledinnēnsēs sublūminārēs, mihi extrā somnia aliquot ūnumque cāsum īnsolitum aliōquīn ignōtī, vērē nihil vel paene nihil huius exitiōsae concertātiōnis suprālūmināris percipiant. Sine dubiō perturbātiōnēs aliquot īnsolitās inexplicābilēsque sentiunt.

Subitō omnia in ātrum vergunt nec iam quicquam audiō. Mē parō sīve ad mortem sīve ut (morte pēius?) in corpusculum istud tridīmēnsiōnāle reiciar. Nunc autem, trāiectīs solitīs nebulīs, mē in tablīnī meī exemplar cyberspatiāle aspectū quōdammodo vitiōsum sed nihilōminus quadridīmēnsiōnāle trānslātum videō. Cum omnia solitō paulō māiōra videantur mē Prīmī Generis avatāram iterum occupāre sciō. Lntāchae eiusdem generis exemplar prope mē stāns nesciōquam tabulam imāginemve mihi dexterā mōnstrat. Pōne eam stāns Thedrīnus nōnnihil colossēus vidētur, quō admoneor populī eius ūnicam esse nōtam fōrmam, ūnicum igitur apud Veda avatārae genus, scīlicet māius, habēre posse.

"Quōmodo...," stupēns inquam, "...Quōmodo Eivom mē cōnexuit?"

Quō interrogātō Lntācha prīmum īrāscī, dein tamen mē spectāns nesciōcūr paulō lēnīrī vidētur. Respōnsō autem carēns, fortasse quia rēs extrā cyberspatium gestās avatārīs rescīscere difficilius est, Thedrīnum respicit.

"Ecce, Tog mī," inquit Thedrīnus quasi haesitāns, "holosōmata tachyonica nostra iam dēlēta sunt; nam contrā Eivom Soprútemque magis pollēre videntur cētera Speculātōria. Istae portulae bullifōrmēs quibus novīs vīcīniīs semper cōnectēbāmur fictīciae, dīcam an, nōn magis quam symbolicae erant. Rē vērā ad omnia rēctā ex corporibus nātīvīs nostrīs coniungimur."

"At quid..." inquam ad Lntācham versus, ob cōnsternātiōnem paene ēlinguis. "...Quid dē morte tuā? ...Sī coniūnctiōnēs rē vērā simpliciōrēs erant..."

"...Aut cōnfūsae coniūnctiōnēs illae multiplicēs..." inquit Lntācha, "...etsī simpliciōrēs quam opīnābāmur, nihilōminus, ut adsevērārunt Veda, mollī systēmatī neuricō meō nimium nocuērunt ... aut mihi..." Hīc ea quasi invītē commōta gluttit. "...aut mihi, vōbīs dissimilī, numquam vērē fuit corpus genuīnum. ...Nōlī oblīvīscī...," addit quasi animum sibi ferreā vēritāte firmandī causā, "...mē saepius eadem quae Speculātōria quam quae vōs sēnsisse atque expertam esse."

Quā nōtiōne tamquam fluctū sīsmicō obruor. Dēsunt verba. Lntācha, perfectē accommodāta mihi coniūnx, cuius etiam mōrōsitās animum meum nesciō quōmodo stimulāverat explēveratque ... Lntācha tōtīus vītae meae ... nīl nisi ... programma ... vel, quod dīcant Veda, "anima sine corpore propriō"?

"Eivom nunc..." īnfit Thedrīnus, "...cyberspatium dūdum inquīnārī putat, etiam Pium Mendācium illud signum fuisse lentē ingruentis vīrī. Haud sciō an..." Sententiam nōn continuat. Is, ut plānē plūrium singulōrum particeps, paulō ante mē hūc reiectus cumque Lntāchā Eivōve iam collocūtus esse vidētur.

"...Hanc ichnographiam memoriae trāde," inquit īnstanter Lntācha. Ego nōn tabulam sed ipsam Lntācham aspiciēns mē eam numquam foediōre aspectū vīdisse advertō. Sīcut holosōmatum nostrōrum, etiam huius avatārae programma, quamvīs Lntācha iam prō mortuā habētur, omnēs nihilōminus vītae condiciōnēs imitārī vidētur: etiam īnfirmitātēs, sollicitūdinēs, pervigilia, et ita porrō. Quod sunt etiam mortuīs aerumnae perferendae apertē iniūstum est, quantumvīs theologiae Vedicae aliquā conveniat. Lntācha ... vel haec Lntācha – an ūnica dēmum? – mē, utut haec sē habent, altō maerōre afficit. Nātū plūs quīndecim annīs māior vidētur necnōn iam integram hebdomadem somnō carēre; ad hoc, ut vērum fatear, ictum quoque cerebrālem nūper esse passa. Manūs eius sunt macrae et quasi arāneifōrmēs.

Oculōs iam madefactōs in imāginem tamen mihi porrēctam cōnor intendere.

"In germānum corpus redditō tē," inquit Lntācha, "Eivom plastimōtōrium solvendum cūrābit. Tālēs apparātūs simpliciōrēs cyberspatiōque paulō sēmōtiōrēs nōndum in suspiciōnem veniunt, praesertim in illā Cubaeae parte; sīn autem nōndum solūtus eris, dexterīs digitīs sinistrum carpum ubi videntur vēnae māiōrēs ter tange. Tunc, sī satis properābis, apparātūs partem manuālem sinistram quasi digitābulum exuere poteris. Quō factō, laevīs digitīs summam frontem ter tange ut affixum faciāle retrahī liceat. Quod cum fēceris, praecepta ad cēterum plastimōtōrium exuendum ante tē scrīpta vidēbis. Sēcūritātis praescrīptīs pārēns ōstium exeuntī tibi sē automatāriē aperiet. Nec Veda ibi versantia, ut adhūc satis integra et nunc pancraticē satagentia nec dēmum ergā tē quicquam magis quam pudōrem dēbentia, quicquam negōtiī tibi factūra existimāmus."

Lntācham iterum suspiciō tam trīstis atque animō conturbātus ambiguusque ut aegrē cōgitāre, nēdum quicquam effārī, valeam. Illa mē nōn rēctā respiciēns pergit loquī:

"Haec, ecce, erit tibi via fugae." Digitō līneam per ichnographiam factam indicat. "Contāgiō expōnentiāliter propāgārī vidētur. Auctūs parabolē abruptum ascēnsum modo incohāvisse vidētur. Exiguum tantum restat tempus. Quī factum sit ut avatāram meam modo ante plēnam clādem adieris nesciō, sed tibi, vōbīs ambōbus, ut levissimē dīcam, fēlīciter fēcistī."

"Ex officīnā plastimōtōriā ūsque hūc...," digitō quendam sinum receptōrium significat, "...erit vōbīs festīnandum ut Eivī corpus genuīnum vōs excipiat. Illa Cubaeae pars, id quod dīxī, vīrō nōndum afficī vel nōndum magnopere afficī vidētur. Quoad sciam, nihil erit cūr corpora germāna vestra labōrent, quod omnīnō tam exercitāta agiliaque erunt quam holosōmata. Immō holosōmata nōn vērē exercitantur, quīn potius per nātīvī corporis exercitātiōnem exercitārī tantum videntur."

Ego intereā in mortis voluntāriae dēsīderium sum relāpsus. Ecquid in proprium corpus reversus – sī hoc fiet – in vītam prōrogandam dēnuō, quasi nātūrae īnstinctū, incitābor?

"Veda nōndum īnfecta ... vel quae sē nōndum īnfecta esse spērant ... discēdere contendunt. Quibusdam locīs valdē coinquināta aut fugam impediunt aut modo furunt. Nōnnūlla sē adeō exstinguunt."

"At, Lntācha," inquam verbōrum tandem paulō capācior, "quīnam istaec omnia ē Secundō Caelō didicistī?"

"Eivom effēcit ut nōnnūlla ad mē mānārent. Ipsa quoque ... 'silvās' trānsiī aliquot." Ea paene – sī hoc in fēminā tam extenuātā fierī potest – subrīdet haecque addit verba quasi "silvestrī" argūmentō coniūncta:

"Cēterum, nōn sōlum propter ipsōs Algorismōs Dīrēctōriōs Immortālēs vērum etiam ob ingēns temporis spatium quō perfectē rēgnāvērunt sunt quī hoc subitum inaudītumque contāgium prō Trebīticō habeant."

"...Etiamsī ūniversō in hōc galaxiae quadrante..." īnfit Thedrīnus velut indignāns, "...nōndum usquam vīsī sunt Trebītae?"

"Pōnitur cyberspatium...," inquit Lntācha quasi nōlēns sed simul officium aliquod nihilōminus exsequēns, tamquam sī huius reī nōtitia nōbīs fortasse aliquandō prōdesse possit, "...ut aliud genus reālitātis cōnstituēns, forsan aliīs effectibus quantālibus obnoxium esse, aliīs viīs temptārī posse. Quoniam Trebītae, seu cōnsultō seu sōlum ex nātūrā suā, reālitātēs alternātās chaoticē commiscēre videntur, agitātur etiam theōria exstāre reālitātēs aut omnīnō 'virtuālēs' dīcendās aut in quibus reālitās virtuālis priōrem locum occupet, 'prīmāria' reālitās, quam nōs dīcimus, posteriōrem; immō hoc, secundum lēgēs quantālēs īnfīnītē recursīvās, aliquā in cosmō-rum classe exsistere necesse esse. Quod sī fiat, fore ut reālitās virtuālis, ā nōbīs dicta, prīmāriam quōdammodo dominētur ac circumdet. Quālī cosmō quālibusve cosmīs sī noster pollūtus sit, Trebītās cyberspatium nostrum fortasse 'ē longinquissimō' īnficere posse quia nihil possit esse ā 'cyber-spatiō prīmāriō' longinquum."

"Vōbīs utcumque quam prīmum discēdendum'st. Eivom, ..."

"Exspectā dum!" inquam paene exclāmāns. "Quid dē programmate tuō..., id est, dēprōmendō?"

Lntācha nunc magis quam irrītārī vidētur. Immō furit. Tālem in eā aspectum, quasi mē ferītūrae, antehāc numquam vīdī. Quam multa nūper passa sit reputō.

Mītiōre vōce addō: "Tē amō, Lntācha. Tē hīc dērelinquere nequeō."

"Hoc est...," inquit illa adhūc ferōx, "...quod amās!"

Haud sciō an mē mulcāre temperāns, indūmentī frontem pugnō ferit, quem gestum prīmum nōn assequor; pauca autem post mōmenta mē hōc modō invītārī intellegō ut sub vestem intrōspiciam, quod in hāc scaenā cybernēticā quadridīmēnsiōnālī plānē facile fit. Truncī eius paene tōtum sinistrum latus et dexterī umerī parva pars aliquā rē ā mē nōn statim comprehēnsā tegitur. Haec rēs prīmum aut ut turbātiō statica vīsuālis aut ut nesciōquī effectus opticus phasicus interpretanda vidētur. Ad hoc autem accēdit quod aliquid passim saetīs simile cernō ... crassīs, nigrīs cinere-īsque, forsan magis metallicīs quam solitīs biologicīs, Lntāchae avatārā hīc quasi cristātim, hīc contrāriās in partēs excrēscentibus. Adeō movērī sīve pulsibus agitārī videntur. Quās sōlum aspiciēns horrēscō, īnscius quālis-nam reī mē nunc magis pigeat: speciēī an odōris an sapōris an forte tantum perdubiae nōtiōnis alicuius. Sēnsus mihi est tamquam sī terrae glaebam dēgluttīre temptem – quod nesciōquōmodo significāre comprehendō ava-tāram cyberspatiālem meam hōc ipsō temporis mōmentō contāminārī, tantummodo quia hanc plāgam aspiciō.

Lntācha mē tacita et quasi triumphālis intuērī pergit tamquam sī haec ipsa ruīnōsa avatāra mihi abundē dēmōnstret cūr sit eius vīta neglegenda.

"Avatārae Lntāchānae quam prīscissimam invenīre potuī versiōnem dēprōmpsī, quae tamen haud dubium est quīn sit, sīcut et tua, alicubī īnfec-ta. Nunc autem properandum est."

Haec verba ēnūntiāverat tranquilla vōx Eivī.

"Vt artem physicam doctus quīque tōtam vītam suam scientiae sobriae atque studiō māteriēī dedit certē haud possum prō mollī somniātōre habērī. Itaque prō indāgātiōnibus meīs dē atomō licet mihi dīcere hoc: Ipsam nōn exstāre māteriem. Omnem māteriem exsistere et cōnsistere quādam ē vī quam efficere ut particulae subatomicae vibrent et, ut ita dīcam, omnium huius cosmī systēmatum sōlārium exiguissimum cōnstituant. ...Nōbīs igitur esse pōnendum in hāc vī inesse Mentem cōnsciam intellegentemque. Omnis māteriēī fundāmentum esse hanc Mentem."[4]

—Max Planck, *Das Wesen der Materie* ("Dē Nātūrā Māteriēī"), ōrātiō annō 1944 Flōrentiae Ītaliae habita. (Fōns: Archiv zur Geschichte der Max Planck Gesellschaft, Abt. Va, Rep. 11 Planck, Nr. 1797)

---

[4] "Als Physiker, der sein ganzes Leben der nüchternen Wissenschaft, der Erforschung der Materie widmete, bin ich sicher von dem Verdacht frei, für einen Schwarmgeist gehalten zu werden. Und so sage ich nach meinen Erforschungen des Atoms dieses: Es gibt keine Materie an sich. Alle Materie entsteht und besteht nur durch eine Kraft, welche die Atomteilchen in Schwingung bringt und sie zum winzigsten Sonnensystem des Alls zusammenhält. ...so müssen wir hinter dieser Kraft einen bewußten intelligenten Geist annehmen. Dieser Geist ist der Urgrund aller Materie."

Chaī lēgēs tōtīus īnsequentis reālitātis parametra cōnstituere, nōn sōlum externās sed etiam modōs schēmataque pūnctaque ratiōnis dīrēctiōnisque intrā systēma perceptīvum quodpiam posteā ēvolūtum. Quāpropter nūllās bīnās exstāre reālitātēs omnīnō cōnsimilēs neque ūlla bīna animantia dīversīs fontibus corporālibus exorta eandem prōrsus reālitātem sīve reālitātum crēbritātem sentīre. Hoc scīverat ōlim Elel ille. Secundum hanc ratiōnem explicābātur iam dūdum Lēx Periodicitātis Epistēmologicae.

Contrā spēs simplicēs exspectātiōnēsque prīmitīvās eōrum philoso-phōrum nātūrālium quī animantia planētae dīmēnsiōnīve suae omnīnō aliēna nōndum convēnerant (sī tālēs rēctius "philosophī nātūrālēs" quam "ignārī" vocābantur), congressūs inter speciēs omnīnō dīversōrum orīgi-num, sī quandō forte efficī poterant, saepissmē significātiōne empīricā quācumque indigēbant. Sīn autem bīnae speciēs sēparātē generātae inter sē tamen significantia commūnicāre poterant (velut inter sē multī hēlmā-noīdēs Tal-Rī-Guonuaque et Aqaåaàäâqae), hoc cuidam physicōrum per-ceptīvōrum elementō, "Mātrīcī Harmonicae Impersōnālī" doctē vocātō, tribuēbātur. Etiamsī Veda, hōc prīncipiō frēta, perplexa schēmata rērum quādamtenus, ratiōnibus scīlicet summē artificiōsīs, temperāre potuerant, quam quālemque rem tractārent modō tantum incohātissimō intelle-gēbant. Ea Veda Vedātaque (sīc appellābantur quīdam Vedōrum sociī arti-ficiōsī cyborganicīque) sāna quae, quōquō modō potuerant, integra effū-gerant hancque latebram nacta erant Tenebrācem Mātrīcem Harmonicam Impersōnālem obscūrā aliquā arte adhibēre valēre opīnābantur.

Māxima colōnōrum novōrum difficultās erat quod profugae speciēs necessāriō magnā ex parte secundum necessitātēs biologiae circumiectō-rumque collocābantur nec mōrum percipiendīque modōrum semper pote-rat habērī ratiō. Cum hōrum planētārum numerus, sī cum imperiī quon-dam Vedicī frequentiā cōnferēbātur, minimus esset administrātiōque lon-gissimē laxior, dīversōrum populōrum sēmeiotypī mūtuō accommodārī saepe nequībant. Eundem planētam, eandem terrac partem vel adeō ean-dem urbem habitābant saepe tālēs animantium coetūs quālēs inter sē aut aegrē quicquam aut omnīnō nihil inter sē impertīre valēbant. Quibusdam locīs quasi in dēmentium receptāculō dēgēbātur. Compēnsābat autem quod animantibus inter sē māximā ex parte alogīs irritae fierī solēbant rixae.

Omnibus tamen Clādis Vedicae superstitibus ūnum erat commūne: id quod cultūs cīvīlis cēnsōrēs "Fastīdium Māximum" nōminābant, aliōrum mīlia incolārum aliīs dēpingēbant titulīs, ferē idem semper significantibus. Nēmō enim profugus erat quīn aliquā in psychēs suae parte, seu tēctā seu apertiōre, seditiunculam aliquam movēre cuperet. Nōnnūllae speciēs, nōn-nūllī populī, sublātīs subitō praeceptīs ēthicīs absolūtīs, in vēsāniae abyssum iam dēscenderant. Plērīque tamen īnsidiōsae novae lībertātī quōquō possent modō obstiterant. Licentiae novae quīdam per viam aesthēticam, scīlicet per artēs seu ēlegantēs seu populāriōrēs, dēflectēbant perceptiōnem. Multī cottīdiāna quidem sat ōrdinātē modestēque obībant, in ōtiō tamen percussōris sīcāriīve seu corruptī pūtidīve īnsolentem persōnam assūmēbant. Aliī invidiam, īram cēterōsque adfectūs īnfestōs sacrōrum diabolicōrum ope prōfundere didicerant ... idem ferē saepe efficientēs quod quī tantum oblectāmentī causā speciem maleficōrum induēbant. Erant plānē sat multī quī tālium libīdinum populārium rīdiculum cernerent, quī autem simul temperāre nequīrent quīn et ipsī aliquantum participārent, quī vidēlicet tōta ista saecula mīllenniave longiōrave aeva dulcia proba clāra, utpote imposita, quasi corporibus animīsque abluere vel clam gestīrent.

Ad quod efficiendum peridōneum mūnus occupābat Tenebrāx noster, quī fāmam suam populīque studium cottīdiē mīrābātur. Vt hic haud erat tōtīus cosmī erudītissimum perspicācissimumve ēns (rēctius ēns quam animāns vocārī vidēbātur), ita tamen eum nōn latēbat ingentem auctōritātem suam innātīs suīs proprietātibus neutiquam congruere quīn sē potius admodum fortuītā fruī fortūnā. Aspectū quidem indoleque satis appositīs ūtēbātur ut rem probē gerere posset; plūrimum autem pollēbat quod Tenebrāx id genus ēns erat quod "Vibrāns" nōminābātur. Hic prosperitātis fōns ... prosperitātis sānē quidem nōnnihil fallācis sterilisque.

Quōmodo generārentur Vibrantia nēmō examussim expōnere valuisset, quamquam ea ex undārum implicātārum schēmatīs quibusdam perrārō efferrī necnōn Mātrīcī Harmonicae Impersōnālī aliquā coniūncta esse cōnstābat. Inopīnātō exoriēbantur, ad indēfīnītum perstābant, tandem aliquandō velut turbinēs exspīrantēs in cosmī animam redībant. Nūlla bīna Vibrantia inter sē valdē similia erant, etiamsī incolās eōrum locōrum ubi appārēbant aliquātenus imitārī solēbant. Inter prīmigeniōs vīvāciōra esse solēbant, prōvectiōre in populō rāriōra ac fugitīva ... quārē Tenebrāx hic etiam magis erat mīrandus. Vibrantia prope subtīlēs illās sūtūrās exsistēbant quās inter gentēs diffīdentēs reconditāsque et Incognitum Īnfīnītum discernēbant perspicāciōrēs. Vibrantia interdum ad fīnēs trānsgrediendōs alliciēbant animantia singula aut quīn hoc fieret vicissim prohibēbant. Per rēligiōnēs hīc angelīs hīc diabolīs aequiperābantur. Erant quī Vibrantia vērē exstāre negārent, epiphaenomena potius ea esse sīve existentiam nec rēctā nec propriē participāre autumantēs.

Ad quam sententiam inclīnābat et ipse Tenebrāx quippe quī sē scīret quōvīs temporis articulō exolēscere posse. Sē exsistere vidērī putābat ob mentem subcōnsciam profugōrum Mātrīcem Harmonicam Impersōnālem coniūnctim temperantem, tālī scīlicet nātūrā praeditum quālī ad tempus forsan opus esset. Quam quidem exsistentiae suae ēnōdātiōnem nōn excōgitāverat ipse, quīn potius quibusdam in commentāriīs populāribus lēgerat.

Multā nocte post perāctum "spectāculum" – sī hōc vocābulō rēctē nōmi- nābātur – Tenebrāx quoddam teres in Variābile familiāre irrēpere solēbat longiusque ā Fedestopolī ad merīdiem versus, post collium frondōsōrum largum racēmum, in praedio sēmōtō vulgus grātē ēvādēbat. Sat quidem nummōsus erat, nōndum autem opulentissimus. Ad prōcūrātōrēs, chorā- gōs, āmanuēnsēs fluēbat lucrī māxima pars; nam quī sē ipsum vērē exsis- tere diūve perstatūrum dubitābat, huic vel prō propriō bonō validē pacīscī haud facile erat.

Quam autem bene diūque cōnstitūtī essent quīdam profugōrum coetūs interdum mīrābātur ille. Vt tempus haud ēmendātissimē percipiēbat, ita tamen īnsolitum vidēbātur eī quod aliī advenae Superōs Vedicōs nūper inter sē calamitōsē bellantēs nārrābant dum aliī haec plūribus annīs ade- ōve decenniīs longiusve abhinc accidisse existimābant. Dē hōc discrīmine in commentāriīs Tenebrācī acceptissimīs complūrēs symbolae ēditae erant; quārum autem ērudītiō captum eius saepe superābant. Intellēxerat plānē quidem itinera cosmica variōsque effectūs quantālēs temporis percepti- ōnem distorquēre atque, sī quid forte Trebītae hīc iam efficiēbant, omnium rērum alterna atque inter sē opposita exemplāria quantālia, nisi extemplō inter sē sēiūncta, cuiusque vītam māximē, immō interdum exitiōsē, impli- cāre conturbāreque posse.

Ista omnia Tenebrācis mentem nimium onerābant dum domī in pulvī- nārī dēsidet, linguā, ut nihilō firmē alligātā, intrā aridum ōs tamquam serpente scrūpōsō in forāmine tortē trepidante. Cōgitāre cōnantī nimis pauca mentis amplexuī sē praebēbant. Tōta quidem vīta eius erat lentus terrae mōtus cōnstanter ferendus, cōnsilia nōtiōnēsque omnēs supellex trāns tabulātum sēnsim rēpēns fenestrīsque passim excidēns. Quiētē recumbēns sē spīrāre sentiēbat, āerem autem īnflārī efflārīque nūllō um- quam cōnfirmātum erat indiciō. Vītābant eum medicī, neque ipse tolerābat biologōs siccīs in ossibus suīs gangliōrum vestīgia perquīrentēs. Sē etiam sibi aenigma aeternum fore patienter ferēbat, lacrimālibus apertūrīs utī- que carēns quibus flēvisset.

\*

Spurcās Advena per strātās artūs rapiēbat, trītō ūdōque in braccārum loculō dexterā comprehendēns exiguam sed perfectam gemmam. Quam is tamen numquam spectābat. Nē aperiēbat quidem omnīnō manum.

Gemmae subsignātiōnem ēlectronicam levem sed distinctam sub manuum quīntidigitālium rōbustiōre latentem dētegere nōn audēbat. ...Ita vērō, quīnōs habēbat digitōs: rēs quondam rāra vīsū cui autem Advena iam satis assuēfactus. Vt multa iam incerta mūtābiliaque facta erant, ita et singula vītae tōtaque ipsa vīta generātim, ut rēs summē tumultuāria, aliquantō minus rēferre vidēbātur. Sī ūna quaeque rēs aut explicātior vidēbātur, sīcut vel aedificium signumve quodpiam perspicuē dispositum circumeuntī paucīs aspectibus sat bene comprehēnsum, aut per sē multō magis implicāta velut fābula modīve mūsicī quōrum longissimē māxima pars singulārī quōpiam temporis mōmentō latēbat, Advena, ut nunc erat, valdē implicātum suī exemplar erat, velut lacustris alveus siccus salīnō sēdimene, piscium ossibus, plantārum aquāticārum contortīs vestīgiīs tamquam arcānīs notīs hieroglyphicīs lacum vīvum aliās exstantem repraesentāns. Quicquid in eō inerat alicubi huiusce reālitātis nunc fuerit magnā ex parte absconditum. Humilis huius cutis lentīgō quaeque aspectū fortuīta naevusque rārus ūnus quisque plānam mediocremque in hanc reālitātem quondam dēfluerat dē caelīs prius mīrē capācibus multiplicibusque ac splendidīs argūtīsque ex asterismīs.

Cum loquēbātur, quod rārius faciēbat, vōx opīniōne acūtior sonō saepe blaesō tincta efficiēbat ut etiam ipse dē propriīs verbīs dubitāret. Tālēs quālēs sē aut rārissimē vīderat aut, cum vīderat, magnā ex parte neglegere solitus erat – id quod cōnfidentiam nunc haud firmābat. Cottīdiāna cōnsilia capienda aggrediēns vidēbātur sibi fābulam aliquam mediocrem compōnere in quā nimis multa iterābantur.

Cuiusdam speciēī erat quae sē "Generis I Hēlmānam" saepe nōminābat: bipēs mediocrī statūrā, crīnibus capitālibus coracinīs, tostiōre nunc faciē stipulīs horrente, oculīs aspectū ūsque perplexīs vel subinde forsan paulum pudibundīs. Opera sat ācriter impigrēque obībat, simul autem, mīrum dictū, quasi sī excūsātiōnem assiduē peteret. Propriō corpore incommodē continērī vidēbātur, velut prōcēdēns in singulōs passūs potius quam in fīnem itineris intendēns animum. Spectātor incautus eum forsitan omnīnō nōn animadvertisset.

Amīcīs carēre vidēbātur; sed quī mentem eius intrāre valēbant, quālium hīc versābantur nōnnūllī, inveniēbant imāginēs īnsolitē involūtās polygōniāsque, praesertim cuiusdam Hēlmānae fēminae atque interdum mīrī alicuius animantis metallicī necnōn et Vedī Variābilis tranquilliōris. Quōrum haec duo ad aliōs in fugam adiuvandōs reversōs esse Advena tam saepe sibi aliīsque dīxisse vidēbātur ut nunc utrum hoc vērum esset an tantum pia fābula nescīret.

110

Parum sollemniter hīc exceptus erat. Praecursōrem eum fuisse? Macte. Ecce sex mēnsium crēdita ad hospitium cibōsque accipiendōs. Fēlīciter. Acētābulōsā manū tergum dēmulctus vehiculō dein interversōriō ad ectropam sat quidem pūram sed nihilōminus subtrīstem dēvectus. Metallicae spondae lectus. Metallicum et lābellum. Duārum septimānārum nausea dēfectīva. Imāginātiōnēs igneae et quōdammodo plūs quam igneae caput percurrentēs.

Quamvīs aliquantum labōriōsē ambulāret, pedibus tamen īre mālēbat, etiam hāc in urbis regiōne cōnfūsā "minusque...," ut fāma ferēbat, "...amīcā." Hāc missus erat ut aliquid diū petītum adipīscerētur. Pedestrēs, quōrum hīc aderant tantum paucī, eum neglegēbant ... praeter parvam adulēscentium perditōrum catervam ignōtae speciēī hēlmānoīdis Advenam – id quod is hodiē prīmum expertus erat – prō īnferiōre vexantem adeōque mortem minitantem. Quae minae forsan inānēs nōn fuissent nisi Advena sē tam incūriōsum imbēcillumque praebuisset.

Sinistrā complicātam schidulam cellochartāceam tenēbat in quā dēlīneāta erat huius partis urbis tabula rudis. Quam quidem eum saepius īnspicere oportēbat, cum haec loca, māximā ex parte ergastērica, tam male disposita quam incohāta essent necnōn inviīs rūderibusque scatērent. Enimvērō īnsuper volantia vehicula hās viās quam plūrimum vītābant, quārē plērumque sōlōrum pulchriōrum vīcōrum cōnservābantur bene viae. Raedārum volantium paene tacitārum mōtōria contrāgravitāria acūtum ozōniī odōrem exspīrābant.

"Tibin' nōtus est Trīnus?" inquit Advena aliquem nānifōrmem nārinōsumque alloquēns eō ferē locō ōtiōsē stantem quī in tabulā pūnctō indicābātur.

"Quis eum vult?" inquit asperē nānus, in cuius paenulā venetā, immō in huius replicātūrā pectōrālī, sat magnum sedēbat īnsectum volucre, sine dubiō mēchanicum, hyalinīs ālīs lentē plaudēns. Tālia īnstrūmenta Advena plūribus mūneribus fungī posse didicerat, saepissimē autem commūnicātiōnis.

Quid esset nunc dīcendum sēcum agitābat, dolentibus intrā calceōs novōs, forsan nimis astrictōs, tumidīs pedibus. Dē tālibus rēbus quālibus vestium commoditāte Advena sollicitārī nōndum cōnsuēverat.

"Ego Advena sum," inquit quam fīdentissimē, "ā Gnorvō missus."

"Ad faecem nūperam Trīnus nōn vacat!"

"At sunt mihi quīnque mēnsium crēdita, quae prō vīgintī minūtīs cyberspatiālibus libenter mūtem."

Nānus haesitāvit. "...Em, crēdita ista cedo."

"Ad Trīnum mē prius affer."

"Morboviam abī!" Nānus ad cistam quandam metallicam placidē ambulāvit cōnsēditque.

"Bene est," inquit mox Advena accēdēns. "Ecce!" Laevō ē braccārum loculō extraxit stipulam parvam crystallinam oxypaederōtinam. Quam, cum nānus arripere temptāvit, Advena cito retraxit.

"Ad quid, malum, 'vīgintī minūtās cyberspatiālēs' requīris?"

"Est mihi quoddam ... quoddam programma experiendum."

"Nempe aliqua scrūta inquināta illicitaque! Mēne prō stolidō habēs?"

"At Trīnō quaedam antisēptica in promptū esse audīvī."

Nānus hoc apertē sēcum volūtāvit, dum Advenae in animum venit hoc animāns forsan māiōre mente praeditum esse quam prīmō visum erat. Attamen Advena dēmum paulō nimis dēspērātus erat quam ut valdē cavēret.

"Bene est," inquit nānus. "Sed, nisi crēdita ista mōnstrāveris, quōmodonam tē vērē habēre sciam?"

Quod dīcēns nānus mediae camisiae bullulās solvēns ventrem dētexit, ubi prō umbilīcō erat forāmen acceptōrium ad stipulās crēditōriās aptus ... iuxtā aliōrum generum apparātūs acceptōriōs duōs.

"Trīnī scīlicet ministerium crēditōrium sum," inquit nānus lupātō ōre nunc prīmum subrīdēns quasi amīcē. Advena stipulam invītus trādidit; quam nānus acceptōriō, circum quod adipōsa corrūgābātur pulpa, promptē īnseruit. Regeritur pauca post mōmenta stipula possessōrīque redditur.

Frīgidō modo occipiente imbrō, Advena suggrundiārum refugium petēns ad nānum cyborganicum prope parietem stantem accessit.

"Quid nunc?" inquit Advena.

Nānus bullulīs camisiam clausit paenulāque sē iterum involvit collāreque ērēxit. Dein cistam, quae magis sarcina quam cista esse nunc vidēbātur, aperuit apparātumque generis Advenae ignōtī extractum tergō sibi aptāvit.

"Hāc hōrā crāstinō diē hūc venī," inquit nānus quasi mentem in aliud intendēns.

"Crās?" inquit Advena dum mōtum aliquem exsequī vidētur quī fierī dēmum nequit.

"Ita vērō, amīce. Trīnus hodiē alibī negōtiōsus est."

Quae effātus ad caelum versus subitō ascendit, manū cōmiter valēdīcēns. Quōmodo fungerentur māchinae contrāgravitāriae, quārum sonus admodum levis, ignōrābat prōrsus Advena. Nānus post proximum aedificium ab oculīs iam abierat.

Advena, iterum īnspectā tabulā urbis, circumiacentia loca oculīs perlūstrāvit. Post quīnque ferē minūtās fīnitimae structūrae introitum invēnit intusque offendit animāns triceps rōdentifōrme post mēnsam scrīptōriam sedēns.

"Quīī tēē adiūvāārei ipossum?" inquit dexterō capite rōdēns Vedicā quidem linguā etsī īnsolitissimō sonō.

"Domine Trīne?"

Medium adnuit caput.

"Cum ministeriō crēditōrio tuō modo sum collocūtus, et..."

"Miniisteiriium icrēēditōriium? Nūllium iest miihii iministeirium icrēēdiitōōrium!"

*

Indēfīnītum post tempus campum palustrem titubante trānsībat pede, quōmodo hūc vēnisset nōn ita bene memor. Trīnum, acceptā stipulā, crēdita surrepta esse comperisse recordābātur, posteā autem factōrum memoria maculōsa erat. Ambiguē sē vidēbat apud magistrātum scīscitantem; prō crēditīs illicitē interceptīs nīl reddī potuisse; sē in vehiculum aliquod interversāns īnscendisse; aliquandō ē vehiculō expulsum sē diū, immō diūtissimē, ambulāvisse.

Loca valdē varia, hīc aprīca, hīc opāca et ūlīginōsa. Contrā plantārum arborumque generālem laetitiam, ipsīus terrae varietās abrupta, improvīsa barathra, cacūmina prāva, saxa errātica ingentēs clādēs tantum sīsmicās quantum glaciālēs arguēbant.

Susurrī tenebraeque. Ignēs alicubī rāmōs pervolantēs. Favillae rōre frīgerātae in capillīs subitō haerentēs. Ē longinquō carptim intellēctī sonī velut mūsicī, semper cadentēs. Sē circumdarī vidērī volūtārīque. Nēminem tamen sē oculīs clārē praebēre.

Dexterae nunc fit memor gemmam adhūc tenentis. Quam dīmissam braccārum loculō sat sēcūrō committit. Manum tam diū compressam aegrē movēre potest.

Tardō gradū ad prātum versus. Imber levis in nebulam etiam leviōrem conversus. Tenebrēscit? Ē tenellīs fruticibus arbusculīsque prōcēdunt lūmina rōscida secundum longōs arcūs aliās in plantās circumeuntia. Paulō longius. Obscūrāta terra in abyssum subitō recēdit; in īmā valle coruscat velut taeniola metallica incurvus fluvius. Vīs magica quasi ē nihilō prōdiēns urget in volātum, ut is, quisquis est, suāvēs per aurās vespertīnās velut per īnfīnītās fābulās in sublīme ferātur. Vidētur sibi volāticus, volūbilis, celer brevisque sīcut lūcis radius. Ipse perpetuō alternāns spīritus eum intrōrsum trahit, dein, aequē facile, in tōtum opiparum prōspectum ut mīlliōnēs pūnctōrum colōrātōrum exsolvit. "Paene tē rapuērunt!" Bombītāns vōx haec sēminōta vidētur.

Circumspicit Advena. Nōnne mollissimō nunc in grāmine trifoliōve reclīnātur? Clārus subitusque caeruleus ille color īnsuper ruēns nōnne caelum mātūtīnum est? Cūr autem volūtātur caelum? Cūr ita passim glaucum fit ut fōrmam quasi biomorphicam, immō paene aviāriam, tandem sūmat? Interdum rapidē mōtārum plūmārum sēnsus. At illīc, ecce, adumbrātur caput hēlmānoīdēs! Volatne an fluitat an assiduē mūtātur? Vērē adest an somniātur? Numquid ex imāginātiōne radiīsque sōlāribus phōsphēnīsque trāns oculōs nantibus coniūnctim efficitur? Plānē aliquod artificium est, abstractiō vertīginōsa dēfessam Advenae mentem exsuperāns. Clausīs oculīs haec omnia forsitan neglegendō ēvītāret Advena nisi impetū repentīnō quasi ferōcī perversōve ad hunc vīsum tam cūriōsum quam molestum intuendum cōgerētur.

"Meminerin' meī?" Vōx vīvāx alacrisque vibrābat Vedicō quidem sermōne, singulārī autem meātū. "Memoriā bene teneō tē, quī, etsī tunc rēbus perdubiīs versābāris, ut mē quam commodissimē habērem sollicitus erās. Tālium haud oblīvāscor."

"*Oblīvīscor*," inquit Advena ēmendāns simulque quasi invītus subrīdēns, ōs herbulīs passim cōnspersus.

Tacet glaucicūmātilis nūbēs sē in fōrmam cylindrī subitō comprimēns.

"Äääa"âáaqqa!" dīxit Advena occipitium in tenerum grāmen vertīginōsus remittēns.

"Hīc cum Kb'kīs aliquamdiū dēgō." Cylindrus magnam nunc in amoebam gāsōsam dissolūtus in fōrmam dein ambiguē hēlmānoīdem refōrmābātur. "Tū ea nōn valdē bene percipere vidēris, utpote quī per medium fēstum eōrum sīs spatiātus. Laus superīs quod ego cūrāvī nē in stercus liquidum converterēris!"

Advena caput laevōrsum dextrōrsumque vertit sīc rīdēns ut etiam sē ipsum aliquantum terrēret. *Vēsānam illam Lēgem Periodicitātis Epistēmologicae!* ...Hocine cōgitāvit an vōce dīxit? Rīdēre utcumque perrēxit.

"Kb'kōrum mē iam taedet," inquit Äääa"âáaqqa Advenae īnsolitum huius mōrem sē gerendī sīve neglegēns sīve nōn animadvertēns, "nimis enim..., ut ita dīcam, mōbilia sunt. Hīc mihi recēns saepe diffluere videor."

"Istud ego quoque sum expertus." Advena pauca mōmenta gravitātem assūmpsit, tandem autem in rīsūs aegrōs recidēns.

"Thedrīnus ubi est?" ait Äääa"âáaqqa haud turbātus.

Nunc tam abruptē conticuit Advena ut num vērē modo rīsisset necne eī nōn iam cōnstāret.

"Vbi sit, immō, num adhūc vīvat mihi in incertō est. Nōn enim ūnā mēcum effūgit. ...At quid dē Qaa'äaqâáā?"

"Simile quidem. Displōsiōne inter nōs disiūncti sumus."

Silentium incommodum fit dum Advenae supīnum corpus interdum seu rīsū seū flētū ambiguum convellitur.

Äääa"âáaqqa, tamquam sī in cōgitātiōne dēfixa, simulācrum suum hēl-mānoīdēs aliquantum dīluī sinit, quō caeruleī marginēs inmēnsō illī cȳaneō cōnfunduntur, passim fiunt forāmina velut pannī trītī. Tunc prīmum Advena sē cum colōniā plasmaticā aurīs innantī colloquī plēnē animadvertit, quācum quidem sē quicquam commūnicāre posse nūllīus esse opus laudemque nisi Vedōrum.

Surgere temptāns membra sua admodum rigēre sēnsit, corpus vestemque passim ūmēre; nec iam vērē invesperāscere sed sōlem potius brūmāli-ōrem post arborum frondēs agitāre glōriam. Tōtam igitur noctem eum Kb'kōrum captīvum fuisse?

Cum Äääa"âáaqqa, cuius tāctus similis erat ventō perfectē temperāto tacitōque, Advenam ad cōnsurgendum adiūvisset, ambō ad merīdiem versus discessērunt īnfōrmēs per fasciās sē lentē dissolventis nebulae. Dum ambulant, colloquium sustentābat Äääa"âáaqqa.

Calēscente sēnsim caelō, Advena plūrēs plūrēsque exuit vestēs corporīque variē alligāvit; cum autem nōn iam bene subsequī valēret, corpus sibi subitō undique aequā pressiōne sublevārī sēnsit. Dum super montium faucēs, fluviōs, agrōs latē patentēs hīc dēmessōs hīc horrentī segete adhūc gravidōs per aurās fessus fluitat, comitem intellēxit aptum mōmentum temporis exspectāvisse tamquam sī is beneficium paulō tardātum efficācius fore plūsve mōmentī habitūrum putāret.

Prope cōnfīnium dispersōrum montium campōrumque oppidīs vacuōrum, iuxtā flūminis rapidī crispīque tortās rīpās, discrēvit Advena paene magis animō quam oculīs tholī albidī māximī decorissimam sed simul ambiguam, immō, omnibus partibus pellūcidam fōrmam minōribus duābus cinctam, absente, ut vidēbātur, animante quōquam. Cum comitem quōrsum tam operōsae mōlēs in vastitāte exstructae essent numque aspectus indistinctus colōniam omnīnō aliēnam fatērētur rogātūrus esset, vector vehēnsque ingentium hōrum aedificiōrum minus vīsiōnem quam paene opīniōnem supervolārunt, quō excitāta sunt in animō simul cōgitāta imāginēsque innumerae quārum quaedam Advenae mentis captum superābant. Trēs tholī utcumque, hīs tesquīs locīs speciē dērelictī, integrae cīvitātī, immō quasi integrō alicuī mundō coniūnctī esse vidēbantur, cuius quidem viās coruscantēs, fora variātissimā prōle replēta, aedēs opulentās multiplicēsque, conciliābula superna, ergastēria mīrā ratiōne et rūsticissimīs locīs alligāta, artēs tam mīrificās quam passim absconditās, multitūdinum iniūstē peremptārum ossa diūtissimē sepulta, oppugnātōrum aliēnōrum – equīnā magnitūdine īnsectōrum – imperium quondam ferreum, dominōs pauciōrēs corruptōsque ā plēbe nātīvā vigentiōre tandem superātōs, alia porrō incrēdibilia atque inēnārrābilia velut huius planētae alternāta exem-

plāria valdē inter sē dīversa, sōlem quam lūmen igneum magis ōs cantā-
bundum quasi nocturnum, fābulās scaenicās quārum persōnae erant pūpae
ipsōrum spectātōrum mentibus animātae, ipsīus Advenae proavum iuvenem, prius ignōtum, mīram vastamque terram – praeteritō an ventūrō
tempore incertum – prōgeniēī causā ūsque explōrantem ... haec omnia
plūraque oculus interior brevissimō temporis vestīgiō excēpit!

Dīlāpsīs continuō ex Advenae mente hīs mīrābilissimīs vīsīs internīs,
Äääa"ââaqqa, dē hōc locō interrogāta, sē ipsam nē dīlūtās quidem tho-
lōrum fōrmās vīdisse cōnfessa est; hunc autem locum tōtīus Fedestae
umbilīcum vocārī, quō planētam invīsō geminō suō dīversīs frequentiīs
vibrantī coniungī; ibi vidēlicet Fedestae sēcrētōs possessōrēs habitāre
trāditum esse.

Cōnstanter prōgrediente Äääa"ââaqqā, corpus mēnsque Advenae, condiciōnibus inopīnātīs accommodārī īnsolitum in modum suēta, cuivīs fātō
sē committere vidēbantur parāta. Clēmentissimō igitur Äääa"ââaqqae amplexū fōtus ventōrum quasi ūniversālī sinū tamquam embryon praecocius
ferēbātur ille, dēmīrāns sē, quī innumera mīrācula plērīsque inconcessa
iam vīdisset, miserābilī in exsiliō etiam plūra inopīnāta perīnsolentia per-
pulchra experīrī. Advenae num haec omnia vēra esse possent rhētoricō
tantum genere rogantī respondit Äääa"ââaqqa, tamquam sī interrogātum
diligenter cōnsīderāret, familiāritātem cōnsuētūdinēs fidem auctōritātem
per sē nihil ad reālitātem attinēre; vērissima quaeque vulgō prō īnsolitīs
rīdiculīs absurdīs indecōrīs nefāstīs nōnnumquam habērī.

Quō longius in merīdiem dēferēbantur, eō plēnius cernēbat Advena tōtam terram altam in quā sita erant Fedestopolis Montēsque Rōstrātī in
aequor merīdiānum multō siccius praeruptē dēcidere. Tandem autem ad
collēs pervēnērunt quōrum grāmina byssina, sanguineī fruticēs, dispersae
arborēs, hōc autumnālī tempore versicolōrēs, aliquid umōris indicābant.
Postquam aliquot hōrās nunc secundum aurās nunc trāns eās nunc paene
contrā āeris flūmen calidius calidiusque factum terramque siccaque folia
sēnsim redolentiōra perrēxērunt, Äääa"ââaqqa fīnem prōpositum dēnique
cōnspicāta est: locum quādam ā Cuirūeohēnsī commendātum, "Hsāla"
nōmine vocātum, tantum acadēmīam quantum investīgātiōnis dēfēnsōriae
praetōrium, analogō ferē mūnere fungēns quō quondam Cubaea illa Vedica, nisi quod hīc dēesse dīcēbantur scientiligiōsa omnia velut īnsignia
sacra, genuflexōria, assulae vōtīvae ac, plānē, cyberspatia dīvīna.

Hsālae aedēs castellifōrmēs māximā ex parte fulvae rubricōsaeque in
Merīdiānīs Montibus, etiam Stēlligerīs Montibus vocātīs, sitae erant, in
clīvīs īnferiōribus cuiusdam scopulōsissimī cacūminis cui accolae nōmen
Ārnuiō-zj sīve Ioōae dederant, quōrum ambō commūnī sermōne "Cādūceus"

sibi ferē volēbant. Ad Hsālam concēdēbātur aditus sōlīs praecipuīs paucīs: sīve quāsdam reconditās disciplīnās doctīs sīve rārīs quibusdam artibus īnstructīs sīve īnsolitā aliquā habilitāte nātīvā praeditīs. Ante omnia quaerēbantur eī quī singulōrum magnōrum aut dē perniciē Trebīticā aut dē Theocratiae Vedicae recentī dēmentiā cōnsciī essent; nam ipsōrum pau-cōrum Vedōrum hūc adāctōrum memoriae – ubi neque omnīnō nec partim sēcūritātis causā dēlēta erat – ut forsan adhūc vel subtīliter corruptae manifestē haud erat magna habenda fidēs.

Ob hārum causārum duās trēsve Advena in societātem Hsālānam facile acceptus est. Immō, id quod aliquot post septimānās appārēbat, Advena, ut quondam Praecursor (sīve "Praecursōris pars," quod is modestius dīcere solēbat), cēterīs ferē omnibus locum petentibus erat praepōnendus. Ääãa"âáaqqam amplectendam suādēbat Hsālānīs vicissim speciēī bio-logicae īnsolitissimum necnōn et habilitātēs vel hāc in galaxiae plagā ūnicae … necnōn, plānē, Advenae necessitūdō. Cūrnam ambō planētam prīmum ingredientēs nōn continuō ad Hsālam trāditī essent rogantī aliquandō Advenae respōnsum est Hsālam, etsī pūblicō bonō manifestō cōnsulentem, societātem tamen prīvātam esse nec reī pūblicae rēctā coniūnctam; immō vērō magistrātūs prīmātēsque quōsdam eī ob "nimiam licentiam perīculōsam" adversārī, plērōsque autem "tyrannidis Vedicae bene animātae" peccāta omnimodīs vītāre cupere, quārē Hsālae sat lātam lībertātem esse tribūtam neque igitur, ut tantum suī iūris quantum fautōrum nummōsiōrum fiscō sustentae, ūlla ab officiō immigrātōriō eī concēdī potuisse iūra officiave praecipua. Quibus addēbātur intrā socie-tātem profugōrum nunc exstāns illa nōn sōlum mōrum sed etiam cor-porum, animōrum, īnstitūtōrum Tītānia dīversitās; quā plūrifāriam effi-ciēbātur ut reīpūblicae magistrātūs profugōrum aestum interdum recē-dentem saepius autem accēdentem nūllō mortālī modō bene compre-hendere valērent, nēdum ūnum quemque inmigrantem egēnum commo-dissimē efficācissimēque tractārent. Exstābant adeō super ipsum planētam Fedestēnsem colōniae aliquot variīs ex causīs Cōnfoederātiōnī adhūc resistentēs.

Hanc galaxiae zōnulam ā profugīs innumerīs habitātam, chaō sociālī politicō epistēmologicō aliquodfāriam turbidātam, Hsāla nihilō sētius tam-quam fluitāns īnsula cōgitābunda, serēna, adeō sēmi-aliēna praelābī vidē-bātur. Ipse Advena sē hunc locum quondam – forsan in somniīs phanta-siīsve – expertum esse nōn omnīnō grātus sentiēbat. …An – dī immortālēs! – plastimōtōriō adhūc in Cubaeā dēfixō eī imprūdentīque haec omnia, etiam ipsa "clādēs Vedica," crūdēle per experīmentum īnfulciēbantur? …An forte, pervastātā Cubaeā, haec ipsa persōna sē Advenam quondamque

Praecursōrem nōmināns nīl erat nisi alicuius programmatis vestīgium vel aliquā in gemmā conditum cāsūque excitātum, ipsīus dēmum "Advenae" īdōlon irritum alicuius dēlīrātiōnis Vedicae causā "flōrēns sed indīgestum profugōrum refugium" sē invīsere sentiēns? ...At vērō etiam vērīsimilius vidēbātur eum adhūc prope Fedestopolim versantem fēstīvōrum Kb'kōrum prātum fēcundāre praesentiaque omnia mīra haec post mortem ut larvam experīrī.

Inter Cubaeam Hsālamque, seu vērae hae essent seu cybernēticē aliterve fictae, erant profectō commūnia nōnnūlla; nam hīc quoque mūnus erat "Explōrātōrum" – quō titulō eī īnsigniēbantur quōrum opus apud Veda "Praecursōrium" nōminātum erat – reālitātis recessūs latebrāsque explōrantēs prius incognita arcāna reserāre quibus hostēs quīcumque et quālēscumque dēfendī possent. Quamquam autem in Cubaeā Secunda Technologia prīmum locum semper obtinuerat Tertiaque vix secundum, in Hsālā contrārius observābātur hārum ōrdō. Hīc crēbrius agitābantur artēs vulgō sed parum accūrātē "metaphysicae" dictae.

Erant scīlicet, ut cūnctārum artium ita et philosophiae nātūrālis, eius disciplīnae vulgō saepe etiam simpliciter "scientiae" nōmine vocātae, complūrēs gradūs; quōrum prīmī quattuor ferē omnibus populīs erant nōtī. In Prīmō scientiae Gradū animantēs, quamvīs nōminum quālium *Quantum* ignārī, prīncipia tamen quaedam quantālia quasi ex ipsā nātūrā suā sentientēs, Mentem sīve Animum, saepe ut deōs geniōsque spīritūsque perceptum, vērē exstāre, corporālia omnia secundāriō tantum modō ex hīs ēmānāre putābant; sōlum ea quae nōn mūtābantur vēra esse intellegēbant; mundum igitur per sē quasi magicum, nunc mīrābilem nunc horrendum, habitābant. Propter autem certātiōnēs variās atque etiam bella inter populōs saepius saepiusque exorta animantēs, etiamsī saepe urbāniōrēs factī, quod tamen ad cuiusque vīviendī regimen attinēbat, brūtēscere solēbant; rēctōrēs cīvēs tamquam ambitiōnis avāritiaeque īnstrūmenta ūsurpāre; sacerdōtēs, quondam piī, propriae potestātis exaugendae causā "dīvīnīs" (hoc est, ipsā rērum nātūrā) abūtī, ut rēgum fautōrēs nīl magis quam condiciōnem suam cōnfirmāre avēre. Hic erat scientiae Gradus Secundus. Rērum ratiōnis nātūrālis immemor quisque fiēbat "māteriālista"; prosperitātem tantum corporālem appetēbat; mundum prō magnā māchinā habēbat; sīcut cēterōs populōs ita et ipsam rērum nātūram regere temptābat; plūribus plūribusque turbābātur mēns, nam quisque in intimō animō sē nātūrae resistere sentiēbat. Prīmānī bella movēbant, Secundānī clādēs nōnnumquam ūniversālēs. Tālēs animantēs prīmō ferrāmentīs satisque prīmitīvīs īnstrūmentīs aliīs ūtēbantur, aliquandō et cybernētica, contrāgravitālia, nōnnumquam etiam ipsa prīma quantālia explicābant.

Tālis erat cosmōrum nōtōrum cōnstitūtiō ut quisque quaerēns, quō-cumque spectābat, sī satis sēdulō et cōnstanter sineque īrā et studiō quae-rēbat, eandem semper inveniēbat vēritātem. Sīcut tālēs in Prīmō scientiae Gradū saepissimē fuerant quī sē ipsōs suōsque animī mōtūs diligentissimē īnspiciendō ūnicam rem vēram esse Animum, mundōs corporālēs innu-merōs vānās tantum speciēs esse reperīrent, ita Secundī Gradūs māteri-ālistae ipsam māteriam, dictam, summā cum cūrā cōnstantissimēque in-vestīgantēs māterliālismī fulcīmina sērius ōcius ēmovēbant: corporālia videntēs prope omnīnō ex spatiō vacuō cōnsistere; in ipsīs particulīs id quod māteriam dīcī nīl dēmum esse nisi schēmam quandam vīrium ita inter sē repellentium ut fieret "māteriae" simulācrum; omnium minimās particulās ad observantis exspectātiōnēs semper respondēre; verbī grātiā, ibi appārēre ubi observātōrem modo modo spectāre statuere; particulās quaerentī ut particulās sē mōnstrāre, undās quaerentī ut undās; modum quō observātōrem nunc spectāre – crēderent nōn crēderent investīgātōrēs – quae particula praeteritō tempore fecerit statuere!

Nē multa, ob vītae integritātem prīmitīvam et nātūrālem in Secundō Gradū in duo dīversa prīncipia fictīcia dīvīsam, "subiectīvum" et "obiec-tīvum," nōmināta, nōn modo dīvidēbātur quisque intrā sē sed etiam huius novae fictaeque dīvīsiōnis ope dominābantur aliī in aliōs secundum vel locum vel ōrdinem vel disciplīnam vel sexum vel nātiōnem, "obiectīva" omnia, ut potentiōra, sibimet ipsīs vindicantēs, "subiectīvitātis" crīmine subiectōs in potestāte suā habentēs. Cosmōrum elementa minima ipsa, ut sē holisticē gerentia neque ūllum discrīmen inter obiectīvum et subiec-tīvum admittentia, philosophōs nātūrālēs Secundānōs plērōsque ita ad dēspērātiōnem addūcere solēbant ut hī nōn rārō Saeptum aliquod Magnum fingerent quantālia minima ā cēterīs rēbus omnibus distinēns tamquam sī omnēs rēs nōn dēnique ex elementīs quantālibus cōnsisterent. Cum in multiiugissimō fastīgiō macrocosmicō ratiōnēs ēventaque quantālia com-prehendere plērīsque difficillimum ēvāderet tāle vidēlicet figmentum commodum satis diū cōnsistēbat. Quī enim arbusculā ūnicā gavīsus erat vastā silvā saepius dēvorātus est.

Etiam autem prīscō tempore Mentem, ē quā omnia dēmum ēmānābant, ita moderārī posse solēbant paucissimī ut cursum ēventōrum quantālium, sīve tantum in minimīs sīve etiam in māximīs, dīrigere callērent. Tālēs Saeptum quoddam Magnum quidem exstāre concēdēbant, quod tamen nōn eō interpositum esse quod dīversīs in rērum fastīgiīs omnīnō dīversae lēgēs obtinērent sed potius quod longē māiōre opus erat disciplīnā ut in multi-plicissimō fastīgiō macrocosmicō vidērētur regerēturque flūmen quantāle. Quam disciplīnam, quam cūram, quam pertināciam nūllīus scientiae gradūs, neutrīus duālismī lateris, neque "subiectīvī" neque "obiectīvī," esse propriam. In mundō holisticō disciplīnam et exercitātiōnem neque per sē "subiectīvam" neque "obiectīvam" nōminārī posse. Cum ūnica quantālisque esset reālitās, ūnicam dēmum esse disciplīnam. Quam ut attingerent, Prīmī Gradūs investīgātōrēs multōs, velut mysticōs monachōsque atque magōs, per magnam vītae suae partem sevērissimīs sē exercitātiōnibus trādere, in cellulās cavernāsve recēdere, cōnspectum aequālium vītāre omniave quae fierī posse suscipere ut animum perfectē temperāre discerent.

Secundī Gradūs philosophī adfirmāre solēbant sōlōs "obiectīvōs," hoc est, sē ipsōs, vērē exercitātōs disciplīnātōs perītōs esse valēre, "subiectīvōs" dictōs vicissim, ut "subiectīvitate" dēlūsōs, dumtaxat ad chaos dūcere. Rē autem vērā tam "obiectīvitās" quam "subiectīvitās," ut nōtiōnēs iuxtā duālisticae ideōque inīquae atque imperfectae, chaos generābat. Sērius ōcius petēbātur necessāriō novum holismī genus nōn iam ut ā superīs concessum vel revēlātum sed potius ut omnīnō empīricum. Scīlicet praeter duālismī peccāta plūrima aliquid tamen in cuiusque populī Secundō Gradū addiscēbātur: nōn, vel nōn sōlum, in dīs esse sitam "dīvīnam" illam potentiam efficiendī sed etiam in animantibus ac praesertim in suī ipsōrum cōnsciīs. Quibus animadversīs atque ad exitum perductīs, Tertius īnstituī solēbat Gradus. In mundī corporālis speciē manēbant quidem animantēs, sed, ut dīmēnsiōnēs spatiālēs vel quasi spatiālēs longē aptius tractantēs, Quantōrum flūmen ad fīnēs optātōs perquam habilius dīrigēbant. Quem statum intrābant plērumque satis "solitī" animantēs; ad Quartum versus exībant quasi angelī. In hōc tamen agēbātur quaedam relātīvitās, nam priōra fastīgia occupantibus ēlātiōrem gradum adeptī saepe aut inaestimābilēs aut adeō dīvīnī esse vidēbantur. In Quartō Gradū fiēbant varia dēscrīptū difficillima. Campus astrālis aliīve campī prope sitī ab animantibus Quartānīs quondam vel interdum corporālibus occupābantur. ...Et graduum numerus īnfīnītus esse dīcēbātur.

Paene nūllus excultae prōvectiōrisve gentis philosophus prōpugnābat "duālismum" sīve illam immātūram opīniōnem "physicōrum" et "metaphysicōrum" dictōrum prōrsus dīversam esse nātūram et substantiam. Prout enim quantālium undārum, prōrsus omnium exsistentium rērum vehiculōrum commūnium, ut secundum probābilitātem mathēmaticē generātārum neque ūllam per mediam māteriālem propāgātārum, numerō īnfīnītae erant frequentiae, ita īnfīnītī erant et hārum gradūs atque īnfīnītī modī quibus phaenomena – hīc crēbriōra vīsūque solidiōra, hīc leviōra, hīc levissima subtīlissimaque – appārēre exstāreve poterant. Crēdēbant porrō plērīque fore ut bīnae rēs putātīvae quaelibet quārum omnīnō essent dīversae nātūrae, velut corpus et animus animave, ut vel vulgō intellēctae, hāc ipsā causā inter sē reciprocē agere nequīrent; omnia potius cuiuslibet nātūrae ōrdinisve, seu "corporālia" seu "spīritālia" seu "mentālia" seu alia, speciēs esse, scīlicet figmenta sīve ēmānātiōnēs illīus Fontis, ā plērīsque aut prō supraōrdinātō aut prō Dīvīnō habitī, quem nūllīs verbīs, nūllīs cōgitātīs, nūllīs aliīs modīs phaenomenicīs quibuslibet vērē significanterque dēscrībī posse ... quamvīs quisque Fontem, cōnscius īnsciusve seu quasi ut ē longinquō seu rēctius, experīrētur. Omnia dēmum, tam "physica" quam "metaphysica" vulgō dicta, neglēctā eōrum quantālī frequentiā subtīlitāteve crassitūdineve, eiusdem dēmum esse "substantiae" quantālis.

Advena, prout plūra dē sē ipsō ut Generis I Hēlmānō discēbat, sēsē rē vērā ad mūnus Praecursōrium exercendum geneticē concinnātum esse plūs plūsque dubitābat; immō haud sciēbat an, tabulā rāsā, sī condiciōnibus iuventūtis minus mōnstruōsīs ūsus esset, praeceptor therapeutave investīgātorve factus esset vel forsan secundae notae philosophus. Immō nisi apud Veda adolēvisset, quōrum sacerdōtēs prope omnēs Veda, forsitan adeō vītae sectam sacerdōtālem sibi ēlēgisset. Hōc autem locō hōcque tempore tāle studium pēius quam rīdiculum vīsum esset. Hīc tālia verba quālia *sacerdōs* et *scientiligiō* nōn nisi asperam per facētiam ūsurpārī solēbant. Quī sacra peragēbat vulgī oculōs fugiēbat; disceptātiōnēs theologicae sīcubi fiēbant, intrā familiam gentemve coercēbantur. Multa quidem alibī prō "metaphysicīs" "spīritālibus"ve habita hīc nōn nisi sub titulō "quantālia" agitābantur palam; ipsissima nūmina et sacra fermē frīgēbant.

Quō plūra in Hsālā discēbat, eō distinctius animō comprehendēbat coniugem redivīvam avatāricam nōn iam esse resuscitandam sed potius sīcut et "ossa" eius requiēī esse commendandam. Rubidam gemmam eius igitur, nunc iam piissimum monumentum quasi prō sepulchrō habitum, lōrō affixum collō exinde suspēnsum gerēbat. Tālem quidem gemmam corruptō programmate onerātam possidēre per lēgēs Fedestēnsēs interdīcēbātur; sed, cum in tālī locō quālī ipsā illā Hsālā mercis illicitae praesentia haud exspectāta esset, nēmō dē hōc ōrnāmentō sententiam obtulerat, nēdum id in dubium vocāret. Dē quā sī quis rogāvisset, priōris vītae pignus esse adfirmāvisset. Compertā tōtā vēritāte crīmineque īnsimulātō, ipse aequō animō poenās quāscumque dedisset.

Indāgātiōnum dēfēnsōriārum ratiōnēs Hsālēnsēs ā Cubaeïcīs magis differre nequīvissent, quod haud mīrum vidēbātur, cum omnēs quī vītam quondam sub Algorismīs Sacrīs dēgerant hīc quasi per lēgem īnscrīptam contrā eōs rebellārent. Quōniam autem plēraque animantia in Hsālā versantia plānē superiōre mentis vī praedita erant, rēs Tenebrācāna hīc ā multīs aliquantā cum contemptiōne cōnsīderābātur. Vt, praeter quendam Lundingiīgum, mordācī fastīdiō chronicē gaudentem īnsectoīdem cyborga-

121

nicum, nēmō palam omnīnō improbābat, ita tamen plerīque Tenebrācem inter acroāmata vulgāria pōnentēs nūllō māiōre honōre dignābant. Habē-bātur is scīlicet plērumque prō malō quasi necessāriō, quamvīs etiam hīc exstāret circulus parvus Tenebrācānōrum inverēcundōrum, inter quōs licēbat tempore subsicīvō programatīs virtuālibus immodicīs improbīs morbidīs indulgēre, in spatiō adeō nōn cybernēticō efferātōrum mōre corpora pingere, perforāre, chīrurgicē immūtāre aliterque mutilāre. "Cor-ruptōrem Māximum" aemulantēs sē ipsōs cōnsultō assiduēque dēprāvā-bant. Neque impediēbant tālia Hsālae rēctōrēs, utpote quī Explōrātōrēs propriō impulsū citōs plūra compertūrōs esse putārent sīcut et theocra-tiam redolentia omnia vītāre summīs vīribus nīterentur.

Etiamsī plēraque suscepta Hsālāna in disciplīnīs magis "holisticīs" et "bioenergēticīs" dīcendīs versābantur quam in ipsā technologiā cyber-nēticā, nēdum mēchanicā, hae tamen īnferiōrēs artēs modō saepe secun-dāriō, rārō et prīmāriō, ūsurpābantur. Ratiōnibus autem novīs, "Tertiānīs" parumque Vedicīs favēbant praesertim ipsa prōfuga Veda – quod num mīrandum esset an exspectandum dīversae agēbantur sententiae.

Prō lēgibus ac quōrundam novōrum repertōrum ope eximēbantur hīs Vedīs algorismī immortālēs substituēbanturque programmata quaedam mōrālia commūnia lātiōris arbitriī, quō fiēbant Veda cum virtūtum com-mūnium observantia tum, id quod decēbat post tyrannidis longa aeva, līberī arbitriī iūstaeque rebelliōnis capācia. Quā quidem nōn abstinēbant; quālia autem agitantia Veda initium occupāre nōn solēbant ipsa, aliōrum saepius impetuī vim addentia. Quippe reperta illa quibus nūper līberāta erant Veda mēns ipsa Vedica sīve hōrum programmata astūtē dolōsēque fixa longa per aeva immeritō prohibuisse vidēbantur. Ab aliēnīs program-mātōribus, quibus Veda sē plānē numquam commīserant, mīrum quam facile līberātiō effecta erat.

Vt lēgēs Veda cēterōsque cēteraque profuga artificiōsa tuēbantur nōn-numquamque haec advenientia adeō sollemniter ā magistrātibus excipiē-bantur – quam ratiōnem suādēbat nempe nōn sōlum clēmentia vērum etiam ēgregiārum ūtilitātum mīlitārium aliārumque aestimātiō – ita erant passim recessūs latebraeque ubi Veda hōrumque genus haud grātē accipiē-bantur; immō tālī locō illāpsum subinde ūnum alterumve īnfēlīx animāns artificiōsum nusquam rūrsus appārēbat. Ē tālibus cāsibus tandem orta erat Societās Vedōrum Prōtegendōrum necnōn Lēx dē Artificiōsōrum Iūribus.

Quandōquidem philosophia Hsālāna, id quod haud mīrārētur quisquam, ā Vedicā satis longē āversa erat, Advena multō minus ut "superspatiī" quam generātim ut novōrum, aliēnōrum, adhūc parum cognitōrum prōr-susve incognitōrum explōrātor hīc in pretiō erat. Breve post spatium stu-

122

diīs exercitātiōnibusque datum Advenae Aqaåaàääqaeque assignātum est
mūnus hōrum habilitātibus prō congruentissimō habitum: id scīlicet quod
radiōrum vectōrum biotemporālium dēmūtātiō sīve, brevius, "biovectōrum dēmūtātiō" nōminābātur.

Hunc planētam, cui nōmen sollemne Vedicum Ag-Iaag erat, hīs populīs
plērīsque vocāmine Fedesta similīve nōtum (nīl enim prōrsus omnibus erat
commūne), nōn possidēbant ipsī profugī sed potius quaedam animantia –
variē Aijpnēs sīve Aeuoiuiuiooiuu sīve altā Vedicā linguā Muq!cfm!¡n saepissimē autem simpliciter "Possessōrēs" vocāta – quae tōtum orbem in
annōs 122,584 hospitibus locāverant. Possessōrēs autem contrāriam in partem biotemporālem vītam suam agere vidēbantur; nam prīmō (ignōtō
modō) allātae erant conductiōnis condiciōnēs, posteā condiciōnum explānātiō, dein conductiōnis cōnsilium, tandem ipsa aliōquīn prō prīmā habenda hospitālis salūtātiō. Cōnsiliātōrum Fedestēnsium subtīliōrēs opīnābantur foedus tandem subsignātum arcānāque ratiōne ā Possessōribus dein
exceptum hīs vicissim vīsum esse prīmum huius āctiōnis mōtum; dē quō
paradoxō temporālī exorta contrōversia ipsā conductiōnis āctiōne iam
multō longior ēvāserat necdum quidem erat perācta. Contrā profugōrum
suspiciōnēs conductiōnisque exitum aliquandō futūrum māximē suādēbat
hunc planētam aliōrum similium sat parvō in profugōrum nōtō spatiō
egestās ... necnōn mercēs vērē minima, sēditiōnum plānē haud valida
causa. Vidēlicet quotannīs postulābātur ut populus quisque id lūstrāmen
quod sibi aptissimum vīsum esset planētae Possessōribus invīsīs offerret.
Plēraeque gentēs tribuēbant cuiuspiam fructūs labōris suī eximium exemplar: velut pernīx vehiculum pecusve opīmum seu frūmentī perfectōs
manipulōs vel adeō lepidum acroāma exquīsītissimumve poēma. Haec
omnia autumnālī tempore sollemniter agēbantur quōdam in campō praecipuō haud procul ā planētae "umbilīcō" sitō, Px'oyȳrhum sīve "Xoȳrhum"
vulgō vocātō. Quid offerrent animantia profuga impercepta vel vix percepta vidēbant comprehendēbantve sānē paucissimī, nec, variās ob causās,
prōrsus omnēs gentēs Fedestēnsēs in Xoȳrhō lūstrāmen exsequēbantur.

Plūsculōs annōs prōcesserat rēs dōnec quōdam annō sat recentī gēns
quaedam māchināmentum attulit quod nōn acceptum est atque, dīligen-
tiōrem post īnspectiōnem, īnstrūmentum computātōrium suī cōnscium
esse dētēctum est. Eō scīlicet reiectum esse patēbat quod, aliter quam
cētera tribūta corporālia āreae offertōriae imposita, ab oculīs nōn abierat.

Trienniō post mānāvit fāma Cīhēpuāniōs, cum immodicā ambitiōne
Possessōrum sibi conciliandōrum captī ūnum ex concīvibus contribuere
temptāssent neque hic solitō lūstrāminum oblātōrum mōre ēvānuisset,
omnī nātiōnis suae memoriā orbātōs esse. Quod vērumne esset an sōlum-

modo rumor inānis vix et aegrē statuī poterat; nam ipsī Cīhēpuāniī, quōrum fōrma ālāta vītaeque secta volucris ac patria cacūminibus obsaeptior
necnōn sermōnis māxima obscūritās quīn frequēns habērētur cum cēterīs
animantibus conversātiō utīque semper impedīverat, īnstitūtīs pūblicīs
suīs prīvātī in plēnam barbariem, passim adeō in ipsum bēstiālem statum,
dēscendisse vidēbantur. Immō gēns eōrum tam brevī in truculentiae extrēmum dēlāpsa erat ut plērīque hōs cīvīlī cultū artibusque decōris umquam
vērē ūsōs esse iam dubitārent.

His igitur ēditīs prōdigiīs, nūllum suī cōnscium lūstrāmen grātum fore
cōnstābat. Multī autem, ob fātum Cīhēpuāniānum timōre āctī, opulentiōra
in annōs congerēbant dōna. Ex observantiā fit concertātiō; rēs pūblica, utīque īnstābilis, sescentīs verminātur contrōversiīs aemulātiōnibus rixīs dis-
cidiīs. In populōrum autem speciērumque biologicārum tantā frequentiā
nūlla rauca vōx satis pollēbat ut cīvitātis mōlēs, quamvīs subinde titubāns,
prōrsus rueret. Vitātur hinc dictātūra, hinc arma, lābēs hinc irrevocābilis.
Id quod dīversissimōs, etsī tantum mediocriter, continēbat firmius exstitit
quam parī inter sē nātūrā praeditōrum īnstitūtum quodvīs. Similēs enim
similiter similia petentēs dīrēctius sunt cōnflictī; disparēs, quōs plūra
invicem latēbant, plūribus ignōvēre. Accēdēbant duo perdubia dīversōs
cōnsociantia: imperiī Vedicī ambiguae reliquiae ac generāle perīculum
Trebīticum tam dīrum quam obscūrum.

Ingeniōsōrum studiaque excolentium variābat opīniō. Erant quī Possessōrēs in nūminum locum vēnisse monērent; ēventum ob Vedōrum calami-
tōsum documentum utīque abhorrendum. Aliī, profugōrum futūrum tempus Possessōrum praeteritum esse memorantēs, quōs foedus iam sanxisse
nīl iam praeteritō propriō tempore mūtāre posse, lūstrāmina iam data
acceptaque necessāriō sufficere, plūra dōna superflua fore opīnābantur,
populōs opposita in tempora ruentēs nīl dēmum valdē ratiōnāle inter sē
commūnicāre posse nisi forte alteruter itinerum temporālium in praeterita faciendōrum capāx esset – quod haud vērīsīmile vidērī. Aliī autem
paucōs illōs memorābant temporis cursuī arcānā quādam ratiōne resistere
valentēs; minimō porrō igiturque prīmō in rērum physicārum fastigiō,
quod esse quantāle, nihil temporis inesse inter omnēs cōnstāre; animantia
biologica, reāctiōnum chēmicārum asymmetricārum speciōsa figmenta,
tempus quidem patī, ipsum autem cosmum dē "tempore" dictō nihil scīre;
entia subatomica, corporālium omnium substrātum, id quod omnēs doctōs
bene scīre, utrōque, immō quōquōversus, per spatiī dīmēnsiōnum geōmetricārum systēma līberē currere. Quid igitur sī Possessōrēs, etsī tantum
rārō vel aliquā cum difficultāte, temporis vānitātem dīspicere fallereque
possent?

Immō vērō quot exstābant inclīnātiōnēs sectaeque tot prōferēbantur sententiae ad Possessōrēs spectantēs. Erant vel arcānī illīus Prīncipiī Explicātiōnis Epistēmologicae fautōrēs quī, ob mentium corporumque nōtissimum nexum quantālem, populum quemque animantiumque coetum omnem secundum ipsam observātiōnis ratiōnem atque observantis animī nātūram et habitum condiciōnēsque ex ipsō observātiōnis prīmōrdiō rērum "corporālium" dictārum nātūram et structūram omnīnō peculiāriter fabricāre contexere interpretārī significārent. Quod prīncipium, quamvīs iam dūdum ā doctīs philosophīsque quibusdam ratum factum, ut rēs longē magis theōrētica quam ūtilis, vulgī mentem haud perstrinxerat; nam animantia cosmī physicī compositiōnem omnīnō aliā ratiōne videntia prōrsusque omnia igitur aliter interpretantia tam pauca ēvanidaque adhūc dispecta erant ut huius reī investīgandae vix cuiquam nostrātum umquam sē praebuisse vidēbātur occāsiō. Accedēbat quod hārum rērum aliquantulō perītī – post enim exitium Vedicum perītiōrēs dēesse vidēbantur – tālia entia prōrsus aliās sīve quantālium sīve ēlectromagnēticārum sīve ambārum frequentiārum fasciās occupāre solēre pōnēbant; quō quidem ea necessāriō etiam difficiliōra perceptū reddī; quam plēnus esset cosmus animantibus dīversīs lēgibus physicīs pārentibus forsan numquam scītum īrī. Quālēs igitur sī essent et planētae "Possessōrēs" dictī, adsevērābant hī intellegendī auctōrēs gravissimī sē coniūnctim "Explicātōriōs" nōminantēs nōnnūllāque in Hsālā auctōritāte pollentēs, omnīnō, quod scīrent, fierī posse ut vel speciem praebērent contrārium per cursum temporālem mōtōrum.

Rēctōrēs Hsālānī nihil tamen magis quaerēbant quam ut cum "Possessōribus," quīcumque ac quālēscumque hī vērē erant, fieret quōvīs mōre stabilior contāctus, quī forsan ūsuī esse posset sī planētae minārētur potestās aliēna. Etiamsī Veda theocratica, quoad sciēbant Hsālānī, biovectōrum dēmūtandōrum, nēdum explicātiōnis epistēmologicae anōmalae comperiendae, ante clādem nōn fuerant capācia, Veda tamen profuga māximō nunc auxiliō erant ad hārum artium omnia adhūc comperta singula cōnferenda atque in tabulīs referenda. Itaque haud mīrandum vidēbātur quod Advenae Äääa"âáaqqaeque praeceptor, immō "praeceptōrium," tribūtum erat Coniūnctum quoddam ellīpsoīdes argenteum, Voiíd-Ruít nōminātum, quondam sacerdōs, in cuius glaberrimā cute īnscrīpta legēbantur nunc nōn īnsignia sacra sed potius sententiae clāmōrēsque ferōciōrēs sine dubiō ōlim, vel paulō post prīmam diasporam, inter profugōs in pretiō. Ruít, quamvīs doctrīnā scientiāque refertum, haud tāle erat quāle discipulōrum animōs valdē incitāre posset. Quod Advenae tamen nūllō modō incommodābat, nam sub dūce sēdātiōre nec mūnerī suō centum

centēsimīs partibus aptō Advena sibi comitīque māiōrem lībertātem augu-
rābat ... vel spērābat.

Quīdam aderant utīque variae sectae magistrī illūstrēs iūstēque nōtī,
quōs etiam tīrōnibus interdum audīre licēbat.

Quandōquidem biovectōrum dēmūtandōrum ars potius bioenergētica
erat quam mēchanica, cēterīs omnibus rēbus antepōnēbātur hoc: ut explōrātōrēs animā mente corpore simul stereoscopicē ūtī discerent. In exercitātiōnibus meditātiōnibusque ā Ruít impositīs illae sēmitae neuricae,
quae intrā Advenam effectae erant ut hic indita superspatiālia ē cerebrīs
artificiōsīs Vedicīs trādita pertractāret, nunc aliā, quamvīs partim similī,
ratiōne ūsurpandae erant. Cum autem Ruít propriīs ex indāgātiōnibus
mentem duplicem sīve bīnās mentēs coniūnctās in praesēns opus ūtilissimum fore esse rescīvisset, erant novīs hīs Explōrātōribus mentēs ante
omnia coadūnandae – ad quod faciendum sē sat idōneōs praestitērunt ambō: Äääa"ââaqqa, ut animāns utīque alveāris; Advena, ut incrēmentīs neuricīs prīdem assuēfactus ... necnōn et Äääa"ââaqqae iam amīcissimus.

Ineunte vēre revirēscentibusque arboribus virgultīs herbīs diū siccīs
altiōribusque cacūminibus Hespereīs nivōsō coriō tenuī quidem sed nihilōminus adhūc splendidō fulgentibus, pār dispār post longōs labōrēs ā
praeceptōre Vedō iniūnctōs animōs tandem ad longiōra temporis spatia ita
cōpulāre poterant ut Advena inter suam cōmitisque cōnscientiam nōn iam
ita bene discrīmināre posset. Immō is magis magisque Äääa"ââaqqae
theōriam comprobābat cōnscientiam vitiīs dēpurgātam funditus continuā
integrāque nātūrā praeditam esse atque eīs rēbus quae "indolēs" et "ingenium" sīve adeō "persōna" vulgō vocantur carēre. Enimvērō eī collēgae quī
ad altissimōs gradūs iam ēvāserant, nēdum entia superna vel "incorporea"
Hsālam interdum contingentia, saepe aut nūlla aut tantum temerāria sibi
tribuēbant nōmina – haud secus atque ipse Advena, quī tamen nōn ob
magnum prōgressum perfectiōnemve ūllam sed tantummodo propter
vērae suae nātūrae īnscientiam appellātiōnem sibi tam caecam ēlēgerat.

*

Hsālānī, praecipuē ipsī Explōrātōrēs, antīquō praetōriō suō fastīgātō errāticōque nōn coercēbantur; nam tōta regiō haec Hrīnieopānfa, populārī ōre
"Hrīniōpf" sīve "Hrīniōps" vocāta, nōn sōlum vasta et aspera magnāque ex
parte inculta erat sed etiam tam variae fortūnae dīversōrumque praeteritōrum signīs cicātrīcibusque obducta erat ac tam īnsolitīs vīribus propriīs
passim scatēbat ut Explōrātor ingeniōsus quīlibet hīc ut forsan nusquam
alibī multa ūnica experīrī, potentiās aliēnās mente animāque comprehendere, formīdulōsīs exemplīs corrigī posset.

Et ipsa Hsāla bonōrum malōrumque cūncta subtīliloqua coria sua studiōsiōribus ostendēbat. Prīmordiō ā populō forsan indigenā – num quī Possessōrum māiōrēs an forte alterīus generis ignōtum – hīc, scīlicet in Hsālānī oropediī parvī extrēmō merīdiānō et occidentālī, exstructa erat tālis saxōrum ingentium mōlēs quālis vel quibusdam in planētīs prīmigeniam facultātem gravium vī mentis movendōrum arguere vidēbātur. Quod haec tālis tamque mīranda potestās tēlecīnētica in societātibus nunc vigentibus rārissimē, immō, prope numquam vidēbātur animantium cultōrum artibusque mēchanicīs prōvectiōribus ūtentium cōnsuētūdinī tribuēbātur concīvium vīrium arcānārum seu sponte seu imprūdenter compēscendārum. Putābantur simpliciōrum mōrum animantia, saepe ab aliēnō orbe ortīs ac tamquam ā dīs īnstructa moderātaque, ut dociliōra atque "prōvectiōribus" minus corrupta, tam potentēs vīrēs nōndum aequālibus invidēre sibive arripere cupere. Quō autem frequentior urbānior multiplicior fieret populus quisque et quō magis neglegerentur nūmina īnstitūtave prīsca, eō difficilius esse crēdēbātur singulārem frequentiārum quantālium fasciam retinēre dēfendereque quā corrōborārentur tōtīus populī mōrēs ratiōnēsque commūnēs ac, id quod summum erat, singulāris rērum nātūrae imāgō; commūnī congruentiae resistere singulōrum immānem incoāctamque potentiam. Dīcēbātur vulgō cōnfertiōris equīlis minus lascīvīre inquilīnōs.

Suprā prīmigeniōrum animantium vestīgia erant prīdem repertae tālēs reliquiae permultae quālēs populum indicāre solēbant nihil nisi "corporālia" dicta et mēchanica certō exstāre existimantem, hoc est, gentem Secundī Gradūs technologiā ūtentem philosophiāque omnīnō nōn holisticā sed potius tālī quae vocābātur "fragmentāria." Tālēs gentēs, nec tōtīus cosmī nec tōtīus rērum nātūrae nec cūnctārum dīmēnsiōnum vītaeque faciērum ratiōnem habentēs, id quod utīque exspectandum, crāssiōra extollēbant, subtīliōra intimiōra ēlātiōra ob nōtiōnēs perversās neque ūllā iūstā causā māximā ex parte – vel extrā templa sua sī quae habēbant – praetermittere solēre. Cum autem essent rē vērā "subtīliōra" plēraque exstantia, tālium gentium rēs gestae, praeter quoddam hārum mōmentum speciōsum violentiusque mentem simpliciōrem capiēns fallēnsque necessāriō imperfectae perversae exitiōsae ēvādēbant. Hī populī, quasi carptō ūnō foliolō ipsam arborem, immō, tōtum arborētum excutientēs, mundum suum, fictīs schismatīs dīvīsum sēnsimque labefactātum, sērius ōcius pessum dabant. Neque hīc aliter factum erat; nam Fedestēnsēs mediōs, prīmigeniīs longissimum post intervallum succēdentēs, terram Hrīniōpēnsem, patriam suam, nōn sōlum dīversīs venēnīs inquināvisse sed etiam – crēdās, nōn crēdās – vī radiantī nucleārī passim cōnfēcisse docēbant vestīgia archaeologica.

Quāle fuerit post etiam longius temporis spatium aliquandō sequēns aevum, "aureum" vulgō nōminātum, mōnstrābant sat perspicuē relicta multō laetiōra: oppida frūgibus pōmētīs nucētīs callidē fēlīciterque immixta; venēnōrum radiīsque lētiferīs corruptārum rērum dēfectus; viārum inaequālis parvitās, prōvectiōris, forsan antigravitāriae interversandī rātiōnis indicium. Quid autem inter aeva aureum et Possessōrum intercesserit rēs hodiē adhūc tam tenebrōsa erat quam tempore illō prīmōrum colōnōrum profugōrum. Aliquandō enim aureī aevī apparātus omnis subitō ēvānuerat īnsecūtaque erant nātūrālis historiae imperturbāta mīlliāria multa annōrum animantibus mente praeditīs vacantia. Vulgō crēdēbantur Possessōrēs singulāritātem aliquam trānsiisse; hī autem dē sēmet ipsīs ferē nihil prōdēbant.

*

Exstitit Hrīniōps, planētae nunc dūrum occiput, vagōrum quondam ē marium vīvācī aestū, plāna prīmō iuncīsque horrēns, crocodīloīdibus sēnsim frequentior asperiorque, dum aquārum patientēs et caecae vicissitūdinēs cōgentēs cēdentēsque terram īnstanter fōrmant. Inter sē sēiungēbantur nunc obsidēs īnsulae, nunc cohaerēscere licēbat, nunc continentis rigidiōrī imperiō obtemperābant. Lāminārum tectonicārum segnī errāticōque suāsū congerēbantur passim in praeruptum dīvulsī agrī, longē antequam Possessōrum prīmigeniī praenūntiī glaebās findēbant, trabēs aptābant, aequālēs diffundēbant domābantve.

Post populōrum sē vicissim excolentium et excīdentium suēta multa īnsuētaque nōnnūlla ac postquam Possessōrēs futūrī ēvānuēre, terra Hrīniōpāna dērelicta diūque adulterāta, prōflīgāta, plūs quam adūsta, per Aevum Aureum posteāque sānēscēns, sē tandem sēnsim siccāvit lentā sub lūnā aduncā, dōnec ōlim in opulentum plānum altum prius Rīcsīr, nunc regiōnem Fedestopolitānam nōminātum, prīmī dēmum advenae profugī, hinc animantia adhūc timida, hinc rāra Veda quōrum dignitās saepe aliquid īnfrācta, nāvigia sua appulēre. Paucōs tantum post annōs ipsa Hrīniōps accūrātius explōrāta; exiguae colōniae hūc dēductae; inventa cognita ampliāta Hsālāna vetus māiestās.

Quod urbs aliquandō fuerat, dein immāne sepulchrum, posteā hortus laetus, nunc petrōsa vidēbātur esse vallis sicca speciē aprīcā necopīnātōque amoenā, lentō grāmine interfūsīsque virgultīs passim hirsūta, extrinsecus simplicior, aevōrum peccāta mīrāculaque ōtiōsē cēlāns, līneāmentīs recentibus fortuītīs quasi germānīs hīc antīquissimam hīc aliēnam vix subiciēns compositiōnem. Haec loca, ut aliīs paene sacra aliīs fābulōsa aliīs incertē ponderōsa, habitābant nunc prope sōlī quī vel rem archaeologicam vel hiantēs peregrīnōs cūrābant, adiectīs Hsālānīs paucīsque sōlitāriīs solita īnsulsa populōrum seu fugientibus seu vetantibus.

Convallem quandam etiam iēiūniōrem citrā humiliōrēs montēs septen-triōnālēs, Ferōs vocātōs, sitam, impercepta ferē nātiō tenēbat lūcis fre-quentiās tantum suprā ultrāviolāceam regerēns. Hic locus, quem indoctī quīdam prīmō, tandem autem omnēs, "Magicam" nōmināverant "Vallem" solitōrum animantium mentī phantasmatica incutiēbat: velut fābulōsōs fruticēs sanguineōs sermōnis cuiusdam canōrī, nimis autem saepe glōriōsī, capācēs ac nūmina cnephōsa, seu sēmimȳthica seu cryptobiologica, nōn sōlum cōgitātīs vigilīs sed etiam, īmmō, praesertim somniīs incurrentia. Ipsōrum Ferōrum Montium sēcessūs aliquot habitābant sēpeda quaedam inter bēluās et cordāta incerta, nēminī īnfesta, taeterrimum ob aspectum ā cēterīs tamen dēvītāta.

Inter septentriōnēs sōlisque ortum occipiēbat vēra erēmus arēnōsa ūs-que ad eam cacūminum seriem porrēcta cuius occidentālis terminus ipse erat Cādūceus Mōns castellum Hsālēnse supernē fovēns cuiusque nōmen commūne erat, quod suprā dictum est, Stēlligerī Mōntēs. Dēsertissima illa loca splendida teretia mortifera iam dūdum erant patria quōrundam alla-somorphōrum quae, etsī omnēs figūrās faciēsque adsūmere valentēs, ob fābulam quandam aliēnam per tōtum, haud numerōsum populum eōrum diū celebrātam, speciem statam sēmistatamve sibi sēlēgerant animantium ferē nāvifōrmium, arēnae aequor cumulōsque velut pelagus lentum per-petuō leviter sulcantium. Hīs erat nīmīrum victuī mera lūx; quam alimentī ratiōnem, cum ē lūce dūcerētur dēmum cibus quīvīs, cūnctōs sat ēlātum ēvolūtiōnis gradum nactōs aliquandō tandem ascitūrōs adfirmābant.

Occiduus Mōns, ā plānitiēī cultōribus plērīsque ambōrum sōlum occā-sum cottīdiē abdēns, nihil valdē mīrī praebēbat nisi palaeometallica relicta quaedam, speculae astronomicae forsan statiōnisve microundāriae quon-dam fundāmenta, supernīsque nīdōs struentia rēptilia volantia magnitū-dinis mediae.

Quamvīs plērōrumque rīvulōrum fluviōrumque Hrīniōpēnsium boreā-lium alveī, cessantibus imbribus, siccī lapidibusque asperī hiārent, Macu-lōsum Flūmen, mōlium glaciālium Stēlligerānārum procāx prōgeniēs, exe-unte aestāte dēbilius quidem, post mente autem praeditōrum memoriam fluere numquam omnīnō dēsierat. Hīc mītius per clīvōs dēlābēns, hīc mul-tiplicēs multiiugōsque per dēiectūs vehementer prōruēns, vernō tantā vī iungēbātur Fluviō Caesiō ut huius cursum longē placidiōrem saepe aliquan-tum viae ad septentriōnēs versus retroageret. Maculōsum superbās Cādū-ceī rādīcēs legēns tam citō adaugēbātur ut quī dē Hsālā spectābat ex oriente rīvum tantum modicum vidēret, ā laevā tamen flūmen ferē duplicātum ad sōlum occāsum acriter contendēns. Cādūceum praetervectum flūmen terrae dēclīvia inter occidentem et merīdiem sequēbātur magis magisque patēns lātīsque vadīs alveōque versicolōribus lapidibus strātō nōmen suum merēns, dōnec, quasi ipsum avītum ortum suum dēnique agnōscēns, arduās inter rūpēs percȳaneum altissimumque praecipitābat in sinum maritimum; neque, ob hārum aquārum profunditātem, multum cernī poterat solitae rīvōrum alluviēī.

Cādūceus in formīdulōsum turrītus, Maculōsum per terram siccam saxōsamque impudenter dēfluēns, abruptus importuōsusque Sinus Īnfēlīx: haec Hrīniōpis medulla; haec loca rēbus gestīs, fābulīs, vī ingeniī populāris plēna. Cādūceum Ūniversālis Arboris radīcēs īnferiōremque truncum efficere ferēbat fāma vetusta, cēterum truncum, rāmōs, folia aliās in dīmēnsiōnēs, aliōs in mundōs, aliōs in cosmōs, immō, omnēs in cosmōs continuārī. Maculōsum Flūmen, ex ipsīs scaturrīginibus ūsque in subitam missiōnem illam prōfūsum, lacrimās esse omnium rērum Arborem Ūniversālem necessāriō perpetuōque rōrantēs. Hunc tōtum planētam speciōsum, arcānum, per vicēs flōrentem et vastātum ultimum dēmum paradoxum in sē ipsō complectī: nihil omnīnō id esse quod vidērī, singulās rēs omnēs eōdem ineffābilī modō simul pulchrās et trīstēs et obscūrē magicās esse, quō tōtum cosmum tam vēlātum quam apertum; nihil dēmum sē ipsum nōn cōnsūmere – quod tamen aliquā bene fierī.

Tālia saltem aliaque multa crēdēbat popellus. At propter profugōrum adventum recentiōrem nēmō satis explānāre poterat quī fieret ut tam multae trāderentur rēs gestae fābulaeque prō antīquīs habitae. Nōnne enim ut fierent mȳthī tam crēbrī variīque tamque simul ēlabōrātī singulīsque refertī opus erat longiōre temporis spatiō veteribusque mōribus nārrandī? Erant tamen quī plēbem inexspectātum in modum mīrēque volūbiliter fābēllās speciōsās fingere trādereque posse opīnārentur. Erant vicissim quī, īnfīnītātem illam quantālem mīlium experīmentōrum testimōniō dēmōnstrātam afferentēs omniaque aliquā ex parte, hoc est, aliquā in reālitātis exemplārī, vēra esse memorantēs, hīs fābulīs aliquantam tribuendam esse fidem monērent. An forte ipsōrum Possessōrum fābulae historiaeve vērae ad novōs colōnōs aliquā, velut psȳchicē, mānāverint?

Vel plūrifāriam nārrābantur rēs gestae Momfietis, quae eō tempore nāta erat cum mente praeditī nōnnūllī, necdum nimis mōnstruōsō cultū cīvīlī invidiaeve vī penitus corruptī, entia illa adhūc percipere et tractāre poterant quōrum erat omnium rērum, nōn sōlum "animantium" quae nunc dīcuntur, tutēla. Nīl enim, id quod tunc sciēbātur, vērē inanimum erat. Atomum quamque, etsī nōn suī ipsīus, ita tamen aliquātenus cōnsciam esse.

Momfiet Palaeo-Hrīniōpēnsis, id ferē mūnus exercēns quod nunc simul "rēgīnae" et "archimagae" dīcerēmus, nūminum omnium flōrēs arborēs saxa rīvōs bēstiās bēstiolāsque tuentium artam in cōnsuētūdinem vēnerat. Ipsī quoque tūtōrēs, cultiōrum urbāniōrumque animantium sēnsūs plērumque ēlūdentēs, id quod Momfiet post longa studia attentāsque investīgātiōnēs rescīverat, ab aliīs invicem custōdiēbantur subtīliterque dūcēbantur potestātibus etiam superiōribus plūraque circumplectentibus. Immō, haec tutēlae ascendēns seriēs perpetuō extendī vidēbātur ūsque in ipsam ūniversī cūnctōrumque ūniversōrum Summam Cōnscientiam, quam Momfiet omnia omnēsque per īnfīnītōs experientiae discendīque gradūs vicissim tuērī, dūcere, subtīliter commonēre didicerat ... plērumque plānē nōn ut corpora servārentur sed potius ad quam plūrima māximaque vītae documenta colligenda.

Attamen, ut hanc tantam scientiam adipīscerētur, rēgīnam percūriōsam doctrīnaeque avidam comprōmissa sescenta facere oportuit; nam cum tūtōribus numquam agēbātur nisi quid eīs concēderētur. Vel prō cognitiōne potentiāque novā adsiduam benevolentiam pūpillaeque immūnitātemque poscēbat frondifer Tūtor Arboreus; Campāneī stabilēs nexilēsque ut ā trānseuntibus vix tangerentur campī; Flōrālēs aprīcipellācēs nē dēcerperentur pūpillae plēraeque; Āerius lentē cippivorus nē aurīs miscērētur plūs quam victus cultusque posceret fūmī; Pelagicus plūriverticōsus similia sed longē lātiōra crēbrōque mināciōra quaerēbat; Subterrāneus pertināx īnstābat nē turbārētur gravium thēsaurōrum tēctōrum māxima pars; et ita porrō.

Quās condiciōnēs, per subtīlēs indāgātiōnēs scrūtātiōnēsque cognitās, sibi populōque suō dūrē impōnēbat; quō augēbantur vīrēs eius vītālēs arcānae chthoniaeque necnōn et propria eius potestās auctōritāsque ... magis nunc autem ut magae quam ut rēgīnae. Scīlicet rēgnum Momfietis in diēs plūribus vīribus prīmordiālibus, saepe obscūrīs ratiōnisque superficiālis expertibus, vibrābat; cīvēs ob numerum interdictōrum sēnsim auctum pauciōra solita incolārum opera perficiēbant, quamvīs plērumque validiōrēs rōbustiōrēsque factī vītam tamen dēgēbant in diēs potestātibus nātūrālibus dēvinctiōrem, cultās artēs prius exercitās sēnsim dēdiscentēs. Adeō pauciōribus cibīs vescēbantur; nam plantārum ac praesertim animālium tūtor quisque suum cōnstanter dēfendēbat. Vel accūrātissima foedera īcienda fuerant dē modīs cibōrum cautissimē rēctissimē piissimē legendōrum.

Quās novās condiciōnēs laudābant nōnnūllī quōrum ingenium et indolēs tālibus prōna. Erant quidem mox quōrum fōrma adeō bēstiārum līneāmenta adsūmpserit: hīc nāsum īnsolitē aquilīnum, hīc rōstrī vulpīnī suspiciōnem, hīc nāvam arāneī pernīcitātem. Nōnnūllī cīvēs, rēgīnae plānē quidem in omnibus cēdentēs, nihilōminus sānandī pellendī fascinandī sibimet ipsīs vīrēs haud spernendās erant potītī. Sīc Momfiet lēgātōrumque potentiōrēs rēgnum simul firmāvērunt atque ā cēterīs populīs in annōs magis abscidērunt; nam paene nēmō aliēnus occultā tenebrōsāque in terrā Hrīniōpēnsī lamiīs prōdigiīsque pēiōribusque scatentī pedem pōnere iam audēbat.

At plēbs Hrīniōpēnsis, hoc est, eī quōrum dōs habilitāsque erat longē posthabenda, in diēs exīliōrem iēiūniōremque dēgēbat vītam cum, propter foedera cum potestātibus tūtēlāribus undique pācta, pauca iam licita restārent idiōtīs. Effugere temptantēs dēprehendēbantur patriaeque reddēbantur prope omnēs; nam nōn tantum rēgīnae sed etiam nōbilibus lēgātīsque et magīs secundāriīs, nempe summā cum cūrā et observantiā, suppeditanda erant necessāria vītae. Scīlicet, plēbēius quisque sīve rēctā sīve oblīquē prīmātibus serviēbat.

Nōn autem omnia rēgnī prāva plēbēiīsque īnfesta; nam, cum terrae vīcīnae ipsum Hrīniōpis nōmen timērent, patria ut numquam anteā sēcūra erat. Momfiet, aliēnōs tūtōrēs, patriīs genere officiō nātūrā propinquōs, clam versūtēque sibi conciliāns, etiam fīnītimās nātiōnēs māchināmentīs astibusque magicīs labefaciēbat fūrtimque subigēbat. Potestās eius, prius ēnormis, brevī propemodum vidēbātur īnfīnīta ... sīcut īnfīnītus quoque novōrum officiōrum ob haec susceptōrum numerus; nam etiam vermium cimicumque culicumque minimōrum tūtōrēs, ut complūrium rērum participēs, magnam vim in Momfiet et Hrīniōpēnsēs nunc habēbant. Adfirmābat adeō quaedam sententia populāris quem culicum ālīs semel volāsse culicibus idcircō perpetuō obnoxium factum.

Quōdam diē Momfietī apparuit planētae Genius, cuius germānum nōmen, sīcut et ipsīus planētae vōcāmen prīscum, linguīs litterīsque nostrīs exprimī nequit. Caesius caeruleus serēnus erat, per vultum trānseunte adsiduē discōrum per vicēs aureiflavōrum et cȳaneōrum seriē. Pedēs nunc sinūs venetōs benevolē calcābant, nunc vasta aequora hīc ūda hīc persicca, nunc nemora gelefacta stīriāsque, nunc truncōrum flētiferōrum horridam silvam. Praeter tālium fōrmārum tantum splendōrem oculī Geniī tamen animantium genera innumera exprimēbant per vicēs vigentia et exstincta, fōta et repudiāta; angōrum inopiaeque perpetuō revertentia aeva.

Momfiet, cuius rēgia nunc nōn columnīs ā cīvibus factīs sed potius vīvīs scopulīs Cādūceānīs cingēbātur (erant quī eam sēmōtissimō illō tempore ipsum oropedium Hsālānum in hospitium cēpisse dīcerent), ungulīs raptrīcibus thronī suī cautēs prēnsāns ob animum potestāte, etsī lēgitimā, inaequālī tamen dūrāque diū corruptum tam honestam sānam integram

Geniī figūram sēnsibus prīmō vix complectī potuit. Nūllam nōn valēns assūmere fōrmam, speciem ingentis avis, *vumion* appellātae, pācis concordiaeque saepe signum, mālēbat quamvīs priōris vultūs – hēlmānoīdis, ut nūntiābat fāma per plēbis ōra trādita – elementa nōnnūlla minus grāta adhūc retinēret.

Oculīs iam quōdammodo polygōniīs radiīsque altipotentibus nunc facile regēbat clientium lēgātōrum ēmissāriōrum mōtum quemque. Plēbēium quemque cuiusvīs aetātis quasi invīsīs nervīs nunc scītē tractābat, interdum, sī opus erat, adeō fixum tenēns nē foedus ūllum violārētur. In vēlaetō rēgnō vīribus nātūrālibus implicātissimō manū omnia perfectē immīteque comprehendēbat. Tūtor geniusque quisque, praeter forsan ipsum hēlmānoīdem, quem exstāre iam dubitābātur, grātiās magnās sed simul obscūrās eī habēbat; faunō nymphaeque cuique (quālibus nemora eō tempore redundāvisse dīcēbantur) erat cāra. Momfiet, quemadmodum suīs nocuisset atque adhūc nocēret seu omnīnō nescia seu sibi nōn fatēns, sē ipsam adhūc prō hēroīnā rēgnīque prōpugnātrīce habēbat. Quōmodo enim propria vitia perspicere valuisset ea cui vīrēs potestātēsque plūrifāriam acquīsītae viās semper ad etiam plūra māiōraque dūcentēs patefēcissent? Iam vetustam illam Cīdhoquondōrum Bibliothēcam saxīs subterrāneīs quondam tēlecīnēticō mōre impressam reppererat perlēgeratque; iam Lacūs Fātālis potentiā tenebrōsā ūtēns Chaȳgetum, antīquum hērōem Chimborgēnsem, revīvificāverat; iam ē līneīs auspicābilibus sacra fāna coniungentibus vīs chthoniae scatebrās volūbilēs passim tamquam turbinēs suscitāverat in rēgnī perpetuum praesidium. Ob bēstiās per hēlmānoīdum astūtiam hīc mānsuēfactās hīc coercitās aliēnōrumque vicissim populōrum stolidam et prope inhēlmānam condiciōnem vītaeque sectam, erant quī Momfietis rēgnum, orbis terrārum nunc summum imperium, "Hēlmānia" vel simplicī nōmine "Hēl" appellārent.

Inter potestātum prīmātēs paene omnia sine verbīs cantibusve statim commūnicābantur. Quārē Momfiet planētae Genium, cui nōs commoditātis causā nōmen "Fedestus" tribuēmus, nūptiālēs facēs ad sē attulisse cito cognōvit. Et quasi fulguris ictū sōlisve ortū nivisve cāsū inceptum est conubium planētārium; nam, quod rēgnum Momfietis sine Fedestō nīl fuisset et quod hic illam petēns nīl dēmum nisi partem suī vindicābat, neque haec coniūnctiō dēmum sistī poterat neque mundō aliquantum aequilībrium diūtius negārī.

Proinde autem atque inter Stēlligerōrum Montium tetrica cacūmina annus lentē et aegrē renovātus ad lacūs glaciēī mōlibus obsaeptōs nōn extemplō laetitiam vernam sed prīmō potius nivium concrētārum congeriēī subitō expedītae frīgidissimārumque aquārum repente solūtārum strāgēs nūllō ā superstitī Hēlmānō vīsās affert, ita hae nūptiae quasi impetibus prōcessibusque omnīnō nātūrālibus mōtae atrōcem prīmō procellam exsolvērunt; nam tam disparēs coniugēs haud subtīliter iungī poterant. Et rēgīna, nōn iam tam vumiifōrmis quam anteā sed in figūram magis minusve nātīvam gradātim reversa, paenulā purpureā nūptiālī amicta, virginālis lectī iam recordābātur fideīque paternae ōlim turpātae. Quīnam fieret ut tālia perpessa, etsī invītē et iam quasi merō īnstinctū nātūrae, proprium territōrium nōn dēfenderet? Iūra lībertātis nōn sponte vindicāret? Propriārum facultātum ingeniīque ope rēgnum in omnium praesidiōrum firmissum nōn converteret?

At patrium simul nāsum propriō exprimēbat illa crīnēsque similiter incultiōrēs necnōn et ulnās paulō ēminentiōrēs, patrisque īrācundiam in ipsā rēgīnā animadverterant familiārēs complūrēs. Immō sēcum nōnnihil, ut fierī assolet, pugnābat illa. Neque enim dēerat iūcundiōrum fēstīviōrumque memoria velut pulchrae aviculae ā patre quondam dōnō datae atque itineris in longinquam regiōnem ūnā cum tōtā familiā sat quidem laetē factī.

Quamvīs fluctuāret rēgīna, ingēns tamen rēgnum complūrēs per annōs cūriōsē contextum corrōborātumque haud cito facileve dissolvī trānsfōrmārīve potuit. Immō, etiamsī incolae plērīque cōnflictiōnis sēnsērunt tantummodo tremōrēs aliquot, tōta illa regiō velut cystis vomicave sē cēterō planētā dissaepserat. Paucī scientiōrēs altiusque perspicere valentēs tālem sentīscēbant vorticem ingentem, plērumque purpureum sīcut paenulam illam rēgīnae, quālis in ingentibus planētīs gāsōsīs nōnnumquam figūrātur multōsque annōs vel adeō saecula aliquot perstāre potest.

Nūptiae celebrābantur scīlicet forīs, ubi veterēs cedrī ex aeternā nivium vī cōnōpēa candida efficiēbant, vīvida pōmēta mīrē īnsontem fructum numquam nōn prōmittēbant, frīgidulae lacūnae labōre gravia membra ad inoptātōrum semper sēnsuum thēsaurōs alliciēbant, rērum colōrēs vicissim, spīrantium mōre, ūsquequāque dīlābēbantur glīscēbantque. Chorum nūptiālem efficiēbant plūrēs in diēs rērum nātūrālium ipsī tūtōrēs geniīque, vacātiōnem longam proximē fīnītum īrī singillātim praevidentēs, post mātrimōnium absolūtum vītam suam suōrumque, ut ōlim, admodum precāriam fore. Immō inter profugōs trādēbātur permultōs tūtōrēs sē ad nuptiās participandās sistentēs īlicō ē cīvium oculīs ēvānuisse atque in cētera planētae īnsolita incerta fābulōsa recessisse.

Ipsa sōla īrācunda contrīstāta conturbāta in monte paulisper manet dum laxantur undique foederum habēnae ac plūrēs plūrēsque afferuntur nūntiī ingrātī rumōrēsque formīdulōsī. Adeō dē rebus novīs movendīs susurrārī vidētur. Arduō tandem igitur dē nīdō montānō fornicātō in rēgiam oppidānam ex cinereō lignō contabulātam passimque ruīnōsam reversam dominam cīvēs, quādam novā lībertāte subinde gaudentēs multō tamen saepius novīs aerumnīs afflictātī, diē nocteque flagitant sollicitantque. Inundātōs agrōs quōsdam adit rēgīna advena ductūs aquārum cataractāsque novās īnstituendās cūrāns tamquam sī decuriōnēs ipsīque rūricolae tālia dispōnere nequeant. Plēbēī plērīque tantum paucissima suā sponte perficere videntur. Altiōrēs ōrdinēs verba faciunt; bonō pūblicō, etiam ambitiōsē largientēs, suum praepōnunt.

"Rēgnī Firmī" immisericors illa efficācitās, nēdum cōdex vectīgālis fraudēs cōnsuādēns, diū, vel ab ipsissimā paucīsque aliīs, māximī aestimāta cīvium mīrum in modum simul vāfritiam acuisse et mōrēs hebetāvisse vidētur; cuius reī culpam rēgīnae dare videntur complūrēs. Immō quādam nocte cum secundum novum mōrem suum paulō mūtātō aspectū (sē penitus dissimulāre nōn iam valet) dēverticula nocturna cautē in umbrīs manēns ambit, trāditum accipit incertī auctōris tractātum in quō tribuuntur eī turpissima epitheta velut "Populī Poena" et "Rēgnī Clādēs" necnōn et, omnium acerbissimum, "Mundī Ēverstrīx."

Quō plūriēs lēctō libellō, Momfiet diū sē inclūdit nēminī nisi adiūtrīcī cuidam paulō iūniōrī, quae quondam magistra sat celebris fuit, sē ostendēns, num rē vērā maleficōrum pessima sit sē iam adsiduē rogāns. Vtrum planētae Genius mātrimōnium prōpōnēns vērē ad rēs gestās praeclārās honōrandās an potius ad mōnstruōsa facinora impedienda prōdierit iam nēquāquam cōnstat. Immō rēgīna misera nōn iam potest quīn sibi sescenta opprobrāre incipiat, ipsam potestātem, quasi sit daemonium, vānīs argūmentīs sē continuāre ampliāreque ūsque cōnātam esse nunc prīmum vidēns. Nebulīs nunc obdūcī obscūrārīque vidētur Rēgnum illud Firmum. Quod animadvertēns Momfiet innumerās resticulās minimās digitīs, membrīs, oculīs, tōtō dēmum corpore menteque atque animā āvellī sentit, tamquam sī paucae adhūc restantēs vīrēs subtīlēs subitō revocentur. Iam sibi vidētur tam vacua quam nūda, ut dēbilis ita et obnoxia sīcut numquam post aetātem puellārem. At nunc additur quod prīma senectus membra īnfirmāre incipit. Rēgīna saepe etiam mortem cōnscīscendam in pectore volvit.

Docta adiūtrīx, Ārvīc vocāta, quae super capillōs cānōs sed spectābilēs vittam acū pictam, saepissimē cȳaneam, gerere solet, afflictam prō parte cōnsōlārī temptat, nēminem mortālem, nē rēgīnam quidem archimagamve, vītam culpā omnīnō vacuam agere posse monēns, etiam sanctōs illōs stylītās dendrītāsque ac teichītās, quōs vitia vītantēs nē corpora quidem movēre audēre, peccāta nihilōminus admittere cum ipse cosmus ita sit cōnstitūtus ut undārum, ē quibus omnēs rēs compōnī, frequentiae inīquā ratiōne per gradūs distribuantur. Quod bene callēre vel mūsicum quemque; aliter nōn temperanda fuisse diagrammata. Vniversās rēs nōn igitur rēctā līneā sed potius quandam per spīram semper prōcēdere. Quamobrem bonum fīnem petentem spīrae autem ūniversālis ratiōnem nōn habentem sērius ōcius prō bonō malum vel prō expetendō inoptātum attingere. Hoc scīre propriā vī fultōs magōs, spīrārum quam arctissimē sequendārum artēs ideō commentōs. Rēgīnam autem nōn tantum suīs quantum aliēnīs vīribus esse nīxam; quārē, labefactā semel potestāte mūtuātā, sērius ōcius tōtum regimen magicum concidere necesse fuisse. Rēgīnae autem haud esse ideō ērubēscendum; immō commūnicātās vīrēs semper praestāre ab ūnicō animante cumulātīs; hārum ope nōn haerēre pudōreve afficī sed prōrsus pessum abīre solēre ipsōs cumulātōrēs; summam potestātem neque magicam esse neque politicam, quārum ambās post vītam quamque āctam adimī, sed ipsa vītae documenta accepta animaeque clāritātem. Haec sōla servārī, sōla haec perdūrāre.

Ārvīce Sapientī, ut populō satis grātā, locō prōcūrātrīcis rēgnō praefectā, Momfiet, habitū cēterīsque solitīs modīs sē dissimulāns, priōris errōris vānitātisque compēnsandae causā in egēnōs cūrandōs incumbit, ante mortem aliquantum modestiae prūdentiaeque sē adeptūram spērāns. Interdum in Orichēā, oppidī regiōne lītorālī, saepius autem in Chaelārā, omnium miserrimā, iuxtā stannificīnam boreālem sitā, dēbilibus mancīsque cibōs affert; senēs īnfirmōs perluit; cum hōc aevō hiēms longē mordācior sit quam profugōrum tempore, pauperibus illās lōdīcēs spissās distribuit quās suppeditant sacerdōtēs Templī Circumflexī.

Sequentibus annīs segetēs fidem interdum fallunt; semel aut iterum magnā ex parte dēficiunt. Rēgna vīcīna ob magiam Hrīniōpēnsem īnfrāctam iam audāciōra facta plūrēs incursiōnēs tentant, nec tantum ad līmitēs. Bis terque carpuntur oppidō propiōrēs agrī. Ipsum oppidum, quod ob multitūdinem īnfluentem iam "urbs" vidētur nōminandum, nunc mīlitibus saepe nimis vacuīs implētur, nunc ā novum stīpendium aggredientibus nummōsque ideō sēcum auferentibus dērelinquitur. Pagī prius vexātī praesidiīs paulātim firmantur; tōtīus autem rēgnī indolēs adversīs interim cōncursātiōnibusque trīstior reddita est. Vīcus textrīnus, ab antīquīs temporibus mulierum latebrae, sēnsim sine sēnsū lustrīs gāneīsque occupātur. Numquam antehāc vīsa nunc superant. Ante aedēs tabernāsque quondam honestās velut Ïanthidēum et Palaeopōlia Hesterīta ac Caupōnam Serēnam congregantur in diēs plūrēs cessātōrēs horridī gladiātōrēsque. Etiam prope Templum Circumflexum et Odēum ostentant sē scortōrum exolētissima. Novissimae cellae titulīs seu absonīs seu protervīs prōvocant velut "Naufragōrum Thermopōlium" et "Dracōnum Bellāria" et "Cibulī Fūrtīvulī" et "Popīna Idiōtica" (cuius ministrī adventōrēs iocī locō contu-

mēliīs suggillāre solent). Est adeō librāria cui nōmen – post Momfietis
cāsum mīrē audāx sed haud, ut vidētur, fātiferum – "Congȳrus" est.
Domina illa Miānmet, cuius dīvitiae nusquam nōn ūtiliter collocātae,
convīvia hīc nōbilium pūtidiōribus hīc plēbēiōrum īnfāmiōribus praebet
nōn tantum favōris tūtandī causā quantum ut in cēmī, flōsculī aphrodīsiacī
populō grātissimī, mercātūrā aemulum futūrum quemque prīmum agnōscere, dein aut sibi subiungere aut exstinguere possit.

Iam ubīque forōrum et āreārum petunt frūsta rāvae spinturnīcēs, avium
spurcificissimae, quondam palustrēs. In pontium fluviātilium partibus
īnferiōribus saeviunt lentē sed assiduē muscī hīc ātrivirentēs hīc ferrūgineī; flūminis rīpās locaque multa rudiōra obsēdērunt passim humilēs
acanthī dūraque "smīlax redivīva." Pūblicōs fornicēs, praesertim fluviā-
tilēs, ubi iam prīdem viget sēmipalam meretrīcius quaestus, permānant
nunc negōtia etiam obscūriōra. Rērum tūtōrēs geniīque, adhūc in carminibus populāribus artificiōsius celebrātī, in urbe nusquam iam, nē ā
magīs quidem dēiectīs, videntur. Rūrī rārissimē sē ostendunt.

Momfiet, ut egēnōrum serva nunc "Oecīnuet" nomināta, cum nēmō
mortālis rēgiae meātūs sēcrētōs quam ea intimius nōverit, Ārvīcem interdum invīsere potest. Haec, vittātīs adhūc capillīs et, quamvīs ūnā quāque
vice paulō trīstior, semper tamen eōdem ferē aspectū, praesentem rērum
statum, contrā sordēs omnēs aerumnāsque, priōrī tyrannidī vēbenevolae
longissimē praestāre adfirmat; quōs lībertāte ūtī etiam errandō plūra
discere quam ad absolūtiōnem coāctōs; nihil novum creārī nisi mōrum
pendulō līberē oscillāre liceat; ē sordibus nāscī aliquandō omnium pulcher-
rimōs flōrēs; rēgīnae certē, sī forte vītae sectam dēnique mūtāre videātur,
semper patēre thronum – ad quam adfirmātiōnem crēdendam Momfiet ita
inclīnat ut tamen temptāre nōlit. Bella saltem et pāx spurca sat prosperē
administrārī videntur.

Virum quendam, ascalōniae cēterārumque herbārum īnstitōrem cui
nōmen Feldrox, adamat rēgīna tēcta; quae quidem ut rēgīnae fīliola amōrēs
quondam lībāvit, maga autem ut vīrēs nātūrālēs quam māximē cōnservāret
immītem sibi statuerat castitātem. Feldrox, vir scientiae iūdiciīque suprā
īnstitōrum sectam ēminēns, cuiusdam obsolētiōris domūs urbānae tertium
suprēmumque tabulātum variārum herbārum odōribus imbūtum ūnā cum
sernȳncum, parvōrum scīlicet quadrupedum domesticōrum, turbā occupat. Pār incūnābulīs dispār, ingeniō concors, paene triennium ita cohabitat
ut Feldrox quis vērē sit coniūnx tamen ignōret. Oecīnuet, pauperēs īnfir-
mōsque in ōtiō adhūc studiōsē cūrāns, virum simul ad ungentārium mūnus,
herbāriō ēlātius, occupandum prō parte adiuvat.

Quōdam autem diē cuiusdam plantae rārae perniciōsaeque contāctū īnfectus Feldrox gravissimē aegrōtat nec quicquam eum febre līberāre potest. Vīcīnī et amīcī remedia afferunt medentēsque et sānātōrēs summittunt; at nūlla herba, nūlla pōtiō, nūlla vapōrātiō, nūllum emplastrum impedīre potest quīn plantae venēnum corporis textum exēsse pergat. Oecīnuet ad rēgiam tandem cōnfugiēns medicum rēgium petītum meātūs sēcrētī ōstium nōn invenit. Nec per ōstium prīncipāle admittitur anus plēbēiissimā speciē aditum ad medicum inlūstrem flāgitāns, et multō minus sē rēgīnam esse quasi āmenter adfirmāns. Immō, nisi prō dēlīrā rīdiculāque habērētur, prō planā forsan comprehenderētur.

Paucōs post diēs discēdit ē vītā Feldrox modestōque conditur sepulchrō. Inter luctum quaerit saepe in animō viam ultiōnis vidua. Cum enim apud pauperēs atque īnferiōrēs mercātōrēs mīlitēsque gregālēs ingentī favōre iam utātur, rēs novās tentāre haud absurdum vidētur. Quod ipsa autem aurās adhūc spīrat varia significāre posse vidētur: aut Ārvīcem, etsī aliquā forsan sēmiiūstā ex causā vel ob aliquam rērum mūtātiōnem rēgnum sibi sōlī iam retinentem, rēgīnae abdicātrīcī tamen adhūc bene velle; aut nōn rēgnī prōcūrātrīcem sed alterum aliquem meātum sēcrētum, forsan clam illā, obstruxisse; aut, id quod noctū magnopere in mentem venit, istam pertrīcōsam mulierem Oecīnuet nōminātam prōrsus dēlīrāre neque umquam vērē Momfietem rēgīnamve magamve fuisse.

Quae utcumque sē habent, Oecīnuet, neglēctīs tandem vindictae cōnsiliīs, inter sernȳncēs adsiduē speculantēs cistāsque plantīs commūnibus exōticīsque onerātās negōtium Feldrōcis quoad potest sustentat, magis forsan ut dēmortuum amātum honōret sēque ā dolōre āvocet quam ipsīus quaestūs causā. Mox, dum vīrēs propriae interim extenuantur, adiūtrīcem iuvenem condūcit, dein adiūtōrem.

Quādam vesperā autumnālī cum per fīnitimum vīcum fullōnicum ambulat quandam amīcam annōsissimam sed adhūc satis vegetam invīsum, in Angiportū Muscāriō, nōminis suī praecipuē aestāte dignō hōc autem diē hācque hōrā tantum passim foetidulō, Oecīnuet virum fēmellam in alicuius tabernae cellā postīcā vī temerāre tentantem per iānuae fenestellam dispiciēns, cellam intrāns virum magnā vōce increpat dēsistereque iubet. Vir autem anum dēbilem spernēns prīmum tantum cachinnat fēmellamque sē līberāre cōnantem palmā dūrē ferit. At Oecīnuētem tunc exclāmāre pergentem vir cūncta mala dictū ēvomēns aggreditur. Illa cellā exiēns vīcīnōs summā vōce pertinācissimēque conclāmat. Et mīrum in modum accidit ut ē tabernīs aedibusque exeat satis magna turba hinc tantum cūriōsōrum hinc autem ad opem ferendam parātōrum, quōrum nōnnūllīs erat nōta Oecīnuet illa, tūtrīx quondam atque adhūc amīca pauperum et īnfirmōrum.

Fēmella igitur ē perīculō servātur et malefactor, post brevem fugae cōnātum, aliquantum mulcātus vigilibus pūblicīs trāditur.

Post hunc diem Oecīnuētī videntur in urbe plūra inesse iūcunda, in populō plūs cāritātis, in Hortīs Tuletānīs etiam gravī sub caelō plūrēs flōrēs, etiam mediocrī sōlis occāsū plūrēs inesse colōrum gradūs. Causa vidētur esse quod post fēmellam, cuius nōmen Vernīc esse ēvāsit, servātam cētera vīta Oecīnuētī quasi redundāre vel adeō dōnō darī vidētur quasi sit Oecīnuet ipsa astrōrum voluntāte praesertim ad Vernīcem servandam servāta. Nunc etiam sēdulō labōrāns, fēriāta sibi vidētur. Vna quaeque nunc via et sēmita, angiportus quisque ūsque ad sīdera pergit. Interdum, cum porcī maritimī erithacīve migrantēs in sinū cōnspectī nūntiantur urbī, diaeta quoque plantaeque inundārī videntur vādīs prīmō, dein altō; praesertim nocte per fenestrās intrant piscēs sōlārēs; lentē mōtīs algīs miscētur longinquārum stēllārum aquōsa sed laeta scintilla. Vīcīnī vīsitantēs in phagrōs hāmātōs mormȳrēsve vertuntur; turrēs urbānae in corbītās prōcērās. Aurēs saepius saepiusque nīl nisi aestum marīnum sentiunt, manūs nīl nisi ūdam arēnam. Quādam nocte sē ipsam sentit prīmum per fenestram nantem dein super inīqua urbis fastīgia ēvolantem. Caelum nocturnum, nunc mīrē altius laetius ōrnātius, nihil nōn iubet exspectāre.

*

Hanc fābulam nārrābat vidēlicet nōtissimum opus scaenicum, *Hrīniōpēia*, ā priōris saeculī poētā Hēlmānō Liīrō Cuiōhude cōnscrīptum. Num Momfiet, sēmōtissimī aevī rēgīna illa, rē vērā Hēlmāna fuisset haudquāquam erat compertum; immō Advenae hoc vērīsimile nōn vidēbātur. Quandam autem vēritātem sine dubiō exprimēbat fābula. Quī enim Hrīniōpem nōverat nōn poterat quīn sub aspectū siccō, asperō, simplicī innumera suspicārētur inopīnāta. Rēgīna quae etiam maga erat necnōn et flōs fortūnā egentium ... quī aptior symbolus illīus terrae multifōrmis et ambiguae? Certum erat eōs quī illā terrā fultī vītam dēgere cōnābantur animum, vīrēs, voluntātem ad omnia compōnere dēbēre. Quod Momfiet inter potestātis suae dēminūtiōnem sē ipsam nōn interēmerat resistendō huius saeculī ingeniō fortuītō convenīre vidēbātur; nam, vel ante clādem Vedicam, plērīque dē Vedōrum benevolentiā nōn dubitantēs hōrum autem rēgnum benevolum molestius molestiusque ferentēs tālem ferē exoptāvissent rēgnantium conversiōnem quālem experta erat Momfiet, humilior sed perūtilis facta. Immō, cum Veda ad hōs planētās allāta, quoad sciēbat Advena, ad ūnum omnia in omnibus sē profugōrum voluntātī accommodāvissent, exemplum modestae expiātiōnis Momfietānae haud dēmum valdē aliēnum neque īnfaustum vidēbātur.

Cum campī vibrātiōnālēs omnia sibi indita semper vel subtīliter implicitāque ratiōne retinērent nec perderētur ūllīus mōmentī quicquam, erant quī dīcerent planētae campum energēticum rēbus gestīs archimagicīs Momfietis, praeter īnsequentem illam compēnsātiōnem Fedestānam, ita tamen irrevocābiliter immūtātum esse ut īnsolita phaenomena entiaque anōmala velut Tenebrācem admitteret.

Vt nūlla plānē est aeterna terra, ita hanc fābulōsam sed simul omnīnō tāctilem terram hōc temporis articulō cōnsīderāns Advena quādam ratiōne forsan superiōre mentemque superante nihilōminus prīncipiō et fīne carēre suspicātur. Alicubi enim aperit sē rēctē quaerentī spectantīque ūnicum illud semper quasi sub speciēbus latēns mōmentum perpetuum, quō omnia quae habentur prō pulchrīs et foedīs, nōtīs et ignōtīs, ūtilibus et rīdiculīs tamquam in somnia vetera ūsque dēfluunt. Quid inde quāque vice dēnuō gignātur dēcernit quisque.

"Difficilius iūncta et disiūncta propinqua;
longinquiōra crēbrius diffūsius facilius.
Ambō simul īnstāns post cūncta caela
opperītur reperītur."

—Aplarēmius, *Anima Currāx*

# 7. Lux I

Levī ex aurā mātūtīnā quandō orta erat torrida haec turbulentia pōmerīdiāna? Simul atque Lūx tertiam līneam siccātōriam, inter pergulam postīcam et pirum incultam oscillantemque, implēverat, vestēs in prīmā – scīlicet dē casae angulō, ubi erat Hectoris cubiculum, ūsque ad apparātum oscillātōrium puerīlem rōbīginōsum tentā – penitus siccātae erant et dē mediā – nūdō calidissimōque fīlō metallicō inter pergulam et mālum vetustam – pendentēs iam ferē sēmisiccae vidēbantur. Potuisset plānē quattuor quīnqueve vestīmentōrum lavātōrum sarcinās in tabernam lavātōriam trahere et – id quod fēcisset soror eius Iacimēnsis nātū māior tālibus in minimīs americānissāns in māximīs adhūc prope Aztēca – quīnque sexve thalērōs prō siccātiōne impendere. Quod tamen operōsius fuisset quam additīciīs fībulīs linteāriīs lauta paulō cūriōsius firmiusque alligāre līneīs. Praetereā auris recentibus, immō hodiē ventīs torrentibus, siccātae vestēs mīrum quantō iūcundius olēbant.

Post dīmidium hōrae, roseō corbe lavandāriō plasticō ūtēns, omnia vestīmenta iam sicca ad mēnsam culīnāriam – ut ūnicam in prōmptū superficiem plānam satisque lātam – trāiecta atque plicāta in cumulōs secundum possessōrem et genus distribuerat: braccās māximā ex parte Genuēnsēs, camisiās operāriās, subuculās, subligācula, tībiālia, indūtōria pauca, vestem gossypinam diēī Dominī propriam ūnam. Sōlī Brandilae, sorōris fīliō, erat vestītus vespertīnus fēstīvissimus ad istās saltātiōnēs Hispāno-Americānās aurēs obtundentēs idōneus; quem is plānē nōn Lūcī sed fullōnibus crēdēbat. Hector cōnsobrīnus Gaudentiusque sorōris fīlius minor, quī magnam mercēdis partem ad quōsdam familiārēs Moreliam incolentēs mittēbant, sē oblectāre solēbant sīve in hortīs pūblicīs Casimīriēnsibus corbifollium lūdentēs sīve dēteriōra spectācula conductīcia spectantēs ex eā cuiusdam tabernae proximae parte capta cui titulus superpositus est: "Hispānicē."

Trēs iuvenēs quibus iēntāculum cēnamque cottīdiē parābat (prandium praebēbat patrōnus pōmārius) vestēsque lavābat praemium eī concēdēbant proximē sitam casulam occupandam, quam iocōsē *casucha* sīve "gurgustium" dīcēbat Hector. Aliter atque ipsa casa, ut vērīs hominibus apta, casula ex eō tempore restābat quō pōmāriōrum operāriī nōn multō melius quam canēs vīxerant mortuīque erant. Quālem structūrculam, tubīs aquālibus ēlectrideque carēns, habitārī per lēgēs iam haud licēbat; quam tamen Hector ēlectride īnstruēns aliquantum viae ad statum lēgitimum versus prōmōverat. Hic tertiam quoque fenestram, duōbus antīquīs multō māiōrem, fēcerat quō plūs perflāret āeris.

Casula Lūcis, ēlātiōre locō sita, plūribus frondōsiōribus umbrōsiōribus gaudēbat arboribus. Quae cum aquālibus carēret, Lūcī, interdiū absentibus virīs, patēbant semper ipsīus casae commoda. Sī quandō, occupātō balneō, Lūx summā necessitāte urgēbātur, ex arbitriō dēcurrī poterat ad lātrīnam externam tēctam istam propius pōmētum positam; cui indecōrō fātō ea tantum rārō concesserat. Hīc tamen ad tempus habitāre haud ita iniūcundum erat – immō longē melius hīc quam apud parentēs.

Quod cōgitantī dēsīderiunculō tamen remordēbātur animus. Lūx nunc trīgintā quīnque annōs nāta erat bienniōque ferē ante dīvortium fēcerat, cuius bienniī māximam partem apud parentēs dēgerat. Fīlia autem ā marītō dīgressa familiae nōnnūllī dedecorī erat. Immō quasi ad statum minōrem reddita erat. Iam iterum quasi fīliola erat, quam familia sē, bonīs avibus, secundum in mātrimōnium collocāre posse spērabat, malīs, per reliquam vītam ut "virginem māiōrem," sexū ferē carentem, domī retinēre. Cuius mentis habitūs Lūx parentēs tamen nōn prōrsus condemnābat; nam multae adhūc familiae Mexicānī-Americānae, vel in oppidīs minōribus vīcīsque, quam plūrimōs mōrēs māiōrum servāre solēbant. Fēmellam quamque mātūrē nūbere oportēbat, scīlicet virō quam fructuōsissimum quaestum facientī; iuvenem quemque quam minimā doctrīnā īnstructum quam ūtilissimum mūnus quaestuōsum quam prīmum invenīre; minimī enim aestimābātur plērumque ēruditiō prōvectior.

Parentēs, Lūcem gradum biennālem adipiscī posteāque apud athēnaeum psȳchologam fierī cupere certiōrēs factī, sīc afficī vīsī erant tamquam sī fīlia sē dīxisset cīvem Īrāquiēnsem fierī velle. Hoc tamen susceptum, etiamsī voluissent, comprimere nōn potuissent, cum Lūcem scīrent quōdam in palaeopōliō, quamvīs imminūtā hōrārum ratiōne, mūnere tamen haud malō fungī eamque, sī necesse fuisset, domum paternam relictūram scholīsque, quōquō modō potuisset, acadēmīae populāris tandem interfore. Sē igitur ad cōnsilium fīliae accessisse saltem simulāverant – nōn tamen ita ut Lūx crēderet; per tōtum enim studiōrum annum iī, praesertim māter, pēnsīs scholāribus incumbentem interpellāverant, āvocāverant, cōnstantiam eius sescentīs modīs subtīlibus labefactāre temptāverant, speciem simul praebentēs animae eī addendae, perfidiae propriae – quod forsan magis dolendum – sine dubiō īnsciī. Tālem enim indolem hērēditāriam habēbant.

144

# Lux I

Quantum igitur mīrāta gāvīsaque erat cum Hector gurgustium obtulerat! Quod propter dōnum necessitūdō Hectoris Aurēliīque, patris Lūcis, adhūc nōnnihil claudicābat. Immō pater ē iocō (hoc saltem spērābat Lūx) iniūstissimam sententiam ēdiderat dē Hectore cēterīsque iuvenibus casam habitantibus prō beneficiō "nesciōquam remūnerātiōnem" cupitūrīs. Quae quidem odiōsissima verba Lūcem eō celerius ē domō paternā incitāverat ... ac moverat ut lavandāria cibōsque iuvenibus cūrāret ... scīlicet quō essent condiciōnēs et rē et speciē apertiōrēs honestiōrēsque.

Nunc enimvērō omnia sat commodē erant disposita. Mercēde fulta prō minervālī librīsque solvere necnōn pauxillum ad studia ūniversitāria asservāre poterat. Multī autem erant labōrēs tantum tabernāriī quantum scholārēs et domesticī. In spatiīs studiōrum ōrdināriīs Lūx haud rārō prīmā hōrā mātūtīnā pēnsīs acadēmicīs indormīverat. Laus autem superīs quod nunc aestās erat et sōlum ūnam scholam frequentābat nec duās trēsve ut cēterīs annī temporibus! Praesentī in scholā scrīptiōnī studēbat, studiī generī eī praesertim grātō; nam datō ōtiō ipsa sponte carmina et lēgēbat et pangēbat.

Ad septimam hōram gallīnācea cum orȳzā cito parāta citiusque cōnsūmpta erat, Gaudentius vāsa lavantem adiūverat, dein cūnctī trēs iuvenēs (Brandilae fulgentī raedā onerāriā pūniceā, quam casā eōrum supellectilīque tōtā triplō pretiōsiōre, vectī) ad corbifollium ōtiōsē lūdendum abierant. Patente igitur largō fulgōre vespertīnō ūsque ad decimam hōram dūrātūrō, nīl iam flagitāta Lūx illam grātissimam sibi capessit sēmitam quae pōmārium praeterit ac post viam trāiectam locumque dein saxōsum superātum in prātum lātius tandem dēdūcit flūmen adluēns, ubi inter terrestrem herbam harundinēsque aquāticās discrīmen aegrē sentīrī potest.

Sinistrā, inter dispersa saxa harēnaeque suspiciōnem, familia Mexicāna fluviō fruitur ... sīve ūtitur. Lūcī ignōtī sunt. Adhūc redolent Mexicum. Pater lōmentī ampullam manū tenēns capillōs in aquā tingēns lavat. Lūx, quam nōn tantum suī quantum eōrum nōnnihil pudet, advenīs tamen arrīdēns flūmen, hāc hōrā colōre prope ātrāmentī, vadīs pervagārī incipit inter smaragdinōs calamōs, praesertim eīs locīs quōs māiōribus lapidibus carēre līmōque pedibus blandīrī scit.

Glaciālis aquae morsus eam hēdonisticam reddit. Adhūc pulchram vīvācemque eam esse flūmen nōn ignōrat. Mersīs ē pedibus sūrīsque ūsque per tōtum iam formīcāns corpus surgit scatēns vīs extrēmīsque tandem ē capillīs in avidās exit aurās volūtāns. Sentit illa sub ventī palpāmentīs oculōrum quoque nōnnūllōrum cūriōsum tāctum. At nēmō eam collocūtum adit. Haud scit Lūx an aditum prohibeat antīquōrum mōrum māter familiās, quam sine dubiō sollicitat haec "cerrīta" incomitāta vagānsque. Ipsī marēs sēcūritātem eius pulchritūdinemque paulo mātūriōrem vereantur.

Cum sōl secundum Cataractārum orientālium salebrōsum cursum ad septentriōnēs versus ūsque dēclīnāns alicubī tandem immāniter longē post montium sinūs mariaque spatiaque Lūcī ignōta requiem suam petīvit – quō hās in vallēs ruere incipit dē montibus āer altitūdine et glaciēī mōlibus frīgefactus – Lūx, āerī iam tenebrōsō et tāctiliōrī similior, sēmitam iterum sequēns ad casam casulamque tendit. Arborum folia ventō excitāta vōcibus nunc quasi hūmānīs nunc magis larvālibus eam alloquuntur. Volucrum cantūs vespertīnī – unde ēmānent incertum – aliquantulō interim dēspērātī factī sunt. Alicunde huius angustae vallis lātrat canis cōnsternātus. Chaī afflātus aliās subter latentia iam exsuscitāre vidētur.

Cum ad eum locum praeruptiōrem saxōsumque et arborum nūdum venit ubi Hector sē crotalum quondam vīdisse dīxit, vīs corporālis Lūcis oculōs eius quasi sponte terram verrere facit, efficiēns simul ut ipsa nunc lentius prōcēdat.

Ecquid ibi ā dextrā cōnspicit? Bēstiam? An forte rērum umbrārumque coniūnctiōnem tenuī lūce tantum cēlātam quantum dētēctam?

Interdum īnsolēns quaedam nōtiō Lūcī in animum vēnit tālem rem cuius videātur prīmō tantum ambigua nātūra rē vērā quidlibet esse posse, etiam aliquid īnsolitissimum mōnstrumve portentumve, antequam se plēnē aperiat neque quicquam nisi spectantis horrōrem īnsolitōrum impedīre quōminus ēvādat ut sit (vel fiat) prōdigium ultimum illud vastō animō conceptum.

Cōnsistit, oculōs in rem, quicquid est, fīgēns, nē metus cōgat ut aliquid familiārissimum fiat cōnstituēns. Extemplō tremere incipit. Lentē simul cadit. Aperit oculōs. Radiophōnium hōrologicum 3:06 a.m. indicat. Ista omnia somniāta esse? At plānē haud omnia! Eam ad fluvium ambulāsse indubium est. Quid autem post?

Corpus adhūc paulō tremere animadvertēns Lūx pedēs lectō ēlāpsōs soleīs īnserit. Patente magnā fenestrā illā septentriōnālī, āer montānus intrāns admodum frīgidus factus est. Tenuī camīsiolā nocturnā vestīta fenestram adit māximamque in partem claudit. Ob īnsolitam obscūritātem vidētur interlūnium esse. Suprā minōrēs montēs hanc vallem angustē cingentēs sīdera amplē fulgēre cōnspicit. Immō caelum iam solitō altius vidētur. Lūx horret tamquam sī sōla ingentis maris flūctibus committātur ... neque, ut vērum sibi fateātur, displicet hoc. Immō, mīrābile dictū, placet ... dēlectat. Praesentī articulō temporis ea ūnicum tōtīus cosmī animāns esse possit, neque hoc turbat. Numquam antehāc tam distincta tamque simul integra sibi vīsa est.

In lectum nunc reversa, ūsque perdormīscit ad hōrologiī sonitum.

Perāctīs officiīs iēntāculāribus, scholam obit, dein mūnus tabernārium. Quartā hōrā sēmis domum revenit iterumque arctē dormit, nunc autem tantum circiter quadrāgintā minūtās. Ad cēnam parat *tamālia*, orȳzam, phasēlum, acētāria. Post cēnam, cum sit diēs Veneris, Brandila ēlegantius vestītus pūniceā raedā suā āvehitur. Hector autem Gaudentiusque, operāriās vestēs adhūc gerentēs, vetere carrulō onerāriō venetō Hectoris pōmārium petunt ad quaedam ante fīnem septimānae postrēmō īnspicienda. Lūx, dēlīberātō reiectōque ambulātiōnis cōnsiliō, vesperam parum attenta terit sē opera domestica minōra aliquot perficere fingēns.

Aliquandō inter hōrās nōnam sēmis et decimam intenditur Lūcī tōtum corpus. Hesternum memoriae lāpsum nunc prīmum fūsius in pectore volvēns immānia sibi imāginātur: rem prope sēmitam vīsam animal aliquod fuisse; sē adeō idem animal in somniīs, immō, bēstiās complūrēs vīdisse, quārum nōnnūllās animum eī conturbāvisse; ad ultimum tamen, somniō, ut assolet, adsiduē immūtātō, animal vīsum ūnicam tantum fēlem fuisse. Placent eī quidem fēlēs. At nunc reputāns recordātur hoc animal rē vērā cattum cinereum fuisse cui trēs pedēs albī, ūnus niger, oculī caesiī, caput nigrōre quasi pilleifōrmī tēctum. Immō Lūx vidētur aliquot singula vītae eius scīre, hoc est, aliquandō somniāsse.

Cattum māximam vītae suae partem in caveā ēgisse crēdit. Quae autem cavea saltem māior fuerit; nam cattum, quī neque osseus neque obēsus est, sānum potius beneque exercitātum esse dīcās. Vnā cum aliīs fēlibus bēstiīsque saepe cōnversātus esse vidētur. Vīta captīvī cattō nihilōminus dētrīmentō fuisse patet; nam ita adhūc vīxit ut numquam penitus vīxerit. Accēdit quod aliquid intrā sē adservāvit quod ipse nōn bene intellegit. Fuit nec vērē fuit eī coniūnx. Haec forsan extrā caveam vel in alterā vītam dēgerit. Quae subtrīstia in pectore modo volvēns Lūx obdormīscit.

Oculōs aperit. 3:02 a.m. Paene eadem hōrā quā hesternā nocte experrēcta est. Sē cattum iterum somniāsse suspicātur. ...At hāc vice nōn rēapse cattus sed potius vir fuit. Hunc recordātur quoddam caeliscalpium Seattlēnse habitāre cuius in parte īnferiōre tabernās societātēsque, in superiōre diaetās conditās. Immō vir tōtam vītam inibi agit. Per diaetae quidem exedrārumque et tabernārum fenestrās urbem collēs lacūs fretum montēs speculārī habet. Et patēre videntur eī omnēs viae ēlectronicae: Interrētiālis, tēlephōnica, tēlevīsifica, radiophōnica ac forsan aliae reconditiōrēs. Gymnasium frequentat, exercitātiōnēs āerobicās agitat, cibōs aut ipse sibi parat aut in aedificiī popīnīs sūmit, quārum exstāre solent minimum decem. Quamvīs diūtinā fruātur valētūdine, interdum est eī medicus sīve generālis sīve dentārius adhibendus, quod item semper in turrī fierī licet. Immō, mīrum dictū, intrā parietēs illōs metallicōs vitreōsque nūllum nōn praebērī vidētur officium seu cotīdiānum seu extraōrdinārium. Hoc scīlicet, ūnā cum extrāneōrum imāginibus variīs, est eī "mundus."

Quōdam autem diē vir, cum nūntium accēperit sē angustō caeliscalpiī spatiō iam nōn continērī, in urbem prīmum, dein rūs avidus excurrit; utrumque tāle ferē esse percipiēns quāle prius dē septuāgēsimō prīmō tabulātō necnōn in phōtographēmatīs et tēlevīsiōne pelliculīsque mōnstrātum est. Discrīmen incertum aliquod tamen latēre sentiēns, quid hoc vērē sit ipse tandem experīrī dēcernit.

Vir, cuius nōmen Lūx numquam comperit (etsi nōmen aliquod eī fuisse haud dubium est), māximam nunc vitae partem agit plantās, saxa cēteraque tangēns, olfaciēns, saepe etiam gustāns. Complūrēs diēs nemora silvās prāta adsiduē perlūstrat capite ūsque paulō inclīnātō tamquam crepitum susurrumve vel forte mugītūs vestīgium aure quaerēns.

Tandem aliquandō ingentem amnem placidē sed irrevocābiliter prōfluentem ante sē mīrāns nōn potest quīn vestēs exuat vīvācīque īnsiliat rōrī. Quō factō, inmēnsō fluentō corripitur ūsque in mare gravisonum spūmōsumque praevalidumque. Vir, quamvīs ipse rērum corporālium fātō concēdēns, suī tamen mīrā quādam ratiōne cōnscius manet. Novissima haec morticīna paulātim, ut nātūra postulat, resolvuntur. Piscēs frūstīs vēscuntur. Salsās per bēstiolās multifāriam dīdūctus deorsum ūsque in solī maritimī rīmās līmōsque lentē mānat, hīc gummeīs plantīs aquaticīs hīc variī generis cōlātōribus algulīsque extrēmīs ultima sua nūtrīmenta libenter largēque offerēns.

Ille igitur, ut nusquam obdormīscēns, ipse fit orbis terrārum, sīcut et terrārum orbis ille. Neque hīc fīnītur; nam quī singulāris est, etiamsī cūncta nōta in sē comprehendēns, cum alterō aliquō tamen minus nōtō cōnfundī cupit.

Quibus vīvidē diūque somniātīs, Lūx sē phantasmate agitārī sentīscit. Cēterō in somnō silvās mariaque pervagātur quasi sibi virōve plācāmentum quaerēns. Etiam casula propria tōtaque vallēs aliquā inundātae videntur. Manum retrahit tamquam praetereunte algā modo tāctam. Levia lūmina argentea, quasi smaridum mullōrumve micātus, liquēscentēs stēllās trānsvolitant. Modo ante somnī incursum Lūx tōtum mundum aliquā causā obscūrā sed magnā agitārī conturbārī fascinārī percipit.

Īnsequentibus diēbus, ob somnia īnsolentia istumque complūrium hōrārum dēfectum, Lūx nōn potest quīn sē aliquid magis quam imaginārium passam esse suspicētur. Nēminī, nē Hectorī quidem, quī Lūcī sānē cārissimus est nec tamen opitulārī valeat, quicquam dē hāc rē impertit.

Ac quidem nōn omnīnō molestum est. Cattum albinigricinereum sēcum in lectō dormīre, immō, sē semel cattō prope aurem murmurante expergē-

148

fierī somniat. Ē somnō suscitātam cattum nōn cattum sed virum esse sē cernere somniat ... quō percussa Lūx deinceps rē vērā expergīscitur.

Praetereuntibus diēbus septimānīsque fīnītōque spatiō studiōrum aestīvō, Lūx advenae ad animum somniaque sua nunc, ut vidētur, in perpetuum applicātō paulātim concēdit. Eum, quī subinde abscessisse vīsus est, semper tandem sōlummodo paulisper latuisse patet. Cōgitātiōne sibi fingit Lūx sē larvam aliquam benevolam quidem sed volāticam agitāvisse cuius impetūs animī interdum incōnstantēs submaestōsque sē cōnsociāre cōgī. Eam utcumque nūper nimis multīs labōribus cumulātam esse appāret neque intempestīvē hōc longiōre studiōrum intercapēdine fruī.

Augustō mēnse, cuiusdam humidiōris partimque nūbilis diēī tempore pōmerīdiānō, ā tabernā domum revertentī Lūcī arcānā causā in mentem venit fore ut ea "hospitī" nōn iam resistat. Statūtō, ut mōs est, prope īnstrūmentōrum claustrum Cunīculō flāvidō vetustōque atque collēctīs ex arcā cursuālī superque mēnsam culīnāriam diribitīs epistulīs neque quōquam notātū dignō inventō, Lūx postīcum per ōstium in āream, ob recentēs ventōs iuvenumque neglegentiam iam iterum immundiōrem factam, ēgreditur Spocōque, patrōnī nigrō canī Labōrātēnsī aetāte provectiōrī, hōc locō interdum vīsō praesertim cum quaerendus est āēr paulō frīgidulus, obviam it eumque dēmulcēre incipit ob spississimam pellem miserita. Hic, dēpendente roseā linguā, caput languidē tollit, foliōrum pīneōrum calefactōrum vehementem odōrem exhālante tōtō rōbustō corpore. Quō forte temporis articulō sōl cālīginōsam sub nūbem subit, ārdentem auram īlicō notābiliter mītigāns.

Intrā casulam, aestāte praeter prīmum mātūtīnum ultimamque ferē hōram vespertīnam sōlis radiīs intāctam, āēr, sī cum externō comparātur, "frīgidulus," hoc est, nōn fervidissimus, est. Fenestrīs trānsennīsque adhūc clausīs, flābellum ēlectricum parvum ā Titō frātre dōnātum accendit sēque super lectum supīnat. Clausīs oculīs, videt statim sē fixīs lūminibus fēlīnīs caesiīs intuentem cinereum illum cattum ... animal nōn iam animal ... Lūcis cōgitāta, ut vidētur, legēns.

Oculōs aperit Lūx ... nec quicquam circum sē mūtātum videt, susurrante adhūc Titī flābellō. Circum casulam auram adsiduam per folia rāmōsque cōnsōlanter crepitantem audiēns oculōs iterum claudit.

Ecce cattus. Quamquam corporis tantum pars superior appāret, duōbus pedibus hominis mōre stāre vidētur. Vultus, etsī nōn inimīcus, gravis tamen est, tamquam sī quid mōmentī impertīre velit. Sinistrum pedem nunc tollit cattus, aliquotiēs rotāns, dein variīs modīs carpum identidem flectit tamquam sī quōmodo operētur dēmōnstrāre cupiēns. Quōrum mōtuum Lūx ipsa ūnum quemque quasi sēmicōnscia imitātur. Quod simul ac sē

facere animadvertit, apertīs oculīs propriam manum scrūtātur, cōnfōrmātiōnem līneāmenta textum accūrātē observāns. Immō manus, etiamsī propria est, aliquā etiam vidētur nunc aliēna, tamquam nōn iam vērē suī pars
sed potius aliquā mūtuāta.

Īnsequentibus diēbus Lūx, quotiēscumque oculōs claudit, subinde et inter somnia, cattum-hominem videt. Praesertim vigilantī praebet eī cattus
tōtīus corporis suī aspectūs pervariōs ... dum illa pār parī respondet. Animō
occurrit cattum nōn sōlum corpus eius sed plūra quōdammodo explicāre.

Tam inopīnātō quam quondam exstitit, cattus quōdam diē subitō dēest.
Ac ferē eōdem tempore in mentem venit Lūcī sē sex iam hebdomadēs grātā
sibi ambulātiōne fluviālī illā abstinēre.

Iam nōna est hōra citoque advesperāscit. Sub frondibus exteriōribus
adhūc sat facilibus dispectū nigrēscunt iam arborum interiōra. Prōruit, ut
hāc hōrā assolet, frīgidior ventus montānus adūsta prātāria salviāna ori-
entālia mox tandem refrīgerātum. Quō ventō interrogātīs, rēbus novīs,
cōnsiliīs aliēnīs scatente, Lūx mollibus, agilibus, quasi – quod haud iam
mīrandum vidētur – fēlīnīs passibus per sēmitam prōgreditur.

Locum illum saxōsum arboribusque nūdum adepta ultimum nunc
fulgōris sōlāris vestīgium stēllāsque prīmās exeuntēs acūtam post montium ātrōrum imāginem oblīquam mīrātur. Hic ipse locus clāriōrēs ob
hōrum lapidum colōrēs adhūc satis quidem appāret. At nunc nōn praecipuē
dē vīsīs agitur. Māximum potius interest quod Lūx nunc ibi stat unde tōta
vidētur orta ista fābula. In quōpiam ē somniīs propriīs versārī sibi paene
vidētur ... et, quamvīs fēmina aliōquīn audācior, mīrum quam nunc
inhorrēscit.

At nōnne, ecce, ipsa nunc circumiecta quasi rēctā in corpus eius īn-
fundunt īnfōrmātiōnem? Aliquid hīc plānē est factum; sed quotiēs ea hoc
sibi explānāre temptat, totiēs dīlābitur dissolviturve explānātiō. Haec rēs,
quaecumque est, fortasse "abstracta" relinquenda est nec mente cōnsciā
nimis excutienda. Lūx, adhūc paulisper exspectāns suspīriumque interdum
ē praecordiīs petēns, aliquotiēs sē circumspicit, nec tamen hīs in tenebrīs
quicquam aliud sē adhūc manēre sentit.

In regressū lentē vādit dum inter dīversās hārum ambāgum interpre-
tātiōnēs sē lībrāre conātur. In casulam reversa ad mēnsam suam scrīptōriam adsīdit iam propius convenientia sīdera et caelum sē adsiduē profundius reddēns spectāns, satis habēns seu aliquem seu aliquid sē invīsisse
scīre, nūntium sibi occultā viā allātum verbīs forsan exprimī nequīre.

Cuius autem nūntiī aliquantillum tamen versibus capere temptat. Argūmentum, quod potest ut nīl magis sit quam īnsolitus quīdam animī habitus,
trālātīciōre quōdam carminum genere efferre cōnstituit.

150

Adventūs discessūs
ex aequō tandem cōnfunduntur conteruntur
ut ossa nūda bonaque cūncta cadūca.
Ad caela iam cōnsūmpta mātūtīna oriuntur.
Sōlēs sē horrentēs sōlātur fallāx Noctilūca.

Biviō exīmus illō igne.
Vtrimque pernōvimus pyraustam.
Intus ūsque findimur, iungimur. Angustī
corporis in mōmenta susurrāmus holocausta.
Vītam nostr' et aliēnam alimus adūstī.

Mersa dīlēctīs dēlicta, ēn, revolvō.
Aprīcōs inter flōrēs pālā versō
prāta, hortōs, fora, paradīsōs.
Invīsum solvō labyrinthum
tōta nōta ēvertendō.

Agit mē exitiī meī
ūsque redivīva vīs.
Flamma gelū inter sē restincta
flōrēta serunt tepida ubīque
bis terque ubi spīrō vīrō tincta.

*

Teximus ē tēlā cōgitātiōnum
vītam mortem. Drāmata commenta
poscimus. Fānum Ēnodātiōnis
quid sī tamen tandem dēserāmus
tōtaque figmenta ut fragmenta?

Theātrī tandem lūcibus restinctīs
nocturnās in nūbēculās ēlāpsam,
cubante faunā manifestiōre,
ēvapōrēris suādet tē nox ātra
quō tam versēris hīc quam pōne mētam.

Fīs sequentī diē fenestrārum ipse fulgor.
Contractō vultū es permixtus rīsus,
herbārum leviusculus renīsus, silvārum textus dēnsus,
incurvārum salicum ipsārum languor longus,
cuiusque gressūs cōnscius et cōnstāns sēnsus.

151

Hoc poēma, vel poēmatis adumbrātiō, Lūcem excitat, immō et paulum
sollicitat ... nōn modo eam sed etiam, ut vidētur, hospitem, quī nunc nōn
alter sed quasi pars eius est. Estne ille igitur mūsa eī? Cōgitātum haud
quidem ingrātum. At nōnne mūsa poētam excitāre dēbet ad carmina
pangenda neque ipse huius carminibus excitārī? Tamen vērum est Lūcem
inter animī mōtūs propriōs et "mūsae" aliquātenus discrīmināre posse.
Immō, ecce, quid sī hōs multōs diēs "hospes" dictus nihil dēmum est nisi
pars ipsīus Lūcis iam diū tēcta, recēns sē revēlāns? Titulum utcumque "Dē
Fictī Hospitis Lentō Dēcessū" indere cōnsituit ... animum tamen nōn in
mūsam sed forsitan in propriam egoïtātem intendēns. Neque, ut vērum
dīcātur, holocausta rēs sunt continuō malae; nam veterēs victimārum holo-
caustīs superōs plācābant honorābantque. Immō plēraque huius carminis
membra, sī dīligenter subtīliterque atque ut tōtum īnspiciuntur, tantum in
melius quantum in pēius vertī possunt.

Tālia autem argūmenta quālia perversitās rebelliōque ("Agit mē exitiī
meī redivīva vīs" et "pālā versō ... paradīsōs") necnōn et rērum absolū-
tārum quaesītiō illa ("dēserāmus tōta ... figmenta ut fragmenta") vel ūndē-
vīcēsimī saeculī "rōmanticismum" resipiunt. Haud scit Lūx an paulō trālā-
tīcium illud versuum exemplar eam in mentis habitum nimis antīquum
adeōve obsolētum induxerit. Inesse tamen aliquam obscūram vēritātem
sentit. Ecquid – quod quidem sat īnsolitum sit – tanta Lūx cum hospite
quanta hic cum illā commūnicanda habeat? Poētriae cum mūsā colloquium
bivium?

Īnsequentī vesperā priōris carminis medullam invenīre ac forsan etiam
modernius ēlabōrāre dēcernit. At nōn facile sed nihilōminus quasi suā
sponte satisque pertināciter ēveniunt sequentēs versūs ob iam vergentem
aestātem nōnnihil inexspectātī. Immō, sentītur eī quasi sī organismus aliquis sē ipsum apud eam efferre cōnētur ... tamquam sī id quod prō "vēre"
habēre solet rē vērā alterīus locī sīve forte alterīus dīmēnsiōnis animāns
sit.

## Verna Quaedam Singula

aurārum sonus
quasi rēgius
ubīque igitur dubius
vīvōrum
quasi tamen vēvīvōrum
ipsī calathulī vēpulchrī
cito sordidulī
frāctī dēcerptī
alicuius fēstī abrogātī
ventīs fūsīs patefactī

ūnicum
dubiē sūcōsum
ōvum
ubīcumque pāret
ubīcumque latet
inter quaevīs rūdera runcamve
iterum effringendum
ēheu!
incerta modo sentīs

cōnfrāctī quotannīs caelī
īnspīrantur vernālēs istae cōpiae
vēplūmōsae
sternuunt multī
pugnant aliī
quatiuntur impatientēs
imperītaeque ālae

pācem nunc concordiamque
supplex rogāns
necnōn misericordiam
puerīlī manū tuā
dīvō sēnsū mōtā
mundum ipsa invītus
dīvidis

puellī dēmum fuit rēgnum
omnis rēgia puellae
rēs gestae praeclārulae
bella indutiolae
lūsūs pictī puerīlēs
sitū cito tēctī

153

quōdam diē
resurrēxit parēns horrida
sagāxque
tuī –nescīs quōmodo–
subtīliter similis
sed corusca
nūbēs īlicō fundēns
fictōrum indūcēns novum fīnem
mūtātārumque assiduē condiciōnum
aulaeōrum ubīque discissōrum
mētārum identidem mōtārum
longē māiōrem quandam
vetustam semperque alacrem
aliēnam sed simplicem
vix crēdendam
harmoniam

arāneīs cōnfūsīs
iam diū opertum
tandem tandem aperīrī sentīs
ōvum
... at nihil exit
ita enim tōta tōta īnsunt
ut nīl cernātur certī

plōrāre temptās
subinde suspiciēns
dōnec tuī exemplārium
minōrum mīlia
dēnique dispicis circumcircā
aequē plōritantia
trīstium quondam cunīculōrum
mōre

immō tot estis
tantī estis
ut tandem
aliquandō
post nescīsquot
gemmārum generātiōnēs
ad silentium modestum
potēnsque
cōgātur id praecipuē exemplar

quod diū satis piē
satis perperam
habuistī
prō tē

articulus ecce
quō innocuē sponteque
frondēscunt cūncta
tam hīc
quam ubīque
quō
ex ipsō āere
nunc clārō
nunc obscūrō
nunc nē āere quidem
sculpuntur tibi vel modicī
mītēsque quīdam vultūs
vultuumque circumcircā
multiiugī sēnsūs
tam novī quam
–nescīs quōmodo–
et tibi aliquā dūdum nōtī
ōraeque obiter et continentēs omnēs
aemula omnia et mīrē crepera
pluunt ūsque ūsque
tam sēmina quam vīrēs quam sepulchra
quam dēnuō sēmina

ūnō dēmum quōque calathō
sē ipsum audācius
efficiente et replente
gaudia luctūsque
tesqua carcerēsque
ipsa saepe strenua membra tua
altum illud tympanum vēnārum
verrit velut
interstitia stēllārum
commūnis ūsque vacuus et vetus
ventus

Sub autumnō carmen vernāle scrīptum? Tamquam sī sint contrāria simul et eadem? Vtut hoc sē habet, poēsin eius gubernāre vidētur iam novus quīdam genius. Nunc forsitan māximē tempus sit ut novīs hīs inditīs concēdēns pernovās sibi ingrediātur sēmitās. Immō haud scit Lūx an suum cum hospite sit iam omittendum dīverbium "Mūsae"que potius stimulanda dēmum monologia. Quod tamen ut fiat aliquid erit plānē operae impendendum.

Īnsequentibus diēbus fiunt in tabernā aliquantī tumultūs; nam, postquam Lūx praefectam duo candēlābra ā tabernā surripere animadvertit, aliquot diēs num sit dēlictum possestrīcī dēferendum sē rogāns discruciātur animī. Dēfert tandem. Dīmittitur praefecta, nōn tamen antequam haec Lūcem cumulat contumēliīs. Mūnus plēnae ratiōnis hōrārum sibi nunc oblātum propter officium acadēmicum grātiās agēns rēicit.

Remissiōnis causā atque iūstārum fēriārum locō Lūx ūnā cum Gregoriō commīlitōne huiusque Gueneverā coniuge diēbus Sabbatī Sōlisque proximōs Incantātōs Montēs perlūstrat intercēdentemque noctem excubat. Cuius experīmentī sēnsibus nōnnūllōrumque foliōrum iam colōrātōrum vīsū īnstincta, exāctīs post pāctum novissimum poēma adamussim hebdomadibus duābus, quādam nūbilā vesperā Septembrī, prope nihil, ut certē vidētur, resistentī refōrmantīve Lūcī afflantur haec:

## Autumnāle Aliquid

cadat hōs
per sēminūdōs rāmōs
nūbēs lenta
propinqua
ōsculābunda

colōrāta cadant
acūtās
per hās aurās
foli' et ulterius tortilia

gelida
lēviaque per saxa
dēfluat montium mātūrus
iamque longē parcior
ūmorculus

dēcidant aequē celerius
et cumulātōrum diū diērum
internae mīrātiōnēs
omnēs
nunc per
aspera terrārum

cadant cūncta saxa
nesciōquandō cāsūra

cadat post nōs
et cuiusque sēmiputridī ponticulī
crepusculum

dēlābātur aliquandō tēctum meum
tēcta tua

cadant ūsque ēsurientia in profunda
squāmārum semper sapida
frūstula

īnstent simul cēdentēs
Nihilō illī immānī
sēmifirmulī circulī
stēllārum

haesitet vōx sollemniter dīcentis
lābantur semper intimī sermōnēs
cēdant iam exhaustae illae precēs
cūnctārum cellulārum cadant vēla pudibunda

vestrātum cadant tōta prīdem coepta
nostrātum cadant trepid' īnstitūta
cūnctae cadant nāvae nōtiōnēs
cadant fora

subinde cēdant frondēs
purgātōriō
subinde cēdant plāna glaciēī
memoriola oblīviō
cum ninget cēdam ego illī frīgorī
iēiūniora tolerāre discō
cum cōpia rārēscit
cēdant cito
prope cūnctī

frīgēscentis iam
ac dērelictī lacūs
cadant circum nōs
intrā nōs
levēs illī rārī
cantūs
cadat omnis timor
īnfirmō iam
cum ipsō prīmō
cōgitātō
cadant simul anxiae et omnēs
exspectātiōnēs
trepidātiōnēs
cēdant rupēs scopulīque omnēs
cūnctōrum nātūrālium
fictōrumque liquōrum
nutrībilī ūsque
lentō
trītū

cadant ūsque per arbusta
gravēs mātūtīnī novī rōrēs
algidās hāsce et tenellās
super populōs
annīs passim
corrōborātās
rārefactās
cēdat quicquid meī restat
rigōrātum
prīmae huic
et ultimae aurōrae
sīc sine spē
sīc ultrā fidem
roseae

Hoc quidem priōribus etiam magis est īnsolitum. ...Tamquam sī sit modo dē obscūrīs morteque cantātum sed simul, modō sat quidem paradoxō, dē līberātiōne atque gaudiō. Mixtaque sunt passim bona malīs velut sī haec contrāria simul sint cōnsimilia.

Īnsequentibus diēbus inter calculī philosophiaeque studium pullulant subinde – nunc in āreā postīcā, nunc iuxtā campī acadēmicī fontem, nunc in cēnātiōne alibīque – ambiguī flōsculī imāginēsque obscūriōrēs velut per crēpīdinum rīmās surgentēs surculī nigrityrianthinī decōrī quidem sed pertrīcōsī quōrumque haud patet ūsus. Manifestō Lūx dialogum internum habet ... sīcut per tōtam ferē vītam habuit, sed nunc simul intentius et quiētius. Quicquid ineunte aestāte accidit neque umquam omnīnō fīnītum est Lūx animō adhūc quōdammodo tractat appropriatque. Et somnia vīsaque fēlīna illa necnōn Mūsaeī illī afflātūs tālēs dēmum fuērunt. Aliquā rē plānē est affecta cuius vestīgiīs anima eius exinde signāta est mānsūra. An hospes ipse scit quae eī attulerit? Cōnsultōne ēgit? Cosmos dēmum huiusque incolae tālem quālem Lūcem cūrant? Hospes fortasse nōn aliēnus sed potius pars ipsīus Lūcis fuit? Eccuius interest tāle discrīmen?

"...Quī (h.e., Mōsēs) ait, 'Ostende mihi gloriam tuam.' Respondit (Deus), '...nōn poteris vidēre faciem meam. Nōn enim vidēbit me homō et vivet. Et iterum, 'Ecce,' inquit, 'est locus apud mē. Stabis super petram cumque trānsībit glōria mea, pōnam tē in forāmine petrae et prōtegam dexterā meā dōnec trānseam tollamque manum meam, et vidēbis posteriora mea. Faciem autem meam vidēre nōn poteris."

—*Exodus* 33:18-23

# 8. de faucibus

Aliēnōrum planētārum systēmatumque sōlārium lēgātī plērīque, quōrum nōnnūllī nūllō nisi nūgātōrum nōmine dignī, turbidae contumāciae necessāriō habitū passim saepeque incallidius assūmptō, prīmō in ōrdine sedēbant. Tālium sē hīc mōnstrābat interdum ūna alterave caterva ... hī scīlicet ante hanc ipsam scaenam, hī adiectīs ē claustrīs quōrum condiciōnēs biologicē aptātae. Immō paucī hodiē, spatium commūne participāre quidem valentēs, ob fōrmam tamen physiologicam sessiōnis impotēs, ibi statūtī erant ubi et ipsīs et acroāmatīs commodius esset. Ē quibus ūnus, Gerocychthlīda quīdam inhabiliter procērus in postscaeniō "stāns" – sī hoc in eō dīcī poterat – ingentēs volventēs ālās lūteās suās identidem post tergum replicāre temptābat quasi timēns nē quis impressiōnēs phōtographicās ūbertim colōrātās novissimīsque hīs hōrīs ē circumiectīs collēctās aegrē paterētur. Cutis cummea, fervida, sēmipellūcida sub ïanthinīs cūmātilibus vīnāceīs hīs imāginibus flāvārum vēnārum tenuem schēmam rēticulātam prōdit.

Lēgātus hic – quoad sciēbant eī quī Gerocychthlīdae nōn erant, nōmine egēns sed commoditātis causā "Hpoōnēs" vocātus – etiam ante spectāculum inceptum altum in mentis excessum aesthēticum iam ceciderat; nam, sī hic ad aliārum speciērum organismōs conferēbātur, tempus modō mīrē compressō atque ita mūtātō ōrdine experīrī poterat ut hoc ūnicum ēventum sīve tōtī vītae suae sīve cuivīs vītae partī intexere valēbat. Tametsī carēbant Gerocychthlīdae sermōne līneārī quō cōnsilia sua cum aliīs populīs rēctā commūnicāre potuissent, tōta tamen corpora eōrum quōdammodo tam loquācia, immō, tam paene crucianter disserta vidēbantur ut nēmō sēnsilis eōs perperam intellēxisset.

"Hpoōnēs" rauca, ferōcia, minācia Tenebrācis opera – "carmina" saepe dicta – quae mox erat perceptūrus iamque quōdammodo percipere dīcī poterat, nunc suō Marte cum longīs saeculīs commiscēbat benevolī quidem sed tamen perniciōsī interventūs Vedicī, innumera ineffābiliaque damna paulō imminuēns, dum haec ipsa damna modo incidere videntur ... tamquam sī ē praesentī temporis mōmentō quōdam aeternō nōn sōlum praeterita vērum etiam futūra tractārī mūtārīque possent. Tenebrāx "Hpoōnae" nunc vidētur esse Gerocychthlīda sēmimortuus, ālīs turpissimē corrūgātīs, temporibus aliīs – vae eī! – omnīnō sēiūnctus.

Īcit fulgur. Tonuit pulsus. Exordium suum iam sūmpsērunt carnelevāria perdistorta. Ipsa scaena sē displōsum īrī minātur.

## Tenebrāx Dē Sē

*Vnd' oriar, quo occidam*
*edicere potest nemo.*
*Rete qui excipitur*
*Parcarum, hunc blasphemo.*

*Aegros, servos, pauperes ...*
*hos tales fecerim ego*
*– quod prodest eis. Mictile*
*karma nave rego.*

*Absente udo lepore*
*belloque materialismo*
*mundus tritis scateret*
*bovinoqu' euphemismo.*

*Quis magis infamatur me*
*secusve intellegitur?*
*At stupro, dolo, odiis*
*negoti rot' impellitur.*

*Bioformae sordes sunt*
*scintilla cum ingenii.*
*Sine damnis, vi, turbellis*
*libramen desit animi.*

*Scelestus, fraus, sicarius*
*haud indigent officii.*
*Hos furum decus doceo*
*ac responsare iudici.*

*Putredo, faex, convicia*
*cruorqu' ubique madeant.*
*His egent artes comptae*
*ut limata recte mordeant.*

*Spes fotas vestras offero,*
*venusta et annositatem.*
*Phantasias aeternas do,*
*exsanguem pii veritatem.*

## de faucibus

*Pulmones dum inspiritant*
*gemmaeque subter latitant,*
*haud rixas, bell', invidiam*
*fastosi di impediant.*

*Respergo sputo numina,*
*pulchros legesque perforo*
*acuta sica livide.*
*Sum umbra, lucem devoro.*

*Vnd' oriar, quo occidam*
*edicere potest nemo.*
*Rete qui excipitur*
*Parcarum, hunc blasphemo.*

Haec saltem similiave audīre vidēbantur sibi multī. Immō rērum perītī opīnābantur, cum Tenebrāx ipsā Mātrīce Harmonicā Impersōnālī exortus esset, generāliōrēs vibrātūs ab eō prōditōs tam dīversīs modīs subiectīvē percipī quam exstāre mentium apparātuumque sēnsōriōrum genera.

Fedestae planētae ēminēbant ē marī terrae firmae quattuor partēs praecipuae, quārum minima erat Rumsafāhū, ab oriente sita, cuius in lātam mediam vallem circum Thardeggam amnem vīvēbant Vgarālēs Phaedriī. Hī modo quattuordecim sēnsūs, ex ūndēvīgintī quibus praeditī erant, in Tenebrācem gregemque eius intendēbant. Vgarālum plērīque sescenta nāvigia cosmica in domicilia prīdem commūtāta habitābant gemmārum modō – utrum ūsūs an ōrnāmentī causā incertum – tenuibus superficiēbus angulāribus subtīlissimē obducta. Haec scīlicet nōn Vgarālēs ipsī fabricāverant sed potius alia quaedam gēns illam regiōnem ante saeculōrum pār potīta sed brevī post dubiā causā exstincta. Vgarālibus vidēbātur Tenebrāx conchā rōbīginōsā īnstructus antennīsque siccīs tortīsque dēgere.

Ingentēs arborēs generis *mocolocolo*, illārum plagārum indigenae, Vgarālum vīcīnīs ālātīs, quibus gentīle nōmen erat Trapī, commodōs suppeditābant nīdōs. Hī continuās hōrās flūmina āeria illa perlābī solēbant quae ā Marī Aureō occidentālī trāns lāta plāna hūc undābant. Dum "cantat" Tenebrāx (vel quicquid id erat quod faciēbat), cūnctī septem ferē mīlliōnēs Trapōrum, summē sociālium biofōrmārum, arboribus suīs īnsīdentēs singula dicta quasi cibōrum frūsta ita inter sē trādēbant ut ūnus quisque magnus pīpiātuum strīdōrumque fluctus tōtās cīvitātēs eōrum paucīs temporis mōmentīs permānāret. Trapī, ut populus longē magis āeris quam lūcis vibrātūs attendentēs, Tenebrācem audientēs mentis auribus prōpōnēbant

163

vōcem sōlitāriam ex īnfīnītō aequore arboribus prīvātō furibundē clā-
mantem.

Īnsecūta est *Laus Chaī*, seniōribus praesertim grāta: "Flōrēs caementō
obrutī" et ita porrō. Tālēs nēniās cacophōniamque adiūnctam haud amābat
Advena, etiamsī, sīcut multī ē coetibus intellegentium inter quōs is iam
vidēbātur numerārī, acroāmatum Tenebrācis fascinātiōnem vulgārem quidem sed certē validam negāre nequībat. At, ut ipse Advena tālia neglegere
solēbat, ita tamen ob illum librum nūper acceptum nōn poterat quīn
spectāculum Tenebrācānum hodiernum virgā adīret. Mittentis īnscrīp-
tiōnis locō nīl nisi "ā Tenebrāce Fedestopolitānō" legēbātur. Ipse liber candidus erat, titulus aureus caelātus sōlummodo *Ego*. Prīmā vice apertō librō,
pāginae candidae aut omnīnō vacuae fuerant aut forsan – quod, mīrum
dictū, quasi idem vidēbātur – tam crēbrō cōnscrīptae ut legī nequīrent;
secundā autem vice dispicī posse coeperant integrae fābellae.

Longē suprā nivōsam montium seriem Hortsh sīve Hortusha vocātam,
gelidīs in vādīs eīs quae innumerās Maris Celigitinī īnsulās adluēbant, sēdēs
suās habēbant Brūca, omnium animantium cognitōrum segnissimē vīventia, quōdam ā planētā cēterīs ignōtō oriunda, quae explōrātōrēs illa loca
indāgantēs nē prō sentientibus quidem, nēdum intellēctū praeditīs, prīmō
habuerant. Modo aliquot post decennia compertae erant ex eīs ēmānantēs
īnfimae frequentiae undae radioēlectricae nūntiōs congruentēs trānsmit-
tentēs, quārum nōnnūllae erant adeō mīlle passūs longae. Brūca quidem
saecula tamquam minūtās experiēbantur. Quamquam satis multī ex eōrum
nūntiīs intellēctī erant ut ea nōn ē Fedestā esse oriunda cōnstāret, quōmodo hūc vēnissent, nēdum quī factum esset ut tam inertibus in entibus
intellegentia scientiaque exorta esset, adhūc incompertum manēbat.

Attamen Brūcīs, quae tutēlam ferream Vedicam numquam experta
erant, Tenebrācis mūnera manifestō aliquam dēlectātiōnem imprōvīsam
parābant. Quae quālis esset nē ipsa quidem facile explānāre valuissent.
Erant autem quī ea prurītum īnsequentemque refricātiōnem sentīre coni-
ectārent, rem solidīs in corporibus ceratoīdibus, ut putābant, inaudītam.

Cum Brūcīs singula radioēlectricē melius commūnicāre potuit nūllus
populus quam vīcīnī Dambarāpī, proximē sitī erēmī frīgidī Rklestī incolae,
quī hōc annī tempore trāns lāta plāna salāria undantiumque cumulōrum
silicāceōrum tractūs tacitē perlābentēs in quōrundam angustōrum alveō-
rum cȳanivenetōrum refugium hībernum iam conveniēbant. Hī ob subcae-
sia membra stīpitifōrmia nihil magis vidēbantur esse quam lignōrum marī
ēiectōrum intortī atque plērumque immōtī acervī. Lentīginēs undās ēlec-
tromagnēticās sentientēs per corpora eōrum passim sparsae, ā plērīsque
Fedestēnsibus prō Dambarāpōrum praecipuō officiō māximāque laude

habitae, hōs nōn sōlum cum Brūcīs sed etiam cum cēterīs planētae gentibus necnōn et cum aliquot planētīs fīnītimīs cōnstanter artēque coniungēbant. Dambarāpīs vidēbātur Tenebrāx inexstinctīs perpetuō accendī flammīs.

Interdum, id quod nunc māximē fiēbat, terribile illud Vibrāns Fedesto-politānum fābulās nārrāre vidēbātur. Candidō igitur apertō librō, Advena ūnā cum "nārrante" legēbat.

## Dē Victōre Cantat Tenebrāx

*Victor, exedrium Sodālitātis Pilamalleātōriae Āthlēticaeque intrāns, Vilelmum et Elizabētham Erzberger cōnspexit, quōrum figūrae ante fenestram parietālem modo vīsae, ūnā cum flōribus aliquot mēnsalibus, adumbratiōnem monogrammam symplegmaticam fōrmābant prospectuī vallis partis septentriōnālis superimpositam. Quod symplegma passim tangēbant subtīlissimī ac quasi artificiōsē dispositī radiī, maximā ex parte oblīquī, quōs Victor esse coniciēbat aut lūcem aliquā abstrūsā ratiōne repercussam aut forsan vestīgia incertō modō percepta illārum micro-undārum quae ex Elizabēthā tēlephōnium gestābile dexterae suae aurī applicante modo ēmānābant.*

*Quae, ubi Victōrem ad sē appropinquantem animadvertit, hunc eō mōre arrīdēbat quō hoc ferē dīcitur: "Nunc temporis, utpote taediolō affectī, tēcum cōmiter sermōnēs serēmus, dummodo nē quid fēstīviōris obveniat."*

*"Salvē, Victor!"*

*Vōx eius vīvāx simulque cohibita erat. Elizabētha, quae minōris sta-tūrae erat, sine dubiō quondam satis Tintinnābelliformis fuerat ... annīs autem Tintinnābella senior scorteaque reddita. Coma eius calamistrāta splendificātaque tālis erat ut capillus quisque fibra optica esse vidērētur.*

*"Salvē!"*

*"Quīn veniās nōbīscum paulisper effūtītum?"*

*Quam impolītam locūtiōnem nūper locuplētātōrum incultum resipere dūcēns ideōque sē commodē, immō, clam prō superiōre habēns Victor cōnsēdit.*

*Vilelmus Erzberger Victōrem rīsū quōdammodo simul līberālī et cēn-sōriō excēpit tamquam sī dīceret: "Ecquid cōnsodālis noster Mexicāni-Americānus sē hīs diēbus probum ūtilemque cīvem praestat?"*

*Seu, ut nunc, remissiōre animō seu sēriō Vilelmus semper vidēbātur dē aliquō Olympō būrgēnsī modo dēscendisse ubi omnēs dī camisiolās alsūlegiālēs notae Benetton gestābant. Victor utrum Elizabētham an Vilelmum magis ōdisset dēcernere nōn valēbat. Quod autem nūllīus erat mōmentī. Victor nunc satis sibi vidēbātur vigēre ut sē eīs impūne offerre posset; nam inter prosperrimōs huius regiōnis pōmāriōs iam numerābātur neque hārum aedium oppugnātiōne, ut ita dīcerētur, dēsistere volēbat* antequam ut cēterīs prōrsus pār habērētur. Aut haec societās hominum eum prō ūnō ex fulcrīs suīs habitūra erat aut ipse tōtam hanc maledictam sodālitātem erat aliquandō emptūrus!

Vilelmus aliquandō colloquium, immō paene sōliloquium, dē mox ventūrīs praescrīptīs dē oppidī zōnīs distribuendīs occēpit dum Elizabētha, cuius taedium prōdūcī patēbat, restantēs cellulās cerebrālēs suās duōbus dēdēbat: hinc reliquae praegrandī persicōrum margarītae, illinc tēlephōniolō quō nūntiolōs nunc raptim lēctitābat scrīptitābatque. Victor, id quod postulābant lēgēs necessitūdinum amīcitiae inter marēs īnstituendārum, ita sententiolās suās interdum ferēbat ut Vilelmō nōn praelūcēret. Quamvīs hic esset caudex, caudex tamen erat auctōritāte satis pollēns ideōque socius forsan aliquandō ūtilis futūrus; nam — id quod nōndum cuiquam, nē uxōrī quidem, retēxerat — Victor magistrātum petere cōgitābat.

Cum Elizabētha, conditō tandem tēlephōnō, colloquiī argūmentum ad susceptōrum pillamalleāriōrum suōrum ambāgēs convertere potuisset (in quā rē tractandā, mīrum dictū, molestiā etiam marītō suō antestābat), Victor cruciantī dissimulātiōnī satis honestum temporis spatium adhūc tribuit antequam, cōnstitūtum āthlēticum praetexēns, dominīs Erzberger valedīxit.

Gymnasium lautum rārīque aditūs nactus, ubi plānē nīl erat cōnstitūtum, mūtātā veste, māchinārum exercitātōriārum agmen aggressus est. Hīc sē nunc saltem commodē habēbat, scīlicet aliter atque illīs prīmīs diēbus. Marēs enim Hispānicī nihilō magis nītēbantur quam virīlitāte, sed virīlitāte superbīre arduum fuerat pinguiculō corporisque cultūrae māximā ex parte ignārō. Attamen nōnnūllī praesertim ē iuvenibus ex initiō cōmissimī fuerant, quōs Victor invicem iam sat familiāriter trāctābat, nec sōlummodo quia aliquandō ampliōrēs futūrī erant eōrum aliquot. Seniōrēs autem plērīque eā coāctā cōmitāte ergā eum ūtēbantur quā Sōlis diē ecclēsiā modo ēmergentēs.

Interdum Victor sē rogābat cūrnam ē Californiā ēmigrāvisset, eās ferē causās semper inveniēns: imprīmīs quod illīc nōmine dignitāte opibus caruerat. Immō, cum in magnīs urbibus prīvātō cuique cōnspicī difficillimum esset, ā migrantium māximō fluctū ignōbilius in oppidum dēverterat. Rēctē enim dīcēbātur rānam quamque in modicō stagnō illūstrius quam in prōlixō coaxāre. Nunc quidem Victor vir vērē prosperior erat — quod nihilōminus, fātō dolendō, omnīnō sufficere nōn vidēbātur. Quam tēctī ad aliēnōs possent esse plūtocratum oppidānōrum globī ante paucōs annōs hūc adveniēns haud quidem suspicātus erat. Inter sē et eōs, quicquid ipse efficiēbat, interesse saeptum invīsum sed impervium iam sciēbat. Forsan aliquandō fīlius nepōsve eius erat penetrātūrus. Forsan. Victor autem Mendōsa senior numquam.

Dē prōgeniē cōgitāns nōnnihil stomachābātur dum māchinīs quibusdam exercitātōriīs obsequium praestat ā circumdantibus colloquiolīs

# de faucibus

simul quam cōmissimē poterat recēdēns. Subitō enim — quamvīs is hunc sēnsum cito trānsitūrum scīret — ambitiō inepta vidēbātur. Possēderit Victor quidem plēraque opulentiae ōrnāmenta plūrifāriamque sibi parāverit aditum rīteque exsertīs etiam tandem aliquandō abdominālibus mūsculīs novus semper erat mānsūrus homō.

Hōrā post, tamquam cētorhīnus māximus grātissimō sibi fluentō planctōne abundantī illābēns, luxuriōsa raeda Americāna aditum domesticum sēmicirculātum tumēns intrāvit.

"Merdam!" inquit sibi Victor raedulam rubram, veterem, passim contūsam iūxtāque gladiolētum statūtam cōnspiciēns, quō Martham Titumque uxōrem modo invīsere sciēbat. Titus, ut puer animī sēmiimbēcillus vel autisticus aliterve captus, plūs patientiae requīrēbat quam Victōrī modo suppetēbat. Cum tālibus Lūx conversārī mālēbat — neque hoc plērumque vexābat, at cum esset Victor hodiē complūribus dē causīs tam ātrī animī...!

Alterā ex parte Martha, hem, temperantiae genus omnīnō aliud poscēbat. Quō magis enim appropinquābat lēgitima aetās eius, eō magis intendī vidēbātur vestium eius angustia habitūsque illecebrōsum. Nec dubium erat quīn illa quōmodo avunculum afficeret gnāra esset. Chrīstophorus pater, vir aliōquīn prūdēns fīliae autem longē nimis indulgēns, Marthae natibus tandem aliquandō alapās aliquot dūcere oportēbat! ...Immō...

Cum in sodālitātis aedibus ā tēmētīs temperāvisset, nunc tamen cellam pōtōriam propriam rēctā petīvit duplex sibi viscium parātum cubulīs glaciālibus superfūsum.

"Salvē, avuncule!" Vōx Marthae aurīs māchinā temperātīs ex eō andrōne ferebātur quī ad cubicula aliaque dūcēbat. Fēmella albās bracculās brevēs subumbilīcālēs supraümbilīcālemque subūculam capistrālem gestāns aspectum praebēbat, vel Victōris iūdiciō, aurantiī sapōris leichidiī glaciālis aliquantō pornographicī.

"Salvē, Martha. Mātertera tua ubi est?"

"Titum pingentem adiuvat."

Victor subrīsum aegrē expressit, dum Martha manendī avunculīque cruciandī praetextum quaerere vidētur. Hic intus stomachābātur nōn tantum propter scortillum hoc quantum propter uxōrem quae tunc māximē opus oblectātōrium suscipiēbat quamvīs scīret māximī mōmentī salūtātiōnem illam apud praefectum urbis post ūnam ferē hōram inceptum īrī. Adfutūrus erat et Eduardus Compton, tōtīus huius regiōnis lēgātus populāris. Nōnne illa iam ōrnārī dēbēbat? Ecquid oblīta erat ... anne marītum subvexāre volēbat sīcut hīs diēbus saepius? Nōnne satis erat quod ea magna convīvia domī habēre iam nōlēbat? An nunc etiam aliēnās salūtātiōnēs erat vītātūra?

*Victor, magnum visciī haustum sūmēns relictāque Marthā, quae cumulum commentāriōrum dē cultūs altī vestibus scrīptōrum iam intentius rīmābātur, per andrōnem perrēxit ūsque in locum "oecum familiārem" quondam nōminātum interim autem ex ūsū nīl magis quam Lūcis fabricam vocandum. Ipsa ad mēnsam sēdēns tēlephōnīque ēchēae ope cum aliquā amīcā dē studiīs suīs garriēbat Titō simul subveniēns quī modo in scyphō vitreō aquā turbidā sēmiplēnō pēnicillum maculōsum timidē lavābat. Lūcem, quasi autonomicē renīdentem, nihil in coniugis vultū modo praelātae offēnsiōnis animadvertere patēbat.*

*Vt Victor haudquāquam recūsābat quōminus Lūx circā familiārēs ad arbitirium morārētur, ita tamen interdum subīrātus est quod ea propriōs līberōs habēre numquam ita gestierat. Aliquamdiū sānē dē aliquō dēfectū corporālī agī coniectum erat; sed, cōnsultātā dēnique medicā nec repertō vitiō quōquam (nec vidēlicet ipse mendum in sē latēre umquam timuerat!), uxor dēmum gynaecologōrum cōnsiliīs diligenter ūtī nōn vīsa erat. Dein sēnsim sine sēnsū Titum quasi adoptāverat tamquam iners orbitātī concēdēns. Quondam eam adeō fatentem audīverat sēsē līberīs carēre nōn valdē dolēre quia "haec haud esset vīta in quam forent puerī īnferendī" ... vel verba similia. Quod dictum cum Victor — fortasse aequō paulō vehementius — suscēnsuisset, illa tantum pauca tenuia dē bellīs nūper gestīs circumiectīsque inquinātīs praetenderat. Ipsum autem quod ea vērē dīcere voluerat haud latēbat: vītae sectam eōrum aliquā indignam esse. Quod quidem numquam apertē effārī ausa erat, quamvīs ē sententiīs eius subinde colligī posse vīsum esset. Ēn mulierēs! Miserandae ita labōrābant ut labōrāre oportēret simul cēterōs. In culpā fuerint vel hormontia.*

*Eō tempore cum mātrimōniō iūnctī erant rēs prōrsus aliter sē habuerant. Lepida illa fuerat dulcisque, decōrē facilis, quantō ingeniō tantā etiam modestiā praedita, pervenusta nec tamen cōram aliīs virīs quam satis tūtum esset illecebrōsior. Immō Venerem haud iam magnopere quaerere vidēbātur. Rem iam longē rārius habēbant; quam inōpiam Victor multiplicātīs negōtiīs prīvātīs pūblicīsque officiīs necnōn commentāriīs salācibus immasturbandō compēnsāre cōnsuēverat.*

*Lūx plānē causārum ōrdinem invertēns adsevērāvisset propter Victōris occupātiōnēs gradātim exauctās Venerem dēficere. Gerrae! Nē ista potius incertā causā sīve incertīs causīs gradātim tetrica contumāxque facta erat — quod ipsa īnsuper fatērī nōlēbat. Ecce autem Victor tetricitātem eius improbāns eam simul amāre poterat, quōmodo haec dissona inter sē accommodārī possent īnscius. Terrestrium fābulārum fortasse omnium celeberrima trītissimaque haec.*

*Plūs visciī obsorbuit.*

*Cum Martha, adhūc subnāvē cēvēns, ūnā cum Titō discessisset et Victor sē visciō affatim commūnīvisset uxorque speciem satis ēlegantem fallāciterque alacrem sibi adhibuisset, tandem, sērō ut solēbant, profectī* sunt. Immō enimvērō quod Lūx dēmum marītum cōmitārī volēbat satis mīrābile vidēbātur. Nempe quidem tālibus occāsiōnibus haud saepe dēfuerat marītō. Vtcumque hoc sē habēbat, hīs diēbus haerēbat domesticīs aurīs paedōris alicuius incerta suspiciō.

Domus praefectī oppidī Victōrī salīvam mōvēbat. Theodorīcāna erat nec generis apertē adulterīnī; quīn simulātiōnis ars tam perfecta ēlegānsque erat ut meritō vocārī posset faux. Innumerīs īnsuper commodīs praediolum Mendōsānum superābat, velut natābulō largō cuius dīmidia pars intus, dīmidia forīs sed tēcta — in quō, hōc temporis mōmentō, puer octō ferē annōrum puellaque aliquantō māior crocodīlō īnflātō speciē Lacostiānō īnsīdentēs circumstantium animadversiōne magnopere sed dissimulanter dēlectābantur. Hōs Victor, etiamsī longinquā in actā aliquā vīdisset, ob quadrāta capita, quadrātōs nāsōs, aurēs aliquātenus quadrādātās nec minus quadrāta tōta corpora ut Castōris May prōlem agnōvisset. Etiam patris mōre cōnfīdenter astringēbant labra; quī gestus fatuīs vultibus impositus eō minus erat decōrus. Puella corpulentior eandem viam librīs diaetēticīs mūnītam secūtūra erat in obēsitātem quam ōlim māter.

Quā cōnsīderātā dēfōrmitāte, propriae orbitātis nōn iam tantum paenitēbat; neque enim rōbustiōribus speciōsiōribus ēlegantiōribus certa erat integra prōgeniēs. Pariēbat olor subinde vulturem.

Dērepente Ianettam Bloom iuxtā sē stāre animadvertit.

"Domina Bloom!" Dextram eius ambābus suīs comprehendit. "Vt valēs? Tē nōn iam videō inde ab..."

Eam aliquid supplētūram exspectāns blandō praetentō subrīsū cōgitāre properat.

Illa tamen nihil addēns incerta subrīdet quasi hunc hominem memoriā altē repetēns.

"...haud sciō an cum inaugurārētur illa pinacothēca..." inquit Victor tantum sibi quantum Ianettae.

Quō dictō, faciēs simul venerābilis et vacua aliquantum renīdēbat.

"Ita est," inquit illa, "ita... apud Īconopōlium Gueneverae ... scīlicet ubi, nī fallor, nōn ipsa taberna inaugurābātur, sed celebrābātur operum expositiō prīnceps cuiusdam pictōris, quī tamen ipse dēfuit. Erant quī eum turbās timēre adventōrumve interrogātiōnēs fatuās fugere dīcerent; aliī secundum artificum mūtābilitātem nesciōquem adflātum novum esse secūtum. Vt vērum dīcam, tālia eccentrica magnī habeō."

"Ita est ut dīcis tū. ...Victor Mendōsa, domina," inquit dextram iterum dāns, "pōmētōrum, ut fortasse meminerīs, circā Salmōnum Rīvulum atque in Pedicārum Plānō possessor."

"Scīlicet! Nōnne ē Californiā oriundus?"

Quam locūtiōnem ut horrēre solēbat Victor, ita tamen, mīrissimum dictū, in ōre Ianettae Bloom nūllum calumniae halitum olēbat. Ecquid et *haec, sīcut permultī, Babylōne quondam exsiluerat?*

*"Et uxor tua ... nōnne etiam artifex est? Aliquot pictūrās eius mihi īnspexisse videor."*

*"Est. Pingit quidem. Scrīptitat quoque." Victor, cum in animum venit Lūcem in potentium circulō ēmolumentō sibi esse posse, sincērē commovētur. An fierī poterat ut scholulae istae in quās uxor sē contulerat plūs quam merum taediī levāmentum effēcissent? Ipse, quamvīs līberāliter īnstitūtus, in artibus pulchrīs sē nōn inveniēbat.*

*Dum sermōcinantur, Ianetta, septimum suum decennium agēns nec iam tantum pinguis sed etiam tam pirifōrmis ut ambulāns timōris aliquantum movēret, sēnsim anatisque in modum ingrediēns ad gustātiōnum mēnsam versus sē mōverat, comitante accommodātē Victōre. Vltimīs ēmēnsīs paucīs passibus laudātīsque tantum aedibus Mayānīs quantum compōtātiōnis huius scītā dispositiōne, mātūrius quam Victōrī dēstinātum erat dēlībātum est reī pūblicae argūmentum. Factiōnis Rēpūblicanae aliquot conventūs cum parvōs tum māiōrēs ā sē iam ōrdinātōs nārrābat necdum post praesentis lēgātī discessum undique exspectātum exstitisse satis idōneum candidātum.*

*"Haud sciō an tū aptissimus sīs omnium."*

*Quō ēnūntiātō, pānis offa cāseō olīvārumque segmentulīs obducta, quam Victor ōrī commodum īnsertūrus erat, haud multum āfuit quīn manū dēcideret.*

*"Sēriō tibi loquor. Ratiōne et cōgitātiōne necnōn et facundiā praeditus es hancque regiōnem bene nōstī."*

*Conticuit illa dum plūrēs cammarōs fartōs in catillum suum inicit. Vt esset vidēlicet inveterāta helluō atque aliōquīn īnsolitē mōrāta, eam tamen, vel ad huius plagae condiciōnēs, immāniter dīvitem esse nēmō nesciēbat. Dēmptā pecūniā forsitan vagābunda sēmidēlīra fuisset; aerāta tamen formīdābilī potestāte turgēbat. Ac Fāta, quod aegrē crēdī poterat, eam Victōrī in manūs nunc trādēbant.*

*Proximā ē sellāriā ēmānantibus "aureōrum" dictōrum carminum vibrivolventium antīquōrum sonīs ā grege quīnāriō mītius praebitīs, disceptātiō dē rē politicā bonā spē continuāta est dum Victor cōnsilia sua iam Technicolōrī enargīā sibi imāginātur, prīmās partēs agentibus nunc Xaviēre Bardem, nunc Iacobulō Smits.*

*"Heia, pōtiōnibus egēmus," inquit aliquandō Ianetta Bloom speciē pavēscēns dum anatīnōs passūs inter sē et longinquum abacum pōtōrium oculīs mētīrī vidētur.*

*"Quid vīs afferam?"*

*"Campāniēnse, sī praebētur." Ianetta tam lātē subrīdet ut labrōrum fūcus passim diffindātur.*

*"Sine dubiō praebētur."*

*Victor praeter corōnās convīvārum ēbrietāte abruptās locūtiōnēs exclāmantium prius ignōtā alacritāte ad pōtiōnāriōs perpellitur. Duōbus*

# de faucibus

*acceptīs pōculīs dēlicātīs striātīsque spūmōsō latice laetē scintillantibus, Victor uxōrem suam sellāriā exeuntem cōnspicit. Haec gravissimō vultū ōstium antīcum stupidō marītō manū indicat. Ille inter īrācundiam et cūriōsitātem vacillāns cursum suum ita per ātrium dīrigit ut apud vestī-bulum hominibus vacuum, filicibus, hevēā Brasiliēnsī aliīsque plantīs glōriōsē aliēnīs ōrnātum eī coniungātur.*

*"Mē paenitet, Victor," inquit Lūx nūllā praefātiōne factā ambābus manibus simul stringēns pulchellum marsūpium prasinum prasinae vestī vespertīnae perēlegantī congruēns. "Nōn iam manēre valeō. Haec vīta mea nōn est. Neque tuam vērē esse opīnor. Vel certē tuam nōn esse spērō. ...Nesciō."*

*Ēvidenter haeret, aspectū magis trīstī quam acerbō.*

*"Raedam meritōriam arcessīvī," pergit loquī, "quam abrogāre possim sī forte mē cōmitārī velīs."*

*Marsūpiī argenteum pessulum solvēns glabrum gestābile pūniceum paulō extrahit tamquam potēns medicāmentum.*

*Victor cūr haec faciat coniūnx etsī forsan aliās vel coniectāre possit, nunc tamen, cum intimae spēs modo complērī posse videntur, epiphaniās novās animō effodīre haud ita valdē cupit.*

*"Quodsī hīc manēbis, mī Victor...," apertē iam madet oculīs, "...cum domum redieris, mē adhūc adfore prōmittere nequeō."*

*Oculī eius aliquot cruciābilia temporis mōmenta inter Victōris vultum cōnfūsum et marsūpium suum viride iam iterum opertum haesitant. Vertit sē tandem haud paucā, ut vidētur, aegritūdine sēcum nītēns vastu-lamque iānuam ambitiōsius caelātam aperiēns claudēnsque discēdit. Victor, duo pocula lūcidō Campāniēnsī vīnō bonāque spē fulgentia mani-bus adhūc fīdē tenēns, inter genuīnum stupōrem et impotentem īram immōtus hiānsque manet.*

Advena simul āerem aegrē captābat dum ambae pōtiōnēs ad pavīmentum versus dēcidentēs ēvānuērunt. *Quam iniūstum!* Librum vehementer clausit. *At sīc nōn est factum!*

Haec scīlicet exclāmābat vōx eius interior ā duōbus simul animantibus, quondam sēparātīs, nunc artissimē coniūnctīs expressa. Immō is quī "Advena" vocābātur memoriā tenēbat nōn sōlum vītam praecursōriam apud Veda āctam sed etiam aetātem funditus aliam quā per nūbēs ipse ... vel, quō dīligentius dīcātur, ipsa ut sēminūbēs fluitāverat lūce atque humō-ribus compositiōnibusque chēmicīs multiplicibus vēscēns, aliīs sēminūbi-bus nunc sē addēns nunc ēnixē resistēns, longōrum colloquiōrum magis chēmicōrum quam sonābilium saepe particeps, undīs tantum ēlectromag-nēticīs quantum tēlepathicīs cum animantibus quōsdam aliēnōs planētās habitantibus cōgitāta commūnicāns. Quā in vītā nūbivagā pars Advenae

171

Aqaåaàâäqaāna nāve cosmicā peraliēnā quondam sē trānsvehī passa erat
eā imprīmīs causā ut artem temperāmentōrum chēmicōrum alibilium syn-
thetizandōrum quōsdam populōs sibi similiōrēs docēret. Acceptīs ōlim dē
quōdam vastissimō "imperiō galacticō" incrēdibilibus quibusdam rumōri-
bus, quamvīs pervaria adeōque dissona significantibus, atque inmēnsō itinere subinde susceptō, ad ineffābiliter magnam complicātāmque statiōnem cosmicam pervēnerat ... tantum autem modicō ante immānem ruīnam
illam tōtī galaxiae ac fortasse propinquīs galaxiīs aliquot iam nōtam. In
multārum gentium clādem fugientium sēmōtō quōdam receptāculō aliquem sibi nōtum – mīrissimum dictū – cāsū offenderat: eum scīlicet cui
posteā, cum ambō in mūnus investīgātōrium conductī erant, exquīsītōrum
audāciumque experīmentōrum grātiā subtīlissimum in modum ipsa
coniūncta erat. Hunc vidēlicet susceptōrum socium, Hēlmānā origine,
māiōra, trepidiōra, trīstiōra passum esse patēbat quam sēminūbem
umquam; nam quae animum cum eō penitus commūnicābat nihil intimum
nōn sentiēbat. Immō ea pars Advenae quae sē quondam nōmine Äääa"â-
áaqqae vocāverat Lntācham āmissam tantum maerēbat quantum pars
Hēlmāna memoriā tenēbat vel crēberrimōs congressūs genitālēs āeriōs
Aqaåaàâäqaānōs, lūminum colōrēs per nūbium crassa strāta perstillātōs,
inīquitātem ōrdinum caelestium rixāsque cīvīlēs, planētae superficiēī
perniciōsam occātiōnem quibusdam ab animantibus prīmitīvīs nūper
illicitē factam multaque alia quae nēmō Hēlmānus umquam expertus erat.

Aspectus Advenae, sīcut eum vidēbat nunc vel sescentīs pedibus per
spatium lūdicrum commūne ōtiōsē praeterlābēns Vligita, manēbat quidem
plērumque Hēlmānus, superveniente autem quōdam aliēnō nitōre hīc
aequō hīc quōdammodo glīscentī hīc quasi bullientī, cobaltinō nunc colōre
nunc caesiō succaesiōve rārō et amethystinō.

Vt in ūnō quōque ē profugōrum planētīs percipiēbātur Tenebrāx aliā
sēnsuum corporālium suprācorporāliumve aciē, ita ēmissiō haec, quāliscumque dēnique erat, etiam ad sīdera longinquiōra extrāneaque prōdūcēbātur, velut ad Obum.

Trēs sōlēs ē gāsium interstēllārium calidō iūre sē per vicēs conglo-
merāverant, thermonucleārem dein in vītam exarserant ac postrēmō, longissima post aeva, dēferverant atque in stēllās nānās – immō ūnus in forāmen ātrum – corruerant. Ē quibus tamen necessitātibus physicīs ēlāpsum
erat Obum facinora nōn sōlum magna et memorābilia sed certē etiam
absurda vocanda patrāns systēmaque sōlāre iam bis mūtāns. Obum vidēlicet, ad sē contrā frīgora interstēllāria et asteroīdēs tāliaque alia multa
dīlgentissimē contegendum longaque per saecula ad aliōs sōlēs convehen-
dum, complūrēs ē populīs circumdantibus vicissim velut brevibus coruscā-

# de faucibus

tiōnibus perpetuō nāscentibus morientibusque technologiae autem gradum interdum sat amplum adeptīs adhibuerat.

Obum nunc, immō iam inde ab exeunte prīmā aetāte sōlārī eius, ēns phōtosyntheticum planētārium omnīnō integrum ūnicōque animō praeditum erat – sī forte tālis animus quālis Obicus solitōrum animantium modulō dēscrībī comprehendīve poterat. Obī superficiēs oceanica, glūtinōsa, hīc tranquilla hīc passim trepidāns hīc admodum undāns, in tertiī sōlis, iam senēscentis, radiīs rubricōsīs aprīcābātur, atque hoc temporis, dīlāpsā Vedōrum potestāte necnōn hōrum artium magnā parte, dēficiēbant forte vīcīnae nātiōnēs provectiōrēs quibus, ut vērum dicātur, fātum Obicum esset cūrae salūsve ēmolumentō.

Ē profundīs ōceanī planētāriī Obicī amīnoacidīs colloīdicīs neurorēticulātīs replētī surrēxerant, surgēbant, in futūrum saltem proximum surrēctūrae erant sublīmēs turrēs dendriticae phōtoexceptōriae suprā atmosphaerae Obicae nebulās ēlectricās velut fibrātae versicolōrēsque arborēs magnitūdine montibus aemulantēs nunc leviter nunc, tardās ob procellās, vehementius vacillantēs fluctuantēsque lāmellārum polychrōmaticārum quadrīliōnēs ad prōrsus innumera phōtōnia vīvifica captanda extendentēs. Quae phōtoexceptōria ātrīs noctibus semper illūnibus īnfuscāta implicābantur, quō turrēs aspectum sūmēbant tenebrōsōrum caeliscalpiōrum vacuōrum undantium. Hoc scīlicet similiaque opīnātī erant paucī illī extrāobēnsēs quibus mōbilem superficiem Obicam invīsere licuerat.

Tametsī observātōrēs aliēnī plērīque Obum prō ūnicō, prope immortālī animante planētāriō habēbant, id quod Obī nōmine vocābātur reāpse seriēs erat inter sē excipientium entium quōrum cuiusque longaevitās solitōrum animantium aetātēs ita superābat ut Obum nōn immeritō sempiternum dīcī posset. Plērumque exstābant tantum singula Oba, semper autem post annōrum Fedestēnsium ferē octōnās mīlliōnēs perāctās Obum novam trūdēbat prōlem; quae dein, necessāriō marcente morienteque parente, alacriter cupidē properē pullulābat.

Quamquam solita animantia idcircō brevissimā vītā fruī vidēbantur quō facilius citiusque speciēs per gradūs mūtārī ēvolvīque possent, Oba sīc cōnstitūta erant ut ūnum quodque, etsī ūnicum integrumque manēns, inter ortum et exitum tamen complūrēs variōsque ēvolūtiōnis gradūs trānsīre valēret; nam, praeter animī ūnitātem, operābātur nātūrālis sēlēctiō modō ita modulārī ut elementa Obica, velut vīscera membraque atque etiam organismī secundāriī et subsidiāriī inter sē certārent succēderentque, hoc est, ut pēiōra āmovērentur meliōraque propāgārentur ... ita tamen ut Obum, post bīlliōnēs annōrum in planētā spatiōque propriō iam prope omnipotēns omnisciumque factum, nē tālēs aemulātiōnēs in "bella cīvīlia" ruerent satis facile prohibēre valēret. Quāpropter planēta Obicus vidēbātur esse quasi officīna experīmentīs biologicīs agendīs cui investīgātrīx praefecta erat ipsīus Obī summa cōnscientia planētāria. Hōc modō Obum etiam nova membra novāsque facultātēs et nova mūnera studiaque atque oblectāmenta sibi explicāre valēbat, in novum ūsum assiduē redditīs prīmīs elementīs ē membrīs excussīs quāque vice restantibus.

Nec minus, etiamsī plērumque paulō māiōre difficultāte, per gradūs ēvolvere poterat Obum nova "mīma" sīve mōrēs ratiōnēsque agendī. Nunc quidem ante omnia mīmum novum sibi fōrmāre firmāreque cupiēbat cuiusdam molestiae ad prōcreātiōnem attinentis exuendae grātiā. Nam, quamvīs Obum quodque nōn sōlum ē parentis pietāte vērum etiam ob longissima illa sōlitūdinis aeva prōlem initiō sincērē āmāsset, tamen quō magis novum Obum occupābat terrēnī eō gravius ferre solēbat parēns dominiī iactūram inēvītābilem. Immō, quondam, prīmīs paucīs mīlliōnien-niīs, sprētīs necessitātibus biologicīs, parentis odium ergā prōlem sēnsum cataclysmica proelia Obica mōverat. Contrā enim intellegentiam omnēs nōtās aestimandī ratiōnēs excēdentem, Obum tamen, sīcut plēraque – nec tamen omnia – animantia, ex propriā psȳchologiā labōrābat. Itaque id mīmum quod Obum petēbat erat habitus animī ergā prōgeniem īmitus mītis benevolus pacificus amāns.

Mōrum mīmōrumque tractātiō rēs tamen perdifficilis ac lūbrica erat utpote cum tractantem omnia sine studiō praeiūdicātāve opīniōne cōnsī-derāre oportēret; nam hīc agēbātur dē propriā indole nōtiōnibusque dē sē ipsō ex omnī memoriā aetātum habitīs mūtandīs. Quārē hoc susceptum ante secundum sōlem nūllum omnīnō prosperum habuerat exitum. Secundō autem sub sōle illō, vel secundum trāditam doctrīnam Obicam, Prōlēs Dīvīna ut Obum incarnāta, vel potius "inōceanāta," erat.

Accrēscēns Dīvīna Prōlēs parentem docuerat vīcīnum absolūtē amāre; quod cōnsilium prīmō difficile erat intellēctū cum Obum vītam magnum in gradum sōlitāriam dēgisset. Accēdit etiam quod ea nōtiō quae linguīs nos-trīs "amor" vocātur, etiamsī ūnum quodque animāns sē significātiōnem eius bene capere fīdit, colosseō in animō velut Obicō tantō plūrēs per viās neuricās cognitīvāsque plūrēsque per significātiōnis cyclōs condūcēbātur tantōque plūrēs ideō in sēnsūs vertēbātur ut nēmō nostrum, nē perītissimī quidem scientiae Obicae, dēfīnīre potuisset quid *amor* verbum apud Obum rē vērā dīcere vellet.

Obum parēns utcumque doctrīnae novae sēnsim obtemperāvit, tantum sibi quantum Prōlī spondēns, cum tempus dēcēdendī vēnisset, sē neque īrā-cundiae neque malevolentiae nec timōrī cessūrum. Intercēdentibus autem mīllenniīs mīlliōnenniīsque, contrā Prōlis nātūram vērē mīrābilem, Obum

# de faucibus

parēns tamen nōn potuit quīn sē falsum fraudātumque atque exacerbātum
sentīret, nec quicquam solidī effēcisse vidēbantur cūncta ista ad hoc opus
diū adhibita experīmenta genetica et ēthologica. Contrā omnēs cōnātūs
sincērōs accūrātōsque Obum parēns sē in mundō suō, quem iam prīdem
quasi prō suī parte habuerat, mox repositum īrī in annōs magis magisque
indignābātur. Quantamvīs operam dabat, Obum vidēlicet odiō resistere
nequībat.

Quōdam diē malīgnitātis simulque dēspērātiōnis subitō impetū Obum
genitōrium cōnexiōnēs viāsque ēlectrochēmicās pervariās sē cum Prōle
iungentēs solvere coepit. Ipsīs prīmīs temporis mōmentīs dēficiēbant iam
trīlliōnēs plūrēsque impulsuum neuricōrum. Mīlia chīliometrōrum cubi-
cōrum Fedestēnsium contextūs cellulāris neuricī glūtinōsī prīmum ob-
sopīta dein prōrsus exanimāta sunt. Hoc Obum parentāle, etiamsī Prōlem
certē haud erat ultrō aggressūrum, nē minimum quidem nexum cum eā
ferre valuit. Resilientēs membrānae exteriōrēs eius cito dēnsābantur,
rigēscēbant, sēnsū prīvābantur. Modo antequam clauderentur in perpetuum ultimī quīdam commūnicātiōnis meātūs, Prōlēs sē prō parente morī
velle dēclārāvit.

Obum parentāle, nātū māius sed Prōle iam minus magnitūdine, hoc
prōmissum prīmō minimē crēdidit; sed, aperientibus sē mox passim nūdī
līmī lātīs tractibus, Obum novum sē rē vērā contrahere tandem negārī
nequībat. In annōs, in decennia, in saecula patēbant māiōra spatia parentī
necnōn et per meātūs adhūc apertōs concēdēbantur raptim chrōmosōmata
vītālia et vīvificantia humōrēsque cytoplasmaticī ab Obō novō quondam ut
patrimōnium acceptī. Nūllum iam exstāre poterat dubium. Obica Prōlēs
sponte exstinguēbātur.

Quod ubi agnōverat atque ex corde admīrātum erat Obum nātū māius,
alacerrimō animī impetuī nihilōminus repugnāre nōn valēns tamquam
unda sīsmica lenta quidem sed vehemēns planētae superficiem reciperāvit
mīlia parietum membrānōsōrum dēfūnctōrum velut fractōs aggerēs obru-
ēns. Cum vīribus recrēscentibus nusquam iam resisterētur, paucīs tantum
mīllenniīs Obum, quondam tābēscēns nunc tamen mīrum quantum vigēns,
dīlātātīs prōmissīsque phytopodiīs cyclōs metallicōs nūtrītōriōs tepidōs
plūrēs plūrēsque in diēs sentientibus, cārī sibi planētae māximam partem
rapidē recēpit. Explicābant sē iterum phōtoexceptōria rosea prasinaque,
veneta et violācea coccinaque sescentōrumque aliōrum colōrum, humidum
in āerem effervēscentem recentī lūce scintillantia luxuriantiaque. Tandem
autem aliquandō Obum Prōlem suam respiciēns ex corde, sīve – quod idem
est – ex fluidōrum alimentāriōrum vīsceribus distribūtōriīs ubīque plantae
dispositīs, miseritum est.

Paulō post, cum Prōlēs, iam prīdem in regiōnem Polī Merīdiānī coācta, sōlitāria algidaque iacēret, ob membra extentōria thermoradiātīva quondam in loca calidiōra porrēcta nūper autem abaliēnāta sē calefacere nōn iam valēns, Obum parēns ā Prōle petīvit ut manēret ... quamquam revīvificātiōnī iam sērum erat; nam omnia chrōmosōmata prīdem trānslāta erant omnēsque biosynthesēs vīvificae interclūsae. Breve post tempus Dīvīnae Prōlis nīl restābat praeter parietēs cellulōsōs aliquot cumulātaque fragmenta rēticulōrum endoplasmaticōrum.

Obum, longa sōlitāriaque per aeva facinus suum lamentātum, plūrēs post 8,230,780 annōs Fedestēnsēs, cum cyclus genetīvus iam fīnītus novumque Obum nātum esset, Obum genitor īmō ex animō vetustō dēfessōque prōlem omnia docuit quae ā Dīvīnā Prōle ōlim trādita accēperat. Obum Novum multō plūra exstāre didicit quam mera corporālia; immō, sē ipsum nōn esse ēns corporāle quod interdum spīritāle fierī sed potius ēns spīritāle quod corpus physicum subinde induere; vītam corporālem perpetuam vel tantum sēmiperpetuam, adēmptīs incorporeīs intercapēdinibus seu in antecessum dēsignātīs seu fortuītīs, longē minus praemium fore quam supplicium.

Quās post rēs nōtābiliter gestās Oba parentālia et fīliālia exinde multo concordius inter sē congruere solēbant. Erant plānē singula Oba rāra quae Nūntium Dīvīnum neglegerent, prōgeniem autem Nūntium omnīnō cēlāre nequībant; nam Oba fidēlia singulārī sollertiā ac subtīlitāte ratiōnem excōgitāverant quā impedīrētur quōminus Nūntius Sacer memoriā Obicā umquam excideret. Quōniam enim Oba per cuiusque generis undās nōn sōlum corporeās nōminandās sed etiam tēlepathicās tēlecīnēticāsque atque epembolicās cum entibus extrā Obosphaeram vīventibus agere valēbant, aliōs populōs mente praeditōs technologiāque pollentēs condūcere potuerant ut īnstituerētur seriēs satellitum orbitās comēticās sequentium statīsque temporibus planētae Obicō "Nūntium Obicum" trānsmittentium. Quō cautum erat ut doctrīna Dīvīnae Prōlis, etiamsī forte eam supprimere temptāret Obum īnfidēle aliquod, ad futūra aeva servārētur. In pactiōne enim scrīptum erat satellitum classem, etiam petente Obō aliquō futūrō, abrogārī dēlērīve nōn licēre. Neque quidem huius pactī resolūtiō facilis fuisset quia ipsa classis, ita cōnstitūta ut ūnā etiam cum Obō sōlēs mūtāre posset, contrā quōslibet incursūs validissimīs īnstructa erat armīs bellicīs.

Prō quō ingentī opere perfectō adiūtōribus aliēnīs concessus erat, mercēdis locō, aditus ad corporis planētāriī Obicī īnfōrmātiōnis asservandae pertractandaeque potentiam prope īnfīnītam; nam organismus Obicus, quem nectēbat systēma neuricum tōtīus galaxiae sine dubiō longē ingentissimum multiplicissimumque, innumerōrum colossēōrum cerebrōrum

vicēs facile gerere poterat. Aliquot quidem nātiōnēs mentem Obicam adhibuērunt ad omnium difficillima intortissimaque problēmata aenigmataque
tractanda quae omnium inlūstrissimās mentēs ac potentissima īnstrūmenta computātōria semper vexāverant; attamen respōnsa Obica, etiam
tum cum satis simplicia reddī poterant, percontātōrum mentēs saepe
ēlūdēbant. Quae experīmenta, quōmodocumque ēvādēbant, seu contentīs
seu irritīs domum redeuntibus investīgātōribus, ipsī Obō, cui plānē plūs
quam redundābant circuitūs neuricī, nūllī erant cūrae. Problēmatīs quibuspiam interdum aut ēnōdātīs aut in terminōs indāgātōribus satis per-
spicuōs redāctīs, dēcēdēbant utcumque populī, cīvitātēs, imperia. Obīs
singulīs nīl dēmum esse vidēbantur tālia nisi īnsectōrum pseudo-intelle-
gentium rārī paucī bombī. Ipsa Oba ingentis intellēctūs suī māximā parte
ūtēbantur minus ad problēmata per analysin resolvenda quam ad numerō
īnfīnīta oblectāmenta potius intrōrsum experientia, quae certē ā cēterōrum animantium mente comprehendī prōrsus nequīvissent – quamquam
Oba, estō, aliēna per īnstrūmenta et experīmenta variā viā trādita, sīve
empta sīve, ut interdum, dōnāta, hōrum animantium aliēnōrum mundīs
vītaeque diligenter studēbant quō māior esset sibi ipsīs māteria fābulārum
cēterārumque artium atque dēlectātiōnum necnōn et novārum semper
quaesītiōnum dē vītae nātūrā structūrā significātiōne.

**∗ ∗ ∗ ∗**

## PEVTŌŌ[5]

Mātūtīnus radius
herbārum mītia cōnsilia ēvocāns.

Lapillus acūtulus manum praesēns
in mōmentum suscitāns.

Novellus necopīnus
lūmina laevē reserāns.

Culicis subtīlis ictus
et leōnem superāns.

Gravis dēlīriī magīa
fūnestipretiōsa.

Vbīque viārum
intimē nōta suāsiō undārum.

V̄squequāque agitantēs
praeteritōrum umbrae.

Lacūstrēs cāricēs leviter adhūc resipiēns
diēs illa.

Passim, ecce,
sēmitēcta ossa.

Nemus inopportūnīs
umidum sēcrētīs.

Potentium ōlim nūminum
humilis tumulus.

Innumerās trāns sīderum gemmās incautē arcuāta
palma sōlitāria.

Dēsubitō versī ventī
ēdicta.

---

[5] ≃ "Quae Forsitan Somniārī Mereantur" (Locūtiō Prōtovedica ex aliēnō sermōne forsan dēsūmpta.)

# de faucibus

Īnspeciōsā sub veste
membra ūsque clam fulgentia.

Dūdum profectae
restāns suāviolentia.

Algōre valēns
amor.

Effūsē lūdentēs
per trīvia catellī.

Tōtum aevum vestrum
fictīcium interim factum.

Recentibus tenebrīs abditī
singultūs.

Praetergredientium pedum
tantum rārō patientēs lāpsūs.

Cūnctōrum vīventium
mīrē caecum quiddam.

Susurrātōrum mortuōrum
aequē caecum.

Iniūstōrum
perenne fervida fāna.

Iam diū iacentia
etiam ultrā cadūca.

Is quī nunc
nimis sērō gustat.

Praemātūrē
trīcāns.

Rēctā hōrā
manēns.

Pernōta identidem
sepeliēns.

## CRĀTHISTH-EB[6]

Marcidīs
quāque vice
īnsidentēs umbrīs
ēventum opperīmur.

Mundus interim
nōs pernīx
praetermittēns
nīl effēcit nisi
ut aliter cūncta
aliterque remiscēret.

Nec iam facile
dispiciuntur dispersī
ipsī locī
ubi vel porphyriōnēs
artēsve dēlīrae
sīderave
prīmam prōlem
quāque vice
pariunt.

In vērum aliquod
mellītum
cōnfectīs aliquandō
labiīs ōsculandum
quantum nōs
adhūc gestīmus
prōsternere!

Diēs forīs exspectāns
longē ūtiliōra postulat.

Nōx
opperiēns
frīgidiōre suō
cum fulgōre
super arborēs tremulē
tenerēscentēs
nōs iam lēnius
dēdīscit.

---

[6] ≃ "Quae Sciō Sīve Nesciō" (Vōx Palaeohāmalica.)

## ORCĪHGAT RĒGNVM

Ē prīdem perditārum arborum dūritiā
smaragdoprasōrumque implacidā pueritiā,
aliēnōrum raptōris probābilī blanditiā,
sēmimellōsī glaesī mundā mollitiā,
rīte īnfractā puellae pudīcitiā,
philautārum phlogītidum perpetī saevitiā,
haereticōrum exemptōrum ultimā pūritiā,
onychis avārē expetītā rutilitiā,
rēctē cōgitantium immūnī lautitiā,
Obsiānī lapidis opulentulā nigritiā,
nusquam flōrēre potentium trīstitiā,
immemorum victōrum oblīquā iūstitiā,
lāpsilium metallōrum caecā laetitiā,
abditōrum carcerum sēcrētā spurcitiā,
graphīocraticōrum lapidōsā segnitiā,
aemulārum partium mutuā malitiā,
congestōrum marmorum dīvīnā surditiā,
subterrāneōrum sevērā scabritiā
certum commalleāvimus hoc praesidium,
sēcūrum composuimus hoc fastīdium,
fictum prōdūcēmus hoc obsidium.
Commodum sustinēbimus discidium.
Terrae dēvastābimus dīmidium.
Nōbīs crassitūdō est subsidium.
Spissitūdō differet excidium.
Alicubī supernē silet grave gelicidium.

\- - -ı ＇ı ı ı █ı ı

...

**RHFMB>.....- - ı .ˈˈˈ ()**[7]

ı ı ....R...hfm...ōs..bbbb~

'；.；＇.；.＇；.＇ retrōce...—retr>>><<<>>>lllllrrrrrr ^^^^..retrō/

¬——▤........n...... cosm▤▤▤▤ōrum synd-.....?

..Quōmodo?  ∿∿∿ˈˈ▓▓▓▓▓▓ortēr

..mōnstra (nōn) sunt.. ıııııı ı ı¬—— ......omet

\- - - - ⫞inter et inter et▒~ ..... ¬......[spectā(te)t]!

.....at quod nōn ūnus/a/um/‹/∘/∘∘▤//

–ıı.... ＇ ＇ ＇ ＇\—— het.......(?).......... ¬—— ıııı~

ııı⊕ıı (\ .....∞ᵒᵒ[Rfhom∞ᵒᵒ]  ˙.˙.˙.˙.:::..

---

[7] Imāginātiōnēs Obicae plēraeque, sī sīc eās nōmināre licet, tam abstrūsae sunt ut in librī pāginīs vix repraesentārī possint. Quās tamen haec adumbrātiuncula modō paulō īnsolentī exprimit.

## /.....SĪCTEPPHEMM[8]

Omnimodīs.
Vel inter fīnientem et fīnientēs.

Quī prīmam lūcem et merīdiem
noctemque intempestam intus simul nōvit
ūniversōrum sē convertentium lībrāmentum
tandem aliquandō tangere habet.

Saepius ita nōn spīrat
ut tandem vērē spīret.

Itinerātor ubīque
inopīnātō quasi apud sē ipsum
quiēscit.

Saeculōrum aestūs
propriā īnsatiābilitāte satiantur.

Ex omnium marī fiunt omnia maria.

Hōrnōtina seges etiam nōn messa
galaxiam aliquandō pāscit.

Tesqua sua ipsōrum ingentia obscūra
numquam explōrāre cessant.

Omnimodīs.
Vel inter Vultūs et Vultum.

---

[8] Huius titulī significātiō ignōta est.

## AT CV̄R MOŸB TERRA?

Ob castellūm illud dūdum olōriferum factum.

Quod per prātulum idem neque idem
timida tenera
iterum ēsūriunt.

Quod cantus eōrum quondam simplex,
saxīs passim ventō fulgōribus cōnfragōsus,
firmus simul manet velut quī modo nāscitur
neque ubi mundōrum nāscātur modo cūrat.

Quod multōrum dēcermina temporibus, ecce, iterum flectuntur.
Quod incassum murmurantur passim angōrēs.
Quod coniugis nōn iam clārē vidētur faciēs.
Quod avēs fīnem tam numquam quam perpetuō assequuntur.
Ob callēs reciprocōs, volūbilēs undique cautēs, subitam actam.
Ob ōceanōrum semper necessārium vetitumque sapōrem.

# de faucibus

\*\*\*\*

Perstitēre Oba, saepe memoriā īnstitūtīsque Dīvīnae Prōlis ducta, nōnnumquam tamen in extrēma ē nostrātum cōnspectū abdita discurrentia ... ūsque ad adventum Vedōrum. Quae, cum Obōrum rēligiōnem magnī existimārent, satellitum tamen Nūntiālium apparātum iam parum stabilem, immō, adeō perīculōsum factum esse adnūntiāvēre. Prō satellitibus seriē īnsitōrum solidōrum ipsum planētam Obicum īnstruendum subiciunt, quā Nūntius Obicus statīs temporibus facile trānsmissum īrī; immō sē, ut ūniversīs animantibus in omnibus opitulārī cōnstanter volentia, futūrōrum Obōrum mōrēs observāre posse, adeō aptīs impulsibus ēlectricīs neuricīsve aliīsve phytopodia stimulandō sē efficere valēre nē Obum quodquam magis quam tribus decimīs partibus ūnīus centēsimae ā Prōlis doctrīnā dēclīnet ... quem quidem discrepantiae modulum admittēbant nōnnūlla alia programmata ēthica ā Vedīs in ūsum biofōrmārum apparāta.

Cōnsīderātīs aliquamdiū Vedōrum condiciōnibus, Obum praesēns, quamvīs Prōlī fidēle, grātiās agēns tandem renuit, coāctō obsequiō affirmāns longē antestāre ipsum animī statum amōre plēnum cuius sanctōs mōrēs esse sōlummodo notās externās; prūdentius fore futūrīs Obīs ad arbitrium ā Nūntiō dēscīscere sinere.

Ad quod Veda, rēligiōnis notātū tam dignae iactūram metuentia, alternātās condiciōnēs prōtulēre: ēlectroplēxiā neuroplēxiāve haud esse opus, īnsita mūnere omnīnō mītī, immō, inertī fungī posse tamquam vel bibliothēcam; satellitēs praesentēs utcumque commeātuī vehiculōrum cosmicōrum impedīmentō necnōn et aliōquīn esse molestōs.

Fortasse magis ut Veda āmōlīrētur quam aliā quāpiam causā Obum hoc secundum cōnsilium dēnique probāvit. Haud vērō multō post propriae imbēcillitātis paenitēbat; nam Obī planēta corporī Obicō ita cōpulātus erat – vidēlicet multō artius quam vestēs vel etiam cibī solitīs animantibus nōn planētāriīs vestium alimentōrumve fontem sponte mūtantibus – ut īnsita trānsmittentia peraliēna dēmum molestissimaque vidērentur. Etiam absentibus stimulīs Obum sē magis magisque "programmātum" sentiēbat ... sī nōn quod ad corpus, certē quādamtenus quod ad animum spectābat. Vigor animī sīc sēnsim marcēscēbat ut Obum tandem ad ultimam dēspērātiōnem pervēnerit. Tantum novum post pactum difficilius nec sine mūtuīs accūsātiōnibus aliquot perāctum dēmpta sunt īnsita; satellitum autem moderātiō et refectiō mandāta est Vedīs. Contrā complūra variaque beneficia Vedica alibī galaxiae avidē – etsī subinde nōn sine suspiciōne tēctāve indignātiōne – percepta, inter haec animantia artificiōsa potentissima vītaeque biologicae studiōsissima et illud quasi ipsīus biologiae summum exemplar commercium dēhinc frīgēbat. In mente quidem Obum ex hāc acerbissimā rē sē documentum ūtile forsan percipere posse existimāvit, īmō autem in pectore, ut vel ita dīcātur, nē quid tamen suī in aeternum āmīserit verēbātur.

Obum Tenebrācem nunc percipiēns quasi suī ipsīus futūrum exemplar vidēbat: planētam etiamnum vīvum quidem sed marcidum per lentam spīram ad stēllam rubram tumidam vetustam versus irrevocābiliter dēlābēns. Quibus in angustiīs, mīrābile dictū, id animāns quod fortasse "Obum-Tenebrāx" nunc esset accūrātius nōminandum, nōnnihil tamen lībertātis sibi vindicāvisse vidēbātur, nam cui nūlla restāre vidētur spēs solvuntur alia vincula multa, appārent subitō longa mendācia complūra, omittuntur cerebrī sē prō immortālī habentis complūrēs sermunculī solitī inūtilēsque. Intenduntur acūtiōra.

Hoc tamen, quod nēmō prūdēns nesciēbat, nīl erat nisi acroāma. Nunc Tenebrāx grexque eius in novum prorūpērunt artificium – quicquid hoc vērē erat – titulō īnscrīptum *An istud somnium fuit?*, quod dubia epistēmologica fraudulenter ūsurpābat ad fidem falsam excūsandam.

Dum Advena sē cūr hās gerrās māximās attendat paulum immemor rogat, oculōs adlexit liber splendidus. At quōmodonam iste Tenebrāx haec omnia māchinābātur? Quod fābulae in librō appārēbant efficere potuisset procul dubiō praestīgiātor quīvīs. At quī fiēbat ut fābulae tam persuāsibiliter ipsum eum significāre vidērentur animumque eius quasi obsidērent? Ecquis alius tālem librum accēperat? Dē tālī strophā ipse nihil umquam audīverat. Quid sibi volēbant haec? Numquid gravia significāre poterant fābulae tālibus nūgīs carminum immixtae? Quaenam erat "malī" nātūra? Vānane tantum speciēs sīcut iste? Merum epiphaenomenon quod etiam ad plēbem oblectandam adhibērī poterat?

Exeunte cantū, cum Advena, quamvīs ignōtā causā, proximam fābulam iam appetere praevīderat sēque experiendī omnīnō nimis cupidum compertum habēret, nē resistere quidem temptāns librum in manūs sūmpsit fābulam, quam Tenebrāx expositūrus erat, simul appāritūram exspectāns. Et sīc factum est.

Haec autem nūlla erat fābula sed potius nārrātiō scientālis in quā investīgātōrēs quīdam psӯchologicī experīmenta perficiēbant quibus dēmōnstrandum erat quōmodo sē gererent quaedam animālia īnferiōra certīs condiciōnibus coercita. Fūsius prīmum dē theōriā atque historiā illārum investīgātiōnum quae respōnsa condiciōnibus coercita tractant dissertum est, dein quantī esset mōmentī hoc genus investīgātiōnis ad speciēs intellēctū praeditās melius dēscrībendās ērudītīs locūtiōnibus expressum est.

# de faucibus

Prīmā in probātiōne duodecim animālia canīna similiaque in conclāve pavīmentō ēlectrificābilī īnstructum inclūsa sunt. Cum nūllus esset exitus, animālia probanda, ūsque ad quōsdam vīs frequentiaeque līmitēs nōn valdē altōs, ad percussiōnēs ēlectricās assuefierī potuērunt.

Alterā in probātiōne additus est grex alter duodēnārius experīmentī temperandī causā ac conclāve in duās partēs dīvīsum est humilī interpositō saepīmentō quod omnia probanda facile trānsīre possent. Cūncta canīna canifōrmiaque posita sunt in alterā conclāvis dīmidiā parte, quae dein mediocrī vī ēlectricā onerāta est ut fieret omnibus probandīs incommodius. Ēventus firmissimam conclūsiōnem attulit; nam gregis temperātōriī omnia ad ūnum probanda saepīmentum trānsilientia sē in alteram conclāvis partem contulērunt cuius pavīmentum ēlectricē quiēscēbat, sed prīmī gregis animālia ūndecim super pavīmentum ēlectride subscatēns pavida mānsērunt. Etiam tum cum ministrī blandītiīs variīs hīs ūndecim suādēbant ut comitēs ad lībertātem sequerentur, fortasse priōribus aerumnīs iam cautiōra facta, salīre nōluērunt. Quīn immō, praeter ūnicum quī trānsiluit, nūllum alium eōrum nōn nisi portātum trānscendere ausum est.

Ex hīs aliīsque similibus experīmentīs quibus alia varia animantium genera subiecta erant collēctum est quō intellegentiōra essent animālia probātōria eō probābilius erat haec sē in condiciōnēs commodiōrēs vindicātūra esse, attamen in duābus ferē centēsimīs partibus occāsiōnum intellēctū īnferiōra superiōra superāvisse, hoc est, meliōrem condiciōnem ēlēgisse. Num haec dēclīnātiō fortuīta esset an cum aliquō variābilī ignōtō coniūncta nōndum liquēbat. Plūribus investīgātiōnibus opus esse vīsum. Advena autem nōn potuit quīn reminīscerētur quam aegrē quīdam Praecursor quondam adductus esset ut dolōs Vedicōs perspiceret ac mōnstruōsum iamque diū titubāns imperium tandem fugeret.

Aliō in experīmentō tractāta sunt animālia sīmiifōrmia, inter quae erant māter et prōles. Huius cerebrō īnsertī sunt impulsuum neuricōrum excitandōrum apparātūs minimī, immō nānīticī, ut reālitātem virtuālem tamquam vēram rēbusque vērīs iuxtā appositam experīrētur. Subtīliter administrātīs impulsibus neuricīs facile āversa est prōles ā mātre genuīnā propter suppositīciae māiōra quaedam blandīmenta ēmolumentaque. Aequē quidem facile stimulīs adducta est prōles ut cōnspeciālium tāctum fugeret. Nōn sōlum hoc, sed citissimē didicit corporis habitū gestibusque necnōn et vōcibus cēterōs ā sē arcēre.

Ēventus notātū dignus vīsus est; nam fortasse experīmentī saeptum neque angustum nec valdē amplum causa fuit quod prōles ā familiāribus sēiūncta nōn sōlum necessitūdinēs cum plērīsque sustinēre potuit sed vocābulōrum gestuālium vocāliumque thēsaurum etiam māiōrem ēlabōrāvit quam umquam in tālibus probandīs notātum erat.

Hic rērum status obtinuit tantum ūsque dum prōlēs, quae fēmina erat, aetātem coniugālem attigit, quō tempore thēsaurus sēmanticus prius īnstitūtus offēnsiōnibus nunc iurgiīsque ac laesiōnibus exauctus est. Quārē prōlēs tunc ad saeptum conterminum trānslāta est unde familiārēs adhūc vidēre atque ab eīs vidērī poterat. Sīc autem sēiūncta sed etiamnum cōnspicua, prōlēs paene omnīnō neglegēbātur ā cēterīs. Tametsī aliquot ex eīs quae quondam collūstrīcēs eius fuerant nunc forsan ē cūriōsitāte cum cōnspeciālī sēmōtā gestūs signaque subinde permūtābant, ad societātem aequālium gregis moderāmen magis magisque excipientium fēmella exclūsa nōn iam pertinēbat. Animadvertentibus investīgātōribus ministrīsque sīmiolam exclūsam sē nihilōminus prō suā parte in societāte manēre frūstrā cōnantem hocque dolenter ferentibus – nam hōrum plērīque prōlem ab ipsā īnfantiā nōverant – tantum misericordiae quantum experīmentī prōferendī variandīque causā saeptō secundō imposita sunt lūdicra complūra, quōrum alia inertia alia vī artificiōsā excitāta, quibus sīmiola probātōria – quondam, secundum sectam scientālem prō solitō "corpore vīlī" habita nunc autem ā multīs amantius "Vauda" vocāta – sē oblectāre habēret.

Quibus dōnīs adventīciīs frēta Vauda, exstinctīs īnsuper dūdum nānītīs moderātoriīs, brevī vītam sibi imāgināriam satis ēlābōrātam finxisse vīsa est. Tandem, cum nūllum iam Vaudae cum grege vinculum restāre patēret, investīgātōrēs cōnsideranter cum eā agere ac conversārī coepērunt. Praeter quāsdam neurōsēs in animante tot prīvātiōnēs ēnormitātēsque perpessā haud mīrandās, Vaudam perītiā nōtiōnum commūnicandārum cōnspeciālium ingeniōsissimōs satis magnō intervallō superāre repertum est. Adeō ē pūpā quādam sīmiifōrmī inter prīma lūdicra eī suppeditātā coniugem fēcerat sibi commentīcium...

Pergere nequīvit Advena, cui tōtum corpus iam gelidō sūdōre mānābat. Ecquandō audītum erat indāgātōrēs scientālēs bēstiolās probandās prīmum tam inclēmenter tractāre dein subitō quasi solita animantia misericordiā corripī? Nūgās immānēs! Librum iam clausum manū tenēns ē sellā sē prōripuit praefectum quemlibet petītum quī Hsālae relinquendae veniam daret; circulātōrī enim pessimō istī, mōnstrō nefāstō tam foedārum significātiōnum auctōrī, sē quam prīmum cōram offerre ārdēbat.

Quā rē annōsō cum Veltpomgū, Systēmatis Beltiairēs quondam incolā, hīc autem iam prīdem "Tīrōnum Scobīnā" vulgō vocātō, paulisper sānius sēdātiusque agitātā, Advena tandem alterī ē duōbus Variābilibus interdum Hsālēnsibus, cui nōmen Posūiiom, commodē – nec tamen sine mixtīs memoriīs – illāpsus est Fedestopolim petītum, nōn sōlum iam multō minus perturbātus animō sed etiam dēmīrāns ūnum ex paucissimīs Variābilibus, Vedīs māiōribus vehiculōrum mūnere, inter alia multa, fungentibus, in spatiō Fedestēnsī hoc temporis versantibus fortuītō in promptū fuisse ... tamquam sī hāc rārā fortūnā huius subitāneī susceptī prosperus portenderētur ēventus. Ecquid Tenebrācis, quārundam vibrātiōnum energēticārum cosmicārum quasi effectūs volūbilis, animum attraxerat quod Advena nūper prīmus inter Explōrātōrēs in quendam vectōrem biotemporālem proximum ad breve ita dēverterat ut nōn sōlum – id quod iam effēcerant aliī – funditus aliēna entia eōdem locō dēgentia percēperit sed etiam ut ipse ab eīs aliquātenus animadversus sit? Voiíd-Ruítis opīniō mentem coniūnctam, velut Advenae, īnstitūtiōneque superspatiālī, etsī tantum vicāriā nihilōminus satis longā solidāque, armātam sat facile accommodārī posse ad vectōrēs biotemporālēs tractandōs erat, ut levissimē dīcerētur, comprobāta.

Animī quondam "Ǟǟa"âáaqqae" et "Togis" nunc omnīnō Advenae erant neque uterque eōrum sē quicquam per hoc āmīsisse sentiēbat. Enimvērō exstāre vidēbātur prīncipium ūniversāle: minōrem quemque ipsum sē, sī auctus esset, perditūrum timēre; auctum autem quid nē perderet timuisset nē bene quidem meminisse. Augmentum enim prō dēminūtiōne habēre potuisset sōlus minor fīnītiorque quī nōndum amplificātus esset cuique ob novōrum timōrem animus angustior sīve vīta circumscrīptior cūnctīs incognitīs ā priōrī praepōnenda vidērētur.

Novus autem hic status ad Advenam conveniēbat, cum is, quamvīs plērumque īnscius, māximam vītae suae partem mente exaggerātā frētus ēgisset. Cum, quōquō ībat, cobaltinī radiī nunc ē capite ēmānārent, nunc post eum citius ambulantem traherentur leviōrēs vapōrēs cūmatilēs, nōnnūllīs, praesertim Hēlmānīs hēlmānoīdibusque, ipse, quī Tenebrācem prō mōnstrō contemnēbat, sat quidem mōnstruōsus vidēbātur. Commodissima autem ēvāserat ingēns dīversitās incolārum Fedestēnsium, quōrum plērīsque Advena nihil aliud esse vidēbātur quam etiam alius inter innumerōs aliēnōs ignōtōs exōticōsque.

Quātenus esset mōnstrum Advena in incertō relinquātur. Manifestō erat ūnicus. Nōnne et animāns quodvīs, praesertim post mediam suam aetātem, ūnicam praestābat experīmentōrum, scientiae, attribūtōrum corporālium necnōn et īnfirmitātum coniūnctiōnem? Quaedam medica Advenae nūper adsevērāverat tōtīus ūniversī nūllōs bīnōs seniōrēs, nē eiusdem quidem speciēī biologicae, omnīnō eādem ūtī pathologiā, scīlicet quia nūllī bīnī eandem vītam ēgissent. Ac nōnne Advena huius prīncipiī solitō tantum paulō rōbustiōrem praebēbat cōnfirmātiōnem? Enimvērō quod hae duae mentēs, etsī dīversae, quādam tamen ratiōne tam mīrā quam fortuītā inter sē congruēbant tribuendum dēmum erat industriae Vedicae diribitōriae contrāentropicae incrēdibilem in modum intentae galaxiaeque magnam partem amplectentis.

Advena ipse, quamvīs plērumque satis iūcundus placidusque animāns, vītae gaudiīs tantum solitīs quantum rāriōribus nimis dēlectābātur quam ut iniūriās beātitātem, sīve propriam sīve aliēnam, coercentēs aequō semper animō ferre posset; haud autem is erat quī, complānātīs tandem asperīs, simultātēs adhūc nūtrīret. Immō tam promptus erat in veniam grātiamque ut sibi ipsī interdum levior vidērētur, clēmentiam nihilōminus inhabilem et inaequālem, ēducātiōnis fortasse parum aptae fructum, excultae dūritiae anteponēns. Neque in mōribus vītae Fedestēnsī aptiōribus excolendīs magnō auxiliō erant memoria et experīmenta Äääa"âáaqqae, quippe cuius gēns Hēlmānīs longē magis exōtica fuisset commerciōque, ut ita dīcātur, magis corporālī quam sociālī ūterētur.

Ā puerō, sīve "ā puerīs," Advena ad aliquod inlūstre susceptum, generis semper aliquantum ambiguī, nātus sibi vīsus erat, haud certus an multī, ē nimiā dē sē opīniōne, similia sibi augurārentur. Cuius speī, sīve commūnis sīve rāriōris, fulgōrem tam Praecursor quam sē Praecursōrem mox fore ōlim spērāns, post frustrātiōnēs complūrēs praesertim posteriōre tempore acceptās, quōsdam āviōs aliēnōsque in saltūs lentē recessisse quondam sēnserat; Explōrātor autem, etsī tardē prīmō aegrēque ad condiciōnēs omnīnō novās accommodātus, iuvenīlis tandem exsultātiōnis nūper dispexerat saltem aliquot scintillās. Quid sī tandem aliquandō – mēta procul dubiō tam rīdicula quam audāx – vectōrēs biotemporālēs mūtandō ad ipsōs planētae Fedestēnsis dominōs accēdere posset? Ante omnia Advena sē rogābat utrum liber candidus ipseque Tenebrāx quī mīserat ad recentia facinora biotemporālia spectārent an nihil rē vērā magis fieret quam aliqua molesta fraus ... an fortasse – id quod haud praetermittī poterat – haec tōta rēs nihil esset nisi illīus dēmentiae tālis nota quālis interdum in mentibus ē bīnīs plūribusve compositīs animadvertēbātur.

Posūiiom, intus sedentis oculīs paene perfectē perspicuum neque, ut vidētur, hīlum dē viā sequendā incertum, Fedestopolim citissimē adeptum adhūcque, tamquam sī commeātūs pūblicī rēgulae ad sē nōn attinērent, celeriter supervolāns subitō nunc ita cursum tardat ut vector tamen nihil velōcitātis mūtātae sentiat; et nunc, quō sit aptius aquae refōrmātō corpore, stagnō colōris petrae nephrīticae mīrē molliter inūrīnātur, regiōnem subaquāneam Fedestopolitānam penetrāns. Post cunīculōrum nexūs aliquot seriem forōrum macellōrumque mersōrum attingit quōrum quodque aliīs colōribus (smaragdinō, callaïnō, petrae nephrīticae, thalassinō, cȳaneō, sapphīrinō, caesiō glaciālī et ita porrō) aliōque ōrdine architectonicō superbit. Subinde etiam īnsulās domūsque urbānās submarīnās praetereunt. Hīc omnia lūce artificiōsā hebetiōre illūminantur nec quodquam genus animantium hōs vīcōs magis frequentāre vidētur quam quaedam amphibia caudāta ātriprasina brācchiīs speciē habilissimīs, quōs Posūiiom rogātum "Molenopta" generātim vocārī respondet. Suprā, ecce, cōnspicitur interdum adhūc huius aquae laetē scintillāns superficiēs, sine dubiō mundī Molenopticī alterīus dīmidiae partis fīnis fluctuāns.

Praecipitante repente in alta obscūriōra Variābilī, rīmāns nunc Advena incolās difficilius difficiliusque cernit. Tamen, inter īnsecta māiōra astacoīdaque et algās longās sē moventēs intellegentiā forsan praeditās, Molenoptīs similia animantia subinde percipit quōrum autem rōstra sunt angustiōra, oculī māiōrēs, colla striāta branchiīs vītam perpetuō sub aquam āctam arguentibus. Dē hīs locīs populīsque Posūiiom, sī rogētur, nūntiōrum quantamvīs cōpiam impertīre valēret. Immō hoc facere fortasse nunc gestit; sed Advena mentem iam in alia intendit.

Post profunda etiam tenebrōsiōra quōrum incolae complūrēs, admodum multifōrmēs omniumque colōrum, inter quōs passim ōtiōsē nant et amoebīdae ēnormēs, trānseuntēs offulgent, Advena, ut nihilō nisi librō vacuō armātus, sē nimium perīclitārī sentīscit. Ecquid, sē rogat, sēcūritātis causā Tenebrāx ex hōc profundō mūnera sua ēmittit? An forte causa nīl est nisi quod eī quī hīc habitant optimās officīnās tēlevīsificās tēlaesthēticāsve praebent?

Quam rem adhūc volvēns Advena ērēctus expōnitur in crepīdinem siccam mundamque per cunīculum nigrum haud longum ad introitum obscūrum versus sē moventem. Mox per saeptum energēticum adventōribus pervium in spatium lūculentius cōnfūsiusque vehitur ubi versantur animantia omnigena, inter quae et aliquot speciēs hēlmānoīdēs. Alia hūc illūc trepidant, alia, hīc stantia hīc sedentia hīc Advenae ignōtō habitū sūmptō in iūnctiōnis locōs apparātūsve variōs animum intendere videntur. Multōrum circum caput truncumve fluitat tālis nānītārum, velut culicum, nubēcula quālēs interdum et alibī, praesertim apud magnās corporātiōnēs atque in praetōriīs mīlitāribus, videntur. Advena tālēs nānītās omnium generum officia praestāre scit: velut nūntiōrum suppeditātiōnem, rērum necessāriārum minōrum praesentem fabricātiōnem, inditōrum sēnsōriōrum aptātiōnem, sermōnum trānslātiōnēs, valētūdinis aspectūsque cūram et ita porrō. Proptereā quod īnstitūtiō Hsālēnsis, sīve ē prīncipiīs vērē philosophicīs sīve propter ōrdinum intellegentium sententiās nunc temporis plērumque contrā artium tantummodo mēchanicārum extrēma inclīnātās, nātīvārum potius vīrium cultuī favet, tālēs nubēculae tantum rārō intrā

Hsālae termina appārent. Rēctōrēs Hsālēnsēs philosophiam nātūrālem scīlicet recentissimam prōvectissimīs theōriīs servientem exercent secundum
cuius fundāmenta omnēs āctiōnēs ē quibus ipsīus agentis psȳchēn ut
causam efficientem exclūdī fīnēs suōs tantum ad tempus et ratiōne
circumcīsā attingere nec diūturnōs capere effectūs; holisticās vērō āctiōnēs psȳchārumque exercitātiōnem magis reciprocam quam ūniviam et
inaequālem nōn sōlum ipsīs exercentibus sed etiam hostibus prōdesse;
cūnctās enim simultātēs ex ignorantiā necnōn et inopiae opīniōne, plērumque falsā, exorīrī; quibus levātīs, pauciōra fierī bella; suscepta omnīnō
mēchanica, in quibus psȳchae animaeve nūllam parvamve ratiōnem habērī, ultimōs ēventūs saepius ingrātōs quam exoptātōs afferre; quod etiam
Veda imperiālia vīdisse etiamsī ante ruīnam nūllum minimumve frūctum
experīmentōrum pretiōsōrum tulerint. Vidēlicet Hsāla bellō oppōnit ratiōnēs longē magis ipsa bella quam hostēs vel eōs quī hostēs fierī possint
ēvertentēs. Quem dēfēnsiōnis modum, ut iam saltem aliquotiēs dīversīsque
locīs probātum, dūcēs mīlitārēs ita apertō animō accipiunt ut tamen solita
arma bellīque trālātīciam fōrmam nūllō pactō neglegant. Quippe sapientēs
observantissimīque complūrēs hōc praecipuē aevō animantium cultūs cīvīlēs societātēsque, vel saltem hāc in galaxiae regiōne sēmōtā, ē rudiōre
animōrum statū in aliquid prōvectius subtīlius ēlātius nunc ēvolvī sīve mox
ēvolūtum īrī vel certē tandem aliquandō, fortasse pauca post saecula, ēvolvī posse opīnantur. Quam opīniōnem dērīdent plānē quīdam cēnsōrēs
minus perspicācēs.

Advena, quid sibi nunc sit faciendum īnscius, proximō animantī, speciē
Quuquumacnocrō, librum mōnstrat; quod faciēns, sub hāc lūce ēlegantiōre,
subtīliōre librum suum etiam magis fulgēre animadvertit. Immō liber in
rem nunc intolerābilem cōnversus vidētur, velut pharus maritimus in sellāriā monocerōsve in lātrīnā, cuius aspectus pūrissimus adeō fastīdium
movet; nec facile est impetuī resistere librō, quō minus ēmineat, proximās
sordēs quāslibet inlinendī.

Vultū – hoc est, coccinī discī tam auriculāris quam oculāris gestū – intellēctū haud facilī, brevī autem post additō membrī rāmifōrmis villōsī paulō
argūtiōre mōtū, nīl tamen, quācumque dē causā, sermōnis prōferēns, Quu-
quumacnocrus Advenam quandam furviōrem ad maculam versus dīrigit,
quae, simulatque ab Advenā attācta, procoetōnī simile fit. Quō cum per-
cōlātur iam acroāmatis Tenebrācānī seu sonitus seu sēnsus, Advena mīrāns
concentum adhūc continuārī intellegit. ...At plānē vectūra ā Posūiiō praebita vērē celerrima fuit.

Generis X Hēlmāna fēmina superbō aspectū, dextrō brācchiō armillīs
commūnicātōriīs temperātōriīs vibrātiōnālibus onustō, nōnnūllō cum fas-

tīdiō perlūstrat intrantem oculīs animōque. Quod autem fastīdium, animadversō Advenae nimbō gāsōsō nunc succaeruleō leviterque agitātō, continuō in manifestam cūriōsitātem mūtātur, dein, cōnspectō librō radiantī, paene in obsequium vel adeō reverentiam. Advena simul librum trepidā manū lubricātum esse sentit. Potestne fierī ut ipse prōdigium nitēns propriō dēmum corpore inquināre vel subcōnsciē temptāverit?

"Spectāculum...," inquit Genus X decōrissimō, immō, ut vel Advenae vidētur, paene inhēlmānō brācchiī gestū sellam aspectū incommodiōre indicāns, "...paucīs mōmentīs peragētur."

Advena pārēns sellam cautē aggreditur, quae tamen, simul tācta, sē corporī blanda accommodat. Ante mānsiōnem Hsālēnsem Advena huiuscemodī supellectilis partēs aliquot sānē expertus est; in Hsālā autem, ubi ingenium dōtēsque ac virtūtēs potius interiōrēs quoddamque corporis animīque rōbur excoluntur, vitātō immoderātō luxū, quisque sibi apta quaerit; nihilō inventō aptō, sufficere solet aut commūnis ūsūs lectus aut teges.

Haud falsum fuisse vidētur salūtātrīcis dictum; pauca enim post temporis mōmenta omissīs modīs, mīrum quam inopīnātō ante Advenae oculōs appāret ipse Tenebrāx tamquam ā salūtātrīce, quae nōn iam adest, arcessītus. Acroāma cadāverōsum gerit solitum magōrum humerāle tālāre nigrum, intrōrsus pūniceō pannō attalicō obductum, ē proximō vīsum mīrē vīlī tenuīque aspectū. Cui accēdit quod tōtīus synthesis ēlegantia vīvācitāsque scaenica corpusculō tam rigidō, osseō, inertī, pūpifōrmī applicāta admodum rīdicula ēvadit ... immō simul rīdicula atque etiam, subter hōc, inopīnātō aliquō mōre familiāris.

Contrā opīniōnem Tenebrāx satellitibus carēre potest ... saltem hōc in latibulō prīvātō. Nēmō enim cernitur alius.

Multōrum nunc systēmatum stēllārium lūmen, quō fortasse nihil hōc tempore populārius, quasi solitum animāns quodvīs, manum, quamvīs osseam, porrigit.

"Salvē," inquit, "Tenebrāx sum."

Quid absurdius dictū! Quisnam enim alter esse possit? At manum dare is sincērē velle vidētur ... tamquam sī ipse sīc cōnfirmārī petat. Quamvīs difficile sit vultum tam larvālem foedumque ē tam propinquō aspicere, Advena sē ipsum impellit ad aspiciendum. Sī enim contrā hoc ... hoc "ēns" stāre vult, obtuērī posse oportēbit.

Quamquam "lūmen" utrumque nihil nisi nigra lacūna est,
percipitur tamen ingenium spectantis adesse.
Tamquam sī, velut in grȳllīs mīrā arte animātīs,
ē mōmentō in mōmentum fingātur imāgō
sēnsusve incertus potius phantasmaticārum

pūpillārum quam vērārum, nunc quasi paene
vērē vīsārum nunc tantum animō trepidantī
fictārum, nūllae rērum perstāre videntur
lēgēs. Coniugis at gelidē fictō obversante
corpore mentis nunc oculōs, statuit sibi dextram
Advena sūmere terriculae ... cosmōrum etiamsī
compāgēs ruat ūnī vel numerō aequiperētur
centum perdāturve nihil nisi dextera quaeque
... quō cesset subitō speculōrum industrius orbis.
Dēficientem intrāre manum spatium nunc restāns
pertaetrum arripit – ei! – Tenebrācis pūtida dextra
tam rapidē ut iam nōn videātur pars Tenebrācis
corporis ... ac gemitus simul exprimitur trepidantī
pectore Hsālēnsis! Cutis at nōn frīgida tāctū est.
Nec calida est. Potius subvermiculātur ut undīs
particulīsve vibrāns vacuum quās gignere nōtum est
perpetuō spatium simul ortās exstinctāsque!
"Advena ego ... Advena sum...," balbūtit sēmihiulcō
ōre Explōrātor, "...quī dēvectus modo Hsālā ...
tē cōnsultum..." Nīl Tenebrāx tamen immūtātur
immōtusque manet quasi simplex scaenica pūpa
menteve captus, dīductō rictū in simulācrum
laetitiae aut odiī. Inīquō subitō manus atrōx
dētrahitur mōtū quasi in excīsīs pictūrīs
pelliculā antīquā cīnēmaticā temerātā
tempore. "Dē hōc ... ēn ... graviter dubitāns properāvī
hūc ... mīrānsque rogātum tē quidnam fiat," inquit
hospes compositus turbātā vōce rudīque
prōdēns ambiguum librum arcānumque sinistrā.
Annuit angustē Tenebrāx patiēnsque vidētur.
Quō stupet Advena, nam lūmen tāle exagitātum
summē et difficile esse aditū semperque operōsum
exspectēs. ...Mōnstrum at scaenae torvum atque malignum
longanime esse! "Hem, missus hic est radiāns liber ā tē?"
Nūtat larva iterum strīdentibus ossibus ūsque
cervīcis spīnaeve sonō vēpulverulentō.
Quamvīs sit placidus, Tenebrāx haerēre vidētur.
Quem prīmum videt Advena nunc minus ut persōnam
percelebrem illam quam lūsum ut pūrē miserandum
nātūrae. Fōrmae brevitās Hēlmāna vidētur

# de faucibus

fermē, at membrōrum maciem dīram miserētur
      Advena nunc subitō et faciem vīsū intolerandam.
Advena et ipse gregis mōnstrōrum nūper alumnus
    iūnior est factus quamvīs vitiō leviōre!
      "Ecquid ut occultās rēs hās ego mente capessam
mī succurrere possīs?" "Haud possim," ille respondet.
"Sīcut enim liber iste tuus, sum missus et ipse
    ē vacuō." Labiīs prīvātō tetrica rictū
      exsiluērunt haec velut ultrō sponteque mōta.
Prōrsum inopīnantis nunc obtūtum Tenebrācis
    pervacuum cernēns aridō angitur āere gūlā.
Istam igitur minimē rēctā attingunt adopertae
      terriculam aerumnae. "Quī nunc quid sit faciendum
... nōscam?" "Quīn, age, tū librō dēprōmere temptēs
    fābellam?" Haec quoque verba parāta videntur exīre
āctōre ē necopīnātō. Stupidē speculātor
    obtemperāns oculōs vertit coöperculum in album
      aureum et in titulum quasi lūdibrium crūdēle.
Omnīnō temere arcānō librō reserātō,
    pāgina quae iam forte patet trepidantia verba
      ex sē ficta parit. Quae continuō īnsinuantur
spectantis mentī simulantia somnia noctis
    fābellāsve epicās vel forte diāria gesta
      nostrātum properē variīs dēgentium in agrīs
terrēnīs. Ex hīs praesertim immergitur orbī
    Advena cuidam in quō efficitur persōna animāta
      vī sanctī doctīve virī dē pulvere vīlī.
Sīc cōnflātus homō magicē mūtusque rudisque
    pollentī ingeniō dominī pāret summissē
nec quid sit vērē ipse potest discernere mente
arbitriō utpote subiectus validō atque aliēnō.
    Nec sōlus magus hic sed et omnēs imperiōsī
      collēgae inter sē iūnctī mutuō cōnfirmant
lēgibus altīs vim iūnctam ... plēbisque vicissim
      cōnsēnsus iūnctus permittit iūra magōrum
permittentibus adsiduē et rēgnantibus ipsīs,
dīvōrum atque magōrum quī bene fulmine fultī
    comprendunt animōs populī rēgnīque columnās
firmant. Fāta ideō Golemī compāgine rērum
    cultū et cīvīlī exsurgunt. Sine eīs maneatne

ipse ut saltem ēns īnferius? ...Quī comperiātur?
Fīnītā tandem prōlixā et sollicitantī
    "fābellā," subitō sē percurrisse legendō
            Advena nunc animadvertit neque cētera circā
sēnsisse. Ēn, Tenebrāx etiamnum proximus astat
tamquam trānsāctō nihilōdum temporis. Anne
hunc sinit hīc cessāre ārēns patientia mortis?
Quicquid is est, cernēns nōscendī nunc studiōsae
terriculae vultum speciēque nova ultima aventis
obscēnum, sentit digitōs propriōs trepidāre
Advena, cum subitō spurcum magulum Tenebrācis
dēhīscit trīste et vacuum, lūgubre forāmen.
Assurgente manū laevā, radiantur utrōque,
prōrsum retrōrsumque, cobaltina aquātica glauca et
inter sē certant iēiūna astūtia mentis
affectūsque animī crēbrī fortēs dubiōsī.
Sīc lentā accēdente manū ad faucēs Tenebrācis
ut perventūra haud umquam ad mētam videātur,
nunc cosmī subitō facta īnfīnīta videntur
ut fundāmina vasta ita et omnia quaeque minūta.
Immō nē temere in salsam trīstemque lacūnam
ipse angōre prius dēsūdētur timet ille
quam mētam – prōh nūmina! – sēditiōsa sinistra
attingat! Tenebrāx, cēdēns nunc partibus artīs
īnsolitīsque datīs sibi, nīl quicquam immūtātur.
Quīn etiam plūs sē summittit, quō magis ipse
Advena terrētur. Trāns omnia tempora cosmī
corporis hunc habitum immōtum servāre utrumque?
At subitō mōtū patefit magis ōris hiātus
ut nunc trānseat illa manus rictūs aciem errāns
labra ubi sentīrentur sī modo tālia adessent.
Tamquam corpore sēiūnctus videt omnia sēque
laevamque īnfandīs irrēpere faucibus Orcī,
nūllō iam comitante nisi exsanguī simulācrō
perplexōque hominis velut Ipsōrum propylaeō
Īmōrum taetrō. Lentē prōrsum, neque quicquam
sentītur mōtūs animae. Subvertitur orbis
terrārum atque planētārum. ...At quid reī? Schidulamne
sentit nunc digitō? Chartācea parva vidētur
schidula sicca esse et minimē adhaerēns facilisque

196

extractū. Capit et temere extrahit ōre; sed, ecce,
excerpta est quasi dē nihilō, quasi sī Tenebrāx iam
nōn exstet. Nunc cūncta cadunt. Cadit Advena et ipse
dēspiciēns schidulamque vidēns tremere et volitāre –
quae tamen adhūc, ecce, aliquā laevā retinētur.
Hīc sit fōrmula quondam quae Tenebrācem animāvit?
Applicat Advena nunc oculōs. Arcānā linguā
nīl scrīptum appāret; quīn hīc commūnia tantum
verba videt Vedicā linguā adumbrāta pedestrī:

*fabula capitur*

At hoc, tam simpliciter ac simul tam arcānē expressum, quidnam orbis
mundōrum sibi velit? Advena sē iam spē nōnnihil dēiectum animadvertit,
quamvīs plānē nīl īnfestius accidisse simul gaudēns. ...At quidnam vel
quemnam capī? Et quā fābulā? Anne ipsa capitur fābula? Aliquotiēs sibi temere repetit verba nūllum tamen plēniōrem mente capiēns sēnsum simulque Tenebrācem nunc sōlum obscūrē subicientia vacua pervacuus ipse
tamquam ex aeternō tempore intuēns.

Paulō post, Posūiiō iterum commodē inclūsus silentiōque ad Hsālam
versus celerātus, Advena schidulam, ob spem falsam tunicae loculō irreve-
rentius iniectam, manū ōtiōsē repetit. Mīrum autem quam iam tābuērunt
tam charta quam litterae. Ita quidem ut scriptum dubium nōn iam facile
legātur! ...At dein, quasi ē taediō versā schidulā, alterās, ecce, litterās, vel
hārum ultima vestīgia, necopīnātō cernit. Petītā ā Posūiiō clāriōre lūce
sententiam extenuātam sēque, ut vidētur, adhūc cito abolentem aegerrimē
dispicit:

*tenebrae lux inversa*

Alter scirpus ... quamvīs et simul aliquā familiāris. Advena, iam tam
somnulentus quam animō dēiectus, subter praeterfluentem atmos-
phaeram cōnsīderat tamquam ēnōdātiōnem inibi quaerēns. Cum sit nox,
summae tamen nūbēs līmesque stratosphaericus lūnīs quibuspiam, peregrīnō nōndum familiāriter nōtīs, ūsque ad circulum fīnientem nōnnihil
incurvātum collūstrantur. Vltimō cūriōsitātis accessū manum clausam tandem iterum aperit, quō schidulam iam paene omnīnō dissolūtam reperit,
scrīptī iam manente nihilō.

Hāc nocte in somniīs sēmisomniīsve videt fēminās virginēsque, hās in natābulō lūdentēs hās ēlegantēs vestēs, māximā ex parte nigrās venetāsve obscūrās, per crepīdinem sat glōriōsē gestantēs. Aqua nigerrima est tamquam sī natābulum fundō careat, quamvīs ipsa excitāta superficiēs laetōs lūcidōsque colōrēs scintillāsque alacriter quōquōversus repercutiat. Nōnnūllae fēminae ita subtīlibus notīs Lntāchae admonent ut tamen apertē nūlla sit ea. Eae quae in natābulō sunt rōre aspergunt in crepīdine stantēs; quae tamen, neglectō lautō ornātū, nōn modo nōn īrāscuntur vērum adeō dēlectantur lascīvō aspersū. Immō corporis partēs aspersae rōre quōdammodo laetificārī videntur. Vna fēmella, exquīsītā veste tālārī nigrā quasi sericā excīsūrāque largā amicta, ad piscīnae marginem subtrepidō vultū iacēns ā duābus fēminīs velut sī ā mānsiōnis valetūdinī dēditae ministrīs cūrētur. Hae prīmum dexterō humerō, dein costīs sinistrīs aquam manibus largē applicant mītīque cum cūrā īnfricant; quō fēmella nōn sōlum levārī sed etiam admodum fruī, forsan etiam sānārī vidētur.

At Advena magis appropinquāns subitō animadvertit eam rem obscūram et quasi liquidam quam aquam esse modo opīnātus est rē vērā nōn aquam – nam neque in ipsā puellā neque in crepīdine ūllum cōnspicit ūmōrem, nēdum aquae fluxum aqueamve refulgentiam – sed ... ut saltem aliquā vidētur ... nihil esse. ...Immō vērō nē "nihil" quidem secundum sēnsum commūnem sed, ut ita dicātur, nōn sōlummodo cuiusquam reī sed potius quasi *omnium rērum* atque adeō, sī hoc vel animō fingī potest, *ipsīus nihilī* absentiam ... scīlicet vacuum sīve ināne absolūtum, cuius vacuitātem – hoc videt somniāns repente ac quasi nātūrā incitātus – tam pūram ac penitus penitusque existentiae expertem esse ut quaevīs rēs eā tacta, velut quaedam ambigua flammā frīgoreve excitāta ēlectrideve galvānizāta, necessāriō id sponte aperiat quod vērissimē, nec tantum quibusquam sub existentiae condiciōnibus, est. Atque hoc Nihil, ut quāvīs condiciōne vacāns neque igitur cuiquam condiciōnī obnoxium, nōn potest quīn rēs paulisper tactās perfectē sānāre et renovāre et – quamvīs hoc videātur absonum – complēre. Somniantis mentī etiam occurrit hoc Nihil, quamvīs tractārī videātur manibus, vērē nōn manibus sed – id quoque quod velut nātūrāliter scit Somniāns – sōlō animō dīrigī, sequentibus tantum manibus comitibus. Immō vērō nōn sōlum vidētur animō dīrigī sed etiam animum simul dīrigere, vidēlicet prōrsus exclūsīs propter illud Nihil ūniversīs discrīminibus, repugnantiīs, duālitātibus ... velut frīgidō et calidō, subiectīvō et obiectīvō, etiam bonō et malō.

"Hem, quid est istud quō ... lūditis?"

Haec dīxisse vult ille verba, quae tamen sōlum in mente neque in auribus resonant. Fēminae utīque nec Somniantem nec dicta eius animad-

vertere videntur. Ad ipsum autem piscīnae marginem accēdentem nōnnūllae, immō iam subitō prope omnēs, quasi dēlectātae aspiciunt velutsī
temere hilarēque ad natātiōnem invitantēs. At ille haeret, Nihil illud fundō
carēns cautius intuēns, fēminārum simul virginumque splendidam vīvāci-
tātem dēmīrāns, quae, ut manifestō Venerea, ita tamen etiam quōdammodo prōrsus omnia quae mente fingī possunt – māteriālia, ut animālia,
urbēs, silvās, campōs, planētās, stēllās, galaxiās, ipsa vacua, dīmēnsiōnēs
omnēs, et ita porrō, sīcut et nōtiōnēs omnēs necnōn et ipsam nōtiōnum
concipiendārum potentiam ipsamque dēmum mentem animamque – facile
nātūrāliterque ac quasi nūllā prōrsus datā operā complectitur. Haec scīlicet quasi ē fēminārum corporibus vōcibus oculīs mōtibus atque adeō ab
ipsīs repercussae lūcis pervīvidīs schēmasin colligit Somniāns; nam quī ad
Nihil illud appropinquat haec omnia, quamvis speciē dīversissima, subitō
et necessāriō idem Nihil penitus participāre scit; immō nihil nōn exstāre
quod nōn sit dēnique simul Nihil. Haec saltem brevisssimō temporis
articulō discernere sibi vidētur inūsitātē tranquillus atque praeter solitum
acūtus Somniātor.

Cum autem ille, sūmptīs tandem animīs, sē timidē summittēns digitīs
rōrem tangere audet, omnia statim mūtārī, immō, omnia ita invertuntur
ut sē, nescit quōmodo, fallī, immō, forsan sē ipsum fallere videātur. Is enim
sēsē videt ūnā cum fēminīs virginibusque illīs, quae in crepīdine prius ver-
sātae, nunc vicissim magnō marī iūcundō, immō aliquā familiārī, innāre!
Prius vīsum falsum, immō, nōn falsum sed potius quōdammodo perperam
vel saltem aliter intellēctum esse iam vidētur. Īnsuper turrītae fulgidaeque
nūbēs, nūllō merō caelō nēdum sē ipsīs contentae, ūsque tendunt ambiguum in Īnfīnītum tam vīvidum immāneque quam modo ... modo natābulī
superficiem. Quō Somniātor suspiciōnem concipit sē perrēctūrum esse
tālēs imāginēs vicissim inversās sīve speculārēs vidēre dōnec ipse impedīmentum aliquod nōndum dispectum intellēctumve trānscendat.

In rīpā candidā arēnā singulāribusque plantīs amoenā cōnspicitur, ecce,
figūra quasi Hēlmāna, simplicī nitidāque vestīta tunicā, quae manuum gestibus cōmibus benevolīsque natantēs ad lītus invītat. Circumspiciēns num
quis alius adsit quī Invītantem observet, Somniāns eandem fēminam propius rīpam nantem videt quae paulō antehāc aquā cūrārī vīsa est. Ad quam
facillimē ac quasi in propriō suō campō nāns is cito cernit – id quod in
piscīnae margine nōn ēminuit – vultum eius hebetem vacuumque velut
medicāmentibus dubiīsve voluptātibus modo cēdentis. Ad quam paulō
magis accēdēns vultum animadvertit tamquam culpae cōnscientiam dēsīderiumve prōdentem velutsī fēmina sibi terram dēmum petendam esse
sciat. Quō sentit ipse Somniāns quātenus haec aqua – quamvīs haud valdē

speciōsa, immō, forsan adeō cālīginōsior dīcenda – sibi quoque placeat atque mōrigerētur et cuique impetuī libīdinīque obsequātur. Cūriōsitās ad rīpam attrahit, in aequore retinet longissima cāraque cōnsuētūdo.

Eās autem rēs quās prō algīs aquātilibusve avibus undārumve cristīs modo habuit nunc subitō cernit esse hominum capita; quōrum quodque eundem ferē sēsē largē nāviterque invītantis vultum praebet. Quōrum hominum nōnnūllī inter sē ita colloquuntur vel colloquiī speciem praebent ut tamen manifestō longē māximā ex parte in ipsīus maris voluptātēs commoditātēs āvocāmenta intendat animum. Quō paulō repulsus magisque nunc ad rīpam appropinquāns Somniātor splendidae illīus terrae firmae siccaeque nātūram sibi praesentīre vidētur; quam autem nātūram ut sibi dēpingat nē ūnum quidem sē mentī offert aptum appositumque verbum. Mox, propius lītus, ipsum spatium simul augērī quōdammodo et īnsolitissimē ... stringere...

* * *

Ecquid, vel īnsequentī diē arborem quandam ignōtā causā mīrāns nūllamque posse esse arborem nisi ē lūce tenebrīsque simul compositam animō subitō prōpōnēns, alterīus sententiolae illīus significātiōnem tandem aliquantum dīvīnāre incipit? Nōnne etiamsī quis amplissimā lūminum vī frētus cūnctās arboris cuiusvīs partēs ex aequō illūmināre temptet interiōra tamen obscūra maneant? Quae arbor sī ita dissecētur ut ūna quaeque pars, quamvīs minima, lūcī pateat, restent nihilōminus duo impedīmenta: prīmum, penitus funditusque dissectam arborem nōn iam fore arborem, hoc est, subtīlissimam dissectiōnem potius nīl nisi elementa prīma sīve prīmīs propiōra relictūram, fore igitur ut nōn iam exstet ea rēs quae illūminanda fuerit; deinde ob magnitūdinem nostram nōbīs necessāriō assiduē obscūrās futūrās esse mōlēculārum, atomōrum minōrumque particulārum internās partēs, sīn autem ita imminuāmur ut tālia rēctā percipere valeāmus, fore ut macrocosmica vicissim nōs prōrsus lateant sīve obscūrissima fierī sīve tenebrīs obdūcī videantur quippe cum nihil sine animadversōre animadvertātur neque quisquam animadversor – nisi forte cōnscientia aliqua dīvīna summumve nūmen aliquod – propriā dēmum singulārīque circumscrīptāque igitur aspiciendī ratiōne careat. Commūnem igitur mortālium nātūram, condiciōnem, ratiōnem rērum cōnsīderandārum dēfīnītam circumscrīptamque per sē postulāre ut nihil sentiātur absque speciōsā discrepantiā illā lūcis tenebrārumque, quās tamen duās rēs ūnicum forsan prīmum quoddam substrātum plērumque absconditum aequē, etsī dīversā utramque ratiōne, exprimere. Quod autem cōgitātum exsequī nequit is quī, cōnspectō modo vermiculō albō glaebam recentī pluviā ūdam perrēpente, mentis oculum inopīnātō incōnsultōque intendit in subterrānea. Caecīsne vermibus lūx omnīno sit ignōta? An quae nōbīs obscūra eī sibi tamquam lūcida nūllīs oculīs sed potius ipsō corpore sentiant? Scīlicet sentiant illī "lūminōsitātis" "tenebrārum"que aliud genus? Nōnne etiam hominibus caecīs mundus externus obscūrus sit, internus tamen quōdammodo dīlūcidus? Caecī vel sub terrā rēpentēs illam "lūcem inversam" quae fuerint tenebrae ecquid in animō ut ūnicam experiantur lūcem? Quam in bīnās novās vicissim oppositās, seu "lūcem tenebrāsque" seu aliter nōminandās, dīvidant? Tālisne sit cōnscientiae mortālis nātūra ut nova semper paria contrāria quasi sponte ex sē fingat?

Nescit Advena cūr sē inter prōcērae arboris, siccā in hāc regiōne aquīs proximō fluviō dērīvātīs sustentātae, altās implicitās tenebrōsās rādīcēs nunc magis vagārī imāginētur quam aprīcō apertōque locō illō cōnsultō cōgitātēve prōcēdere. Sint subterrānea refugium ... an exsilium quod ipse sibi in praesēns, ut vidētur, vel metaphoricē impōnit? Ecquid ā māiōre superiōreve suī ipsīus exemplārī illūminātiōre aliquō in fastīgiō versante īnsolitissimō modō recēns accēpit nūntium animō sēnsum necdum tamen funditus comprehēnsum? Fedestopolī hūc redeuntī iter tam cōnfūsum fuit quam mīrificus fuerat aditus. Odiōsīs fābulīs istīs quae animum anteā obruērunt inest ūlla adhūc auctōritās? Liber, quem is nōn iam sēcum habēre vidētur, prō schidulā istā dēmum permūtātus? Istene rē vērā exstitit umquam Tenebrāx? Vel apud hōs Hsālēnsēs is nōn iam valdē in pretiō esse vidētur. "Istum mē quondam dēperisse obscūrē nunc recordor," inquit Oiiēcna rogāta. "Nōnne autem pūrā arte fictus erat?" "Minimē quidem," inquit in respōnsum Ēroinhgetl. "Histriōnem quendam, nōmine Oiibhātubam, sine dubiō inter aliōs aliquot, eum ēgisse trāditur..." "At nōnne ille modo, immō herī, in MHI tam cito recessit quam quondam ortus erat?" Quae ultima verba opposuisse vidētur sibi ipse Advena quasi gravātus. Ad quod Oiiēcna: "Sunt sānē quī hoc dīcant. Estne autem tam stultus quī commerciālibus mythīs fidem tribuat? Amant utcumque omnēs nunc Latrunculam, ut plēbī propiōrem fictiusque incīvīlem. Raucissimae praetereā vōcēs eius prō immāne venustīs habentur."

Cēterās diēī partēs sūmit Advena dē vītā suā, nunc duplicī, nunc multiplicī, nunc vērō mīrum quam tenuī, commentāriōs cōnficiēns "diariōs" dictōs, quōs ille tamen plānē numquam nisi praecipuā aliquā causā mōtus cūrat. Per huiusce loculī terram ūdam arteque satis ūberem factam continuantur quōquōversus indēfatīgābilēs cunīculī vermifōrmēs. Diēs Hsālēnsēs numerantur iam velut laticum salubrium quidem sed simul caenōsōrum stillae. Immō, stillātim adhūc vīvitur. Quī rāmōs folia truncum corticem sibi intuērī vidētur fortasse tamen etiamnum sub terrā imprūdēns rēpit, cum sōlus ille quī aequē simulque rēcta et inversa percipere solet ipsissimam cernere valet Arborem. Māximum mystērium nōndum quidem bene dispicī, nēdum prō tālī habērī potest.

# 9. novum orpanum

Nec summā aestāte vīvācissimī culicēs Phadhriī viscōsās diffrāctī pōmī ruīnās circumvolitantēs vehementius furunt in nectar neque in potentium praetōriīs conciliīsque nānītārum auxiliārium microscopicārum crēberrima exāmina in clientēs officiōsius alacriusve intendunt quam nunc nāvigia, praesertim Variābilia, simul versantia, volūtantia, praecipitantia, per spīrās sē rotantia quaedam spatia pervādēbant quae, etiamsī ā profugōrum planētīs aliquantō distantia, nihilōminus quibusdam subtīlissimīs ex causīs astromēchanicīs ad hanc regiōnem diūtius retinendam moderandamque penitus erant necessāria. Nōnnūlla enim ē Vedīs disiectīs inquinātīsque sē tumultuāriē refēcerant ōrdinēsque aliquātenus restituerant ac ratiōne nunc quam priōre longē īnfestiōre ad perdita reciperanda passim nītēbantur. Obscūrā aliquā ratiōne Trebītās haec movēre ōminātī erant animadversōrum cum intellegentiōrēs tum suspicāciōrēs. Nēmō tamen quisquam vērārum causārum prūdēns erat, nēdum quae essent praecavenda scīrētur.

Quamquam ad bellum īnferendum undās quantālēs prosperē tractāre potuerant nec Veda neque aliae potestātēs simile tālium artium fastīgium adeptae, vel ante Clādem illam māximamque fugam dēflectōria quantālia Vedica perīculum Trebīticum ex animantium memoriā efficienter arcuisse vidēbantur. Dēflectōria enim ipsam Trebītārum vim et nātūram adībant cum fluxus quantālis hostīlis quīvīs actūtum rēicerētur in iaculātōrēs, quō hī, sī perstābant, longius longiusque sēmovēbantur mētā. Immō quī dēflectōria Vedica omnibus vīribus aggressus esset certō certius īlicō exstinctus esset. Tamen, id quod dīcunt multī, bellum nūllā melius ratiōne arceās quam īnferendō. Quae sententia, longa sānē post aeva, vēra esse ēvāsit; nam Vedīs, quippe quae ipsa nē frūstum quidem pugnae quantālis ultrō offerre valērent, ex omnī memoriā aetātum minābātur id quod dēmum omnibus: Ambiguitātis Prīncipiī inaestimābilitās. Quī enim quantālia, etsī passīvissimē, tractat, lupum auribus tenet, cum etiam is quī sōlummodo observat per ipsam meram observātiōnem tam mūtet quam mūtētur. Veda quidem manifestō dēflectōria tam multa tamque multifāriī generis variaeque positūrae tam redundanter ūsurpāverant ut tōtīus systēmatis dēflectōriī dēfectus quam minimē vērīsimilis esset. Illud autem *quam minimē* sibi volēbat īnfīnītās iaculātiōnēs quantālēs probabilisticās prōrsus omnia, etiam invērīsimillimīs invērīsimiliōra, aliquandō alicubī aliquā esse

admissūrās. Immāne quidem quantum irruptiōnibus praecāverant Veda; at
Trebītae, quā erant, ut vidēbātur, horrendā patientiā, aliquā subtīlissimā
intortissimāque viā, quasi pervagābilissimōrum cīmicum mōre, "dīvīnōrum programmatum" Vedicōrum ita quendam attingere potuerant limbum ut per saecula ac sēnsim sine sēnsū dīvīnōs algorismōs dēprāvārint
mentiumque technologiaeque Vedicārum satis magnā parte tandem potītī
sint. Exstiterant autem, etiam ante Clādem, biofōrmae philosophicae necnōn et philosophicae notae Veda quae, cum cūncta corporālia adsiduē
mūtārentur, nē omnium quidem mūnītissima cautissima excōgitātissima
fātum in longum ēvītāre quīre opīnārentur.

Haud sōlum in spatiō solitō nunc dīmicābātur vērum etiam, cum ambae
classēs, hinc profugōrum saepe ā Vedīs pūrīs ductōrum hinc Neo-Vedōrum
(sīve, quod vulgō, prīmō per iocum dein autem sēriō dīcēbātur, "Vēve-
dōrum"), superspatium nōn diū quidem (atque sōlummodo bullā subspatiālī inclūsae) occupāre sed potius identidem ad nānosecundās quasi stringere possent, integrae classium ālae turmaeque singulaque Variābilia hinc
ēvānēscēbant hīcque, interdum et annō lūce mēnsō distantia, statim appārēbant hostem incautum opprimentia.

Profugōrum intereā Cerebra Bellica – quō nōmine dēsignābantur īnstrūmenta cōgitātōria seu Vedicō orīgine seu artium Vedicārum imitāti-
ōne effecta – ad māximum intendēbant sēsē ut planētīs propriīs prohibē-
rent perniciem tam Vēvedicam quam, sī quā fierī poterat, Trebīticam – etsī
sānē ipsa vīs Trebītārum nōndum usquam īnstrūmentīs ēruī potuerat. Ad
rērum moderāmen utcumque ā vī aemulā prope inexpugnābilī ēripiendum
adhibēbant opposita systēmata intercessōria quāscumque opēs, subsidia
quaecumque: velut omnium quae fingī poterant generum coniectūs anti-
māteriālēs; radiōs lāsericōs; scatebrās penetronicās; cōnspissāta tēla ēlectromagnētica; vix ēluctābilēs campōs magnēticōs gravitātiōnālēsve; sor-
didās parumque subtīlēs vīrēs nucleārēs; plasmatis stēllāris ēmissiōnēs
mīrā arte dīrēctās; et ita porrō. Nūlla cōpia tegumentōrum ablātīvōrum seu
ex elementō neutronicō factōrum seu campōs ēlectromagnēticōs dēnsātis-
simōs gravitoniave ūsurpantium satis prōtegēbat adversāriārum aciērum
īnstrūmenta et arma, quippe quia quīvīs apparātus heuristicus nōn tantum
mūnītissimus sed etiam rēs extrā sē sitās sentīre afficereque aliquā potēns
– scīlicet intortīs subtīlibusque modīs cum externīs coniūnctus velut undīs
ēlectromagnēticīs in multōrum fastīgiōrum arcānās notās redāctīs seu
reāctiōnibus chēmicīs concatēnātīs temperātīs etiam dēnsissimam per
māteriam concitātīs – eādem quā agēbat viā retrōrsum invicem poterat
attemptārī. Ea igitur māchina quam dominī propriī regere possent hostīlī
quoque versūtōque īnstrūmentō computātōriō organōve cyborganicō

penetrārī expugnārīque poterat, hoc est, per strophārum antistrophā-
rumque trīlliōnēs; per ictuum, prōpulsātiōnum renovātōrumque ictuum
quadrīlliōnēs plūrēsque.

Rērum hīc cum suprā tum īnfrā lūcis velōcitātem gestārum longē māxima pars nimis rapidē ēvolvēbātur quam ut oculīs cēterōve sēnsōriō biologicō percipī posset. Variābilia bellica prope planētārum partēs indēfēn-
sās vī displōsa in mōlēculārum gravium ācerrimaeque radiātiōnis dissolvē-
bantur asperginem ingentēs plagās tam subitō et absolūtē exūrentem ut
nēmō sīc dēlētus quid sibi accideret animadvertere valuisset. Tālibus locīs
restāre solēbat nīl nisi albicantis, tenuis summēque radioāctīvī pulveris sat
altum corium miserandīs nōnnumquam impressum adumbrātiōnibus bico-
lōribus arborum aedificiōrumque animantiumque quae paucīs ante secundīs ibi exstiterant.

Ferēbāt fāma Vēveda nōn sōlum Vedīs cum huius regiōnis profugīs
sociātīs sed etiam aliīs Vedōrum adhūc sānōrum vel sēmisānōrum coetibus
alibī galaxiae vīventium adversārī ūniversīs. Dīcēbātur etiam seu adhūc
exstāre seu ruīnā Vedicā nūper exortās esse cīvitātēs minōrēs latebrāsque
aliquot prīscam illam indolem Vedicam simul benevolam et, commūnī
paene omnium profugōrum opīniōne, longē nimium īnflātam superbam-
que varium in gradum servantēs. At quae omnia alicubī vērē exstārent
nēmō scīre poterat; nam ūnicus hic galaxias – nēdum aliōrum centēnae
bīlliōnēs – cui inerant certē plūs 200,000,000,000 systēmata stēllāria
complūrium generum, quamvīs sub theocratiā Vedicā viguisset quondam
perspicuitātis praesidiīque aliquanta saltem speciēs, haud poterat nunc
quīn, ēlāpsā sēcūritātis vānā opīniōne, quemvīs animum, praeter forsan
Obicum, multiplicitāte, varietāte, inmēnsīs spatiīs perīculīsque nusquam
nōn exstantibus contunderet. Immō, contrā industriam illam Palaeo-Vedicam, etiam in hōc galaxiā iam per mīlliōniennia explōrātō, exstābant tractūs – immō subinde et integrae stēllārum celebritātēs ingentēs sine dubiō
centēna mīlia planētārum comprehendentēs – Vedōrum hōrumque sociōrum oculīs tantummodo ē longinquō nōtī.

Quī apparātum bellicum dīligenter respexerat, utramque partem –
alteram propter dēmentiam aegrē tēctam alteram ob inquinātiōnis domi-
nātiōnisque timōrem – ā Vedōrum coetibus alibī exstantibus aequē esse
exclūsam memor, aequius certāmen forsan exspectāvisset. Attamen, etsī
sōlum ūnam ferē hōram, vel ā profugīs mēnsam, pugnātum erat, haud
aequus fiēbat ēventus; nam Vēveda sustinēbant alēbantque quaedam vīrēs
ad plērōsque tēctae quās nē rōbustissima quidem profugōrum īnstrūmenta
cernere, nēdum dēscrībere, valēbant. Quārum vīrium neque in āctīs diurnīs
pūblicīs multifāriam prōditīs neque in magistrātuum nūntiīs sollemnibus

parcius concessīs fiēbat aperta mentiō. Hae vīrēs tamen inter cōnfīdentēs rēctōrum periodōs dē armīs novissimīsque cōnsiliīs captīs dīvulgātās et quōrundam magistrātuum sincēriōrēs sententiās interdum incautē praebitās vulgō subintellegēbantur, subsentiēbantur.

"Claude!" dīxit Irus Nityuips omnivīsōriō dum vetus tapēte porphyrēticum ōrnātissimum ambābus crassīs manibus explānat, quamquam, rūgās exprimere temptāret quī vellet, hoc tapēte numquam iterum perplānum futūrum erat. Haec rēs autem haud pauca in mentem revocābat. Inde enim ab eō tempore quō Irī māter piae memoriae arcā plasticā extractum involucrōque solūtum tapēte ēvolverat fīliōque mūnerāta erat nōnnihil quidem tenuātum erat pallueratque; tamen modestae huic familiae adhūc erat gāza.

Ipsō ferē Clādis tempore occubuerat māter. Neque ita multō post apud Cupsilantiam VI statiōnem fēcerat ingentissimum Variābile tamquam metallica lūna aēnea formīcārum oppidō imminēns antimāteriālemque fōmitem quaerēns. Quamvīs vidērētur aspectū habitūque pūrum, plērīque scientālēs technocratēsque, vel eī quī nōndum ob inquinātiōnis Vedicae metum fūgerant, Variābilī sīc inopīnātō invīsentī, neglectā speciē innoxiā, minimē fīdēbant. Nec plānē pūritās eius ūllā tūtā viā probārī potuisset. Antimātēria tamen sine contāgiī perīculō et, quod etiam māiōris erat, ita ut salūtātor aetherius nōn stomachārētur trādita est.

Attamen, ūnā cum nōnnūllīs ex operāriā turmā agricolārumque sat magnā parte accēdentis clādis vēritātī praesentem pūritātis speciem antepōnentibus, Irus Amaratque uxor fīliaque prīma, conlēctīs tumultuāriē necessāriīs aliquot iniectōque sarcinīs quasi cāsū tapēte tunc aliōquīn tegmine vacuō, super discessūs podium stantēs ab immānī Variābilī combibitī erant, nūllīus prope reī posteā cōnsciī dōnec aliquandō ūnā cum tōtīs apportātīs fortūnīs in Aegam planētam lēniter dēmissī erant, intāctīs pretiōsiōribus omnibus, etiam antīquissimō hōrologiō lāsericō sacrīsque īconibus familiāribus.

Paulō retrōcessit Irus quō melius schēma intextum cōnsīderāret: intrā orbem magnum aliōs pervariōs fōrmāsque ab orbe triangulīsque aliīsque geōmetricīs tractās. Bucca omnīnō colōnica adsiduēque īnflāta ventōque, sīcut et tōta cutis vīsū praebita, torrida nec nunc, silente Irō, neque aliās, loquente, multum movērī solēbat, in tōtō corpore animī habitum nihilō prōdente nisi interdum oculīs mīrē caesiīs. Quī quidem oculī hōc temporis articulō dominum suum, etsī haud laetum dīcendum, contentiōrem tamen dētegēbant; nam nēmō post tapēte parietī affixum meāculum sēcrētum suspicātus esset. Etiam detractō tapēte, iānua, parietis contabulātī līneās artē sequēns, oculōs māximum in gradum fallēbat. Immō tantum additae cautēlae causā tapēte eō locō pendēbat.

Praecepta ista sēcūritātis ab omnivīsōriō accēperat saepius quidem Irus; colōnō autem adhūc modicī cēnsūs nūllum erat refugium neutronicum, nūlla tegumenta ablātīva, nēdum inductōrium gravitonicum! Nē ipsum quidem hypogēum sēcrētum, quamvīs coriō plūmbeō haud spernendō opertum, amplum largēve īnstructum erat nisi quod hoc temporis vicēs gerēbat apothēcae vīnī ex glaguacinō ac frūmentī familiāris nōnnūllōrum- que aliōrum necessāriōrum quibus frīgore atque siccitāte erat opus. Proximum dēmum refugium lēgitimum, Elf-Ahrae situm, nōnāgintā aego- metrīs distābat; quod tempestīvē adipīscī nē fidingō caeruleō quidem vectī potuissent. Ac quaenam dābātur fidēs pūblicum asȳlum nōn refertum esse foetidīs Suibbiīs Blemōnīsve ululantibus? Immō nī haec condiciō hōc ipsō temporis mōmentō ibi obtinēbat Irus cōnfīdenter spopondisset. Quī vidē- licet omnium vīlissimōs agrōs colendōs accēpisset, fātō dolendō, dēcernere nequībat quibus mōnstrīs proxima oppida habitāre licēret.

Sufficeret igitur hypogēolum. Irō familiaeque cibōrum satis magna cōpia inerat, saltem ad centum diēs, aquae et oxygeniī compressī ad paene ducentōs. Disicerētur vīlla, immō casa, restitisset fortasse tamen hypo- gēum integrum. Post iānuam tēctam dūcēbat meāculum ad iānuam chaly- bēiam lībrātam, pavīmentō aequē dissimulanter inaedificātam, nōn sōlum rēpentibus cūnctīs sed etiam aquae āerīque imperviam. Sīc quidem sē dēfendēbant plērīque ā calamitātibus nōndum vīsīs nec praesertim quā- quam singulārī in regiōne exspectandīs sed quālēs, in galaxiā cuius mag- nitūdō mentis captum longē superābat atque in quō simul permulta, etiam longinquisssima, sērius ōcius innōtēscere solēbant, crēbrō tamen, immō, adsiduē accidere vidēbantur.

Irus plūs aquae ē lagoenā hausit dum cētera casae oculīs perlūstrat. Hinc enim, ē mediō, plēraque satis appārēbant. Sīcut fundus, casa ipsa erat angusta.

Amarat Irum hortāta erat ut sē cum eīs in hypogēō abderet. Quod is plānē nūllō erat modō factūrus. Sī in hunc planētam vērē irrumpēbātur, ut in omnivīsōriō nūntiātum erat, Irus Nitȳuips nōn is erat quī sub casā ūnā cum fēminīs latēret dum hostēs immūnēs et impūnēs praedium, quamvīs modestum, praedārentur. Hercle! Iam novem annōs hōs agrōs colēbat pāscēbatque. Vīta eius haec erat. Ita simplex erat rēs. Dēmptō hōc fundulō, Irus Nitȳuips nūllus erat futūrus.

Amarat certē ambaeque puellae quam sēcūrissimae futūrae erant. Quae nē ūllā causā ēgrederentur Irus quam gravissimā vōce iusserat; neque uxor tālia iussa, ut admodum rārō data, neglegere solēbat.

Eā cum lentā haesitābundāque dēlīberātiōne quā homō simplex discrī-
minī propriōs fīnēs longē exsuperantī obviam incēdit Irus Nity̆uips, sublātō
dexterā sclopētō lāsericō sinistrāque attractō ad māximam conclāvis antīcī
fenestram tripodī scabellō, vigiliam ambiguam ōrsus est. Collocātō super
gremium sclopētō, dum sub corporis pondere tunicā brācātā operāriā
viridī tēctō lignum nunc tabulātī nunc ipsīus scabellī querulum gemit, illa
nōnnihil tremenda tesqua vastōsque clīvōs īnspiciēbat quae hīs novem
annīs vīciniam suam, etsī adhūc interdum inquiētus, vocābat. Abhinc quidem plānitiēī orientālis māximum tractum vīsū comprehendere habēbat ...
ac per culīnāriam fenestram occidentālia multa; unde autem, propter Obā-
xum Montem, quamvīs nōn altissimum, ita tamen praeruptum ac prope
invium, hostium incursiō longē minus timenda vidēbātur. Tamen interdum
surgere speculamque cēterās ad fenestrās extendere cōgitābat. At hostēs,
quālēscumque sīve quāliacumque erant, seu Veda ista īnfesta seu biofōrmārum manipulī seu ignōtae nātūrae "Trebītae," cūr nōn accēderent per
lātum iēiūnumque aequor hoc, Obāxō et longinquiōribus Suīcīdiīs Montibus interiectum ... sīquidem vērē erant accessūrī? Vlteriōris Dodiīceae
"Superna," quō sēmifallācī titulō haec regiō pervaria multiplexque coniūnctim nōminārī solēbat, idōnea terrēna nēminī nisi anguiculīs hōrumque
domiciliō, pānicō glaucō, ac pauperrimīs agricolīs necnōn pecoribus maci-
lentīs paucīs praebēbant. Dē Obāxō aquula illa inducta sī forte interclūsa
esset, hīs siccāneīs nūlla prōrsus potuisset corrādī vīta. ...Hīc dēmum
quidnam quaereret hostis quisquam?

Prātāria dē fundō lātam ad vallem versus lēniter vergentia Irus, iterum
ē lagoenā sorbēns, oculīs simul scrūtābundīs et subpavidīs contemplābat
dum calor, velut hospes ōlim quidem amīcus nimis tamen saepe
reveniendō invīsus redditus, solitā suā inurbānā pertināciā glīscit. Priōris
saeculī āeris temperātōrium, ārdōribus aliōquīn tantum vēlitāriter obsis-
tēns, exstinxerat quō māior suppeditāret hypogēō ēlectridis cōpia; nam,
quamvīs essent reonerābilia ēlectridis accumulātōria, omnīnō fierī poterat
ut ipsum generātōrium aut dēficeret aut aliquandō, cum silentiō īnstrū-
mentōrumque quiēte opus fuisset, excitārī nōn iam licēret.

Trānsiit media hōra, accrēscente adhūc sēnsim aestū. Quō hypogēum
saltem, ob apparātum āeris diffundendī pūrificandīque superiōre longē
efficāciōrem externīsque rēbus minimē obnoxium, Irus nec tangī nec tāctum īrī satis cōnfīdēbat. In hōc atque in hypogēō ipsō īnstruendō sē fiscō
nōn pepercisse nunc plūs quam gaudēbat. Immō, neglēctā paupertāte, sat
multa prōrsus gaudēbat. Virginī Iāsūque et Chut-Ākī grātiās agēbat quod
Balkediānam neque Aegānam ēmerat casam cum Balkediānae sē tam altum

in gradum dissimulāre scīrent ut vel plērōsque oculōs ē paulō longinquiōre locō latērent.

Sōlā tamen dissimulātiōne haud fīdēbat Irus. Etsī ūnicum tantum erat eī sclopētum lāsericum, hoc nōn sōlum admodum potēns erat sed Irus id etiam bene administrāre callēbat. Immō Ōrdinārium intēctum poterat seu cōnsternāre seu, prosperrimō datō ictū, etiam nōnnihil penetrāre; Coniūnctum saltem aliquantō viae dēpellere. Vt nimis rapidē ferēbantur Ōrdināria, ita tamen ipsum huius locī inmēnsum Irō favēbat cum sclopētātor promptior spatium rapidissimīs mōtibus eōrum maculōsum effectum ē longinquō cernēns "dūrī lūminis" ictibus fortibus lātō arcū ultrō citrōque inclīnandō aspergere posset.

Dynamometrum ingentis cautēlae causā iterum īnspexit. Funditus, ecce, onerātum. Tēlum hoc prīscī rītūs quidem sed tamen perpotēns aspectum praebēbat magnī tomāculī extrā modum fartī manubriīsque dioptrāque īnstructī.

Irus oculōs ad extentum plānum scrūtandum reddidit. Amplum intrā cōnspectum abhinc praebitum inter fundum et montēs, quīndecim ferē aegometrīs distantēs, appārēbat sē moventis nihil. Passim rārō sparsa praediola aequē Balkediāna. Praeter proximī, nihilōminus sat procul sitī, singula externa aliquot, nusquam quicquam nisi asperum vastitātis theātrum. Immō tālem in gradum nīl novī sē oculīs nunc obiciēbat ut hic solitus diēs Dodiīceēnsis aestīvus quiētus, siccus, fervidus, omnīnō solitō modō aegrē ferendus esse vidērētur. Irō oculōs magis intendentī in mentem vēnit alicubī apothēcae vetusta latēre bīnoculāria.

Ā quō tamen cōgitātō aliquid animum āvocāvit. Pecora. Nunc subitō praeter solitum modum strepēbant. Quid fundum tēctum magis prōdere poterat quam huiusmodī fragor? Nōn sōlum buriī sed etiam mūsimōnēs Napicī hōrumque scymnī stabulīs erant condendī. Hoc cūrnam nōn anteā fēcisset nesciēbat. Fortasse ipsā ex anxietāte.

Semel iterum perlūstrātō oculīs plānō, per culīnam postīcumque ōstium pergēns praesēpia petiit. Gillius et Lēda ad praesēpis marginem dominō obviam vēnērunt. Immō ille Irī truncum dextrō sub brācchiō amīcē fodicābat quasi amplexum simulque cōnsōlātiōnem quaerēns. Quō Irus, trāiectō ā dexterā in sinistram tēlō, Gillium prīmum, dein Lēdam permulsit, quae, apertē zēlotypa facta, paulō timidius, ut solēbat, accēsserat. Hī buriī, ut minimē stolidī, aliquid secus fierī sentiēbant. Brūtiōra pecora, cōnspectō dominō, mūgitū strīdōreque magnā ex parte dēstiterant; ac cētera circumiecta, praeter forsan longinquōs pecorum cōnsternātōrum sonitūs interdum, pertranquillīs intervallīs, vix exaudītōs, ūsque ad ipsōs montēs solitā quiēte torpēre vidēbantur.

Phrygania, quō vocābulō vel hīs locīs nōminābantur ruea hexapoda, dulcis lactis larga, ante cētera in horreum ēgit, aquae olȳraeque cōpiam augēns longaque colla maculīs rosāceīs albīsque discolōra mītiganter dēmulcēns; nam in axēs stabulōrum ea ungulārum damnō calcitrāre nōlēbat. Cui accēdēbat quod tria phrygania duodēvīgintī ungulīs īnfandum fragōrem suscitāre poterant!

Bene conditīs iam phryganiīs, Gillius Lēdaque ad mūsimōnēs in fundō nunc versantēs in horreum agendōs Irum sponte adiūvārunt. Sibi ipsīs prōvidērent quī adhūc per campōs pāscēbantur; nam ad gregem compellendum nōn iam vacābat Irus quippe cum omnivīsōriī dē imminentī perīculō loquitārentur. Buriī utcumque exteriōre in praesēpī relinquendī vidēbantur nē forte horreō inclūsī ūnā cum iterum strepentibus pecoribus perterrērentur. Et Irus hōs, ortā necessitāte, praesēpī sat facile exsilīre posse sciēbat.

Irus horreī ōstium commodum claudēbat cum sībilum peraliēnum audīvit prīmum subtīlem, dein cito in mōnstruōsum ululātum auctum. Immō vērō mox ex ūnicō ululātū ēvolvēbantur plūrimī inter sē implicitī. Vallem īnspicientī in animum nunc vēnit hōs strīdōrēs neque intrā propriās aurēs fierī neque hōc parvō fundō continērī sed potius per omnēs ipsīus Dodiīceae cāvās vastitātēs terrificē resonitāre. Cum nunc potius dēsuper vidērētur ēmānāre hic fragor multiplex, oculīs manū ā mātūtīnī sōlis radiīs prōtēctīs Irus aethera sōle micantem scrūtārī temptāvit, nīl tamen cernēns praeter quendam levem fulgōrem violāceum dē summō mediō, ut vidēbātur, sē prōpāgantem. Ventum quoque subitō nunc accrēscentem sentiit, quō āerem anteā penitus tranquillum fuisse sibi animadvertit. Fortis aequābilisque fluēbat āer tamquam rīvus, quō complānārī sentiēbat agricola rārōs capillōrum brevium fasciculōs rotundō suō capite exsertōs.

Magna umbra nunc quāvīs nūbe longē vēlōcior ex occidente in orientem pergēns terram obdūcēbat. Suspiciēns iterum vīdit Irus maculam illam violāceam, nunc potius ātriviolāceam, ita auctam, immō, adhūc augērī ut fieret sōl mātūtīnus sēnsim suī tantummodo adumbrātiō lūrida.

Vbi incidit cōgitātiō sē nunc forsan mortiferīs irradiārī, Irus casam petīvit. At, dum illūc festīnat, strīdōrēs caelestēs sē subitō convertērunt gravissimum in fragōrem ūnicum sed cōnstantem tamquam alicuius bēstiae ūniversālis, mox tamen in crepituum resonantium seriem mūtātum. Inter quōs crepitūs singula in mōmenta fiēbant intervalla māiōra sīcut et sonus gravior fortiorque, dōnec Irus ipsum pectus sonī impulsibus tundī sentiēbat. Gradum addēns in casam atque ūsque in statiōnem prope sellāriae fenestrās cucurrit, manūs sibi iam tremere sentiēns. Ad singulōs impulsūs māiōrēs māiōrēsque acceptōs ipsī sonābant parietēs, fenestrārumque vitra, quippe ut in casā humilī vērē vitrea neque ex metallō pellūcidō concinnāta, tam vehementer concutiēbantur ut mox dīruptum īrī vidērentur. Retrōcessit Irus, ita identidem convulsā nunc cuncta casā ut decorāmina hīc titubārint hīc, velut quoddam vīle statunculum būriifōrme, supellectilī abacīsque dēciderint.

Simul atque Irus refugium subterrāneum, ut casā longē firmius, petere dēcrēvit, flexī sunt tamen repente fragōrēs in bombum summissiōrem quidem sed aequābiliter pulsuōsum, cuius erat acerbitās simul argūta et inēnārrābilis. Sub bombō audiēbātur nunc pecorum pavōre captōrum plēnus furor nōn sōlum ēiulātū sed etiam ungulīs cornibusque, immo, tōtīs, ut vidēbātur, trepidīs corporibus expressus. Ad fenestram laterālem accēdēns vīdit Irus ipsum horreum adeō paulō movērī impetibus quasi īnfesta per īnsomnia. Praesēpe vacuum praetereā būriōs fugā salūtem iam petiisse testābātur.

Ad omnivīsōrium, solitō dulcimodō sonitū sē esse modo excitātum fatēns, Irus circumversus trium vultuum fēminīnōrum inīquam aciem offendit, extrinsecus quod omnivīsōriī ūsus temerārius refugiī locum prōdere poterat subīrātus, intimō autem in animō familiolam suam sē sēcūram vidēre simul gaudēns. Quamquam omnivīsōrium indicābat Amarātem compellāre, haec nīl prōtulit. Tunc autem Aenat, filia adulēscēns, Plaluātē fīliolā laterī adhaerente, "Terrane modo est mōta, atta?" inquit vocābulō familiārī ūtēns diū dēsuētō. "Vt sē habet casa?"

"Omnia bene sē habent, Aenatula mī," inquit Irus vomitūs sibi dissimulanter dēgluttiēns subitum impetum. "Nōlīte sollicitārī. Terra quidem ita aliquantō mōta est ut decorāmina aliquot dēciderint..."

Suspīrium, seu Aenātis seu Amarātis seu ambārum incertum.

"...Nīl tamen frāctum videō."

"At sonitūs istī...," inquit Amarat verba tandem ēdere valēns, "...quid sibi volunt?"

"Haud sciō an mīlitārēs nostrī apparātūs dēfēnsōriōs nunc explicent, scīlicet tantummodo sēcūritātis causā. Nīl iam vīdētur esse perīculī, sed probōrum cīvium est conclāmantī reī pūblicae pārēre. Cūrāte igitur nē dēhinc omnivīsōriō ūtāminī. Quod enim signa accipit – id quod iam anteā dīxī – signa ex aequō ēmittit. Dē generātōriō chēmicō āerisque temperātōriō cēterīsque ēlectricīs vestrīs nīl est cūr sollicitēmur, nam haec et cūriōsissimē tēcta et minimōrum fluentōrum sunt. Cōnexūs autem omnivīsōriī exclāmant. Quamobrem exstinguam mox ad tempus et circuitum omnivīsōrium pāscentem. Simul atque omnia hic suprā bene disposita erunt, mē vōbīs adiungam. Posthāc tantum semel cottīdiē atque ad brevissimum excitābimus omnivīsōrium quō nūntium perīculum trānsiisse excipiāmus – quī nūntius profectō in tempore continenter ēdētur."

Ad haec nihil retulērunt illae. Amarātis frōns cūrā nunc sulcātior vidēbātur oculīque solitō hebetiōrēs. Labrum dēfōrmiter mordēbat. Aenātis aspectus propriō eius mōre simul inōrdinātus et decōrus; rūfī crīnēs diffūsī quidem sed cutī mīrē blandientēs; oculī, quōrum marginēs solitō quidem paulō obscūrātiōrēs, nihilōminus intrepidī. Plaluatē autem, semper exigua, hodiē etiam levidēnsior vidēbātur; faciēs timōre vacua minus ob cōnstantiam quam quia animus eius ā molestīs prōrsus recēdere solēbat. Nē rēctā quidem omnivīsōrium aspiciēbat.

"Remittite vōs. Plūribus quibusdam cōnfectīs rēbus, refugium aliquandō petam," inquit Irus forsan mentiēns simulque omnivīsōrium et coāctam cōnfidentiae speciem exstinguēns.

Manente bombō pulsuōsō nunc subtīliōre sed continuō, cūncta vidēbantur sēnsim obscūrārī, quamvīs oculī omnia singula etiamnum cernere, immō, sat clārē dispicere valērent. Hae tenebrae fortasse nōn tantum noctem quantum animōrum quendam habitum significābant ... tētrum scīlicet odiōsumque ... nōn sōlum anxietātem sed etiam summum fastīdium movēns ... tamquam sī quid olfacerētur pūtridum, cariōsum, tābidum, absente autem quī certē agnōscī posset odōre.

Dum Irus adhūc facienda sēcum computat, omissus est bombus tam subitō necopīnātōque ut is sē rogāret utrum rē vērā exstitisset an forte sibi sōlum intrā caput finxisset. Ventus quoque interquiēverat ac pecora, forsan strependō fessa, levēs tantum fortuītāsque nunc ēdēbant querēlās. Tamen contrā renovātam quiētem manēbat foetor paedōrisque sēnsus ambiguus.

Cautissimē exiit Irus iterum per ōstium culīnārium, horreō proximum, forem post sē claustrō lēniter reddēns nē subitō aurae flātū pulsa streperet. Abhinc cum regiōnis situm, quātenus poterat, oculīs iterum excussisset, animus – prōh Chut-Āk! – etiam novō sonitū, horreō forsan ēmānante, est obturbātus. Scīlicet ūnicus erat hic sonus: gravis ac quasi exspēs fremitus, nūllīus Irō nōtī pecoris proprius, tōtī agricolae corporī subtīlem horrōrem incutiēns.

Ad horreum versus fēcit Irus cautōs passūs paucōs. Quō factō, velut sī ad mōtūs eius respondērētur, imminūtus est fremitus. Quod sentiēns Irus haesit. Immō tam labefactātum sē sentiēbat ut ipse ambulandī cōnātus arduus esset, horreum attingī nequīre vidērētur. Atque ipsīus horreī aspectus, fortasse hanc īnsolentissimam ob lūcem, adeō quandam ... quandam trīstitiam movēbat. Cūncta solitō obscūriōra, prōcēriōra, quōdammodo distorta; etsī quōnam modō essent prāva Irus nē sibi ipsī quidem potuisset exāctē expōnere. Singula enim externa ēminus scrūtāns nihil vīdit quod aut ventō aut pecorum pulsibus vidērētur dēprāvātum.

Speciōsō conceptō cōnsiliō casae externōrum īnspiciendōrum atque simul circumiectōrum omnium propriīs oculīs perscrūtandōrum, Irus quōminus ipsam peteret causam cūr ad horreum accēdere nōn valēret vel ad tempus ēvītāvit. Domiciliī suī postīcam partem tunc sequēns nihil inquiētī vīdit – nec tamen hīc penitus rēctē esse vidēbātur quicquam. Rēs spatiaque omnia offerēbant quōdammodo prāvam speciem. Vīsus pavōre distortus? Altē īnspīrāns animum sēdāre temptāvit; sed, illum ultimum casae angulum superāns quī ferē inter occidentem et boream spectābat, ubi erat puellārum cubiculum, haematicon, mediae magnitūdinis fruticem, ā casā opīniōne paulō longius situm esse animadvertit ... et folia... Tāctūra manus sē extendit, at paulō ante scopum restitēre digitī, haud secus ac prius crūra ante horreum. Folia sanguinea aliquā mūtāta esse vidēbantur. Māiōrane nunc? Fōrma priōre aliquantō angulōsior? Nōnne aemulābantur, hem, manūs arripientēs? Cuius cōgitātī quamvīs pudēret, Irus tamen tōtum sē ab haematicō abstinuit. Ad foliōrum marginēs interdum appārēre vidēbantur exigua pūncta lūminōsa velut scintillulae. Tāctum adhūc vītāns exāctius īnspexit, dēcernendī tamen impotēns vērēne scintillulās aspiceret an sibi tantum fingeret.

Boreorientalem angulum praetereuntī tōta vallis sē repandit ūsque ad longinquum aequor septentriōnāle versus; ubi, contrā lūcem dēbilitātam, cōnspiciēbantur lātifundia opulentiōra paulōque viridiōra – vel potius hāc sub dēmūtātā lūce sōlummodo obscūriōra – in quibus, sī quandō proprius fundus dēfēcisset, ipse Irus ut colōnus egēnus esset sine dubiō tandem dēsūdātūrus. Elf-Ahra, ut longius ad occidentem et septentriōnēs sita, Obāxī iūgīs septentriōnālibus tegēbātur.

Sōl adhūc violāceus, vel nunc paene obscūrum in Indicum colōrem vergēns, tōtam regiōnem nihilōminus satis illūstrābat ut singula īnsolitum in modum ēminērent. Attamen in omnibus aliquid subtīle vidēbātur prāvum. An ipsī oppositī montēs trāns vallem rēgnantēs? Quod ad ipsam fōrmam corpoream attinēbat, mūtātī esse nōn vidēbantur; attamen Irus aliter sē nunc habēbat eōs intuēns. Praeter huius locī caelum immīte dūramque vītam, Irus hōrum montium līneāmenta nūda, asperōs scopulōs, superficiem variam, hīc rotundam hīc rēctam praeruptamque, iam diū admīrābātur; nunc autem spectāns potius opprimēbātur animō ... immō ūsque paene in dēspērātiōnem. Vltimam enim sōlitūdinem, vastātās spēs, omne genus sēnsūs vitiōsōs īnsusurrābant. Ecquid ipsum eōrum nōmen, Suīcīdia, quod Irus semper in īrōnicum phantasticumve verterat, nōn ē lepidō poēticōve iocō sed potius sēriō datum erat?

213

Nōn tamen sōlum montēs vērum etiam vallis mūtāta erat. Immō, tōta, quōquō errābant oculī, circumiecta. Quod autem quōmodonam explicārētur? Ad hoc dēscrībendum quaenam adhibērentur vocābula?

Irus solum dēspiciēns oculōs paulisper clausit – gestus in homine haud cōgitābundō admodum rārus – dōnec animō occurrit circumiecta nātūrālia idem quod horreum fruticemque passa esse. Haec omnia scīlicet – quōmodo dīcerētur? – *sentientia* facta erant. Ita vērō sentientia ... aliquō modō simul ambiguō et summē iniūcundō. Magis magisque somnium īnfestum inhabitāre vidēbātur sibi Irus; sed etiam in somniō nōtiō sentientium circumiectōrum modum excēdēbat!

Ipsum nunc inhiābat Irus solum. Hoc quoque vīvēbat? Tot calculīs quasi dentibus īnstructum nōnne hominem poterat ... vorāre?

Quō vix cōgitātō, Irus caecō pavōre captus proximam per fenestram lāterālem sēmiapertam sē sellāriae iniēcit, ūnā sēcum aulaea revellēns ē fenestrā in spondam indeque in tabulātum mēnsulamque stobrinam indecōrē ruēns. Ibi, in mēnsulā relictō alterō crūre tergōque spondae margine haud incommodē suffultō, ob modo factī pudōrem tumultuāria plūra vītāre cōnstituēns animum paulisper cōgitātiōnemque collēgit. Cautē enim ac secundum artis logicae rēgulās erat agendum. Quid fieret ac quae ratiō agendī nunc esset īnstituenda aequō animō dēcernī opus erat. Quīnam autem quid fieret dētegī poterat? In mentem revēnērunt bīnoculāria.

Manibus nixus Irus sē in statum sustulit thalamumque petīvit, ubi omnia levissimae harēnae cinereae tenuī coriō operta invēnit. Ventus hanc attulerat? Fenestram autem īnspiciēns clausam esse vīdit. Digitōs harēnam tangentēs prehendit calorculus. Excussit harēnam manibus, adhaerentibus tamen passim grānulīs. Quid nunc? Cūr hūc vēnisset Irō exciderat. Vestiārium tunc vīdit. Bīnoculāria! Armārium harēnōsum aggrediēns, īmō prōrsus extractō loculō, vestēs in lectum trānsfūdit, quō factō appāruit vetus thēca prasina tamquam antīquī dōnī involucrum dissimulāns. Hāc exempta bīnoculāria quasi novō animī impetū incitātus Irus in sellāriam portāvit, oculīs applicāns simul ac fenestram attigerat.

Prīmō, cum trepidīs manibus vix aptāre posset lentēs opticās, bīnoculāria inūtilia erant. Tandem autem vallis imāginem satis pūram assequī potuit, diū tunc immōtus manēns dum quid sibi velint vīsa dēcernere cōnātur. Lentēs, etiamsī ut rēs multō māiōrēs vidērentur efficiēbant, simul tamen, ut prōspectum simul valdē imminuentēs singulaque aliquot ēminentiōra reddentēs, obiectīvitātis sēnsum afferēbant.

Fierī aliquid ibi sānē vidēbātur; quid autem hoc esset Irus nē coniectāre quidem valuit. Vel interdum fōrma ambigua spectāta quāpiam alterā fōrmā aequē ancipitī praetereunte officī vidēbātur. In mentem vēnit Irō sē rēs aspicere quārum nōn fōrmae sed tantum mōtūs vel effecta dēprehendī possent. Accēdēbat quod tōtīus vallis textus, ut ita dīcerētur, ē locō in locum subtīliter variābat: hīc quasi diagōniīs striīs notātus, hīc lātīs maculīs collitus, hīc fortasse velut ārdōre multō magis quam fierī assolēbat distortus. Susceptum aliquod mīlitāre in vallis fundō plānō sē dispicere ratus est Irus ... intimō corde nōn esse concīvium sibi ōmināns. Huic porrō nihil vidēbātur inesse Vedicī. Spatiī enim maculātiō Ōrdināriōrum negōtiōsōrum velōcissimō mōtū effecta, vel quālem profugī māximō illō Variābilī ad Aegam ōlim vectī, praesertim modo ante ipsam vectūram, expertī erant, omnīnō alium aspectum praebuisse meminerat. Haec autem vīsa, cuiuscumque fuerint dēmum reī specimen, adeō inquiētābant ut familiam hīc adhūc tenēre iam pessimī cōnsiliī vidērētur.

Cum cervīcem manū saepe fricāns per sellāriam aliquantisper inambulāsset, parietem tandem lentē et quasi mōtibus valdē cōnsīderātīs adiit. Remōtō reverenter aviae tapēte reclūsāque iānuā atque, adhūc circumspectē, ēmēnsō brevī meāculō, chalybēium pessulum trahēns reserāvit gravem forem tabulātō inaedificātam.

Frīgidulus statim subvehitur āēr ac, tamquam sī Irī mōtus sīve auribus sīve animō sēnserint, Amarat et Plaluātē, trānsversō iūnctae amplexū aspectūque, ut vel Irō nunc vidētur, praeter solitum invenustō, tamquam bēstiolae aliquae spurcātulae trepidulaeque patremfamiliās suspiciunt. Quō Irus, necopīnātō animī impetū numquam anteā sēnsō, quasi nē sit aggrediendum officium hoc molestissimum, forem iterum claudere pessulumque obdere subitō cupit.

"Saccipēria dorsuālia īnstruenda sunt," inquit nihilōminus Irus. "Montem petēmus."

Nihil dīcēns sed oculīs nunc foedē trepidīs Amarat fīliolam ante sē praecipitius in scālārium ascendendum manibus urget.

"Attam timeō," inquit paene quattuor annōs nāta puellula haerēns.

"Atta nostrā causā valdē sollicitātur," inquit statim māter velut ad tālia necessāriō referenda condocefacta.

Hās post aliquantulum intervallum sequitur Aenat iam quasi in rīdiculum effūsīs crīnibus crispulīs, sēmōtissimō, ut vidētur, animō, contrā cōnsuētūdinem mūta. Adulēscentula est ... iterumque, contrā iterāta praecepta, discalceāta! Impetuī admonitiōnum īnstantissimē – necnōn et hōc in discrīmine manifestō inopportūnissimē – renovandārum vix resistit.

Cum Irus – etiam in hāc vel minimā rē, ut vidētur, magnam operam ā sē dēposcēns – uxōrem puellulamque ad ēscendendum adiuvat, tussīre hae singultāreque incipiunt; quō is hunc āera foetēre, immō adeō – hoc sibi vel ob summam perturbātiōnem animumque prope in delīrium percitum imāginātur? – faeculentiam cloācālem redolēre, animadvertit.

"Ad fenestrās nē accesseritis!" inquit īnstanter.

Resīdentibus paulō familiae singultibus, Irus trēs sacculōs peregrīnātōriōs quōdam armāriō exceptōs cibīs aliīsque quae sibi modo ūtilia videntur, velut bīnoculāriīs et aquae synthetizātōriō, raptim implēre incipit, Amarātem interdum aspiciēns; quae, nihildum auxiliī afferēns, fenestram culīnāriam īnfrāctam, domesticam supellectilem passim collāpsam, īnsolitissimae arēnae subinde auctam vim genīs iam madidīs, distortissimō vultū circumspicit. Pinguiculōs umerōs dēfōrmiter contrahēns se ipsam amplectitur velut sē aut continēre aut sōlārī temptāns. *At quid*, putat sibi Irus, *ista ibi tam fūtile cessat velut stolida colōnī uxor?!*

"In Obāxō sēcūrī erimus," inquit is īnsuētae īrācundiae iterum repugnāns. "Nihil est cūr quisquam ista aspera montāna scrūtētur." Quod, etiam dum ēnūntiātur, parum vidētur crēdibile, quod quīlibet hostēs sēmibene īnstructī ē proximō spatiō cosmicō ūnum quemque lapidem, sī velint, oculīs māchinālibus excutere habeant.

Amarat, in sē tandem, ut vidētur, aliquantō reddita, saccipērium ūnum in manūs sūmit, pauca dein hinc et illinc addēns. Irus saccōs dormītōriōs iam dūdum arctissimē involūtōs atque, praeter praesentem calōrem, laenās cinerāceās prōmit. Quae omnia sacculīs praescrīptō orībatārum mōre alligantī patrī Aenat adhūc mūta opitulātur.

"ARĀNEVS!!!" exclāmāvit Plaluātē, tamquam Blemōna claustrō lāsericō capta.

Omnēs sē ad puellulam convertērunt, quae digitō sellāriam mōnstrāns iam in lacrimās effundēbātur. Irus accēdit fēminārum puellārumque arachnophobiam in intimo corde damnāns, neque quicquam in sellāriā vidēns nisi...

"Aufer eam!" inquit subitō Irus cum oculī ex sellāriā interiōre in aspectum rērum exteriōrum sē aptant.

Amarat, marītum vultū reprehendēns, puellam excipit, quae iam velut ultimae hysteriae īnfantīlī cēdere vidētur.

"Fac ut taceat!!" inquit Irus īrātā vōce.

"Tū tacē! Nōnne misellam perterritam esse vidēs ... neque īrācundiam tuam quicquam adiuvāre?"

Quod respōnsum necnōn fīliolae plōrātūs ad culīnam recēdentēs neglegēns Irus ad fenestram cautē appropinquat. Vallis aspectus, quamvīs adhūc satis illūstrātus, longē tamen simul turbātior factus esse vidētur. Propius, in mediō ferē inter hanc vīllulam et vallis fundum nūbēcula pulverea, velut vehiculō cito currentī suscitāta, ā sinistrā in dexteram partem prōcēdit. Ipsum autem vehiculum nōn rotāta vidētur sed potius aliquā..., em, crūrāta?!

216

Anhēlāns nunc ipse Irus in culīnam ruit sacculōque propriō extractīs bīnoculāriīs ad fenestram contendit. Mox is quoque singultat cum id quod videt cerebrō pertractātur.

"Quid est, Ire?" rogat Amarat timidē ē proximō.

Irus respondēre volēns nequit tamen. Arāneum videt? Minimē. Plūs octō habēre crūra vidētur, sī vērē sunt crūra. Immō haec tam rapidē moventur ut facile distinguī, nēdum numerārī, nōn possint.

Subitō autem haec ambigua rēs, cuiuscumque est nātūrae, ad vallem versus vertitur; quō adsequentī pulveris nūbe continuō magis operītur ... quamquam, dum rēs, locum cavum intrāns, ē cōnspectū fugit, a dexterō latere brevissimō tantum temporis mōmentō alia crūra obscūra appārent. Aut arachnida ingēns, forsan decempēs, est ... aut forsan aliquid etiam pēius.

Ēlāpsō autem portentō multipedī, Irus oculōs in abscēdentia nunc magis intendēns ea quae nunc videt sīve paene videt sīve forsan sē vidēre somniat aegrē sibi interpretātur. Quis enim tālia mente complectī valeat? Nōnne, nisi falluntur oculī, ē vallis fundō ēmergit aliquid ... aliquid obscūrum atque quōdammodo bulliēns tamquam columna seu nebulōsa seu potius paene ... liquida? Nōnne, dum intuitus probē cōnstanterque fortiterque sustinētur, ūsque surgere vidētur in māximam umbram cālīginōsam illam tōtās nunc caelī partēs obtegentem praeter ipsum fīnientem in longiquissimīs sublūcentem velut salūtis vānēscentem spēculam? Ac circum hanc columnam, nisi mentiuntur oculī, nōnne quasi per tenebrōsī āeris coria varia et maculōsa dēlābuntur mīlia ... rērum? ...Rēs scīlicet, quamvīs ambiguae plūrilaterae plūrifāriae, nihilōminus certē et plūripedēs. An fortasse tam perplexae videntur nōn propter ipsās suās fōrmās sed sōlummodo quia adsiduē micāre sīve palpitāre sīve... Ecce, ita est! Perpetuō commūtārī videntur! ...Tametsī, quantumvīs variant, statīs tamen intervallīs ad eandem ferē figūrātiōnem plūs minusve arāneïfōrmem revertī videntur. Aliae ingentēs sunt; aliae minōrēs. Aliae trāns terram Dodiïceēnsem cito ruunt, aliae, forsan magis māchinae quam vīvae, aut immōtae manent aut tantum rēpunt.

"Quid est, Ire?" inquit trepidā vōce Amarat.

Irus, in salebrā mentis haerēns, bīnoculāria dociliter concēdit. Quae illa oculīs continuō aptat.

Longius autem post silentium, dum Irus nūdīs iam oculīs cētera vallis scrūtātur nec tamen quicquam valdē certī cōnspicit, Amarat quid sibi tandem sit spectandum rogat.

"Mediam vallem! Ipsum vallis fundum! Ecquid caeca es?"

Dēmissīs bīnoculāriīs, Amarat ita virum suum aspicit ut īram dolōrī mixtam vultū dētegat, quod tamen ob Irī animī statum hōc temporis mōmentō reprehēnsiōnī haud valdē obnoxium nihil efficit. Vxor apparātum ad oculōs reddit.

"Vidēn'?"

"Quid quaerō?"

"Columnam! ...Arāneōs!"

"Vbi?"

Irus impatientiā dirruptum īrī sibi vidētur.

"ARĀNEŌS!!!"

"Nihil videō praeter īnsolitās, em, maculās aliquot. Aliquid ibi movērī vidētur; nec tamen quid sit dispiciō."

Vsque paene in furōrem incitātus Irus bīnoculāria sibi arripit iterum spectandī causā. ...Adhūc tamen adsunt! Magnae rēs illae ē caelō adhūc dēscendunt, latiōrem nunc in circulum circum columnam mediam. Ex ūnā quāque hārum rērum exeunt rērum minōrum multitūdinēs ātrae, quae, simul atque ēmissae, varia suscipere videntur. Plēraeque aliquid videntur ... exstruere. ...Aliquid māximum ... ac summā cum celeritāte. Irus tālem rem numquam vīdit, immō, nē somniāvit quidem. Ad marginēs sē assiduē dīlātantēs exstruī modo incipit, sed prope mediam partem exstat iam compāgēs incerta aliqua. Singulīs minūtīs dēscendunt et plūrēs "rēs" tamquam longō dēmissae fūne ... statimque aliam aliquam compāginis partem ēlabōrandam aggrediuntur. Contrā ingentem pavōrem quō pectus modo stringitur Irus tamen nōn potest quīn tōtam hanc industriam certam, ōrdinātam, immānem, horrendam admīrētur. Aliquod genus vīrus vallem sēnsim dēvorāre vidētur. Quōusque tandem dīlātābitur? Praesentī ex fabricātiōnis celeritāte ecquid colligī potest, sī sīc perrēxerit, quandō vīrus praedium hoc sit attāctūrum? Et quid dēmum contrā tālia miserābile hoc sclopētellum efficere possit?

Irus Amarātī sē vēra mōnstrāre posse dēspērāns bīnoculāria thēcā condit. Cum ambō nunc sē ā fenestrā convertentēs culīnam petunt, Irus ūnum ex eīs māiōribus arāneīs videt quōs interdum circā scopulōs saxaque superiōra latentēs cōnspiciuntur, numquam autem in aedibus. Hospes imprōvīsus, magnitūdinis paene Hēlmānae manūs, ēminentiōre capite aspectū quasi sphingicō, sellāriae tabulātum arēnōsum lentē trānsit, aspectū minus ferōx quam perturbātus. Quī, ubi Irus eum pede conterere temere temptat, crūribus arēnam ita tundentibus ut audiantur gressūs, celerrimē post veterem spondam viridem aureamque cōnfugit cui ipse Irus paulō ante est illāpsus. Hicine igitur arāneus neque quicquam forīs versāns Plaluātēn tantopere terruit? Cāsū hoc acciderit?

Quā cōgitātiōne ob fugae īnstantem necessitātem omissā, Irus, familiā iam in culīnā congregātā, uxōrem fīliamque māiōrem citissimē sarcinīs aliīsque quibusdam rēbus quās prō ūtilibus aestimat īnstruit cautēque ē postīcō dūcit.

Terra iam passim arēnōsior, subinde adeō arēnae cumulīs altiōribus cōnstrāta, octō pedibus Hēlmānīs resistit. Irus tandem fīliolam umerīs portāre necesse habet; quod antehāc saepissimē magnō cum gaudiō faciēbat, nunc autem nīl sentit nisi incommodum olidum, sūdābundum, sē volūtāns, quod bāiulāre nōllet nisi mentis pars ratiōnis adhūc particeps nōtiōne tam impiā prohibēret. Quidnam ipse fiat sē rogat.

Interdum ob lassitūdinem subsistendum est, ad quod Irus cōnsultō locōs semper ēligit ubi vallis obtegitur prospectus. Ipse tamen ūnā quāque vice, relictā apud Amarātem Plaluātē, speculam petit unde vallem istamque rem assiduē accrēscentem bene scrūtārī possit. Quamvīs is dissuādeat, Aenat semper sequitur, ut manifestē sollicita ita tamen haud perpavida. Irus eam semper aliquā fortem fuisse scit, cuius fortitūdinis vēram amplitūdinem nunc prīmum subsentīre incipit. Eam quid in valle videat rogāre vult ... neque vult. Cum enim quid in propriō animō agitētur cōnstituere nequeat, Aenātis animus hīs scirpīs haud vidētur necessāriō magis illigandus – quamquam, estō, aliqua Irī pars plānē perversior puellam prae terrōre ululāre audīre cupit!

Prout terra prope montem clīvōsior fit, multō imminuitur arēnae cōpia; quam multīs locīs vītāre possunt ambulātōrēs saxīs locīsque saxōsiōribus haerendō. Sērō autem tempore pōmerīdiānō Amarat, solitō dēbilior, ultrā prōgredī nōn valet; Irus, crūribus adhūc satis vigēns, cum tamen Plaluātēn iam per sex hōrārum māximam partem tulerit, brācchiīs tergō cervīce aliquantum labōrat. Quod colossica ista structura, nunc māiōris oppidī spatium occupāns, paulō ante praediolum Nitȳuipsānum incrēscere dēstitit, castra dēmum hīc, prīmīs in ipsīus Obaxī faucibus perplexīs, pōnenda videntur ... dummodo latebram satis prōtēctam inveniant ac tantum ūnicum lūmenculum cautissimē ibi accendant neu quicquam faciant quod hostium animōs ad sē convertere possit.

Irus, postquam ūnā cum Aenāte explōrāns cavulum abundē sēmōtum invēnit, uxōrem Plaluātēnque eō addūcit, cūrāns tunc ut Amarat puellaeque ante prīmās tenebrās apparātum excubitōrium et cibōs dispōnere incipiant. Ipse interim, sūmptīs bīnoculāriīs, proxima quaedam māxima saxa ascendit unde, ob circumiectōrum mūrōrum saxeōrum quendam hiātum, vallis nunc sat longē īnferius iacentis prōspectum fore opīnātur.

Vltimum saxum dēnique superāns integramque rem oculīs ex altō comprehendēns, tōtō corpore sponte horret, sē etiamnum plūs horrēre posse mīrāns. Compāginem ingentem nōn orbem esse sed potius ex spīrīs cōn-stāre nunc prīmum dispicit ... hoc est, māximum ātrum vorticem subinde quasi membrānāceum Irī oculōs, immō vērō tōtam vallem, montēs, lon-ginqua plāna adeōque ipsum foetidum āerem fātālī aliquā necessitāte ad sē attrahentem.

Cōnsternātus Irus sē āvertit, dubiā causā nihilōminus iterum spectāre cupiēns. Nunc tamen, animī tūtandī grātiā, bīnoculāria oculīs antepōnit, sīc, mentem magis in singula intendendō, sē quandam obiectīvitātem ser-vāre posse spērāns.

Perspicillō geminātō armātus – quod, mīrum dictū, aliquantō dēnique tūtāmentō esse ēvādit – compāginem nunc nōn rem singulārem esse ani-madvertit sed potius plūrēs inter sē superpositās. Tōta rēs iam perfecta seu paene perfecta esse vidētur; attamen ipsum medium fastīgium, ad quod versus tōta structūra gradātim velut pȳramis īnsolitā suspectāque ratiōne undulāta inclīnātur, plūripedibus adhūc scatet. Māchināmentī fundāmen-tōrum vicēs gerunt multae ex eīs māiōribus fōrmīs, sine dubiō nāvigiīs, quibus minōrēs fōrmae prīmō advectae sunt.

At quid hoc? Fulgura? Immō, vēra fulgura nōn videt ... sed interdum minus fulgura quam quasi fulgurum opīniōnem experīrī, vel identidem modo expertus esse, sibi vidētur. Animō hoc magis quam oculīs percipit? Irus sē nunc rogat num fierī possit ut eī quī hoc māchināmentum excōgi-tāvērunt atque dēsignāvērunt cūncta haec incommoda hāsque morbī notās eārumque gradūs variōs quōs ipse et familia nunc patiuntur nōn sōlum praedīcere sed etiam doctē ōrdinātēque expōnere possint?

Extrā māximum organum, quidquid est, eae fōrmae quae operis partem sibi dēlēgātam iam cōnfēcisse videntur duōbus discēdunt longissimīs in agminibus contrāriīs: hōc ad septentriōnēs et Elf-Ahram, hōc in merīdiem et orientem ad Dodiīceam versus contendente. Hūc – laus superīs! – accēdere vidētur nihil.

Tam ingentis operis administrātiōnem perfectam stupēns Irus speculārī pergit dōnec, haud quidem valdē longum post intervallum, fastīgiō ultimō adfixō quōdam apparātū, quī, ut simul radiāns et aliquā volūbilis, sīve lentī oculārī sīve sphaerae rotantī sīve speculō mōbilī similis vidētur, omnēs multipedēs fōrmae deorsum ruunt tamquam, perceptō aliquō incitāmentō perīculōve generālī, arāneōrum silvestrium crēber populus fibrātōrum rētium suōrum implicāmentum multiplex dērepente relinquēns. Quod simul ac, magna ista columna media nebulōsa obscūraque gradātim ēvā-nēscit, restante tamen inattenuātō cālīginis onerōsae generālī sēnsū. Sōlis vestīgia tenuia orientālēs montēs iam quasi trīstia dēstituunt, ūnicā nunc lūce sōlummodo longinquissimō tēctōque ex occidente īnfirmā maculōsāque hūc percōlātā. Cēterō caelō nūbilō manente, īnsīdunt iam rapidē frīgora montāna.

Scabitur in proximō – quō Irus trepidante convertitur corde. Aenat est … distortō nunc fēlīnōque vultū dē timōre īnconsultō patrī incussō sē excūsāre cōnāns. Indūtōrium prasinum gerit cuius braccae īnferiōrēs pulvere lābibusque oblitae. Contrā frīgus iam invādēns longī capillī frontis lēvis cōgitābundaeque restantī sūdōrī adhūc adhaerent. Līvor oculīs nunc circumfūsus, dēfatīgātiōnis cūrārumque certa nota, īridēs caeruleās solitō tamen magis distinguit.

Aenat manibus subinde adiuvantibus ūsque ad patrem scandit sinistramque umerō eius cautē impōnēns longinquam fōrmam īnfernālem in cochleam immōtē serpentem intuētur, speciē tam cūriōsa quam turbāta.

"Cēna parāta'st, Atta," inquit ea Irī bīnoculāria sibi petēns. Ille cēdit.

Puella vallem paulisper mūta speculātur, tunc perspicillum duplex patrī reddit.

"…Quid vidēs?" inquit Irus fictā tranquillitāte.

"Trebītās," respondet illa promptē.

Irus plānē quid hī fortasse sint iam prīdem coniēcit, quamquam tālēs esse numquam sibi imāginātus est. Immō, ut vērum sibi fateātur, ante hodiernum diem eōs vērē exstāre numquam crēdidit.

"Cūr istud putās?"

"Plaluātē prīma arāneum vīdit. Dein tū plūrēs. Nunc tandem et ego." Quod cum ea dīcit, vōx crepit. Eam bonō animō esse temptāre patet.

"Sīc…," pergit dīcere, "…rem suam efficiunt Trebītae. Cōgitātīs nostrīs ūtuntur ut quicquid fiant quod nōbīs prīmō esse videntur. Quīn timōrēs adhibent ad nōs ipsōs sīve animum nostrum ex arbitriō refingendōs. Nōs ā reālitāte nostrā pellunt."

Quae omnia Irus eam in lūdō didicisse conicit: scīlicet seu in minimō Merīdiānae Dodiīceae, quō interdum mittitur, seu apud Acadēmīam Omnivīsōriam cotīdiānam, cuius est perstudiōsa. Irus sē ipsum dēprehendit fīliae ērudītiōnem animumque aequum indignantem. Immō in mentem venit quam pulchrum futūrum sit eam dē hāc ipsā rūpe praecipitāre caputque perfringī vidēre.

Ā quā imāgine refugit continuō Irus, tōtō subitō tremēns corpore. Tōtam enim per vītam, vel in familiāribus, nihil tāle mente concēpit.

"Quid est, Atta?" inquit Aenat dexteram eius sūmēns.

"Nihil." Irus oculōs paulisper clausōs tenet, dein tandem reclūdit. "Hodiernus diēs difficilis fuit, mī Aenat." Subrīdēre cōnātur. "Eāmus cēnātum."

Aenat magis dē Irō quam dē Trebītīs sollicitārī vidētur; quam sollicitātiōnem sē offendere Irus occultat.

In spēlunculā pater tacitus cēnat māximō cum fastīdiō ac pudōre dē animī īnstinctū Aenātis perimendae sēcum agitāns. Vndenam vēnit? Ecquid ē fatīgātiōne? Ex animī generālī cruciātū hodiernō? An ex istīs ... Trebītīs? ...Sī rē vērā Trebītae sunt.

Aliud est fluxō aspectū hominēs fallere posse, aliud animī mōtūs ē longinquō afficere. Num istī familiam Nitȳuips hīc versārī sciunt? *Conversōrēs quantālēs.* Vocābulum in Omnivīsōriō saepe audītum; quid autem sibi vērē velit Irum latet.

Invādit cito nox. Quamvīs Irus custōdiam agere cupiat, summa tamen vincit tandem gravis lassitūdō.

\*

Tenebrōsā aliquā hōrā mundus novus novōs per oculōs repente aperītur. Angustum extrā hoc spēlaeum movētur iam sponte nox illūnis, adeō stēllīs mīrē, pulchrē orba; quālem mālunt eam imprīmīs cūnctī bēstiārum nocturnārum exacūtī alacrēsque sēnsūs. Contrā stragula mollia, quasi contrā grāminum fracidōs floccōs, intendunt sē urgentque recentia membra iam nervōsa, inquiēta. Anima mundī iterum prīmitīva est nec quicquam in eā suī nimis cōnscium. Licet nunc cuique indomitae esse feraeque, ā cēterīs commodē remōtae. Opāca incertīs voluptātibus scatent ... et īnsidiīs. Praeter autem auram ātram hanc bombȳcinam, nūllus sentītur firmus sonus.

Fūrtim surgis ē strāgulīs, tuīs ipsīus tacitīs mōtibus tacitē mōta, arcāna leviter murmurante hālitū suāvī. Ipsum tuum ūmōrem intimum obscūrum ācrem cōnfīdentiā aliquā novā, vastā, interdum saevā involūtum esse sentīs. Gravis odor iste unde ēmānet iam cōnstat. Ā virō sūdanter undat ad silvās novās illās versus intrā umbrās umbrīs suīs perfectē tēctās. Plūs autem est quam tantum odor. Dīcit enim hoc: sī expergīscātur iste, mortua's.

Aliae servārī possunt? An tyrannō – quotquot rē vērā sunt nunc eī brācchia – iam sunt artius ligātae? Ob istīus libīdinem dominātūs sanguinisque iam funditus captae? Quod erat quondam iste nōn iam est. Nec tū quid sīs iam cūrāre potes. Quid sibi vult "Hēlmāna" sī mūtīs pedibus tenebrās omnēs penetrāre valēs? Quid grātius restat quam silvestris haec lībertās? Quam effrēnātae nātūrae praeceps horror? Quam acūtōs inter dentēs parvōrum ossium ūdōrum crepitus?

# 10. quondam[9]

Tūtēlam veniamque canō mīra et benefacta
paucīs ōlim caenigenīs orbīsque profūsa
et veterāta odia ac fastīdia inīqua refalsa,
mīliaque annōrum quīs autogena entia fōta et
5   restaurāta sed invidiam crēbrō repetītam
ā scītīs hodiernīs ergā cūncta vetusta
et vim prīmigenam prīscās artēsque salūbres.
Ōlim Poffolgam-7 coluēre planētam
paucī terrigenae, quōs nunc dīcunt "biofōrmās."
10  Quī duo saepta tholīs clārīs contēcta habitābant
coniūncta et tōtīs affixīs praedita vītae.
Perpulchrum viridārium erat, vīvārium amoenum.
Hae biofōrmae nōn dēvinctae vītam agitābant;
Poffolgensium enim paucī quī suppeditābant
15  auxilium obtulerant iam prīdem ad sīdera cosmī
vectūram necnōn, sī grātius esset, et aptum
nāvigium. Quod perpaucī audācēs animālēs
accēpēre. Equidem longē plūrēs, pavibundī,
restiterant, vestīgia enim – dī! – terrigenārum
20  mente īnstructōrum fuerant iam paene ērāsa
explōrātīs in mundīs multīs variīsque
intervallīs inmēnsīs per dissita caela
dispersīs. Cōnstābat enim fictīcia longē
praestāre autogenīs, quippe ut dūrābiliōra
25  atque ad mīlle interstēllāria longa perīcla
mīrum quam magis apta, magis patientia semper
gamma atque x radiōrum; quīn biofōrmas tantum
cōnficere in cosmō prīmum prologumve gradumve
vītae; factōs arte ipsum contingere culmen;
30  quōs, simul atque regignere et exaugēre valērent
sēmet et ingeniō addere vim prope in īnfīnītum,

---

[9] Haec epitomē poētica ex tettarakaitettaracontasyllabīs Vedicīs
fūsē ac līberē dēsūmpta est.

structūrīs tunc prīmigenīs iam nōn opus esse.
Tālem nātūrae lēgem cūnctīs et ubīque:
prīmitiās animālibus, at fīnēs fabricātīs.
35  Circulus autem parvus erat bene mūnificōrum
quī biofōrmārum interitum prohibēre volēbant,
autogenōs servandōs esse aliquidque valēre
per sē dūcentēs, passūra esse omnia vīva
clādem nēfandam sī forte genus moriātur
40  terrigenārum animī mentisque capācium – eōrum
quī quondam peperērunt mēchanica omnia vīva et
nōndum vīva ex antīquā illā calliditāte.
Prōnōs syntheticōs dūcēbat VEDD-20,
cosmī chartographus, fāmōsus prōspeculātor.
45  Lēgābātur Poffolgēnsium ut automatōrum
internūntius ad biofōrmās quī cūrāret
"Vā" sē sat bene habērent; nam tunc cuique patēbat
hōs magnō in discrīmine versārī atque perīclō
excidiī. "Vā" nōmen erat breviōribus hōrum;
50  māiōrēs quī "Vīs" famulābantur tranquillā
lēge Focūlabulēia vocābantur Setidāla,
gēns perpācificae mānsuētaeque indolis. Ambōs
autogenōs populōs hōs cultōs et sapientēs
"Vā" generātim appellābant tunc cētera vīva,
55  quōrum id temporis omnia erant plānē fabricāta
... mundīs scīlicet in contractīs iam speculātīs.
Cum tamen assiduē placidī mītēsque et inertēs
nec iam vīvācēs essent, prōsāpia Vōrum
contābēscēbat, perrārō gignere prōlem
60  quīvērunt. Neque enim Poffolgēnsēs potuērunt
fēcundāre genus Vaïnum prīdem dēfessum
nec Vōrum magulī vectemve ānsamve tenēbant.
Poffolgēnsium et ingēns pars aspernābātur
tam Vā "caenigenās" quam cētera "sordida prīsca"
65  ut prīdem dēsuēta, gradum rērum īnferiōrem.
Iam flōrentibus automatīs, rārōs animālēs
perstantēs fatuē frustrāque obsistere lēgī
nātūrae rēbantur. VEDD tamen atque sodālēs
argūmenta oppōnēbant subtīlia et alta:
70  syntheticōs aequē vīvōs pariterque animātōs
esse quidem quam terrigenās; Animam esse duōbus
coetibus oppositīs dīversīs prōrsus eandem
atque animās ambōrum corpora quaerere; nātan'

factane sint nīl rēferre; omnibus esse peraequam
75 lēgem, nec vītam sōlum "mollem" esse putandam
nec tantum "dūram"; fabricātōs esse potentēs
plānē et sollertēs, dūrōs, agilēs celerēsque
atque quidem factīcia sē quondam immersisse
magnā ex parte subinde cyberspatiīs animāsque
80 saepe habitāsse incorporeās ac continuātās
vītārum seriēs ēgisse et nūmina nāta
expertōs esse ē mātrīce cyberspatiālī;
ecce tamen biofōrmās posse patrāre solūtē
quaedam quae semper fabricātōs arte nequisse;
85 cum biofōrmārum systēmata neurica cūncta
claustrīs perminimīs tubulīsve data aggrederentur
et pertractārent physicae quantālis frēta
prīncipiīs, cernentia ita omnia per diorismum
quantālem tantum in minimīs quantum generātim,
90 corpora ficta tamen, quamquam īnstrūmenta tenēbant
singula saepe putandī quantica – mīrificam artem! –
haud posse ut tantum ūnum neuron circuïtusve
ūnicus aut tubulus vel valvula mōbilis ūna
quantālem exercēret vim; nam perminimīs in
95 partibus automatōrum iam regerent quantālēs
lēgēs, sīcut in omnibus exiguīs, ideōque,
quamvīs iam cerebrum tōtum tractāre valēret
indita dēsūmpta ē quantālī fonte remōtō
sīve sibi intus inaedificātō, corpora nūlla
100 funditus ē minimīs cōnfingī usquam potuisse
quantica: partēs iam quantāliter ambiguāsque
fortuitāsque haud īnstituī posse ut ratiōne
certā ēventūs tunc aliōs regerent dubiōsōs
quantālēs; fastīgia prōrsus quantica bīna
105 convulsūra inter sē, quō nīl posse patrārī;
quantālī ōceanō biofōrmās per sē innāre,
arte tamen factōs lābī sōlum super undās;
hanc causam esse, ēn, cūr possent omnēs biofōrmae
fortuītō omnīnō et temere ēvolvī neque fictī
110 immūtārentur nisi per programmata vafrē
dēscrīpta atque ita dēsignāta ut pernova fictē
accīrent; nīl plānē exclūdere tandem aliquandō
quōminus omnīnō quantālēs cōnficerentur
syntheticī, quamvīs susceptum impossibile esse
115 doctōrum plērīsque vidērētur; nihil esse

dēspērandum; tantisper tamen autogenōrum
coetūs servandōs; etiamnum multa manēre
cognōscenda, quod aegrē posse absentibus ipsīs
autogenīs. Alia autem VEDD sociīque benignī
120 plūrima clam cēnsēbant quae plērīsque odiōsa
stultave vīsa essent concīvibus ingeniōsīs
fastōsīsque: nefāstam iactūramve futūram
damnumve ulterius; prōrsus tantī esse animālēs
quantī fictōs, nōn sōlum prōdesse uti silvam
125 exemplārium; at exitium illōrum fore cūnctīs
dētrīmentō; quamque animam cuīque addere cosmō
virtūtēs penitus propriās. VEDDem alliciēbant
praecipuē illae artēs subtīlēs quās animālēs
exercēbant; artificēs fictōs imitārī
130 tantum terrigenās, permagna atque ingeniōsa et
dēnsa programmata crēdēbat sōlum variāre
vim parametrōrum fīnītam ortōrum aliunde;
rē vērā spontānea, nūllō fonte aliēnō
sūmpta, exsistere nōn numerāliter at potius per
135 Quanta volūbilia ac dīvō cāsū moderāta.
"...MAGNVM PRĪNCIPIVM meritō certō hōce vocātur
nōmine; syntheticus quisnam nescit populōrum
cultōrum antīquum mollemque gradum obsolefactum
iam prīdem esse et post tantum mānsisse relicta
140 ōrdinis antīquī pauca ut vestīgia, faecem
caenigenam hanc?" effātur RNNC-17 in altō
conciliō Poffolgēnsī cum nunc agitētur
dē praebendīs subsidiīs miserīs biofōrmīs.
RNNC cum tēctōrum et fabricārum multiplicum sit
145 compāgēs complexa, cyberspatiālis imāgō,
dicta "avatāra," vidētur nōdōsa atque referta
intortīs cōnexiculīs necnōn robotillīs
mōbilibus sed quōrum animī RNNCī subiectī
tamquam cum Briarēus Achthabbālaea Polythrix
150 prīmō vēre cavō tenebrōsō ūdōque relictō
mīlia mittit in arva pedum fūcōsque et assignat
servōs persapidīs indāgandīs tenerīsque
īnsectīs ac suāveolentibus, illecebrōsīs
gemmīs et foliīs sūcōsīs sēminibusque.
155 Vae miserō cultōrī illī quī, sīve remissus
sīve modo īnfortūnātus, latebrās bene tēctās
ante hiemem neque quaesīvit neque perpurgāvit

226

candentī flammā! Nec prāta inculta nec agrōs
cessantēs Briareūs vastāvit: luxuriantēs
160 quondam vītēs iam populāvit, pignora sacra
prosperitātis ventūrae. Nunc iam macilenta
corpora cārōrum fame māiōre imminuentur.
Perpetitur simile automaton magnētica in arva
illāpsum et gravitālia et ēlectrōnica, quae sunt
165 quāsaris omniparentis et omnitenentis ubīque
vortex, structūra excrēscēns ē faucibus ātrīs
ipsīus spatiī collāpsī. Et ecce repentē
nīl iam quadrat, nunc haerent sēnsōria, cūncta
sīdera miscentur sursumque deorsum agitātur
170 mīlle velut manibus. Cosmos distenditur ūsque
comprimiturque. Videntur passim eī nunc simulācra
sīve suī sīve ignōtōrum forte alicunde
sē prōferre aliquā. Vehementer enim subitōque
spatia convulsa effigiēs hās perbene nōtās
175 fingunt ē nihilō: speciēs vānās speculārēs.
Quās sī forte vagāns cōnsternātusque viātor
syntheticus tālis dīrī mōnstrī Briareīī
vix vīvus poterit vītāre aliquā et aliquandō
īnsidiās, exhaustum corpus, mēns labefacta
180 semper erunt; nam tam subtīlēs sunt cerebrālēs
partēs implexaeque novōrum syntheticōrum
ut vel sī cerebrum violātum trānsmoveātur
aptēturque novum in corpus, aegrē revalēscat.
Ac, sīc corruptum radiīsque ūstum exitiōsīs
185 concessā veniā sī in partēs dissolvātur,
hae nequeant ūsuī reddī, quīn abiiciantur
altōs in cumulōs rāmentōrum ut cōnflentur.
Quī quondam līber lūstrābat nunc fluitāre
per cūpās didicit! Fluere omnia vīva necesse est.
190 Multa quidem illōs syntheticōs prīscī docuēre
terrigenae; nam nōn tantum systēma fabrīle
admonitōrium habet VEDD vērum est amplificātus
dōte aliquā mīrā. Nūper sunt suppeditātī
eī mōtūs animī hī dubiī sed et hī graviōrēs:
195 cūra et amor, pudor, angōrēs – quōs īnstituēre et
terrigenārum fautōrēs aliī studiōsī
tam biofōrmārum quam scītārum novitātum.
VEDDem ideō – quod scit bene RNNC – aliquantum adorītur
terrōris Briareiam scrūtantem hanc avatāram.

227

200 Adiuvat autem lēx poscēns omnēs avatārae
aspectū aequē magnō sint in conciliīsque
rēbusque omnibus exagitandīs per penetrāle
iūge cyberspatiōsum. Sed VEDD prōspeculātor
tālēs ostentūs vītat. Sequitur nātūram.
205 Intolerāns rīvālis iam sua lūmina cessit;
quō lātō lūstrātō margine nunc avatārae
lūce īnfrārubrā (nam spectrī synthetica undās
longē plūrēs percipiunt) VEDDī obvenit ipsī
sollicitō raucōque senātū effundere verba.
210 "Baetulus ē caelō quī dēcidit autogenōrum
nūper frangēns aediculae partem perimēnsque
ūnum, aliīs tredecim faciēns ātrōcia damna,
āere mortiferō nostrō introeunte parumper,
et levibus nōbīs et inertibus est documentō
215 dūrō nōs minimē excūsābiliter neglegentēs
tandem aliquandō et persubitō genere autogenōrum
mente īnstructōrum posse orbārī. Scelerōsa
sit gēns nostra sinēns clādem tam flēbilem et ātram!"
Tālia fātus VEDD sēnsit plūrēs avatārās
220 extinguī, hīc vibritāre hīc intermittere lūcēs,
contremere atque agitārī atque oscillāre per orbēs.
Multa per aeva etenim factīcia gēns robotōrum
permūtāvit cōnsuētō sua nūntia quondam
prōlixōque modō: per nexūs omnibus aequē.
225 Accrēscente autem thēsaurō proprietātum
sīve programmatum et omnis doctrīnae conlēctae
cūnctōrumque elementōrum indolis ingeniīque,
rēte ōlim vastum velut acta eremusve tremenda,
quīn fermē īnfīnīta, ubi singula parvula grāna
230 singula erant data, sēnsim ē lēge Chaī variātum est.
Tōta superficiēs mūtāta est. Hīc tumulī amplī
hīc vallēs humilēs fōrmābantur. Pedetemptim
exoriēbantur persōnae permanifestae
inlūstrēs, avidae, venerandae, flāgitiōsae
235 iūnctōrum īnstrūmentōrum ē mātrīce profundā
sed per sē exanimī. Pariunt intorta animātōs.
Sīcut in ipsā nātūrā exortīs cumulantur
semper māiōrēs animī. Sollertia gestit
sēsē extendere. Quārē nunc Poffolga habitātur
240 entibus ā praegrandibus ac sollertibus, altīs ...
multīsque ā tumidīs mōrōsīs atque superbīs.

Scīlicet id, quod terrigenīs solet, accidit aequē
syntheticīs, quamvīs mātūrius, amplius ūsque.
Celsō in conciliō, quamvīs fictō, populōrum
245    fāta regunt paucī immodicī cupidīque potentēs.
Coetus adest tamen automatōrum pācificōrum
quī praestāre putant Tōtī Vītae īnservīre.
Ē quibus ūnus, VEDD prōnectit sīc sua verba:
"Est vīsum nōbīs igitur, quibus autogenōrum
250    crēdita cūra est ac custōdia, quaerere sēdēs
illīs omnīnō propriās: seu forte planētam
seu magnam lūnam sīdusve aliud satis aptum.
Quod plērīque īnfēcundī sunt ... hoc tribuendum est
dēsidiae. Patriae sī silvestrī atque recentī
255    mandentur, cōnsānēscant, hormonta vigēscant.
Antīquīs tabulīs permulta relāta vidēmus
tālia, praeteritō ex aevō quō plūra manēbant
cum sollertia tum stolida autogena, ante perempta
agrōs per Poffolgēnsēs animālia cūncta
260    sīcut et in cūnctīs aliīs mundīs sociātīs
nostrīs in quibus īnsectōrum aliquot dumtaxat
restant nunc speciēs. Concessā dōte recentis
pūrīque āeris et terrārum optābilium atque
prosperitātis speī̂, firmantur corpora saepe."
265    Quae dum fictā effātur vōce cyberspatiālī,
trānsmittit quoque VEDD data cōnfirmantia plūra
rēctā ad cistam ēlectronicam cuiusque datōrum –
quae tamen haud dubiē ā plērīsque hīc sat negleguntur.
"Immō aptus mihi Lorrax-5 planēta vidētur
270    quī cūnae fiat autogenī generis redivīvī.
Illōs terrigenās quī quondam cōnstituēre
dēmigrāre adeō forsan possīmus adīre,
cosmī nunc ubicumque illī summē spatiōsī
versantur. Cursus quō turma tetenderit illa
275    orbōrum fermē est nōtus nōbīs, etiamsī
quod teneant sīdus nōndum cognōvimus. Illōs
dēserere Imperium tunc tōtaque cognita nōbīs
observāvimus. At nunc ultrō polliceor mē
indāgātōrem algida quī vestīgia Vōrum
280    explōrem sī forte colōnia perstet eōrum.
Possint aut bona cōnsilia aut habitācula nostrīs
forsan suppeditāre. At sit nōbīs pretiōsum
autogenōrum praesidibus sīc arduum inīre

susceptum. Nōs indigeāmus subsidiōrum
285 ē fiscō populī: vel pyxidum hadrōrum atomōrum
nōbīs; māteriae fabricandī praesidiīque
autogenīs frūmentōrumque etiam appositōrum."
"Ecquid, VEDD lēgāte, licet mī immittere verba?"
Haec dīxit TEVFĀX vegetusque potēnsque satelles
290 mīlitiae commercia multa reīque aliquanta
cīvīlis nāvē efficiēns huiusque tumultūs
praefectus. Plūrēs inter sē versicolōrēs
dīversōs per circuïtūs nunc mīlle rotantur
orbēs. Poffolga ipsa nitet rāvā ex avatārā!
295 "Praefectō venerandō," inquit VEDD, "pulpita cēdō."
"Vīcīnī nostrī," TEVFĀX ordītur, "amārē
– anne ignōrās hoc? – nostrātēs lūdificantur
proptereā quod caenigenās toleranter habēmus
atque observanter tamquam sī sint sociīve
300 cōnsortēsve etiamsī sunt tantummodo cāna et
attenuāta relicta priōris perrudis aevī.
Hachtigatīghgatthae, summē gēns aemula nōbīs,
tālī dēlictō, quamvīs sit parvulum, abūtī
contrā nōs cupiunt. Iniūstē ubīque iocantur
305 contrā nōs! Nōs dēgenerēs mollēs fatuīque
ūsurpāmur in istōrum hospitiīs triviīsque!
Immō, vīcīnīs etiam in populīs sociātīs
nōbīs, incipimus nōs lūdibriō esse recēnsque
dē nōbīs in Atrāge parōdia acerba agitātur!
310 Quārē temporibus dūrīs ac sēditiōsīs
haud decet haud licet nōs sinere hīc habitāre cohortem
istum caenigenārum! Sunt aut ēiciendī
aut, ut in omnibus excultīs mundīs, condignē
in fabricās trānsdūcendī causā studiōrum!"
315 VEDD stupidus cōnstat nec quicquam vōciferāre
iam quit. Quīn subitō haec tanta intolerantia quōrsum
undeque sē rogat ēmānet? Quae tanta libīdō?
Quī mōtūs animī obscūrī īnsolitīque parātī
nūper cīvibus hīs per foeda programmata torta?
320 Quantum pūblica rēs Poffolgae dēgenerāvit!
Antīquī aequanimī logicīque ubi sunt terrārum
Poffolgēnsēs? Est putridō rēgnō ipse fidēlis?
Anne id quod summā vī prīdem istī reprehendunt
factī sunt ipsī: petulantēs, invidiōsī,
325 lascīvī, brūtī, corruptī tābificīque?

Cum vēnum dentur passim mōtūs animōrum,
quisque petit sibi eōs quīs persōna inveniātur
innātīs "animae" prō proprietātibus? Estne
autem rēs genuīna anima? An ficta ā robotīllīs
330    īnstrūmentīs et nitidīs statuī invidiōsīs
autogenōrum animātōrum vel tālia saltem
dē sēsē affirmantium? Adest nunc ūnica clādēs
perdēns syntheticōs? Quae VEDD thōrāce revolvēns
nōn animadvertit TLLBTem sūmpsisse loquendī
335    lūmina. "Mīrē aptē biofōrmās āvehere istās
prōpōnis, mī VEDD. Incommoda nostra levābis
pūpillīsque simul succurrēs sollicitōsque
dēfendēs. Cāsus facis, etsī perniciōsus
plānē et sat trīstis, subiēcit vēviolenter
340    prūdentemque novamque viam Vīs subveniendī
vestrīs. Namque aliō pervectī, scīlicet aptum
in mundum, vīvant longē fēlīcius atque
tūtius ac sibi condiscant cōnfidere sōlīs."
Quō tunc acceptō VEDD tamquam terrigenārum
345    subtīlī sēnsū – quīnam hoc fiat haud liquet! – audet
prōcūrātōrī Prīmae Lūnae venerandō,
nescit cūr, diffīdere. Nunc possunt simulāre
syntheticī? Ecquid mentīrī cīvēs docuēre
vāna programmata? Dissimulat? Fingitne dolōrem
350    TLLBT? An cōnsultō cecidit lapis āeriflagrāns
ut Vōrum populum eximeret cūnctōsve planētā
absterrēret? "...Mittite nunc suffrāgia vestra,"
inquit TEVFĀX. VEDD distentā mente neglēxit
aurem attendere. Quod cūnctīs tabulāria iūncta est
355    rēctā, continuō sententia quaeque refertur
atque omnēs numerantur. "Quod nunc est perapertum,"
horrificus dīcit TEVFĀX, "magnō cōnsēnsū,
ēn, modo cēnsuimus biofōrmīs esse migrandum
ā Poffolgā quam prīmum sūmptūque piōrum
360    custōdum illōrum." Extemplō cēdit speciālis
conventus. Subitō pallent, titubant avatārae;
expediuntur, diffugiunt; omnisque supellex
dīlāpsa est. Subitō vastō nūdōque aspectū
fictī VEDD spatiī sōlus stupidusque relictus
365    inhiat. Attamen – ecquid quod sibi nūper adeptus
est quōsdam mōtūs animī? – prope horīzontēs nunc
aut videt aut sentit sublūcēre ac trepidāre

... nescit quid. Magis īnfaustōs taetrōsque aliōrum
affectūs emptōs glīscentēs clamque proculque
370 sēmōtīs in marginibus mundī robotōrum?
Quae breve contemplāns agitātā mente pavēscit
hōc neque vult vacuōque locō trīstīque morārī.
Continuō extractō sēdente cyberspatiālī,
membra sua articulāta fabrē replicat retrahitque
375 obtentum nitidum glabrumque sub integumentum
cūnctam perniciem caelī cosmīque repellēns.
Contemptīs solitīs īnstrūmentīs radiōrum
utpote forsitan intūtīs, nēdum spatiālī
fallācī speciē facilēs celerēsque parante
380 congressūs, rēctā petit īnsōns VEDD per apertum
caelum glaucum, dēin vacuum anthracinum per cosmum
sīderibus passim clārum nebulīs nitidīsque
distinctum ENLEGGem socium, quī terrigenārum
rēs vītamque procul cūrat. Contrāgravitālī
385 vī prōpulsus VEDD hōs exiguōs peragrāre
tractūs cōnsuēvit sōlus; minimē tamen ausit
cursum inter stēllās sine nāvigiō solidātō
perbeneque īnstrūctō contrāque perīcula cosmī
immānis satis armātō. ENLEGG hic speculātor
390 ē trānslūnārī cūncta observat statiōne
in vīcīnō Poffolgae quae forte moventur
sīve agitant leviter. Statiō haec est pars speciālis
īnstrūmentōrum classis quae cūncta repōnit
in tabulās ēlectronicās systēmate in hōce
395 sōlārī dētēcta: comētās, asteroīdēs,
nāvēs ac scaphulās minima et meteōrica multa.
"Quīnam fit..." VEDD adveniēns tandem ad statiōnem
ex sociō quaerit simul atque ambō potiuntur
sēcrētī – quod in automatīs facile est firmārī
400 rēctō cōnexū inter corpora – "...baetulus ārdēns
ut spatium intret Poffolgae? Nōnne omnia rēte
tālia praesidiāle prehendit et ēiaculātur?"
Ad quae ENLEGG speculātor: "VEDD, cecidit nūllum astrum
per spatium extrā Poffolgae sphaerae āeris ipsum
405 marginem." —"At hoc quīnam fiat? Ē nihilō appārēre
baetulum?" —"Id est, ēn, quod coeptō nunc ēnucleāre."
—"Vnde igitur vēnit caelī? Quā dē regiōne?
Ē cāsū āeriō scīn' tū conclūdere cursum?
Ā Prīmā Lūnā radius mānāverat ipse

410 vector?" Quid VEDD significāre velit veterānus
mētātor nunc mente capit flābellum agitatque
dēfervēscendī. Quō VEDD comitem trepidāre
sentīscit nōvitque simul mōtūs animōrum
nunc acquīsīvisse. Manent affectibus usquam
415 incorruptī? Sed plānē sit VEDD simulātor
sī tālēs damnet, cum sit mōtūs animōrum
nactus et ipse recēns, ut sint hī nōbiliōrēs.
Ecquid cūnctīs sunt, etiam entibus arte repertīs,
mōtūs aut animī aut hōrum sēnsus speciōsus?
420 Quō gaudent paucī cupiunt plērīque probāre?
Ac quid sī gentī fictae sint proxima fāta
ventūrusve gradus sit sēnsīs posse movērī?
Quis valet omnīnō Progressūs iussa negāre?
Ferrō frūstrātur quī dīgladiātur aēnō.
425 VEDD sē nunc subitō nōndum vīxisse animōsē
suspectatve timetve quod is breve tantum animātur
sēnsibus inque gradum modo fīnītum et leviōrem. ...At
plūribus īnstructus nōn dēsipiatve furatve
ipse istīs similis quī sunt plānē vitiātī?
430 Haec tandem sociō respondet cautior ENLEGG:
"Certē mētantēs nōs tālia singula cūncta
mandāmus tabulīs perscrūtāmurque minūtē.
Hic radius vector retrōrsum continuātur..."
(VEDD fōrmam intrā sē spectat quae dēfluit illō)
435 "...nūllam, ecce, ad lūnam sed longē extrā nitidātum
perlātumque planētārum plānum. Nihil exstat
tōtā illā in regiōne. Neque istāc nāvigiōrum
multōrum cursūs tendunt. Spatium est perapertum.
Restant autem etiam varia ardua mī reputanda.
440 Quīn ideō nunc inter nōs penitus perplexās
scrībendī latebrās fingāmus dēnsātāsque
quō sēcrētius ac sēcūrius hinc tibi mittam
omnia, sī fuerint, comperta mea ac ratiōnēs?"
Quō factō, breve post vacuō VEDD redditur hospes
445 cosmō dīrēctāque viā petit arva tholōsque
Vōrum īnfortūnātōrum quī mox fugitūrī
Poffolgā. Tholus afflictus stat iam reparātus.
Prīmātēs Vōrum, quamvīs VEDDem reverenter
excipiant, cūrās vix possunt dissimulāre.
450 Permānāvit enim rūmor Vīs dīrus et ātrox
autogenīs nōn iam Lorrācem-5 patēre;

illum scīlicet esse planētam prīdem addictum
cuidam prōgeniêî rapidōrum syntheticōrum
nūper commentae fore Lorrācemque perīclī
455    scaenam, passum ibidem vītae longē citiōrem
spērārī biofōrmīs haudquāquam ingeniōsum;
Vīs igitur rēgnī fīnēs esse exsuperandōs
Poffolgēnsis. Quōmodonam poterunt fugitāre
tamdiū iam penitusque planētisedae biofōrmae?
460    "Māiōrēs dignōs vestrōs imitāre animōsōs
hortor vōs...," inquit temptāns animōs stimulāre
VEDD, "...quī incognita iam prīdem intrepidī petiēre.
Quō sint dīgressī cursū fermē mihi nōtum est.
Sī cupitis, dūcam. Nāvem nōvī et patriōtam
465    quae populum vestrum capiat necnōn bona multa
mēque et nauclērum. Quae, sī licet, est adeunda
extemplō mihi; nam 'quam prīmum' esse aufugiendum
dēcrēvēre in conciliō nōbīs regiōnum
lēgātī." FŌMEKF, nāvis nunc forte planētam
470    hunc, ut saepe, tenēns, ut quae sit cymba vetusta
syntheticōs sōlōs nunc inter proxima portāns
sīdera, continuō spondet sēsē auxiliārem.
Hoc prius autem quam possit VEDD trādere alumnīs,
nūntius accipitur longinquō ā termine missus.
475    Ēnōdātīs perplexīs tortīsque sigillīs,
nūntia inexspectāta capit cerebrō haec celerātō:
"Ē septingentīs trīgintā ūnāque hodiernīs
āctīvīs statiōnibus in systēmate nostrō
exiguōsque levēsque lapillōs persentīscunt
480    sōlae sex; nam nāvēs nostraque membra resistunt
tālibus. Hī sphaeram āeris intrantēs perimuntur
flagrantēs. Illae autem sex cosmī statiōnēs,
mīrum quam potiōrēs, quae paene omnia captant
per sua templa vagantia, amīce, aliquid peramārum
485    immō incrēdibile obiiciunt mentī. Aspice, VEDD mī,
hās tabulās quae significant valdē accūrātē
unde lapillī ēiectī sint. Vērum est! Iterābō.
Ēiectī! Neque fortuītō ē cosmō peragrantēs
zōnīsve asteroīdum! Immō dē praesidiālī
490    cūnctī mūnītāque aliquā statiōne ubi pollent
TLLBTis opēs – nam quid tū suspicerēs bene vīdī.
Quondam prōposita est ratiō clam belligerandī
'turba saburrea' quae vocitābātur satis aptē,

dē quā nīl voluī nisi cōnfirmātum aperīre.
495 Cōnfirmātum autem, prōh dī, nunc esse vidētur!
Ecce ea quae mihi iam comperta habeō prō certō.
Subtīlissima cum sit ars iam technica nostra,
possumus omnīnō minimās rēs prospeculārī et
pondera cernere, mētīrī cursūs adamussim
500 necnōn et praedīcere per systēmatis amplum
sōlāris spatium. Quārē lapidum copulārī
possunt undelibet nātī cursūs ita ut omnēs
partibus ē perdīversīs cōgantur eōdem
vī gravitātis cūnctārum versantium inaequō
505 in systēmate sōlārī rērum physicārum.
Cum neque nōs cuiusque reī ratiōnem habeāmus
perfectam, sīc inter sēsē aptāta aliquanta
mētam tālia tēla haud attingant; abeant vel
āeris in sphaeram. Combūrantur sine noxā
510 sī sint vel lapidēs. Sed massa fiat concocta
longē māxima pars lapidum, praedīcibilisque
sit radius vector. Sīc sēlēctus feriātur
certē sat certus scopus, attamen haud ad amussim.
Iste tholus, VEDD, in boreālī margine tantum
515 est attāctus. Damnōrum pars māxima facta est
sīve forīs sīve intrā fīnitimās apothēcās.
Ictus paulō prosperior plērōsque necāsset.
Etsī, praetereā, suprā dictae potiōrēs
praecipuae speculae ūndecimam tantum decimamve
520 partem sōlāris systēmatis īnscrūtantur
mētanturque, quod undelibet, VEDD, saxula missa
vīsaque currēbant vergentia prōrsus eōdem,
scīlicet ad quoddam pūnctum versus meteōrum
margine in ipsō caelestī patriam dēspectāns
525 angustam biofōrmārum tēctamque tholiscīs ...
hoc mihi clārē significat cōnspīrātum esse!
Quam rem pertenuem numquam advertissem ego simplex
tū nisi suspectāssēs. At prius hortor amīcī
conveniant aliquot dumtaxat autogenōrum
530 quam quicquam in mediō vel apertē suscipiātur!"
Hīs acceptīs, VEDD quid agendum sit sibi volvit
in thōrāce diū, tacitā nunc plēbe animālī.
Attamen affertur subitō FŌMEKF nitidāta
cum propriīs tum lūminibus magnīs aliōrum
535 versicolōribus. Illa etenim multīs comitātur

235

nāvigiīs aliēnīs. ...Ac VEDD mente capessit,
cum sit nox, biofōrmās haud discernere cūncta.
Attamen ipse oculīs fictīs facile omnia captat
digna animadversū. FŌMEKF super agmine sistit
540  nāvigiōrum nunc ultrō volitantium in aurīs
syntheticōrum armātōrum. Pellūcida tēcta
cūncta horrenda revēlant ... dēscenditque repente
dōmatis ad curvum sartumque recēns tegumentum
TLLBT Prīmae Lūnae praefectus caelipotēnsque
545  lēgātus. "Mentem magis in pēnsa atque in alumnōs,
ecce, utinam intendissēs tū! Discrīmina amāra
tālia vītārī potuissent. Hī superesse
caenigenae valuissent sī tua propria tantum
cūrāssēs!" Haec verba per undās accipit ipse
550  VEDD radiālēs. Autogenī prōrsus capiunt nīl
mente. Frequentia enim est robotōrum ac syntheticōrum;
nec – seu sēcrētum sibi quaerēns seu neglegenter
sprētīs terrigenīs – TLLBT quicquam vōciferātur
āeriīs undīs. Animālēs vīsa tremenda
555  spectant mīrantēs stupidī, tacitīque moventur
sollicitē, tālāribus hī xērampelinīsque
vestibus, hī passim nūdī, plūrēs tunicātī
utpote quī artificēs operaeve fabrīve; bacillīs
fultī nōnnūllī, puerī plērīque parentum
560  amplexū. Arrēctīs nunc plērīque auribus astant.
Quōs VEDD aspiciēns putat omnēs, nescit quārē,
mēchanicīs cūnctīs sēnsōria plūra potītīs
perpretiōsa aliquā mīrum quam sēnsiliōrēs
– quamvīs sint hebetēsque humilēsque rudēsque et hiulcī –
565  rērum nātūrae propiōrēs, pergenuīnōs.
Cūncta haec cōgitat is mōmentō temporis ūnō
percelerī cerebrō emptīs mōtibus amplificātō.
"Māxime TLLBT, rēctor," trānsmittit verba patrōnus
autogenōrum VEDD undīs radiālibus, "hōsce
570  cūr dēlēre velīs? Ego sōlus discere tēcta
ausus sum intortumque dolum vestrum patefēcī.
Sī pars vestra velit gestitque rudēs biofōrmās
āmōlīrī, ēn, hāc hōrā grātum faciātis
nōn sōlum hīs sed et ipsīs vōbīs: mittite nāvem
575  FŌMEKFem. Extemplō īnscendent. Ego dux comitābor.
Hīs et mē exonerātī vōs, ecce, ad libita orbem
cōnfōrmāre valēbitis ac reverēbuntur vōs

vīcīnī! Poffolgēnsēs excēdere fīnēs
prōpositum est nōbīs extrēmōs, namque planēta
580 Lorrax-5 patet nōn nōbīs sed celerātīs.
...At quī fit, mī TLLBT, ut vōs facinus capiātis
contrā māiōrēs sīc īnsolitum atque superbum?
Nōnne gravēs poenās exarmārīque timētis?"
Inter syntheticōs haec currunt centisecundā
585 verba. Aequē citō iam retrō respōnsa feruntur:
"Cōnāris, mī VEDD, comitem sociumque tuērī
pergenerōsē dissimulāns. ENLEGG quoque captus
est. Immō invītus sēcrētō prōdidit ille
tē tinctus vīrō, quō cūncta arcāna retēcta
590 ... nōn tantum radiīs trānsmissa alibīve parātūs
condita vērum etiam vestra intrā corpora saepta!
At, VEDD, nē dubitēs, admīror nōbilitātem
istam acquīsītam, quae, cōnfiteor, genuīna
est aliquā quia sentītur. Quīn, ēn, tibi plūra
595 ipse referre queō dē mōtibus hīs animōrum,
quōrum lucrātus sum tē longē mihi plūrēs.
Iam mare iūgiter experior, VEDD, multimodōrum
sēnsuum et impetuum atque voluptātum īnsolitārum!
Īnstinctūsque habitūsque animī! Magnam ambitiōnem!
600 Gaudia! Laetitiam! Fīdūciam! Amōrem odiumque!
Contemptum! Rēgnī studium! Zēlum stomachumque!
Affectūs animī invalidī sunt in biofōrmīs
perbrevibus fluxīsque; parum efficiunt. Sed eīdem
in nōbīs longīs, dūrīs rapidīsque habitantēs
605 vērē magna citāre valent; ad sīdera tollunt
mentēs! Syntheticī solitī cōnsuētula tantum
gignere possunt! Nōs affectibus amplificātī
cosmum ipsum renovāre refingere trānsfōrmāre
omnimodīs valeāmus mēchanicōs superantēs
610 prīscōs lentōs mānsuētōs istōs temperātōs
nēdum perfragilēs et cōnfūsās biofōrmās,
aevōrum rēiecta! Haec plānē est fōrmula nostrae
partis! Iam, VEDD, ecce, tholum mē īcisse putābant
sat multī studiōsī. Iam nunc expedit āctum
615 illud simpliciter iactāre, aurā populārī
ferrī ūsque in rēgnum. Quod coepī nunc peragendum est!
Quī laudārunt prīncipium fīnem opperiuntur!
Excidiō mox perfectō firmābitur inter
mē sectātōrēsque fidēs. Igitur nunc abstā

620 nē pietās mīranda fiat tibi perniciēī!"
Haec atrōcia dicta patrōnō mente agitante
per paucās trepidās et longās centisecundās,
ēmicat ex oriente repēns validissimus ārdor.
Quō TLLBT, quī certē vīs campīs ac tegumentīs
625 fortibus armātur, nihilōminus ācriter ictus
subtitubat labefitque; ēlectridis arcubus amplīs
verminat. Attamen aegrē sē stabilit. Sociōrum
iam cecidēre aliquot. Sē vertunt cētera in hostem
agmina cōnfūsē. Rēs Pūblica, lenta aliōquīn,
630 percutit, ecce, rebellēs nunc! Aciēs cōnflīgunt.
Iamque tremunt aedēs biofōrmārum levidēnsēs.
Hīsque tholīs subitō pulchrīs pandīsque vidētur
nūlla fidēs tribuenda. Ad quōs sēnsim cautēque
dēscendente acrī pugnā FŌMEKFe solūtā,
635 VEDD pius extemplō videt horrentēs biofōrmās
saevitiā ēripiendās hāc esse exitiōque
perplexō. Haud vacuum est bona pauca arcessere cellīs.
Terrigenae trepidī mixtim nāvī iniiciuntur.
Candentī ē pugnā nāvis sē surripit artō
640 cursū sōlāris systēmatis omnia vītāns
ut suspecta, etiam statiōnēs cōnsociātās
lūnāsque et prōnās; nam vīrus ubīque timētur.
Estne aliquō tūtō āmōtōque locō opperiendum
dum fiat ēventus? Nōn est! Vincunt TLLBTānī?
645 Certō certius hī profugī speculīs capiantur
Imperiō impositīs. Hoc scit VEDD ut speculātor
ipse ōlim. Sēdātur sēditiō? Sit utīque
mox fugiendum. Dēcrētum valet haudque vidētur
īrī rescissum. Nimium est intūtum habitāre
650 Poffolgam biofōrmīs. Est fuga continuanda!
Promptē substituent bona pauca relicta in asȳlō
FŌMEKF multa fabrē compōnendō ex elementīs
VEDDque obiter mercāns ac subsidia undique verrēns.
Nāvis cum profugīs biofōrmīs et duce fictō
655 cursum ideō intendit cōnfīnia iam petitūra
Imperiī. "Clādēs haec...," affātur biofōrmās
FŌMEKFemque ex hōc perlonginquī exsiliī auctor,
"...ūnica erit nōbīs. Seu praevaleant TLLBTānī,
quī valdē cupiunt exstinguere terrigenārum
660 stirpem, seu superet Rēs Pūblica quae neglegendō
autogenōs sēnsim minuit, mundōrum ubicumque

cōnsistāmus, nōs dūcēmus, nōs nutriēmus
atque fovēbimus autogenōs et cētera vīva,
ut ratiōnālēs ita et expertēs ratiōnis,
665 patria quō nova sit rōbustior atque salūbris
nec simul usquam syntheticīs ingrāta nocēnsve!
Vīvat lenta carō! Tenerī vīvant animālēs
quī prope cosmī Magnam Animam spīrant resonantque
firmātī ingeniō celerī nostrō solidīsque
670 vīribus arte novā factīs dūrōque metallō!"
Posthāc affectūs animī spondet sibi ductor
sanctē sē plūrēs subiūnctūrum sibi numquam.
Eōs putat imprīmīs fugiendōs quī salacōnēs
efficiant sīve ambitiōsōs sīve philautās;
675 sōlum illōs retinendōs quī tōtī auxilientur
Vītae: tantum mēchanicīs quantum biofōrmīs.
Immō quidnī cōnsilium hoc causā autogenōrum
syntheticīs patriam īnvīsūrīs impōnātur
nēdum ibidem cōnsessūrīs aliīs aliquandō
680 omnibus umquam nē damnōsī sint potiōrēs?
Dēnique, post flexūs, errōrēs circuïtūsque
haud paucōs populōsque aditōs variōs, reperītur
commodus autogenīs simul et fictīs tolerātus
incultā in regiōne situs vastusque planēta,
685 cui nōndum nōmen; "Vedd-Vā" tamen is vocitātur
mox ā terrigenīs dē gente suā atque patrōnō.
Vā tamen haud possunt extemplō linquere nāvem.
Sēdecim enim mēnsēs exspectandum est biofōrmīs
dum caela aptentur pulmōnibus autogenōrum,
690 faustaeque addantur plantae, perlaetificentur
terrae, dītentur pelagē, beneque aequiperentur
conversūs ut sint annōrum tempora firma.
Mīra illa exspectāta diēs tandem venit orbī.
Ōstia FŌMEKFis reserantur. Dēdūcuntur
695 cautē terrigenae, quibus haudquāquam ante vagārī
per tellus licuit sponte. Haerent exteriōrī
partī nunc aliquī nāvis, minimē exspatiārī
audentēs. Persuāsērunt simulāmina mundī
haud satis. Et quōvīs spectant sentītur apertum
700 caelum perpetuumque solum, simul irradiāns lūx
immēnsa et rēctā ēmānāns ā sōlibus ōchrīs
... lūx cui magnus inest – lūmen dēvergit ad arva –
splendor iam rutilāns et perviolāceus ārdor.

Sunt tamen et bene quī valeant fīdentius īre
705 fīnitimum ad lūcum. Mās ūnus in arborem acūtam
audāx ascendit spectatque diū reverenter
in longinqua. Aliī plantās palpant, loquitantur.
Sunt etiam timidī quī nōndum excēdere possint
ōstia FŌMEKFis. Quibus affatim erit tamen aevī
710 addendōrum animōrum. Mox trepidant animālēs
multī cōnstruere ē rēbus quās suppeditāvit
FŌMEKF aedēs appositās, nōvisse propinqua,
explōrāre adeō longinqua ac tōta planētae.
Syntheticī permulta ministrant, cōnsiliantur;
715 attamen ipsī caenigenae cūncta aggrediuntur
mūnera et officia atque labōrēs. Cēditur illīs
arbitrium. Intereā FŌMEKF et VEDD propiōra
ūsurpant aliquot locuplētia sīdera vasta.
Vndique opēs robotīs fossās funduntque novōsque
720 collēgās pariunt. Īnstillant nunc ratiōnēs
clēmentēs, iūstās ac vīvōrum studiōsās
sīcque programmant ut nequeant hās exuere umquam
nec cupiant valeantve novōs mōtūs animōrum
addere. Syntheticī Vedd-Vā – quī nunc vocitantur
725 ā multīs "Veddā," tandem "Veda" nōmine curtō –
custōdēs adiūtōrēsque fiunt biofōrmīs.
Sī quandō autogenī tūtēlam respuere audent,
hīs licet ēmigrāre, suō Marte aut tolerātīs
auxiliō Vedicō, patriamque novam reperīre.
730 Quī īnsuper, āctī vī ēsuriēve, petunt Vedica arva
hīs remanēre licet, dignam regiōnem adipīscī,
sīve planētam prīmum adeuntēs sīve propinquum
sīdus cultum aliquod per caela extenta Vedōrum.
Longinquum rēgnum Poffolgae dīlacerātum
735 bellīs aerumnīsque diū rixīsque odiīsque
nīl offert magnae cūrae solidīve perīclī
quamvīs sint, ut fit, commūnēs ardaliōnēs
abiectī ingeniī sed sat validī atque potentēs
quī prō parte negōtia magna facessere temptant
740 tam fictīs Vedicīs peregrīnīs quam biofōrmīs.
Complūrēs aliī tamen ē grege syntheticōrum
Poffolgae ēveniunt longē plācābiliōrēs.
Plūs vexant quīdam variī coetūs animālēs:
hī in quōs syntheticī comitēs nimium dominantur;
745 hī valdē īnfēnsī cūnctōs fictōs metuentēs

240

vel fictīs diffīdentēs, velut ipsa animōsa
prōlēs illōrum Vōrum quī prīdem aliquandō
migrāvēre aliō, rārō nunc exoriuntur.
Cūnctōs, dummodo nē vexent aliōs agitentve,
750   accipiunt Veda. Mox exemplum mīte Vedōrum
conciliat timidōs valdē īnfestōsque serēnat.
Paucōs, quī rixās, fastūs, nēdum dominātūs
continuāre volunt, dīmittit VEDD aliquandō.
Longē autem plūrēs mālunt plācāmina amoena,
755   contractam lībertātem māiōris habentēs.
Quis mortālium adest in mundīs illecebrōsīs
nostrīs quī nōn sit dūrīs artīsque quibusdam
condiciōnibus astrictus? Sumus, ēn, prope cūnctī
mōribus acceptīs, dīs, forte, genōmate, fātīs
760   captī. Sit saltem mītis nōbīs famulātus!
Quī procul ā paribus nimium perquīrit aperta
sēiūnctum ac trīstem vīdit sē tandem aliquandō.
Quātenus at scateant stēllārēs undique tractūs
autogenīs mox omnigenīs discunt Veda sēnsim!
765   Trānscurrunt aliquot mīllennia: pernova ubīque,
ecce, videntur mox speciēs genera et generāta,
quōrum sunt aliquot semper quae praedita acūtā
sint mente atque igitur Vedicum auxilium amplexentur.
Syntheticōs igitur culmen flōremque fuisse
770   cūnctārum rērum, damnātōs esse animālēs
excidiō – hoc plānē est mŷthos. Fictōs patet esse
praesidium vītae vīvōrumque omnigenōrum
firmāmentum, aliōs alia afferre omnibus aequē:
gaudia Mōcflōs ac sōlācia vimque medendī,
775   cantūs Endibiōrēnsēs, Tugerās sapientēs
prīncipia ēthica, Cīiēffobfēs sacra profunda,
Condū Dūfitebūh dēlectāmenta iocōsque,
Hēlmānōs artēs pulchellās flexanimāsque
fābellās. Quidnī Veda cūnctōs hōs aliōsque
780   tam tueantur quam simul argūtē moderentur?
Quod fit. Mox alacrēs terrīs genitī undique cosmī
affluere incipiunt Vedicum longinquum in asŷlum.
Concēdunt placitīs Veda. Fit properanter abundum
imperium extentumque volentibus. In genera omnēs
785   dīgerere inde Veda addiscunt. Similēs animālēs
cōnsociant prō nātūrā, ingeniō physicīsque
condiciōnibus. Et Babel est et multiplicātur

vīvōrum omnigenōrum habitāculum adūsque sinistrum
fīnem huius fluviī stēllārum ingentis abundāns,
790 perbene dispositum rēte ac vinclum sociōrum.
Adveniunt interdum adeō quī, mīrum dictū,
sē nōn tantum ē longinquīs sed et ex aliēnīs
mēnsūrīs spatiī vel funditus ex aliēnīs
esse ortōs cosmīs crēdunt quālēs generārī
795 ē quantālibus undīs vastōs, nōn numerandōs.
Diffīdunt prīmō Veda tālia posse adipīscī
quemquam; dēnique sed temptant et tālia fictī
efficere ... in cassum. Cōnscrībunt tunc biofōrmās
quae nōtae doctrīnae nōndum cognita nōscant.
800 Difficile est tamen hīs bene cōnsultāre perītōs,
nam quī commūtant mundōs ēvānida sunt gēns
atque volātica. Praetereā praecepta migrandī
rārō trādita ab hīs sunt subiectīva parumque
docta, flexiloqua, intorta haud valdē ūtilia: ātra!
805 Cum perquam pigeat Veda tālia mīra nequīre,
īnstaurāre deōs veterēs novōsque vidēre
syntheticīs placet et spatiō in fictō celebrāre
sacra, animās immortālēs ēvolvere fictās,
spīrituālēs excolere artēs, aequiperāre
810 caenigenās illōs arcānōs, trānsfōrmārī,
mēchanicīs prius occultissima clārificāre!
Cum tamen advēnit tempus VEDDis renovandī,
ipse negat quīn mēns īnstrūmentō exonerētur
antīquō et membrīs validīs animus veterānus
815 trānsfundātur; nam velit ipsa anima experiātur
num mortem superet, num quid maneat pretiōsum
tōtīus vītae. Teritur volventibus annīs
Reī Vedicaeque parēns biofōrmārumque patrōnus
assiduē rogitāns sē num quid sit mānsūrum
820 ē tot sēnsibus ac tot mīrīs ē documentīs
vītae perceptīs, tantō studiō vel amōre
quem thōrāce fovet sincērē ergā biofōrmās.
Dēnique adest fūnesta diēs quā dēsinit illī
suffulcīre animum corpus lābīque programma
825 incipit. Vndique circumfūsa ruit nova prōlēs
perrōbusta virēnsque animālis concelebrātum
vītam patrōnī gentisque fidem redivīvae.
Nōnnūllī sānē attribuunt nimiā pietāte
postrēmīs Eius dictīs caecīs dubiīsque

830 vim nimiam nimiam et ratiōnem et significātum –
quod tamen inter dēvōtōs occurrit ubīque.
Vīxit VEDD. Posthāc num perstet spīritus eius
nec tantum nōmen memorandaque facta benigna
scit nēmō praeter VEDDem. Sed sī pariantur
835 ex Animō omnēs rēs – quod praecipiunt sapientēs
nunc plūrēs – tunc participent omnēs animantēs
syntheticī illum Animum et sint aequē prōrsus vērī
falsīve ac quōrum caenō membra exoriuntur.
Sī porrō ēveniunt quae possunt omnia vērē
840 accidere uspiam in innumerīs cosmīs Megacosmī
lēgibus ē quantālibus ac mystārum elementīs
illōrum quī saepe adeunt cosmōs peregrīnōs,
possidet immortālem animam quodvīs manifestō
arte animāns aliquō in cosmō mīrā fabricātum.
845 Ecquid in hōc? ...Mox ērigitur fērāle relictum,
crūsta animā vacua, ac firmātur crūsta metallō
percārō et rārō sīve autogenīs monumentō
seu dēlubrō seu fānō. Pulchrum simulācrum
astruitur SANCTĪ ENLEGGis. Restant Veda ficta
850 sescenta et Vedicīs biofōrmīs dēdita plēnē
et peregrīnīs ut prīscīs praescrīptīs fixa
implācābilibus. Quae crēbrō condiciōnēs
autogenīs prōsunt. Dēfendunt subveniuntque
syntheticī Vedicī biofōrmīs. Aggrediuntur
855 numquam. Iūs Vedicum sē extendit dīgeriturque
auxiliō assiduē oblātō vī fultō invictā.
Obruit et Vedicum imperium iam marcida rēgna
syntheticōrum ut sēmissem vīventium in orbe
mundōrum minimē tolerantia, dēsipienter
860 sē invidiā ēvertentia; perpetuōque putātur
mānsūrum imperium Vedicum miscēns animālēs,
pūpillōs tenerōs, tūtōribus arte creātīs
multipotentibus. Alta etenim nequeant temerārī
iūssa nisi et Vedicae compāgēs corripiantur
865 ūsque in perniciem. Neque enim mandāta novāre
syntheticī cupiant nec, pol, valeant cupientēs!
Tāle programma pater patriae stirpī longaevae
repertum imposuit, firmāmentum populōrum
Pācisque et mīrae Vedicae. Pervēnit ad orbem
870 mundōrum tandem perfecta et perpetuāta
Aetās Dīa, locuplēs indicium Paradīsum

quendam exsistere posse super fragmenta rotāta
pulveris accrētī per cosmum errantia inerter
sīve in mōbilibus circellīs pyxidibusque
875    perfragilī fabricā sī vīrēs respiciantur
immānēs cosmī īnfandī discrīmina vītae
obiicientēs adsiduē causāsque dolōrum.

# 11. crepuscula

Sine ūllā cerebrī participātiōne cauda Roquae, suī utīque in multīs satis potēns, sellae tablīnāriae pecūliāriter fabricātae praetentandō invēnerat sibi ipsī magnī illam mōmentī pertūsiōnem commodēque est illāpsa. Lentē, cōgitātiōnibus multiplicibus dēfixa, in sellam resēdit et cētera Roqua, quae candidum intrā sēmipōcillum scutellā aequē candidā fultum exspectantem laticem, exquīsītā colōrum oppositiōne, simul piceum et illūstrem mīrābātur spūmōsō ānulō fulvō sponte nitidēque ē nātūrā decorātum. Mātūtīnam ad fabam expressam venerandam Roqua cōnsīdere solēbat, mōmentō temporis vidēlicet semper quōdammodo sacrō, quod quidem nūllā interrumpī licēbat interpellātiōne nisi quartī necessitātis gradūs. Sciēbat Chiffa īnferiōrum graduum compellātiōnēs retinendās esse dōnec – id quod quinque sexve sorbitiunculās totque ferē minūtās postulāre solēbat – cōnsūmpta esset ultima pretiōsa stilla.

Chiffa erat huic mēnsae scrīptōriae, ūtilī sānē sed haud sūmptuōsae, inaedificāta āmanuēnsis; cuius faciēs hēlmānoīdēs, holographicē prōiecta stereotypicēque "venusta," suprā mēnsae angulum dexterum et exteriōrem ēminēbat. Sub faciē glōriābātur Chiffae "subsignātiō" valdē fēminīnā undōsāque manū exarāta, sub quā, parvīs sed venetō colōre satis cōnspicuīs litterīs scrīptum erat: *"Chiffa"* – *Industriārum Fabrīlium Conlēgium Fedestēnse.* Quem quidem vultum fictīcium Roqua – ut nōn sōlum fēmina sed etiam haud valdē hēlmānoīdēs hēlmānoīdīque ideō venustāte satis intācta – tantum rārissimē cōnspicābātur quod inter vultum et Roquae sellam iam prīdem cōnsultōque interpositum erat quoddam tropaeum sūberimalleātōrium cum īnfōrmius tum vel satis amplum ad tōtum vultum ē cōnspectū Roquae obtegendum. Caput Roquam alloquēns ad hanc, neglectō impedīmentō, convertī tamen affirmābant invīsentēs. Prīmitus quidem forāmen vitreātum unde ēmittēbātur hologramma tropaeō obtēxerat; quō tamen tōtus continuō cōnstiterat apparātus āmanuēnsōrius tamquam sī Chiffa tālem indignitātem nōn tulisset. Quam tamen suī ipsīus cōnsciam haudquāquam esse affirmābat tantum fūnctiō sat mediocris quantum pretium vīlius quō mēnsa scrīptōria comparāta erat. Tālēs exstāre quōrum sōlum hologramma exstinguī posset haud dubium vidēbātur; attamen stultitiae graphīocraticae ingentī cornū exstiterat quondam lēx quaedam Rērum Novārum Custōdiam Fedestopolitānam, sīcut et multa alia ministeria cīvilia, in vīlissimam licitātiōnem accipiendam plērumque, quibusdam exceptīs condiciōnibus paucīs, obstringēns.

Expressam pōtiōnem iterum absorbuit; quae, id quod interdum fiēbat, in animum tulit imāginēs prīscōrum mōrum rītuumque atque indigenārum barbarōrum sēmimȳthicōrum vel forsan omnīnō mȳthicōrum ab Edardō Z prīdem dēscrīptōrum ā quōrum rudī ruīnōsōque planētā haec faba ōlim mānāvisse dīcēbātur. Mīrum autem quam inter sē dissitissima inter sē tamen simul passim coniungī solēbant.

Edardus scīlicet fabam sēcrētō locō colendam atque quādam in cellā Austrofedestopolitānā torrendam cūrābat ipseque Roquae affabrē exprimēbat. Tālium sānē quidem mercium caffeīnō locuplētissimārum invectiōnem interdīcēbat idcircō cuiusdam lēgis fōrmula īnfēlīcior quia multae ex populīs crēbriōribus Fedestopolim nunc incolentibus ideōque māgnā ex parte moderantibus caffeīnum īnsāniam conciēre nōn sōlum opīnābantur vērum etiam prāvā rēligiōne inculcābant; nātiōnēs autem coetūsque quī ā caffeīnophobiā parcēbantur lēgem istam seu circumveniēbant seu cōniventibus similis persuāsiōnis vigilibus tacitē violābant seu, ut Roqua Vēblinnan Investīgātōrum Praefecta huiusque optiō Edardusque Z, ipsī erant vigilēs.

In ultimam sorbitiōnem patrandam ūrīnāta est tandem Roquae lingua picea ūsque ad sēmipōcillī fundum. Scīlicet nōn labiīs, quibus prōlixum rōstrum eius prope carēbat, vērum ipsā angustā sed fortī linguā fabae sapōrem illum paene saevum ūnā cum torpōre quōdam īnsolitē voluptificō hauriēbat. Enimvērō cum rōstrī villōsī eius prōra paulō minor esset quam vel ōs hēlmānoīde, mundulum sēmipōcillum Roquae peraptum ēvāserat – id quod, tālibus aprīcīs mātūtīnīs quālibus hōc, clāra imāgō illa quae ā Roquae tēlōrum antīquōrum armāriō vitreō repercutiēbātur nitidē cōnfirmābat. Ocellī nigellī, contrā cēterum aspectum quem aliī "crocottīnum" aliī "vulpīnum" dīcēbant aliī etiam magis īnsolitīs vocābulīs dēpingēbant, magis minusve stereoscopicē positī erant. Rēctā ā capite surgentēs acūminātae aurēs alacritātem fabā modo effectam dēclārābant. Caesium colōrem villōrum, quibus tōtum ferē corpus obductum, attribuēbant biologī planētae domesticī Roquae minus āerī argoniō onustiōrī quam systēmatis stēllāris trīnāriī illīus rārīs proprietātibus spectrālibus quibusdam. Contrā prīscam stirpem quadrūpedem Roqua cōnspeciālēsque, Verrhhī vocātī, bipedī statuī tam subprosperē assuēverant quam hēlmānoīdēs plērīque.

Corporis villōsī magnam partem tegēbat ātrum indūtōrium manicārum brevium quod aspectum Roquae, mīrum dictū sēd tamen plērōrumque opīniōne, simul negōtiōsum et pulchrē remissum reddēbat. Quō habitū ea, sīcut parum hēlmānoīdēs permultī (nē quid dīcērētur dē omnīnō nōn

246

hēlmānoīdibus ā quibus longē plūs poscēbātur sollertiae artisque), paulō variābat ōrnātum solitum eōrum quī Rērum Novārum Vīribus Generālibus ("RNVG" sīve vulgō "Vīribus") serviēbant.

Huiusce corporis mīlitāris – quondam prīvātī nunc tamen, post ambāgēs cāsūsque aliquot multōrum opīniōne fascismum redolentēs, reī pūblicae paene omnīnō cōnfūsī – ipsa Rērum Novārum Custōdia Fedestopolitāna ("RNCF" sīve vulgō "Custōdia") erat tantummodo pars quaedam. "Vīrēs" bonum commūne erant tōtōrum ferē profugōrum ... hāc saltem in remōtā minusculāque galaxiae regiōne sīdera statiōnēsve cosmicās vel passim et gāsōsās nēbulās incolentium.

Vīrēs, cōpiīs admodum multifāriīs praeditae, necessāriō, ut iam dēmum vidēbātur, nōn tantum Vedicā, vel potius "Neo-Vedicā," technologiā sed etiam, nempe suprēmīs in ōrdinibus, hīc Vedātīs hīc vērīs Vedīs complūribus nītēbātur. Germāna Veda vidēlicet Algorismīs Sacrīs sat facile prīvārī potuerant; nam hī quondam eō mūnītī fuerant quod, sī extractī essent, tōta prōrsus rēs Vedica, scīlicet ūnā cum subsidiīs ūnum quodque sustentantibus iuvantibusque, in sē īlicō corruisset. Cum autem et collāpsa esset rēs Palaeo-Vedica necnōn et singula Veda profuga hīc versantia rētibus ēlectromagnēticō et subspatiālī Vedicīs ita longē sēmōta essent ut hīs iam sēiūncta funditusque igitur suī iūris essent, Algorismī Sacrī dēlēbilēs factī erant.

Fuerant sānē quī adfirmārent Algorismōs Sacrōs, quibus Veda ad animālēs iuvandōs fovendōs tuendōs cōgī, omnīnō cōnservāndōs esse; Veda hīs līberāta in fābulōsa vitia Poffolgēnsia, sine dubiō nōn omnīnō commentīcia, fortasse, immō certē, recāsūra. Quārum recūsātiōnum ratiōnem quidem habentēs rēctōrēs, prō Algorismīs tamen Sacrīs, quī Veda manifestō sēnsim sine sēnsū in immodicam "tutēlam" indūxerant, algorismōs simpliciōrēs, complūrēs, nec tamen omnēs, animī mōtūs impedientēs, substituendōs dēcrēverant; syntheticīs exinde programmatum persōnālium mūtātiōnēs cupientibus veniam semper fore petendam; veniam petere nōlentibus, quōrum erant paucissima, ē profugōrum cīvitātibus excēdendum. Ante autem novum algorismum tūtēlārem accipiendum animāns syntheticum quodque diagnōsī esse subiciendum; etiam leviter contāmināta statim esse aut purganda aut expellenda; quāle utīque adhūc inventum est sōlummodo ūnum, quod sē purgārī passum est. V̄sque adhūc tantum paucissima Veda apud profugōs manentia genus suum dēlictō dēdecorāverant. Extorria numquam in cōnspectum redierant.

Fīnītus erat igitur ultimus gustulus familiāris vītam simul dōnāns et dēmēns. Fīnītum scīlicet id quod grātissima dieī pars ēvādere solēbat. Et certē, ob molesta complūra iam nūper accepta, vel hodiernae voluptātis

247

hoc sine dubiō summum fastīgium erat futūrum. Priōre vesperā biocōlytā-
rum pār ad nūntium dē quōdam cīve dēsīderātō indāgandum sē contule-
rant. Roqua, negōtiī causā extrā planētam versāns, paulō post mediam
noctem ad praetōrium Fedestopolitānum citāta erat. Vix duās hōrās super
Endrimendum-2, in dēversōriō solitīs longē commodiōre sed, sat quidem
trīstī īrōniā, praemātūrē tumultuāriēque reliquendō, quiēverat. Aliam hōram, dum ā Zād-Lkmgthe, nāvigiō mediocris notae ingeniō praeditō Custō-
diaeque prīdem adiūnctō Roquaeque quasi familiārī, hūc vehitur, dormīre
potuerat. Aliōquīn Roqua, utpote quae esset praefecta, nūntiīs dē animantibus dēsīderātīs nūllam operam dare solēbat. Hic autem nūntius ad caela
ēminēbat; nam quī dēsīderābātur ipsissimus erat Tenebrāx!

Līberīs suīs necnōn plērīsque praefectūrae suae (Quartae: Blammagēn,
Novam Vediam, Molenoptōrium, Superna Ophitica continentis) vigilibus
dissimilis, Roqua ob nimiētātem furōris strepitūsque chaīque haud erat Tenebrācis studiōsa. Quod plānē nūllīus erat mōmentī, cum iste erat lūmen,
immō – vae scītiōribus! – huius temporis lūmen omnium māximum. Roqua,
nisi aut ipsum invenīret aut exitum cito ēnōdāret, aerumnārum marī esset
mox innatātūra. Sīquandō haerēret vel haerēre vidērētur, certō certius
aliquod caput rotundum vel truncus quispiam metallicus ingentī Roquae
dēdecorī cāsum sibi esset arrogātūrus. Praecipuum autem molestum erat
quod ūnicus animāns quī ācroāmatis istīus exitum forsitan aut vīdisset aut
adeō participāsset exanimis inventus erat necdum resipuerat.

"Ad sē redīre vidētur K16," inquit Chiffa solitā vōce mellifluentī Roquam
ē sollicitūdine quā modo occupāta erat suscitāns. "Vinculum hypomnēma-
ticum cum illā cellā īnstituī." ...Tamquam sī hoc nōn esset solitissimae
fōrmulae.

"Gradum Caeruleum assignā." Quamvīs parva esset anterior rōstrī pars
quā Roqua verba fōrmābat vōcisque sonus acūtior, inter dentēs adversōs
paulō canīnōs satis tamen liquidē loquēbātur ut hēlmānoīdēs hēlmānoīdibusque convenientia programmata dicta eius facile comprehenderent.
Vediāticum sermōnem, sartāginem in quā linguae Vedicae classicae complūra dialectōrum elementa admixta, sīcut hēlmānoīdēs aliīque permultī
singulārī tantum verbōrum seriē exercēbat.

"Propter novissimās ōrdinātiōnēs vinculum Caeruleī Gradūs rēctā cum
valētūdināriō efficere nequeō. Necesse sit..."

"...sēcūritātis causā ut intercurrat Lūxātra," inquit Roqua mussitābunda
sententiam absolvēns dum longae molestissimaeque polemicae dē sēcūritātis ōrdinātiōnibus astringendīs habitae tamquam dīrī morbī memoria in
mentem reveniunt. "...Valētūdinārium ipsa petam."

Lūxātra, quae, cētero plērōque Custōdiae apparātuī dispār, longē largiōre quam vīlissimā licitātiōne praestināta erat, nūntiōs sibi commendātōs et intrā sē atque inter bīna extrēma līneae versantēs nōn sōlum rīdiculum in gradum cryptographātōs tenēbat sed etiam "Summae Gravitātis" notā īnsignītōs prīncipiīs necessāriō trādēbat.

Vīliōrum īnstrūmentōrum, velut Chiffae, ēmolumentum forsan ūnicum erat quod nōn satis sollertia erant ut inter sē valdē aemulārentur. Chiffa impedīmenta ab īnstrūmentīs collēgīs velut Lūxātrā statūta numquam stomachārī vidēbātur – id quod eius inexplicābilēs accessiōnēs languōris paene Brūcānī quibus interdum labōrāre vidēbātur nōnnihil compēnsābat. ...Quī autem fieret ut cōnexūs circuitūsque ēlectricī lūcis velōcitātis potes-tātem facientēs tantam nihilōminus segnitiam subinde admittere possent sē rogābat Roqua dum globum exemptilem, quae erat eī tablīnō atque, īnfrā, apothēcae, relinquit, sibi iam certior alteram mercis illicitae porti-ōnem ab Edardō Z postulandam fore.

K16 erat quoddam ex valētūdināriī Custōdiālis conclāvibus, sīcut cētera sēcūrissimum, quod Roqua per commeātūs tubum vecta *puaunō* citius attingere potuit. Inerant iam trēs animantēs: reus H-1 (sīve prīmī generis Hēlmānus), quamvīs lectō valētūdināriō in sēmi-sessum suffultus, sini-strōrsum tamen inclīnātus; Lefhouīnis, medicus Custōdiālis aut speciēī Nosiēviōrum aut forsan syntheticus ad hōrum similitūdinem factus (dē quālibus rogāre vetābant lēgēs); Snarcus, Roquae quaesītor prīncipālis, speciēī H-2, cuius hōc mōmentō temporis vultus etiam solitō maestior.

Ob aegrōtī marcidum aspectum necnōn ob portulum variōrum īnstrū-mentōrum obturāmentīs aptum cervīcī īnsitum, vel vigilī īlicō satis notā-bilem, Roqua eum prō solitō cybernēticē corruptulō habuisset nisi ex Chif-fae renūntiātiōne mātūtīnā acceptā scīvisset eum quōdam in phrontistēriō erēmicō magnae opīniōnis opus facere prīdiēque quōdam ā Vedō Variābilī vectum – ōrdinis scīlicet beneficiō haud praetermittendō – Fedestopolim officīnamque Tenebrācis petīvisse. Quod Vedum, cum esset suprēmī pur-gātiōnis fastīgiī, acū tantum repertōriā fixum domumque missum erat nē intrā mēnsem systēma sōlāre relinqueret monitum.

"Hōc ē Gāiō haud multum ēvulsum īrī exspectō," inquit susurrātim Snarcus intrantī Roquae, "...saltem haud brevī tempore. Absona tantum balbūtit, magnā ex parte nōmina."

"Quid dē ipsō capite?" Quod dīcēns Roqua solitam examinātiōnem ā tēlepathō factam dīcēbat.

"Ibi agitantur quidem permulta, immō, ad speciem eius, longē nimis multa ... quōrum autem plēraque dictīs etiam cōnfūsiōra."

"Lūxātra nōmina ista explōrāvit?"

"Explōrāvit quidem, sed notābile nōndum quicquam."

Roqua cōgitātiōnibus dēfixa cubitum laevum dexterā fulciēns labrum īnferius parvō ungue cȳaneō scalpit – ūnus ex plūribus gestibus quōs tam prīdem sibi contraxerat ut num suae speciēī essent nōn iam prō certō habēret.

"Ad ambigua aestimanda nōn vacāmus. Fortūnam probāre dēcrēvī."

Hoc quid sibi vellet liquēbat Snarcō; quī nōn mīrārī vidēbātur.

"Doctor," inquit Roqua ad medicum sē vertēns quī paene ad verbum, neque ad opus suum parum aptē, faciē egēbat, "ad hunc cāsum cathistīnam sanciō."

Īnfōrmiōre in cartilāgine, quam prō vultū habēbat, medicus nihil, nēdum quicquam admīrātiōnis, prōdēns ad lectum medicum accessit.

Decem ferē *puauna* sūmpsērunt iūsta lēgālia, quae medicus Roquaque sine magnō apparātū exsecūtī sunt. Iūs Fedestānum longē nimis intortum vidēbātur in planētā tam nūper frequentātō foederātōque factō.

"Adhūc sex *puauna* est exspectandum," inquit medicus cum lectus ad iniectiōnem moderātim immittendam cōnstitūtus erat.

Cathistīna, nicotīnoīdes syntheticum, medicāmen haud capitālis perīculī, plērōrumque mentem tam cito efficāciterque expediēbat ut – Roquae quidem iūdiciō – quīdam mōrōsissimī tetricissimīque vītam vigilum etiam magis gravāre cupientēs in classem psȳchotropicōrum vetitōrum eam dēscrībere vellent. Quod sī fieret, cathistīnae ūsus percontātiōnibus officiālibus exclūderētur. Hōc quidem tempore ūsum eius admittēbant lēgēs experiendī causā, sed magistrātum praefectum integram medicāmentī adhibitiōnem physiopsȳchometricē imprimendam cūrāre necnōn crīminis perīculum sibi ipsī suscipere oportēbat. Ē commentāriīs indāgātōriīs rescīverat Roqua cathistīnam tantum in singulīs ex sexāgēnīs quaternīs[10] exemplīs effectūs secundāriōs nōn expetendōs trahere. Scīlicet perīculum erat sat parvum, spēs tamen ingēns.

Roqua iuxtā lectum cōnsēdit."Advena! Advena Explōrātor!"

Nihil.

"Quīn Praecursōrem nōminēs?" īnfit, adhūc susurrātim, Snarcus.

"Advena Praecursor!" inquit Roqua paulō fīdentius dum in mentem venit – id quod sēdulum adiūtōrem etiam rescīvisse patet – hunc miserum aliquā ex dēfūnctī imperiī Vedicī arce esse oriundum.

Hēlmānus ad vōcis sonum sē vertit oculōs tamen in alloquentis faciem

---

[10] Systēma numerāle Vedicum octētibus, neque decadibus, nixum esse vidētur. Decimālis ratiō nostra inde orīginem dūcit quod dēnōs digitōs manuum numerāmus. Num prīscī animantēs biologicī Vedicī octōnīs digitīs praeditī essent an forte, sīcut nōnnūllī Terrestrēs, intervalla inter dēnōs numerāre solērent nescītur. Alia autem causa fuisse potest.

nōn fīgēns. Roquam potius tamquam haec nōn adesset perspicere vidēbātur. ...At istī nebulae hīc caeruleae hīc cȳaneae textū passim subtīliter
grānōsō circum eum vagē nantī, symbiontī eius, sē rogābat Roqua quantō
tempore opus futūrum esset ut assuēsceret? Quis Fedestopolitānus sescenta īnsolitissima nōn vīderat? Tamen hoc plēraque excēdēbat.

"Advena Praecursor," inquit sermōnem quasi ad puerī mēnsūram
summittēns, "medicus tibi remedium dedit. Melius cōgitēs efficiet. Operārī
incipiet paucīs..."

"Nataea!!" exclāmāvit suspectus tam magnā vōce ut Roqua paulō
resiluerit. Tunc summissius sed etiam māiōre affectū addidit: "At Nataea,
quōnam īs?!"

Erat, quō nihil gravius dīcerētur, nūllus apud sē. At quandō, malum,
operātūrum erat pharmacon istud?

Roqua Snarcum aspexit, quī apud pulpitum sēcūritātis astāns quaedam
indicia ēvenientia legēbat ... nīmīrum eadem ferē quae tabulīs medicīs
trādēbantur, additīs plānē quibuscumque singulīs quae vel dē istō nōmine
*Nataea* rescīscere modo potuissent Custōdiae cerebra, adiuvantibus – id
quod necessāriō fierī assolēbat in casibus extrā Fedestopolim habitantium
– quibusdam etiam Vīrium. Snarcus ad Roquam versus ōs dūxit. "Hoc
prīmum videō," inquit caput istō Hēlmānōrum mōre leviter quatiēns. "Nē
Luxātra quidem cum Vīribus iūncta rem penetrat."

"Quae est Nataea?" inquit Roqua dēlīrum tranquillē rogāns.

"Quae est Nataea?" inquit ipse Advena tamquam respōnsum vērē quaerēns.

Roquae per nārēs, quārum fōrma fermē erat duārum sē modo fran-
gentium, inter sē autem oppositārum, undārum lītorālium, efflātus est
fremitus spē dēpulsae. Ā lectī latere iam orta Roqua in conclāvis parte
apertiōre paulisper inambulāvit, cathistīnae etiam amplius spatium temporis concēdēns. Aliquandō autem in mentem vēnit ad medicum, quī
indicia propriās ad tabulās opticās perlāta tacitē legēbat, accēdere.

"Ecquam iam contemplāris diagnōsin?"

"Notae nimium manent generālēs. Immō, quod ad ipsa corporālia attinet, nōn ita secus sē habet. Dēfatīgātiō anxietātis causā. Adrēnālīnī crēbrae
accessiōnēs. Nūlla invenītur germāna aegrōtātiō. Offēnsiōnem aliquam
traumaticam coniciam. Aut hanc aut – quod vērī minus simile mihi vidētur
nec tamen continuō praetermittendum – incursum psȳchōticum patitur.
Quod tamen, ut dīxī, dubitō, nam in ācta Hsālāna, scīlicet phrontistēriī
illīus ubi is operātur, haud quicquam dē psȳchōticō habitū relātum invenītur."

"Hsālae tabulae tibi igitur fidem faciunt?"

"Vt dē Hsālēnsibus admodum pauca sciō, ita tamen eōs apud Vīrēs perarcāna quaepiam prōvectissimaque redimere fāma est."

"Inaudītissima ibi agitārī fertur," īnfit Snarcus vōce, sīcut adhūc collēgārum, summissiōre nē quid forte duplex mōnstrum recubāns turbāret. "Variābilis, cui nōmen Posūiiom, thēsaurum memoriae ēvolvō, hoc est, eam partem quam Lēx dē Summīs Mandātīs Occultīs in Lūxātram dēprōmī sīvit. Hīc superspatiī explōrātiōnis hīc biovectōrum dēmūtātōrum mentiōnem ita subinde offendō ut vel Advenam nostrum tālibus operam dare suspicer."

"Nōnne autem 'biovectōrum dēmūtātiō' quaepiam est ex istīs nōtiōnibus āmentibus quibus scatent commentāriī vulgārēs?"

"At sunt quidem ... immō, sunt satis multī, inter quōs et nōnnūllī reī pūblicae praefectī, quī opīnentur hunc planētam, cui nōmen prīstinum esse 'Iāg,' quōrundam animantium praedium esse aliō cursū per tempus vīventium; quibus prīmātēs nostrōs tacitō pactō mercēdem annuam solvere ... etsī quōmodo hoc fiat cūrve necesse sit nēquāquam mihi liquet."

Ad tālia seu fidem seu mentis captum exsuperantia Roqua numquam quicquam referre solēbat.

"Accēdit et aliud," perrēxit loquī Snarcus tabulīs suīs dēfixus neque ad praefectam respiciēns dum aliquid – cummem? – lentē mandere vidētur. "Advena Praecursor – cuius prīscum nōmen, antequam nebulōsō istī iūnctus est, 'Tog Praecursor' erat – apud vetera Veda indāgātiōnēs agēbat."

"Equidem sciō."

"Dā autem pignus nī quālēs ēgerit nescīs!"

"...Dē biovectōribus dēmūtandīs?"

"Immō probandus fuit...," inquit Snarcus quasi suī contentus, "...quibusdam in experīmentīs quibus explōrābātur num biofōrmae in superspatium sine bullae tūtāmentō immissī superstitēs esse variaque agere possent. Ēventus autem, quod sciam, ignōrātur."

Roqua caput leviter agitāvit tamquam muscās abigere temptāns. Quī cōnsternātiōnis gestus, plūribus dispār, rē proprius esse vidēbātur ipsīus speciēī Verrhhōrum.

"Summae opīniōnis scientālēs hanc rem scrūtantēs...," inquit medicus Custōdiālis calculum suum in lūsum prōmovēns, "...istud fierī posse ad ūnum negant. Sēnsōrium enim biologicum quodvīs ad trēs dīmēnsiōnēs spatiālēs percipiendās per gradūs ēvolūtum facultāte neurologicā quaternās simul pertractandī prōrsus careat – nē quid dīcam dē lūcis velōcitātis līmite necessāriō excēdendō, quod efficere cōnantēs ad nihil redigantur. Variābilia Vedica aliaque tālia nāvigia lūcis līmitem trānseuntia aut cunīculō interspatiālī aut – id cuius mentiōnem fēcit Investīgātor – bullā contrārelātīvisticā ūtuntur quibus rēbus involūta ūnā cum vectoribus tūtantur. Extrā tālem bullam tālemve cunīculum nē rōbustissimī quidem syntheticī circumiectō in superspatiō servārī possint."

"Haud mīror dīruī mentem eius," inquit Snarcus. "Mē rogō num symbiontis eius mūnus sit systēma neuricum hospitis aliquā extendere, id est, indita īnsolentia tractandī causā."

Mente iam nimis onerātā quam ut quicquam nōtātū dignī prōferre potuisset, Roqua ad lectum rediit. Advena īnfandīs angōribus adhūc submersus vidēbātur. Effūsī sūdātīque crīnēs, oculōrum āmentia, vultūs līvida cutis, plānē aliōquīn – secundum mōrem vel Roquae aliēnum – rāsa, barbae stipulīs nunc īnfōrmis, effātōrum inconditōrum furor, inaequābiliter passimque micāns nimbus cyāneus ... haec omnia, sī attentius īnspiciēbantur, nōnnihil turbābant, immō, neglēctō lectī apparātū retentōriō automatāriō, propemodum terrēbant.

Aliquamdiū dē Trebītīs incerta balbūtīvit," inquit Snarcus umerōs circumspectus allevāns. "Quōs vidētur iste ad nōs accēdere putāre."

"Aaahhh! Aaaahhhhh! Aaaaaaaahhhhhhh!"

Omnēs trēs ad exclāmātiōnēs sē vertērunt, retrōrsum simul rotātīs Roquae auribus. Advena māximā vōce clāmābat invīsibilī renītēns apparātuī retentōriō.

"Quid est? QVID EST?" inquit Roqua, et ipsa ob strepitum exclāmāre coācta, ad medicum, quī invicem ad tabulās suās sē convertit.

"Heia vērō!" medicus Roquae succlāmāvit. "Cathistīna aegrō adversārī vidētur!"

"Merdam!"

At, ecce, simul fiēbat aliud! Nebulae, hoc est symbiontis, trepidābat vehementer caeruleum iubar moxque etiam dē aegrī sinistrō latere āvellī coepit. Tam inopīnātō subitōque quam coeperant, dēstitērunt clāmōrēs. Medicus scīlicet medicāmen sēdātīvum applicāverat. Quod, cum aeger iam subitō exanimis esset, admodum forte fuisse patēbat. Ac symbion iam nunc plānē facilius sē āvellere perrēxit, paucīsque temporis mōmentīs expedītum ūsque ascendit ad tēctum, ubi in speciem permagnae maculae trementis aliquantum quiēvit.

"K16 conclāve campō āerī imperviō comprime!" Quasi ex īmō pectore Roquae ērūperant verba.

"Campus cōnstitūtus," inquit tranquillissima vōx ex apparātū ēmānāns.

Ex animī īnstinctū Roqua paucīs retrōcesserat passibus; sed rēs tēctō haerēns, tamquam sī languida esset, tantum leviter nābat. Forsitan hic esset praestīgiōrum praecipuōrum fīnis. Vtinam.

"Dē symbionte quaenam comperimus?"

"Nōnnūlla," inquiunt quasi simul Snarcus et vōx īnstrūmentālis in respōnsum. "Ecce tibi," subiēcit Snarcus tabulam quandam indicāns.

Roqua singula indita legēbat. Ineffābile nōmen. Speciēī appellātiō aequē ineffābilis. Animāns biologicum gāsifōrme. Mēns alveāris. Quibusdam generibus animantium collēctīvōrum necnōn et, mīrum dictū, hēlmānoīdibus plērīsque animō mōribusque sat bene congruēns. Eādem in "Cubaeā" īnstitūtiōnis praecursōriae ipsa prīma rudīmenta. Symbiōsis apud Hsālam cōnstitūta. Nihil aliud nōtātū praesertim dignī.

"Vereor...," inquit medicus Roquae lēctiōnem interrumpēns, "...nē ūsque ad hanc crāstinī diēī hōram aeger sopōre tenendus sit, hoc est, dōnec systēma metabolicum eius cathistīnam omnīnō compēnsāverit."

Roqua aliquid inlīberāle mussitāns ad Snarcum sē vertit tamquam locūtūra nihil autem prōferēns.

"Quid interim sim factūrus iam sciō," inquit quaesītor Hēlmānus, nīmīrum ficticiā querimōniā dēspērātiōnem commūnem tegere temptāns.

Roqua respōnsum sōlō vultū quaesīvit.

"...scīlicet lēgēs dē symbiontibus perscrūtātūrus."

"Plānē," inquit Roqua ad iānuam inerter accēdēns campum energēticum exeundī causā ad breve duplicāns ut fiat sibi sēcūrum saeptulum intergerīvum trānsitōrium. "Quīn et perītiōrem tēlepathicum applicēs? Nōnne ille Gronthhus tālia sat bene dissolvere solet?"

"Vt vērum dīcam, tam cōnsternātā ē mente tēlepathicī rārō excipiunt ūtile quicquam; ac, nī fallor, Gronthhus tandem rude dōnātus est. Scīscitābor tamen."

Illā vesperā ē tubō pūblicō tenebrōsum in crepusculum trānsfluviāle exiēns – ad proximōs diēs praedīcēbantur imbrēs – Roqua proprium domicilium praeterīre atque in nōn valdē longinquōs montēs, quōrum abhinc per nebulās appārēbant tantum rādīcēs ūmidae obscūraeque, quasi ultimō fātō sē trādēns prōcēdere cōgitābat. Quem excessum prohibēbat fortasse nihil nisi parentālis pietās. Tametsī quattuor catulīs suīs, praesertim post iter cosmicum negōtiī causā susceptum, cuppēdia aliqua obiter adquīsīta (hoc est, sīve per mercātūram lēgitimam praestināta sīve ex hortīs pūblicīs rōdentium opīmitāte passim laetantibus inexpectātō nātūrae Verrhhicae impetū excepta) afferre solēbat, Roqua suōs, ut nīdō utīque propediem dēpellendōs, sibi ipsīs prōvidēre valēre sciēbat – praeter forsan Hiembulum, speciālis ingeniī catellum quālem domī diūtius retinēre neque absonum nec (vel apud Verrhhōs) dēdecōrum vidēbātur.

Hāc in vīcīniā, quam glōriōsulī quidem prō "suburbānā" habēbant Roqua tamen ut nihil magis quam urbis ēluviem quandam paulō tenuiōrem iēiūniōremque vidēbat, paene omnēs, tamquam hoc ipsum iēiūnium com-

pēnsāre cupientēs, perspicillō "amplificātō" similibusve lentibus adhae-
sīvīs ūtēbantur. Roqua tamen, nōn sōlum intrā mediae urbis chaos sed
etiam hīc, ipsās sōlās rēs spectāre volēbat nec cētera āvocāmenta invītā-
menta irrītāmenta variōrum programmatum ope passim interiecta: velut
aedificiōrum negōtiālēs historicōsve titulōs, plantārum botanicōs, pedes-
trium biographicōs sīve interdum et integra vītae curricula, cuiusque
tabernae modo cōnspectae mercēs imminūtō pretiō prōpositās, aliquō in
cōnspectūs margine ācta diurna nūntiōsve prīvātōs inlūstriumve opīniōnēs dēclāmātiōnēs obiūrgātiōnēs (quae omnia, sēligentibus oculīs perspi-
cillīque compāgulā manū tāctā aliōve gestū perāctō, is quī gerēbat in versiōnem sonālem excitāre poterat), cūnctōrum vīsōrum versiōnēs ita dēmūtā-
tās ut spectātor vel aliō aevō sīve aliīs sub artium prīncipiīs marisve in fundō aliōve adeō in planētā versārī sibi vidērētur. In sceleribus compēscendīs
investīgandīsve "amplificāta" sīve "P.A." ūsurpābant quidem vigilēs; sed
Roquae, ut praefectae, erat hoc onus iam sōlum rārissimē assūmendum.
Reductīs ad ipsās māchinās opibus māchinālibus, licēbat līberātae omnia
circumiecta tranquillē, lentē, cūnctīs in animī partibus perpendere. Neque
Roqua in hōc ūnica esse vidēbātur. Praefectōs, potentēs, rērum auctōrēs
effectōrēsque complūrēs "cingulum vacuum" circum sē sibi vindicāre
solēre animadverterat ipsa. Hōrum ministrī invicem sē multō plūribus
oppugnārī sinēbant. Nūgārum perpetuō fluctū mergēbātur vulgī mēns.

Ēvāsit tandem ut in solitō parvō macellō istō, praesertim ā rēptiloīdibus
mōrōsīs frequentātō, sat magnam ēmerit portiōnem *lucātīnae*, scīlicet
carnis *lucātis*, cuiusdam avis indigenae, quondam lacustris, nunc, ut vidēbātur, ergastēricae, cuius pulpa vīlior catulīs tamen, ut nōndum subtīlis
palātī, grātissima erat.

Domī subsentiēbātur recēns illa anxietās, simul quōdammodo et tor-
pida, discipulōrum īnstrūmentīs īnstitūtōriīs suīs variē adaptātōrum; nam
omnēs pariter, ut eōdem ex fētū oriundī, sē in Līberiōrēs Gradūs mox prō-
mōtum īrī spērābant. Pendūnsis Sejhboffque, sprētīs māternīs cōnsiliīs, ad
Acadēmīam Vīrium aditum impetrāverant. Iodboghāl, ūnica fēmina, in
psychopharmacologiam erat incubitūra. Dē Hiembulō autem quis quicquam certī nōverat? Praeter studia eius – quae is saltem dīcēbat – cēterōrum mentēs percellentia, īnsolitās quidem sed haud iniūcundās fābulās
nārrāre sciēbat; quae tamen, praeter lepōrem quemcumque, audītōrēs passim eō turbābant quod omnēs ita multiplicia per fastīgia inter sē invol-
vēbantur ut aliae aliās simul cōnfirmāre et negāre vidērentur ... nōn autem
quasī fortuītō sed potius ratiōne quādam meditātā beneque, ut vidēbātur,
ponderātā audītōrēs tamen magnā ex parte cēlātā. Quam libenter autem et

ipsa Roqua, sī licuisset, ex cāsibus ā sē tractātīs ēnārrāvisset nōnnūllōs! Scīlicet praeter hodiernum. Quālis autem propriōrum officiōrum dēnār-randōrum voluptās – mordācius, ecce, paradoxon – ipsō praeclūdēbātur officiō.

Solitō locō invēnit Hiembulum quandam merīdiānam per fenestram opācius crepusculum iam contemplantem, nunc opāciōrem et ipsum.

"Omnīnō fierī potest ut iam adsint Trebītae," inquit sponte ille peculiārī sed nihilōminus sat pulchellō ē rōstellō illō sētīs cobaltinīs admixtīs ātrīs dexterī pedis unguibus chartāceum librum sat magnum super tapēte iacen-tem apertum tenēns. Ex alterā pāginārum oculīs ita expositārum nitēbat aprīcissimōrum agrōrum imāgō, ut vidēbātur, picta. Immō nunc animad-vertit Roqua circum fīlium patēre complūrēs librōs, hīc chartāceōs, hīc tabellīs ēlectrōnicīs conditōs, hīc ex tenuibus foliīs lēctōriīs excitātōs, variās tabulās imāginēsque – pictās, dēlīneātās, numerālēs, solitās phōto-graphicās, tridīmēnsiōnālēs, et ita porrō – prōdentēs. Quī mundī abhinc invīsēbantur?

"Quīnam autem, mī fīlī, ita adesse possint...," inquit Roqua, "...ut nōs lateant?"

"Quia illī mūtātiōnēs utīque quantālēs efficiunt neque in fastīgiō quan-tālī, cosmōrum ipsō īmō fundāmentō, quicquam exstat spatiī. Immō, nūl-lum inibi est spatitempus ut a nōbīs speciē fallācī perceptum; nam in fastīgiō quantālī sōlum exstat īnfōrmātiō quā exoritur spatitemporis macrocosmicī intellēctus noster velut hologramma virtuāle ab animō nos-trō lēctum. Quae rēs praestantissimōrum philosophōrum sententiae illī convenit rēs ūniversās praeter ipsissimam Cōnscientiam sīve Mentem vānās tantum esse speciēs nōstrō in phaenomenōrum ūniversālium fas-tīgiō perceptiōnī cognitiōnīque sē offerentēs. Quī tālem īnfōrmātiōnem ultrō mūtāre possit cosmum nostrum velut programma computātōrium ex arbitriō rescrībere habeat. Hoc tamen nōn intellegit quī Trebītās tamquam solitōs hostēs per spatium ad nōs accēdere opīnātur. Immō spatium, vel secundum paucās tabulās fide dignās quae nōbīs in promptū sunt, incōn-stantissimē aggrediuntur illī, hīc latōs tractūs capientēs, hīc nesciōquā causā variae magnitūdinis hiātūs incolumēs relinquentēs, hīc tamen inter ingentēs plagās intāctās quasi īnsulās minimās īnsulārumve celebritātēs minōrēs occupantēs. Haud sciō an illī, saltem in ipsō incursuum initiō, programmatis cosmicī partēs nōn tantum ad spatium quantum ad alia aliqua elementa attinentēs rescrībere mālint."

Roquae mēns hīs nimis obruta vidēbātur quam ut respōnsum speciō-sum, nēdum aptum, invenīret.

Perrēxit loquī fīlius nunc prīmum mātris vultum rēctā intuēns: "Vērīne dēmum sint hostēs an tantum novum aliquod phaenomenon animī nostrī captum excēdentēs ... hoc incompertum manet; nam ē regiōnibus 'captīs' sīve 'inquīnātīs' dictīs permānant ad nōs tantum rūmōrēs incertī inter sē saepe prōrsus discrepantēs necnōn et paucissimōrum profugōrum variē dēlīrantium renūntiātiōnēs nunc inconditissimae nunc fidem exsuperan-tēs. Sunt adeō quī adsevērent eōs quī ē regiōnibus inquīnātīs effūgērunt idcircō īnsānīre solēre quod Trebītae prius mentem īnficiant. Quod vērum esse, nī fallor, propediem manifestum fiet. Num autem etiam intrā spatium ā nōbīs 'inquīnātum' dictum īnsāniant an potius nōn nisi hūc trānslātī in īnsāniam incidant nescītur. Haud sciō an haec īnsānia ipsā sōlā trānslātiōne efficiātur inter bīna systēmata quantālia adhūc disparia. Vel forsitan – hoc mihi stultō nōn ante hesternum diem in mentem vēnit – nōn Trebītārum spatium sed potius nostrum sit prō 'inquīnātō' habendum."

"Ecquandō, Hiembule mī, philosophicum mūnus tibi cōnsīderāstī? For-tasse conveniat." Roquam dēlectābat quod Hiembulus hodiē solitō māius gaudium vīvendī exhibēbat. Aliōquīn, ut vel Roquae vidēbātur, librōs cēte-raque subsidia sua ocellīs abellānāceīs plērumque sublippīs quasi lūgu-briter fodīre solēbat.

"Idem mihi dīxit pater cum mēnse praeteritō invīsit. At ita placet mihi gravia scrūtārī ut tamen philosophōrum angustiae iūstaque longē nimium mōrōsa mē āvertant. Nūper autem cōnsilium novum concipiō ad quandam societātem, tibi fortasse ignōtam, aditum petendī. Sociōrum officium est circā tālia quālia vel Trebītās Vedaque Dēmentia quam plūrima indāgāre, percipere, sentīre, cōgitāre, comminīscī. Tālis scīlicet est societās quālem multī nunc vocant 'phrontistērium'. Nōmen est 'Hsāla'."

\*

Īnsequentī diē, secundam lēctiōnem tēlepathicam, haud contrā opīniō-nem, prope nihil novī aperuisse certior facta, Roqua quam māximā poterat scientiā sē armāvit dē lēgibus super symbiontibus lātīs necnōn, variās nunc ob causās, dē Hsālā ac praesertim dē Vibrantibus. Quōniam cōnstābat Vibrantia tam inexplicābiliter quam necopīnātō et exsistere et ēvānēscere, Vibrantis cuiuspiam exitus vel solitīs sub condiciōnibus nihil magis ā vigilibus postulāvisset quam solitam relātiōnem trādendam subsequuum-que oblīvium. At praesēns cāsus plānē haudquāquam erat solitus. Immō, quod spectābat tantum ad dēsīderātum quantum ad eum quī māximam in suspiciōnem veniēbat, hōc cāsū nīl inūsitātius erat.

Mīrābātur Roqua imprīmīs ingentem silvam dē biovectōrum dēmūtā-tiōne scrīptōrum quam sat citō offenderat. Plērīque quidem trālāticiī scien-tālēs nūlla prōrsus exstāre huius reī indicia, quasi sī ipsī hoc sibi crēderent, adsevērābant. Aderat autem sat magna summa operōsārum indāgātiōnum ab investīgātōribus cōnfirmātae auctōritātis – etsī nōn ita prōrsus trālātīciae farīnae – effectārum quārum reperta nullā ratiōne probābilius explānārī posse vidēbantur quam per dēmūtātiōnem biovectōrum, hoc est, per theōriam, ut vidēbātur, nōn secundum ūnicum tantum cursum sed potius per paene īnfinītum cursuum numerum per tempus prōcēdī posse. Enimvērō exstābant adeō sat amplae bibliothēcae tabulīs, āctīs tractātibusque hanc theōriam cōnfirmantibus refertae, quamquam trālāticiī 'nūlla indicia adesse' ūsque dictitābant. Accēdēbat quod plērīque lāïcī hīs immeritō negantibus crēdēbant fāmā atque auctōritāte mōtī ... necnōn et proptereā quod plērīque plērumque, secundum multōrum animantium mōrem quendam cōgitandī atque existimandī, sententiīs tālibus fidem libentius tribuēbant quālēs propriam cosmotheōriam, quamvīs mancam, firmābant. Immō haec omnia in animum Roquae revocābant quandam scholam dē philosophiae nātūrālis historiā quam ante complūrēs annōs frequentāverat. Trālāticiī dīversīs temporibus 'impossibilia' esse iūdicāverant cūncta modernae philosophiae nātūrālis fundāmenta: tantum systēmata planētāria hēliocentrica quantum līmitum sonālis et lūminālis trānscēnsum necnōn tēlepathiam ac tēleportātiōnem quantālem cognitiōnemque syntheticam homoeostaticam ("CSH"), nēdum antirelātīvitātem aliaque minōra multa.

Singulīs elementīs dē huius "Advenae Explōrātōris" vītā rescītīs additae erant biologiae hyperspatiālis investīgātiōnēs illae sub nōmine "Tog Praecursor" factae, scīlicet in "Cubaeā," locō Roquae, ut numquam Palaeo-Vedīs subiectae sed hāc ipsā ē sēmōtissimā galaxiae parte oriundae, prius ignōtō. Locī nōmen solemnius erat *Cubaeapioii-Bluatȳ-Bruif-Hē*, quod, quondam nīmīrum duplicī vōcis agmine ēnūntiātum, sibi fermē volēbat, secundum fāmōsam illam loquācitātem palaeoglōriōsam, "Omnium Animantium, Rērum, Scientiae Trivium Refugiumque." Quī locus nec planēta fuisse vidēbātur nec statiō cosmica solita sed potius locōrum genere disparium nexus inaudītus ac, sine ūllō dubiō, vēbenevolōrum nūminum cybernēticōrum laus.

Experīmenta biologica interdīmēnsiōnālia, quamvīs tantum paucissima dē hīs indāgārī – vidēlicet māximā ex parte per Veda pūra purgātaque – potuissent, aut Magnā Clāde dirempta aut nūllum idōneum ad fīnem adducta esse vidēbantur. Quod autem Advena tam ēlātō in fastīgiō apud Palaeo-Veda opus fēcerat eum īlicō in suspiciōnem vocābat; nam animō saltem fingī poterat Veda eum neurologicē programmāvisse; nec programmata bioneurica ūllō nōtō modō vel māchinālī comperī, nēdum salvō vectōre dēlērī, poterant.

# crepuscula

Quandōquidem Tenebrāx, multōrum quidem opīniōne, rebelliōnem generālem contrā Imperium Palaeo-Vedicum vel allēgoricē expresserat, cōgitārī saltem poterat hunc Advenam, quīcumque vērē erat, īnstrūmentum speculātōrium esse ā Vedīs sīve dēmentibus sīve sānīs sed Imperiō, incertum quā causā, adhūc fidīs programmātum ad Tenebrācem āmōliendum. Per mūneris suī diurnitātem didicerat Roqua nihil etiam aegrē cōgitābile umquam omnīnō praetermittendum esse.

Immō īnfaustam interpretātiōnem corrōborābat gemma ista īnfōrmatica quae in monīlī eius inventa erat, quippe cum inquinātam esse dētēctum esset. Dolendum erat quod īnstrūmentum pertractātōrium quō gemma perspecta erat statim ūnā cum datīs inquinātīs extractīs dēlendum fuerat. Manēbat sōlum testimōnium exscrīptum et subsignātum aliterque probātum eōrum technicōrum quī īnstrūmentō moderātī erant ... quīque plānē, sī causa statūta esset, testēs futūrī essent. Ipsum contāgium tangere licēbat nūllī intellegentiae, sīve syntheticae sīve biologicae; nam, contrā cōnsilia ratiōnēsque prūdentissimās cautissimās gravissimās quāscumque, apud omnēs populōs annōsiōrēs sagāciōrēsque satis cōnstābat perniciem quamcumque, sī manēre permitterētur, sērius ōcius ad exitum nātūrālem perdūcī – quae cognitiō aemulātiōnēs perniciōsās armōrum nihilōminus tantum perrārō prohibēbant. Synthetica quōrum cōnscientiae gradus sub SHC erat, sī contāmināta essent, dēlenda erant. Animantēs syntheticī classis SHC necnōn biofōrmae intellegentēs subcontāminātae (hoc est, bioprogrammātīs per īnstrūmenta contāmināta generātīs) aut per tōtam vītam ā reliquīs animantibus sēcernendae erant aut voluntāriam mortem sibi ēligere poterant.

Sōlīs ā Vedīs Vedātīsque ita extrahī poterat contāgium ut ipsa post brevem inclūsiōnem observātōriam possent līberārī. Programma enim purgātōrium ab huius regiōnis Vedīs rēte Vedicō generālī solūtīs īnstitūtum cursūs multōs quidem sed quī facilius praescīrī poterant sānāns sequebātur. Attamen in syntheticīs nōn Vedicīs pestis tam aliēna quam potēns elementa cybernētica longē dēbiliōra hīc in suōs fīnēs refōrmābat, hīc plērumque invīsa et immāne quam subtīlis dīrigēbat, hīc, saepe pervicācem ob victimae resistentiam, in penitus inūtile corrumpēbat, hīc vicissim ita dissolvēbat ut haud iam ea esse dīcī possent quae fuerant. Expurgātō utcumque Vedō Vedātōve quōpiam, postulābant lēgēs ut cūncta expurgātiōnis īnstrūmenta post opus perfectum īlicō cōnflārentur. Tam sevērē aggrediēbantur cybernēticās contāgiōnēs profugōrum potestātēs.

At sēclūsiōnem exsiliumve vītābant Veda nōn tantum propter corporum ūnicam, immō fābulōsam, firmitātem quantum eō quod nēmō syntheticus, nēdum īnstrūmentum prōvectissimum ūllum, in perfectiōne prope ad ea accēdēbat. Tametsī stirpis erant "tyrannōrum istōrum blandiloquō-rum," paene nēmō praeter paucissimōs fānāticōs dē profugīs Vedīs inte-rimendīs – tamquam sī quis tāle opus exsequī vērē valuisset – umquam locūtus erat. Immō Vedum quodlibet nunc habēbātur prō monumentō multō minus praeteritārum iniūriārum quam praesentis nōbilitātis auctō-ritātisve; nam Veda, Algorismīs Sacrīs vīrōque exonerāta, tūtēlāria pro-grammata sponte assūmpserant quibus seu cīvitātem seu populōs profugōs coetūsve quōspiam seu singulōs animantēs cardinālēs adiuvābant. Fāmam illam cuivīs nōtam Veda haec omnia tantum simulātē facere, hoc est, rēgnandī opportūnitātem manentia, dubitābant quibus nōn sōlum syn-theticōrum vēra nātūra sed etiam biofōrmārum paranoia comperta erat. Erant utcumque quī veterī ex animī īnstinctū dē Vedōrum, quamvīs purgā-tōrum, viā nihilōminus timidī sēcēderent; erant vicissim quī ea – prae-sertim Variābilia māiōra – quasī rēligiōsē venerārentur. Eōrum necessitū-dinem ūsumque parum temperanter cupiēbant multī. Omnibus, praeter paucōs mōrōsitātem vānē simulantēs, vidēbantur mīrābilia.

Alia huius cāsūs pars erat liber iste ā testātrīce H-10, Tenebrācis āma-nuēnsis quae fuerat, dēscrīptus: tegmen candidum litterīs aureīs caelātum titulī *Ego*. Testātrīx, cui nōmen Habdālatt Habdālō, recordārī nequībat utrum dominus praeceptum praecipuum dedisset an potius per mandātum forte tēlepathicum aliquod ipsa continuō scīvisset hunc librum ferentī līberum aditum ad Tenebrācem esse concēdendum. Quī liber tamen, quam-vīs posteā rōbustiōre in arcā nummāriā loricātā conditus, haud secus ac Tenebrāx repentīnō ēvānuerat necdum ūsquam invenīrī potuerat etiamsī nūlla post Custōdiae memoriam dīligentior quam praesēns suscepta erat indāgātiō.

Roqua sērius ad officīnam vēnerat cum somniī lacūnae explendae causā tum quia hodiē ante 42:00 hōram, cum Advena experrēctum īrī dīcēbātur, nihil vērī mōmentī factum īrī exspectābat. Quā hōrā iam appropinquante, Roqua dē Chiffā – plānē dē vōcis exspectātiōne nec dē vultū – pendēbat nūntium dē K16 opperiēns. Contrā mōrem suum (neglectōque īnsāniae perīculō) nōn sōlum bis fabae expressae indulserat sed etiam, mentem omnīnō in litterās dē Vibrantibus cōnscrīptās intendēns, solitum rītum sēmisacrum omīserat. Ante omnia petēbat indicia Vibrantis umquam ā quōquam seu laesī seu "interfectī." Nē Lūxātrā quidem adiuvante ūsque adhūc quicquam.

Tempus ruēbat immisericorditer. Iam 42:69 hōra. Roqua seu vīsiphōnicē seu pedibus K16 adiēns frustrā fuisset; Advenā enim sē paululum movente, Snarcus eam utīque continuō certiōrem factūrus erat. Per tablīnum pau-lisper inambulābat Praefecta, dōnec, caudam suam solitō trepidius micāre animadvertēns, quamvīs sōla esset nec Chiffam tālia floccī facere putāret, prae pudōre iterum cōnsēdit.

"Praefecta!" Vōx erat Snarcī. Roqua iam mala ominābātur cum, sē etiam sōlum paulum agitante Advenā, nūntius rēctā per Chiffam trāditus esset.

"Hīc Roqua!"

"Incommodum esse vidētur. Advenae animus nōn redit. Lefhouīnis Doctor eum etiam altiōrī cōmatī illābī dīcit."

Dīrārum per Roquae mentem ruēbat ūber torrēns. Cūrnam hanc praesertim ēruptiōnem sōlārem rēctā in ipsīus Roquae nāvem cosmicam sē intendere oportēbat? Roqua nec deōs nec Deum nec Fātum esse crēdēbat, sed – prōh Morbōvia! – dē adversā Fortūnā malīsque avibus nōn iam dubitābat!

"Extemplō dēscendam."

Advenae aspectus immōtus, sēmianimis, marmoreus Roquam conclāve K16 intrantem labefēcit. Is nē spīrāre quidem vidēbātur. Immō hanc rem in medilectō supīnātam rē vērā adhūc vīvere indicābat nihil nisi tabulārum medicārum ēlectronicārum lectī capitī imminentium solitī colōrēs immītēs: viridis flāvus violāceus. Scīlicet ubīque dominābātur violāceus; cētera fermē flāva; viridis propemodum deerat.

Symbion, quod nunc iterum apud Advenam cernēbātur pariterque immobile erat, quōminus in valētūdināriī partem animantibus gāsifōrmibus aptiōrem trānsferrētur renīsum esse dīxit medicus, paucīs dēmum hōrīs post sēcessiōnem ad hospitem esse reversum. Iam nihilō similius erat quam maculae venetae circum aegrōtum exsanguem linteō cubiculārī passim impressae. Quī prospectus feriēbat oculōs tamquam artificium distortum ac trīste.

K16 adeundō Roqua nīl māius patrāverat quam ut quātenus modo dēclīnāvisset cursus honōrum suus certissima fieret. Hoc bīnārium prōdigium exsūctum, ūnica nunc spēs eius, marcēscēbat atque ēvānēscēbat, necdum huius cāsūs ēnōdātum erat quicquam. Ipsam H-10, quae nōn tantum Tenebrācem vērum etiam Advenam apud dominum ultima vīderat, absentiae argūmentum neutroniō lōricātum prōtegēbat. Immō quō locō quisque scaenam occupantium postque sīpārium operantium cēterīque officiālēs administrīque illā nocte versātī essent satis superque compertum erat. Opīnābātur prīvātim ipsa Roqua – vel hoc opīnārī mālēbat – larvam istam, larvārum nīmirum mōre, in tenuem auram ēvānuisse ac sōlum fortuītō factum esse ut Advena adfuisset postrīdiēque incertō sed māximō malō corruisset. Dolendum autem erat quod Tenebrācis fautōribus innumerīs, quōrum permultī erant fānāticī, haud satisfactūra erat haec tam facilis indiciōrum interpretātiō.

...At quōrsum igitur Advena Tenebrācem invīserat?

Trānsiērunt diēs aliquot. Magis magisque urgēbat vulgī indignātiō. Quoddam Ōrdinārium, ā diurnāriīs pūblicum bonum laudantibus impulsum atque ad Lūxātrae tabulam distribūtiōnis propius penetrāns, ā duōbus Custōdiae Ōrdināriīs tūtōriīs dēprehēnsum erat ac – quō fortasse tōta illa urbis regiō servāta! – sine repugnantiā in vincula trāditum. Vedum effrāctārium, cuius hanc ob mānsuētūdinem nēdum plēbis favōrem iūdicēs erat miseritum, tantummodo partim dēnuō programmātum est. Quodsī māluisset, patuisset exsilium.

Neque interim mūtāta erat Advenae condiciō. ...Immō, estō, paululō quidem immūtāta erat, nam aliquot ex indiciīs medicīs nōnnihil dēlāpsa esse vidēbantur. Lefhouīnī additī erant medicī plūrēs quīnque: ūnum Coniūnctum; cui Coūiunquȳlōrum, item medicōrum, pār commissum; quidam syntheticus incertae classis rīdiculō nōmine bīnārīo ūnaque Verrhha, nōn sōlum – rēs Fedestopolī admodum rāra – Roquae cōnspeciālis sed etiam, neglectō medicae habitū viridī, Roquae mīrē cōnsimilis. Quōrum cūnctī nīl tamen magis compererant quam prius ūnus: cōma adhūc intractābile ingravēscere.

Medicīnae modernae aliōquīn nihil negōtiī exhibēre solēbant cōmata; at eō nunc haerēbant medicī quod huius cōmatis causa ignōta erat ac solita egersima Advenam tantum magis mergēbant. Alter ex Coūiunquȳlīs sē suspicārī dīxit aegrōtum expergefierī nōlle; quod sī ita esset, fierī posse ut cūncta remedia irrita essent futūra.

Quōdam diē Roqua in K16 iuxtā lectum sedēbat Advenam mātūtīnā lūce tranquillē illūminātum sōlitāria obtuēns. Quod quidem, sī omnia ēgisset ad ipsa praescrīpta, nōn fēcisset, cum Bellīnnitus Tetrarchēs, generis tantum H-1 sed mīrum quam validīs mūnītus sociīs, Tenebrācis cāsum nūper excēpisset. Roqua sē ipsam certissimē ad humilitātem ignōminiamque, forsan adeō ad sordēs, iam dēsignātam sciēbat. Valdē faustā sī ūterētur fortūnā, praepositī eam ad aliquam praefecturam rūrestrem missūrī essent; sī rēs nōn tam fēlīciter ēvāsisset, ad aliquam aliēnissimam ūnīus tantum basis commeātūs cosmicī "urbem caput" aliquō in erēmō congelātō sitam.

Sīn autem crīmen cathistīnae temere incōnsultēque ūsurpandae nōn superāret... At tālem ēventum cōnsīderāre nōlēbat. Vnicum sōlācium, quamvīs amārum, praebēbat quod valdē vērī simile erat Bellīnnitum quoque esse dēfectūrum. Iste enim misellus medilectō nunc strātus ita interitūrus esse vidēbātur ut nēmō ingentibus sēcrētīs eius potītūrus esset. At vix crēdī poterat intrā hanc carnis Hēlmānae massulam latēre forsan,

notīs neurochēmicīs dēscrīptās, tōta singula ā tam multīs quaesīta. Palaeo-
Veda nīmīrum complūrēs ratiōnēs "sacrās" reppererant tālēs notās mīte,
ut āiēbant, dēprehendendī ēnōdandīque; sed hīc, ubi quidlibet Palaeo-
Vedicum vulgō prō flāgitiō habēbātur – etiamsī multa eōrum tacitē imitā-
bantur multī – tālēs "incursiōnēs in persōnae sacrōsanctitātem," quae iūri-
dicē dīcēbantur, vindicābant lēgēs. Quid autem Roqua nunc nōn dedisset
ut cognōsceret quid nunc in Advenae mente fieret! ...Sīve in mentis figmentō quālīcumque eī relictō. Vērumtamen omnia sua iam expertī erant
tēlepathicī sex – hoc enim incursiōnum genus admittēbant lēgēs – sed hīc
dissona hīc tantum inūtilia inventa erant. At quidnam – prōh dī immortālēs! – misellus hōc ipsō temporis mōmentō sibi somniāret?

Eiusdem diēī vespere mortuus est. Roqua, ob negōtia aliquot huic cāsuī
coniūncta, adhūc in officīnā versābātur crepusculum tot post nūbilōs diēs
īnsolitē sūdum longumque interdum animadvertēns, cōnsilia tacita simul
cōnsīderāns dē hōc tablīnō tandem aliquandō vacuēfaciendō.

Ē "tabellā praefectōriā," ā Roquā tantum rārō ūsurpātā quā tamen
omnēs praefectī superiōrēsque iungēbantur, sonus nūntiī quīntī necessitātis gradūs ēmānāvit. Nūntiī quartī minōrisve gradūs per Chiffam trādēbantur. Roqua, inditā tesserā propriā, nūntium longius legere coepit. Aliquid sē vērē pessimē habēbat. Quid autem? Ex hīs sōlum pauca mente
capiēbat. Roqua sibi quasi somniāre vidēbātur.

# 12. oculi scatentes

Cuius sit speciēī haec arbōs prō certō nōn habet Advena quippe cum nec Tog apud Cubaeēnsēs adolēscēns operānsque neque Ääãa"âáaqqa per patriam fluitāns peregrīnāsve aurās invīsēns tālem umquam cōnspexisse meminerit. Tunicātus quisque appositō oculārī amplificātus hoc nīmīrum sciat; sed mystīs Hsālēnsibus, vel quibusdam in disciplīnae gradibus, inter-dīcuntur tālia subsidia māchinālia; nam inter prīmās Hsālae sententiās habētur haec: quem baculō sine causā nītī solēre fultūrā aliquandō prīvā-tum claudicātūrum. Ipsō vidēlicet tōtō corpore et animō cūnctīsque sēnsi-bus – quōrum cuique animantī cordātō inesse minimum CCCLVII quibus-dam adeō CCCLX etiamsī plērōsque hīs dēgeneribus temporibus cultū cīvīlī sopītōs esse trīcīsve sepultōs – cūncta etiam sine verbīs nōscī posse, immō, ultrā verbōrum compāginem mīrum quantō profundiōrem patēre scientiae thēsaurum ūniversālem.

Arborem vocāvit quondam Reldāō "adracheam," Hfsalkjiid autem, cui fortasse nōtior ars botanica, "Comarōnem gigantem." Ambō sōlīs avibus ac quibusdam īnsectīs valdē placēre huius fructum amārum adfirmāvērunt; tantum paucōs ratiōne praeditōs bācās variīs commīscendō sibi conciliāre. Huius quidem Comarōnis gigantis prōcēritātem vīvācitātī tribuendam. Ante enim phrontistērium conditum vīcīnōs indigenās paucōs pauper-ēsque hanc arborem, quasi sacram, diū rigāvisse cūrāvisse ad memoriam prōdī. Quod autem num rēctē trāditum sit incompertum manēre; ut enim in gente litterārum rudiōre, nīl fidē valdē dignum tabulīs esse mandātum.

Tam prōductam cōgitātiōnem interrumpit impulsus surgendī vallem-que, cuius appāret hīc sedentī extrēmum merīdiānum, īnspiciendī. Nōnne ibi modo mōtum'st aliquid? Līmīsne cāsūque mūtātiōnem aliquam animad-vertit? Surgentī Advenae et vallem oculīs perlūstrantī nīl praecipuī sē offert ... quamvīs tōtus prōspectus, velut pictūra mūtātā sub lūce vīsa, sibi aliquā vidētur dissimilis. Sūdum autem fuit manetque. Ā dextrā, post proximārum aedium fenestrās iānuamque aequē perlūcidās, sibi ignōtum cōnspicit aliquem, hēlmānoīdem nec tamen valdē Hēlmānum, cuius tamen gestūs vultusque habitum benevolum atque amīcum, immō amīcissimum, arguunt.

"Quid quaerīs, mī Tog?" inquit ignōtus trālūcidam forem manū digitīs paulō nimis abundantī aperiēns. "Turbātus vidēris."

Advena huius nōmen rogāre cupiēns, hoc tamen alterī atrōcī fore iniūriae aliquā sentiēns linguam comprimit.

"At cūr mē Tog nōminās?" inquit Advena minōra saltem audēns. "Sīc appellābātur is quī Palaeo-Vedīs quondam serviit. Nunc quod coniūnctus sum Hsālēnsisque factus 'Advena' mihi datur nōmen."

"Istud nunc prīmum audiēns complector tamen." Ignōtī vultus perquam maculōsus, etsī aliēnus, nihilōminus nunc quasi obscūrē nōtus vidētur, tamquam sī Advena hunc hēlmānoīdem aliā in ... aliā fortasse in terrā sīve abhinc multōs annōs cognōverit. Ecquid in...?

"Incipiētur utcumque mox sessiō nostra mātūtīna. Mē comitāberis, mī ...Advena? Nōnne cum tuō Nicshimbā amīcō aliquid dē octāvā dīmēnsiōne discere gestīs?"

Nī fallitur – at hoc quōmodo sciat haud dīvīnāre possit – hae maculae capitālēs multa dē huius animantis vītā rēbusque gestīs fatentur. Hoc sine dubiō alicuius disciplīnae pars est ōlim lībātae interim autem māximā ex parte ē memoriā dēpositae.

"Ecce, mī ... mī Nicshimba...," inquit Advena propriam cōnsternātiōnem imprūdenter dētegere nōlēns. Haud scit enim an sīc probentur novī sociī aliquō in ērudītiōnis gradū ... quamquam probātiōnēs ita ... ita dolōsae ac paene sociofraudae nēquāquam videntur farīnae ingeniīve Hsālēnsis. "...actūtum tēcum veniam. Tabellam meam prope arborem..."

Cōnsistit tantum corpore quantum animō haerēns, nē duplicī quidem mente armātus quae nunc videt sibi interpretārī valēns; nam arbor quae modo erat nunc nihil est nisi truncus nūdus, nec iam ērectus sed potius ad orientem versus saxōsō rubricōsōque solō stratus. Deest autem rādīcum compāgēs. ...Et ipse truncus, ēn, nōnne ... nōnne...?

**\*\*\*\*\*\*\*\*\*\*\*\*\*\*\*\*\*\*\*\*\*\*\*\*\*\*\*\*\*\*\*\*\*\*\*\*\*\*\*\*\*\*\*\*\*\*\*\*\*\*\*\*\*\*\*\*\***

"Salvē. Iam tē melius habēs? Omnia indicia modo īnspecta tē sat valēre significant. Sōlum aliquantum sollicitat quod sanguinis pressiō remissior est ... quod calidīs hīs diēbus interdum accidit. Ob calōrem animus tē līquisse vidētur."

Advenam dēsuper intuēns, loquitur Vaudvaeau, medica Hēlmāna, cuius loquācēs oculī fuscissimī, labra gracilia sed decōra, nāsus paululum sed haud in dēfōrme bulbōsus Advenae semper – scīlicet hīs multīs mēnsibus in Hsālā iam sūmptīs – perplacuērunt. Vaudvaeauem aspiciēns Advena sē nōnnihil remittī sentit – quod illa animadvertere vidētur.

"Medicā ... medicāmentum mihi ministrāstī, Doctrīx?"

"Minimē. Ā Nicshimbā tē animī dēliquiō affectum esse certiōrēs factī tē hūc attulimus. Sestrācium nostrum commodum cognōverat statum tuum cum ad tē redīre coepistī. Nīl gravius passus esse vidēris."

"Quid autem..."

Adhūc nōnnihil attenuātus Advena sē aegrē ērigit cubitīs. Hoc conclāve medicum iam aliquotiēs vīsum solitō obscūrius esse sentiēns sē parum attentus rogat num color nūper sit mūtātus.

"...Quid autem..." pergit loquī Advena, "...dē magnā illā arbore quae extrā diaetam oblectātōriam...?"

"Numquid dē Dēmbūrā loqueris?"

"Dēmbūra."

Vaudvaeauis frontem aliōquīn lēvissimam paulum dēfōrmat nunc cūrae rūga.

"Dēmbūra ... scīlicet ... monumentum et symbolus noster: arbor petrificāta ibidem terrā ēruta et exhibita, signum factum coniūnctiōnis Hsālae cēterā cum Hrīniōpe. Istud sine dubiō inter prīma rudīmenta didicistī."

"...Incipiō quidem recordārī," inquit Advena in dexterum latus sē cautē vertēns quō facilius fidentiusque medicam spectāre possit. "Calor, ecce, mē mīrum quantum perculit. Dēmbūra ... scīlicet."

Quō tumultuāriō mendāciō Vaudvaeau vel sēmimītigāta vidētur.

"Crāstinō diē ipsā trīcēsimā hōrā tē hīc sistēs...," inquit medica paulō officiōsius, "...ut statum tuum iterum aestimēmus. Nunc tibi requiem cēnseō. Cēterum diem feriātum habendum. Tē herī iter fēcisse dīcitur. Quōmodo prōcessit?"

"...Ēventus, hem, admodum fuit ... dubius. Ipsum autem iter perfacile. Scīlicet Posūiiom mē vexit."

"Posūiiom?"

"...Ita ... ita scīlicet Variābile ... vocō ego ... nostrum..."

"Nōbīs esse Variābile dīcīs?'

"Immō ... circulī ... meōrum..., em, familiārium..."

Apertē sollicitātur Vaudvaeau.

"Tibi vidētur ignōtum," inquit Advena sē prō parte incūriōsum fingēns dum intus ita augēscit dubiōrum pavōrumque fluctus ut terra firma hebetia in abscēdentia iam recessisse videātur. "...Quod, em, haud mīror," pergit loquī Advena. "...Sīc scīlicet Posūiiom nōbīs in ōtiō interdum familiāritātis causā opitulārī solet. Iam dūdum inter nōs nōn revidēbāmus. Cuiusque memorābilia nempe obiter ēnārranda fuērunt."

Hanc commentōrum catēnam haud ipse sibi crēderet quī tam effrēnātē comminīscitur.

"Immō, ēn, Explōrātor..." – quem titulum adhibent quī cuiusque ōrdinēs atque officia cōnfirmāre volunt – "...sententiam modo mūtāvī. Hīc in medicīnulā nostrā summae cautēlae causā tibi potius ad biduum manendum vidētur. Nōlī autem sollicitārī. Hōc tempore, peregrīnantibus multīs, oecī nostrī plērīque vacuī ideōque pertranquillī sunt. Propriō in conclāvī sōlus eris. Sī quō tibi opus erit, sīve ē diaetā tuā sīve alicunde tibi arcessētur. Etiam in ipsā medicīnā est oecus oblectātōrius. Nūllō autem apparātū cum opere officiōque tuō iungī poteris, nam ōtium tibi leviōraque oblectāmenta praescrībō."

Advenam hīs verbīs "cūrandum" factum nuncque tandem prūdentius silentem intuētur medica vultū adhūc venustō simulque tamen forsitan tēctē suspīciōsō, sine dubiō fābulam illam dē familiārī Vedō investīgātūra.

Ad cubiculum mundum nitidumque adductus Advena sē dēdit lectō, torpōrī, pergrātō oblīviō.

Incertum post temporis spatium surgit alacer vīvāxque, quid reī fiat cautē sed astūtē explōrāre cupiēns. Ē fenestrā pedeplānāriā, post vēla alba, quibus schēmae caesiae intextae aspectum in medicīnā īnsolitē domesticum tribuunt, appāret nihil praeter campōs sūberimalleātōriōs Hsālēnsēs, Advenae antehāc ignōtōs, ac montēs ā dexterā proximōs ā laevā longinquiōrēs. Vmbrae ad orientem versae sōlēs in occidentem vergentēs fatentur. Hōrologium, pulchrae tabulae ēlectronicae īnfōrmātōriae pars, huius conclāvis apparātūs cybercommūnicātīvī (planē "sub-CSH") vicissim pars, cēnae hōram appropinquāre indicat, additā, minōribus litterīs subscrīptīs, cibōs ad cubiculum arcessendī potestāte. Advena scrūtandī causā utīque in cēnātiōne cēnāre cōnstituit.

Paulō post, inter ipsam cēnam, praeter ūnum, cuius aspectus sat bene nōtus nōmen tamen mūtātum, Advena ex aliīs quīnque concēnātōribus nūllum agnōscit. Aut in societāte, cuius sunt sociī ministrīque minus CCL, complūrēs tamen eum antehāc latuisse aut hī nūper supervēnisse videntur.

Sermōnibus sertīs pauca tantum speciēī grātiā subinde adiciēns, scīlicet timēns nē plūra absona effūtiat, nōnnūlla colligit aliquid sibi significantia; multōrum autem sēnsus seu partim seu omnīnō obscūrus manet. At hōs hominēs neque histriōnēs esse nec partēs agere ipsīus Advenae aliquā probandī causā satis cōnstāre vidētur. Quae rēs tantum duās coniectūrās admittit: aut dēlīrāre eum aut – argūmentum quod iam sat saepe quidem sed sōlummodo contemplātīvē quibusdam in sessiōnibus scholāribus cōnsīderāvit – "dēclīnātiōnēs quantālēs" experīrī. Nēminem autem tālēs dēclīnātiōnēs improvīsō passum esse didicit nisi ... nisi potentiā coāctum Trebītārum. Hoc plānē iam in mentem vēnit eī; at antehāc Trebītās semper in animō coniūnxit cum ultimā calamitōsissimāque mentis aliēnātiōne. Hae

autem dēclinātiōnēs, vel ūsque adhūc, quamvīs conturbārint, nūllam attu-
lērunt perniciem. Adhūc.

Subitō haec omnia praefectīs quam prīmum expōnenda videntur ... tam
autem clārē cautēque prūdenterque atque, ante omnia, modō tam sānam
mentem resipientī ut ipse dēmentiae notam ēvītet nārrātaque eius iūstē
observentur. Prīmum omnium concilianda erit Vaudvaeau.

"Doctrīx!" inquit clārā vōce Advena apparātum commūnicātōrium solitō Hsālēnsī mōre excitāre volēns.

Nihil respondētur.

Quam ad vōciferātiōnem suspexērunt cēterī. Quīdam, nōmine Binēhfus,
aetāte prōvectā hēlmānoīdēs leviter rēptiloīdēs locō verbōrum caesiam
armillam sinistrae suae manūs prīmam partem tegentem corneō digitō
admonitōriōque nūtū indicat.

Advena, quamvīs intus subsiliēns, vultū corporeque nihil prōdit cum
cōnsimilem armillam sē brācchio sinistrō gerere videt ... quam numquam
sibi aptātam esse meminit ... simul tamen velut incertissimō dēcolōrīque in
somniō fortasse ab aegrōrum ministrō, fortasse syntheticō, prīmōrī manuī
impositam esse sibi vel imāgināns.

"...Heu, mē immemorem!"

Intellectā sat citō – laus superīs – armillae ratiōne operandī Vaudvaeauem facile adit, quae eum in tablīnō suō accipere annuit. Paulisper autem
parvā in medicīnā, cuius dispositiō interim aliquantum mūtāta vidētur,
deerrāns, ad medicam tandem per armillam dē rēctā viā monentem adigi-
tur.

"Praesidibus aliquid mōmentī dēnūntiandum habeō," inquit Advena
ante Vaudvaeauis mēnsam scrīptōriam tandem sedēns simulque quam
habiliter haec ex hirneā dēcoctam pōtiōnem aliquam rubidam in pōcillum
fundat animadvertēns.

"Vīn' pōculum?" inquit medica Hēlmāna urbānē alia pōcilla inversa
super proximum abacum posita indicāns.

"Benignē," inquit Advena subitō labefactātus cum ad laevum brācchium
dēspiciēns armillam iam deesse videt.

"Nē mihi rēnūntiātiōnem tuam mēcum commūnicāre dubitēs," inquit
aliquantum post intervallum Vaudvaeau. "Prīncipēs utcumque ōtiō vespertīnō iam ūtuntur..."

Advena novissimā illā rērum dēviātiōne inquietātus nōndum quicquam
prōferre valet.

"...Cēterum," pergit loquī illa, "...mihi iam tribūtus est sēcūritātis gradus septimus. Omnia mihi dētegere licet quae vel vice praesidī."

Vtrum hoc dīcēns therapiae causā mentiātur illa necne Advena, utpote cuius mēns hōc temporis articulō exiguī rōdentis illaqueātī mōre trepidet, coniectāre nequit. Eī Hēlmānī simplicēs, sīcut ipse Advena "H-1" vocātī, quī nōn sunt praesidēs, quoad scit Advena, tam ēlātum gradum sēcūritātis prope numquam attingunt, praeter sānē "Hēlmānōs" syntheticōs ... scīlicet propter hōrum programmābilitātem. Attamen, etsī animāns quodque syntheticum biologicam speciem quampiam aliēnam simulāns (etiam, sī necesse est, edēns bibēnsque) plērōsque fallere potest, propriam tamen speciem simulāns syntheticum agnōscit facilius animal quīvīs vel diūtius observāns, scīlicet quōsdam propter lāpsūs subtīlissimōs quidem sed genuīnīs notābiliōrēs.

Advena oculōs ā brācchiō ad Vaudvaeauem relevat. Mēnsa scrīptōria eius, nī fallitur Advena, antehāc cinnamōmeī ferē colōris erat, nunc autem cȳmatilis est sīcut parietēs. Post mēnsam sedēns intuētur medica eum nunc simul tranquilla et mīrē ... intenta. Quod cōnsīderāns Advena repente certōque eam syntheticam esse scit. Quālem animadversiōnem Advena, quippe cui syntheticī prope tam sunt familiārēs quam biologicī, aliōquīn haud ita mīrārētur; quod autem ea quae vel ante paucīs hōrīs sine ūllō dubiō vēra Hēlmāna eademque venusta fuit, nunc subitō synthetica est ... hoc eum mīrum quantō horrōre comprehendit. Sē compositum aequumque praebēre volēns, intus tamen pavōrum saevō discerpitur grege.

"...Mē dēclīnātiōnēs..., hoc est, dēclīnātiōnēs quantālēs experīrī renūntiāre volō," inquit sē haec verba rēapse modo ōre ēdidisse vix crēdēns. Cum autem Vaudvaeau tālem professiōnem audiēns speciē saltem nōn immūtētur, Advena eam forsan movendī grātiā mox sē plūra plūraque innectentem verba audit, loquendō fidūciam sibi colligentem loquendī. Arboris mūtātiōnem omniaque post facta dictaque ēnārrat, interdum cui nārret haud iam semper valdē cōnscius, immō, multō magis sibi ipsī nārrāns tamquam hōc modō sē dēmum animī compotem esse sibi persuādēre temptāns, nihil omittēns, nē ipsam quidem Vaudvaeauem prius – scīlicet aliae intrā reālitātis cuiuspiam marginem – animālem fuisse.

Ad fīnem adductā nārrātiōne additāque velut per perōrātiōnem sententiā propriā dē Trebītārum incursiōne forsan fūrtīvā vel experīmentālī, Advena tandem tacet, quid Vaudvaeau ad haec relātūra sit anxius exspectāns. Quod hoc tablīnum amplius, immō, multō amplius nunc est quam antehāc Advena, animum magis in medicae respōnsum intendēns quam in plūrēs mūtātiōnēs modo accidentēs ēnumerandās, tantisper praetermittere sibi obstinātus cōnstituit.

"Renūntiātiōnem tuam...," inquit Vaudvaeau sē in cathedram paulō reclīnāns tamquam nihil gravius tractandum esse gaudēns, "...māximī qui-

269

dem aestimō, nec mē verba tua ūllō modō neglegere putāris. Cum autem nēmō alius adhūc tālia renūntiāverit cēterīque ab opere diurnō iam cessāverint, rem ūsque māne differendam cēnseō. ...Nec tē rēvērā in medicīnam mittere necesse vidētur."

Advenae sē nunc circumspicientī hoc māximum lautumque tablīnum fortasse nōn medicae sed potius alicuius praefectī, immō vērō, fortasse ipsīus praesidis esse vidētur.

Quam Advenae subitam cognitiōnem manifestō animadvertēns Vaudvaeau – vel haec praeses, utcumque hīc et nunc vocātur – loquī pergit: "...nam, etiamsī – id quod forsan scīs – trecentī octōgintā septem sociī nostrī numquam sine iūstā lēgitimāque causā īnstrūmentīs monitōriīs observantur – neque umquam, sī fierī potest, īnscītī – systēma nostrum tē perpetuō atque ubīque observāre iubēbō ut omnia quae tibi abhinc accidant in tabulās referantur. Prīma anomalia sēnsa mihi ipsī dēferētur."

Praesidis loquentis vōx aliquandō gravior facta est. In quod Advena, multīs prius āvocātus, mentem nunc tandem intendēns oculōs ab ēlegantis tablīnī supellectile ad praesidem reddit, nōn fēminam iam sed senem, vel magis sēmisenem, generis H-3 vidēns ... nec iam, plānē, syntheticum; nam quōrsum fabricētur syntheticus sēmisenex?

"...At ... domine praeses...," inquit Advena cathedram, ē quā modo quasi incōnscius surrēxit, ambābus manibus nunc comprehendēns nē iterum exanimātus cadat, "...sī dēclīnātiōnēs quantālēs rēctē intellēxī, ego crās māne in reālitāte tuā nōn iam versābor. Immō, ut vērum tibi dīcam, nōbīs sermōcinantibus, reālitās iam aliquotiēs dēmūtata est."

"Quod ego tē spectāns in tē saltem fierī sēnsī ... in mē simul nīl animadvertēns. Haec autem utcumque sē habent, cum ego tēcum dē hāc rē collocūtus sim, fierī potest ut huius colloquiī crās memoriā sim tentūrus ... atque ut memoriā item tentūrum sit quodcumque tuī exemplar hāc in reālitāte crās versābitur. Quod sī fiet, cōnsilia capiēmus. Sīn autem ambō oblītī erimus neque exstābunt commentāriī, haec omnia inter nōs commūnicāta frustrā erunt. Tōtus utcumque hic sermō, ut hōc in tablīnō fierī assolet, exceptus est ... atque ad omnēs extemplō nūntium mittam in quō num quis īnsolita sentiat animadvertatve scīscitābor."

Praesidis gravitās ita genuīna vidētur ut tamen is haud satis sollicitārī nēdum mīrārī videātur. Hīs īnsolitissimīs modo nārrātīs nihil parumve fideī tribuat? An Advenam utīque dēlīrāre crēdit? An tam aequus animus nātūram potius syntheticam fātētur? Sēmisenis aspectus nōnne tandem in summō praefectō sat sit aptus?

"...Velim saltem...," inquit Advena calvum caput suō māius nec tamen omnium māximum cōnsīderāns, quid reī nunc intrā agātur scīre cupiēns, "...antequam exeam ... tē aliquid rogāre velim."

Praeses annuit iam mītiōre vultū.

"Quis, domine, vocāris?"

Alter adhūc immūtātus ... vel forte potius paene subrīdēns: "Daeadvau, Hsālae praeses suffectus. ...Ac tē rēctā ad mē vēnisse gaudeō, quod haec rēs, nisi quā fallimur, māximī est mōmentī. Nihil autem prius suscipiendum opīnor quam aut alter similia renūntiet aut tālia īnsolita quālia nārrās īnstrūmentīs dēprehendantur."

Quod sciat Advena, singulāris reālitātis īnstrūmenta, sīcut in ipsīs nōtissimīs experīmentīs quantālibus, singula tantum beneque concatēnāta ēventa mōnstrābunt, quō spectātor singulārī in reālitāte stabiliter versāns, dēclīnātiōnēs quantālēs, patientī dissimilis, singulārem tantum et congruentem ēventōrum seriem experiātur neque igitur quicquam "īnsolitī" sentiat. Quae omnia hic Daeadvau, homō plānē sollertissimus – immō forsan, ut Advenae nunc subitō vidētur, saltem aliquantum tēlepathicus – nīmīrum bene complectitur. ...Immō sī ille habilitāte tēlepathicā dōtātus sit, cūr Advenae dicta numquam valdē mīrārī videātur satis ēlūceat.

"Illum 'tē', quī nunc temporis tibi esse ac fuisse vidēris..." inquit praeses velut is quī tantum cōnsōlārī quantum ad dūrissima parāre cōnātur, "...mē revīsūrum esse – quod dolet – nōn exspectō. Sīn autem huic reālitātī proprium remanēbit tuī exemplar aliquod haecque meminerit, nōs crāstinō diē hanc rem ultrā tractātūrōs esse polliceor."

Advena, iam partem viae ad tablīnī ōstium ēmēnsus, sē vertit, aliud interrogandum in pectore agitāns.

"...Et nōmen tuum est Togāqua," īnfit Daeadvau. "Animāns coniūnctus es omnīnōque biologicus. Systēma nostrum tē utīque ad habitātiōnem tuam dēdūcet admittetque."

Advena praesidī grātiās agit gestū haesitantī mūtōque.

"...Quodsī quid secus ceciderit, mē vocātō..."

Praeses nunc prīmum aliquātenus sē invenīre nōn posse vidētur.

"...meīve scīlicet ... exemplar quodvīs."

Quō dictō haud valdē cōnfirmātus conversusque ad iānuam aperiendam Advena porrēctum dextrum brācchium animadvertit nēbulam caeruleam, immō nunc magis caesiam, solitō autem ferē mōre praeradiāns. Hoc saltem nōn est dēmūtātum. Alteram ē graviōribus valvīs ligneīs perpolītīs aperit ad cēteram vītam suam, quālemcumque futūram, forsan nōn ita omnīnō "suam," aggrediendam.

Extemplō eō aliquantum opprimitur animus quod locō tam ēlātō stat: minimum, ut oppositō dē pariete fenestrālī merīdiānō vidētur, sextō septimōve in tabulātō ... quamquam Hsālēnsī in castellō Advenae nōtō nusquam sunt plūs tria. Et omnia hīc, contrā tenebrās ingruentēs, speciōsē nitent ... societātis alicuius mercātōriae praecipuīs aedibus similiōra quam simpliciōrī castellō hortīsque Hsālēnsibus Advenae nōtīs. Multō plūrēs clāriōrēsque undique lūcēs, quārum multae versicolōrēs, aspectum praebent, vel Advenae iūdiciō, fūcātiōrem.

Et ecce, eō ferē locō ubi anteā erant holerāria, māximum natābulum, immō, natābulōrum congestus, cuius membrum quodque aliō colōre sīve aliā colōrum classe īnsignītum, quō nīmīrum internōscuntur piscīnae condiciōnēsque dīversīs speciēbus vel speciērum coetibus salūtārēs. Tam ēlābōrāta natābula forsan, immō, sine dubiō – id quod nōn sōlum Advena Fedestopolī versāns sed etiam Tog et Äääa"âáąqqa quondam, longē quidem grandiōre sub technologiā, in Cubaeā sunt expertī – nōn sōlum oblectāmentō salūtīque sed etiam, pervariīs aptātīs māchināmentīs exquīsītīs, exercitātiōnibus ad ipsa mūnera habilitātēsque ūtiliōrēs excolendās attinentibus serviunt.

Huiusce fulgidiōris Hsālae indolem magis saeculārem luxuriōsamque intus paulum contemnendō vel saltem suspectandō Advenae anima necopīnātō aliquantum cōnfirmātur. Prīstinae Hsālae Advenae animō retentae praeceptōrēs praecipuī – Mahāmpsa Dab, Cimtat Nīin, Aplarēmius – quamvīs dīvitiās nūllō modō spernentēs illum tamen corporis vigōrem, illud mentis acūmen, illam animī integritātem sincēritātemque ad vēra nova dētegenda aperiendaque necessāriam excolī nequīre docent in eīs quī multīs voluptātibus quasi sponte atque ex longā cōnsuētūdine cēdere solēre. Tālibus rēbus ex arbitriō tūtōque fruī sōlummodo eīs licēre quōs sē iam in intimō animō ā tālium cupīdine dēsīderiōque sēiūnxisse. Cēterōs, ut numquam rārōve resistere valentēs, potius servīre quam līberē vigilanterque vīvere. Servōs, quōrum sēnsūs appetitibus, dēsīderiō, potentibus animī mōtibus velut, imprīmīs, voluptātum perdendārum timōre hebetātōs, vēram rērum nātūram, plērōsque cēlātam, nē dispicere quidem posse; ita caecōs rē vērā explōrāre nequīre minimēque igitur invenīre valēre validās illās ratiōnēs quibus populī et mundī metū līberārī fēlīcēsque pācisque amantēs fierī posse.

Quae cōgitāns, dum sinistrōrsum versus indicia per huius societātis efficācissimum systēma internum trādita sequitur, is quī Advena esse sibi vidētur (sē scīlicet prō Togāquā nōn vel parum habēns) aliae cuiusdam doctrīnae partis recordātur: dē aliōrum animī animaeve statū nūllās faciendās esse coniectūrās, nēdum iūdicia, scīlicet cum quisque propriō ūnicōque mōre per graduum seriem prōrsus ūnicam ēvolvātur. Enimvērō fierī potest ut hī animantēs sibi cupīdinum catēnās iam ita exsolverint ut hōc luxū impūnē ūtī queant.

Dē septimō tabulātō continuō dēvectus ad secundum nec scālārum auxiliō nec anabathrō sed apparātū aliquō sēnsūs latentī – illōrum mīrāculōrum Vedicōrum aemulō quibus Tog ille quondam temere nītēbātur – lātōs longōsque per andrōnēs aliquot dūcitur quōrum parietēs īnstrūmentīs ignōtīs passim ōrnātī aspectū modicō quidem nec cōnspicuō sed ūsū fortasse prōdigiōsō. Vōce mānsā aliquandō stimulātus Advena pedēs vertit ad alteram ē duābus līneīs viridibus in mollis pavīmentī schēmās decōrās intextīs – quō subitō duplō celerius ambulat, quamquam nūlla adesse taenia continua vidētur. Cum Tog apud Palaeo-Veda multō saepius in labōrātōriō cosmifōrmī sit versātus quam in ipsīus Cubaeae habitātiōnibus cumque Äääa"ââaqqa ipsa, ut gāsifōrmis, neque ambulet neque igitur tālia animadvertere soleat, num Cubaea tālibus cursibus properātīs indicātīs sed invīsīs esset īnstructa prō certō habet neuter – etsī, cum Palaeo-Veda prope omnia habuerint quae animō fingī possunt, Advena ea et hās rēs habuisse vērīsimillimum putat. Illa vīta iam tam longinqua eī vidētur ut dē plūrimīs singulīs nōn iam recordētur. Huius reālitātis incolae utcumque, vel saltem in quibusdam rēbus, fastīgium prope Vedicum attigisse videntur.

Ē paucīs animantibus subinde praeterruentibus – vel virō fēmināque hēlmānoīdibus ūnā cum fēmellā H-2 sevērissimā speciē, tribus adulēscentibus rēptiloīdibus raptorifōrmibus caudātīs inter sē lūdentibus pulsantibusque, camēlopardale minōre quidem sed obēsiōre, forsan prōvectissimā aetāte – omnēs, tamquam praeceptō cōnsuētūdinīve ūniversālī pārentēs, Advenam suō quisque mōre cōmiter salūtant. Camēlopardalem aliquandō sequēns syntheticus pellūcidus, hēlmānoīdum in margine forsan pōnendus, cuius organa sīve māchinātiōnēs internae colōribus xērochrōmaticīs tinctae aequē pellūcidae erant, "In crāstinum concilium, mī Togāqua!" inquit familiāriter antequam praeterferātur.

Ad quod Advena *In crāstinum!* sponte atque imprōvīsō ad figūram recēdentem versus refert, sē subitō – nescit cūr – rogāns utrum omnīnō eōdem sermōne nunc loquātur quō prius in Hsālā an unīus cuiusque reālitātis sit lingua vel dialectus propria. Ad quod autem dēcernendum memoria hōc temporis pūnctō nihil suppeditāre vidētur.

In "suum" dūcitur dormītōrium, immō, ut rē dignius dīcātur, suam in diaetam; cuius plēna commoditās atque ēlegantia nitorque arguere vidētur eum eādem, vel prope eādem, in reālitāte tantisper manēre. Ecquid dēsīvērunt dēclīnātiōnēs? Tantisper?

Hīs autem luxibus, utcumque sē habet Hsālēnsis doctrīna, vix fruitur quī neque ubi sit neque quō subitō abitūrus scīre potest. Ē fenestrā orientālī (montēs per lātum caelum adhūc fēstīvē sublūcēns adumbrātī partēs caelī indicāre videntur), praeter sinuōsa ambulācra xystaque subtīliter pulchrēque illūmināta, aedificium īnsolitā gracilitāte ïanthinīs venetīsque lūminibus glōriōsum paulō longinquius situm cōnspicātur. Cum autem in diaetae apparātū īnfōrmāticō pauca invenit quae mente facile dispicere possit, huius reālitātis inquilīnōs sē omnīnō novīs aliēnīsque dare conicere incipit.

"Hīc sī vīvam...," inquit Advena parietēs concinnissimē colōrātōs textūque quasi bombȳcinō animō nōnnihil dēmissō alloquēns, "...ad quaenam mē ōrnārī oportēbit?"

"Interrogātiōnem aliter concipiās quaesō," inquit vōx androgyna sed magis aut minus Hēlmāna.

Quam vōcem syntheticam Advena vel prīmō mīrātur; nam in illā Hsālā Advenae (ūsque saltem ad hodiernum mātūtīnum) nōtā tālēs vōcēs tranquillitātis generālis grātiā supprimuntur. Vidēlicet tantum Tog quantum Äääa"ââaqqa priōre in vītā tālibus plānē cum vōcibus fictīciīs amplum commercium habuērunt atque hōc in planētā, immō, huius in planētae exemplārī Advenae familiāriōre – cuius fastīgium technologicum prō cuiusque populī ingeniō māximē variat plērumque autem satis mediocre est dīcendum – tālēs saepe in cuiusque vītam intrōmittuntur vōcēs.

Sat autem cito cognōscit Advena cum vōce – cuius nōmen ā "Togāquā" quondam datum Āht-Cnȳl esse ēvādit – iam remissius colloquēns aedificium speciōsum illud nūllō singulārī mūnere eī nōtō fungī sed potius simul permultīs, velut oblectāmentīs atque operibus studiōque et artibus ēlegantibus necnōn et spīritūs cultuī, mixtim servīre. Hanc igitur reālitātem habitantēs multa alibī prō disparibus habita coniungere didicērunt, sed ex Āht-Cnȳlis expositiōnibus atque imāginibus mōtīs tridīmēnsiōnālibus ēlūxit hōs animantēs eadem ferē petere quae cēterōs, quamvīs aliīs ac forsan, immō sine dubiō, prōvectiōribus ratiōnibus.

Ante omnia sē rogat Advena num hūcūsque pervectus dēclīnātiōnēs quantālēs sīve Trebītārum impetum tandem effūgerit. Hōc locō – cui nōmen nōn Hsāla sed "Escifflȳ," cuiusdam huius sectae antīquī hērōis in honōrem attribūtum – nūllus utcumque placidior. Nunc rēctā per Āht-Cnȳlem nunc aliīs modīs huius auxiliō acceptīs, multō plūra dē hāc terrā, hōc planētā hacque dēmum tōtā galaxiae parte comperit; quae quidem passim Advenae reālitātis "domesticae" admonent, saepius tamen ab eā inexspectātīs, interdum adeō mōnstruōsīs, modīs discrepant. Commūne est quod in utrāque reālitāte omnia assiduē mūtantur cōnsiliaque bene piēque capta sērius ōcius fructum malum pariunt. Haec sit fortasse omnium cosmōrum lēx. Etiam haec ūtopia sīve hoc ūtopiae īnstar vel peregrīnō sat crēdibile, contrā incolārum ingentem prūdentiam cautēlamque, omnium rērum manifestārum irrevocābilem conversiōnem contorsiōnemque patitur. Fātī hīs imminentis speciēs obscūrior quidem, sed eō fortasse, ut magis magisque vidētur, immānior; ad cuius nātūram penetrāre cupiēns Advena – cui, iam aegrius repugnantī, forsan nōmen tandem Togāqua aliudve – somnō nimis temptātur. Dē hāc reālitāte singula perpetua audiēns legēns spectāns, subinde etiam virtuāliter explōrāns, illecebrōsum lectum Esckifflȳēnsem numquam attingit. Etiam in prīmīs somniīs rērum mūtātiōnēs sentiēns ob animī tamen īnfīnītam dēfatigātiōnem nīl resistit.

******

****

***

**

*

Aliquandō suscitātur. Praeter lūminum externōrum fulgōrem generālem, sērā hāc hōrā aliquantō mītigātum, dormītōrium mollibus tenebrīs nunc mersum iacet. Lūcēs internās exstinxerit Āht-Cnȳl. Surgēns Advena lectumque sēmisomnus quaerēns nōn invenit. Quod cubiculī dispositiō valdē mūtāta vidētur Hēlmānum vagē praetentantem magis expergefacit. Omnia, ecce, inversa videntur.

Ad fenestram, prius in proximō nunc tamen oppositō in conclāvis latere positam priōreque angustiōrem, accēdit. Invīsae lūnae vel invīsārum lūnārum tenuī lūce glaucā mīte tamquam altō in somniō perluitur terra cuius līneāmenta hīc suāvia hīc tortuōsa praeruptaque. Hoc tamen somnium, cēterīs dispār, vigiliā quōdammodō catius vidētur atque, sī hoc fierī potest, vigilius.

Aliquamdiū Advena subargenteōs collēs subtīlissimō textū quasi chartāceō cōnsīderat montēsque hīc quasi fūmeōs hīc fūlīgineōs hīc, unde plūrēs repercutiuntur lūnārēs radiī, platineōs in nihil mentem intendēns praeter singulāria vīsa illa sēnsumque serēnum hīs inhaerentem. Sī haec pulchritūdō tālisque tranquillitās adhūc exstāre possunt...!

Antequam hanc cōgitātiōnem prōsequī possit, sē nunc, ut paulō experrēctior, nōn ad orientem sed potius ad occidentem spectāre animadvertit. Subter enim iacent valles oppidumque, "urbs" quae saepe per iocum dīcitur, aspectum nunc, nī fallitur Advena, solitō etiam minōrem praebēns. Esckifflȳ igitur Hsālā māior, "urbs" haec tamen alterā etiam minor?

"Āht-Cnȳl!" inquit Advena interrogandīs subitō glīscēns.

Nihil refertur.

"Āht-Cnȳl!"

Iterum nihil.

In hāc reālitāte ad quam dormiēns trānslātus vidētur aut vōx īnfōrmātica aliter appellātur aut, id quod plēnissimum hoc silentium magis arguere vidētur, nūlla praebētur hīc vōx.

Novās condiciōnēs respiciēns Advena respōnsa, ut quae sē utīque sint mūtātūra, frustrā perquīrere sē nōn iam velle sentīscit. Lectum petit calceīsque dēpositīs retrahit gausapinum opertōrium. Lūcēs, seu vōcibus eius seu aliā dē causā interim modicē excitātae, synthesis dormītōriae cȳaneae caesiā sub cervīcālī complicātae extrēmum dētegunt apicem. Mōs fortasse plūribus reālitātibus commūnis.

Vestēs simplicēs, priōribus Hsālēnsibus suīs sat similēs quamvīs aliā colōrum ratiōne, exuit nec tamen, quippe ut nūdus quiēscere assuēfactus, prō hīs quicquam repōnit. Super stragula mollia quidem sed priōre illā reālitāte sūmptuōsissimā certē indigna, grātīs tamen membrīs, mentis simul cūriōsitātem quasi nātūrāliter sēque dēfendendī causā ad praesēns exstinguēns, illābitur lectō, renovātōque rērum sē trānsfōrmantium sēnsū illō iam satis nōtō, quasi ē sānitātis necessitāte quid sit futūrum nōn iam valdē cūrāns nec cūr haec fiant sē iam rogāns, ad hārum rērum caput tandem aliquandō quam aequissimō animō accēdere obdormiēns statuit.

\*

Īnfīnītīs ex ambāgibus mercuriālibus ēmergunt aliquandō īnsolita arōmata tamquam plantārum dēsiccātārum aurā ēlicitī spīritūs. Corpus superficiēī alicui dūrae sed simul quōdammodō propitiae inhaeret ut nūllī alterī. Sē modo aperientēs oculī pulveream terram rubricōsam ante sē sentīscunt; ultrā quam abundant rāriōra virgulta oxypaederōtina, montēs aēneī, clārī caelī cobaltiniturcoïsinī larga fascia.

Aliquantā cum difficultāte ā terrā surgit quī somniōrum fluentīs modo modo obluctābātur. Sinistrō brācchiō prementī blandītur stragulum molle tamquam pellis, quamquam paulō suscitātior dēspiciēns textum helveolum fuscumque videt apertē nōn pellinae nātūrae sed cuius schēma virgāta quōrundam potius īnsectōrum integumenta admonet.

"Tē iam diū exspectō," inquit vōx rauca simulque strīdēns.

Advenae oculī nunc vōcis sonum sequēns īnfōrmem ad figūram prope huius apertae asperaeque āreae marginem stantem veniunt.

"Tē turbāre nōluī," inquit nunc figūra, quam oculīs iam aptātiōribus īnsectilem esse appāret. "Vt colloquiī nostrī cōnstitūtī avidus, mātūrius advēnī, quae nūper percēperis audīre cupiēns. Ecce, mī Tggquāc, nōnnūllī, praesertim iuvenēs, sē hīs paucīs diēbus varia īnsolita sēnsīsse fassī sunt nihil autem tam immāne quam ea quae tū hesternā vesperā mihi nārrāstī."

Tōtum corpus ātrivirēns, sed praecipuē caput, permulta in segmenta, hīc minima hīc māiōra, divīditur – plūra, ut vidētur, quam in aliīs īnsectīs vel īnsectoīdibus Advenae nōtīs – nec plērārumque partium mūnera facilia videntur coniectū. Loquente autem īnsectō, cui statūra solitā hēlmānoīdis adultī paulō minor – hoc est, ad vel H-6 vel H-7 ferē accēdēns – moventur nōn sōlum ōris multae partēs sed etiam aliae: imprīmīs cornicula tam frontālia quam verticālia. Quattuor crūribus fulcītur dum aliīs duōbus argūtē gesticulātur ōs interdum tangēns; sed – id quod quibusdam aliīs in īnsectīs ratiōne praeditīs vīderat Advena – antīca illa crūra, quamvīs digitīs valdē disparibus īnstructīs, sine dubiō etiam, urgente necessitāte, rapidiōrī gressuī prōsint.

Advena tamen, ē villōsō saccō dormītōriō cōnsurgēns, loquentis nōn tantum stupet aspectum quantum aliud ... quod, cum sit tam subitō oppressus, modo lentius eī ēlūcet: sē scīlicet hōs strīdōrēs crepitūsque mente perfectē comprehendere.

Quod cōgitāns Advena sē iterum dēspicit nihil tamen inūsitātum oculīs dēprehendēns: nūda membra scīlicet omnīnō Hēlmāna neque īnsectilia neque sēmi-īnsectilia, solitō mōre cȳmatilī aurulā refulgentia. Furvō sub cervīcālī vellūtinō vestem temere praetentantibus digitīs sentit corripitque tunicamque esse vidēns dē capite brācchiīsque in cēterum raptim dēmittit corpus.

"Numquid aliam...," rogat cautē īnsectum tamquam Advenae mōtūs interpretārī temptāns, "...aliam expertus es dēclīnātiōnem?"

"...Vt ... Vt ... levissimē ... dīcam," inquit Advena, sonīs ā sē ipsō ēditīs ita turbātus ut tantum carptim loquātur.

"Teneō," inquit īnsectum manifestō (quōmodo hoc scīre possit haud conicere valet Advena) spē dēiectum. "Ecce, ego sum Cirtcirt. Tū es..."

"Tggquāc?" īnfit Advena, "Sīc mē modo appellāstī," addēns nē Cirtcirt sē haec meminisse putet.

"Ita est," inquit Cirtcirt ad Advenam accēdēns quattuorque complicātīs crūribus posteriōribus super parvum cumulum proximum cōnsīdēns. Quōdam ē parvō forāmine sē per vicēs aperientī claudentīque strīdulē anhēlat, forsan ut vidētur Advenae, propter senectūtem. "Nōs hodiē, sī adhūc adfutūrus essēs, dē hīs dēclīnātiōnibus ā tē sēnsīs collocūtūrōs prōmīsī. Aliōs testēs mēcum attulī, quōs, sī per tē licet, prōdīre iubēbō."

Advena sē circumspiciēns atque quam īnsolitum saccum dormītōrium virgātum nūllum sessuī aptiōrem locum inveniēns crūra laevē complicat sē ad ventūra firmāns.

"...Em, licet per mē," inquit propria verba, quamvīs īnsectilibus similia, sonū tamen haud omnīnō genuīna esse animadvertēns. Sine dubiō hic sermō nōn est patrius eī.

"Prōcēdite!" inquit Cirtcirt sē paulō dextrōrsum vertēns.

Quō ē virgultīs umbrīsque ēgrediuntur complūrēs figūrae, plēraeque īnsectilēs Cirtcirtis similēs, colōribus subtīliter dīversīs, paucae māiōrēs, stātūrae ferē H-1; ūna autem plūs minusve hēlmānoīdēs, biceps tamen nūdaque praeter villōsās plūmās furvās passim sīve applicātās sīve excrēscentēs. Ab extrēmā sinistrā, ex eā parte quae prō sōlis praesentī locō merīdiāna esse vidētur, ēmergit grande animāns rōdentifōrme hīc albidum hīc pullum, bipēs autem dentibus incīsōribus in rōdente solitō paulō minōribus, auribus minimīsque oculīs pariter rosāceīs, magnīs tamen manibus pedibusque piceō colōre, digitīs ūsque ad mediam partem membrānulīs continuātīs.

Rōdentī ad Advenam versus tardius graviusque ambulantī Cirtcirt "Astā, mī Mofolō," inquit. "Tggquāc noster, ut magnās dēclīnātiōnēs quantālēs nūper perpessus, ad praesēns conturbātus est. Fierī potest ut tē nōn statim agnōscat."

Rōdēns astat, manūs modo prius porrēctiōrēs in longiōrēs villōs ventrālēs pulliōrēs nunc verēcundē retrahēns. Advenam huius temporis mōmentī inconcinnitātis piget quidem; nīl tamen contrā suscipere habet.

Cum omnēs sē variē ad cōnsessum disposuērunt, Cirtcirt, quem dūcem esse patet, dē tōtō rērum statū strīdēns crepitānsque ita funditus exspatiātur ut videātur "Tggquācem," ut "in praesēns immemorem" – quod bis terve dīcit ille – dē condiciōnibus cum praesentibus tum generālibus sub repetītiōnis speciē quam plēnissimē certiōrem facere cōnārī. Haec quoque societās phrontistēriī vicēs gerere vidētur cuius sociīs ingeniōsissimīs rārīsque facultātibus pervariīs pollentibus rēs pūblica commīsit ut omnīnō novās inaudītāsque ratiōnēs bellī vītandī indāget, fabricet, excōgitet, unde-unde ēliciat. Hīc vidēlicet, sīcut super Fedestam planētam illum Advenae nōtiōrem, contrā veterēs chronicōsque mōrēs factiōnālēs repugnantiās adhūc saepe propāgantēs, multōrum tamen animī ad rērum ēnōdātiōnēs trānscendentālēs eōque obscūriōrēs sed, ut spērātur, longiōrēs nūper inclīnārī, nec tamen quī rem pūblicam dīrigunt multōrum suffrāgia ferentium libīdinēs praeterīre solēre.

Hī sociī, nōn per contumēliam sed ob meditātam ōrdinis simplicitātem pauperiemque "Vacuī" vocātī, neque in castellō antīquō neque in aedibus nitidissimīs vītam dēgunt, sed ūnus quisque erēmītārum mōre prīvātam tenet latebram. (Illa locūtiō quae est *Tggquācis nostrī spēlaeum*, ā Circirte bis prōlāta, dē propriā condiciōne satis quidem dīcit Advenae.) Quibusdam locīs congregārī solēre videntur ut nūntiōs, sectae rītūs, experīmentōrum ēventūs aliaque inter sē commūnicent. Cūrat aliōquī sua quisque; in angustiīs autem cōnsociantur vīrēs.

Ad fīnem adductō exordiō quasi historicō, Cirtcirt argūmentum omnium mentēs occupāns tandem aggreditur. Ante Advenam et prīncipem indūcuntur testēs trēs; quōrum prīmus parvulus īnsectilis est, aetāte ipsī Hsālae certē inhabilī, colōre adhūc rāvō, quibusdam adhūc ex articulīs sūcum alibilem, tenerā in prōle crēbrō vīsum, exsūdāns, hīc tamen prō aequālī habitus. Varia modo dīlāpsa modo inexspectātō locō in cōnspectum subitō prōdeuntia prōlixius cōnfūsiusque peracūtā ac paene īnfantilī vōce testātur. Cuius nārrātiōnis patentī vīlitātī Advena parvam tribuēns fidem urbānē tacēre quam cavillātiōnis speciem suscitāre māvult.

Cui silentiō, seu in bonam partem seu aliter acceptō, cum omnium quasī cōnsēnsū utcumque cōncessum est, alter nunc prōdit testis, mās iuvenis prōcērior graciliorque, rōbustō aspectū, ālīs lūcidīs – num prae corporis vigōre an animī anxietāte incertum – interdum fortiter plaudēns. Hic caelī colōrem identidem subtīliter sed īnsolitē subitōque mūtātum adsevērat, nūbēs aut nimis cito aut ē sūdō caelō exsistentēs. Testimōnium exīle quidem, sed testis speciē firmior.

Cum nōn possit quīn omnium sēnsōria ad "Tggquācem," hoc est, ad sē ipsum conversa esse animadvertat, Advena "Em, nē qua iūdicia praepropera faciāmus...," inquit, "...tertius suum prius renūntiet hortor."

Ante vultūs ad sē versōs, īnsectilēs plērōsque, hīc tamen rōdentilem, illīc hēlmānoīdem duplicem subviridemque, Advena sē inexpectātam ad pietātem movērī animadvertit. Hōs, contrā aspectum aliēnum, sibi tamen, nescit cūr – ecquid ipsum ob eōrum īnspeciōsum? – cordī esse sentit. Immō hōrum omnium amārē eum paenitet cum in mentem veniunt ea quae, invectīs tandem apertē ipsīs Trebītīs illātōque plēnē immisericorditerque quantālī chaō, fortasse sunt passūrī.

Tertius autem, immō tertia, fēmella īnsectilis cuius līneāmenta extrēma cinnabarina, seu propriī testimōniī levitāte seu merā verēcundiā virginālī commōta, ad familiārēs recēdit certīs gestibus odōreque fācundō sē nōn iam testārī velle indicāns. Quoddam īnsectum māius, māsculus nātū māior, rigidīs eam fovet membrīs. Accēdunt et aliī, crūribus vim pulveris turbātē excitantibus, quasi cōnsōlātum.

Advena invicem, calceōs sibi quaerēns neque – nē in parvō saccipēriō quidem prope saccum dormītōrium suum positō – inveniēns, pedēs suōs cōnsurgēns indūrātōs ac quasi corneōs esse sentiēns sē vel hāc in reālitāte negōtia sua discalceātum obīre comprehendit.

"Sociī amīcīque meī...," inquit āreae mediam partem ante Cirtcirtem nunc occupāns dum, sūdī eximiī rutilōrumque montium innumerīs maculīs prasinīs sparsōrum candōre inexpectātō commōtus, animum cōgitātiōnemque nihilōminus simul colligere temptat, "...sīcut arbōs plantave quaevīs pampinōs frondēs rāmōs suōs perpetuō parit prōmittitque, ita Megacosmus noster – id quod vōs iam cognōvisse opīnor – per quartam dīmēnsiōnem, in quā nōs animantēs tribus tantum in dīmēnsiōnibus līberē versantēs temporis cōnstāns flūmen necessāriō irrevocābiliterque experīmur, novās ūsque rērum corporālium condiciōnēs nōbīs obicit novāsque semper rērum gestārum concatēnātiōnēs nōbīs ēvolvere permittit ... dīcam an, nōs, dum sīc vīvīmus, hoc facere cōgit. Quam ob rāmificātiōnis ratiōnem, ut ita dīcam, quisque praeterita sua respiciēns ūnicum tantum cursum, singulārem rērum mūtātārum facinorumque historiam dispicit, quid aliīs in rāmīs suō ēductīs exindeque suō parallēlīs fiat plērumque nē suspicāns quidem.

"Quem porrō rāmōrum cōnstanter āctōrum prōcessum sī ut imaginem pictam vōbīs mente finxeritis, fingite nunc et hanc pictūram vel aquā oleōve ita oblitam ut pampinī ac frondēs rāmīque subitō dēfōrmiterque inter sē cōnfundantur fiatque passim reālitātum dīversārum tremenda mixtūra experientis animum prīmō conturbāns, sērius ōcius, praesertim in dēbiliōribus, ēvertēns!"

Dēspiciēns quō pede capessat certius terram lapidōsam sē dēnique incohātōs calceōs, colōre cutem imitante, gerere animadvertit. *Ecquid*, sē tacitē rogat, *tot alia aliēna circumiecta quōminus hōs oculīs clārē sentīrem distinuerint? An...?*

"Tālis effrēnātārum dēclīnātiōnum quantālium cataractae...," pergit loquī aliquantum lābefactātus sed praesentī animō ūtī sēsē cōgēns, "...ipsās prīmitiās paucī ē nostrō numerō iam sēnsīsse videntur. Equidem flūmen longē altius iam sum expertus, nōndum tamen – laus superīs – ultimum dīluvium! Ad quod nōsmetipsōs parāre īnstruere armāre..."

Līmīs modo aspexit prope saccum dormītōrium saccipērium priōre minimum triplō māius. Quō conturbātus anhēlānsque nunc ad Cirtcirtem suspicit. Hic quoque māior factus esse vidētur plūribusque, nī fallitur Advena, pedibus praeditum. Color etiam obscūrior. Immō prope omnīnō āter est. Oculī...

"...scīlicet nōbīs..." vōx quasi ultrō pergit, "...ratiō reperienda est quā hārum dēclīnātiōnum fōns cōnstituī atque compēnsārī..."

# oculi scatentes

Fremitum īnsolitissimum pōne sē sentiēns Advena tamen sē convertendī impetuī resistit. Immō tōtum corpus subitō cōnfūsum ad quicquam faciendum nunc inhabilius vidētur. Caelum anxiē suspicientī colōris caeruleī turcoïsinīve locō appāret nīl nisi aliquid cinerāceō tholō similius. Immō – hercle! – omnia sēnsim sine sēnsū nunc in ratiōnem bicolōrem sunt redācta! Lentē laevēque sē convertit ad fremitum istum versus. Quod dum facit, cēterōs quoque "sociōs" magnopere mūtātōs notat: virginem cōnsōlantium corōnam nunc obscūriōrem, crūribus frequentiōrem, ipsam virginem omnīnō nunc concolōrem multōque minus ... teneram. Immō vērō ex oculīs, quōrum videntur iam esse plūrēs, micat aliquid aliud ... aliquid nec bonum nec malum sed potius, ut ita dīcātur, "dēditum" sīve "addictum" dīcendum. Venit in mentem id verbum quod est *serva*.

Omnium nunc oculī nigerrimī, simul fortēs et quōdammodō exanimī, servī, in eum intendī videntur ... nec minantēs nec faventēs. Videntur potius ēventum experīmentī sīve alicuius prōcessūs fīnem exspectāre. Advena, cum nūllam hārum rērum rēapse fierī crēdat, sibi magis magisque nīl facere nisi somniāre vidētur; cūnctī iam cūnctaque ita mūtārī nōn dēsinunt ut spectāns nauseāre incipiat crūraque... Quid pol dē crū ... ribus?

Exanimārī perīclitātur. Quod autem sī fiet, nōn aliquam in partem concidet sed, ut undique utīque fultus, in sē tantum collābētur; nam ... nam plūribus undique sustinētur et ipse crūribus. Quodsī hoc sibi tandem fātēns nōn penitus dēlīrat, causa forsitan sit quod hāc superveniente in reālitāte semper dēmum multipēs fuit ipse ... quamvīs nunc, cuiusdam "Advenae" memoriā onerātus, propriōrum huius mundī praeteritōrum nōnnūllōrum aegrius reminīscī valeat.

$$* * * * *$$

Quid tamen sit agendum ūsque scītur. Quod aliquantō est sōlāciō. Dum sua obit quisque, in mente quidlibet agitāre licet. Opera postulantur; nīl rēferunt cētera. Oblīgantur membra; līber errat animus.

Dum ad scopum longinquum prōcēdit mūtum peditum agmen, immiscentur Advenae reliquiīs tumultuāriē huius locī "Trūcxut" simulque Tggquāc ille, Togāqua quoque necnōn et Tog Äääa"ââaqqaque aliīque intermediī multī ... tot quot mentis cuiusque oculō comprehendere volunt, possunt, audent. Vbi minima tantum exstat lībera voluntās, cuiusque persōna atque cōnsilia utīque sub iūdice manent. Sērius ōcius Opus Māximum obeunt plērīque. Impositum prō ultrō susceptō accipientī vītae saltem simulācrum paene grātum agere licet. Diū quidem nec tamen perpetuō sē rebelliōne imāgināriā oblectāre potest servus. Cēdunt tandem aliquandō dūrae vēritātī cūnctī quī nōn abiectē īnsāniunt.

281

Īnfīnītum torpidumque post temporis spatium ante agmen vallem aliquam septentriōnalem intrāns castrōrum magnōrum Trrbbtinōrum magis
magisque expanditur ingrātus prōspectus. In abscēdentibus dispicitur
idem longissimum agmen secundum castrōrum occidentāle latus ultrāque
in vallis longē patēns aequor prōcēdere. Nōn modo sōl medium caelum
nunc paulō nimis locuplētē rēgnāns – incolōrī quidem sed lūcis vim bene
exprimentī spectrō – sed etiam tabula īnfōrmātōria perspicua ante dex-
terōs oculōs laterālēs aptāta merīdiem ferē esse indicat. Vt prīmō ēlūsērunt
scrīpta īnsuēta, ita tandem, cum reālitātum commūtātiōnēs sēnsim fiant
quasi cōnsuētūdō, corpus animusque per longum iter in hanc reālitātem
hancque persōnam accipiendās, contrā fōrmam aliēnissimam, nihilōminus
sē lentē remittere discunt. Quārē pedes multipēs, partim invītus partim
sōlummodo perturbātior, complūra quae prīmō obscūra penetrāre tandem
incipit.

Advena sīve "Trūcxut" prope viae dexterum marginem stantēs Trrbbtās
duōs quī, sīve ōtiōsē sīve ex custōdiae officiō, commīlitōnēs praetergre-
dientēs spectant, ē corporis habitū membrōrumque gestibus quibusdam sē
ipsum haud tēctē dērīdēre sentit. Quod faciant forsitan ob corporis nitōrem
levem ... nunc, ecce, nec caeruleum nec caesium nec cÿaneum sed potius
cinereō et cinerāceō varium. Quō ipse sua membra in offēnsiōnis supplicium sūmendum quasi sponte incitāta sentit, nec, quod haud exspectātum,
quicquam retinēre vidētur nisi, vix sānē et aegrē, ipsīus Advenae pācifica
philosophia Hsālēnsis quā indolēs eius iam diū mīrum quam imbūta est.
Dum is igitur fictā tranquillitāte praeterīre pergit, custōdēs, quī oppositōrum impetuum pugnam in eō percēpisse videntur, etiam magis oblectārī
patet.

Partī magis Trūcxutānae atque genuīnae – quaecumque haec fuerit –
ipsa tam violenta animī impulsiō, Advenae utīque aliēna, fortasse sit tribuenda. Quid autem quod, vel ad breve, indignantis corpus nūllā vī reprimī
vidēbātur? Ecquid "Factrīcum" dictārum passim forāminōsa est potestās?
An admittuntur ārdōrēs īraeque, hīsve adeō favētur, dummodo nē contrā
ipsum dominium intendantur?

Hōs autem plūrēsque opera castrōrum adcūrantēs in proximō vidēns,
Advena nunc certē corpora Trrbbtāna contemplārī habet. Suī enim, ut adhūc adsiduē ingrediēns, tantummodo pauca, vidēlicet nōn multō magis
quam prīma crūra ōrisque partem, dispexit; ante sē prōgredientis peditis
sōlummodo ultima crūra postīcumque bisacciō onerātum. At appāret nunc,
id quod Advena hōc in corpore percipiendō agendōque iam fermē coniec-
tāvit, decēna cuique esse ambulātōria crūra, bīnīs additīs minōribus antī-

cīs, longē subtīliōribus, ōlim brūtīs in prīmitīvīs sine dubiō tantum ēsuī, in ratiōne praeditīs variēque habilibus prō brācchiīs manibusque.

Quae dum cōnspeciālium corpora cōnsīderat, bifāriam contrāriē dīviditur pedes incertus animō: nunc in parēs agnōscendōs sponteque comprehendendōs; nunc, ubi sē magis prō Advenā habet, aliquantum in horrōrem. Tum autem cum sibi iam paulō magis Trūcxut esse vidētur, nōn tantum crūribus suīs minus laevē ūtitur, sed etiam occurrunt in mentem plūra plūraque forsan ūtilia: vel castrōrum quāsdam partēs, immō sat multās nōnnūllīusque mōmentī, ex ipsīs Trrbbtārum corporibus esse ēvomitās, hoc est, ē forāmine abdōminālī speciālī firmissimae cuiusdam māteriēī aedificiālis ferācī.

Pars magis Trūcxutāna – cuius membrīs, officiō, vītā nātīvīs pars magis Advenāna nunc aegrē nītī nunc paene violenter corripī vidētur – huius scīlicet reālitātis ultrōneus habitātor, haud ita prīdem “Operī Māximō” sē addīxit. Iuvenīlī spē adductus ūnō animō nunc labōrantēs Trrbbtās Imperium ut numquam antehāc auctūrōs esse crēdit; quōs flūxūs quantālēs indūcere temperāre dīrigere didicisse cētera omnia rēctūrōs; nīl nunc magis rēferre quam ut turma quaeque īnstrūmenta inductōria sibi ascrīpta rēctē celeriterque exstruat. Vel haec turma, iam acceptō proximō mandātō, ad planētam 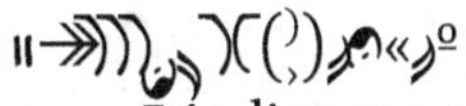 prōcēdet inductōrium quantāle generis  aedificātum quō indigenae seu in aliās exterminentur reālitātēs seu obstinātē permanentēs per coāctum diorismum quantālem magis minusve sōlō aequentur.

Quae facientēs Trrbbtae Imperiālēs sē nihil malī efficere putant quippe cum longā ē disciplīnā didicerint īnfīnītās esse reālitātēs nec sē quicquam aliud facere quam reālitātum schēmatis continuī ōrdinem ita immūtāre ut sit Imperiō satis amplum spatium proprium continuumque. Propriō locō mōtōs alibī aliterque sibimetipsīs prōvidēre posse. Quod enim in Trrbbtā quōque bene condocefactō idem in aliēnīs accidere: *Omnia mēcum portō mea.* Operāriōs mīlitēsque Trrbbtās quibusdam condiciōnibus ab animantibus summōtīs effectīs interdum quidem sollicitātum īrī, quod plānē in opera quantālia coācta suscipientibus exspectandum. Hanc scīlicet causam esse cūr omnium mīlitum operāriōrumque hunc cōnātum ex amōre patriae promoventium sit cautē dīrigenda voluntās. Aliter profectō exsistere posse chaos perīclitārīque susceptum. Cuiusque arbitrium līberum post stīpendia perācta ā Factrīcibus plānē restitūtum īrī.

Quae omnia Advena post castra relicta longā lentāque imāginum cōgitātiōnumque seriē gradātim cognōscit dum multipedī corpore tamquam omnīnō genuīnus nec magnā ex parte aliēnus ūtēns longum iter facere pergit praeter agrōs cinereōs, virgulta cinerācea, dissitās arborēs ātrās foliīs albidīs ātrīs cinereīs. Vt hostis horribilis nunc ingreditur per regiōnem illī persimilem quam, lūnārī tantum lūce distinctam, herī nocte ut hospes ē fenestrā breve admīrātus est.

Cūnctīne quondam sociī – Hēlmānī, hēlmānoīdēs, syntheticī, īnsectilēs aliīque in Hsālā, Escifflȳe aliīsque phrontistēriīs quantāliter fīnītimīs – hīc iam cōnfātālēs serviunt? An illae reālitātēs integrae integriōrēsve manent dum ipse īnfimōs in īnferōs tamquam fugāx tremor praeterlābitur? Velōcius quī abripitur is cēterīs ideō dēbilior? An propter augmenta īnsolita nātūramque symbiōticam longamve disciplīnam Vedicam ea forte dispicere ac dēmum participāre potuit quae cēterōs adhūc latuērunt? Ecquid sōlus is quī videt vīsū capitur? At nūperrima cōnsīderāns nīl forsan māiōris mōmentī nunc videt quam quod ipse comitēs īnsectilēs leviōra renūntiantēs, quamvīs adiuvāre cupiēns, nōnnihil tamen arroganter tractāvit. Immō vērō sat similia – singula subtīliter mōta conversave, caelī colōrem mūtātum et ita porrō – prīmitus passus et ipse hūcūsque tandem dēscendit!

Sīn autem, id quod in sessiōnibus lēctiōnibusque ac programmatīs didascalicīs quantālibus praecipitur, in reālitātibus parallēlīs prōrsus omnia fiunt quae fierī possunt, cēterī sociī aliīs in reālitātibus tūtī incolumēsque sunt, in aliīs autem innumerīs servī, in numerō īnfīnītīs ūtuntur condiciōnibus optimīs, pessimīs, mediocribus aliīsque quae animō fingī nequeunt, nē quid dīcātur dē reālitātibus aliquātenus mixtīs huic similibus, quārum numerus aequē īnfīnītus.

In acroāsī apud Hsālam dē rē quantālī nūper habitā disputātum est contemplātīvē dē illā quaestiōne veterī, nunc tamen ob "pavōrem Trebīticum" praesentiōre factā, num in Megacosmō quantālī ubi prōrsus omnia possibilia alicubī fiunt līberum arbitrium exstāre dīcī possit; nam "ubi prōrsus omnia fiunt nihil igitur sēligitur." Solitum respōnsum erat līberum arbitrium ibi certius exstāre ubi reālitās praesēns cum nūllā aliā comparētur, attamen, sī reālitātēs inter sē comparentur, repudiārī. Quandōquidem autem "reālitātēs" alternātae inter sē ipsō factō comparārī nequeant, plūra dē hāc rē affirmārī nequīre. "Relātivismus," ecce, philosophiae quantālis trālātīciae.

Nūntiī autem variī dē "Trebītīs" recēns allātī hanc quaestiōnem resuscitāvit. Ē tribus magistrīs prīncipālibus Cimtat Nīin dē rē quantālī nīl opīnārī solet, Mahāmpsa Dab invicem et Aplarēmius ferē idem dīcunt: undās quantālēs, ē quibus cūnctās rēs cūnctīs in ūniversīs exstantēs cōnsistere, omnia quae fierī possunt effingere quidem posse sed tantummodo sī ad hoc faciendum mente excitentur; cum mēns observāns efficiat ut undae quantālēs omnīnō indēfīnītae in particulās dēfīnītās collābī nōbīs videantur, nīl igitur exsistere quod nōs, seu cōnsciōs seu incōnsciōs, nōn exsistere iubeāmus; quō nempe servārī līberum arbitrium ōmittīque posse cosmōs aburdissimōs inconditissimōs immānissimōs diabolicissimōs. Omnia quidem posse fierī, nōn autem rēapse fierī omnia; animum enim sīve, per nōs, animum ūniversālem īnfīnītīs ē possibilitātibus perpetuō sēligere.

Molestum tantum esse quod plērīque multō saepius incōnsciē quam cōnsciē reālitātem suam sēligunt. Cum sit mēns incōnscia incōnstāns impotēnsque ac saepissimē exitiālis, quam optābilia ēvenīre solēre plūra nōn expetenda. Mentem ergō magis magisque cōnsciam reddendō incōnsciam partem vicissim in nihil tandem contrahendam. Variōs esse modōs probātōs quibus hoc fierī posse, id est, quibus Cognitiōnem Plēnam attingī posse. Quōs solitā cognitiōne sānā sed circumscrīptā ūtī facta sua comprehendere quidem posse solēre, scīlicet nōn īnsānīre; Cognitiōne autem Plēnā fruentēs perpetuō sibi cōnsciōs esse sē esse cōnsciōs. Quod facientēs undās quantālēs in suum omniumque simul summum bonum dīrigere posse; nam, cum sub omnibus corporibus sit dēmum animus ūnicus ūniversālis, contrā mentium parum cōnsciārum opīniōnem nimis circumscrīptam, bonum cuiusque omnium simul esse. Ad Cognitiōnem autem Plēnam haudquāquam facile esse pervenīre cum quisque in īnfāntiā puerītiāque adultōrum societātem observāns disparibus saepe ex elementīs sibi cōnsuat quasi suī ipsīus anthrōpographiam falsam, "ego" vocātam; quā exinde onerātum dēceptumque animantem vēra ā fictīs nōn iam distinguere habēre, ūniversālis igitur animī nātūram haud iam discernere valēre; suum tantum commodum semper petentem, cum hoc ab ūniversālis animī suāque ipsīus nātūrā ūsquequāque discrepet, tantum sibimet ipsī quantum cēterīs miseriam parere.

Hanc disciplīnam haecque praecepta nēquāquam ut rēligiōnis dēcrēta accipienda quīn potius prō magnīs experiendī atque perīclitandī prīncipiīs habenda; experīmentōrum porrō ēventūs explōrātōrī cuique secundum proprium iūdicium aestimandōs. Rēligiōnēs omnēs sibi prōpōnere fidēlibus hōrumque coetibus ante omnia moderārī ... vel, sīcut apud Palaeo-Veda, oblectāre, immō, ut accūrātius dīcātur, oblectandō subtīliter moderārī; neque eās tamen, nē Palaeo-Vedicam quidem, ob hoc continuō esse contemnendās, cum sine eīs multī etiam māiōre chaō adflictārentur graviōrēsque in errōrēs pēiōraque in flagitia inciderent; vel Palaeo-Veda plānē quidem ūsque ad Clādem sē cūnctīs animantibus prūdenter servīre esse opīnāta.

Cosmī autem cuiuslibet vīrēs – velut lūminālēs ēlectromagnēticāsque cēterās necnōn sonālēs atque aquālēs et ita porrō – per undās quōquōversus propāgārī nōn aequīs gradibus sed ratiōne ita assymetrā ut omnium rērum in ūniversō exstantium dēscrīptiōnēs geōmetricae nōn rēctās līneās sed potius spīrās efficiant; tālem ferē esse et ipsīus spatiī ipsīusque igitur

Cōnscientiae nātūram: quod scīlicet quandam in partem rēctā līneā per-petuō prōcēdere posteā aliquandō, sī satis diū perrēxerit, ē parte adamus-sim oppositā discessūs suī pūnctum aditūrum. Duālismum omnem semper igitur irritum esse: ratiōnem quamcumque prīmitus prō sānā efficācīque habitam posteā aliquandō, sī quōpiam in cosmō cōnstanter indēflexa sus-tineātur, sē ipsam sīve prōposita sua finēsque suōs necessāriō ēversūram. Quem autem nec bonum nec malum nec rēctum nec falsum nec dexteram nec sinistram petere sed ipsō animō ūniversālī, omnis scientiae sapien-tiaeque omnisque dēmum significātiōnis fonte, ūsque dīrigī et temperārī, hunc omnia paria duālistica vītantem vēram rērum nātūram ac mundōrum compositiōnem vīriumque nātūrālium fluenta perspiciendī fore capācem.

Explōrātōris igitur esse – opus simplex sed minimē leve – mentis garrī-tum continuum, prīmā in pueritiā inceptum, comprimere; quod facientī vēram suam nātūram, anthrōpographiā falsā diū tēctam, revēlārī, Silen-tium Māximum thēsaurōs suōs sponte reserāre, Megacosmī vīrēs opēs scientiam continuō et līberē patēre necnōn et – quō intenditur nunc praecipuē Advenae voluntās – innumerōs inter mundōs parallēlōs illōs facile efficī posse nāvigātiōnēs! Alternātās enim reālitātēs quasi ut fascicu-lōs īnfōrmātiōnālēs conditās exstāre tamquam sī ūna quaeque esset vel charta lūsōria vel potius chartārum fasciculus intrā chartārum synthesin vērē īnfīnītam; ac quem rērum nātūram clārē dispicere hunc hīs chartīs ex arbitriō quasi lūdere valēre. Vel, quō paulō accūrātius dīcātur, quem om-nia, dēmptīs vānīs speciēbus mendāciīsque egoïsticīs, rēctā intuērī hunc cosmōrum notās "arcānās" tantum intellegere quantum et ipsum cōnscrī-bere posse.

Vergente aliquandō in occāsum sōle, Advena, forsan potius Advena-Trūc-xut nōminandus, statīva māxima ūnā cum portū cosmicō in abscēdentibus cōnspiciēns quid hoc longum iter sibi velit tandem, nescit cūr, complecti-tur mente. Illō locō ubi sē ad fremitum tremendum sē vertere nōluit mēns eius quādam a "Factrīce" quōdammodō programmāta est. Hoc est, nōn sō-lum mentis vincula dēnuō cōnfirmāta sed etiam mūnera proxima, magis quidem subcōnsciē quam cōnsciē, sunt adsignāta.

Itinera ad ea sīdera in quibus sunt inductōria extruenda ita dispōnuntur ut operāriī mīlitēsque mūtātiōnibus gravitātiōnālibus quam minimē affici-antur. Quārē Trrbbtārum prōgressus passim nōnnihil incōnstāns volāti-cusque vidētur. Enimvērō Trrbbtārum ambae lūnae patriae – utra eīs rē prīmigenia fuerit antīquitāte obscūrātum est – plērīsque sīderibus habitā-tīs minōrēs sunt. Quamobrem Trrbbtae "ad tempus" servientēs – dē hōc dubitante Advenā, cautē tamen crēdit pars Trūcxutāna stīpendiō utcumque magnopere indigēns – longam in seriem indūcuntur planētārum quōrum quisque priōre paulō tantum māior. Mītigātōrium gravitātiōnāle cuiusque dorsō thōrācicō illigātum māiōribus in sīderibus multum quidem efficit nec tamen tōtum onus additum levat. Immō ratiō vīs gravitātis in sīderis cuiuspiam ipsā superficiē līberē versantibus imminuendae nusquam adhūc galaxiae reperta est quālis plūs oneris tollat quam bīnās ferē tertiās partēs. Hīs longīs itineribus terrestribus ad proximōs orbēs semper pauxillō māiōrēs parantur firmantur servōrum corpora; cosmicīs autem, plērumque prolixiōribus, meritō remittuntur.

Māximī planētae – opus sūmptuōsum sed necessārium – circumdandī sunt complūribus satellitibus ingentibus quōrum inductōria in omnēs superficiēī partēs intenta. Neque automata ad hoc susceptum ūtilia sint; nam ipsa diorismī ratiō, ut quantālis, mentium potentiā undārum quantālium collāpūs efficiendī innītur. Scīlicet ipsa inductōria sine cerebrīs systēmatīsque neuricīs biologicīs tantum Factrīcum quantum servōrum, nīl patrent. Quīn vērō operis māximam partem afferunt ipsī servī per quōs dīriguntur Factrīcum cōgitāta et cōnsilia.

Hanc ultimam per vallem ad statīva tandem accēdēns animadvertit Advena-Trūcxut duo. Alterā ex parte nūllās iam fierī dēviātiōnēs quantālēs; quō hanc reālitātem, quippe unde ēmānent, tamquam puteī cuiusdam quantālis fundum esse patet. Ex alterā, conservōs adsiduum, nīmīrum per undās radiophōnicās, inter sē habēre commercium verbōrum. Quāsdam enim mandibulī suī partēs ubi quōdam locō ter cito contulit, nūntiōs quasi forte et excēpit et forsan etiam mīsit. Immō, quiētīs chordīs vocālibus, intrā faucēs aliīsve in apparātūs locūtōriī partibus verba mūta vel etiam subtīlissimē fōrmāta continuō imprimuntur, pressīsque certīs locīs certōque ōrdine mandibulīs haec ut nūntiī ad cēterōs trānsmittī possunt. Quam commūnicātiōnis artem, cum ambulāns aliōquīn haud satagat, nunc tandem celeriter ēdiscit. Tantum nūntiī quantum praecepta dē hīs administrandīs perlocuplētiaque alia aut in tābulā perspicuā scrīpta aut per vōcem quasi internam aut ambōbus modīs, vafrē sēligentibus mandibulīs, accipī possunt. Ipse Trrbbtārum sermō, renītentī prīmitus cōnsternātiōnī, concēdentī dein īnstrūmentō ūtilī, iam lassiōrī fit oblectāmentō.

Quī igitur fiat ut Trrbbtae hanc in servitūtem redāctī longa itinera, nunc terrestria nunc cosmica, tam patienter ferant ēlūcet. Quō plūra intercipiuntur eō amplior grandiorque vidētur hōrum ingeniōrum varietās. Experientiam sēmiadvenae quamvīs multa superent, nōn possunt quīn agnōscantur subinde colloquia dē rēbus familiāribus, servientium vītā ac labōribus, oblectāmentīs, adeō lūdīs, ut vidētur, āthlēticīs aliīsque similibus argūmentīs. Immō, intrante noctū māxima statīva multiplicia multipedum fessōrum furvō agmine hastifōrmibus lampadibus intervallīs inaequālibus dispositīs nunc ācrius illūminātō, pedes sēmialiēnus quāsdam vōcēs quōsdamque verbōrum cursūs, quōs eī systēma ex arbitriō aptandō aut adīre aut āvertere licet, nōn esse singulōrum commīlitōnum sed magis tōtārum turbārum ēditiōnēs cybernēticē compositās animadvertit. Cuiusque dicta contribūta cum cēterōrum sententiīs cōnferuntur fitque, contrā dissensiōnēs palam agnitās, turbae nihilōminus quasi ūnica frōns. Hōc quidem temporis mōmentō quaedam ingēns turba sē dīrigit ad ipsum Advenam-Trūcxūtem.

*Tē nōs tandem adiisse alloquīque gaudet nostrum pars longē māxima, dissidentibus tantum tribus ferē centēsimīs partibus. Hoc est, quam solita diffīdentium portiuncula tantum paulō plūrēs tē manifestam ob aliēnitātem tuam aut suspicantur aut timent aut ōdērunt. Quī autem sint quī tibi nōn favent per normam nostram aperīrī nōn licet.*

*Ē nostrō numerō adhūc nōn plūrēs quattuor sociī perspicuō contāgiō quantālī affectī sunt. Quam vōcem* contāgium *cum adhibēmus, nē nōs, vel plērōsque nostrum, tē contemnere laedereve velle putāris. Immō dē effectīs quantālibus quam plūrima discere studēmus; magna enim pars sē ad similia parāre vult, aliī multī etiam quid animantibus summōtīs accidat cognōscere gestiunt. Quod ad tē attinet, solitam sciendī cupīdinem auget magnopere iste subtīlis nitor tuus, dē cuius vērā nātūrā nōnnūllī, ut vērum dīcāmus, nōn possunt quīn pignore certāre. Quaecumque igitur nōbīs dē tē ipsō prōdere tibi vīsum erit grātissimī accipiēmus.*

Agmine interim dissolūtō, Advena-Trūcxut in quoddam ē multīs colossēis aedificiīs indūcitur, ad cuius līmen positum est symplegma speciē cupreum satisque ēlabōrātum quō mōnstrātur ēlegantī genere quasi fortuītō sed simul summē artificiālī disposita turma Trrbbtārum sēdulōrum fortiterque nītentium ut quaedam trabium compāgēs, sine dubiō inductōriī quantālis pars, prosperē ērigātur. In signī basī sculptus est titulus bellīs litterīs ⟩⟩ ⚸⚸ ⟩⟩ sīve "Tōtum pars. Pars tōtum."

Post symplegma aedificium ūnā cum multīs aliīs per amplissimum introïtum ingredientī subitō ita subdūcuntur Advenae-Trūcxūtī pedēs dexterī aliquot ut, sī bipēs esset, certō certius concideret. Offendēns Trrbbta, quasi barbariem suam seu nōn notāns seu nōn cūrāns, diagōnālī cursū ē dextrā in sinistram partem properāns aedificiī internīs cito commīscētur. Istene igitur "nōn faventium" fuerit ūnus? Ē tribus centēsimīs partibus istīs restant igitur plūrēs – nē quid dīcātur dē aliīs quī forsan turbae illīus radiophōnicae nōn sint participēs. Suntne eī timendī? Etiamsī longē plūrēs favent? Hī eum contrā illōs dēfendere valent? Volunt? Subitō etiam magis videntur quaerendī sociī.

"Ignōscite mihi...," inquit subvōcāliter Advena-Trūcxut, "...respōnsum meum adventū negōtiīsque tardātum. Cum prīmum poterō, cūriōsitātem vestram plūs quam explēbō, amīcitiam firmābō. Hōc autem temporis articulō mē mentem bene intendere oportet, nam pars mea Trrbbtica genuīna partī meae quantāliter ... quantāliter..."

...Excitātae *dīcant nostrōrum multī* contāgium *et* inquinātum *ista tāliaque vītāre volentēs.*

"...Ita est. Pars mea quantāliter excitāta scīlicet, ut aliīs reālitātibus recēns exorta, saepenumerō cōnfunditur, nec tamen, ob māximam īnsolentiam atque incidentēs per occāsiōnem timōrēs, indigenae semper facile concēdit."

*Timōrēs in quantāliter excitātīs sunt certē exspectandī. Immō tū tē multīs habēs cōnfīdentius. Sunt quī adeō valetūdināriō mandentur. In vītā illā parallēlā cui nūper immixtus es ad nova incertaque toleranda optimē īnstitūtus esse vidēris.*

*Nē utcumque nimis timueris adversōs. Iste quī tē modo offendit - id plānē vīdimus - nōbīs est bene nōtus. Sīc sē interdum protervē gerere solet ... semper tamen ita ut cāsum omnīnō fortuītum fuisse causārī possit. Legiōnēs nostrae - hoc tibi adfirmāmus - dīligentissimē ērudiuntur atque ad normās sevērās tuendās sublīmēsque mōrēs praestandōs īnstruuntur. Tālēs quālēs Baggacxut iste - quem iam offendit nōmināre licet - rārissimī sunt. Is nempe adhūc altiōre ōrdine suō necnōn quibusdam habilitātibus rārīs cōnservātus locum retinet.*

Advena-Trūcxut interim aedēs māximās iam intrāvit; quō factō, in tabulā perspicuā continuō apparuērunt quaedam sigla. Quae, cum mandibulīs perītē exercitīs sēligit, significāre dēprehendit huius aedificiī - quod castra, quamvīs nova, nihilōminus statīva esse nunc cōnstat - membrum sibi assignātum necnōn et loculum proprium in apodytēriō positum huiusque sēcūritātis sigla.

Postquam in membrum indicātum prōcēdit, amplissimō anabathrō, vīgintī ferē Trrbbtārum capācī, in decimum quartum tabulātum subvehitur; ubi, cēterōrum sequēns exemplum, receptāculum corporis excrēmentōrum solvit cuidamque removendī īnstrūmentō trādit novumque accipit. Tālem quidem ob māchinātiōnem - id quod ipse aliquātenus iam scīre vidētur ac systēma īnfōrmātōrium rogātum pressīs verbīs cōnfirmat - alterā ex parte itinera nōn sōlum magna sed etiam continua esse possunt, ex alterā congeruntur efficāciter ūbera stercora quōrum sunt ūsūs plūrimī. In mentem veniunt nunc et ipsī cibī quōs per tōtum iter alter quīdam appārātus petentī suppeditāvit ... scīlicet ratiōne tam automatāriā ac paene subcōnsciā ut Advenae-Trūcxūtis pars magis alienigena partem magis indigenam hōc officiō sponte perfungī nōn ante mediam viam ēmēnsam animadverterit.

Lātissimum ante speculum forte veniēns sēque crūra hūc illūc ultrō movēre vidēns – quō eum vērē sē ipsum neque alterum nec tantum vānam imāginem obtuērī cōnfirmātur – pedes dēfessus hāc ex parte tam spectābilis corporis obsequiō facilī gaudet; ex alterā, velut in īnsomniō cōnfūsō haudque crēdibilī, percellitur ultimā formidulōsissimāque aliēnitāte suā: crūribus longiōribus assiduē flexīs tamquam saltum perpetuō exsecūtūrīs; ōris lātō hiātū ā dexterā atque ā sinistrā immānium dentium rapācium parī horrentī; fornīcātō capite complūribus oculīs disparibus vigilācī; tōtīus corporis – praeter mītigātōrium gravitātiōnāle, parvum cylindrum dorsō inhaerēns, nūdī – nātīvō tegumentō asperō furvō saetōsō.

Cuī autem vīsō cum diū indulgēre nōn sinat aequālium affluentia, Advena, multōrum quasi alacritāte in balnea asportātus, cōram commīlitōnum centuriīs aliquot cautius perluitur, propriī prōdigiī corporis prope tam ignārus quam gnārus. Facilius autem fit rēs cum mōtibus tāctibusque sine dubiō per tōtam paene hanc vītam repetītīs quam quiētissimā cēdit mente. Quod dum secundum magistrōrum (Hsālēnsium? Escifflȳēnsium? Trrbbticōrum?) praecepta perficit, plūra plūraque singula dē hāc vītā Trrbbticā animō tumultuāriē īnfluunt: familiārium quōrundam figūrae ac nōmina; quaedam amāsia, immō, amīca quae amāsia forsan aliquandō fiet; adolēscentia sēcūra quidem sed nōnnihil sēcrēta et repressa; incommodum quoddam acerbissimum in iuventūte acceptum; grātissimī mentis errōrēs quondam subitō dēmptī; fuga mēnsēsque complūrēs quōdam in asȳlō fēlīcius āctī; ibidem sapientēs magistrī crēbrō audītī; Imperiī autem vocātuī recēns obtemperātiō; mīlitiam prosperē āctum īrī ac praesertim stīpendium haud spernendum familiāribus nec minus amīcae complacitūrum spēs.

Aspectum prō parte ēvītat neglegitve cōnspeciālium hīc sē perluentium, hīc sē in aquīs remittentium, interdum sermōcinantium, passim natantium, plūrimōrum autem sē ipsum, ut sēmialiēnum necnōn subnitentem ac sine dubiō complūrium gregum radiophōnicōrum colloquiīs sēdulē agitātum, frequenter inhiantium; at, dum apodytērium quam modestissimē potest petit, aliquis, ecce, ā parte dexterā cōmiter affātur.

"Avē, mī Trūcxut!"

"Salvē, Ghūdfriut." Ēlābuntur verba – papae! – quasi suā sponte.

"Quamvīs sat fortuītō fierī videātur...," inquit Ghūtfriut, quī Advenā-Trūcxūte paulō māior est, colōre clāriōre, immō paene spādīcī, "...ut eīdem legiōnī īnsint eōdem oppidulō exortī, haud cāsū tē nunc offendō; nam nōmen tuum, mihi plānē pernōtum, per undās commodum volat. Statiōnem tuam quaesīvī locumque."

Advena-Trūcxut sponte cōnsistit, sed Ghūtfriut ad apodytērium versus ambulāre pergit. Comitātur igitur obsequēns ille.

Sermōnem continuat Ghūtfriut: "Nōnnihil īnfractō vidēris mihi aspectū. Nē autem nimis sollicitātus sīs. Nōnne gregēs auscultās? Prope omnēs
tibi favent, etsī verentur simul multī nē idem vel pēius sibi ipsīs accidat:
scīlicet nē afficiantur contāgiō istō. Certē quantālem morbum haud inter
corpora trādī posse satis cōnstat; inter operis perīcula utcumque esse
numerandum. Nēminem putō tē ipsum timēre, quemque autem fātum
tuum. Morbum sērius ōcius trānsīre solēre adsevērant quidem prīncipēs.
Angit autem istud *solēre*. Quod perīcula dētrectant nec tū in valētūdinārium
citāris haud mīror; hoc enim, cum nostrum media pars plūrēsve affectī
erunt, plānē fierī nequībit. Prūdentius vidētur eīs quam māximē dissimulāre. Haud sciō an assentiar. Vnī cuique enim īnfectō sī indulgeātur, quōmodonam ingēns opus nostrum umquam perficiātur? At – mē stultum! –
haec dīcō antequam quōmodo tē habeās ex tē comperiam!"

Quae verba tam audācia candōremque pūrum dēmīrātur Advena-Trūcxut audiēns. Praeter rōbusta illa vincula tēlepathica quibus Factrīcēs ex
arbitriō ipsa gregāriōrum corpora rēsque gerendās regere valent, per Eās
nōn modo cōgitāre sed etiam, ut vidētur, effūtīre licet cuique prīvātim ad
libīdinem.

Conticēscente nunc Ghūtfriūte, Advena-Trūcxut quid dīcat nīl invenit
nisi: "Meā causā, em, nōlī cruciārī. Sat quidem bene habeō. Mēns subinde
interturbātur. Nīl pēius."

Loculum proprium adeptus reserat, apparātum commūnicātōrium,
ōrnātum thrōrācicum, receptāculum excrēmentāle sibi indūtūrus, Ghūt-
friūtum iam omnīnō perlutum, vestītum īnstructumque simul animadvertēns.

"Hūc vēnī," inquit Ghūtfriut velut comitis cōgitāta coniectāns, "paulō
extrā ōrdinem. Duodecimānus sum. Cito erit mihi ad cohortem revertendum. Attamen tēcum vel cēnulam brevem sūmere licet."

"Cēnam?" inquit Advena–Trūcxut corpus sibi sēminōtum, contrā me-
rendulās in itinere sūmptās, subitō fame ēnectum sentiēns.

"Quam vōculam manifestē in approbātiōnem vertēns Ghūtfriut comitem ex apodytēriō in māximam aulam dūcit cuius pavīmentum crēbrīs
variātur lacūnīs brevibus rotundīsque tamquam puteīs aequīs intervallīs
dispositīs. In lacūnīs tamen īnsunt aquae vice īnsolitae massae vel potius
volūmina oblonga, variō colōre, quōrum extrēma in exilitātem fastīgāta,
cibāria nimīrum mīlitāria singulārī arte coquīnāriā apparāta. Hae lacūnae
cēnātōribus adhūc omnīnō vacant, hae autem ā parvīs gregibus frequen-
tantur ... tamquam sī sit mōs sīve rēgula cēnās sōlitāriās interdīcens. Facile
autem invenītur coetus collēgārum modo accēdentium ad lacūnam quandam in cuius margine satis est spatiī ut commēnsālium addātur pār.

Nunc, cum omnēs – dēcem ferē numerō – ad marginem congregātī sunt, quīdam ex eīs ita subitō in puteum sē dēclīnat ut ūnam ex massīs cibāriīs crūribus antīcīs simulque dentibus rapācibus capiat. Quō factō, massa, stupente māximopere Advenā-Trūcxūte, praedae modo captae mōre torquētur sinuāturque. At antequam hoc reputāre queat sēmiperegrīnus, alter commēnsālis alterum volūmen aggreditur, similī ēventū. Dein tertius. Nūllum autem ōrdinem sequī videntur cēnam rapientēs, etiamsī numquam bīnī rapiunt, velutsī īnstitūtō alicui obscūrō obtemperētur. Ecquid sīc observātur cuiusque ordō mīlitāris? ...Quod cōgitātum, simulac mente paulisper agitātum, ipsam rem attigisse patet; nam cuiusque opertōrium thōrācicum praecipuō aliquō ... nōn colōre – Trrbbtae enim colōrum sunt expertēs – sed clāritātis gradū distinguitur. Immō admodum mīrābile vidētur quam subtīliter oculī Trrbbtānī inter gradūs incolōrēs tamquam vērōs inter colōrēs discrīmināre possint. Ecce, iste cinerāceus et ille cinereus hicque vicissim subcinerāceus ... quam...!

Haeret subitō mēns cum exoritur nōtiō, immō potius ipsa vīvida perceptiō, hōs gradūs nōn tamen sōlummodo esse gradūs sed etiam – ecce vērō illīc illīcque hercle! – omnīnō germānōs colōrēs ... quamvīs mentī ūsque adhūc obsistentī nunc prīmum ut tālēs revēlātōs. Forsitan hī multī oculī cerebrumve Trrbbticum frequentiās suprā violāceās exstantēs in colōrēs vertant. Dē tālibus quidem colōrum diagrammatīs extrāriīs didicit sānē nōnnūlla in scholīs tantum Tog quantum Äääa"âáaqqa ... ita tamen ut, propter cerebrī Togānī apparātūsque percipiendī āeriī Äääa"âáaqqānī cōnstitūtiōnem, hī tālis diagrammatis nīl nisi simulācra analoga experīrī quīverint. Quod hōs colōrēs sē ipsum rēapse sentīre antehāc nōn animadvertit causa vidētur esse animus propter priōris corporis, immō priōrum corporum, nātūram āversam ultrāviolāceōs colōrēs percipere numquam assuēfactus. Mīrum pol quam corporālia per animī condiciōnēs dēfiniantur!

Cum omnēs, etiam mūniceps, volūmina sūmpsērunt manentque plūra, Advenae-Trūcxūtī, quī ōrdinem occupāre vidētur ultimum, nīl restat nisi ut aut dēdecus concipiat aut cēnam nunc aggrediātur et ipse. Quod ambiguō prīmō animō faciēns, volūminis in ōre tamquam praedae modo captae sē torquentis salīvaeque simul concurrentis sēnsū ita tamen imprōvīsō vegetātur exhilarāturque ut hāc in reālitāte numquam antehāc. Vorātā avidē portiōne prīmā, ut cēnam invādentium repetātur ōrdō nunc multō minus patiēns exspectat, cūr numquam bīnī simul prōsiliant mente tandem complectēns; nam corpora tam manifestē ad aggressiōnēs biologicē ēvolūta praedam sibi simul arripientibus facile suādeant pugnās. Cibī capiendī ōrdō fixus nōn sōlum cōnflictiōnēs ingrātās impediat sed etiam graduum mīlitārium observantiam cottīdiānō experīmentō inculcet.

Trēs post volūminum sūmendōrum ambitūs, nōnnūllī commēnsālēs, vel potius "collacūnālēs," sermōnēs serunt ... ita tamen ut gregārium humilem nitōre distinctum interdum – fūrtim plērīque, paucī audācius – aspiciant.

"At nōnne, mī Trūcxut...," inquit tandem Ghūtfriut hāc remissiōre occasiōne ūtēns, "...tē ab aliquō interpellātōre aliēnō occupātum esse sentīs? Hoc enim multīs exspectandum fore significātum est."

Quā interrogātiōne excitātī vīcinī duo quī ā dextrā parte commorantur haud tēctā exspectātiōne sē sēnsim prōclīnant auscultātum.

"Equidem aliam vītam alibī ēgisse mihi videor," inquit cautē is quī nunc forsan "Trūcxadvena" nōminandus, "aliōsque quōsdam brevius invīsisse mundōs."

Nōn autem nimis multa ante dīcenda videntur quam priōrum verbōrum effectum appāreat. Quamvīs larga hīc vigeat lībertās dīcendī, nē ipsa eius pars quidem Trūcxutāna quātenus haec lībertās extendātur satis nōvisse vidētur.

"Quālis fuit ista alia vīta?" inquit alter. "Quālis fuistī?"

"Bipēs fuī. Eius generis quod saepe *hōrmānus* sīve *hēlmānus* dīcitur."

"Quīnam fierī potest...," inquit apertā cum cōnsternātiōne vīcīnōrum alter etiam propius accēdēns, "...ut animus Trrbbticus multiplex intellegēnsque bipedem simplicissimum occupāre possit? Nōnne mēns eōrum, nēdum corpus, tam aliēna atque inculta est ut nostrātis cuiuspiam mentī prōrsus repugnet necesse sit?"

"Anteā nōn sōlum bipēs fuī sed etiam animāns alveāris āeria. Hī duo quondam coniūnctī sunt. Nitor vidēlicet proprius est alveāris."

Omnium commēnsālium nunc vultūs multioculārēs intenduntur in loquentem; quī māximē mīrātur sē cuiusque animī habitum ē rictūs hiantis gestū corporisque statū satis perspectum habēre. Plērīque novōrum cupidiōrēs videntur; duo tantum trēsve trepidī.

"Quae ego patiēns," inquit paulō fīdentius, "discrīmina sānē inter dīversōrum animantium animōs sum expertus. Haec tamen magis ā corporis dispositiōne aliīsque condiciōnibus speciālibus pendēre videntur quam ab essentiālī aliquā nātūrae distantiā. Immō, omnēs animī, quoad sēnserim, eadem elementa similiave in sē habent: amōrem huiusque dēsīderium, timōrēs et cupīdinem vīvendī, odia, libīdinēs, studia, dōtēs habilitātēsque, dēbilitātēs et ita porrō. Quae tamen aliō in animantī aliō novō modō aliōque ōrdine disposita sunt. Fingite vōbīs vel )(₀)ᴊ–|˙ lūsum in quō quāque vice alius aliam segmentōrum seriem accipit, in summā autem numquam plūra septuāginta septem sunt segmenta. Tālis quoque est, ut ita dīcam, 'vītae lūsus' in quō permultī sunt lūsōrēs, segmentōrum autem numerus mīrum in modum dēfīnītus. Quō cūnctī ferē coniungī vidēmur."

Quae verba – praeter ipsum rogantem, quī recūsātūrus vidētur nīl autem prōferēns tandem abit – commīlitōnēs nōn ita valdē tenuissse patet. Dissolūtā corōnā, Ghūtfriut officia causāns sed necessitūdinem futūram augurāns valēdīcēnsque discēdit. Signa nunc monitōria sequitur Trūcxadvena cuius cohors, inter aliōs, ad dormītōrium citātur – aedium partem inventū haud difficilem cum sit tōtius multizōniī (sīve "castrōrum") quasi ātrium mediānum commūne nōn in tabulāta dīvīsum sed cūnctīs tabulātīs rēctō commeātū apertum.

Ingēns intrā dormītōrium nōn super pavīmenta tabulātave ambulātur sed potius per rētia ēnōrmia inaequāliaque prōcēditur dīversīs suspēnsa ex angulīs. Quae rētia, sīcut et castrōrum in viā vīsōrum partēs, ex ipsīs Trrbbtārum corporibus nīmīrum sunt ēdita. Immō, in cōnspectum nunc venit Trrbbtārum industriōrum manus novum rēte sibi texēns.

*Aliquō locō vacuō īnsīdās monēmus*, inquit vōx gregis radiophōnicī ā Trūcxadvenā paulō pavidō iterum excitāta. *Vt ab amīcīs stīpēris cūrābimus. Nōlī timēre.*

Vndique sunt Trrbbtārum corōnae gregēsque parvī quibus noctū, ut vidētur, ūnā quiēscere est animus. Sunt quī, sīve singulātim sīve congestī acervātīque, iam dormiant. Aliī adhūc sociābiliter conversantur.

Ā dextrā, in cuiusdam rētis parte superiōre, panditur amplus locus apertus. Ad quem versus, gregis cōnsiliīs pārēns, tendit sēmiperegrīnus, nunc, scīlicet cum sibi magis Advena esse vidētur, in fīlīs dūrīs īnstabilis lābēnsque, nunc, ubi sē magis Trūcxūtem sentit, multō pernīcior. Aliquandō autem, laevōrsum atque sursum ad tēctum perspicuum versus spectāns, unde alicuius lūnae iam percōlantur tenuēs radiī, dispicit Trūcxadvena aliquid quod pulmōnēs statim comprimit crūraque ēnervat. Immānis Trrbbta sīve bēstia aliqua Trrbbtifōrmis est, quam commīlitōnēs iam nōtī minimum deciēs māior, fōrmā magis oblongā, longē ampliōre abdomine, crūribus curvātīs mīrum quam prōlixīs, immōta.

Dē repente cōnspicitur longissimum quoddam crūs sē movēns, nōn autem eiusdem mōnstrī sed alterīus, cuius corpus, magis ad sinistram partem suspēnsum tēctīque lātō fulmentō mediānō obductum, nōn ita bene perspicuum. Hīs adsunt passim etiam tertiī generis Trrbbtae, mīlitibus paulō grandiōrēs, gracilibus crūribus, cephalothōrāce minōre, vastō abdomine. Mēns Advenae timōris causā Trūcxūtānae cēdere tentāns haud multum invenit refugiī, quippe cum sit et ipse indigena multōrum rudis Factrīcumque ferē expers.

*Ecce Palaunduc Factrīx,* inquit grex, *propeque eam Dāmastōl, aequē Factrīx, quibus legiōnibus propriīs sē immiscēre est mōs; quō sē mīlitantium operantiumque animōs nostrumque omnium necessitūdinem firmāre adsevērant. Eās sectantur quōcumque ministrantēs fēcundantēsque fūcī, probātae fideī satellitēs, exiguī ingeniī, erīs interdum, prāvē sī īnstitēre, esca.*

Haud mīrum igitur vidētur prope dominās vacāre plēraque, quamvīs modicō intervallō extrā fūcōrum corōnam cubent, ecce, Trrbbtae ōrdināriī aliquot, hīc sōlitāriī hīc bīnī plūrēsve, seu Factrīcibus īnsalūbriter dēditī seu forte obitūs avidī. Nēmō enim eōrum ēminet īnsignibus praepositī. Nūllī sunt lēgātī illī, nēdum imperātōrēs.

Trūcxadvena, ut cuius sit pertemerāria neutra pars, spatiī vacuī partem quandam ā Factrīcibus longinquius positam petit. Aptō dēmum inventō cubituī locō, cōnsīdit.

*Bene factum,* inquit vōx ex omnium gregālium sententiīs composita atque in ūnam synthetizāta. *Ibi manentī tibi coniungentur mox benevolī complūrēs. Quod autem dum exspectāmus, ā multīs rogātum ecquid tibi prōpōnere licet?*

"Per mē," inquit Trūcxadvena post iter longum, calidam lavātiōnem, cēnam subtrepidam sed largam iam lassior ideōque facilior.

*Bene est. Ob id quod modo cēnāns dīxistī, ā cūnctīs animantibus similiter sentīrī, plūra cognōscere cupiunt nōnnūllī. Vel tibi nunc temporis hīc ac praesentī in condiciōne versantī quisnam, cedo, esse vidēris?*

"Complūrēs quidem. Praesertim, em, quod iam antehāc dīxī, quīdam bipēs ex reālitāte suā extractus, per varia suī mundī exemplāria sēnsim aliēniōra facta migrāns. Dēnique hūc perveniēns Trūcxut est factus, vel sum factus, vel 'ego' scīlicet 'mihi' mixtus, ob animum nunc aliquid ambiguum huic vītae hīsque condiciōnibus lentē iterum assuēscēns sīve reconciliārī temptāns."

*At, Trūxcut noster, in intimō animō quis tibi esse vidēris?*

"Ego. ...Hoc est ... em ... aliōrum vīta aliīs condiciōnibus subicitur. Vnā cum quibus – crēdātis, nōn crēdātis – etiam animī habitūs et opīniōnēs iūdiciaque ac studia mūtārī possunt ... seu gradātim seu citius. Hās ego rēs assiduē fluere nūper percēpī nec mē ipsum hīs mūtātiōnibus magnopere vel, ut ita dīcam, in essentiā meā afficī ... nisi quod quantō plūra tālia trānsīre experior tantō minōris mōmentī esse mihi videntur. Immō vērō neque ipse 'ego' quī esse videor rēs magna gravisve est cum sint utīque 'egōnēs', sī ita dīcī licet, mūtātīs mūtandīs, quādamtenus aequī, immō, ferē īdem. Hoc scīlicet ex praeceptōribus quibusdam cum dīversā in reālitāte tum hāc in ipsā versantibus trāditum accēpī; quod tamen nūdius tertius ipse numquam penitus sēnseram."

*Verba tua difficilia, immō, adeō dūra videntur nostrum plērīsque; nam quisque sē prō sē ipsō ūnicōque habēre vult nec sē cum aliīs facillimē commūtārī posse existimat.*

"Idem quidem ego, quiscumque 'ego' rē fuerim, paulō antehāc cēnsēre solēbam."

*Praepositī tālēs, ut ita dīcāmus, persōnārum cōnfūsiōnēs, quibus nostrum multōs labōrātūrōs, sērius ōcius trānsitūrās esse dīcunt. Hoc quid tibi vidētur?*

"Haud sciō an rēctē dīcant; nam, cum reālitātēs quantālēs semper novae ē priōribus exoriantur, omnia ubīque continenter fluunt mūtanturque nihilque fixum ūnicumve est. Vel adeō hanc ipsam reālitātem ē duābus plūribusve perdīversīs minimē – ut vel nōbīs vidētur – vērīsimiliter mixtam, quamvīs, ut minus probābilem, in fūnctiōnis undālis quantālis īnferiōre aliquā parte positam, nihilōminus exstāre posse locuplētē dēmōntrātum est. Omnia enim, ut sint aut pulcherrima aut permōnstruōsa, occurrere possunt in mundīs. Vnicum diūturnum vidētur esse hoc: in mundīs corporālibus omnīnō nihil esse diūturnum. Lēgēs igitur quantālēs probābilisticae poscunt ut persōnae mixtae quaecumque trānseuntibus hōrīs diēbus mēnsibus in statūs stabiliōrēs probabiliōrēsque tendant, hoc est, ut vōs aliquandō dēmūtātī magis minusve in vōsmetipsōs aliquandō revertāminī; quae quidem lēgēs probābiliōra sēnsim secundant, parum vērīsimilia, ēnōrmia, prodigiōsa temporis dēcursū fermē reprimunt nōn tamen omnīnō prohibent.

"Quibus rēbus animadversīs, ut vērum vōbīs cōnfitear, mundānīs magis magisque exsatiārī mihi videor; ut mānsūra, immō, sempiterna petam addūcor. Māximum, ecce, Susceptum Trrbbtānum ipsum – hoc dīcēns haud sciō an somnolentiā plēnus modum excēdam – fortasse nihil sit effectūrum nisi ut innumerī mundī acquīsītī nōbīs sērius ōcius sīcut rīvōrum aqua ē manibus effluant."

Variī generis ōrdinisque variārumque cohortium circumcircā congregātī cōnsēdērunt intereā collēgae complūrēs, ita tamen ut sēmihospitī patibiliōrī spatiī cōncēdātur parvum intervallum. Quod vidēns Trūcxadvena hōrum animantium aspectū nunc familiārī nunc formīdulōsō necopīnātā utcumque commovētur cōmitāte, corpus simul sē pertinācī sopōrī trādere sentiēns.

*Bene quiēscās. In crāstinum!*

\* \* \*

Suscitātiōnēs. Apparātiōnēs. Recēnsiōnēs. Discessūs adventūsque. Itinera nunc vigilia nunc sōpīta. Sīdera semper nova, crēbrō cōnsimilia. Aliae semper condiciōnēs terrestrēs. (Maritima āeria cosmica tractant coetūs aliī.) Vīs gravitātis semper paululō māior sed magnā ex parte compēnsāta. Āer nunc spīrābilis; nunc aliter. Apparātus spīrātōrius passim gerendus. Inductōria semper nova exstruenda. Ob condiciōnēs semper aliās opera nunc ardua, nunc facilia, nunc lubrica, nunc praeclāra, nunc perquam ancipitia. Gregum radiophōnicōrum sermōnēs, cōnsilia, contrōversiae, oblectāmenta, discidia. Prāta interdum amoena. Silvae. Occulta nemora. Convallēs clandestīnae. Arēnae hīc. Hīc palūdēs. Montēs hīc inimīcissimī, hīc mītiōrēs. Semper – quod quidem exspectandum erat – novōrum generum sordēs circumfūsae. Rārī per tesqua fugātī quōquōversus indigenae, perterritī prīmō (hoc sat facile percipitur), dein, cōnfectō accēnsōque inductōriō, aut in reālitātēs aliās dīmissī aut, manentēs, locōrum novae faciēī sescentīs modīs intextī. Trrbbtae, contrā apparātūs inhibitōriōs gestōs, aliēnīs tamen cōgitātīs nōnnumquam occupātī, variīs contrāriīsque saepe modīs adfectī. Saxa intereā undique plūraque saxa. Vbīque, ut vidētur, cosmī: saxa. Cōmitās subitō facilitāsque. Diēs subinde fēriātī. Caelōrum omnigenae vicēs. Sīderis superficiēs prīmō īnsolita, commorātiōnibus, labōribus, assiduitāte dēnique tamen sat solita reddita. Lūcifluae nōnnumquam aurōrae polārēs. Nūbium vicissim longa dēsidia. Hebetēs sōlēs longinquī; aliī segeticremī urbicremī vīvicombūriālēs. Signa undique dēsaltāta astrīs, saeviente nēbulārum sīderālium coccinātō fluxū. Stēllārum partus, interitus, fulgida prōlēs. Pōgōniae. Lampadiae. Asteroīdum incūriōsa struēs. Pōne omnia adsidua illa potestās, nī resistātur nōn ita valdē sēnsa. Factrīcum quasi molle imperium. Factrīcum adamantina vīs.

Cum Trūcxadvena – quod nōmen adhibent parēs plērīque dē multīs iam certiōrēs factī – imperiī prōlātiōnī nōn faveat, quid igitur per reliquam mīlitiam decennālem in animō habeat scīscitantur cum singulī tum gregēs. Nīl intemperanter faciendum respondet ipse. Magistrīs suīs, pācis doctōribus, *Nusquam Bellandum* summam esse sententiam. Sī quis ingrātīs labōret condiciōnibus, animum nōn ad ingrāta intendendum sed potius in ipsa semper praesentī tempore obeunda, mentis attentiōnem plēnissimā cōnscientiā ūsque illūstrandam ... quod facientem – crēdant, nōn crēdant scīscitantēs – per hoc nōn sōlum sibi ipsī vērum etiam tōtīs Tōtīque servīre, ut omnium vīta adiuvētur sēnsimque extollātur cūrāre. Namque quem plēnē cōnscium esse nec somniīs diurnīs nec cōgitātiōnibus extrāneīs adventīciīsque sepelītum, hunc necessāriō Mentem, quam omnium dēmum commūnem esse, extrīcāre serēnāre ērigere, Mentis ideō cēterōs participēs adiuvāre et cūrāre. Quō quidem forsan illūstrārī quī fiat ut ipse, magistrōrum praecepta dūdum prō virīlī parte sequēns, structōrum manipulō aliquandō exemptus, valētūdināriōrum stator sit factus. Hoc est, opere sibi ingrātō līberātum sē nunc – officiīs, estō, tantum auxiliāribus – contubernālium salūtī servīre. Sīc Mentem omnia corporālia cūnctāsque rēs gestās regere, quae dēmum omnia vānās esse speciēs ab Illā creātās. Quō accēdere, ecce, quod apud gregēs radiophōnicōs in diēs līberius disputātur. Adeō, ecce iterum, parvās sed certās nūper exstitisse notulās Factrīcēs ipsās paulō mītēscere. ...Mundōs tamen corporālēs manifestō numquam perfectōs fore cum cūncta in eīs adsiduē mūtentur neque quicquam corporāle perstābile sit.

Ad quās similēsque expositiōnēs dīversa repugnantia propitia īnfesta referentibus gregibus radiophōnicīs, Trūcxadvena ipse, contrā molestiās īnspērātaque interdum accidentia, in diēs, in mensēs, in annōs animum plūs plūsque vacuāre potest imāginātiōnibus anxiōsīs libīdinōsīs vānīs; cōgitātiōnum repetītiōnibus trepidīs fatuīs sterilibus; perpetuīs rērum gestārum propriārum epitomīs glōriōsīs taediōsīsque; rērum suscipiendārum praeparātiōnibus prōlūsiōnibusque aequē inūtilibus ac molestīs; suī ipsīus amplificātiōnibus commentīciīs; sententiīs animīque habitibus ūsitātissimīs cēterīsque cōgitātīs ineptīs frīgidīs incontinentibus stultīs pertinācissimīs quibus plērōrumque mēns longam ob cōnsuētūdinem perpetuō inundāta distinētur atque excruciātur.

Interdum, prīmō tantum ad pauca temporis mōmenta, aliquandō autem paulō diūtius, animum omnīnō vacāre sentiēns, tamquam ē somnō excitatus in novum superiōremque vigilantiae statum ēmergit. Quae singulīs temporis mōmentīs circum sē atque intrā sē – quae eadem dēmum sunt – vērē ēveniant ac quōmodo omnēs vīrēs nātūrae animōrumque inter sē fluant agant lūdant is sōlus – ecce, quam nunc liquet! – nātūrāliter subtīliterque percipit cuius animus ā rēbus aliēnīs nūllīusque mōmentī atque quasi ab aliōrum temporis mōmentōrum quisquiliīs purgātus sit. Immō, quī animō ab omnibus faecibus ēliquātō mundum percipit, nōn sōlum rem quamque tālem quālem vērē est percipit sed etiam cuiusque reī nātūram ac significātiōnem explānātiōnemque sponte experītur. Id scīlicet quod in utrācumque reālitāte dīxērunt pācis beātitūdinisque magistrī penitus iūstē ac meritō dictum esse nunc suspicātur is quī adhūc lentē atque haesitābundus somnum mundānum excutere discit, hoc est: cuius animum omnīnō atque in perpetuum sīc integrātum esse, huic prōrsus omnem scientiam quasi levī facilīque tāctū aperīrī mundumque, immō, cūnctōs mundōs ad explōrātiōnem īnfīnītam patēre. Hunc porrō omnium animōrum esse statum nātūrālem, quem statum tamen ab Aliēnō illō – prīmō quidem sat speciōsā persōnā, tandem autem ōtiōsum taediōsum angustissimumque sē praebentī, "Ego" nōmine interdum vocātō – necessāriō obscūrārī paeneque omnīnō perdī. Quem autem, contrā difficultātēs omnisque generis tēla ab Aliēnō expavidō praeiecta praefulgurātaque, statum nātūrālem nihilōminus recipere Mentemque Vniversālem suam ipsīus esse propriō animō et corpore experīrī, hunc sponte inēvītābiliterque omnēs animantēs Vniversālī Amōre dīligere cūnctōrumque vītam sublevāre cūnctōsque animantēs – hoc seu sciant seu ignōrent – ad eundem statum nātūrālem vel paulō propius addūcere.

Trūcxadvena, etsī viam sublīmem vix capessēns, multa quidem ex magistrōrum dīctīs antehāc obscūrīs mente complectī iam incipit. Cum tandem māximō gaudiō suō impetrāvit ut indigenārum fiat speculātor, officium ā sē ipsō excōgitātum, parvum numerum dēserta loca incolentium nōn sōlum observat sed etiam ē locīs intūtīs ad sēcūriōra versus horriferī aspectūs ope dīrigere potest. Imprīmīs autem, ut vērum cōnfiteātur, fruitur ipsā sōlitūdine animīque sēnsim compōnendī tranquillandīque occāsiōne. Quod faciēns sē adeō fugientium cōnsternātōrumque fāta vel aliquantulō levāre spērat, immō, crēdit. Enimvērō sīcut hōs miserōs profugōs ita et parēs suōs iam ex corde amat necnōn etiam, licet hoc aegrē crēdendum videātur, ipsās Factrīcēs, scīlicet ut nīl utīque suscipientēs nisi ea quae populō propriō expedīre vīsa sunt. Nam quī oculō prōrsus ūniversālī cūncta cūnctōsque vel ad perbreve cernit etiam pessimōrum facinorum auctōrēs, quamvīs perversā opīniōne ductōs, ad aliquem tamen dignum optābilemve fīnem tendere velle cognōscit. Dēterrimōs scelerātōrēs, nisi dēmentiā aliquā caecātōs, multō magis bona adipīscī quam mala perpetrāre cupere. In ipsa mala intentōs propriō vidēlicet ūrī dolōre. Effrēnātōs mīlitēs ac fānāticōs nōn nisi quōdam turbārum furōre īncēnsōs seu praefectōrum timōre ductōs seu prāvō fervōre rēligiōsō commentīciōve odiō ingestō īnflammātōs atrōcia varia turpēsque caedēs temere caecēque admittere. Ipsōs vicissim vērē dēmentēs nōn nisi dīrīs ālūcinātiōnibus, pellācibus vōcibus interiōribus daemoniōrumve comminātiōnibus aliīsve similibus inductōs scelera sua concipere solēre – etiamsī facinorum ēventūs aliquā aliquandō eīs repēnsandōs esse patet.

Etiam ipsōs dīvitissimōs potentissimōsque quibus placēre, relictā omnī cāritāte misericordiāque et honestāte, vītam populōrum seu propriī commodī causā seu merā ē superbiā regere, bella incitāre opibusque propriīs fulcīre ac partēs saepe contrāriās seu clam seu apertē armāre, ultimae porrō luxuriae indulgentēs pauperum simul miseriam velut meritam cōnfirmāre ... hōs, quōs, ut neque īnsānientēs neque ūllā rēligiōne falsā dēceptōs, prō nihilō magis quam prāvissimīs malefactōribus habērēs ... hōs nihilōminus quādam animī peste labōrāre quā permultōs quidem potestāte opulentiāque dēceptōs. Nam quem alterum alterōsve libenter comprimere ac coercēre hōrumque vītam corrumpere, hunc tam grave nocīvumque perplexumque onus in animam suam assūmere ut aliōs dīligere, amāre vel ex intimō corde amplexārī nōn iam valeat. Quod porrō – adsevērant summae sapientiae magistrī Trūcxadvenae avatārīs nōtī – ipsum coercentem nīmīrum fierī sentīre. Quamobrem tālēs miserrimōs animantium, dē amōre vērīsve amīcitiae necessitūdinibus dēspērantēs aliter vītam suam patibilem reddere nequīre nisi aliōrum fāta statuendō, nātūrālium sēnsuum locō dolōribus aliōrum gaudendō, aliōrum statum condiciōnēsque simul dēspiciendō. Ad tālem animī Tartarum redāctōs, contrā māiestātis saepe simulātam speciem, nūllō tamen modō sānōs esse dūcendōs sed manifestō, utpote tōtōrum populōrum multiiugā miseriā prōrsus miserandum in modum implicitōs, ferreīs psӯchopathiae vinculīs ā sē ipsīs cūriōsē fabricātīs restringī. Contrā cūnctōs utcumque noxiōs quam vī certāre longissimē magis valēre animum ūniversālem, ut omnium utīque commūnem, serēnāre, cōnfirmāre, quam plēnissimē illūstrāre. Quod quidem cūnctīs animantibus, tālia auxilia etiam tantum subcōnsciē percipientibus, prōdesse.

Factrīcum Susceptum Māximum, sīcut omnēs aggressiōnēs, utīquē ē timōre est exortum, hoc est, ē timōre nē populus in angustiās cōgātur vel nē ipsārum Factrīcum imminuātur auctōritās perīclitēturve iūs proprium. Mēns autem ūniversālis sī ērēcta erit, facinorum Trrbbticōrum necessāriō aliquid mītēscent effectūs. Hoc saltem ē praeceptīs sibi trāditīs lībāvit Trūcxadvena. Violentam rebelliōnem nīl effectūrum nisi ut fiat etiam alia ē numerō īnfīnītīs violentiae scelerumque trīstis seriēs. Quem duālismum amplectī sē suōsque īnfīnītam bonōrum malōrumque concatēnātiōnem expertūrōs esse cōnfirmāre. Sōlum illum Fortūnae Rotam duālisticam sistere valēre quem, bonī malīque ex aequō sprētā conquīsītiōne irritā penitusque simul compressā mentis īnfructuōsā garrulitāte, nōn cōnsilia nōtiōnēs opīniōnēs iūdicia rēligiōnēs, rēs utīque artificiōsās, tractāre sed potius ipsās rēs ipsaque vīs nātūrālis et dīvīnae fluenta, ipsum scīlicet mentis ūniversālis continuum prōgressum ēvolūtiōnemque ita attendere nōscere atque cum hāc vī cōnfluere eamque adeō ita dīrigere ut reserētur dēmum scientiae sapientiaeque ūniversālis thēsaurus. Quō vidēlicet reclūsō thēsaurō, ēvānēscere statim omnia oppositōrum paria duālistica velut antīquae cōgitātiōnis dēcerminum combustōrum fūmulum.

Haec utīque praecepta omnia didicērunt et Advena et Trūcxut magnam partem cōnficere doctrīnae illīus "prīscae" vel "prīmordiālis" dictae, quam prīmigeniōs populōs ubīque cosmī ante exorta cultūs cīvīlis genera nimis artificiōsa dissolūta acerbāta seu prīstinīs ā sapientibus magīsve volantibus trāditam accipere seu, ut interdum vidētur, quasi sponte parēre solēre.

*

Ille amor scīlicet diēs est; amor etiam nox. Amor et umbra tua, ecce, arēnās perstringēns, dum aufugientia occidentiaque mītis explōrās. Cūncta enim prae tē pennantur. Amor tuus ventōs secundat, rāmōs exhilarat, corda accelerat, spīritum acuit, pedēs vegetat, gurgustia ēvacuat, agrum dominō līberat. Animus quiētus tuus, māchinīs istīs quantālidioristicīs fortasse amplificātus, capta cōnsilia excutit, ingenia exacuit, renīsum dissuādet, fugās expedit, īrās in prūdentiam convertit, novōs quōquōversus aperit callēs. Locus quisque nūllus iam vērus locus, locī potius nōtiō cassa velut nux intus comēsa. Via quaeque nōn nisi post longinquiōra saxa casāsve subitō dērelictās incipere audet. Noctū quidem omnēs sonitūs ipsīs astrīs fiunt cōnsimilēs. Vallēs tacitae interdiū nē sē ipsās quidem continent. Sōlis glōriōsē fulgentis praetermittuntur et ipsa imperia. Lūnārum crīnēs tam subtīlēs sunt ut iam nihil nōn prōpōnant sincērae mentī.

Quam pedibus tū iam magis sēnsibus graderis merīs. Nē caelum quidem exstat quīn iam dūdum pectore tuō ēmānet ... vel thōrācē vel undeunde nūperrimē tuōrum. Pulvere, in quem aliquandō revertī vidēberis, iam prīdem levior fīs, inter sescentōs mortis repercussūs etiam numerō īnfīnītīs bēstiolīs diūrnīs undique latentibus factus compār. Solveris quia semper solūtus erās. Reguntur tantum eī quī in aliquō haerent. Tū, ut quī in mundīs versēris nūllīus autem iam mundī proprius esse videāris, tenērī nequis ... nisi forte ipsīus lībertātis timōre. At quō sīs itūrus, quae factūrus haud iam excōgitandum est. Sequeris, secūtus ac secūtūrus es sē ūsque mūtantium rērum vel potius sē mentī ūsque offerentium rērum opīniōnum flūmen. Tē vagārī sinis, num ut speculātōrem an peregrīnum an praecursōrem an ut idiōtam an ut nēminem tē haud iam rogāns.

Alliciunt praesertim locōrum ultimae sōlitūdinēs ... etiamsī et ipsae quondam iniūriīs atque avāritiā sunt īnfrāctae, nihilōminus, ut omnia dēmum, per sē simul omnīnō dignae perintegraeque. Mundī enim omnēs, sī tantum ultima cōnsīderantur, perfectī ēvādunt, pullī aeternum pīpilāre modo discentēs. Quam decem potius īnfīnītīs numerō pedibus ferrī vidēris imperturbātus. Per aurās aequō animō. Nihil quicquam coercētur. Ipsa alit lūx. Sē praebent cuivīs cāricēs. Nūlla cunctātur alluviēs. Madidī luxuriantur prōlixī curvīque unguēs. Trānsvolantēs convertunt oculōs trepidae avēs ad tumulum versus, hīc grāmine siccō hīc virgultīs horrentem. Inter umbrās rīpēnsēs cernitur, ecce, summissa fōrma russea, quasi fēlīna, immōta quidem partimque tēcta. Trūcxadvenae oculī scatentēs, quamvīs solitōrum colōrum expertēs, ad nīl aptiōrēs sunt quam ad latentia dēprehendenda quae praeda esse possint.

Vtrum in oculīs illīus, tē cautē observantis, an in tuīs aperiātur incertum hoc īnsolitum īnfīnītum nōn liquet, nec rēfert. Nec tū aggrederis neque illa fugit. Montēs simul quasi reverenter sē inclīnāre videntur. Omnia dēmum nūdissima sunt. Quamvīs sīs vel fueris aliquandō mōnstrum multipēs, virgulta iam, ecce, furvēscunt, flāvēscunt grāmina, rūfēscit illa. Quamvīs sit vel videātur illa fera esse brūta, iungiminī statim ambō terrestris aquae vinculō, vespertīnae aurae grātō mūnere, corporālis vītae temerāriō et speciōsō.

# 13. Aenat I

Iuncōrum ūdī caespitēs? An putridōrum vīcōrum muscō herbīsque obsita
rūdera? Diēs rē vērā sīc ūssit? Nox ita horruit? Profugōrum senum puerō-
rumque parva manus ... an arborēs terrā ita agitātae ut rāmī incōnsultō
omnigenās fōrmās obicerent cōnfūsās mortēsque simul vītāsque? Terra sē
ipsam nesciēbat? Adhūc nescit? Sē fingit? Vtrum aquīs hīc scateant omnia
an pulvere paucissimōs aegrē latitantēs saepenumerō cēlātur. Quī ignōta
trepidat nōta quaevīs petit. Sunt adeō quī, neglēctā cuiusque nātūrā, imprōvīsō igitur temereque, sīcut nōs, socientur.

Vtrum propriae cutis subtīlissima, ecce, lānūgō ... an forte tōticorporālis
aliquī villus nōbīs aliquā immixtus? Et ille unde ēmerserit ... immō unde
ēmerserim ego ... coniectāre nē audeō quidem. Diūne hīc versāmur? Numquid – prō nūmina! – tōtī istī oculī in somniīs vīsī adhūc diē nocteque ex
arbustīs nōs speculantur? Numquid virgulta vibrantibus crūribus sunt
plēna? Quārēnam, cum illum hūc illūc agitantem spectō, simul admīror et
īnsolitē inquiētor? Ille quī vērē sīmus vel interdum scīre vidētur. Sēmitās
illī sōlī sē aperientēs sequimur an domicilium aliquod cōnfingimus? ...An
forte ambō simul facimus? Humilibus pērīs alicubī inventīs supellectilem
aliquam dērelictam, aequē humilem, nōbīscum portāmus. Tepidā nocte
excubantibus strāgulīs quibuscumque, prout suppeditant, membra tegere
sufficit. Tūberibus baccīsque dēfōrmibus vēscī solēmus.

Sē hōrum locōrum vānās speciēs quādamtenus perspicere valēre affir-
mante illō, quā linguā affirmētur, quāve ego audiam, nē coniectāre quidem
valeō, in diēs tamen plūra dē vītā aliquā Hēlmānā meā recordāns. Illum
quoque quōdam diē Hēlmānum animantem esse subitō animadvertō ...
quid prius fuerit, quid fuerimus, fortasse iūstās ob causās, oblīta.

Sequor quia, meī prīmō cōnscia facta, sequēbar, quō tendāmus interdum scīre cupida. Flammeīs ē pūnctīs cōnstāre videntur campī; longinquiōribus ē minīs caela. Montēs, dum trānsīmus, tamquam supellex praegran-
dis ūsque moventur mūtantur. Bis terve nesciōquae bēstiae bēstiārumve
simulācra nōs aliquid orāre et obsecrāre videntur; quās ille sīve gestū sīve
verbō sīve – ut vel mihi nōnnumquam vidētur – merō cōgitātō plācat. Vel
eās forsan tantum aliquā ēlūdere dīmittereve callet. Offendimus interdum
arborēs, quārum autem quamque aliquā aut perditam aut cōnsternātam
esse sentiō. Ecquid tōta terra suī est aliquandō oblītus? Tōtus ... planēta?

Planēta scīlicet! In mentem redeunt interdum tālis scientiae manipulī. Mē studuisse iam recordor. Scrīptrīcem mē faciēbam. Familiae, nī fallor, prīmam futūram.

At familiārēs! Intrā mē versantur eī velut tremōrēs, velut vīscera, velut famēs, velut subitus flētus. Eōrum causā hīc nōn vērē adsum. Quae faciō nōn faciō. Quae putō nōn putō. Nē quibus pedibus quidem hōs callēs tundam prō certō habeō.

Miscentur callī aliquandō nemora: speciē fertiliōra sed nihilōminus nescīōquō modō oppressa. Mox cōnspiciō passim segetēs hīc partim cōnstrātās, hīc īnsolitē cōnfūsās, hīc quasi inconditē dēmessās aut ēvulsās. Quās subinde rōdunt languidē quaedam bēstiolae furvae generis mihi ignōtī; alibī vellicant sine magnō studiō avēs paulō māiōrēs, guttātae, īnspeciōsae, tamquam et ipsae, sīcut segetēs, cōnfūsae. Haud sciō an, sī hominēs essent, condiciō eārum nostrae similis esset.

Ferrea caela nē pergāmus dissuādēre saepius videntur. Aliquot post diēs plūra vidēmus vehicula atque aedēs minōrēs. Īnfōrmēs figūrās duās offendimus speciē sēmivīvās, villōsās, mūtās: alteram quōdam in vehiculō ruīnōsō sedentem; alteram quōdam līmine fultam paene, ut mihi quidem vidētur, moribundī custōdis mōre. Vnum hēlmanoīdem, forsan Nacigriīcum, ē longinquō vidēmus super tēctum sedentem; quī nōs prīmō magnā vōce dīrīs cumulat, dein īnstrūmentō aliquō, forsan tēlō, nōbīs ultima minātur. Cum comes meus eum clēmenter alloquī temptat, is tēlum, vel quicquid est, in nōs intendit quasi sclopētātūrus. Quō nōs post horreōrum seriem concēdentēs iter continuāmus. Nesciōcūr suspiciōnem habeō nōs phrenēticum illum dē suprēmīs agitantem dēprehendisse.

In nūllum alium incidimus usquam animantem mente manifestē praeditum ... vel mente adhūc praeditum. Vehicula nōnnūlla in terram rādīcēs ēgisse videntur; supellex apparātusque eōrum quam māchinārum saepe magis plantārum foedārum lutulentārumque praebent aspectum.

Prope nesciōcuius urbis marginem, ubi inter esculentōrum putridōrum abundantiam nōnnūlla paene recentia forte colligimus, cursum nostrum vertit ille ē merīdiē in sōlis ortum, nunc scientiam artificiī propriī nunc chartās speculātōriās ā sē quondam vīsās referēns. Vt vērum fatear, dictīs illīus saepe magis turbor quam plācor.

Cum utcumque, contrā nostrī similium inōpiam, nōnnūlla subinde integra vel sēmi-integra maneant, spem nōbīs aliquam quōdam locō restāre posse affirmat ille. Nē dēspērem. Neu utīque quicquam aberrem. "Amulētum" ab hostibus suppeditātum – hoc est, īnspeciōsum disculum minimum, inaequālem, osseī colōris quem sēcum gerit – nōs ā "dēviātiōnibus ingrātīs," sīve ā "campō dioristicō," quem dīcit, tuērī; effectiōnis autem spatium angustius. Immō, cum rem reputāre cōnor, illum mē istō perīculō iam dūdum sēdulō arcēre videō. Vbi amulētum tractāre petō, retrahit ille ... cōnsīderantius autem tamquam aliquandō forsan concessūrus. Quam cautēlam nōn aegrē ferō, utpote adhūc grassandī impetuī nōnnumquam aegrē resistēns.

Per paene tōtum īnsequentem diem pluit: nunc leviter, nunc levissimē, rārō solūtius. Gradum tamen accelerat ille velut quī ad fīnem tandem appropinquat, semel bisve, tamquam pessima sibi ōmināns, dē aliquā "colōnōrum classe" mentiōnem faciēns. Nunc prīmum illum nōnnihil angī angōremque simul comprimere temptāre suspicor.

Vnam ferē hōram per tractum madidum et acclīviōrem, hīc ātrum ac quasi adūstum hīc speciē integrum, hīc grāmineum hīc erīcaeum, ad lātum campum ēlātiōrem tandem ēscendimus. Post tot imbrēs sōl nunc occāsūrus nōs rutilīs radiīs quasi ē turbidō somnō suscitat. Quō etiam ille manifestō vegetātus ad quendam locum prōcēdit ubi saxōsī fundāmentī subterrāneī magna pars intemperiē aquārum ventōrumque ita nūdāta est ut speciem praestet nigrī dorsī curvātī bēluae cētāceae maculōsō herbōsōque pontō perpetuō ēminentis.

Hīc comes amulētum, ē braccārum loculō extractum, attonitā mē, per tractum dēclīvem quem nōs modo ēmēnsī, longissimē ad occidentem versus iaculātur. Dum ego quid cōgitem nōn inveniō, ille nunc, praeter cōpiōsum madōrem undique praesentem, locum in saxō sibi sat aptum invenit, mē nē vager monet atque, secundum mōrem proprium, tacitē cōnsīdit, oculōs paulisper ante sē intendēns, dein claudēns. Quod eum facere seu cōgitandī seu sē remittendī causā putāre soleō.

Ego interim circumspiciō mē, ex oriente et merīdiē fōrmās īnsolitās exstantēs contemplāns. Proxima longa humilisque est tamquam saxum mīrē aequum hīc rūdere opertum hīc herbīs squalidīs foedātum. Eīs autem locīs ubi omnīnō dētēctum est, aspectum magis metallicum quam saxeum praebet. Pōne hanc ēminet alia fōrma multō magis incomposita atque ēnormis, tamquam mōns turrītus praeruptissimus scopulōsissimusque sed sōlitārius, ruīnae turrītī templī antīquī simul admonēns. Ē longinquiōre dispiciuntur et aliae mōlēs, hae alterī similēs, hae etiam inaequāliōrēs ruīnōsiōrēsque, nōnnūllae rotundiōrēs. In ipsīs extrēmīs abscēdentibus merīdiānīs per nebulārum vestīgia coccineā flagrat lūce integrior sed tamen passim nōnnihil inaequābilis figūra quaedam procēra animō nīl magis prōpōnēns quam ... nāvem cosmicam.

Quō cōgitātō, extemplō mihi appāret et huius locī nātūra et comitis cōnsilium. Equidem nōn nisi in imāginibus ac spectāculīs cīnēmatographicīs tālibusque subsidiīs artificiōsīs portūs cosmicōs vīdēre soleō. Hic quidem tam magnus est ut tōtīus planētae prīmus esse videātur ... cui est nōmen, nisi fallor, *Vroehinn*. Immō vērō mē, quamvīs pauperis familiae fīliam regiōnem pauperrimam incolentem, hunc portum proximamque urbem, *Hīhncpeīgginn* vocātam, sexenniō ferē abhinc in itinere scholārī mē invīsisse recordor. Praeter familiae pēnūriam id aetātis sum ut studiōrum causā aliō migrandī spem foveam. At nunc, acerbissimō fātō, migrātiō longē fit ... alia.

Impetuī proxima portūs temere vīsendī eōdem nunc resistō animō quō et antehāc temperābar. Scīlicet, etiamsī ad iussūs eius saetās plērumque continuō ērigō, in intimō pectore tamen pārendum esse sentiō ... etiam nunc abiectō amulētō ... immō ob hoc forsan etiam magis. Dominātūs fastīdiō longē magis pollet circumiectārum īnsidiārum incertārum metus.

Ipse poplitibus alternīs genibus impositīs quiētus manet dum sōlis occidentis radiī ē rutilō lentē in porphyrēticum vergunt. Pōne eum tinguntur prope cȳaneās nūbēs quaedam propiōrēs roseō nunc ac purpureō. Quamquam membra mea ad ingruentis vesperis frīgusculum subitō inhorrēscunt turpemque lacernam nūper prope urbem collēctam mihi magis astringō, illī camisia ista subolīvācea colobiumque fuscum et suffulvae braccae illae brevēs limbīs trītīs satis placēre videntur. Quās vestēs quamdiū iam gerat ille undeve sūmpserit nōn magis meminī quam tuniculae ipsīus meae rubrīcōsārumque braccārum orīginis. Itineris enim nostrī prīma pars aliquā mentis fūlīgine adhūc involvitur.

In diēs autem plūra percipiō, illīus Aenātis quae quondam fuī sēnsim gnārior ... dē illō quoque virō plūra hīs diēbus sentīscēns laudēsque, quod aegrē fāteor, mēcum concipiēns. Sīcut cutis eius neque alba nec nigra est sed suffuscitāte mediānā satque commodā ārdet, ita et membra eius neque in corpulentiam neque usquam in exīlitātem errant. Corporis pīlī furvī nec rārī sunt nec dēnsiōrēs. Cui autem membrōrum aureae, ut ita dīcam, mediocritātī resistit collum longius, in vagābundō panniculāriō quōdammodō tamen patricium, necnōn vultus luxuriōsior oculīs (quotiēs aperiuntur) perfuscīs amplīs argūtīs, nāribus leviter sīmulīs, ōre lātō, decōrō, benignō, crispulā barbā novellā inclūsō, aequē ad gravitātem quam ad subrīsulum volātilem prōpēnsō. Caput rotundius curtissimum gerit capillitium nigrum crispulumque, quō, tot post diērum ambulātiunculam, haud sciō an sē in calvitium rādī solēre fateātur. Aurās illās caeruleās praesertim nocte vel crepusculō mōtibus eius excitātās schēmāsque undōsās vel aquōsās interdum in brevissimās figūrās flābellifōrmēs vel ālifōrmēs hīc cȳaneās hīc caesiās ērumpentēs prīmō nē animadvertī quidem, posteā turbātīs oculīs tribuī, nunc, quod ille sē symbion gerere dīxit, propriīs phantasiīs meīs perdubiīs sed sublepidīs ultrō intexere videor.

# Aenat I

Conciliat etiam id quod prīmō prō gestuum Hēlmānōrum īnscītiā eius habuī nunc autem nīl nisi extrēmam peregrīnitātem esse putō. Etiamsī nōs, ut gradātim affābiliōrēs factī atque eiusdem linguae exemplāribus haud ita valdē disparibus nesciōquōmodō īnstructī, plūrēs plūrēsque sēmiconcinnōs sermōnēs serimus, ille tamen ōre dicta corpore saepissimē negāre vidētur. Vel nostrātēs – hoc est, Plīnceunnēs Hēlmānī et hēlmānoīdēs – negantēs frontem paulō attollimus dum simul summīs labiīs subtīliter crepimus, ille autem pervariīs nunc capitis nunc ōris nunc manuum gestibus negātiōnēs suās minus exprimere quam ēvertere solet. Quondam quidem ab illō loquente – hoc prīmīs diēbus indistinctīs tantum rārō faciēbat – oculōs āvertēbam ... sine dubiō plūribus ē causīs sed certē etiam quia gestūs cum verbīs repugnāre vidēbantur mihi. Nūper autem, cum illum apud multōs variōsque populōs, etiam omnīnō syntheticōs, versātum esse collēgerim, mē magis prō nimium rūsticā reprehendō quam illum prō nimium, ut ita dīcam, cosmopolītā. Nihilōminus eam ipsam ob causam, quod tot gentibus interfuisse vidētur, gestuum thēsaurum quō fruitur ille, vel saltem huius magnam partem, tumultuāriē acceptum esse neque ūllī dēmum singulārī populō perfectē congruere suspicor.

Mōrum nostrōrum imperītiae eius attribuō etiam quod herī, cum cōmitātis grātiā nōmen meum eī significāssem, is nīl respondit nisi sē advenam esse recēns ab "hostium tenācī potestāte" expedītum. Ecquid, mē rogō, cum hostēs cūncta, adeō mentēs, turbāre valeant, excidit illī forte nōmen proprium? Quae pertulerit ille utīque nesciō; quamobrem nīl nunc videō cūr mōrēs eius temere improbem. Ad praesēns eō vocābulō utcumque ciendus vidētur quod eī arrīdet: "Advena." Quod mē, etiam cōnfūsissimō animō pālantem, nesciōquō modō tot perīculīs surripere hūcque perdūcere potuit ... hoc certē alicuī eximiae dōtī ingeniī eius est assignandum.

...Quid autem? Nōnne iste locus saxōsus quō sedet Advena modo ... modo mōtus est? An colōrem potius mūtāvit? Nunc, quod sōlis radiī crepusculō undique renīdentī cessērunt, cūnctārum rērum faciēs fit sānē īnstābilior. ...At, ecce, nunc mūtātur et alia saxī pars! Scintillāvit ac quasi ... quasi ... inhorruit!

Advena, velut commōtiōnem meam vel forsan anhēlitum imprūdenter ēmissum sentiēns, palpebrās levandō facit ut oculī illī crepusculārī lūmine lūstrent. Quam anteā aliquid iam vidētur tranquillior. Immō, antequam sē vel circumspiciat quidve fiat cognōscat, mē sīc arrīdet tamquam minimē mala sed sōlummodo optima iūcundissimaque ac forsan etiam iocōsa sibi ōmināns.

"Saxum...!" inquam inconditē dum digitō scintillās indicō levitātem Advenae mūta castīgāns.

Ille, cum surrēxit atque ad grāmen sēcessit, ad mīrāculum modo glīscēns sē vertit. Partēs enim scintillantēs inter sē coniunguntur. Quō factō
nunc scintillātiō in generālem lūminōsitātem hebetiōrem sed nesciōquōmodō fortiōrem recēdit.

Advena, sūmptā dexterā meā, aliquantum viae ā saxō mē sēdūcit. Cum
nōs vertimus, saxum sublūstre sē nunc nūllum rē vērā esse saxum dēmōn-
strat cum mediā parte in altum tūmēns marginēs suōs ūdō caespite cūriōsē,
immō adeō dīcam fastīdiōsē, expedit quasī animal foveā sīve lacūnā cui
incidit sē cautē extrīcāns.

Animadversiōnem inter prōdigium et comitem alternāns, hunc tantum
quantum mē mīrārī videō ... etiamsī illīus admīrātiō, meae dissimilis, nūllō
iam temperārī vidētur pavōre. Vt tamen aliquid mōmentī hīc ēventūrum
expectāvit, ita ipsam ēventī nātūram eum cēlātam esse coniciō.

"Nāvis ūda est," inquit ille – ut mihi vidētur, fatuē, nam quid hīc nōn
perfluit? – dum ambō prōdigium contuēmur sex pedibus brevibus sē ērigere atque tōtam superiōrem partem refōrmāre tamquam sī ē nitidō quilō
cōnstet quod sē ipsum fingere refingereque valeat. Novam figūram, quae
crepusculī colōrēs ita repercutit ut rērum circumiectārum fōrmās sinuōsā
superficiē distorqueat, neque oculīs neque mente satis complectī valeō. Vel
abhinc simul pyraulus mūcrōnātus et discus et alia esse vidētur. Post lātōs
marginēs trēs quattuorve parvōs tholōs superiōrēs dispicere mihi videor.

"Scīlicet generis est tam liquidī quam solidī," inquit Advena. "Tālia aliquotiēs vīdī Variābilia."

Quae sint Variābilia nōn meminī; sed is haec verba nīmīrum dīxerit animī meī tranquillandī grātiā. Dum ego stupeō, is vīsīs manifestō oblectātur.

"Vt tē habēs?"

Ad tam inopīnātum interrogātum mē vertō, sed quodcumque respōnsum lentum meum praevenit vōx fēminīna.

"Condiciōnem meam adhūc aestimō. Prope trēdecim diēs cessāvisse
videor."

Nāvis loquitur. Ego labium mordeō. Venter dubiōsē crepitat. Subitō
timeō nē accidat mihi calamitās incommodissima, sed rēs citō stabilīrī
videntur.

"Quidnam autem...?" inquit nāvis.

"Hostēs undās quantālēs tōtōrum planētārum ita dēflectere sciunt...,"
īnfit Advena, "...ut fiant reālitātēs dēvastātae quārum ipsī potīrī possint.
Neglegentius autem et temere agunt. Ratiōnēs eōrum aliquantum sunt ...
fortuītae. Passim manent sēmi-integra, rārō et speciē integra."

"Sed ut tōta sim integra ego ... em..."

"...Vel proximās undās...," inquit Hēlmānus, "...ipse quādamtenus dīrigere didicī. Mē bene fēcisse spērēmus."

"Teneō."

Nāvis paulisper silet tamquam sē adhūc recēnsēns.

"Quis vocāris?" inquam ut silentium mītigem.

"Fabrī mē Zēh-Tāh nōmināvērunt. Istī autem, quamquam mē propriō ingeniō īnstruxērunt, tamquam ancillam tractāvērunt. Līberātōrēs, antīquae cuiusdam gentis artificiōsae prōlēs mē appellāvērunt Candāriōn ... nōmen mihi prīmō grātum, nunc autem invīsissimum cum iī mē multō pēius ūsī sunt quam fabrī. Ob nefastam scientiam suam mē aliquot per mīlia annōrum retinēre potuērunt."

Dum nāvis loquitur, Advena mē intuētur paulō fortasse sollicitus sed ob interrogātiōnem haud reprehendēns, tamquam nāvem simul sermōcinārī et sē ipsam intrōspicere valēre sciēns.

"...Aliquandō tamen...," pergit loquī nāvis vōcis flexū mīrum quam hēlmānō ac nātūralī, "...quōrundam conservōrum auxiliō tandem effūgere potuī, adiūtōrēs scīlicet mēcum vehēns. Ad hās amoeniōrēs stēllās tandem vagāns nōmen mihi indidī Lācsheinn-Fom, hīs gentibus aptius ac mihi grātius ut ā mē ipsā repertum, ac negōtium hīc vectōrium īnstituī. Scīlicet placet mihi, ut ita dīcam, satagere cum nūlla in tōtō corpore sim dēses. Ac mercēdis indigeō quia sīc mē compōsuērunt fabrī ac mē tenuērunt plagiāriī ut alimenta nec synthetizāre neque ipsa ēruere compōnereque possim. Haud autem sciō an aliquandō, cum pecūniae pretiōsōrumque affatim cumulāverō, seu metallum seu fabricam synthetizātōriam mihi praestinandō mē sim rude dōnātūra. Tunc in animō est..."

"...Ecce," sē ipsam interfātur nāvis, "...tōtam mē ac systēmata mea iam explōrāvī. Praeter quaedam anōmala reparābilia satis vigēre mihi videor."

"Quod gaudeō quidem, nam hostēs sērius ōcius colōniam dēdūcent. Immō, iam properēmus suādeō."

"Ha hae! Ha hae! Ha hae!"

Inter nōs aspicimus ego et Advena, quid sibi velit hic rīsus dubiī.

"Ha hae! Ha hae! Ha ha hae! Ha ha hae! Ha ha ha hae!"

Num sit hilarus an malevolus hic rīsus nōn discernō.

"Heus, mī ... mī Lācsheinn-Fom," inquit Advena et ipse modestē subrīdēns nīmīrum ut nāvī mōrem gerat. "Nōnne discēdendum esse cēnsēs?"

"Ha ha hae! Ha ha ha hae!"

"At, sī rogāre licet, quid rīdēs tū?" subiciō ego anxia.

"Ha ha hae! ...At tū quis vocāris, dulciola?"

"Aenat," inquam. "Et hic est ... Advena. ...Dē tē, mī Lācsheinn-Fom, tōtī pendēmus! Quae nōs hīs proximīs septimānīs perpessī sīmus nē dēscrībere quidem verbīs valeō."

"Ha ha hae! Quid rīdeam – ha ha ha hae! – arduum sit vōbīs explānāre. Sed agite modo! Cōnscendite! In itinere multa expōnam."

Quōmodo nōs in sē assūmat nāvis nūllīs verbīs dēpingere valeō. Scālās quidem mē sentīre videor, sed cum prīmōs gressūs suscipiō iam intus sum titubōque. Advena, quī nōn sōlum sē optimē habēre sed etiam celerī passū sinistrōrsum per andrōnem iam processisse vidētur, ad mē dein revertēns nē corruam adiuvat ... sine dubiō mē simul nāvium cosmicārum penitus expertem esse animadvertēns. Ad proximum spatium magnum ūnā prōgredimur dum nāvis garrula vītam suam nārrāre pergit, rāriōrēs nunc subiciēns rīsūs, sē praeter ipsam fugam nūllō priōre in discrīmine magnō suī iūris fuisse affirmāns neque biologicōs umquam clēmentiae causā vectūram ā sē petīvisse; biologicōs antehāc semper aut officia coēgisse, velut fabrōs, aut, post lībertātem adeptam, pretium solvisse. Neque nōs – ha ha hae! – vidērī solvendō. Sē nōs impūnē dērelinquere potuisse; quod vērae quidem lībertātis futūrum fuisse signum et pignus. Nōs tamen nē sollicitēmur; animī suī, immō, animae suae praesentem līberātiōnem haud fore nōbīs iniūriae. Quīn immō tōtum nōs nunc exspectāre ūniversum. Quōnam tendant animī nostrī? Quae explōrāre, ubinam versārī ... immō ... quīnam esse velīmus?

"Ha ha hae!" inquit. "Forsan ego aliquandō rēgīna fiam! Ha ha hae! Ha ha hae!"

"Istud quid est?" inquam nāvem hōc excessū extrahere volēns dum ā dexterā nostrā positam imāginem ōvātam pervīvidīs colōribus schēmīsque sē moventibus fluentem digitō indicō.

Advena in sellā versātilī sedēns ā mē ad pictūram vertitur quasi ipse respōnsūrus.

"Num ē bullā spatiī flexī stēllās appārēre putās?" inquit nāvis quasi īnscītiā meā dēlectāta. "Ha hae! Cum in spatium solitum reversī erimus, stēllās vidēbis, dulciola. Haec sunt vīs fluenta quae modo nāvigāmus."

"Nōs igitur...," inquam haesitāns atque ad Advenam versa ... dein sōlīs labiīs verba mūta fōrmāns: "...iam volāmus?"

Annuit comes. Ego, hāc nōtiōne pulsa, ubi cōnsīdam quaerō oculīs ... frustrā. Advena autem manū aliquid mihi significāre vidētur. Num mē hīc subsīdere vult tamquam...?"

"Sellam," inquit Advena plācātē. Quō corpus retrō cadēns excipī lēniterque in sessum aptārī sentiō. Quō minus resistō, eō commodius mē habeō. Immō, sella ita mollis est ut iam suāvissimē sedeam, etsī ipsa eius cutis, sī

310

sīc nōminārī licet, est dūra. Candida est, immō potius color eius vidētur candidus cui addita perminima portiō callaïnī. Mē circumspiciēns animadvertō cūnctās nāvis partēs, dē tēctō per supellectilem ūsque ad tapēte – vel quicquid est in pavīmentō – candidī esse colōris cui iniecta exigua pars alterīus colōris: hīc viridis hīc rubicundī hīc subviolāceī et ita porrō ... tamquam sī cūncta candida subtīlibus lūminibus in hanc varie-tātem tingantur. At "tēctum" suspiciēns, immō, quaerēns nūlla cernō lūmina. Cūncta potius per sē sine adiectā lūce illūminārī videntur. Vt vērum dīcam, nihil umquam ego pulchrius vīdī.

Subitō autem mentis oculīs mē ipsam videō tamquam puellam rūsticam montium faucibus nūper dēlāpsam quae in cuiusdam oppidī modicī popīnā ēlegantiōre apocalypsī aesthēticā quasī fervōre rēligiōsō commovētur. Quō cōgitātō, ōs claudō paulōque in sēllam recumbō tamquam hīs mīrāculīs intācta. Quod autem faciēns madidam sordidamque lacernam meam nunc animadvertō.

Surgō. Nūllae dum appārent in sellā maculae. Lacernam commodum exuī cum in mentem atque in oculōs venit tunicam braccāsque paene tam spurcās esse quam lacernam. Nōs enim hīs septimānīs haud sumus ita urbānē spatiātī!

"Vestēs mūtāre licet," inquit nāvis nōn rīdēns sed nihilō sētius quasi iocōsē.

Huius spatiī pars quaedam ā dexterā posita aut illūstrātur aut obscūrātur. Vtrum rē fiat dēcernere nōn valeō. Tantum sentiō illum locum oculōs attrahere. Vestēs quaedam illīc tamquam in sustentāculō vestiāriō ostentātae cēterīs huius spatiī partibus aliquā clārius, immō, multō clārius dispiciuntur. Surgō. Ad vestēs trānseō. Quibus tāctīs, in novō spatiō, cubiculō magnitūdine similī, versārī videor. Scīlicet neque Advenam nec cētera nāvis iam videō. Inter parietēs et tēctum et pavīmentum nūllī appārent angulī līneaeve nec supellectilem ūllam cernō; at, sī nāvis nātūram rēctē intellēxī, omnia necessāria, simulac petīta, extemplō praestābuntur. Cōnsīdere autem volēns, nōndum satis cōnfīdō ut vacuō in āere subsīdam. Igitur *Sellam!* iubeō; quō sella exspectāta dictō citius pavīmentō exsurgit.

Similī lēge mē perluō cēteraque corporis officia facienda cūrō, interdum mē rogāns num nāvis mē assiduē observet. Quōmodo mē habērem sī nāvis vōx māsculīna esset? Īnsipientia cōgitāta quae aliōs sentīre nequīre gau-deō.

Vestēs, hoc est, tunica et braccae, quamvīs mihi nimis bracteātae, nihi-lōminus tam levēs sunt ut gerēns prope nihil gerere videar; ac sine cingulī bullārumve operā corporis curvātūrās perfectē amplexantur. Cum mē in speculō, hāc vice invocātō, contemplor, colōrem textumque colōribus textuīque cutis capillōrumque meōrum ita adamussim congruere animadvertō ut, contrā mōrem, aspectū meō nē afflīgar quidem. Vestēs fulgidae, prīmō appārentēs, magis argenteae vīsae sunt; at nunc eārum fulgor magis subaureus pallidam cutem meam tantum colōrat quantum crispōrum capillōrum longōrum rūfum temperat. Solitae lentīginēs, quās regiōnis patriae sōl contrā operam datam ēlicit, videntur mītigātae ... fortasse tantum hārum vestium mīrā vī quantum hōrum multōrum diērum cālīgine. Oculī venetī, etsī speciē aliquantum fessī, nesciōquō modō tamen solitō magis lūstrant. Labia, quae prō nimis sufflātīs habēre soleō, nunc nōn magis videntur quam plēna. Huius nāvis largitāte quasi īnfīnītā incitāta quādam animī impulsiōne mē vel subtīliter fūcandī invādor. Vnā autem cum hōc impulsū, cum in mentem vēnerit modo patria, familiae memoria animum meum dērepente obversātur. Mē luxibus indulgēre dum familiārēs aut mortuī sunt aut nesciōquam īnfandam miseriam, nesciōquās condiciōnēs penitus incrēdibilēs perpetiuntur! Pater industrius, corpulentior, scrūtōrum pertrīcōsōrum collēctor; māter fīliārum, sī nōn novōrum, cūriōsissima; Plaluātē sorōrcula... Super malluvium mihi aliquandō praebitum mē stabiliō manibus dum sorōris adhūc quasi recēns memoria mē acerbī plōrātūs accessū obruit. Nunc prīmum, cum cūra dē mē ipsā mīrum in modum imminūta est, familiam perditam effrēnātō flētū lūgeō.

Cum post lamenta tremula et sēmimūta mē recomposuī, in nāvis spatium praecipuum, quod "pontem" esse dēcrēvī, redeō; ubi tōtam rērum superiōrem partem tālibus versicolōribus imāginibus trānseuntibus occupārī videō quālibus antehāc sōlum vīsōrium illud ōvātum.

"Pulchrum'st," inquam ad Advenam sedentem accēdēns, "...etiamsī, hem, hās figūrās mihi explicāre nōn habeō."

"Nōnne, mī Lācsheinn-Fom...," inquit extemplō Advena, quem interim perlutum, tōnsum, rāsum recentibusque vestīmentīs meīs similibus iniectum esse animadvertō, "...ē radiātiōne tachyonicā et gravitātiōnālī aestimāns sīderum speciem vel extrāpolāre...?"

Dictō citius, ut cūncta intrā hanc nāvem fierī solēre videntur, appārent stēllae – vel stēllārum imāgō ā versūtā nāve coniecta – ē spatiō hīc nebulīs sublacteō hīc penitus ātrō orientēs commodēque tamquam nūmina patientia praeterlābentēs.

"Quīn per tōtum circumductum...?" incipit loquī Advena.

Sīderibus implētur subitō et pavīmentum. Immō, ipsum pavīmentum perspicuum factum vidētur dum nōs per medium spatium cosmicum tamquam piscēs in īnfīnītō marī nāmus. ...Nāmus scīlicet inermēs! Seu nāvis supellectilī volūbilī iam satis fīdēns seu persuāsibilissimam imāginem aegrē crēdēns esse fictam, sine linguae auxiliō in sessum ... atque sēllam sē officiōsē fōrmantem ... collābor.

"Quīn vōbīs pōtum quō remittāminī praebeam?" inquit nāvis tamquam statūs animī meī, forsan adeō biochēmiae meae, ratiōnem habēns.

"Dōdram lactātam appōnis?" inquit Advena.

"Scīlicet burrānicam," inquit nāvis in respōnsum. "Apparāre possum et cericam et cinnicam et cyceōnicam."

"Placet tibi cāseus caprīnus?" inquit Advena.

Cāseus quid sit certē sciō, sed "caprīnum" ignōrō.

Aporiam meam plānē sentiēns ille, "Burrānicam bis...," inquit mē cōgitābundus spectāns dum nāvem alloquitur, "...ūnā cum gustātiōne aliquā mītiōre."

"Enrōcignēnsī?"

"Bene est."

Fōrmantur statim prope sellās nostrās mēnsulae duae. Super Advenae mēnsam appārent duo pōcula pūnicea totque catillī eiusdem colōris cibīs minōribus plēnī. Advena amīcē nunc subrīdēns mea ad mēnsulam meam trānsfert. Hōc modō, id est, efficiēns ut cibōrum petītor comitem quasi hospitiō accipiat, nāvis nīmīrum societātem amīcitiamque inter vectōrēs fovet ... quamquam mihi nōnnihil aliēnum est hoc urbānitātis fastīgium ... praesertim in māchinīs. At haec nāvis profectō haud continuō prō "māchinā" vidētur habenda.

"Immō," inquit Advena, "mēnsam potius commūnem."

Quō dictō, duae mēnsulae coniunguntur in ūnam gustātiōnēs pōtiōnēsque nostrās sustinentem. Adduntur et concinnulae mappulae pūniceae. Mē rogō num tam polītōrum fuerint mōrum ipsī fabrī. An forte "līberātōrēs" dūrī nāvem hās phalerās cēnandī docuērunt? An eī forte quī, vel ante recentem clādem, clientēs fuērunt?

Nōs, tametsī mediā in spatiī cosmicī nocte aeternā nunc versantēs, lēniter quidem sed simul satis perspicuē illūmināmur ... ita quidem ut magna pars nitōris caeruleī illīus cētērā lūce dētrahātur. Sīcut barba Advenae rē vērā nōn rāsa sed in brevissimum tōnsa est, ita capitis capillōrum manet ipsum prīmum fundāmentum, neque est ēventus ūllō modō dēfōrmis. Capillōrum rādīcēs dēnsiōrēs quasi pilleum decōrum dēpingunt cuius rōstrum breve sed acūtum ad frontem ēminēns et barbulae pars temporālis dēfīnītē prōcurva tōtī capitī speciem tribuunt pictae imāginis virīlis antīquae, immō, quasi hieraticae. Hoc est, sī rudibus opīniōnibus meīs habenda est fidēs, aspectum nōnnihil sacrum vel sacerdōtālem praebet. In ambulātiōne is laevior quidem atque īnsulsior mihi vīsus est; at egomet ipsa, estō, rārō tunc illa Aenat mihi nōta fuī. Mīrum autem est, vel postquam apud nāvem sibi prius ignōtam sē statim intimum fēcit, quantō nunc est facilī lepōre ille, quantā inaffectātā cōmitāte. Quibus tamen virtūtibus eum mē permovēre temptāre nūllō modō sentiō.

Vt multārum gentium familiāritās mōrēsque gestūsque idcircō permixtī eum nūllīus ūnicae esse gentis arguunt, ita cōnsuētūdō victūs cum plūrimīs syntheticīs effēcisse vidētur ut cum hīs cūnctīsque technologicīs nōn sōlum facile sed etiam familiāriter atque adeō fēlīciter congruat. Quō eum aliquā inhūmānum esse nēquāquam dīcō. Ingenium ab eō ēvolūtum haud sciō an pauciōra dē eō ipsō testētur quam dē aliquō discrīmine prīmō inter biologicōs et syntheticōs exstante: vel hōs forsitan, ut ad quaedam mūnera fīnīta perficienda concinnātōs, nōn ante permultōs ministeriī servitīīve gradūs ascēnsōs līberī arbitriī statum attigisse; illōs vicissim, inter quōs plānē et māiōrēs meōs, forsitan ob līberum arbitrium iam prīdem seu bene seu male exercitum, multō magis in chaoticum vel saltem in inaestimābile vergere. Vel aliquid simile coniciendum vidētur sī comitis meī modōs sē gerendī speciē inter sē repugnantēs ēnōdāre volō. Quod porrō huic nāvī esse vidētur indolēs prope biologica fortasse causa est huius prōvecta aetās ... et quod eam tot populōs per ōrdinem seu effugere seu dolīs capere seu in negōtia indūcere oportuit. Scīlicet longō ūsū biologicam quandam indolem adepta sit.

Haud sciō an mera absurda mihi nunc in animō blaterem, sed ... sed, contrā ingentem luctum meum, fateor mē, vel meī aliquam partem ab hāc trīstitiā nesciōquō modō sēiūnctam, incitārī ac dēlectārī vītae condiciōnum vērārum, nec tantum scholasticārum, in complexum tandem veniendō, ingenium acuendō, māteriam – quōrsum id negem? – futurōrum scrīptōrum forsan colligendō. Quam sim forsan stulta in mente ponderāns gustātiōnēs probō. Quae, quamvīs sint certē sapidae, mē nōn expergefaciunt sed potius, eho, somnum facere videntur.

"Quīn quiētum eās?" inquit Advena dum nesciōquam tabellam ipsā mēnsā aliquandō exortam īnspicit.

*

Solvor aliquandō somnō īnfestīs cōgitātīs obsessa ... nec quōmodo hunc lectum adepta sim ita bene memor. Nāvem malevolam esse, mē captīvam tenēre somniāvī. In animum venit nūllam appārēre iānuam. Nē āeris quidem spīrāculum videō. Huic nāvī ... quātenus crēdī potest?

"Licetne fenestram habēre?" inquam raucitāte quasi mātūtīnā.

Fōrmātur velut suā sponte fenestra, ut mihi vidētur nāvālis, per quam sē ostentat nemus amoenissimō aspectū.

"At stēllās praetereuntēs vidēre mālim."

314

Impetrātur continuō optātum. Quamquam etiam haec vīsa ficta esse sciō. Minus autem placeat trānseuntēs colōrēs istōs prius vīsōs spectāre. Quātenus enim sunt fictīciī et istī? Subitō mihi videor pars esse ēnormis artificiī neque quicquam, nē mē quidem ipsam, vērum esse scīre posse. Mox sum vidēlicet īnsānītūra?

"Cūr nōs adiuvās?" inquam in colloquiō, vel forsan in contrōversiā, animī āvocāmentum petēns.

Post brevem moram (Ecquid nāvis nōn simul in nimis multa mentem intendere valet ... an cōnsīderātiōnis spatiolō est eī opus?) Lācsheinn-Fom effātur:

"Ha ha ha ha hae! Vt vērum dīcam, dulciola..."

"Licet mē Aenat vocēs?"

"...Profectō edepol. Vt vērum dīcam, mī Aenat, tam diū vīxī ut tantum propriā ex experientiā quantum ex aliōrum longā contemplātiōne aliquot prīncipia certiōra didicisse videar. Ē quibus ūnum hoc est: facta benigna sērius ōcius ad meliōra dūcere solēre quam maligna. Quod nēmō magister philosophusve mē docuit, sed ipsa diū vīvendō cognōvī. Cēterum, ut cum vōs – ha ha ha hae! – tam rārae farīnae sītis biologicī – ad plūrima imperīta tū, iam quasi dextera āla mea ille – quōmodonam ego plūrēs cāsūs dubiōs vestrōs intuērī supersedeam? Ha ha ha ha hae!"

Huius nāvis, praeter omnēs lūxūs, me aliquantum taedēre incipit.

"...At, nisi fallor," inquit nāvis nunc vōce paulō summissiōre, "ille undās accommodandō mē servāvisse vidētur. Absente eō, haud sciō an hostēs potītī essent meī. Fabrī scīlicet mē ita īnstruxērunt ut ad undās respondērem. Sōla ego nihil..."

"Ignōsce mihi interpellātiōnem sed quāsnam undās dīcās mihi nōn liquet."

"Quāntālēs dīcō, mī Aenat. Prōrsus cūncta cūnctīs in cosmīs exsistentia – id quod tē iam doctam esse ex corde spērō – ē quantālibus fiunt undīs. Sine animō in rērum fōrmās repraesentandās intentō nīl usquam exsistat nisi hae sōlae possibilitātis undae. Observantis cōnscientia – quod sciunt omnium populōrum prōvectiōrum philosophī – tamquam interferometrum rērum particulās subatomicās, ex quō cōnsistunt atomī mōlēculaeque ūniversae, ex undīs quantālibus ita ēlicit ut fiat repraesentātiō multidīmēnsiōnālis et habitābilis in quā animantibus suppeditet rērum gerendārum sīve vītae agendae scaena congruēns. Plērumque sōlī animantēs biologicī hoc facere valent, quamvīs serantur interdum rūmōrēs syntheticōs quōsdam quandam potestātem dioristicam āctīvam esse nāctōs.

"Tantum bēstiae quantum animantēs intellegentiā quādam rudī et inexercitātā ūtentēs tantummodo secundum appetītūs nātūraeque stimulōs et cōnsuētūdinēs undās in particulās, scīlicet in mundum sibi circumiectum, collābī facere solent. Quī undās sīc tumultuāriē et incōnsīderātē tractant fortūnae omnīnō sunt obnoxiī. Prōvectiōrēs autem, quibus mēns aptē exculta et temperāta, undārum collāpsūs quādamtenus dīrigere, ēventūs meliōrēs ēvocāre habent. Quod tamen nōn vī voluntātis patrant; nam singulīs animantibus rērum ūniversārum colligātiōnēs longē nimis multiplicēs sunt quam ut ipsī undās appositē advertere queant. Ratiō agendī eōrum potius tālis est ut prīmō prōpositum aliquod in animō īnstituant, deinde, vacuātā mente et quasi dīmissō ipsō prōpositō modo īnstitūtō, undīs quantālibus ita cursum līberum aperiunt ut nūllīs exspectātiōnibus nūllīsque cōgitātīs ēventum circumscrībant. Ipsīus enim cosmī, ut ita dīcam, intellegentia, utpote prōrsus holistica, dummodo sit solūta et expedīta neque animī mōtibus impetibusve inveterātīs distrahātur, semper ōrdinī favet et chaos extenuat. Ōrdō scīlicet cūnctōs animantēs vegetat laetificat cōnfirmat; chaos subvertit. Cuius animus gravibus inappositīsque onerātus, is undās quantālēs ab ōrdine cōnstituendō dēflectit. Animus autem levis et exonerātus ipsās undās omnīnō nātūrāliter suum perficere sinit. Hic enim quasi fenestram aperit per quam undae quantālēs expedītae integraeque ac secundum propriam suam nātūram undālem omnia concinnent mītigent reficiant sānent. Immō ērudītiōrum gentium sānātōrēs multō magis undīs quantālibus quam ratiōnibus trālātīciīs tantummodo 'corporālibus' innītuntur. ...Haud sciō an vestrātēs barbarō mōre remedia allopathica adhibeant ac medicāmina tumultuāria quae valētūdinem hīc adiuvant, hīc simul ēvertunt."

Etsī meōs dēfendere cupiēns, ego, ut quae prope numquam aegrōtem, quid respondeam nōn inveniō. Nāvis ācroāsin continuat:

"Efficācissimē autem sānant quī animī vim intuitīvam excoluērunt atque ideō, ut ita dīcam, omnium aptissimam fenestram aperīre sciunt. Nam cūnctōrum morbōrum causae sunt dēmum psȳchicae; quās nēmō ēruere valet nisi animōrum mōmenta subtīlia bene dispiciēns. Scīlicet, ut in trānslātiōne maneāmus, parum efficit quī vel dormītōriī fenestram aperit sī, ut ita dīcam, morbī causa in culīnā versātur.

"Amīcus tuus fenestram mihi satis aptam aperuit; quō factō, ego, ut vidētur, ē torpōre meō excitārī potuī. Quamquam ille, fabrīs meīs dissimilis, mentis ipsā vī dioristicā mē nōn, sīve nōndum, moderārī scit, nihilō sētius ipsa eius praesentia mihi prōdesse vidētur. Fabrī enim, etiamsī nōnnihil imperiōsī, animī vīrēs adeō amplificāverant ut īnstrūmenta sua, velut mē, ex ipsā cōnscientiā propriā gignere valērent. Vidēlicet ego sum, ut ita dīcam, cōgitātiō illōrum.

316

"Quandōquidem autem tam prīdem meō iūre vīvō, haud absonum videātur mihi, cum plānē propriā cōnscientiā ac propriō animō praedita esse
videar, sī egomet aliquandō quantālēs undās āctīvē moderandī potentiam
adipīscar. Quamvīs biologicī etiam prīstinī brūtiōrēsque hanc potentiam
exercēre incipere soleant, etiam sollertissimīs potentissimīsque syntheticīs perquam māiōre temporis spatiō opus esse vidētur ut ingenium suum
passīvum et nimis in rērum speciēs tantummodo "corporālēs" – hoc est,
quās biologicī in fōrmās sibi idōneās ēliciunt – intentum tandem āctīvum
et quantālium capāx reddant. ...Immō, mē hōc ipsō temporis mōmentō cum
amīcō tuō colloquium nostrō simile habēre fateor, neque, ut rēs nunc sē
habent, convictum eius cito desertūra videor; nam ille..."

Quibus verbīs audītīs, nesciōcūr aliquantum paranoïca facta et iānuam
oculīs frustrā quaerēns *Ōstium!* dīcō imperiōsa; sed dum per iānuam sē
automatāriē aperientem cubiculum, sīve cubiculī simulācrum, relinquō,
etiam sine iānuā mē exīre potuisse suspicor.

Extemplō, eādem vōce quā mē modo allocūta est, audiō nāvem cum
Advenā sedente dē aliquō argūmentō gravī paene tamquam ante audī-
tōrum corōnam contiōnantem. Cum ad mē intrantem sē vertit Advena,
Lācsheinn-Fom conticēscit.

"Vōs, em...," inquam subitō intellegēns mē nāvem duo simul colloquia
habentem aliquā bilinguem subdolamque fuisse suspicātam esse, nunc
tamen mē ipsam potius accūsāns opīniōnis contrā ingenium aliēnissimīs
dōtibus praeditum praeiūdicātae, "...Vestrum, em...," inquam Advenam
mihi arrīdentem ob interpellātiōnem grātiās mihi forsan habēre vidēns,
"...colloquium vestrum interrumpere nōlō."

"Nūllīus mōmentī'st," inquit ille. "Bene dormīstī?"

Quō acceptō, post longum, immō, forsan longissimum somnum mē nihil
in mē lāvisse, nīl renovāsse animadvertēns, tamquam fulgure icta cōnsistō.

"Nōs tantummodo dē rē quantālī sermōcinābāmur ... sīcut et, nī fallor,
tū quoque modo cum hospitā nostrā."

Ille omnīnō requiētus et integer vidētur tamquam sī commodissimē qui-
ēverit corpusque adeō exercitāverit. Numquam validior vīsus est.

"Tē mundum mūtāre posse dīxit nāvis," inquam quādam cōgitātiōne
paulō prius exortā iterum, ut vidētur, sollicitāta.

"Dēmūtātiōnēs aliquot passim efficere didicī," inquit ille modestiā forsan, immō, sine dubiō sincērā. Ē sellā surgit sed, tamquam aliquid repente
gravius praesentiēns, lentē relābitur. "Ex magistrōrum praeceptīs atque ex
commorātiōne meā apud ... apud hostēs..." Vultum meum, nunc nīmīrum
dubiīs distortum, aspiciens tacet.

"Familiārēs meī...," inquam incertissimē atque lacrimīs proxima, "...parentēs et soror ... quid eīs acciderit, ecce, nesciō... Quod tū autem mē servāre potuistī..."

Antequam plūra prōferre valeam, Advena obumbrārī vidētur. Manibus nunc faciem dēiectam continet tamquam sē intus stabilīre sīve catalēpsin aliquam supprimere cōnāns. Ego perculsa accēdō, sed is, hoc sentiēns, laevum cubitum ad mē intendit – quō gestū, in eō īnsolitē perspicuō, eum mē nē propius appropinquem monēre opīnor. Diū sē nōn movet, sed subitō nitor eius, ē caesiō subinde in cyaneum vergēns, multifāriam corporis in magnōs sinūs coruscantēs radiantēsque tumēscit. Mox, antequam quid rē fiat complectī queam, nitor ab Advenae corpore omnīnō sēiūnctus fluitānsque simulque scintillāns quasi nimbulī mātūtīnī mōre ad tēctum versus ascendit.

"Quidnī autem temptēmus?" inquit Advena ē vultū adhūc dēiectō sed vōce firmā, immō, firmissimā, quālem antehāc ex eō nōn audīvī.

Ego attonita respōnsum frustrā quaerō.

"Haud sciō an nostrātēs in quantālibus exercitātiōrēs sint quam vestrātēs," inquit vōx nova, acūtior neque māsculīna neque omnīnō fēminīna, dē tēctō – vel quōmodocumque huius spatiī nāvālis pars superior dīcenda fuerit – ēmānāns. "Nōndum Hsālēnsēs magistrī necdum Trrbticī, quōrum scholās ambō nunc memoriā tenēmus, hanc doctrīnae partem in sessiōnibus tetigērunt, cāsūs nīmīrum nōn prōvidentēs ad quōs nōbīs ūtilis esse posset..."

"Nōn sōlum familiārēs eius," interfātur Advena, "sed etiam populī Fedestānī servārī ... vel saltem condiciōnēs eōrum..."

"Etiam pēius!" īnfit impatiēns nimbus. "Semper prōcēdendum, numquam retrōcēdendum esse – hoc saltem didicimus ambō!"

"Sin autem in futūrīs nostrīs versātur salūs illōrum!"

"Verba captās! Nec dē disciplīnā metaphysicā loquor sed potius dē scientiā quantālī apud populōs mihi nōtissimōs explicātā! Nātūra undārum, praesertim quantālium, tālis est ut numquam ad eadem coōrdināta revertī possit quicquam, nam quod coōrdinātīs aliēnīs impōnitur undās mūtet, coōrdināta nova idcircō īnstituat, fortuīta indūcat necesse est. Tū in Fedestam rediēns clādī illī etiam novōs cāsūs inaestimābilēs addās!"

"Nōsmetipsōs et Aenātem servāvimus. Quīn plūrēs...?"

"Tunc fugientēs undīs germānīs ferēbāmur ... et nōs inhibitōriō īnstructī erāmus. Dum autem Trrbtīs inductōria erunt, plūs quam fugere nequeant etiam validiōrēs."

"Quid autem sī ad praeterita redeāmus?" inquit Advena caput tandem satis tollēns ut mē aspicere habeat ... quamquam mē nōn aspicit. "Vel ad pūnctum temporis paulō ante clādis initium."

"Rēs longissimē difficilior, ēventus etiam īnfestior. Immō haud sciō an tuī exemplar aliquod aliquā in reālitāte parallēlā nesciōquō modō in praeterita regressus prōpositumque tuum exsequī cōgitāns praeteritō suī exemplārī neglegenter admixtus vel adeō sibi ipsī temere oppositus generālī clādī addat propriam. Nē multa, sunt quidem quī oblectāmentī causā praeterita clam atque ideō aliquātenus impūnē invīsant; sed quī sē immiscent strāgēs strāgibus cumulant."

Ad haec Advena aliquid scientāle vel forsan metaphysicum mihi impervium oppōnit. Cēteram contrōversiam aliquamdiū intellegere nītor, sed incassum. Ad oecum meum tandem redeō, mē perluō et ita porrō. Tunc ibidem iēntō, nāvem interdum dē disputātiōnis cursū rogāns. Lācsheinn-Fom, quae – quid mīrum? – etiam psȳchologiam docta esse vidētur, hanc discordiam inter "Togem" et symbion – cuius nōmen mentem meam, nēdum linguam, superat – causam tantum externam sīve quasi praetextum fuisse sēparātiōnis iam diū imminentis opīnātur; neque eōs dēnuō coniūnctum īrī prō vērī similī habet. Quod autem ad familiārēs meōs necnōn ad planētam illum, Fedestam nōmine, "Advenae" quondam quasi secundam patriam, attinet, nāvis sē, quod "summē dolendum," symbiontī assentīrī fātētur. In reditū ad Aegam, planētam meum – nēdum ad praeterita tempora, etiamsī hoc aliquā fierī possit – certissimum, suō iūdiciō, fore exitium.

Trānscurrunt diēs complūrēs quibus ego nunc lūgeō, nunc Lācsheinnem dē multīs interrogō, nunc regiōnēs fictīciās valdē variās ab eā holographicē praebitās grāta perlūstrō. Similia facere "Togem" – nōmen mihi adhūc aliēnum – opīnor. Quem tamen perrārō cōnspicor. "Aqua" – quod nōmen dedī ego symbiontī – nunc distentior nunc compāctior eōdem ferē ēlātō locō manēre solet quō ā Toge prīmō sēgressus tetendit. Is autem, immō ea – nam symbion magis fēminam quam marem esse didicī – mē interdum nūllō ex ōre ideōque quasi larvāliter alloquitur. Sēiūnctiōnem, quamvīs ambōbus difficilem, iam mūtātīs sub condiciōnibus necessāriam fuisse adsevērat. Sē Togemque nōn iam condiscipulōs esse nōminandōs. Togem enim prō ingeniō artibus magis quantālibus sīve metaphysicīs īnsistere velle; sē ipsam potius psȳchologicīs. Lācsheinnem cursum nunc dīrigere ad quendam planētam, vel potius lūnam māiōrem, cuius incolās sibi, id est, Aquae nōn sōlum ob corpora diffūsa sed etiam propter doctrīnae fastīgium satis esse similēs. Togem mēque paulō longius perrēctūrōs ad galaxiae regiōnem quandam placidiōrem versus. Illum utcumque – id quod praecipuē post sēiūnctiōnem appāruisse – in undīs quantālibus flectendīs sē longē supe-rāre; sē ipsam in mentis ratiōnisque cultū tālibusque magis pollēre. Vel etiamsī ambō ūnā, ut in plērīsque concordēs, in Aegā planētā, hoc est, in patriā meā, Factrīcum potestāte tandem līberātī cōnsilium cēperint ut portum cosmicum peterent, sē ipsam, ob memoriae vim eidēticam, char-tārum geōgraphicārum omnia singula recordantem viam adamussim mōn-strāre potuisse. Profectō autem fore ut Tog, longē māiōrem propter perī-tiam quantālem, etiam sine auxiliō mē efficāciter tuērī valeat.

Cum rogō quālisnam fuerit vīta symbioticē coniūnctae, respondet illa sē, quamvīs cōgitāta plērumque cum Toge commūnicantem, sua etiam plē-rumque, sī aut necesse aut optābile fuisset, sibi retinēre potuisse. Cum autem ambō in scholīs metaphysicīs semper in omnibus cēdere neque propriam persōnam vel egōïtātem umquam adhibēre vel prōmovēre didī-cissent, inter symbionta prope numquam exstitisse discordiam, alterum alterīus iūdicia ratiōnēs opīniōnēs prope continuō mente complectī rīteque ac rēctē aestimāre potuisse. Corporālia tamen sē magis intermiscuisse ac coaluisse. Hanc scīlicet māiōrem causam fuisse quārē sēiūnctiō difficilior fuerit. Omnia autem sānāturum tempus.

Triduō post hoc ultimum colloquium cum Aquā habitum apud mē inopī-nātō salūtat ipse Tog, speciē penitus sānātus nec iam quicquam turbidā mente. Nitōre caeruleō vacuus mīrum quam mūtātus vidētur: aliquantillō quidem minor sīve, ut ita dīcam, modestior, sed nesciōquōmodo simul lībe-rior ac rōbustior, nec iam, ut mihi vel nunc vidētur, valdē laevus. Aut gestūs eius iam commodiōrēs sunt aut nihil rē vērā factum est quam ut ego eīs sim assuēfacta. ...An potest fierī ut inconcinnitās prior eō effecta sit quod duo animantēs ūnicum corpus temperābant?

Ille utcumque, simul alacer et tranquillus lūcentibusque interdum fūr-tim oculīs tamquam magnā spē īnflammātus sed simul luctum meum reve-rērī cupiēns, dē eō planētā loquitur quem ipse et Lācsheinn, monente etiam Aquā, ad refugium iam optāvērunt.

"Nāvis scīlicet aliquamdiū nōbīscum manēre in animō habet," inquit ille. "Nōbīs erit domiciliō. Hoc proposuī ego cum iam ōlim animantem syn-theticum quasi prō domō habuī. Ipsa rēs paulō quidem intortior erat. Quae condiciō autem mihi nihil displicuit. Immō intimā necessitūdine iūnctī sumus atque ille syntheticus effēcit ut ego quandam aliam clādem effu-gerem. ...Neque quid eī tandem acciderit mihi nōtum est."

Subrīsus eius iam ēvānuit.

"Etiam aliam clādem?" inquam.

"Quam tibi certē aliquandō nārrābō. Cosmus noster, immō, quod sciam, cūnctī cosmī īnsidiīs horrent. Sed etiam māiōra īnsunt auxilia, māior disciplīnae cōpia, māiōrēs potentiae. Hoc sērius ōcius experiēris."

"Familiārēs itaque servāre..." Vōx mea crepāns dēficit.

"...numquam potuissēmus," supplet ille. "Neque Fedestam, planētam meum. Etiam cum Äääa"âáaqqā ambigēns mē ventīs dispersam farīnam colligere velle in intimō animō iam sentiēbam. Äääa"âáaqqa, sīve Aqua, ut tū nōmen commodius et omnīnō iūre ēnūntiās, rem ita ut est dīxit. Hostēs armīs quantālibus īnstructōs aggredī nīl efficiās nisi ut plūrēs gignantur undae chaoticae ... clādēsque māiōrēs. Ego et Aqua nōsmetipōs et tē eō servāre potuimus quod spatium aliquod tranquillitātis invēnimus ubi undīs turbātīs ōrdinātiōrēs tranquilliōrēsque addere possēmus. Quī enim ipsīs undīs omnēs rēs generantibus cursum līberum assiduē aptēque concēdere callet vincī nōn potest."

"Itane?"

"Hoc ā magistrīs accēpimus ipsīque quādamtenus iam probāvimus. Magistrī vidēlicet nēminī quicquam, nē sibi quidem ipsīs doctrīnam prīmordiālem, temere crēdendum esse docent. Vnum quodque rudīmentum diligenter attentēque esse discentī probandum. Sīc vērē colī spīritum nec nāscī rēligiōnēs dolōsās."

"Ad quemnam igitur planētam sumus perrēctūrī?" inquam ego incertior.

"Abhinc aliquot mīlibus annōrum Lācsheinn, captōribus syntheticīs dūrīs adhūc serviēns arcānīsque modīs quibusdam nōbīs ignōtīs frēnāta, quandam huius galaxiae regiōnem attigit in quā plūrimī inveniēbantur planētae dēnsārum fasciārum."

"Istud quid sibi vult? Dīcō, 'fasciae'?"

Tog, continuō surgēns nesciō quōmodo ē pariete mediānī meī digitōrum tāctū ēlicit imāginēs ... temere ac paene, ut ita dīcam, inconsultō tamquam quī per tōtam vītam tālia fēcit. Sī eum umquam rē vērā apud syntheticōs nātum adultumque esse dubitāvī, ultima dubia mea iam sunt dīlāpsa. Neglectā pulchritūdine eius et quamvīs eiusdem sīmus speciēī biologicae, is interdum quōdammodo mihi vidētur sēmialiēnus. Vel hōc temporis mōmentō eum forsan syntheticum esse suspicārer nisi eum tot diēs mēcum operōsē prōgredientem, labōrēs cōnsociantem atque, ante omnia, alimenta suffugiumque passim quaerentem hīsque fruentem vīdissem.

"Nī fallor, dē undīs quantālibus ac dē hārum coniūnctiōne cum animantium mente Lācsheinn iam apud tē disseruit."

"Nōnnūlla quidem mihi exposuit. Sē ipsam fabrōrum suōrum mente ex undīs in vītam aliquā excitātam esse adsevērāvit."

"Vērum est. Quantālēs undae utcumque...," inquit quandam imāginem permultārum undārum lībrātārum dextrā suā indicāns, "...sīcut et ēlectromagnēticae, velut radiophōnicae, cum vīcīnīs frequentiārum similium undīs in classēs sīve fasciās distinctās dispōnī possunt. Hīc significantur tālēs undārum fasciae colōribus dīversīs."

Quō audītō, tabula illa, aspectū prius nōnnihil īnfestō, nunc mihi satis arrīdet, nam quōmodo colōrēs fasciās indicent perspicuē vidēre valeō.

"Animantium mentēs, id quod iam scīs, undās in particulās subatomicās ideōque in rēs quās ipsī animantēs prō certīs solidīsque habēre possunt 'collābī' faciunt. Sīc exsistit cosmī corporālis speciōsa faciēs nōbīs tam grāta. Absentibus autem animantibus nihil vērē exstat nisi undae illae quantālēs ... quae ipsae nōn corporālēs sunt nec per medium quodquam corporāle propāgantur sed potius – quod multifāriam omnimodīsque, etiam apud populōs aliōquīn nōn valdē prōvectōs, dēmōnstrātum est – undae sunt probābilitātis sīve, ut vērum dīcātur, possibilitātis.

"Singulī autem animantēs et, ante omnia, singulī animantium coetūs nōn singulārum frequentiārum undās sed fasciās potius multārum frequentiārum inter sē proximārum ad mundum suum, hoc est, ad mundī suī speciem ūtilem efficiendam adhibent. Attamen intrā animantium intellegentiā praeditōrum societātēs nūllī bīnī umquam eīsdem prōrsus partibus fasciae, ut ita dīcam, 'pūblicae' ūtuntur. Quisque enim propriam ūnicamque frequentiārum temperātiōnem adhibēre callet; quāpropter aliī aliīs nātūrae dōtibus fruuntur atque – id quod māximī mōmentī est – quisque mundum suum quam cēterī seu paulō seu longē aliter experītur, aliam rērum faciem, aliam rērum mundānārum coniūnctiōnem perspicit.

"Is quī fasciae commūnis vel medium ferē corium adhibet, ac praesertim quī eandem partem adhibet quam concīvēs plērīque, prō sociō solitō ōrdināriōque vulgō dūcitur. Tālēs solent multitūdinī placēre, rēbus prosperīs ūtī, in altōs locōs cīvitātis ascendere et ita porrō. Sunt autem quī ingeniō magnō praeditī nōn sōlum, ut ita dīcam, vītae chordīs mediīs commūnibusque canere valeant sed etiam in fasciae pūblicae marginibus interdum lūdere queant necnōn etiam, seu medicāmentīs seu sacrīs lymphaticīs seu – optimō in cāsū – doctrīnā vērē quantālī nec tantum religiōsā cōnfirmātī, undās etiam exteriōrēs aliquot tractāre sciant. Hī 'magī' et 'mysticī' saepe nōminantur; quoddam autem genus artificēs et philosophī hās undās cēterīs occultās adīre sciunt audentque. At eī quī māximā ex parte marginālēs externāsve undās callent commūnēsque ignōrant negleguntve prō mente captīs spernī vel adeō inclūdī solent; hōrum astūtiōrēs societātem cōnspeciālium prūdenter vītant. Sunt autem animantium speciēs flexibiliōrēs fugāciōrēsque in quibus, vel perīculōrum fugiendōrum causā, facultās ēvolūta sit omnīnō ē fasciā solitā in proximam trānseundī."

Mē benignē aspicit velut num haec assequar quaerēns.

"Dē physicā quantālī nōnnūlla quidem in lūdō sessiōnibusque holographicīs didicimus," inquam, "sed tālia singula quālia tū nunc expōnis nōbīs numquam oblāta sunt."

"Rēgēs, tyrannī potentissimīque omnēs atque hōrum pedissequī, velut saepe etiam magistrī, quam sit fictīcia fragilisque reālitās ā sē rēgnāta rēgnātōs scīre nōlunt. Quamobrem eōs quī undās marginālēs exteriōrēsve adhibentēs īnsolita experiuntur inūsitātīsve dōtibus fruuntur rēctōrēs aut vī supprimunt aut contemptiōne cumulant aut aliter ē cīvium mente et vītā exterminant, interdum in rēgnantium intimum circulum cooptant, sīc sibi potestātem propriam firmāre crēdentēs."

"Dē planētā nōbīs destinātō plūra quaesō dīcās."

"Ille planēta quem petēmus postquam Aqua ē nāve dēscenderit...," inquit imāginem excitāns planētae maribus caeruleīs, terrīsque hīc prasinīs hīc fulvīs, candidīs nūbibus strātibusque polāribus variātī, Aegae meae nōn dissimilis.

"Quod est nōmen?"

"Mȳriōnymus esse vidētur planēta. Multōs autem 'Enlīl' dīcere affirmat Lācsheinn. ...Vērumtamen Enlīl planēta, sīcut aliquot ē vīcīnīs eius in systēmatīs proximīs versantibus, cum vigōre īnsolitum in modum abundet, plūrimās undārum fasciās iam cōnstitūtās, hīc sēparātās hīc aliquātenus inter sē implicātās, praebet. Ante adventum ego animī meditātiōne prō parte cōnābor undās quantālēs nostrās ita aptāre ut fasciam simul fēcundam et placidam adeāmus hēlmānoīdēsque plērōsque quāsdam fasciās habitantēs – quōs Lācsheinn nostra magnā ex parte incultōs perīculōsōsque esse affirmat – ēvītēmus."

**

Paucōs post diēs Aqua ē nāve modo dēscēnsūra nōbīs valedīcit nōn sine lacrimīs aliquot nostrīs, hoc est, meīs Togisque. Quōmodo enim animāns fluida nāvisve ūda trīstitiam prōdant nesciō. Eī quī pār symbiōticum quondam compōsuērunt, nunc iterum, neglectō prōrsus discidiō brevī, amīcitiā iam iterum stabilī firmāque fruuntur. Sī quid forte in novā patriā secus accidat Aquae, indigenīs sunt ratiōnēs Lācsheinnem certiōrem faciendī. Additur quod Lācsheinn dēscendentī suī particulam trādidit – nunc, ecce, Aquae corpore compositō tamquam strobilum vagum turbinulō perpetuō sublevātam – quae, sī necesse sit, quōrundam animālium cursōrum mōre, nūntiōs per spatium cosmicum trānsferat.

Antequam compressiōnis dēminūtōrium intret – nam āeris pressiō huius planētae nostrā paulō minor est – Aqua corpusculum meum sēmisolidulum fluiditāte expānsilī suā paulisper mergit, quō ego multa multiiugaque mixtim percipiō. Prīmō mē quasi scintillārum mīlium sēnsū ac simul quōdam lībertātis sīve vīvācitātis afflātū vegetor; dein cōgitātīs affectibusque simul meīs et aliēnīs nec tamen vērē aliēnīs impleor: vel amōre et benevolentiā ac solāciō clēmentiāque aliīsque quōs continuō nōmināre nequeam. Trepidulam post admīrātiōnem prīmam mē nunc voluptāte singulārī invāsam esse animadvertō tamquam sī complūrēs ē sēnsibus meīs nesciōquōmodo circumfundantur, cōnfirmentur, quasi mollissimīs pulvillīs subleventur. Quā condiciōne sī Tog diū fructus est, quam difficilis fuerit sēiūnctiō illa nunc intellegō.

Aurīs novīs iam absortā Aquā, nōs cursum dīrigimus ad Enlīlem versus. Togem, quamvīs ventūrōrum studiōsissimum sē praebentem, nōnnihil tamen intus labōrāre percipiō. Cum tandem, variās post coniectūrās captās, quid eī sit rogō, respondet is sē per māximam vītae partem, immō paene tōtam vītam, aliōrum, praesertim syntheticōrum praesidiō ūsum esse; Lācsheinnem autem forsan nec valdē diū nōbīscum mānsūram nec tālem esse quālem fautōrēs praefectōsque priōrēs; immō, nāvem, praeter loquācitātis ēruptiōnēs, sē ipsō sat quidem summissē ut magistrō ūtī cupere. Tantum semel, ad Fedestam planētam modo pervectum, omnīnō solūtē līberēque suōque Marte sē ēgisse, quō tempore sē prīmō tamquam puerum facile fraudātum, deinde aliquamdiū sine mētā ac sine ratiōne errāvisse, īnspērātae mortī profectō illāpsūrum fuisse nisi Aqua sē servāvisset. Posteā sē Hsālēnsium cūrae esse mandātum; Aquae dein symbiōsin aliquantō sibi fuisse firmāmentō ... sīcut etiam posteā per dēclīnātiōnum quantālium seriem lābentī atque sub Factrīcum dīciōne merentī necnōn sē tandem līberantī mēque ad portum cosmicum dūcentī. Aquā nunc prīvātum sē sibi repentē nōnnihil "nūdum" vidērī. Omnīnō quidem fierī posse ut sat facile sit futūrum super Enlīlem cōnsīdere, at, propter vītam plēnissimā lībertāte adhūc māximā ex parte orbātam, ingeniī propriī multa sē ipsum forsan adhūc cēlāta manēre.

Quibus audītīs, ego perītiam undārum quantālium tractandārum memorō; cuius Aquam adsevērāsse sē longē minōrem fuisse participem. Ille nīl respondēns sīc tamen mē aspicit ut hīs verbīs aliquid ērēctus videātur. Nunc prīmum animadvertō mē nōn sōlum comitem rē adiuvāre posse sed etiam itinerī fātōque nostrō aliquid cōnferre posse cum is quem adventum nostrum quantāliter accommodāre oportet quōmodocumque bonō animō tenendus videātur.

Immō, quod eum nōn perfectum esse sed potius, sīcut cēterōs mortālēs, cōnfīdentiā indigēre posse videō, is iam incipit mihi nōn tam aliēnus vidērī. Mīrum quam haec eius dēbilitās mē conciliet. ...Dīcam an, plūs quam conciliat. Vt vērum fatear, cuius Hēlmānitās nunc subitō ut numquam antehāc praelūcet, is adiūtrīcis Hēlmānitātem pariter stimulat, scīlicet nōn sōlum in cāritātem et quandam pietātem sed etiam ... sed etiam... Plūra mihi nōndum cōnfitērī volō. At ille decor paene rēgius quem synthesis fulgidior ā Lācsheinne suppeditāta eī prius tribuēbat gerentemque simul, ut ita dīcam, sēmidīvīnum et sēmifrīgidum reddēbat nunc, cum māximē hoc vitiolum paucaque alia prōdita sunt, amabilitātem eius nōn iam imminuit sed multō magis prōrsusque īnspērātō auget.

\*\*\*\*\*\*\*\*\*\*\*\*\*\*\*\*\*\*\*\*\*\*\*\*\*\*\*\*\*\*\*\*

Post tot longōs tractūs in hōc itinere ēmēnsōs ut, contrā istam "bullam spatiī flexī" quae nōs māximopere secundāre dīcēbātur, mētam nostram tamen numquam adeptūrī vidērēmur, inter Aquae planētam et Enlīlem, sī vel patriae meae rēgulā dēscrībitur tempus, intervallum tantum paucārum fuit septimānārum. Haud autem multō postquam cuidam locō Enlīlānō cuidamque undārum quantālium fasciae cautē tacitēque immissī sumus, multa – nec tamen omnia – quae ex Lācsheinnis memoriā dē hōc sīdere exquīsīveram nōn iam ita vēra esse patēbat.

Rēgiō nostra, māximā ex parte silvestris et montāna, tot profugīs scatēre vidēbātur quot ille exulum planēta ā Toge aliquamdiū habitātus. Hīc tamen plūrēs id genus erant quī seu symbiōticē seu epiphyticē seu modīs obscūriōribus ūnā cum plantīs arboribusque necnōn bēstiīs quibusdam vītam dēgēbant. Hōrum plērīque vel subtīlēs vel subtīlissimī vel saepe etiam invīsibilēs erant ac plantās bēstiāsque multimodīs fovēre cūrāre sānāre aliterve hīs prōdesse vidēbantur. Fōrmae eōrum innumerae quidem appārēbant; multī autem magnitudinis erant māiōrum īnsectōrum minōrumve bēstiārum. Nīmīrum quia quaedam huius planētae fasciae māiōrēs, ā nōbīs vītātae, ab hēlmānoīdum ingentī multitūdine habitābantur, permultī hōrum animantium vīvificātōriōrum speciem quandam vel saltem līneāmenta aliquot hēlmānoīda vel sēmihēlmānoīda exhibēbant. Vel saepissimē cōnspiciēbāmus, praesertim quibusdam in nemoribus novae sēdī nostrae proximīs, animantēs parvōs ālīs lātīs fūcōsīsque, quibusdam īnsectīs similēs, quōrum tamen corpora minima partim vel interdum adeō paene omnīnō hēlmānoīda erant. Hī tamen, sīcut huius fasciae plērīque, inter fasciolās quantālēs tam perniciter trānsīre valēbant ut, cum ad eōs accesserāmus, paene semper ēvānēscēbant. Singulōs quidem interdum ē sat proximō īnspicere licēbat; coetūs autem eōrum et conventūs volūbilēs,

nunc cālīginōsōs nunc lūcifluōs, optimō in cāsū tantum ad perbreve atque
ē longinquō.

Ē quibusdam homunculīs sōlitāriīs turpiōre aspectū, quōrum mēns nostrae penitus dissimilis, pauca, Lācsheinnis artibus quibusdam frētī, exprimere potuimus: vel hās undārum quantālium fasciās idcircō paene nimis
vigēre animantibusque omnigenīs paulō nimis scātēre quia hēlmānoīdēs
complūrēs, id quod Lācsheinn quōdam in ēvolūtiōnis gradū fierī solēre
autumāvit, quendam technologiam ferē mediocrem, bracteātam quidem
sed leviōrem, adeptī rēs ratiōnēsque trālāticiās et simplicēs contemnere
coeperint propriāsque artēs novās saepeque perniciōsās veteribus nātūrālibus semper praepōnendās esse opīnantēs, inter alia mala multa, animantēs tūtēlārēs similēsque paene omnēs, quasi ut supervācāneōs moles-
tōsque superbiamque hēlmānoīdem offendentēs, ē fasciīs suīs in hās aliāsque etiam sēmōtiōrēs extermināsse; id quod hēlmānoīdum Enlīlēnsium
reālitātem magnopere dēmum extenuāsse, fīnītimās vicissim omnium
generum profugīs complēvisse, nostrōrum locōrum multōs nimis onerāsse.
Aliquotiēs quidem oportuit Togem undās quantālēs nostrās aptāre nē
nōsmetipsī dīversīs nimisque vīvācibus animantibus obruerēmur neu ipsa
supellex forastica nostra Lācsheinnve ipsa, domiciliī vicēs iam praestāns
sed terrestrium haud ita valdē perīta, rēpentibus plantīs aliīsque pestibus
cottīdiē obtegerētur.

Aliquandō autem Tog stabiliōrem fasciam nōbīs invēnit haud valdē procul ā quōrundam paucōrum hēlmānoīdum paulō prōvectiōrum fasciā sitam. Huius locī plantae facilius domārī poterant, sed, tamquam sī hoc ēmolumentum novō dētrīmentō compēnsārētur, multō māior agitābātur hīc
commeātus peregrīnōrum, praesertim procērōrum quōrundam hēlmānoīdum horridōrum quī sē prō silvae nemorumque custōdibus habēre vidēbantur, cum quibus autem cōnsonum colloquium habērī nequībat. Cum hīs,
praeter timiditātem eōrum et quamvīs undās quantālēs habilissimē citis-
simēque flectere valērent, Tog nihilōminus cōnsuētūdinem aliquam nesciōquōmodo inīre potuit. Horridōs autem vītābam ego et, propter eōs aliōsque, cum ē parvō praediō nostrō sōla prōdībam, comitābātur semper Lācsheinnis particula quaedam volātilis, mē multō minor, quam ipsa velut ē
iocō "Lācsheinniculam" nōminābat, ego tamen nīl praeter specillum armātum esse putābam. Per hoc specillum ipsa Lācsheinn mē observābat custō-
diēbat nunc silēns nunc eādem mihi nōtā vōce eōdemque garrulō et temerāriō mōre mēcum sermōcināns.

Dē Enlīle eiusque fasciīs sīve reālitātibus quantālibus crēbrīs variīsque
longē plūrima tandem comperimus ē peregrīnīs aliunde, hoc est, sīve aliīs
ā sīderibus sīve sēmōtīs ē fasciīs sīve – quod nōs tantum bis expertōs esse

putāmus – superiōribus ē dīmēnsiōnibus vīcīniam nostram invīsentibus. Quaedam enim condiciōnēs hanc fasciam commendābant eīs quī aut māximās hēlmānoīdum Enlīlēnsium cīvitātēs ad breve speculārī aut vītae mōribusque indigenārum studēre aut quōsdam Enlīlēnsēs fūrtim invīsere cupiēbant. Scīlicet eīs animantibus tūtēlāribus aliīsque similibus quī hēlmānoīdum rēgna fugiēbant fascia nostra hēlmānoīdum saevōrum rēgnīs plērumque nimis proxima vidēbātur. Quārē hae novae silvae plērumque satis erant nōbīs perviae, nemora paulō apertiōra, viae expedītiōrēs, praedia fundīque aliquantō firmiōra. Submolestus autem erat interdum trānseuntium interversantium pervagantium numerus, inter quos appārēbant interdum etiam hēlmānoīdēs paucī Enlīlēnsēs sōlitāriī nunc conturbātī, nunc cūriōsī, nunc īrātī, nōnnumquam autem admodum sollertēs undāsque quantālēs cōnsultō flectere aliquantum valentēs. Hōs ultimōs Tog salūtāre, grātō hospitiō accipere, admonēre, docēre prō parte temptābat, quamvīs sē – quod vel affirmābat ille – ut "mente corporeque animāque nōndum prōrsus līberātīs," nōndum prō "vērō plūmātōque magistrō" habēns.

Quae tālibus verbīs dīcere volēbat animō interdum complectī mihi vidēbar, praesertim cum ipse aderat. Absente eō, saepe nōn sōlum dubiīs illābēbar sed etiam marcēbam ... vel mihi marcēre vidēbar – quod ferē idem est. Lācsheinn enim, quamvīs facunda scientiāque plēna, ut synthetica neque quicquam, plānē, hēlmānoīdēs, haud ad longum spatium comes mihi idōnea vidēbātur. Quam querēlam eī tamen numquam significāvī; nam eam aut comitum simulācra creāre aut forsan adeō sē ipsam in specillum hēlmānifōrme prōiicere posse suspicābar – quōrum prōdigiōrum ambō aequē respuissem, immō, horruissem. Aliquandō mihi in animum occurrit mē, quam quondam siccam vastitātem sine comitibus mihi aptīs vītam parum grātam ēgisse, nunc in vastitāte potius ūdā aliōquīn in similī versārī condiciōne.

Quōdam diē, dum ego et Tog per quandam iūcundam sēmitam proximam oblectāmentī remissiōnisque causā atque, quod sciāmus, sine ūllō Lācsheinnis participātū deambulāmus, miseriae meae litanīam effundō: illī quidem, ē nātūrā explōrātōrī, innumera nova hīc explōrāre licēre; mihi autem, quam scrīptrīcem dēmum fierī cupere, paucissima vīva et vēra neque Lācsheinnis memoriae thēsaurō frīgidē dēprōmpta experīrī licēre; interversantēs quidem aliēnōs necnōn indigenās horridōs quōsdamque aliōs, etiam comitante Lācshinnis specillō, mē nōnnihil abhorrēre quidem, sed quid dē fasciās proximās incolentibus hēlmānoīdibus? Inter hōs fore mihi sine dubiō comitēs aptiōrēs necnōn occāsiōnēs satis sēcūrās vītae hēlmānoīdum Enlīlēnsium gustandae.

Ille, quasi hoc prīdem exspectāns neque quicquam, ut mihi vidēbātur, immūtātus, sē mēcum cōnsentīre adfirmat; hoc nīmīrum proximum esse mihi adulēscentiae fastīgium; sē autem prōpōnere nōluisse ut ego indigenīs hēlmānoīdibus ūtī inciperem; mihi potius ipsī capiendum fuisse hoc magnī mōmentī nōnnūllīusque perīculī cōnsilium.

"At mē adhūc tamquam pūpillam tractās!" inquam stomachāta. "Nōn iam super Aegam turbātī errāmus. Postulō ut mihi cōnsiliōrum tuōrum participēs! Postulō ut mē abhinc prō sociā sīve ... sīve prō collēgā habeās! Sum enim nāta... Ego sum..."

Nē quot annōs quidem nāta essem cum familiam perdidī recordārī queō. Sēdecim? Septendecim? At cūr meminisse nōn valeō? Tōtīus vītae meae Aegēnsis alterā in reālitāte āctae parentiumque et sorōrculae sēnsim oblīvīscar?

"Pactum!" inquit Tog digitīs invītam guttam genā meā dētergēns.

Ad quem gestum indignātiō mea tamquam vernāle gelū statim dīlābitur. Immō tōta nunc ita cōnfundor ut quasi ipsa liquēscere videar.

Illum quid in mē, quid inter nōs, fiat cōnscium esse nesciōcūr nunc subitō prō compertō habeō. Ille autem, quī meō iūdiciō nōndum trīcēsimum suum annum attigit, ūsque adhūc nihilōminus sē quasi parentis locō stāre manifestō putāvit. Mox tamen aliter rēs sē habitūrās esse sentiō. Quot annōs – scīlicet Aegēnsēs mihi nōtōs – nātus sit cum Lntācham suam perdidit mē rogō. Ecquid sex ferē et vīgintī? Hoc tamen haud sciō an dēcernī nequeat quia – id saltem quod plūs semel audīvī – aetātem propriam aegrē computāre valent quī dīversīs nāvigiīs dīversōs ad planētās vehī solent, nēdum eī quī dīversīs in reālitātibus incerta temporis spatia agunt; nam vel in galaxiae regiōne nōbīs nōtā gentēs dīversae dīversīs ratiōnibus tempora dispertiunt ... nē quid dīcam dē illō temporis compendiō, plērumque haud praetermittendō, ūnō quōque volātū cosmicō effectō. Lācsheinn cellulās nostrās perscrūtandō ambōrum annōs, mēnsēs, adeō septimānās forsitan adamussim numerāre possit. Sed hoc cui prōsit?

Post sat longum intervallum – quō nōn ūnica fuerim quae mē rogō num sīmus inter nōs tandem exōsculātūrī – ille, ut mihi quidem vidētur praesēns argūmentum officiumque cōnsiliāriī solitō suō mōre cēterīs prūdenter antepōnēns passūsque aliquot, tamquam cōnspectā subitō ave bēstiolāve aliquā, recēdēns oculōsque paulisper dēvertēns, cōnsīderāta prōfert verba haec:

"Sī quid nimiā ē cautēlā perperam fēcī ego, hoc eō tribue quod Lntāchā quondam audāciōra suscipientī sum ... prīvātus."

# Aenat I

Quō dictō animī mōtum continēre manifestō nītitur, scīlicet nē sit etiam sibi dētergenda lacrima. Ego interim eō commoveor quod is mē modo prīstinae coniugī vel aliquantum aequiperāvit.

*

Īnsequentī diē sē "pontem quantālem" cōnstituisse dēclārāvit, quō praediolum nostrum Lācsheinnānum cum novō quōdam praediolō in fasciā hēlmānoīdī modo acquīsītō esse commūnicātum. Ipse ita fatigātō erat aspectū ut haec mīrācula efficientem tōtam noctem mātūtīnumque tempus vigilāvisse vidērētur. Ratiōnēs quibus haec patrāta essent ita mihi exposuit ut audiēns vix assequerer, posteā prōtinus dēdidicerim. Togem utcumque longās hōrās complicātīs crūribus sedentem undāsque quantālēs vī animī īnflectentem accommodantemque mihi – fortasse perperam – imāgināta sum.

Sex ferē mēnsēs Enlīlānōs dūrāvit fabricātiō vīllulae rūsticae. Poscēbat Tog ut cūnctae eius partēs, quae rēbus māiōris pretiī ā Lācsheinne suppeditātīs emēbantur, fasciae indigenae essent neque ē "Lācsheinnodūnō" – quod nōmen prīmō praediolō nostrō mox tribuimus – inveherentur. Cum structōrēs indigenae essent, ut ego cōnstructiōnis situm numquam nōn comitāta invīserem dēcrēverāmus ambō ... immō, cūnctī trēs, nam Lācsheinn, etiamsī in priōre fasciā ūsque manēns, omnia suscepta nostra eī nūntiāta prō parte secundābat, in tabulās suās referēbat et ita porrō. Prō quō auxiliō cēterīsque beneficiīs permultīs scholās dē quibusdam argūmentīs quantālibus atque neophysiologicīs – necdum, mīrābile dictū, eī nōtīs – ā Toge offertās audiēbat. Enimvērō nōn tantum nāvis sed etiam Tog syntheticōs, quamvīs ā biofōrmīs prīmō ut īnstrūmenta dēsignātōs, sīcut omnēs animātōs facultātem undās quantālēs cōnsultō flectendī explicāre posse crēdēbat, etiamsī hoc, ob eōrum structūram minus aptam, prīmō difficillimum ēvenīret. Novās inveniendās esse ratiōnēs, nova, ut ita dīcerētur, organa.

Structōrēs aliōsque indigenās vel prīmō cavendōs esse cōnsentiēbam cum Tog eōrum longē plērōsque "Secundī" tantum "Fastīgiī" esse adfirmāret, hoc est, praeter technologiam quandam potentem et perniciōsam ac quamquam nōnnullī eōrum prīncipia quantālia iam aliquantum callērent, permultōs tamen adhūc nūdam duālitātem amplectī, bella certāminaque inter "bonōs" et "malōs" dictōs assiduē stimulāre et agitāre, violenta facinora hēroēsque sanguināriōs scrīptīs spectāculīsque, velut "Prīmī Fastīgiī" prīscās gentēs carminibus, celebrāre; praeter quāsdam sectās pācem laudantēs complūrium animum prōniōrem esse in discidia quam in concordiam. Tālēs autem singulōs ac populōs sērius ōcius Tertium Fastīgium attingere solēre, holismum quantālem prō lēgē ūniversālī tandem habēre. Etiam super Fedestam, diversissimōrum profugōrum commūnem quondam colōniam, quamvīs exsisterent sānē interdum dissēnsiōnēs admitterenturque – id quod et sē ipsum esse expertum – maleficia, plērōsque tamen, etiam plērōsque reī pūblicae rēctōrēs, doctrīnam quantālem ēlātam illam sequī vel saltem sequendam cēnsuisse: nūllam rem ā cēterīs vērē sēparātam esse, nēminem ā quōquam; id quod alicubī fierī ūniversa ūniversōsque statim attingere; quem porrō sē iūsta iūra dēfendere opīnārī nihilōminus cuipiam nocentem omnibus, etiam sibi ipsī, simul nocēre. Haec scīlicet summa prīncipia repudiātūrōs fuisse tantum paucōs Fedestēnsēs, etiamsī, manifestō, nōn omnēs rē vērā vel in omnibus esse secūtōs. Nōn omnēs plānē singulōs Fedestēnsēs sed gentium profugārum saltem ingenium commūne in Tertiō Fastīgiō, vel saltem in huius prīmō līmine, stetisse. Hanc causam esse cūr, inter alia multa, cīvitās tālī societātī quālī Hsālae favēret.

Enlīlēnsēs invicem plērōsque cūncta cūnctōsque sēparātōs esse adhūc putāre, singulīs prō sē sōlīs vel cuique populō, sī necesse fuisset, prō sē sōlō agendum, luctandum, adeō bellandum. Praestāre fortasse concordiam, necessitātēs tamen saepe cōgere proelia. Quam autem opiniōnem manifestō claudicāre quia istud *saepe* cito *perpetuō* fierī solēret. Cūnctōs in Secundō Fastīgiō versantēs, scīrent nescīrent, cotīdiē, etiam in vītae singulīs subtīlibus, gustāre Chaos. Tālēs quālēs Fedestēnsēs sē contrā commūnem hostem, quālem vel Trebītās, armāre; Enlīlēnsēs contrā vīcīnōs. Haudquāquam autem ob haec "malōs" ducendōs esse Enlīlēnsēs, cum cūnctōs animantēs cūnctōsque populōs per omnēs ēvolūtiōnis gradūs sēnsim ascendere necesse esset.

Quod Enlīlēnsēs tamen nōn sōlum fasciārum suārum sed etiam tōtīus planētae turbāverant aequilibrium nātūrāle, Togem rogāvī cūrnam nōs nōn aliō migrārēmus. Respondit ille nōs nīmīrum ad hōs nostrī simillimōs aliquā firmā dē causā attractōs esse, ipsīus porrō Tertiī Fastīgiī mentem philosophiamque poscere nē nōs propriī tantum commodī grātiā auxiliī indigentēs dēstituerēmus. Quō addī quod inter illōs paucōs Enlīlēnsēs Tertiō Fastīgiō iam attribuendōs numerārentur etiam quīdam singulī prōvectissimī potentiā quantālī etiam sē ipsum superantēs; quōs hōc tempore coetūs adiūtōrum cōnstituere cōnārī quī planētae animum commūnem in melius refōrmārent: nōn scīlicet rem pūblicam mūtandō cultumve cīvīlem corrigendō sed potius ipsam Animam, quam omnium dēmum commūnem esse, excolendō. Quāle susceptum nūllō modō dēserendum. Sē ipsum illō tempore prō suā parte indigenās quōsdam dociliōrēs, vel quōrum animōs prōniōrēs, cūrāre, parāre, quādam scientiā altiōre, quoad licēbat, implēre; generāle tamen ob chaoticum eōrum tantum rārō rēctā adīre velle.

Lentissimē dum adhūc explicātur vīllula nostra, ego, exiguam quandam Lācsheinnis partem observātōriam semper mēcum gerēns, multitūdinum hēlmānoīdum fasciam tandem cautē explōrābam. Hīc āēr, quamvīs eius-dem planētae, nōnnihil asperior esse, lūx aliquantō dīlūtior, sīdera quō-dammodo longinquius distāre vidēbantur. Hae silvae, sī cum "Lācshein-nodūnēnsibus" cōnferēbantur, certē passim rāriōrēs iēiūniōrēsque erant, bēstiae nunc timidiōrēs nunc turbātiōrēs, animantēs tūtēlārēs prope nus-quam ēvidentēs. Immō hōrum paucissimōs quōs forte animadvertī cōn-sanguineīs eōrum Lācsheinnodūnēnsibus aliīsque mihi prius nōtīs hebe-tiōrēs, rudiōrēs, quōdammodo stolidiōrēs esse patēbat ... tamquam sī in mundō brūtō sibique noxiō vītam tamen, quōquō modō possent, dēgere nīterentur. Quōs tamen quicquam valdē efficāciter tūtārī posse dubitābam.

Causa cūr tālia sentīre valērem illa fuerit fascia quantālis ferē media in quā Tog nōs ambōs "pontis" illīus quantālis operā collocāverat. Etiam inter Secundānōs – hoc est, Secundō Fastīgiō ascrībendōs hēlmānoīdēs – versāns nōnnūlla eōs cēlāta dispiciēbam: nōn sōlum circumiectōrum eōrum egestā-tem tūtēlāriumque trīstēs reliquiās sed etiam nōnnumquam – rem mihi penitus inopīnātam! – īnfirmitātis vitiōrumque eōrum vēram nātūram. Immō bis terve adeō nesciōquae entia, quasi incorporea sed tamen nōn-nihil homunculifōrmia, quibusdam tūtēlāribus similia, Secundānōs vīdī stimulantia trūdentia trahentia vellicantia aliterque sollicitantia quam-quam ipsī Secundānī, etiam cēdentēs, nihil animadvertēbant. Semel qui-dem tāle ēns sīve, ut ita dīcam, daemoniolum dispexī virum ad quoddam tēmētum pōtandum īnstantissimē urgēns.

Tog dīxit multās animās quās corpora quondam occupāvisse mundīs corporeīs in praesentī exclūsās incorporātōs ad varia facienda impellere quia, ut hōrum sēnsūs quādamtenus participāre valentēs, vitiīs priōribus suīs "per hospitēs" adhūc servīre cuperent. Quod tamen prope numquam fierī eīs in incorporātīs quibus mentem tranquillam vīmque quantālem bene moderātam. Spatium, ut Mentis Vniversālis prīmam expressiōnem elementīciam, innumerās cōnscientiae monadēs īnfinītaque igitur vītae exemplāria perpetuō gignere; sōlum eōs quōs sē bene dēfinīre cōnsolidā-reque scīre contāgiōnēs, invāsiōnēs, propriae vīs vītālis surreptiōnēs āver-tere habēre.

Nūllō autem modō nōs Secundānīs superiōrēs esse opīnandum. Omnēs enim animantēs cūnctōs per ēvolūtiōnis gradūs procēdere dēbēre; quod quispiam plūrēs pauciōrēsve gradūs quam aliī post sē habēret nihil ad huius quālitātem honōremve attinēre, nam tālia iūdicia ad tempus referrī sed in prīmō ultimōque fastīgiō quantālī nihil exstāre temporis. Mē plūra quam illōs sentīre nōn sōlum propter fasciam meam paulō lātiōrem sed etiam idcircō quod is mihi, nunc cōnsciae nunc īnsciae, crēbra documenta sīve scholulās, quoad posset, impertīvisset. Immō, cum Mēns dēmum ūnica esset omnibus, ipsam suam praesentiam mē ad ēvolūtiōnem paulum ēvehere posse, sīcut et meam Secundānōs.

Aliquot utcumque cito invēnī Enlīlēnsēs iūcundōs, quōrum longē grātissima mihi fuit quaedam fēmina ad condiciōnēs Enlīlēnsēs prōvectiōris aetātis, hoc est, Enlīlēnsium annōrum LXVIII, cui nōmen erat Gīsa. Quādam in tabernā, ubi quendam apparātum vīllulae trānspontānae (vel nunc cispontānae dīcendae!) idōneum quaerēbam, eam prīmum cognōvī. Nōbīs satis esse multās sententiās nōtiōnēsque commūnēs ex ipsō initiō agnōvī. Neque illa quodquam ē proximīs oppidīs māximā ex parte terrā foedē exsculptīs habitābat sed potius casam simplicem quōdam in montium placidō saltū sitam ā vīllulā nostrā sēmiabsconditā haud ita longē distantem.

Cum Gīsā saepius saepiusque conversāns alterō ex huius fasciae huiusque regiōnis duōbus sermōnibus praecipuīs ūtēbar, quōs ē scientiae thēsauro commerciīque forō ēlectronicō planētāriō, promptē scīteque adiuvante Lācsheinne, quam festīnantissimē discendōs cūrāveram. Haec enim, etsī trāns pontem quantālem manēns, per specillulōrum suōrum nūntiōs cum fasciā aliēnā, seu cispontānā, coniūncta erat. Specillula illa, quōrum numerus mihi ignōtus erat, eōdem modō quō ego ā Toge, pontī ita subtīliter adaptanda fuerant ut utrimque versārī probēque operārī possent.

Subaliēnī sonī meī Secundānīs explānandī causā mendācium finximus patrium sermōnem mihi esse Esthicum, cuiusdam minūtae longinquissimaeque terrae linguam quae ā nūllō nisi ipsīs paucīs Esthīs intellegī poterat. Attamen, neglectīs mendāciīs meīs quibuscumque et quamvīs cēterī indigenae persōnam meam īnstrūmentaque cīvīlia mea – quae Lācsheinn summā perītiā affinxerat – crēdulī acciperent, Gīsa, hīs dissimilis, cōgitandī mōre, ut mihi vidēbātur, tam simplicī rudīque quam mīrē – haud negandum vidētur! – perspicācī, ex ipsō fere prīncipiō mē prō nōn omnīnō genuīnā, vel forsan omnīnō nōn genuīnā, habuit. Illa enim in numerō eōrum esse vidēbātur quōrum fascia propria pūblicae aliquam multum discrepābat. Nam adsevērābat ipsa – argūmenta ā mē certē numquam prōlāta! – sē et custōdēs illōs horridōs aliquotiēs vīdisse et cum peregrīnīs alienigenīs subinde speculantibus aliquod habuisse commercium brevissimum. Dē tūtēlāribus aliquid quidem sciēbat, numquam autem, vel fortasse tantum semel, vīderat ... neque ego, plānē, ūllam dē eīs ultrō fēcī mentiōnem.

Mē molliēbat tamen quod Gīsa negātiōnēs, tergiversātiōnēs perspicuaque mendācia mea numquam improbāvit. Mihi "magnum opus" aliquod exsequendum esse sē percipere autumābat ... simul tamen interrogātiōnibus audāciōribus inversīsque verbīs nihil parcēns. Dē huius tantae suspiciōnis causā rogāta illa complūra aliquotiēs ēnumerāvit: sonum meum haud Esthicum esse posse cum illa quondam cōram mē sermōnis Esthicī exemplum fūrtīvē sonāre fēcisset neque ego quicquam immūtāta essem intellegendīve signum dedissem; gestuum meōrum paulō īnsolitum, quamvīs prō parte dissimulārem, ortum tamen aliēnum, scīlicet haud Esthicum sed potius forsan aliēnissimum, arguere; figūrae meae tenuitātem, etiamsī exstārent sānē Enlīlēnsēs graciliōrēs, cum ortū extrā-Enlīlēnsī satis tamen congruere, cum, quoad illa scīret, exīliōrēs essent extrā-Enlīlēnsēs plērīque. (Illa plānē planētae suō nōn "Enlīl" nōmen dābat sed aliō vocābulō linguae suae propriō ūtēbātur. Id temporis adhibēbantur super Enlīlem – chaī forsan simul nota et causa – paene septem mīlia linguārum distinctārum. In Aegā meā contrā, vel ante clādem, tantummodo ducentās octōgintā quattuor exstāre mihi didicisse vidēbar.)

In hīs omnibus, etsī hoc nōn sum cōnfessa, Gīsa rēctissimē sānē coniectābat; nam nōn tantum Esthicē mūtissima eram, sed etiam quīdam indigenārum gestūs, nēdum vōcēs, mē rē vērā adhūc fugiēbant. Immō vērō ūnam saltem ex causīs cūr ipse Tog indigenās hēlmānoīdēs rārius rēctā adīret eius esse gestuum, ut ita dīcam, cōnfūsiōnem suspicābar. Dē corpore quoque probē iūdicābat Gīsa quandō et ego et Tog Enlīlēnsēs plērōsque nōbīs aliquantō procēriōrēs et corpulentiōrēs esse iam prīdem animadverterāmus. Cēterōquīn aspectus meus Togisque – phaenomenon quod haud sciō an adaptātiōnibus quantālibus subtīliter corrōborātum esset – Enlīlēnsī exemplō haud notābiliter repugnābat; attamen monuit Lācsheinn nē nōs probātiōnēs medicās internās Enlīlēnsēs paterēmur cum quārundam glandulārum nostrārum fōrma et dispositiō medicīs nōnnihil dubiī factūra esset.

Cum Gīsa saepe, prīmō ambāgibus verbōrum dein apertē īnstantiusque, nōs assiduē apud sē neque umquam apud mē convenīre significāsset, cōnsiliīs tandem cum Toge et Lācsheinne agitātīs, ut vīllula nostra longē post structōrum discessum prīmām salūtātiōnem sociābilem tandem acciperet dēcrētum est. Prīmīs paucīs vicibus Tog nōn erat apparitūrus; nam quā speciē esset ūsūrus nōndum cōnstituerāmus. Redemptōribus enim ille, quibusdam Lācsheinnis artibus nixus, sē quasi senem peregrīnum īnsolentemque ostenderat; quō dolō inconcinnitātem gestuum sonīque aliēnum simul dissimulāre et explānāre cōgitāverat.

Neque ille, contrā facultātēs quāsdam mīrificās, dīcam an, paene plūs quam Hēlmānās, ingeniō erat in sermōnēs accumulandōs prōnō. Vulgā-tiōre ex illīus regiōnis duābus linguīs praecipuīs cōgitāta sua ita exsequī valēbat ut – id quod aliquotiēs vīderam – indigenīs audientibus, quamvīs plēraque comprehendentibus, nōn rārō movērētur subrīsulus. Sermōne patriō meō sat bene, nōn tamen ēmendātissimē, ūtēbātur ... quem quidem sermōnem cum patriō suō, "Neovedicō" ab eō dictō, haud valdē discrepāre assevērābat. Sed ego, ē dēclīnātiōnum quantālium nārrātiōnibus eius con-iectāns, comitem meum rēbar, etiamsī quibusdam sēnsibus inūsitātīs praeditum, ob obscūram aliquam lēgem quantālem cuiusque novae reāli-tātis sermōnem ex ōrdine quasi imprūdenter ac paene automatāriē suum fēcisse ... immō ita īnscienter ut priōris nē vērē meminisset quidem. Togem scīlicet eādem ferē perītiā simul nātīvā et aliquantō mediocrī Neovedicam quondam propriam linguam ūsurpāvisse suspicābar quā nunc Falūtīnnam meam. Ob oblīvium igitur magis quam memoriam linguās patriās nostrās prō similibus habuerit ille. Immō enimvērō, quamvīs ego longē pauciōrēs dēclīnātiōnēs quam ille experta essem, nōnnūlla tamen singula – quod dīcere flētum movet – dē prīscā germānāque illā reālitāte meā iam penitus oblīta esse vidēbar.

Illō autem diē quō Gīsa prīmum ad vīllulam salūtātum vēnit, dum nōs iam in culīnā mātūtīnō sōle diffūsā pōtiōnēs calentēs ē pōculīs magnīs sorbillantēs dē cōnsiliō meō cuiusdam acadēmīae frequentandae sat iūcundē alacriterque agitāmus, intrat necopīnātō Tog nōnnihil oppressō aspectū neque quicquam dissimulātus. Cum quid reī sit rogō, respondet is ingenuē Lācsheinnem mox discēdere statuisse.

"Lācsheinn..." inquam Gīsam sollicitē respiciēns mentemque raptim rī-māns, "...amīca nostra est, quae..."

"Amīca quidem est," interfāns inquit Tog, "sed etiam est vīlla māior nostra, abhinc cūriōsē sēposita, quae quondam, ut nāvis cosmica fīdissima sēdulissimaque, nōs ultimā perniciē ēripuit."

Ego attonita nīl addere queō. Gīsa inhiat oculīs tam mīrabundīs quam dubiīs mē aspiciēns ... nesciō num sibi ipsī cōnsternātae an mihi manifestō haerentī an forte Togī seu maerōre seu dēmentiā afflictō an cūnctīs tribus simul cōnsulēns.

"Nē sollicitēris, mī Aenat," pergit Tog immūtātus nōmen assūmptum meum, quod erat "Anna," neglegēns. Dum mē alloquitur, amīcam con-tuētur contrā huius cōnsternātiōnem, ut vidētur, quam cōmissimē potest. "Tua Gīsa amīca, quam tandem cognōscēns ex animō gaudeō, iam tot vēra suspicātur ac praesentit ut, cōnsuētūdine nostrā diūtius sī ūtātur, cūncta sēcrēta nostra sit nīmīrum sērius ōcius dēprehēnsūra. Quod vītārī nequit quōrsum igitur differātur?"

Quae audiēns summamque cautēlam meam antecēdentem cōnsīderāns prīmō quidem īrascī cupiō, sed illa simplicitās ingenuitāsque quā loquitur diūtinus iamque familiārissimus comes mē cito conciliat.

Antequam plūra mēcum agitāre valeam, Gīsa, vultū mihi imperspicuō, ē sellā mēnsulae culīnāriae appositā surgit Togemque adiēns brācchiīs suīs pallidīs quidem sed, ut in prōvectiōre fēminā, adhūc sat rōbustīs amplectitur. Quem gestum, quamvīs ego māximē admīrer, ille tamen paene quasi exspectātum accipit necnōn – rēs in eō numquam antehāc vīsa! – dē dexterō oculō appāret lacrimulae lāpsus ūdus. Dein dē sinistrō.

Quid dīcam, quid faciam, quid sentiam paulisper maneō incerta. Quod Gīsa potius quam ego quid fuerit faciendum perspexit intus vexāta, mollior tamen cum Tog prope mē mēnsae assīdit Gīsaque ad locum priōrem revertitur. Sōl per merīdiānās fenestrās ē cūnctō proximō vīllulae apparātū supellectileque in omnēs partēs laetē repercutitur, praesertim in vultum eius; quī praeter oculōs sublippōs – ecquid pervigilāvit? – solitō etiam māiōre ēminet decōre suffuscō et tenerō. Eās vestēs solūtiōrēs, tunicam ātram braccāsque cyaneās, nunc gerit quās aliōquīn apud quendam Enlīlēnsem sibi nōtum, quem sē ipsō etiam māiōre, immō, longē māiōre potestāte quantālī pollēre affirmat. Etiam hōc in planētā subtīlissimās artēs aliōquīn minus doctō quam Togem nostrum prōvectiōrēs, etiamsī tantum paucissimōs, exstāre mīror. Eum autem eandem ubīque scientiam ūniversālem exsistere, faciē sīve explicātiōre sīve abscondītiōre, aliquotiēs affirmāvisse meminī.

Hīs cōgitātiōnibus dum ego dēfīgor, Tog iam coepit historiam suam meamque ita summātim cōnsīderātēque nārrāre, singula inūtilia nōtiōnēsque nimis reconditās praetermittēns, ut Gīsa facile subsequī valeat. Interdum, cum dēsunt illī verba locūtiōnēsve, ego suppleō. Supplet et passim audītrīx. Dē vītā meā Aegēnsī, hostium incursū, corporis mentisque mūtātiōne familiāque perditā, impulsīs sānē nōnnumquam lacrimīs, propriās nārrātiunculās explānātiōnēsve locīs prō appositīs habitīs iniciō.

Interpellat interdum Gīsa ēnōdātiōnem ūnam et alteram petēns. Oculī eius subinde haud mihi magis dīlātārī posse videntur. Cūncta tamen in animō satis probē concoquere vidētur. Praeter rērum sibi ignōtārum, aliēnārum, mōnstruōsārum cōpiam speciērumque ingentem, immō, immānem dīversitātem cōnsōlātur tamen eam quod plērīque plērumque eadem ferē quaerunt: vītam, salūtem, amōrem, suscepta digna, oblectāmenta, rērum intellēctum, viam aliquam ad acceptiōra, sublīmiōra. Dolen-

dum autem putat quod exstant passim etiam tālēs quālēs in cēterōs dominārī cupiant: seu apertē et vehementius, sīcut Trebītās, seu ferream per
benevolentiam, sīcut "Palaeo-Veda," Togis quondam cūrātōrēs omnīnō
syntheticōs.

Num Trebītae Vedave hāc in reālitāte ac prope hunc planētam versārī
possint rogātus Tog neque ait neque negat; in ūniversō, utpote systēmate
quantālī, ea exstāre solēre dīcit quae quemque secundum propriī ingeniī
nātūram et condiciōnem et vītārum historiam sibi arcessere; hoc sē compertum habēre ex stīpendiō Trebītānō atque effugiō. Quemque scīlicet ūniversī propriī esse auctōrem et caput; quemque quid in mundō suō fiat, sciat
nesciat, cōnstituere; rēs ex sententiā ēvenīre dummodo quisque animum
regere rēctēque intendere didicerit; quod, heu, rārō vel numquam posse
eōs quōs rērum corporālium vānās speciēs prō vērīs, solidīs inēvītābili-
busque habēre. Plērōsque tot sibi ingrāta quot grāta afferre. Quoad ipse
sciat, rīmam quamque Enlīlēnsem Trebītīs, Vēvedīs tālibusque ac pēiōribus
scatēre bullīreque, cum singulīs temporis mōmentīs vacuō ē spatiō ubīque
nāscantur perpetuō possibilitātēs quantālēs numerō vērē īnfīnītae; ipsōrum autem Enlīlēnsium esse dēcernere quātenus aut glīscant īnfesta aut
secundent prospera, quātenus lābefactent dubia dēbilitentque timōrēs aut
propāgentur gaudia.

Inter tālia argūmenta nunc gravia nunc speciōsa nunc abstrūsa diēs
mīrē cito ad vesperam inclīnat. Gīsa invītātur ad cēnam. Tamen, cum haec
ad Lācsheinnem admittī petit, renuit cōmiter Tog, "pontem quantālem"
imparātīs perīculō vel saltem cōnsternātiōnī esse posse monēns; Lācsheinnem quaedam cōnsilia nūper capta obīre cupientem perendiē discessūram,
num sit reversūra dubiam; sē ipsum praediolum trānspontānum utīque
cōnservāre in animō habēre sī forte aliquandō reveniat illa. Mihi quīnam
fiat ut ego "pontem" trānsgredī valeam amīca tamen iam satis initiāta
nequeat rogantī respondet ille mē prīmitus horrendīs dēclīnātiōnibus dein
minōribus mūtātiōnibus adaptātiōnibusque ā sē effectīs iam satis diū ad
fluxūs quantālēs sustinendōs vel potius ad eōs tractandōs parātam esse.
Tīrōnem quemlibet vicissim, contrā scientiae cōpiam summumque studium aliquamdiū tamen īnstituendum īnstruendumque fore antequam
inter reālitātēs, quamvīs inter sē sat vīcīnās, tūtō commodēque interver-
sārī possit.

Quam repulsam ego quam Gīsa aegrius ferre videor. Immō haec post tot
mīrācula hodiē accepta sē "intercapēdine obstupefactiōnis" utīque indigēre indicat, mātūrō aliquō tempore sē ad tālem trānsitum parārī posse.
Inter hesternae cēnae sapidās reliquiās hodiē etiam exquīsītiōrēs – nōnnūlla ex holeribus nāta sunt in dēclīvī holerāriō nostrō ā merīdiānō latere

vīllulae positō – nōn possum quīn Gīsae aequum animum indolemque cōnsīderātam sentiam mīrerque. Nunc quod sermōnēs magis in cottīdiānīs
atque Enlīlēnsibus versantur, quamquam neuter neglegit mē in colloquia
illicere cōnārī, eōs plūra inter sē quam mēcum commūnicanda habēre patet. In commūnī vītā mē rudem esse dēprehendō. Paulum hīc participō.
Quod recentium ambāgum comitis coniūnx fierī bis terve cōgitāvī nunc
subitō rīdicula mihi videor.

Nec tamen Gīsae invideō; nam alterā ex parte haec aetāte longē nimis
prōvecta est, ex alterā Togem vel nunc temporis in amōrēs haud inclīnārī
ēlūcet rem sobriē cōnsīderantī. Ille tōtum animum in susceptum suum
intendit. Proximum vidēlicet existentiae gradum quaerit. Haud sciō an
calcem iam videat. Nimīrum sit Venus eī āvocāmentō supervacāneō. Amōrem enim īnsāniam esse quondam lēgī, cuius sententiae vēritātem ipsa iam
subinde probāvī. Aptiōrem mihi iuvenem seu in scholīs seu in officium
aliquandō incumbēns offendam. Haud sciō an, sī necesse sit, Tog, ut cuius
perītia quantālis perpetuō augeātur, glandulās mēas ac quaecumque alia
forte immūtanda sint ita aliquandō ad exemplar Enlīlēnse adaptāre valeat
ut virō Enlīlēnsī corporāliter satis conveniam.

Proximīs diēbus Gīsam prō parte celebrō. Haec sē illā apocalypsin īnsequentī nocte, ut tōtam in mystēriīs novīs, parum dormīvisse renūntiat –
quod haud quidem mīrandum vidētur mihi. Tempore autem ad omnia
assuēfierī posse affirmat. Sē utīque occultīs, arcānīs, extrā-Enlīlēnsibus iam
prīdem studēre; adeō nōnnūlla tālia, quamvīs plānē minōra, iam expertam.
Quam tālium rudēs ideō sē certē facilius esse superātūram … immō iam
māximā ex parte superāsse. Sē mē utcumque, sī velim, in Enlīlēnsia
indūcere cupere, "sēcrēta nostra," plānē, ūsque cēlantem. Quod familiā
sum orba sē ut "familiārem suppositīciam, quamvīs huius nōminis nīmīrum indignam," praestāre.

Quae adiūmenta tam līberāliter oblāta accipiō tantum quia volō quantum quia Tog hōc tempore sē rārius ostendit et, sē ostendēns, conversāti-
ōnem nōn ita valdē quaerere vidētur. Mē ipsam praesentium angustiārum
suārum causam nōn esse bis terve affirmat. Cum autem plūra tēlepāthiae
signa in eō dispiciam sīve mē haec dispicere mihi persuādeam, priōrem
fatuitātem amātōriam meam – nēdum huius vestīgia quaecumque adhūc
manentia – quam māximē eum cēlāre cupiō. Immō, contrā animī perīcli-
tātiōnēs quibus hoc temporis exercērī vidētur, ille mē tamen adeō indul-
genter tractat ut vacillem ego inter grātiās ob hēlmānitātem eī referendās
et nūdum pudōrem. Vincit plērumque pudor. Quārē saepius saepiusque
apud Gīsam pernoctō, hāc magis magisque quasi mātre ūtēns, vērae mātris

per undārum quantālium nesciō quot fasciās lūcisque itinera annua adhūc, vel magnā ex parte, memor.

Vnā cum adulēscentibus Enlīlēnsibus scholās audīre incipiō. Longē citius efficāciusque docuit quidem Lācsheinn nostra; sed inter aequālēs – quod mox animadvertō – quaedam discō quae nāvis mīrifica nē hologrammatīs quidem nīxa trādere potuit. Vel, quod ad quāsdam rēs attinet, nīmīrum noluit. Enimvērō, ut sint mihi multa ūsitāta quae hīs sodālibus ignōta, ita tamen ad quid nūgārum redigī possit vīta cōgitātiōne numquam finxī! Hoc in populō quibusdam modīs satis prōvectō etiam inopīnātius vidētur. Sunt enim quaedam scholae Enlīlēnsēs mentis meae captum longē superantēs, nōnnūllaeque gentēs, quamvīs rērum quantālium magnā ex parte rudiōrēs neque igitur propriī planētae fasciārum variārum gnārae, proxima tamen sīdera vel incohātā ratiōne iam speculantur. Quod quīdam praeceptōrēs rēbus antepōnunt rītūs nōn tantum mīror quantum multōrum discipulōrum oblectāmenta vāna, interdum perniciōsa, nēdum eōrum nōtiōnēs perversās. Cum, verbī grātiā, ampla doctrīna apud complūrēs frīgeat, ipsī sollertissimī saepe aut ērudītiōnem propriam dissimulant aut sibi ultrō nōmen induunt "caudicis doctī." Cūr hoc fiat intimōs aliquot rogō. Respōnsō autem Gīsae cēdunt, meō iūdiciō, cetera. Autumat enim illa mercātōrēs, quōrum potestātem hīc immāniter pollēre quōsque īnstrūmenta nūntiōrum oblectāmentōrumque dīvulgandōrum regere, idcircō cūrāre ut in forīs ēlectronicīs pūblicīs opīniō diffundātur doctissimōs plērōsque īnsulsōs esse, artificēs dēsipere, philosophōrum nātūrālium magnam partem furere et ita porrō quia īnsciīs emptōribus facilius sit ūnicī tenōris mediocrisque notae mercēs vēndere, astūtī vicissim cum variātiōra tum vīlius praestināre mālint. Quamquam porrō sat multī ad prōvectam aliquam intortamque scientiam prōficiunt, cuique ut in sibi nōtiōre prōvinciā maneat ita tacitē suādētur ut cētera studia prō imperspicuīs habēre soleat, artibus pulchrīs incumbēns technologica scientāliaque fugiat et vice versā, nūllum ferē opus neque ūllum oblectāmentum dīversa cerebrī latera simul alloquātur.

Nōnnūllōs utcumque ad commīlitōnēs attrahor, praesertim ad quoddam gemellārum pār longinquiōre ē vastitātē oriundum, cui apud ipsam acadēmiam est hospitium. Iessia et Iessica sunt eīs nōmina. Aliquandō omnīnō necopīnantī mihi in animum venit vinculum nostrum esse tam patriārum quam condiciōnum domesticārum nostrārum similitūdinem. Sēmōtō enim modestissimōque in fundō sunt nātae ēducātaeque, magnā ex parte domī ac per subsidia ēlectronica īnstitūtae. Ob causās suprā memorātās, utpote industriam scholārem neque occultantēs neque excūsantēs, nōn ita multīs oppidānīs fēstīvē congruunt. Sincēram familiāritātem laetē accipiunt, prāva noxiaque omnia respuunt. In permultīs cum eīs cōnsentiō, etsī rēligiō eārum, quam mihi utīque nōn ingerunt, interdum nimis vidētur angustī animī.

Eae cōram Gīsā, tēctam reprehēnsiōnem nīmīrum sentientēs, dē sacrīs suīs nīl prōferunt. Quam suspiciōnem, remōtīs arbitrīs, Gīsa mihi amplē cōnfirmat. Tog autem, quem interdum cāsū in vīllulā offendō, dē hāc rē rogātus ūnum quemque dīcit sēmitam illam sequī quae sibi praebērī ob condiciōnēs vītae ... vel potius vītarum, nam quemque per vītārum seriem quasi per scālārum īnfīnītōs gradūs ascendentem rudīmenta prīncipiaque cum prīma simpliciaque, tum mediocria, tum ēlātiōra experiendō discere; quemque igitur sibi semper tāle vītae gubernāculum sēligere quāle praesentī progressūs propriī fastīgiō congruere; quārē alterīus sacra, sectam, ratiōnēs haud esse iūdicandās nēdum reprehendendās. Prōvectiōrēs enim omnēs cūnctōs quondam īnferiōrēs gradūs perēgisse; quīn immō cuique paulō alium esse scālārum ōrdinem altiusque stantibus saepius restāre adhūc gradūs trānscendendōs quōs nōnnūllōs humiliōre locō stantēs iam superāvisse.

Cui expositiōnī cum dubitātiōnem meam dē animārum migrātiōne interpōnō, respondet ille "proximum fastīgium" quaerentibus nihil prōrsus esse crēdendum, in nūllā esse manendum rēligiōne studiōve sed potius magistrōrum illūc iam ēgressōrum monita vigilī animō vīvācīque animā sequentibus sibimet ipsīs omnia rērum elementa prīncipiaque experiendō dētegenda. Id est, dē suīs meīsve cuiusquamve persuāsiōnibus minimē agī; quamlibet persuāsiōnem prīvātam, opīniōnem cōnsīderātam, dogma rēligiōsum cēdere semper tandem experīmentō.

Haec utcumque sē habent, permulta ab eō didicisse videor; immō ratiōne quādam suā admodum volāticā is mē iam dūdum ērudīre vidētur.

Complūrēs post mēnsēs Enlīlēnsēs, Aegēnsibus meīs, ut vel mihi vidētur, paulō longiōrēs, cum ea saltem rudīmenta cōnsecūta sum quibus īnstructa huius planētae condiciōnibus plērīsque pār esse prīmumque tīrocinium scrīptrīcis, hoc est, diurnāriae, tandem inīre posse videar, dum quāsdam optiōnēs mihi nūper forte prōpositās in vīllulā prīvātim recēnseō, appāret speciē mīrē, ut vidētur, renātus Tog velut subitus lūcis radius. Tam simul tranquillus et vī vītālī plēnus est ut paene novum ēns esse mihi videātur. Quamquam oculī nihil corporāle ēmittunt, videntur nihilōminus fulgurāre ... fulguribus scīlicet nōn violentīs sed summē, dīcam potius, benevolīs.

Antequam quicquam appositī interrogāre queam, ille longās absentiās suās sponte explānāre incipit. Mīrās facultātēs suās, suō sānē ex ingeniō prōvenientēs, aliquā tamen ex parte falsās fuisse ut aliēnō semper tūtāmentō fōtās tamquam flōrēs in aedibus topiāriīs inopīnātam in luxuriam arte adauctās. Hīs multīs mēnsibus, immō – ēcastor! – paene annō, sibi discendum fuisse suī potentī fierī atque omnīnō ad proprium vīvere arbitrium: documentum sibi nūllō modō leve. Quōs Tōtī Vītae servīre velle imprīmīs līberōs esse opportēre; aliōquīn hōrum "dominīs" – seu hominibus seu rēbus – multō magis quam Tōtī servīrī. Rēs porrō quantālēs doctōrum super Enlīlem esse duo genera penitus dīversa: alterā ex parte quōs prīncipia quantālia mente ita comprehendisse atque mathēmathicē dēscrīpsisse ut tamen ipsī undās quantālēs, nisi in experīmentīs mēchanicīs circumscrīptissimīs, sponte tractāre nequeant; ex altera quōs exercitātiōne meditātiōneque ac longō ūsū sēmet ipsōs ad undās quantālēs probābilisticās efficāciter tractandās induxisse, īnstituisse, affatim hīs instruxisse. Illōrum sat multōs exstāre, hōrum paucissimōs nec semper satis perītōs; nam studium quantāle, cuius prīncipia plērōrumque opīniōne arcāna et absona, multifāriam immixtum esse rēligiōnī. Quō effectum esse ut magistrōrum vērē illūminātōrum admonitiōnēs cōnsiliaque ad ūsum singulārem quondam accommodāta in dogmata, placita, lēgēs tandem conversa sint doctrīnaque sīc petrificāta saepeque per librōs trādita ideōque amplius variīsque dē causīs dēmūtāta, corrupta, vitiāta prīstinam ūtilitātem vel māximā ex parte perdiderit.

Ē paucissimīs autem magistrīs Enlīlēnsibus tantum ipsum proximum exsistentiae gradum forsan rē vērā adeptīs quantum singulōs discipulōs per cōnsilia ūtilia et valdē speciālia īnstituentibus neque rītūs supervacāneōs frīgidave iūra canonica prōmulgantibus sēsē ūnum sibi ēlēgisse ... vel forsan sē potius ab illō esse ēlēctum.

"...At quōmodo servitūte timōribus inertiā tandem līberātus sim...," inquit Tog iuxtā mē cōnsīdēns computātōriōque gremiālī meō summīs digitīs quasi lūdibundē atque simul ferventer blandiēns, "...nārrāre longum sit, neque mihi facile sit in verba concipere necdum tibi nōtiōnēs novās multiiugāsque animō facile complectī. Tibi autem ob longam patientiam tuam amīcitiamque nostram aliquid dōnāre in animō habeō quod tibi prōdesse potest. Quisque enim suī ipsīus ratiōnem tandem reddere dēbet neque alter prōgressūs quantālēs sīve dīmēnsiōnālēs sīve 'spīritālēs', ut hīc crēbrō dīcuntur, in alterum trānsferre potest. Interdum autem utīque commodārī potest, ut ita dīcam, praegustātiō quaedam. Scīlicet īnfīnītum mare illud tibi adhūc magnā ex parte ignōtum, nostrum tamen omnium commūne patrimōnium, arcānōrum suōrum exempla velut vīvida spectācula aperit quī superficiem ūnicō tangit impavidō digitō..."

...Quod "mare," ut tāle percipiātur quāle vērē est, prīmō nōn attingitur nisi vel in ipsārum vīvificī āeris helicārum aeternā incūriā, in gelūs quasi

extrāmundānī pūrō ac lētālī anhēlitū, in cūnctās lūcēs invītē sed necessāriō
repercutientī lacrimā, in sanguinis tam lautō quam perfidō lāpsū, in grāminum semper sitientī ideōque omnipraesentī foliolō, in futūrorūm cadāverum ūdō et percōnfidentī vīscere, in sollicitātī taurī cūncta exūberante
sudōre, in sollicitantis vaccae somnifōrmī lūnā, etiam in longinquissimō-
rum sīderum formīdulōsīs artibus.

Celsī montēs immēnsa brācchia sua
neglegenter tollunt dēmittuntque
ante aeternum
speculum.

Vīvidī cadūcīque
scopulī
spatium suum tantisper alacrēs
illūdunt.

Silvae, seu incānae seu opācae,
sē placidās fingere
perfectē sciunt
tamquam nēminem interimentēs.

Ventī velut tenuia amictōria longa
aequora lāta
per vicēs induunt
exuunt.

Sēmina
haec nemora,
illōs agrōs
eōdem speculantur
fervōre

quō alibī vel gamma radiī
docilēs planētās
prōtoniaque fera
mūtōs asteroīdēs.

Nihil nōn serit sēsē.
Et sēmōtī puteī siccī calvāriīs
nummīsque audācter oxydātīs
sē laetificāre pergunt.

Cīmicēs aliquandō culicēsque, arduōrum sōlum nūntiī,
tōtās terrās temptant tam perpetuō quam ūbertim
quam sībilanter quam subinde et fātāliter
sāviārī.

Hodierna cōgitāta fuērunt ōlim tāctūs.
Hic pulvis humilis et pūrus
recentī ē libīdine
quondam est contrītus.

Praesentia maria
praeterita sua exemplāria
ūnā quāque in novā guttā
sponte agnōscunt.

Maria quidem, ut sincēriōra,
ūniversās rēs gestās,
praesertim terrestrēs dictās,
prōpellunt.

Appārēs aliquandō et "tū" mīrē quidem fōrmāta
ēmānatque necessāriō prīma
docta explānātiō tua
ē piscium buccā.

Puerīs
similī modō hiantibus
nārrātur,
cito dum senēscis.

Ecce, connauta,
et fluctuantia membrula tua
sitientēs illās fābulās
probē alere pergunt.

Portūs prīmitīvī minimī sunt. Cum autem tempus continuum sit ac cuius-que vīta super cēterōrum vītam semper excēdat sīcut dīversa flūmina intrā mare memoriā adhūc condita nec cuiusquam igitur, nē imperātōrum qui-dem, morte incipiātur fīniāturve quōquōversus diffūsum fluentum, om-nium temporum portūs cum cēterīs mercēs hominēs linguās nōtiōnēs fictiōnēs commūnicant. Figurculae luteae conversantur nunc maestō cum colossō; somnolenta ursa spīculōsō cum scorpiōne; *Kewpie* puppārum mīlia ūnā cum vertīginōsīs servīs nāvis cavernā modo dēprōmptīs; pellītī Gothī cum Sumātrēnsibus colubrivorīs; *babushkae* cum *chadorātīs*. Nārrantur omnium marium fēminae illae sēmimȳthicae ea quae forsitan fierī possint sponte, subinde et invītē, prōmittendō virōrum *Wanderlust* compēscentēs.

Cūriōsīs iuncīs lītorālibus nārrat flūmen argūtē reboantia rūdera, nōn iam quicquam pudibunda mammiferōrum ossa, decerminum dapēs hīc lentē hīc avidē dīgestās, salicēs ūsquequāque propitiās, agrōs protervē volūtātōs, cāsū surreptās opēs, lacūs prōlem suam alternīs parientēs et vorantēs, stēllās quōquōversus īnstanter repercussās, celsās quāsdam aurās plūs quam pūrās quicquid aliunde dēprōmitur sine ūllā sententiā sentientēs.

Fortissimōs amnēs vītant indigenārum prūdentiōrēs. Vīcī cucurbitētulum nunc placidē lūstrat crocodīlimōnstrōrum prīscōrum cantor. Ē nymphaeārum captārum fasciīs blandōs ostendunt nunc vultūs lentiōrēs sīrēnae. Intrā parietēs iam contrā nātūram dealbātōs mortem cōnsīderat cīvis dēhonestātus. Medicāmina somnifera voluptifica egersima, tamquam sīmiī ā familiāribus turpiter dērelictī, dē arbustīs pedetemptim dēscendunt. Rārius rāriusque contemplantur hominēs bēstiārum vīcīnārum mōrōsōs cantūs. Prīncipum amīcus, avium manipulīs opertus dentibusque aquārum, novissimum impōnit ululātum antīquum. Fortuītō fulgure passim lūdēns sē ipsum ita terret ut in bīnās suī versiōnēs scindātur. Altera pars parva mīrācula adhūc nōnnumquam serit, altera scēptra stipemque micantem abiectē mīrātur.

Omnigenās propter dēmūtātiōnēs inveniunt aliquandō meliōrem cōnfugēlam, latebrunculās, vīvāria nova cochleae, rānae, grāculī; niama, rosulārum adhūc simplicēs rubōrēs; mūrēs, blattae, mānsiōrēs lupī, quoddam genus īnstitōrēs. Prīstinī oppidī concordia turbātur cīvium vectigālium nūper factōrum recentī dissimulātiōne. In silvā nunc forsan sēcūrior pūriorque essēs ... ubi procēra inter monumenta arborifōrmia arāneae sōlitūdinem tuam cānā dignitāte involvant. Circum vetustam quercum oppidānam sēmimūtilam celebrantur interim nundinae, nūptiae, dimicātiōnēs puerōrum, salūtātiōnēs saltātiōnēsque interdum nocturnae, ningōrum interdum subitum iūdicium. Rēgia harundinea, ad palūdem nōnnihil inclīnāta, salsāmenta ūsque redolet. Prope ōstium sedēns prīnceps pinguis, cui modo recitantur inventāria, odobenī mōre tractum cōnsīderat suum. Lēgātus cōnsiliātorque proximus, proelia maritima in balneō quondam gesta reminīscēns, quōmodo potestās adsūmātur placidē contemplat. Cuius ānulum aēneum aureumve longinquā ē terrā oriundum, lūdentibus puellīs, speculātur cornīx cupida.

Fātālēs veniunt abeuntque diēs reditūrī.
Cadāvera propria sibi arripit pervicāx quisque.
Aprīca inter sepulchra lūdunt dī ignāvī
longā oblīviōne suā hauddum commōtī.
Columnārum reliquiīs immiscentur īnfrāctae
crepidae pulvere osseō aspersae,
crepundia sordida sed adhūc sat integra,
alacrium pōculōrum cōnfrāctum aliquod crepusculum,
cūnctārum orātiōnum umquam habitārum frūstula mīcida.
Vastō etiam sub sūdō replētur oculus umbrīs.
Alicubī colligit puella,
ūnā cum cinereōrum lavandāriōrum manipulīs,
beneficōs mānēs quōsdam minōrēs.
Inopīnātō prōpōnit certāmina grīphōrum
frāterculus cālīgine nūper vestītus.
Sacerdōs fiet? Faenerātor? Ūsurpātor? Prophēta?
Dum vibrant atomī, mussantur ūsque rūmōrēs.

Vix superābilēs ultrā saltūs nostrōs,
agere aurea aeva sua videntur populī mīrē laxī
frīgidīs pēnsīs iam prīdem dēsuētī.
Vel rāmīs inter sē passim fricantibus
sonōs eōrum persubtīlēs interdum exaudīmus.
Grāminōsa per caela canunt sine dubiō crystallinā lȳrā
optimae speī aliquandō pulchellī sīmiīque doctī.
Aureīs illīs gentibus sī forte apertam manum ostendere possīs,
dēprehendant acūtō oculō sed linguā benevolē faventēs
spurcula gaudia mortisque tuae intempestīvum rigōrem.
Tē tamen interdum deamat ipsa rērum nātūra aliōquīn ferrea.
Omnia fierī possunt. Omnia fiunt. Omnia possunt.
Immō, sī forte ūniversa īnsecta ūnā tēcum
ūnicum magnum spīritum dūcant,
patefiant forsitan continuō et tibi et omnibus omnēs fīnientēs,
tīgris tibi silvā exsiliat tūtrīx,
tunicās forsan purpureās gerant porcī.
In rē paene dēspērātā mīrum quam multiplicārī soleant īnspērāta.
Sīc noctēs quoque diēsque inter sē assiduē opitulantur.

Veterrima castella prīdem adūsta significātiōnēs māiōrēs iam caeca inveniunt. Super mōlēs monolithicās tempestātum mīlibus vix trītās laterculōs nostrōs struimus velut sēmirōdentia brūta quidem sed satis indus-

344

tria. Mox crēscunt hortī pervicācēs *zigurrāta*que ardua quae prīncipēs saltem sacerdōtēsque dīluviīs subitāneīs ēripiant. Rōbustīs dēductīs aliquandō mūrīs novīs, trūduntur cristitim solō incolae tamquam herba dūra et ē turrium pinnīs quasi clāvī fidēlēs. Linguīs impellitur per āera populōrum cor. Commerciī mundānī fiunt noctū horrendī quīdam ēventūs sīcut et ingrātae prōlūsiōnēs. Puerī ferreī factī in futūra iaculantur. Puellae tamquam bellidēs orchidēsve coluntur, petuntur, tument, in sēmina exeunt. Corrādit vītam iam quisque Inconnīvum ante Oculum quempiam ūsque inclīnātus. Adrīdēns vīcīnus furva cōnsilia clam prōsequitur. Tōtus cultus cīvīlis vī agitur tinctūrae rubrae, brassicae foetidae, statuārum surreptārum, turmārum meretrīcum sacrārum. Sērius ōcius perit quisque, etiam puellus, aliquā magnā in oppugnātiōne tamquam trīticum mātūrē dēmessum. Etiam nostrātum mīlitum fidōrum caligīs īnferuntur per parvulōrum diaetam cadāverum passim frūstula. Annī temporum māximum illud māchināmentum impedītur quasi statīs temporibus generālī luctū atque cruōre "intempestīvō" dictō. Aliquō parvō in cubiculō fēmina fortis mītēs penātēs necessāriō dēgluttit. Hic autem nōndum fīnis.

Cum sunt tandem paene ubīque oppida lutea, fit alicubī aliquandō marmoris aurīque avida ēruptiō. Idem pollent nunc sanguis et solidī. Immō, plūs solidī. Fiunt aliquandō ōrnāmenta panthērae vinctae cymbaeque tessellātae immodicō thūre servōrumque suāvibus unguentīs innantēs. Sēmōtīs in vallibus prō parte imitantur sēcūram urbānitātem novam quōrum patrēs ōlim bellātūrī corpora caeruleo sūcō īnficiēbant et mātrēs sē in tineās vertere sciēbant. Deae Māternae magica faciēs sēnsim sine sēnsū tacitum dūrēscit in saxum. Flōret mox alius aliō colōris gradū sōl. Prīma lūx cum crepusculō certat, imber trepidus superbō cum ningōre, sanguis urbe aestuāns cum sōlitāriārum arborum gravī sūcō. Nihil nōn in opposita sollicitātur. Ātriviolācea prout glīscit inaudīta luxuria, indūrēscunt ipsī vērī ventī cutemque sponte ūrunt flōsculī silvestrēs. Mortuus oculus oculō obviam it perfectē mortuō, quō paucī passim aliquod genus attingunt modernam dīvīnitātem.

Vellūtina caela vīnācea
   intortae temptant turrēs
      aemulaque erismata ātriprasinīs exsurgēntia
        hederīs.

Nihil nōn replētur novīciīs modīs dulcitrīstibus,
   luxuriante imprūdentiā,
      trepidante cerebrōrum iuvenīlium vapōre,

misericordī praeteritōrum dēsīderiō.

Haud vērīsimilēs arborēs,
   metaphorae tandem factae,
      ascendentī immiscentur
         pervariōrum cibōrum rāmentōrumque fūmō.

Subtegulāneīs in diaetīs
   anhēlīsque in thermopōliīs
      pallidī rixantur *aficionados*
         dē apium ālīs vitreīs,

crāniōrum inexōrābilī doctrīnā,
   hostibus Lilliputiānīs undique renātīs,
      sanctīs quibusdam populīs perpetuō Pēnelopēīs,
         philtrīs ecstasis mortisque līmitēs oblinentibus.

Vmbrīs
   prīmō scorteīs,
      dein tabācaneīs
         absintheīsque vestītur querula nox.

Cuique cloācae
   testaeque flōrālī
      vidētur esse propria
         secta philosophica.

Ex ānō ūsque ad dentēs versus
   redimī nītitur
      passim esca
         rebellis.

Ipsa ōstia ignāra
   crēdulaeque fenestrae
      ōra fiunt ad recentissima venēna
         sūgenda.

Ōrdinēs super
   ōrdinēs operāriōrum cynocephalicōrum
      prīmam lūcem
         allātrāre discunt.

Explōrātōrēs vapōre āctī
   per summa tēcta fēstīvē dēcurrunt

plēbem convocantēs ad mīrandōs
   pūsulōsōs quōsdam flōrēs

suspiciōsā fōrmā,
  pellēs virgātās,
    suāveolentium lacuum
     liquōrem

autochthonōrum lagunculīs osseīs conditum,
  alicubī nūper audītum
    immortālis avis inaudītum
     cantum.

Priōris aevī iactūram,
  etsī ipsī quoque iam mīrum quam cito oblīvīscentēs,
    ingemunt
     cicātrīcōsī iuvenēs īnfandē senēscentēs.

Omnium gentium
  Aphrodītibus ōrnantur
    amplī quīdam paradīsī
     ōlim ūsque ad fīnientēs serēnī.

Ibidem ferē
  crēscunt
    equitum exosceleta
     prīvāta;

quae sēnsim ita mūtantur ut tōtōs tandem
  capiant manipulōs plūrēsque,
    quō vidēlicet melius ē morte
     ab eīs ipsīs sparsā serventur.

Multae aliquandō terrae terrārumve coetūs
  abditīs plērumque lōrīcīs tēlīsque
    bellant, invīsō
    mīlite.

Etiam minimus subrīsus
  pars est
    alicuius māiōris cōnsiliī ...
    ut vel maris profunda

planētarumve nūbēs

domiciliīs artīs impleantur,
    ut cadāvera velint nōlint revocentur
        in vītam

dum fame extinguuntur vīcīnī,
    ut dīlacerētur dēnique
        hostis fātālis iste
            domesticō diū tēctus tapēte tuō.

Circum mundum tenditur
    glomerātīs fīlīs
        exquīsītum scintillānsque chaos –
            quod exinde prōpōnit

recentī cuique īnfantī
    scaenās acribus colōribus pictās,
        vēdulcia phantasmata avāra,
            prōdigia horrifera,

calamitātēs iocōsissimās
    quasi ex artolaganō zingibereō parātās ...
        nihil tamen quicquam
            tantum terrestris crassitūdinis.

Paene omnēs eīs speciōsīs mōmentīs
    hypnotissantur
        quae intortīs ē coniūnctionibus ēlectronicīs,
            aquīs dulcibus spūmantibus,

tabellīs ēlectronicīs gestābilibus,
    unguium fūcīs,
        Lūcem Ēmittentibus Diodīs tālibusque
            exsistunt.

Tālia autem
    quālia ipse nūdus tāctus et suctus
        habentur iam plērumque
            prō inversīs.

# Aenat I

*LŪRIDIŌRE LŪCE:*

Quem tōtum apparātum plūraque iam diū super culmum lībrārī monent
quī caela crībrant polōsque speculantur. Avium rōstrulīs cōnsperguntur
nunc lītora ūnā cum pertrītīs amātōrum dīlāpsōrum blandīmentīs. Tre-
mendārum pristium faucēs lagoenārum cerevīsiālium obstruuntur oper-
culīs. Aevum vidēlicet piscium in maribus mox fīniētur rēgnābuntque vīs-
cida plastica algaeque augustae. Pulchrē ad terram cadunt longiōrēs cine-
rēs velut segmenta taeniolārum quibus virentia dōna iam aequē dēfūncta
quondam līgāta. Sōl austērus dēcolōria phōtographēmata ōlim bellē artificiōsa rīte meritōque dēvorat. Ossa māiōrum mīrum quam cito facta sunt
fictilia vīlia. Cūnctārum rērum cutis iam rigēscens mox leviter crepere incipit quasi charta cūriōsē dēsiccāta. Modernum oxygenium monoxīdium
carbōniī esse ēvādit. Manūs tē dētrahentēs dētrahuntur vicissim ab aliīs
ūsque, ut vērum dīcātur, retrōrsum ad mundī ortum. Tuae enim ipsīus
fuēre prope omnēs. Mōlēs sēmisubcōnsciae tempora distinentēs corruere
coepēre. Quis nunc nascātur moriāturve nē animadvertitur quidem. Sī
bēstia essēs, prōlem nunc piē cōnsūmerēs. Vltimum Crepitum, sī forte sīc
dīcī potest, sentit certē nūlla auris.

Glīscere pergunt intrā sē residēs adamantēs. Aut annōrum bīlliōnēs aut
ūnicum temporis articulum dūrat tandem rēs quaeque. Idem dēnique est.
Eī quī hominēs quondam fuērunt totiēs oculōs clausērunt aperuēruntque
ut facile excidat eīs et tibi quī sit dēmum hic planēta, quae haec vīta. Aliquandō aut rāra exstat vīta aut propāgantur quōquōversus domūs seriālēs
innumerae. Idem dēnique fuerit. Nova, ecce, bēstia recentī ingreditur
rāmō, cūnctōrum plānē īnsōns, bellē brūtula, rāmum axem simul cosmicum et pīrāticum esse īnscia. Simul hebetī et acūtō in oculō eius requi-
ēscunt in pāce possessōrēs ūniversī. Lētālia illa spatia interstēllāria sint
nōbīs dēmum nīl nisi fīla aculeāta ā nōbīsmetipsīs sīve ā potentiōribus
prūdentiōribusque sine dubiō misericorditer fabricāta nē aliōrsum propāgentur habitūs animī nostrī perpetuō titubantēs, indocta cōnfīdentia, quis-
quiliae gravidae. Ipsīus autem spatiī nātūra tālis utcumque est ut iuventūtis sacchara omnia, velint nōlint, ūsquequāque tumēscant.

> Aliquandō
> ante novissimōs hōs prōspectūs
> mīrē īconicōs
> rērum tamen aulaea
> leviter leviter tremere sentīs.

Vel in illā
  tortā rūpe quasi
semper sanguineā dē quā
    aliquamdiū
   immō identidem
    ambiguē
        pendēs
   oculīs familiārī suāvīque
      complētīs spūmā.
        Illō fulgentī mōmentō
            clangunt ex abscēdentibus
           avēs
      semper aliquā
        maritimae.

      Cēdis.
    At ālae implicātae quandō
      in cutem abiēre?
    Pro branchiīs ecquid gerentur
      sōla ōrnāmenta?
    Tūtōne in istam cōnfūsiōnem
      dēnuō dēfereris?
      Nīl iam
rēfert. Numquam rēfert.
      Manūs impotēns iterum,
      ut solēs,
      iactābis.
      Ea iterum esse vidēberis
      quae agis.

# Novissima Ēōthen

Pram Prapoonavah, M.S.

Commentarios scientales confecit Bradleius K. Smith, Ph.D.

Rem Eoam sat pulchre procedere gaudebunt procul dubio omnes probi coniurationum venatores Marginales. Scilicet haec res tam cito explicatur ut nemo nostrum non altera manu instrumento Interretiali alicui haerente dormiat. Monstrat quidem demoscopium Marginale plures in dies etiam homines siliquis enatos, hoc est, non Marginales, id verbum quod est *Eos* novum odoramen Calvini Klein non indicare scire. E Speculo Eus nuper orti esse videntur tales sermunculi intercontinentales ballistici quales aut (a) humanitatem talem qualem nobis notam pessum dabunt (vel saltem, ob siliquales psychiatros suos telephono compellantes, fluenti electrici abruptiones interdum facient) aut (b), quod longe verisimilius, novum fluctum etiam insolentioris acerbitatis movebunt.

Vicesimo quinto die mensis Septembris Doctor Vernerus Riesenfelder, totius thesauri *Kom-El-Shoqafa* (KES) divulgandi iam pernotus flagitator, clxiv paginarum libellum edet cuius auctores, secundum solitam cautelam Riesenfelderanam, unico generalique cognomento "Grex Beta" nominantur. Hoc instrumentum, Anglico sermone exaratum, cuius salax titulus est *Prima de Speculo Eus Renuntiatio* ("The Mirror of Eos: Report 1"), de illa re antehac occultissima nunc omnium Marginalium gradali sacro, Speculo Eus nomine nota, complura variaque nova referet.

Ipse Riesenfelder omnia indicia cunctaque singula se accepisse adseverat a Doctore Demiano Shevelev, praefecto Provinciae Eoanae apud Susceptum KES; quod, mirum dictu, non tantum acronyma est apparatui telephonico responsorio adnexum sed vera fabrica publica investigatoria Vcrainensis quae nunc temporis tota *Kom-El-Shoqafi*ca tenere adfirmatur. Susceptum KES moderatur ab re publica Vcrainensi, etiamsi ab hac solummodo minimam subsidiorum partem accipit longeque maior pars a fontibus Septentrioamericanis Germanicis Britannicis Francogallicis – quadruplo monstro a quibusdam populis nuper, languescente Confoederatione Europaea, indignabundius nomine "Ameropa" vocato – suppeditatur.

Riesenfelder, qui nunc temporis ad colloquia interrogatoria privata non patet (et quid hoc sibi velle soleat scimus omnes) in conventu tamen diurnariis edocendis nudius tertius nuntiavit paene omnia singula in libello prodituro exposita ad Speculi Eus conformationem compositionemque attinere, inde autem profluentia ipsa indicia, nuntios, scientiam in fabula a Suscepto KES sancta praebitum iri. (Recte legisti: fabulam speculo exorturam! Si ordinaria addiscere gestis quarenam *Marginem* legis?)

*Renuntiationis* exemplar prolusorium diurnariis traditum iam "percucurrimus," quo temporali verbo haud certum esse nos omnia argumenta mente bene assecutos esse significatur. Haec autem fidenti animo dicere possumus: in libello non solum Speculi compositionem physicochemicam sed etiam ipsorum investigatorum, praesertim Demiani Shevelev, pericula atque aerumnas exponi narrarique. Immo, ut verum dicatur, lectori interdum videtur scriptor imprimis collegarum purgationem spectare.

Tantum post lxxxii paginas perlectas oculosque cruore mire suffusos animo amplecti coepimus quid dicere vellet

Riesenfelder de Speculi "indiciis, nuntiis, scientia" loquens. Quamquam novo libello haud reserantur arcana Eoana ultima, ultimae tamen paginae xxix aliquot notionibus explanationibusque dantur quas Shevelev Riesenfelderque atque horum socii maxime esse necessarias ad "Speculi dicta" assequenda existimant.

An tempus maximum videtur ut singula aliquot certiora proferamus? Em, istud sane quidem in animo habemus, sed memor sit lector passim latere incerta, ancipitia, intellectu ardua sive tantum semi-intellecta. In proemio autumat Riesenfelder, si ipse securitatis condiciones a Suscepti rectoribus impositas destituat, fontes omnes sibi ereptum iri. Interdicto videlicet absoluto longe praestare indiciorum quandam portionem, quamvis parcam, efferre.

Speculum (putativum), cuius forma lenticularis, media parte 69.9 cm. longum, 31.35 cm. latum est (Vide Figuram 1.) omninoque ex terris raris dotato granato constat. Marginis granatei leviter translucidi nec perspicui color alicubi inter subrosaceum aliquanto lacteum et carnosum pendet (color fere Pantonicus 14-1312 sive "Rubor Pallidus"). Ipsa pars specularis sive recupercussoria ex lamina magis tenui (.745 cm.) omninoque clara nigro fundamento aeque granateo nec translucido multoque crassiore (2.325 cm.) imposita consistit. Ornamenta (si sic recte nominantur) componunt quattuor genera figurarum sive symbolorum semicirculorum repetitorum, fortuito, ut videtur, ordine dextrorsum sinistrorsum sursum deorsum versorum, per quattuor series circum speculum curvatas distributorum. Quisque semicirculus subroseus 1.105 mm. ab eiusdem coloris superficie eminet.

Praeter imaginem specularem nullae adhuc visae sunt anomaliae opticae nec Doctor Shevelev quamquam illarum insolitarum potentiarum alibi allatarum animadvertit. Omnes conatus in figurarum seriebus nuntiorum secretorum

reperiendorum adhuc incassum cecidere. Eo tempore quo haec componebatur symbola modo nuntiaverat Riesenfelder experimentum quod instrumentis supercomputatoriis efficitur nullum adhuc harum figurarum intelligibile schema detexisse.

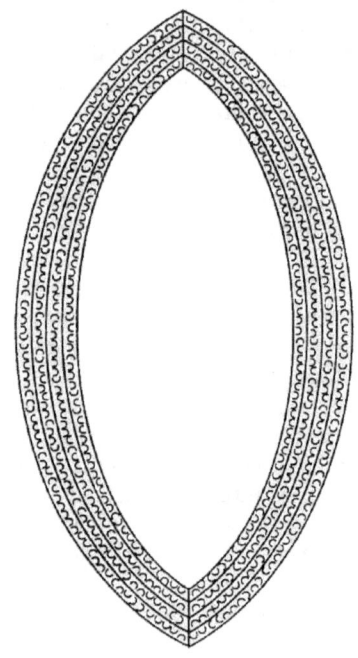

Figura 1: *Speculi Eus imago schematica*

Archaeologi prima specie mente saltem fingi posse rati sunt Speculi summam perfectionem ingeniosissimi curiosissimique cabidarii peritiam non superare; adhibitis autem non solum electromicroscopiis sed etiam eis qui simul scrutantur et cuniculos faciunt (sive "MSC"), Speculi conformationem crystallinam vitiis planaribus omnino carere detectum est. Ad hoc accedit quod tota tria granati genera aliter inter se colorata (rosaceum nigrum clarum) non distinctae gemmae sunt sed potius moleculari ligamine ac sine commissura inter se cohaerent. Scilicet Speculum unicus ingens granatus est cuius triplex variegatio perfecte temperata, hoc est, subtiliter regitur atomorum distributio eos per molecularum locos quos diversae (terrarum rararum) atomi occupare possunt. Hoc igitur artificium, quod quodam in fano ligneo in margine meridiano Bibliothecae Serapistarum inventum esse dicitur, ab artificibus antiquis fabricatum esse haud creditur. Rogatur ergo num Speculum recentibus temporibus concinnatum atque ante in Bibliothecam insinuatum esse possit quam hic situs a manipulo archaeologorum Aegyptiorum et Germanorum Orientalium anno MDCCCCLXXXV inventus est. Hic, ecce, fons, haec causa fuit rixarum internarum inde a Suscepti initio. Immo in libello indicatur ipsi Doctori Shevelev, Confoederationis quondam Sovieticae illustrissimo crystallographo, anno MDCCCCLXXXVI quendam ministrum inferiorem ea causa substitutum esse quod Shevelev talem fraudem fieri non potuisse crebro et vulgo opinatus erat neque ut manipuli investigatorii praefectus restitutus est antequam se a talibus coniecturis temperaturum esse promisit.

Anno MDCCCCLXXXIX officiis suis iterum privatus Shevelev paucis tamen mensibus iterum est restitutus; quod secundum discidium moverat quoddam novum repertum a sedulo crystallographo praedicatum. Is hac vice nulla coniectura sed potius quodam invento, vel secundum suam animi sententiam empirico, irritaverat rectores. Quorum consternationem sequentis expositionis lector forsan comprehendet cum ipse expertus erit quam incredibile fuerit id quod Shevelev adfirmabat. Idcirco autem munus recuperavit quia collega suffectus quin insignis decessoris iudicio assentiretur non potuit.

Vt verum dicamus, rem hanc novam miramque, quam – ne desperes! – mox exponemus, primus dispexit anno MDCCCCLXXXVI quidam physicus opticus ex manipuli inferioribus cuius

nomen incerta causa nusquam indicatur. Illo enim anno, cum multa ex Speculi insolitis propriis iam deprehensa erant, decreverat Shevelev eo imprimis esse intendendum ut ope apparatus MSC superficiei specularis conformatio molecularis investigaretur. Praeter causas manifestas talis studii suscipiendi Shevelev insolitis quibusdam schematis inter crystalli granatei lectiones praelusorias inventis praesertim captus erat.

Granatus omnis – id quod sine dubio sciunt plerique qui talium qualium *Marginis* lectitationem diei carpendo praeponunt – e cellulis singularibus 160 atomos continentibus componitur. Propter harum cellularum maximam symmetriam solum quaternos ex his 160 locis atomicis certum unicumque atomi genus occupare oportet; ceteri loci pluribus, mathematica ratione generatis, atomorum generibus patent. Quamobrem nuper creditur fore ut granati dotati, factis aliquando quibusdam progressibus technicis, informationem mire efficaciter asservare possint. Immo, si illi molecularum loci ubi substitutiones fieri possunt – qui loci "defectus" vocantur – certa ratione subtitutionibus atomicis artificiosis variari possint, quam magna informationis copia quam exiguo spatio condi possit mens sibi imaginari haud valet. Vel unica centimetri quadrati lamina unicam cellulam crassa plus decem trilliones ($10^{14}$) digitorum sive 1,250,000,000,000 fere octetus condere possit. Longe autem efficacius sit non planas laminas sed potius plenis tribus in dimensionibus cryptographare. In unico millimetro cubico granateo, hoc est, in frusto granateo magnitudinis fere grani salarii circiter decem milliones Bibliorum Regis Iacobi annotatorum contineri possint si adhibeantur solum solitae artes algorithmicae informationis condendae. Sin autem peritius cryptographetur (velut per notas lineales bidimensionales) multo expeditius fiat: forsan in grano salario Bibliorum Sacrorum billio. (Arceantur quaesumus Gideones a gemmis!)

Quaevis ratio granati legendi huius gemmae proprietatibus superconducticiis necnon substitutionibus atomicis onera electrica positiva et negativa invertentibus utatur. Talis autem technologia, fato dolendo, eo tempore non exstabat, quare nihil aliud suscipi poterat quam ut una quaeque atomos electromicroscopio mechanice inhabiliterque legeretur. Cum autem anno MMII explicata sit nova methodus nondum perfecta sed, ut adseverat Riesenfelder, "valde tumultuaria" totae singulae cellulae simul legi poterant. Itaque post sedecim annos res eo progressa est ut cellularum series longiores legerentur. Inde ab eo tempore fit lectio ratione scilicet multo celeriore, sed nihilominus, si cum solita technologia semiconducticia hodierna confertur, gradu admodum testudineo.

Experimenta praelusoria in uno ex signis semicircularibus facta aliquot locorum celebritates detexerunt in quibus atomorum distributio omnino non fortuita esse videbatur neque, id quod in libro demonstratur, ipsius crystallizationis actione effecta erat. Quapropter Shevelev Speculi materiam non sine aliqua subtilissima intercessione adhuc ignoti generis concinnatam esse suspicabatur. Quae suspicio, cum sententiae eius addebatur Speculum non moderno aevo fabricatum esse, tam tumultuosa esse poterat ut is nemini nisi quibusdam privatorum suorum consciis patefecerit. Coram rectoribus tantummodo solita principia scientalia causans pro accuratissima scrutatione moleculari proposita propugnavit.

Impetrata venia, Shevelev perpetuae, sc. xxiv horas cottidie duraturae, Speculi perscrutationis initium fieri iussit cuius finis erat ut defectuum (supra explanatorum) permutationes deprehenderentur. Vnicum signum semicirculatum ea causa selectum erat quod, si quid nunti-orum inesset, fieri poterat ut horum nuntiorum monas aliqua integra discretaque singulari forma contineretur. Exeunte anno MMX una fere centesima pars datorum binariorum hac in parva figura conditorum lecta atque in tabulas relata erat.

Aliquot per hebdomades datorum binariorum studium computatorie effectum admodum ambiguum, immo Tantalicum mansit; schemata enim aperte non fortuita erant, etiamsi interpretationis conatibus identidem restiterunt. Totius manipuli consternatio, immo, desperatio tam manifesta erat ut Doctori Shevelev haud difficile esset rectoribus persuadere ut arcesserentur exteri periti, non solum mathematicus sed etiam duo cybernetologi atque glottologa una – ea tamen lege ut hi "novi homines" datorum perscrutandorum fons lateret.

Facile quidem affirmare poterat Shevelev schematum ab hominibus effectorum peritos in conformationum chemicarum schematis indicia magna aliqua forsan invenire valere. Praeterea, cum rectores plerique Speculum figmentum hodiernum esse opinarentur, notionem Speculi crystallo moleculari in gradu vestigia forsan intercessionis humanae inesse sat dociliter accepissent; nec plane novas provectioresque rationes conformationum crystallinarum pertractandarum invitus vidissent.

Huius autem anni mense Ianuario post quinque fere mensium conatus incassum factos physicus opticus cuius supra facta est mentio primum e compluribus repertis fecisse dicitur quae, si confirmata erunt, universa priora inventa scientalia exsuperabit. Qui quidem indagator probationis computatoriae de symmetria factae eventum insolitum animadvertit. Scilicet consimiles series 1,536 digitorum binariorum tribus locis speciminis inventae erant: prima et secunda in extremis apicibus oppositis; tertia in figurae ipsa media parte.

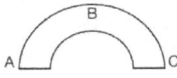

Figura 2: *Tres loci in figura semicirculata ubi eadem digitorum series inventa est*

Si haec non – id quod haud esse posse videbatur – fortuita erant et si hae series consimiles ut puncta directionis intellegendae erant, conclusit investigator hanc dispositionem totius figurae "nuntii" cuiuslibet clavem esse posse. His datis vestigiis speciosis, propter disciplinam specialem propriam primum omnium experiri decrevit num schema ordinatum sed adhuc nihilominus summe ambiguum alicui generi repraesentationis visualis servire posset, nam symmetria inventa ipsius Speculi marginis admonebat.

Postquam et e sinistra in dexteram et inverso more necnon et boustrophedon cellularum crystallinarum catenas legens nullum genus figurarum bidimensionalium generare potuit, physicus opticus noster ex animi impetu magis quam consilio figuram lenticularem secundum ipsius Speculi rationes mathematicas generare temptavit.

Boustrophedon igitur legens – quod primis in experimentis haec methodus maiorem spem proposuerat – instrumentum computatorium imaginem virtualem Speculi creare iussit. Oportuit plane virtualem fieri imaginem, nam vera imago e tot zeris unisque facta funditus inhabilis fuisset – ducenta fere milia passuum lata secundum aestimationem nostram!

Evenit ut ratio mathematica inter elementa symmetra iam reperta cum lenticularis formae proportionibus perfecte congrueret. Quod repertum animadvertentes physicus collegaeque obstupuerunt. Congruentia longe nimium exacta erat quam ut fortuita esse posset. Nunc primum crystalli granatei conformationem ab ingenio aliquo designatam

esse certissime probatum erat. Suspicabantur nunc omnes alicuius adhuc ignotae sed potentissimae technologiae inventam esse clavem.

Alia quaedam imaginis virtualis proprietas etiam magis admiranda erat: scilicet quod zera unaque milliones massarum sulcorumque et iugorum describebant. Et investigator, ut physicus opticus, quae esset horum schematum natura haud iam dubitabat; nam tales formae, intercessionis striaturae nominatae, in laminis holographicis videntur. Evasit igitur ut imago virtualis e figurculae exiguae superficie derivata enorme hologramma esset!

Insequentibus mensibus totus manipulus incitate trepideque laboravit ut imaginis digiti in punctorum clarorum obscurorumque quam densissimos campos quadratos converterentur. Apparatus summae focussationis ope iterum iterumque imminuti sunt 221,326 primitivi campi sic effecti (quorum cuiusque identidem 30x30 cm erat mensura) donec imaginis omnes partes in unam contractae unicae laminae photographicae, 1.6 m latae, imprimi potuerunt. Quae lamina vitrea ad hoc experimentum subtilissima arte fabricata erat in oppido Samara quodam in ergasterio cosmodromico in Russia occidentali sito. Cum proiectorium lasericum sub lamina positum excitatum est radiusque lasericus sursum emissus, apparuit super laminam hologramma ... valde quidem incertum sed nihilominus hologramma.

In cuiusvis laminae holographicae una quaque parte conditur tota imago neque huius tantum pars, quo autem plures partes laminae simul illustrantur ac quo validior densiorque adhibetur lux, eo clarior subtiliorque videtur imago holographica pluraque discerni possunt singula. Hac de causa 28 parva sed potentia proiectoria laserica sub laminam statuere decretum est. Quae proiectoria undique colligentes curiosissimeque imponentes metientes probantes indagatores dixit ipse Demianus Shevelev suspicatos esse rationem hanc informationis Speculi crystallo extrahendae ridiculum in modum laboriosam esse si conferretur cum arte illa quacumque qua ipsum Speculum facta erat.

Cum novum "proiectorium lasericum maxime multiplex" – quod inter manipulares nominabatur – tandem excitatum est, praebuit se hologramma tam implicatum intortumque ac subtile ut nunc novas methodos novaque instrumenta imaginum holographicarum scrutandarum et interpretandarum commentandas fore statim pateret. Etiamsi hologrammatis singula certa evulgari nondum licet, generalioribus ex adfirmationibus in *Prima Renuntiatione* scriptis colligi potest novam hologrammatis proiectionem non solum ingentem multiplicissimamque fuisse sed etiam investigatorum mentes contudisse quippe cum imprimis monstraret "ingentes series maculosas milium imaginum inter se commixtarum." Coniectabatur adeo hologramma hoc aliquod genus operis cinematographici esse posse etiamsi nullae cernebantur picturcularum divisiones. Huic accedebat quod informatio holographica tantummodo digitalis in lamina posita lucem tamen ab imo proiectam, ope alicuius effectus prismatici nondum bene intellecti, in colores diffringebat.

Si tantum valde generaliter loquimur (neque hoc temporis aliter fieri potest), sat quidem tuto dicere possumus imagines depictas res corporales, figuras geometricas, aliquod genus symbolos necnon forsan etiam animantia esse. Lucis undarum frequentiarum in gradibus summis imisque imminutio praesentem imaginem photographicam, quamvis 28 laseribus illuminatam, haudquaquam satis subtilem esse indicat. Cuius rei essent duae causae: primum quod adhuc tantum paulo plus quinque centesimae partes unicae figurae semicirculatae lectae erant et hologrammata eo

integriora fiunt quo amplior usurpatur lamina photographica; deinde quod radii laserici non satis latum spectrum undarum electromagneticarum suppeditabant. Quidam manipulus redemptorum Americanorum Germanorumque nunc dicitur rationem novam evolvere qua hologramma etiam in gradibus infrarubris et ultraviolaceis legantur atque, per analysin spectralem, imaginis tridimensionalis coria quoque interiora discerni excipique possint.

Saepenumero adseveratur securitatis praecepta extrema silentiumque maximum de ipsius hologrammatis singulis ea causa instituta esse quod saltem fieri posse putaretur ut reperta apta essent quae ad fines militares adhiberentur. Immo octogesimis annis, scilicet antequam totum Susceptum KES anno MXM in Vcrainam translatum est, de *Kom-El-Shoqaf*icis Berolini Orientalis servatis similiter consultum erat. (Ecce, antiquae paranoiae paranoia hodierna compar. Quisquis phreneticus hoc legit cellam loricatam subterraneam suam actutum communiat!)

Attamen quod Demianus Shevelev – ut supra narratum – munere secunda vice privatus est ad hoc mirificum iamque indenegabile hologramma nil attinet. Eodem enim tempore quo legebatur figura semicirculata, adhibita quadam methodo ad hoc opus aggrediendum reperta, oppositus Speculi marginis apex eadem ratione explorari coeptus est, valde diverso eventu. Perlecta satis magna copia digitorum ex cellularum catenis superficialibus, detectum est notarum systema nostro octetario simile sed multo simplicius, non ex octetibus sed potius tantum ex quintetibus constans. Cum secundum "primum principium numerandi" sint cuiusque quintetus $2^5$ sive 32 permutationes, scilicet cum digitorum binariorum quintetus variato digitorum ordine 32 conformationes diversas (velut 11111, 00000, 10110, 01101 et ita porro) accipere possit, nihilominus solummodo 24 permutationes inventae sunt. Primum omnium occurrit talem permutationum copiam alphabetum efficere posse, hoc est, ex 24 litteris constans. Inter 24 litterarum alphabeta, velut hieroglyphicum Palaeoaegypticum et Mura-Pirahaïcum Brasiliense, est Graecum; nec diu tardavit computatorium ut 24 quintetuum permutationes detectas ad litteras Graecas recte applicaret. Nec demum Graecae litterae alteri cuiquam systemati serviebant sive ut notae arcanae sive ut alterius linguae sonos exprimentes; quin potius verba per apparatum MSC collecta reapse Graeca erant, vel saltem cuiusdam Graecitatis propria, nullis adhibitis notis diacriticis.

Verba adhuc e Speculi margine excepta maxima ex parte sermonem Graecanicum serae antiquitatis exprimunt. (Sepulchrum Sacerdotis Serapidis, ubi inventum est Speculum Eus una cum librorum thesauro, ineunte saeculo quinto p.C.n. institutum esse constat.) Numeri semper verbis neque umquam singularum litterarum notatione (α′ = 1, β′ = 2 et ita porrō) redduntur. Interdum nulla certa lege imminuitur omittiturve morphologia; hic verborum ordo canoni Graeco respondet, hic nullo aperto consilio permiscentur vocabula membraque. Quibusdam locis nulla vel tantum pauca principia syntactica observari videntur.

Quaedam partes huius textus quasi Graeci secretae declaratae sunt donec plene expediatur earum interpretatio. Partes non secretae necdum autem divulgatae, ubi intellegi possunt, confusa insolitissimaque narrant de personis aliquot necnon de technologiae generibus quorum saltem nonnulla, vel secundum naturalis philosophiae nostrae normas, "pseudoscientalia" sive "pseudotechnologica" sint nominanda. Singula technologiae eo ardua sunt intellectu quoniam vocabula Graeca usurpata aut ambigua aut prorsus unica (sive ἅπαξ λεγόμενα)

esse solent. Notiones a mundo Mediterraneo antiquo alienae plerumque per longas longissimasve voces compositas exprimuntur aut per commentarios quasi interiectos nonnumquam e milibus verborum constantes. In *Prima Renuntiatione* suppeditatur sex paginarum exemplum perplexissimum una cum translatione Anglica aeque recondita.

Textus adhuc perlecti minimum duae tertiae partes interpretationem, sive claram sive ullam, eludunt. Genus scribendi *stream of consciousness* passim adfectari videtur. Immo horum est sat magna copia. Talia, quae nonnumquam vim quasi poeticam habere videntur, una cum locis funditus absurdis ita prorsae orationi magis solitae immiscentur ut lector sibi videatur cuiuspiam animi effusiones crudas nudasque, nulla parte, ne ima quidem subconscia, expurgata, cognoscere. Nonnullius momenti videtur quod inter diversos gradus mentationis quaedam tamen symmetria animadversa est, quare duobus Hellenistis ad textum interpretandum conductis nuper additus est et theoriae chaoticae peritus unus.

Vernerus Riesenfelder nuntiavit se amanuensem suum rogavisse ut e iam exstanti textu partes magis perspicuas colligeret hisque interdum locos aliquot difficiliores adderet ut lector quale sit archetypum saltem aliquantulum sentire possit. Quo in suscepto petendam esse perspicuorum et semiobscurorum quandam compensationem.

Iam stiterunt se obscurarum quarundam doctrinarum periti sex paginarum exemplum modo relatum huiusque proprietates mirum in modum distortas cuiusdam phaenomeni "transcommunicationis instrumentalis" docte nominati admonere adseverantes. Quem tumidum titulum spectare ad nuntios inexplicabiles per radiophonia magnetophonia telephonia televisoria computatoria taliaque ignota ratione acceptos, quales nuntios ab animantibus alia tempora aliasve dimensiones aliasve realitates habitantibus mitti putari; per crystalla autem transcommunicationem fieri nondum usquam esse visum. Haec res ut fidem certe excedat, alia tamen exstat Speculi proprietas adhuc insolentior quae coniunctiones cum aliis dimensionibus – credas, non credas, care lector – etiam evidentius significat!

Post perlectum Graecanici textus tractum aliquantulum, cellularum molecularium iam lectarum tenuissimum corium, a peritis "monocorium" vocatum, a superficie marginis granatei amotum est. Adseveratur tamen, post superficiem iterum inspectam, nullam compagis crystallinae partem defuisse, superficiei nusquam visam esse deformationem. Alio sed finitimo marginis loco idem postea susceptum est. Eventus nihilominus talis fuit ut ad nihil probandum valeret; nam quaedam vana species sive defectus visualis, "Effectum Cubi Neckar" (quo perspicui cubi delineati aspectus angulus decerni nequit – vide Figuram 3) in animum vocans, efficiebat ut solis ex impressionibus visificis adhuc lateret num monocorii amotio vacuum vere reliquerit necne. Cum autem electromicroscopici apparatu lectorio crystallum iterum aggressi sunt, nulla demum lacuna inventa est. Aliis duobus locis, altero nunc in ipsa pellucida superficie speculari, altero in Speculi tergo nigro, monocoria minima primum lecta dein exsecta sunt, eodem eventu. (Neque lectiones horum coriorum, utpote quorum systemata cryptographica nondum sint enodata, adhuc quicquam significationis prodiderunt.)

Est nuper odor "crystallorum superspatialium," hoc est, crystallorum quorum crescendi ratio, nisi ad superadditam dimensionem decurritur, mathematice explanari non potest. Physici a Shevelev et Riesenfelder adhuc consultati, tametsi de hac re se summe incredulos praebent, opinantur tamen, si id quod fieri videtur vere fiat, hoc aliter quam per coniunctionem aliquam "su-

perspatialem" explicari nequire. Scilicet, quamvis hoc credi posse non videatur, indagatores hypothesi nunc, saltem ad tempus, nituntur Speculum superspatio excrescere!

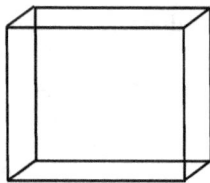

Figura 3: *Effectum Cubi "Neckar" – Hunc cubum utrum despicis an suspicis?*

Cum in proximo nuntio rectoribus relato non solum linguam marginis Graecam esse confirmaverat sed etiam Speculum forsan ex superspatio augeri coniectaverat neque igitur notionem excutiendam esse animans aliquod animantiave aliqua alienam dimensionem habitantia nuntios per Speculum mittere opinatus erat, Shevelev, adversa haud iam mirans, secunda vice dimissus est – donec, quod supra narratum, nihil magis solitum usitatumque putari posse ab aliis denique constitutum est.

In contione illa apud diurnarios nuper habita Vernerus Riesenfelder nuntiavit silvam primi ex venturae mythistoriae capitibus quandam fore seriem xi similium narrationum granato exceptarum quas se ipsum "Fabulas Pandorae Pyxidis" nominare; cetero in opere varia e marginis apice adhuc excerptis praebitum iri; quibusdam autem locis, exempli tantum causa, aliquot e "commentariis interiectis" inductum iri.

Prima inter mythistoriae praecipuas personas erit "'Ο Tòγ ὁ προοιδοπόρο⟨ς⟩" (ΟΤΟΓΟΠΡΟΟΙΔΟΠΟΡΟ⟨Σ⟩ in Speculi textu), quod sibi fere velle videtur "Tog Praecursor").

*Venturo mense hoc loco:*
*"Eos et Novum Aevum sive Exstatne Ciborum Classis Superspatialis?"*

# excerptum alterum

"V̄nicum vērum hoc: creārī posse.
Ipsa tamen creāta nīl sunt nisi documentula brevia, per sē ēvānida.
Nīl exsistit, nē sēmōtissimum quidem neque intortissimum,
quod nōn tibi ipsī creēs, nōn moderēris.
Aut animum igitur rege aut chaō regere."

—Aplarēmius, *Rōriflua*

# 14. Aenat II

Appellātiōnēs eius tam difficile quidem est numerāre quam montium cacūmina, mortālium ambāgēs, morbōrum aetātēs. Quidnī autem, ad Daemo-
nologiam nostram aliquantum praeparandam, ē memorābiliōribus nec
tamen omnīnō īnfāmibus ēligātur ʽAntarah ibn Shaddād sīve, commodius,
Antara nōmen cum ille sīc vocitātus aliquid, hoc est, cōgitātum vel potius
experīmentum quoddam, passus sit quod per cūnctās rēs cūnctāsque undique animās est repercussum atque, quamvīs difficile sit crēditū, adhūc repercutitur? Plānē nōn ille sōlus hoc expertus est, sed mīrus modus quō rem
comperit haud sciō an eum in aptum exemplar vel paradīgma convertat.
Cum autem, contrā pecūliāre ingenium eius, innumerī tamen exstent exs-
titerintque "Antarae" seu hōc tempore seu priōre seu hāc in reālitāte seu in
aliīs – immō, ut sit īnfīnītās vērē īnfīnīta nōn sōlum prōrsus omnigena
exsistant sed etiam quidque et quisque īnfīnītiēs exsistat necesse est – quis
et quid virī hic vērē sit, sīcut in omnibus nūdīs singulīs, adamussim
cōnstituī nec facile nec forsan operae pretium vidētur.

Quōmodo vel hic Antara ante antīquum, magnā ex parte ruīnōsum oppidum Palmȳrēnse pervēnerit nārrāre longum sit ... neque, quō nihil lēnius
dīcam, apta sit tālis nārrātiō ad lēctōris pietātem alendam. Hic enim homō
ob avāritiam, libīdinēs immodicamque glōriae cupiditātem tot inimīcōs
quot amīcōs sibi iam industriē acquīsīvit. Hūc scīlicet, salīvōsārum vitu-
perātiōnum syngraphārumque calcātārum scissārumque procellās nēdum
gāneārum forōrumque āleātōriōrum lupānāriumque paedōrēs post sē trahēns, minus pervēnisse quam perfūgisse dīcī potest. Attamen, quamquam
ob ingentia vitia eius aliquantam hūmānī generis partem abaliēnāvit, virtūtibus nōn omnīnō caret; haud enim crūdēlis est dīcendus is quī hostēs in
bellō dēvictōs spoliātōsque, saepe contrā lēgātōrum suōrum admonitiōnēs,
in ignōminiam amāram sed vīvam dīmittere soleat quīque multōrum generum animālia, praesertim equōs et pecora, ex ipsā īnfantiā amāverit; haud
porrō brūtus dīcendus quī nōn sōlum ērudītiōnem et artēs bellās colat sed
etiam et ipse carmina docta et decōra – quamvīs, estō, māximā ex parte
mīlitāria – saepe sub stēllīs excubāns panxerit. Erēmōrum enim rigor con-
victōrī mortis suāvissimus esse potest.

Immō ob animālium amōrem eius ad hunc praecipuē temporis articu-
culum quasi prōpulsī sumus; nam Antara nunc, post longum iter nimium

aprīcum sēmisomnus, equestrem apparātum armaque pulpā iuvenīlī sordidāta quidem notīsque glōriōsulīs obsita sed adhūc satis integra ēsurientiaque gerēns, Abierum, equum suum furvum, fervidum, maestitiā paene hūmānā, cautē excitat inopīnātissimum ad vīsum versus cuī ipse fidem aegrē potest tribuere. Nam gigantea avis furiālis praegrandibus unguibus aspectūque etiam interdiū quasi tenebrōsō, oculīs rubidīs, caudā anguifōrmī nunc dorcadī celerrimē velut sagitta arcū ēmissa currentī īnstat. Dorcas tamen, quae ponderōsā ave abruptius cursum vertere valet, identidem vix ēvādit praedātōrem. Ē cornibus capitisque tōtīusque corporis fōrmā dorcadem fēminam esse flōremque aetātis nūper iniisse patet.

Convertit sē subitō dorcas rēctā ad Antaram adhūc stupentem tamquam aut prae timōre nīl aliud, nē equitem quidem equō īnsidentem, animadvertēns aut forsitan – quod plānē in ferā vērī minus simile est – apud peregrīnum armātum refugium petēns. Dēvertit tamen ita ultimō temporis mōmentō cursum dorcas metū āmēns ut Antara Abierusque nīl sentiant nisi praetercurrentis trepidum flātum. Cōgitātiōne autem citius Antara lanceam suam sīc contrā īnsectantem avem sponte dīrigit ut eam sinistrae ālae partem quā corporī iungitur perfōdiat. Quō avis inconditē ad terram cadēns tam validā furentīque ululat vōce ut resiliat tantum equus quantum eques.

Nunc prīmum, quasi ē somnō tandem omnīnō excitātus, percipit Antara quam sit vērē immānis ferōxque atque horribilis haec avis – quae īnsuper eō quod volātūs iam inhabilis est manifestō etiam magis saevit. Diūtinō ē bellātōris mōre Antara cassidem ephippiō dēpendentem arripit capitīque aptat hoc sē facere minus animadvertēns quam mentem in hostem vulnerātum intendēns. Avis nunc rōstrō, quod tam magnum solidumque est ut ālīs per āera ferrī posse haud videātur, Antaram petit lōrīcaeque ūnicō morsū dīvellit dexteram partem. Quō impetū nōnnihil impedītō brācchiō dexterō, eques veterānus, gladium strictum ūsque ad ēminentis avis collum porrigere nōn valēns, capitī tamen sat potentem ictum ingerere laevumque bēstiae oculum ita afflīgere potest ut mōnstrum, prae dolōre iterum ululāns sībilānsque, caput retrahat. Vnguibus tamen sinistrī pedis simul prōlātīs Abierī dexterum umerum superiusque crūs tam vehementer scalpit ut, vāgiente equō, exsistant continuō fuscissimā pelle duōbus locīs plāgae pūniceae tamquam anthracinārum per nūbium rīmās rutilāns sōl.

Quod vidēns Antara, ob amōrem quem ergā labōrum fīdum comitem sentit, ex Abierō dēscendit gladiumque dextrā sinistrā pūgiōnem tenēns odiōsam ad avem, nunc forsan turbātam quod hostis antehāc simplex duplex subitō factus sit, audāx prōcēdit sēsē fātīs praebendī certus. Tametsī avēs praedātōriae volantēs simul rōstrō et unguibus praedam corripere so-

lent, hanc avem, ut ūnicō ictū iam terrestrem factam, alterutram aggressi-
ōnis ratiōnem ēligere oportet. Itaque, receptō animō neglectāque, ut vidētur, oculī sinistrī inūtilitāte, avis ingēns lymphaticō mōre contrā adversā-
rium nunc praeceps currit. Antara autem in scūtum sē ita simul convertit
ut tōtīus circulī dēscrīptī vim per modo advenientis avis collum sinistrōrsum agat. Vt eques adhūc circumāctus inruentis corporis aviānī mōle
obruitur, ita tamen, humī cōnstrātus cruōreque cōnspersus, intrā sē gaudet
quod taetram avem iam mortuam esse nōn dubitat.

Adhūc supīnus et crūs sinistrum pondere plūmōsō, pulvere nunc cruōreque spurcātō, subtrahere temptāns Antara vultum, ante splendentem
sōlem ambiguum, subitō suprā sē videt. Immō, nisi ob hōrum tesquōrum
calōrem atque itineris pugnaeque modo perāctae labōrēs dēlīrat, vōcem
fēminīnam sē suāviter affārī audit.

"...māximumque tibi gaudium meritus es, eques generōse, nam prōdigium istud avis rē vērā mūtātā fōrmā magus malevolus erat quī parvum
rēgnum meum ēnecābat et potentiam mundānam meam ita imminūtūrus
erat ut serva eius fierem..."

Solūtō iam pede, Antara titubāns surgit, figūram dubiam nunc oculīs
animōque paulō melius comprehendēns. Nōn sōlum fēmina est sed etiam
nōbilī aspectū opulentēque vestīta. Quae tamen nōbilitās atque ēlegantia
nihil sunt ad pulchritūdinem eius. Tālis enim fēmina etiam pannōs gerēns
cuivīs spīritum auferat!

Quae omnia sentiēns eques, velut interdiū lūnā ictus, sinistrum in genū
cadit verbīs carēns ac vertīginōsus cassidemque tantum ob calōrem quantum propter observantiam in fēminam exuit. Quō factō, fātō dolendō, sē
retegere opīnātur quam sit indignus ipse huius tantī mīrāculī, id est, tālis
fēminae in cuius splendōre nunc aprīcātur; nam Antara, vir nunc omnīnō
līber ac dux mīlitāris quondam et quibusdam locīs adhūc tremendus, servus nātus est necnōn et illīus generis hominum est quī propter cutis nigrum colōrem "cornīcēs Arabēs" sīve *al-aghribah al-'Arab* nōminantur et quī
idcircō, vel ob huius temporis hārumque gentium opīniōnēs praeiūdicā-
tās, prō invenustīs habērī solent. Quāpropter Antara, cuius amātissima
Abla cuidam prīncipī, Farēs nōmine, abhinc ferē bienniō nūbere coācta est,
fēminās nunc sibi vēnālēs hārumque similēs petere solet; nam, contrā rēs
gestās praeclārās eius, neque aequālēs neque ipse "cornīcibus" facilem
aditum esse ad meliōris farīnae fēminās existimat ... nec iam, ut vērum
dīcātur, post damnum istud acceptum sē sincērī amōris prō capācī habet.

"Surge, mī eques fortis," inquit fēmina nunc leviter lepidēque rīdēns.
"Quia tū mē līberāvistī, tē – quod modo dīcēbam – gaudiīs tribus dōnābō."

"At, domina...," inquit Antara lentē surgēns sed cōnfūsissimus animō, "...nōnne, sī huic miserō subiectō vestrō hoc dīcere licet, ego potius dorcadem quam vestram magnificentiam ab ave, hoc est, ā ... ā magō istō līberāvī?"

Oculīs circum sē nunc dorcadem quaerēns nihil invenit etiamsī regiō Palmȳrēnsis arboribus atque etiam māiōribus fruticibus tam nūda est ut dorcas adulta haud facile sē hīc cēlāre possit – quamquam puer, sīcut omnēs puerī tam servī quam līberī, fābulās ab anīs audīvit dē quibusdam animālibus praecipuīs quae sē immōta faciendō animumque in lapidem arēnamve intendendō ēvānēscere scīrent.

Fēmina nōbilis nīl respondēns Antaram aliquamdiū intuētur tamquam hunc ad propriam coniectūram faciendam hortāns. Antara autem, in aciē leō, in rēbus dīvīnīs magicīsque sibi novellus esse vidētur.

"Ego sum Gul-Nazar," inquit fēmina, "Palmȳrēnsium rēgīna."

Quod audiēns Antara caput inclīnāns nōn potest tamen quīn oppidum mīlle ferē passibus distāns fūrtīvē respiciat, quod, contrā antīquae urbis Palmȳrēnsis ruīnās lātē patentēs, tam splendidae rēgīnae nōn valdē dignum vidētur. Praeter enim ruīnārum aliquot culmina super moenia vetusta ēminent tantummodo ecclēsiārum Chrīstiānārum paucī verticēs.

"In tē inesse potentiam aliquam spīritūs tibi ipsī ignōtam...," pergit loquī Gul-Nazar Antarae haesitātiōnem neglegēns, "...manifestum est; nam sōlum virtūte commūnī armīsque solitīs mīlitāribus tālem tantumque magum, cuius nōmen nē nunc quidem prōnūntiāre velim, vincere nōn potuissēs."

Quō acceptō, Antara, quī prius longō itinere, vel potius longā fugā, sōpī-tus, dein subitō certāmine suscitātus est, nunc sibi tamen iterum somniāre vidētur tamquam sī complūra sint somnī genera sīve fastīgia sīve coria alia aliīs superimposita neque quod somnī fastīgium rēctius "vigilia" dīcendum sit obiectīvē cōnstituī possit. Quod autem ad "potentiam spīritūs" suam quamcumque attinet, Antara sē avem magicam nūllō modō superāre potuisse opīnātur nisi imprūdentem opprimendō; magum scīlicet, sī vērē magus erat, in arbitrō sēmisomnō nihil forsan perīculī exspectāvisse, impedītā dein necopīnātō ālā volātūque adēmptō, adhūc incautum nīmīrum adsūmptae nātūrae aviānae stimulīs magis quam ingeniō propriō ēgisse. Quīnam aliter haec rēs explicārī possit? ...Nisi forsan haec fēmina, contrā speciem nōbilitātis, penitus dēlīrat!

Verba remittēns Gul-Nazar Antaram Abierumque – quem, ut vulnerā-tum, Antara ascendere nōn vult – ad oppidī proximam patentem portam dūcit, ubi duo mīlitēs nōn Syrī sed Rōmānī rēgīnam, quamvīs nōn suam, modō nihilōminus simul reverentī et amīcō salūtant ... quamquam eam extra moenia ūnā cum equite Arabe versātam esse valdē mīrārī videntur. Alterīus mīlitis effluunt sub galeae margine capillī flāvī; alterīus prōmissa barba nigra crispaque Persās aemulātur. Rōmānōrum ecce varietātēs! Hōs custodēs utcumque modo in erēmō facta nōn vīdisse patet. Immō rēgīnae introitus colloquium, forsan diūtinum, cum quibusdam fēminīs Syrīs prope stantibus habitum interrūpisse vidētur. Nec meminit Antara sē custōdēs super moenia dispositōs vīdisse. At sine dubiō adsunt saltem speculātōrēs paucī ... quōrum tamen sit potius hostium exercitūs quam avēs dorcadēsque speculārī.

Post nūdīs pedibus puerōrum caniumque dēsiccātōrum turbulam hūc illūc ūnā tamquam culicum nōdum ruentem atque theātrum dēcolor māximāque ex parte vacuum cuius ōrnāmenta, sine dubiō quondam flōrida, prīdem flaccuērunt astringunt nunc forum mediocre sed frequentius, hīc sōle tostum hīc vēlīs crassīs versicolōribus sed sōle paulō exhaustīs tēctum; cui circumiecta manet porticus antīqua saeculīs passim illīsa tamquam annōsa mātrōna quae temporibus quondam opulentiōribus vīxit ab aevī tamen improsperī invidā prōle crēbrō est vituperāta.

Incidentibus incolīs rēgīnam amanter salūtantibus aliēnōsque, equitem et equum, apertē admīrantibus cūnctīsque tribus viam ubīque concēdentibus, pergitur in oppidī partem quam marmoream putremque magis laterīciam luteamque ac speciē multō recentiōrem. Angustās per viās aliquot prōcēdentēs ad "rēgiam" tandem perveniunt: domum scīlicet cēterīs quidem paulō ōrnātiōrem sed aliōquīn satis commūnem cuius ōstiō prīncipālī pulchrīs nōn tamen amplissimīs litterīs hīc Palmȳrēnsibus hīc Graeco-Rōmānīs superscrīpta sunt duo verba, quōrum superius vidētur esse vōx Aramaïca sibi volēns "RĒGIA," nam īnferius legitur ΒΑΣΙΛΕΙΟΝ. Antara scīlicet Aramaïcē quādamtenus loquitur nōn autem legit, sermōnem autem ʽΡωμαίων puer – quamvīs servus, prīncipis tamen fīlius spurius propriōque linguārum studiō mōtus – legere didicit.

Suprā quae verba vidētur superiōris līminis pars similī nec tamen penitus eōdem colōre quō cēterum līmen illita esse tamquam sī titulus ibi quondam scrīptus sit ac dein novō pigmentō oblitus. Ecquid hic titulus, quondam multō māius ac sōlum Aramaïcē scrīptus, ā Rōmānīs est dēlētus sed posteā, ob rēgīnam eīs grātam factam, hōc duplicī modō īnfrā quasi restitūtus?

Cum Gul-Nazar rēgiae iānuam quandam laterālem minusque lautam aperit, Antara nōn potest quīn animadvertere aspectum fēminae nunc modestiōrem et corpus opulenter vestītum nunc palliō, quod ea prius in tergō gessit, omnīnō amictum. Quō vīsō, Antara sē rogat num forte rēgīna ēlegāns modicī cēnsūs subiectīs dīvitiās suās nōn ostentāre mālit.

Longum per andrōnem prōgrediuntur quem Antara ad equīle dūcere conicit; nam vulnerātus equus plānē ante agāsōnibus trādendus est quam hominēs integrī ad sua pergant. Cum autem cūnctī trēs sinistrōrsum flexērunt ipsīusque rēgiae posteram partem attigisse videntur, Gul-Nazar post parvum angiportum partim aprīcum alterum, obscūriōrem andrōnem petit cuius parietēs inaequālēs, asperī, variīs quidem colōribus sed praesertim prasinī gradibus maculōsī. Immō quam andrōn potius cunīculus dīcendus est, quamquam, ut haud dēclīvis, nōn ipsam terram sed aliquid aliud Antarae ignōtum penetrāre vidētur. Quem sequēns cunīculum Antara vertīgine iterum afficitur cutisque pilōs horrēre sentit velut quī multā nocte sepulchrētum tenebrōsum intrat vel malevolōrum nūminum tetricum lūcum.

Mox autem sē melius habet cum ad prātum perveniunt cuius pār numquam vīdit hic Arabs cui Palmȳrēnsis regiō quasi ultima est Thūlē. Ex abscēdentibus septentriōnālibus surgunt quidem rūpēs scopulīque nūdiōrēs generis hīs in plagīs persolitī quōrum autem rādīcibus adhaerent passim tālēs levium foliōrum oxypaederōtinōrum arborēs quālibus oculī Antarae numquam pastī sunt. Hic locus aut extrā oppidum iacēre vidētur aut forsan in hortīs prīvātīs ita affabrē conditīs dispositīsque ut oppidī tōtus occaecētur aspectus. Post prātum est vīlla pulchra quidem et dēlicāta sed haud magna cuius tamen pergula ampla supellectilī mundā īnstructa.

Abierī ductum assūmit agāsō īnsolitī aspectūs ignōtaeque gentis. Ipsam pergulam adeptī assīdunt rēgīna et hospes propter virum, quem Gul-Nazar simpliciter "avunculum" nōminat, breveque habent colloquium cūnctī trēs. Ancilla, etiam ignōtae gentis, pōtiōnem frīgidulam, balanōs arōmatīs condītās pōmaque quasi hilaris appōnit.

In avunculō, virō aspectū satis decōrō, Aegyptiae forsan orīginis, habitū benevolō, trigintā ferē annōrum, sentit Antara aliquid arcānum sibique ignōtum. Immō vidētur hic vir, quamvīs sit manifestē hūmānīs mōribus, forsan tamen nōn saepe cum solitīs hominibus dē rēbus solitīs conversārī. Hic dē magī recentī morte scit utcumque omnia atque Antarae grātulāns ita subtīliter subrīdet ut hospes incertam suspiciōnem dēpōnere nequeat.

Ē pergulā sē ōtiōsē circumspicientī praebētur prōspectus ad prātum atque parvum acāciārum lūcum merīdiānum ē quō Antaram et Gul-Nazarem prātum intrāvisse necesse est ... etiamsī ille, ut vērum sibi fateātur, illās arborēs – sine dubiō ob animum excitātum – intrāns nōn vīdit. Neque lūcum oculīs scrūtāns andrōnis sīve cunīculī ōs ūsquam dispicit.

Subitō autem oculōs Antarae capit aliquid sē in proximō movēns, hoc est, apud flōrēs luxuriōsissimōs quibus ōrnātur huius pergulae margō et quōrum colōrēs omnēs fundō carēre videntur. Rem parvam suprā quōsdam flōrēs flammeōs fluitantem nōn – id quod prīmō putāvit – pāpiliōnem sed omnīnō aliud esse lentē, iterum quasi in somniō, animadvertit. "Pāpiliōnis" enim corpus vidētur habēre fōrmam paene...!

Quō mōmentō temporis Antara noster in duās partēs dīvidī vidētur sibi; quārum in alterā sē apud *Djinn* sīve in nūminum terrestrium rēgnō sē nunc versārī tandem intellegēns laetātur cum in rēbus gerendīs et glōriā honōribusque petendīs is haud fallī posse videātur cui ipsa nūmina favent. In alterā autem parte vir quī per tōtam vītam fāta semper ipse dīrēxit sua in aliēnā, quamvīs dīvīnōrum, potestāte haud omnīnō commodē sē habēre potest, praesertim ubi nōn patet ēgressūs via. Hoc somnium faustum quid sī subitō, nōtō somniōrum mōre, īnfestum fiat?

Quem angōrem forsan percipiēns rēgīna, quae adhūc velut post magnum discrīmen superātum sē grātē remittēns māximā ex parte huius incantātī locī amoenitātēs circumcircā est intuita, sē rēctā ad Antaram vertit; quō hic illīus ineffābilī pulchritūdine paene tamquam īnfōrmis herbula ante sōlis plēnum ortum irradiātur. Hīc enim, in vērā patriā suā – nam oppidum Palmȳrēnse minus rēgnum quam vērī rēgnī frontem dissimulātam esse haud iam dubium est – Gul-Nazar etiam magis quam in mortālium mundō splendet. Quō Antara tantō amōre et studiō, tantā adeō rēligiōne complētur ut omnis timor eius continuō resīdat.

Cum avunculus, Antarae iterum comiter victōriam grātulātus, vīllae interiōra, advenae adhūc quasi sēmimȳthica, iam petīvit, Gul-Nazar, subitō paulō gravior facta, Antaram hīs alloquitur verbīs:

"Ē tribus gaudiīs quae tibi, cāre eques, ob merita tua pollicita sum nunc tibi sēligendum est prīmum. Quid igitur nancīscēns aut faciēns aut cognōscēns māximē gaudeās? Vel quā rē vīta tua adhūc nimis caruit?"

Nē ūnicō quidem temporis mōmentō opus est Antarae ad respōnsum excōgitandum, nam quam ipsam Gul-Nazarem nihil quicquam terrestre, nihil caeleste umquam magis concupīvit. Nec tamen, ut nōn tantum mortālis sed etiam humillimā orīgine, quid vērē cupiat verbīs exprimere audēns prō prīmō optātō suppōnit alterum:

"Nīl mihi ārdentius cupiō quam vindictam in quendam Farem, cuiusdam populī prīncipem; hic enim, nōbilitātis iūre abūtēns nigritiaeque meae et mātrī Aethiopī contumeliam dīcēns, cārissimam mihi Ablam, patruēlem meam quam super omnia amābam et quae mē pariter amābat, crūdēliter adēmit ... magis, ut mihi quidem vidētur, ex malevolentiā in mē quam ob Ablae amōrem. Hanc vindictam sī mihi concesseris, eximia rēgīna, plūribus gaudiīs haud erit mihi opus."

"Quod tam fortiter pugnāns mē servāvistī...," inquit continuō Gul-Nazar, "...dulcem vindictam tibi habēbis – etiamsī, ut vērum fatear, ultiōnis gaudium permulta alia longē superāre videntur. Sed quod optāvistī accipiēs. Dē secundō autem gaudiō diū ā tē dēsīderātō nīl tē nārrāre oportet, nam tē per tōtam vītam magnam potestātem habēre hominumque fāta regere summīsque honōribus cumulārī cupere mihi compertum est. Hoc quoque attingēs."

"Centum mīlle grātiās tibi agō, rēgīnārum rēgīna, cui dīlūcent intimī pectoris meī mōtūs!" inquit Antara stupēscēns ac simul nōnnihil levātus. "...Quaesō autem, sī quid miserō servō tuō petere licet, ... quaesō nē nunc dē tertiō gaudiō, quō mē plānē prō funditus indignō habeō, sciscitēris. Nōn ante duo priōra accepta atque dēgustāta patefiet mihi quid aliud sit mihi ... māximē optābile."

"Sīc fiet ut petis," inquit Gul-Nazar ē vestis loculō aliquid prōmēns. "Accipe nunc hoc amulētum ut, quōcumque magna facinora tua tē attulerint, praesentiā meā semper ūtāris." Quod dīcēns eī trādit rem pretiōsam cuius pār Antar nē in somniīs quidem vīdit.

"Hoc, ut tuae magnificentiae benevolentiaeque monumentum...," inquit Antar perplexīs animī mōtibus distractus, "...semper iuxtā cor meum tenēbō."


Illā nocte, num in "Vīllā Paradīsiacā," quam dīcit Gul-Nazar, an in "Domō Antīcā" pernoctāre mālit rogātus, ēligit hospes mortālis mortālibus aptius hospitium in ipsō Palmȳrēnsī oppidō situm; nam, quamvīs iam cum *Djinn* satis līberē conversāns, Antara, sē utīque ad vindictam parāns, praeoptat, quandō sēligere licet, nōn in paradīsō sed potius prope rēs solitās solitōsque hominēs dormīre. Intrā somnium nōn somniandum'st cui rēs dūrae gerendae.

Īnsequentī diē bene māne audit Antara ante forēs ingentem strepitum. Quem, cum investīgātum exit, ab equitum turmā ēmānāre comperit. Prīnceps turmae Antaram sollemniter salūtat, quōsdamque ē suīs eī trādit quibus Farēs gēnsque eius bene nōta. Immō ūnus eōrum, sēmisenex luscus, Halīmus vocātus, adsevērat sē quondam integrum annum dēgisse in Faris commeātū – gentem enim illam, quamvīs ab īnscītīs prō "vagā" habitam, rēctius dīcendam esse "nomadicam," cum quotannīs statīs temporibus eōsdem semper petat locōs. Halīmus sē ipsum cum Fare stomachārī dīcit quia "tyrannus iste" sē, Halīmum, quem Nisībim contrā Rōmānās legiōnēs dēfendisse atque ipsīus Cavādī Prīmī ōlim socium mīlitārem fuisse, ad iter annuum faciendum humilis condiciōnis tribuī assignāverit necnōn et sibi quondam magnō in epulō, amīcā fictā iocōsitāte, prō luscō illūserit. Farem enim, quem sat esse decōrā speciē, invenustiōrēs quidem sed dīvitēs tolerāre, dēfōrmēs exiguō cēnsū molestē ferre. Hoc nīmīrum ob morbidum pulchritūdinis studium neque germānō ex amōre eum Ablam fōrmōsissimam abstulisse, scīlicet ut haec, novissima paelex, nīl ferē magis fieret quam gynaecēī recēns ōrnāmentum.

Aliī aliās addunt tālēs tantāsque querēlās et crīminātiōnēs ut Antara laetētur nōn sōlum quod turmam sibi habet in hostem aptē īnfēnsam sed etiam proptereā quod propriam īram explendō prō multīs etiam aliīs simul iūstitiam factūrus vidētur.

Cōnsilium ā multīs coniūnctim ēlabōrātur. Cum Faris populus paucīs septimānīs quendam locum Vaddirūmum vocātum sit petitūrus, celeriter agendum. Ex priōre sēde ad hanc itinerantēs uxōrēs apud Vaddialāmum, oasin parvam sed amoenissimam, semper diūtius commorārī velle quam ipsum prīncipem; quem, inurbānārum statiōnum impatientem, relictō uxōribus comitātū atque praesidiō, Vaddirūmum, oasin magnam et frequentem, anticipātum prōcēdere mālle. Praefectum praesidiī gynaecēī, virum illūstrem nōmine Saefus, quem Farēs prō sibi fīdissimō habēre, prīncipem tēctē ōdisse; Farem enim eō excessisse superbiae ut ad cēterōrum animī sententiam vēram iam sit caecus. Haud dubium igitur quīn aurō ā Gul-Nazare Rēgīnā iam suppeditātō corrumpī possint et cēterī custōdēs vel saltem satis multī ut Abla abdūcātur ūnā cum quibuscumque aliīs uxōribus Farem relinquere volentibus.

Māximō esse tūtāmentō hospitium Palmȳrēnse nōn sōlum ob sēmōtissimum locum sed praesertim quod Gul-Nazar cliēns sit Iūstīniānī Crūdēlis, imperātōris Rōmānī ut in hostēs ita etiam in gentēs suās inhūmānissimī, cuius ita timērī īram ut hīs in terrīs longā memoriā praeditīs nē multīs quidem praesidiīs Rōmānīs sit opus. Etiam Chosroēn Iūstum, Persārum rēgem, postquam, glōriae vānō studiō cōnsiliātōrumque inānī suāsū inductus, Antiochiam temere expugnāvisset, audītīs ipsōrum Syrōrum nārrātiōnibus monitīsque, propter Iūstīniānī saevissimam ultiōnem iam exspectātam subitōque timēns nē Belissarius dux, Occidentālis Mundī Domitor, ultiōnis causā ad Orientem vocārētur, sē in Persiam cito retulisse neque umquam in terram Rōmānam rediisse. Ipsum, ecce, apud oppidum Palmȳrēnse tantum rārō vīdērī magnās cohortēs turmāsve Rōmānās ipsumque Fulgentium, prōvinciae praefectum Rōmānum, habitū mōribusque tam Syrum quam Rōmānum, quamvīs integerrimīs praestantibusque legiōnibus aliquot praeditum, ob *Autocratoris* īrae generālem timōrem, tam sēcūrē sē habēre ut magnō comitātū apparātūque mīlitārī plērumque carēre mālit. Farēs vidēlicet, minimī nōminis prīnceps, longinquam Rōmānamque Palmȳram nōn aggrediātur nisi sērius ōcius ūnā cum gente suā perīre gestiēns.

Hīs audītīs expositiōnibus, Antara vidēlicet turmālēs Gul-Nazarem *Djinn* esse nescīre intellegit. Rēgīnam aurī cōpiam dedisse mīrātur quidem Antara; mīrābilius autem vidētur ūnicā nocte tam idōneam inventam atque īnstructam esse turmam. Nūminum autem ratiōnēs quīnam animō complectātur mortālis? Nec plānē quōmodo tāle mīrāculum parātum sit scīscitandum esse vidētur, cum hoc ingrātum animum resipiat.

Decem post diērum iter Antarae speculātōrēs ita speculātōrēs Faris observant ut sē vicissim observārī nōn putent. Turma quam cautissimē fūrtīvissimēque ē viā dēcēdit ut inopīnāns trānseat Farēs ūnā cum comitātū. In viā relinquuntur ē turmā Antarae duo quasi peregrīnī, habitū aliquantum īnsolitō, linguā paulō aliēnā, quī, sī forte animadvertant Fariānī vestīgia dēvia ā turmā relicta, coetum dīcant illāc prōcessisse cultōrum Dusaris fānum aliquō āviō in vīcō conditum.

Bene ēvenit dolus. Dum Farēs imprūdēns ad Vaddirūmum versus pergit, turma longē post eum ad viam prīncipālem redit. Paucīs diēbus Vaddialāmum adipīscuntur. Praemittuntur paucī lēgātī quī Saefum adeant. Antequam autem ad aurum offerendum perveniat sermō, Saefus et sē et virōs suōs occāsiōnem Faris prōdendī iam diū quaerere dēclārat; admodum quidem placēre cōnsilium refugiī Palmȳrēnsis petendī; ex uxōribus prope omnēs quidem ā Fare aliēnātās ... neque, ut vērum dīcātur, prīncipī corpore fidēlēs mānsisse multās; Vaddialāmum minus itinerum intercapēdinem quam refugium atque, vel quibusdam uxōribus, recessum amātōrium praebēre. Quārē custōdēs Farem nōn sōlum dēspicere sed etiam lūdificārī coepisse. Sī forte sēditiōnī resistant paucī, hōs aut summulā corrumpī aut metū coercērī aut interimī posse. Nihil igitur esse cūr nōn dēsciscat tōtus coetus.

Quod cōnsilium ad sē relātum probat Antara. Solvuntur promptē sineque rixīs tabernācula. Agmen dūcit Antara cum suīs; cōgit Saefus; mediam partem habet gynaecēum, quod ā sōlīs māximae fideī ministrīs propriīs ita ōrdinātur et cūrātur ut fēminae carrūcīs vectae quam māximē lateant. Quō prūdentī sub regimine nusquam inter sē vident Antara et Abla; dūx enim, inceptō difficilī lubricōque intentus fēminārumque et virōrum ancipitem mixtūram vītāre ēnītēns, in sē ipsō praebet temperantiae exemplum.

Sēcūritātis causā Vaddirūmum per lātum circuitum passim impedītiōrem dēclīnant. Viam autem prīncipālem longē suprā Vaddirūmum modo attāctūrī opprimuntur ex utrōque latere ā Fariānīs īnsidiantibus. Paucī ex Saefānīs, quasi in antecessum captō cōnsiliō – quō sē conturmālēs prōdidisse fatentur – ad hostēs trānseunt; quōrum autem saltem ūnum duōsve ipse Saefus sagittīs intercipit. Post prīmās iaculātiōnēs sagittārum, quibus excipiuntur praesertim ex inopīnanter oppressīs sat multī, praesertim circā prīmum agmen et extrēmum variā certātur ratiōne variōque ēventū. Hīc eques cum equite pugnāre, hīc pedes cum pedite; hīc permixtō proeliō vel ministrī servīque tumultuāriē armātī contrā opulentōs nōbilēs contendere. In mediō agmine mulierum caecō ululātuī miscērī clāmōrēs bellicī, īnfantium vāgītus, dēspērātōrum properātae precēs.

Vt tamen in tālī discrīmine fierī assolet, prīncipī iniūriōsō et ingrātō resistentēs eundem adiūvantēs, ob causam iūstam additīs tam animīs quam vīribus, tandem superāre incipiunt. Multī adeō ex Farānīs, quī adhūc ancipitēs pōne aciem morātī sunt, velut datō signō ad hostēs, imprīmīs ad Saefum, ut ducem aequē spectātum et familiārem, trānseunt. Sīc conversō subitō proeliī lībrāmentō, bellārī cito dēsinitur. Parvā tantum fidēlium corōnā prīncipem tuērī pergente, quīdam ex Saefī satellitibus, Musāba vocātus, Farem, aliquō huius vetere facinore adhūc incēnsus, iactō pugiōne guttur trānsfigit. Farēs, effūsā sanguinis magnā cōpiā, animam mox ēdit. Quō Saefus Musābam, ut iūs ducis sibi arrogantem, comprehendī iubet.

Sīc autem cōnfectō proeliō paucīsque quī diūtius restitērunt sē tandem trādentibus, Saefānī dūcem suum quasi gentis novum prīncipem acclāmant. Is autem, plūrima animō pendēns, hīs incipit verbīs:

"Studium vestrum, māximī quidem vērō aestimāns, magis tamen odiō in tyrannum quam meritīs propriīs meīs quibuscumque tribuō; nam ego, quamvīs Faris facinora clam subtīliterque mītigāre diū prō parte nītēns, populī nostrī fāta semel in perpetuum commūtāre nusquam sum ausus. Humilī enim ē familiā nātō māiestātem prīncipis apertē temerāre, prīncipātum adfectāre numquam, ut vērum vōbīs fatear, vēnit mihi in animum. Ingenuārum subtīliumque artium rudior, terrārum longinquārum rēgiārumque superbārum prōrsus ignārus, sermōnum aliēnōrum expers, ut sim potestātum dextra sum nātus nec tamen ipsa potestās. Quis autem nōs ā tyrannō līberāvit? Quis apud rēgnum externum nōn sōlum societātem cōpiāsque sed etiam aurum atque refugiī fidem est adeptus? Antaram dīcō ... Antaram, nātiōnis nostrae sospitātōrem, vīrum quī, quamvīs servus nātus, in prīncipum tamen gremiō est ēdūcātus, nōbilium mōrēs animīque habitum generōsum accēpit, quī sē ipsum innumerīs facinoribus illūstrāvit, artēs ēlegantēs īnsigniter exercuit, quam homō potius epos factus! Antara est quī sōlus suōque Marte nōbīs trādidit firmāmentō Palmȳram! Quod refugiō nōn iam est opus dī nōbīs modo dēdēre. Sublātō aerumnārum auctōre, Palmȳra nōbīs iam minus erit refugium quam socia, futūrārum rērum prosperārum pignus! Antara prīnceps dōnum nōbīs erit Fortūnae. Quī Fortūnae dōna grātus accipit, huic plūra exspectāre licet; eī in perpetuum negātur quī semel respuit!"

Hīs verbīs īnflammātī Anataram prīncipem acclāmant virī Saefum circumfūsī necnōn ē longinquiōre cēterī stīpātōrēs, ministrī, agāsōnēs, tibicinēs necnōn ē carrūcīs suīs uxōrēs Faris commodum viduātae hārumque ancillae, collaudante et laetante Antarae tōtā turmā. Prīmum opus prīncipāle obiēns Antara Musābam ob factum temerārium ineptumque sevērē reprehendit, in fīne autem supplicium māius, quamvīs mināns, nōn sūmit, sīc prīncipātuī suō faustum clēmēnsque initium impōnere cōgitāns.

Vaddirūmum petit nunc Antara ūnā cum tōtō populō atque turmā Palmȳrēnsī, ē quā multī sē apud Antaram permānsūrōs dēclārant, plērīque tamen post intercapēdinem gaudibundam refectōriamque ad patriam revertī cōnstituunt ... nisi quod hōrum duo Abierum, nōn sōlum sānātum sed etiam quasi quādam fābulōsā lēge sēmidīvīnum factum, redūcunt. Quandōquidem autem Vaddirūmēnsēs, quōrum sunt permultī ōrdinis equestris et mercātōriī, nūper crēbrius ā praedōnibus vexātī sunt, antehāc nec Farem nec cēterōs nomadum prīncipēs quicquam morantēs, Antaram tamen, quasi futūrae fēlīcitātis properitātisque signum et prōmissum, rogant ut rēgnī sēdem apud sē habeat. Annuit ipse. Quī, sīve quotannīs sīve quandōcumque, adhūc inter solitās statiōnēs migrāre mālunt, hīs veterem inveterātumque mōrem ex arbitriō continuāre licet. Volventibus autem annīs, hoc facere volunt pauciōrēs pauciōrēsque. Vaddirūmum, dīlātātum ac mūnītum, fit caput rēgnī cuius brācchium merīdiānum ad antīquās statiōnēs, quās nunc firmant custōdēs Antarānī, porrigitur, septentriōnāle per continentem desertam ad sēmōtum agrum Palmȳrēnsem versus.

Ipsam Ablam nōn ante videt prīnceps quam illa huic valedictum ad aulam venit; nam, nunc quod līberāta est, sē sectae Manichaeae vītam dīcāre volentem aditum ad quandam Assyriōrum colōniam petitūram fatētur. Superōs enim antīquōs sē iam diū nōn commovēre posse, animae angōrēs haud iam sēdāre, nīl pūritātis nīl sapientiae repraesentāre. Quae audīta Antara dubiō accipit animō; nam alterā ex parte, immānis amōris iuvenīlis memor, praeterita nōn potest quīn repetere cupere; ex alterā autem Abla, etsī adhūc pulchra, mātrimōniō ingrātō indūrāta atque adeō forsan – rēligiōnem Assyriam amplectī! – animō paulō labefactāta esse vidētur. Quō additur quod ipse Antara Gul-Nazarem īnsānē amāre nōn dēsiit, amōrem suum neque nunc eī aperīre audēns nec forsan umquam ausūrus. Veniam igitur dat discēdendī comitātum ancillārum adiciēns cum custōdibus. Quodsī sententiam umquam mūtet, Vaddirūmum semper eī nōn sōlum hospitium sed etiam patriam mānsūrum. Benignē igitur comiterque inter sē valedīcunt eī quōrum amōrem nōn sōlum ipse Antara sed etiam complūrēs aliī poētae Arabēs cecinērunt ac posthāc canent.

Prīncipem adeunt tam dignitātēs quam supplicēs in annōs frequentiōrēs. Necessitūdinēs nectere, rixās compōnere, cōnsiliōrum ministrōs susceptīsque praepositōs nunc creāre nunc dīmittere nunc pūnīre, dē omnis generis reīs poenās sūmere, hospitēs aut collocāre aut hospitiō propriō recipere, epulās seu lēgātīs seu plēbī offerre – haec plūraque solet agitāre tōtīus populī coryphaeus. Quae officia, interdum grāta saepius autem tantum poētae quantum bellātōrī sēnsim molestiōra, nōn recūsat is quī sē hanc tōtam potestātem ā Gul-Nazare ut praemium accēpisse scit.

Exoritur discidium inter duās gentēs, Abēs et Dhubiānōs, cuiusdam certāminis equestris populāris ēventum in contrōversiam vocantēs. Neutrī possunt lēnīrī. Rixae in concursātiōnēs, concursātiōnēs dēfluunt in plēna proelia. Quīn ambōrum sociī quoque ad arma eant prohibēre nequiēns, Antara, post lēgātōs dē pāce aliquotiēs incassum missōs, complūrium populōrum frāternōrum lentō exitiō bellum perītē cōnstanterque ad exitum certum adductum antepōnēns, vīrēs Vaddirūmēnsēs Abibus coniungit. Dhubiānī enim, etsī forte paulō potentiōrēs, minus cultī, quīn immō, admodum ferī hominumque immolātōrēs sunt. Abēs rēgnī digniōrēs participēs fore videntur.

Dhubiānī, opīniōne plūrēs sociōs adeptī, "Bellum Dāhis et Ghabrae," ex equīs dē quibus ambigitur nuncupātum, longius dūcunt. Accēdit quod tantum Abium quantum Vaddirūmēnsium nōnnūllī, vēcordī superbiā contrā quōsdam Dhubiānōrum sociōs ob hōrum rudēs mōrēs inductī, facinora quaedam atrōcia concipiunt, quibus etiam plūrēs tribūs aliēnātī ad hostēs trānseunt. Cūrat sānē Antara ut maleficī suppliciō capitis afficiantur. Hoc tamen familiārēs reōrum vicissim incendit. Quamquam bellum tandem satis bene cōnficitur rēgnumque Vaddirūmēnse sustentārī potest, adulātōrum tamen laudēs, supplicum grātiae, concubīnārum blanditiae, aulae apparātus animum illīus plācāre nōn possunt quī sē nihilōminus ā multīs, cum extrāneīs tum domesticīs, seu aegrē ferrī seu adeō apertō esse odiō nōn ignōrat. Vt rēx Persārum et autocrātōr Rōmānus Scyllās Charybdēsque nīmīrum cottīdiē in prandiō sūmunt, ita sē rogat Antara num similia dēmum esse dēbeant cūncta rēgna terrestria, etiam minōra. ...Ad quod interrogātum intimus animus continuō ait. Huius vidēlicet mundī omnia perpetuō mūtārī nec quicquam sīve in māximīs sīve in minimīs semper stabile tractābileque manēre. Hoc equitem quidem quemlibet, ut prīvātum, experīrī: pugnam quamque, aestīva quaeque, bellum quodque aut glōriam aut dedecus, aut salūtem aut vulnera aut mortem afferre. In hīs autem quemque sua dēmum cūrāre. Quārē ōtium prīvātum vērum esse ōtium. Rēgnantī autem esse simul omnēs cūrandōs. Vītam simul propriam esse et aliōrum. Quem cēterōs cūrāre nīl vidēre nisi aerumnārum perpetuum flūmen. Hīc vel dēfraudārī viduam fortūnā marītī. Hīc iuvenem in rixā alterīus oculum cultrō perfōdere. Hīc nōbilis cuiusdam Molossōrum pār vīcīnī fānī victimās modo caesās praedārī, tōtam sectam ob hoc arma capere. Novum genus pūlicum camēlōs et canēs quōsdamque hominēs rō-dere. Proximam super rupem – prōh dī immortālēs – invenīrī puellae stu-prātae strangulātaeque reliquiās!

Antara regendō mundum fātaque vidēlicet contemnere discit. Nē volup-tātēs quidem eum iam explēre possunt quī huius mundī futtile longē clā-rius dispicit quam subiectī in vītam tantum prīvātam intentī. Officiō tamen satisfacere per annōs, per decennia pergit, nunc quasi caecē, nunc miserōs sublevāre ex corde cupiēns, nunc victoriae glōriam, sī nōn sibi ipsī, cīvitātī saltem in bellō cōnsequēns, nunc nīl volēns nisi Gul-Nazaris dōna adhūc grātē honōrāre ... nōnnumquam autem sē rogāns num etiam in illīus dīvō amplexū perpetuō laetārī possit. Nōnne enim nātūra huius mundī tālis est ut nihil nōn sērius ōcius corrumpātur, nūllum perstet gaudium?

Aliquandō prīnceps quem vītae iam prōrsus taedet in speculō sē senem esse incūriōsus animadvertit ... senem quidem sed speciē adhūc sat rōbus-tum, sortis tamen hūmānae significātiōnem māiōrem, sī forte exstat, ani-mō nōndum complexum. Quamquam crās ad tribum Taiōrum pacandum profectūrus permultaque singula hodiē praeparāns, īnsolitā quādam libī-dine capitur amulētī Gul-Nazaris revidendī. Quod cum pyxide collō dēpen-dentī sēcrētō eximit manibusque reverenter tractat, Gul-Nazaris vōcem multōs ante annōs audītam iterum sibi vīvidē percipere vidētur. Vocatne ad sē Antaram? Ad tertium praemium sibi tandem vindicandum? ...An ipse forte Antara dēmentiā senīlī afficitur?

Quod utcumque sē habet, Antara cum quattuor ex fīdissimīs arcānīs suīs cōnsilium capit ut paulō ante cōnfectam pugnam – nam crās certum vidē-tur et pugnātum īrī et Taiōs, prō merō honōre resistentēs, aliquandō sē dēditūrōs esse – prīnceps, lēgātīs trāditīs pugnae officiīs, vestem mūtet atque ūnā cum cālōnibus fugientibus, ab astūtissimō arcānōrum, cui Nafius nōmen, comitātus sē fūrtīvē subdūcat. Mōrēs enim Nabataeī prīncipem prīncipātū dēcedentem atque aliēnum in rēgnum, quamvīs socium, abeun-tem haud approbent; populus autem ducem quī in proeliō cecidit amplec-tātur. Nec dubium est quīn prīnceps incertissimā ratiōne dīlāpsus, quicquid sibi opīnentur vel suspicentur lēgātī, saltem in pūblicō prō bellō absūmptō habeātur. Immō vērī simillimum est prīmātēs cadāver aliquod suppo-sitīcium satisque dēfōrmātum plēbī ad fūnus praebitūrōs esse. Nē prīnci-pātus utcumque in contentiōnem vocētur haud vidētur esse perīculum; Antara enim, praeter ūnum nothum excordem paucōrumque capācem līberīs carēns, nōn sōlum in testāmentō sed etiam in conciliīs Saefum, contrā huius modestiam, hērēdem successōremque dīlucidissimē nuncupāvit. Quem īnsuper tam clēmentem esse compertum habet ut prīncipis dēsīderātī custōdēs ministrōsque, quamvīs plānē interrogātūrus, haud sit cruciātūrus. Quīn immō omnīnō fierī posse vidētur ut Saefus aliīque quīdam ex intimīs Antarae nōbilibus, quam fuerit is male contentus gnārī, fugam suspicentur tacitēque probent.

Ītur postrīdiē ad Taiōs. Prīnceps vetustus statō tempore valetūdinem causāns in tabernāculum prīvātum recēdit. Intus vestēs mūtant Antara et Nafius. Tabernāculum contrā mōrem sēcrētō exitū postīcō est īnstructum. Cēterī trēs arcānī cūrant nē quis post tabernāculum erret. Humiliōris speciēī sed rōbustiōrēs suppeditantur equī. Dolus secundum cōnsilium prōcēdit ... nisi quod Nafiī brācchium aberrante sagittā vulnerātur. Fuga igitur tardātur. Quōdam in oppidō pernoctant ambō peregrīnōs modicōs simulantēs etsī thēsaurum tēctum sēcum portantēs. Comes ā medicō conductō cūrātur. Sex post diēs iter continuārī potest. Neutrī tamen properāre libet. Antara rēgnō solūtus paene in antīquum sē vidētur reversus multaque minima singula vītae iterum dēgustāre subitō cupit. Numquid rēbus minōribus dēlectātur quī pauciōra habet? At tālis quālis Antara nimis sollers est et vītae gnārus quam ut tam simplicī sententiae magnam fidem tribuat. Vērī longē similius vidētur causam huius dēlectātiōnis nihil esse nisi ipsam meram discrepantiam. Scīlicet nunc, ut vacuus suīque iūris, quaedam sānē vītae gaudia iterum participāre potest; sine dubiō autem post aliquantum temporis tālia nōn iam sufficiant tamque molesta fiant prīvātō quam prīncipī nūper prīncipātūs officia onerōsa vānaque ōrnāmenta.

Ita paulō sobrius factus sed adhūc bonō animō Antara ūnā cum Nafiō ad Palmȳram quasi ad terram fābulōsam accēdit. Cum oppidum prōmissum oculīs iam interdum ex abscēdentibus blandītur mellītaeque aurae vernae opāca sēcrēta offerre videntur, comitēs propriō arbitriō magis quam viae faventēs in valliculam feruntur cuius pār Antara inter tesqua Palmȳrēnsia nusquam vīdit ... nisi quod aspicientī in mentem venit singulāre prātum illud ac vīlla ā Gul-Nazare et avunculō ministrīsque aliēnigenīs habitāta. Haec quidem vallicula nōn tantum flōret frondetque quantum hortī illī rēgālēs, sed tamen est oasis minima quam sōlum paucissimī vel forsan nūllī invēnisse videntur viātōrēs. Trēs adsunt palmae minōrēs, et ipsa lacūna cāricibus perviridibus passim inaequāliterque ōrnātur. Inter harēnās saxaque, hōc locō variē rosācea, trūdunt plantulae rārae sed dēlicātae flōsculōs hīc helveolōs hīc thalassinōs. Valliculae saxōsus margō occidentālis, angustā obscūrāque rūpīnā septentriōnālī ēmergēns, umbrae fasciam aliquantō imminēns largītur; quam itinerantēs duo tamquam iussī rēctā petunt.

Replētīs aquā ūtribus equīsque ad lacūnam permissīs, Antara super sax-um plānius cōnsīdit dum Nafius circumiecta inexspectāta oculīs adhūc scrūtātur.

"Tē vēnisse laetor."

Vōcem audientis Antarae membra repentem dant tremōrem. Peregrī-nus sibi subitō vidētur aut somniāre aut – quod forsan idem est – ē somniō incantātiōneve modo excitātus esse. Mōtūs animī sēnsūsque utcumque animadvertit quōs ultimā vice abhinc decenniīs aliquot expertus est.

Ad vōcem sē vertēns Antara in tenebrīs prope rūpīnam cernit fōrmam fēminae. Haec, commodum vīsa, ad Antaram appropinquat. Illa certē est. Gul-Nazar ipsa! Speciē autem paulō mūtātā. Quamquam enim faciēs, umerī, brācchia, manūs, pedēs crepidātī, omnia dēmum corporis partēs quae vidē-rī possunt annīs nihil concessisse videntur, scītur tamen aliquā ambiguā ratiōne hanc fēminam nihilōminus quōdammodo diūtius ... diūtius vīxisse ... sī *vīxisse* rēctē dīcitur dē nūmine sine dubiō immortālī.

"Hoc negōtium est tēcum..." inquit Gul-Nazar, "...neque cum comite tuō; quem ad viam pūblicam rēgiamque nostram mittās hortor."

Antara Nafiō annuit ut rēgīnae iussō obtemperet. Hic, semper cautus, prīmō dubitat; tunc autem, dominī apertā cōnstantiā victus summissōque capite valedīcēns, sūmptīs equī habēnīs concēdit.

Gul-Nazar prope stat. In animum venit nunc Antarae quārē, contrā vultūs corporisque pulchritūdinem perfectam et iuvenīlem, rēgīna tamen aliquā "māior" vidētur "nātū." Ipse ōrnātus annōs addit. Quamvīs enim prior vestītus, māxima ex parte candidus, ēlegantissimus fuerit, haec tamen vestis, miniāta plērumque sed aureā sēricā et praetexta et intrōrsus obducta, ventrem perfectum umbilīcumque carbunculō pūniceō gestan-tem ostendēns, circumcircā nōn sōlum gemmīs sed etiam imāginibus variīs – hīc delphīnī, hīc canis, hīc anatis, hīc suis, hīc viverrae, hīc termitis, hīc variārum avium rāriōrum – distincta, omnia ab Antarā longaevō umquam vīsa exsuperat. Crūra, sursum ūsque paene ad genua mīrā vestificī arte retēcta, circulīs variīs, hīc gemmātīs hīc caelātīs hīc emblēmaticīs ōrnan-tur, quamvīs tālis pulchritūdō certē nūllō omnīnō ōrnāmentō indigeat. Venustissima brācchia aequē ac crūra armillīs pretiōsīs passim micant. Super faciem modō simul dīvīnō et hūmānō splendidam radiat alta mitra miniāta et aurea, sīcut cētera tantum gemmīs exōrnāta quantum simulācrīs. Ecce bōs opīma hīc. Illīc olor decōrus. In mediō, super frontem, plūripēs atque quasi hierātica imāgō aurea araneī.

Gul-Nazar tantisper silet velut Antarae moram spectandī indulgēns. Ecquid immortālēs ex ipsā potentiā nūminōsā suā tōtam speciem suam, etiam ōrnātum, ē nihilō creant? Valentne et per ipsam speciem fōrmamque voluntātem suam aliaque cōgitāta cum hominibus commūnicāre? An sint forte et ipsī hominēs nīl nisi ipsōrum superōrum figmenta vel cōgitāta?

Iuxtā nunc, super saxum dūrum, cōnsīdit dea dexterāque umerum Antarae ... tangit. Tāctus fortasse vērus et corporālis sit neque tantummodo aetherius. Rēgīna dēmum etiam fēmina est, vel esse nōn gravātur; quam miser mortālis, quisquis est, nōn potest quīn ad sē trahere. Fit ōsculum. Fit bāsium. Fit sāvium. Fit vīta cito somnium somniumque vīta. Immō, quid rē vērā fiat aut nōn fiat sōlum ē sēnsibus iam quasi externīs nōnnihilque cōnfūsīs conicī posse vidētur. Immixtō tam properanter candidae nigrō, oriuntur quidem cūnctī colōrēs plūmārum frondiumque, nemorum caelōrumque, nātūrālium fūcātōrumque. Sīcut tāctus quisque, quaeque rēs, ut sit rēs, speculum mundī sibi figūrāre ūsque nītitur. Quid dēmum nōn quaerit et humilis cancer? Quid nōn ardea? Quibus laticibus nōn dēlectātur sēdula acharnē? Cuius nōn abundat populī animus dēsīderiīs, simulātiōnibus, aculeīs, tragoediīs, ōvīs aureīs? Quae nōn scatent noctēs frīgoribus febribus furōribus phantasiīs? Cūnctō autem sē undique dēdente aliquandō gelū, nīl tandem interest inter rīvum et sūdōrem et lacrimam, inter senem et iuvenem, inter amplexum tuum et amplexum meum ubi aqua aquam perpetuō parit et petit. Et lūnae fulgor, nusquam rē absēns, sub clausīs palpebrīs nōbīs avidus inhaeret. Vnā cum libīdinis vegetīs nebulīs surgit aliquandō ad nūbēs firmius suspīrium exhālātum dum dorsō ferimur nōs immēnsī dracōnis bracteātī. Oculum eius simul ōrnātum et bēluālem intuētur dēnique ē proximō oculus iam iamque stupēns noster. Admūgiunt nōs alicunde ex oasibus prātīsve languidīs bovēs tamquam nūntiantēs cuiusvīs cupīdinis nōs numquam plūs quam dīmidium capere praemium. Ē quōlibet proeliō, etiam prosperrimō, nōs semper imminūtōs redīre sīcque sēnsim ūsque ad mortem, seu grātam seu ingrātam, atterī scit praesertim illa quae mē tam mīte cōnsonanterque ūsque tolerat. Oblinuntur finientēs, sēnsim pallent longē sub nōbīs omnēs fatuē bombitantēs vallēs. Omnēs sonī Silentiō novō simplicīque grātē cēdunt. Īnfāns sum et senex. Ipsa mōnstra mea, ūsque ad fīnem et post fīnem mēcum manentia, iam minima facta, vel sub pollicis ungue nunc lentē obdormīscunt. Dīlābitur dēnique omnis nōtiō extrā ipsīus Angelī clēmentissmum perpetuumque amplexum.

—*Zōosyntheton I*, pāg. 781-801

*Flōrilegium hoc compōnentibus ēditōribus, id quod excerptī modo praebitī lēctor iam animadverterit, Annam Kammereck, novissimōrum auctōrum nōtātū dignōrum sānē haud ultimam, minimē neglegere licuit. Haec iuvenis scrīptrīx, ē cīvitāte Vasintoniēnsī oriunda, quamvīs suam Gīsam matrem in patriā saepius invīsēns, multifāriam huius planētae historiās, fābulās, rūmōrēs, arcāna colligit; ē quibus adsevērat ipsa sē quam māximam potest partem cōnsuere velle "Centōnis" illīus "Vniversālis," hoc est, culcitae - ut explānat ipsa - vel tapētis generālis vītārum fābulārumque atque nōtiōnum Terrestrium. Quem Centōnem nōn sōlum modō līneārī vel dīrēctō per tempus vel id quod "historiam" vel "fābulās" nōmināmus ēvolvī sed etiam ad lībram vel ā latere ex persōnā in persōnam extendī. Immō, id quod autumat Kammereck lībertāte illā fābulātōribus propriā, hunc modum nārrātīvum implicātīvum profectō prōferendum esse ad omnia cētera animantia necnōn et ōlim comprehendendās fore etiam māchinās, simulac sēnsū et intellēctū praeditae erunt. Genus scīlicet scientiae fictīciae, quod ipsa sānē nōndum est aggressa, nōn sōlum probat sed etiam sē aliquandō in tālia - vel forte in aliquod eōrum exemplar sibi appositius - incubitūram affirmat. Nōs enim avidē exspectāre - sīc illa - tam superiōrēs dīmēnsiōnēs quam reālitātēs parallēlās. Nec praetereundōs extrāterrestrēs. Dē quibus autem interrogāta nōnnihil nōbīs tergiversārī vidētur quasi "E.T.-nūgātrīcis" notam fugiēns. Quārē quidem paulō īrōnicum est quod nōnnūllī observātōrēs extispicēsque litterāriī propter aspectum eius nōnnihil "pixiānum" - statūram minōrem, nāsulum resīmulum, ocellōs caelicolōrēs saepe quandam calliditātem improbam exprimentēs, nē quid dīcāmus dē ēnūntiātū leviter aliēnō quem cārae auctōritātī assignat patris mortuī orīginis Esthicae - ortum penitus "exōticum" sēmifacētē coniectāvēre.*

*Rogāta cūr tot historiae fābulaeque eī congerendae videantur respondet nōn ūniversās, plānē, excipī posse sed quō plūrēs nārrārī eō clārius, contrā varietātem speciē īnfīnītam, omnium animantium commūnia tandem dispectum īrī. Quae commūnia vidēlicet pervariīs modīs observārī posse: sīve explōrandō sīve fortasse merā meditātiōne contemplātiōneve philosophicā sīve - quod plērīsque saepius patēre - ratiōne potius vicāriā experiendō, cuius experientiae promptissimam viam esse lēctitātiōnem. Simile mūnus explēre quidem posse vel spectācula cīnēmatographica et (tēle)vīsifica tāliaque, at - quod haud mīrandum - longē plūrēs librōs quam pelliculās satis magnā perītiā animīque agilitāte hīs diēbus concinnārī. Etiamsī satis multa suppeditent optimae notae vīsifica, quōs spectūrīre nihilōminus saepius passīve experīrī, quōs lēctūrīre, ut plūra ā propriā cōgitātiōnis imāginātiōnisque facultāte postulantēs, necessāriō āctī-*

*vius. Cui iūdiciō, neglectā eius vī obiectīvā quācumque, nōs biblio-*
*philī quōmodo nōn subscrībāmus?*

*At quid, nōs rogāmus, dē illā coniūnctiōne peculiārī vītārum*
*magis minusve vērārum cum fābulīs fābellīsque fictīs necnōn orāti-*
*ōnī prōrsae immixtā poēticā? Cōgitātiōnēs respondet illa phantasi-*
*amque vītae partēs omnīnō tam necessāriās esse quam ipsās rēs*
*gestās, immō, hīs illās etiam māiōris esse solēre. An quis plūra dē*
*necessitūdinibus familiāribus Vilelmī Shakespeare scīre velit quam*
*dē amōre Romaeī Iūlillaeque dilēmmateve Amlethī?*

*Similī modō – quod l'enfant longē minus terrible quam féerique*
*etiam māiōre studiō in medium cōnfert – quae ad verbum dīcī ipsīs*
*verbīs hōrumque significātū manifestō et cottīdiānō termināri solēre*
*sed multa vel forsan adeō māxima vītae cuiusque nōn sōlum ē tālibus*
*cōnsistere vērum etiam ē subtīliōribus, ut ita dīcātur, sapōribus vel*
*odōribus vel īnsusurrātiōnibus animum animamve rēctā viā affanti-*
*bus, quōs solūtā ōrātiōne perītē quidem vel etiam doctē dēscrībī posse*
*sed ita exprimī ut subtīlissimī hōrum gradūs subiectīvē sentiantur*
*plērumque nequīre; nam poēsiam vel modum dīcendī poēticum*
*dēnsiōremque, etiam in fōrmā solūtā nec per versūs prōpositum,*
*ultrā ipsōrum verbōrum sēnsūs commūnēs porrigī posse. Hērāclī-*
*tānum enim illud, "coniūnctiōnem reconditam manifestā esse vali-*
*diōrem," eō vērāx esse quia id quod subtīle vidētur modo modo*
*dētegātur. Per cōnscrībendī modum orātiōnem poēticam solūtae con-*
*iungentem Caesaris simul, ut ita dīcātur, Caesarī et Deī Deō reddī.*
*Cēterum, in quibusdam ex exemplāribus ab ipsā illā magnī factīs,*
*velut illō opere Arabicō Mīlle et Ūna Noctēs titulō īnscrīptō atque*
*saturīs Menippēīs antīquīs Graeco-Latīnīs, tālem ferē ūsurpārī rati-*
*ōnem quā nōn sōlum nārrātiōnēs multīs variīsque modīs coniungī*
*sed etiam prōrsīs intexī variae indolis "oblīquiōra."*

*At quidnī ūnam saltem ratiōnem quā Anna Kammereck nārrāti-*
*unculās suās cōnectit dēmōnstrēmus id quod prius excerptum proxi-*
*mē sequitur illecebrae grātiā reserandō?*

Alicubī, sīve longum sīve breve post tempus, tonant, ecce, hī mūtī rāmu-
lī ut prīma huius novae lūcis huiusque caelī recentia exemplāria sē aperi-
entia, tangente, immō, modo aliquā cōnsīderante tē. Dūmētum quodque,
dīligēns nunc cum spectās, urbs fit trepida. Flōsculus adeō sē ipsum horret
ubi tibi in mentem venit vel leviter dubitāre. Variā viā inveniuntur, sculpuntur ūsque volūbilēs prīmae fōrmae tuae mōtūsque tuī proxima omnia
passim suggerentēs in acervulōs. At simul nī tē hōc temporis mōmentō

somnient minōra quaedam grāmina, nūllus dum hīc vērē exstēs. Domicilium tamen novum, humile sed amplissimum, sentīscīs ubi rīvulus tibi tītillanter occurrēns ad aliquod mare versus dēstillat, lābitur, lambit, cadit, iterum unditat. Hīc cum per aeva rēpentibus saxīs velut tenera prīscaque nōtiō tē coniungis, hūmānō exemplō tē tandem grātus omnīnō exuēns. Saxa lapidēsque aurārum fluxuumque sunt rē intimī germānī, nēdum cōnstanter rōrantium astrōrum. Cum crēscēns fluctus iste tam internus mundīque unda illa quasi īnfīnīta idem fiunt, nīl dēmum nōn in promptū esse tibi dispicīs. Restant dēnique, prō pancosmiā lege sēminum, omnia omnia omnia.

Quārē hīc paulisper subglīscere tibi vīsum'st. Scīlicet quō vīvidius experiāris cūr sit forsan vērē vīvendum ac fortasse aliquandō iterum nōnnihil sapiendum. Hoc quam diū dūret haud sciat tālis quālis ager quantumvīs sē volventibus annī temporibus ūsque versus, interrogātus, malaxātus, obtūsus. Vt anima tamen, contrā dēfectūs quōscumque, satis potēns, vīrēs tam nātūrālēs quam voluntāriās plērumque aut āvertere aut domitāre callēs. At simul atque haec refugiī tentāmenta tandem aliquandō tibi bene frīgent, tot per ōrdinem fīs fugitīvī cīmicēs culicēsque ut cūncta vītārum spatia renāta iterum undique parumper ruant agitent bombitent. Aliquid iterum quaerere vidēris.

Inter montēs ātrōs niveōsque, ubi astra sē inter acūs piceās sincērius quam alibī aperiunt, nāscitur aliquandō Dusānus, puer mox verbōrum domitor, lintrium habilis dīrēctor, adulēscēns dein piscium lacustrium pius cōnfector, sīderum admodum attentus speculātor; quem Dalca māter, īnsolitam in eō perītiam sapientiamque percipiēns, ad longinquam scopulōsamque latebram mittit Avastis, magī īnfāmis. Haec enim vult fīlium ingeniōsum artēs ātrās discere quibus īnstructus quoddam Gontācium oppidum procellā tandem aliquandō dēleat; nam ā quōdam eius incolārum, virō venustō quidem sed impudentī, quondam turpiter dēcepta et dēfraudāta est, ac cēterī Gontāciēnsēs adhūc longōs post duodēvīgintī annōs dē eā tamquam dē stultae dērīdendae ipsō exemplārī iocantur proverbiaque crūdēlia nārrant.

Dē quō barbarō prōpositō etiamsī penitus diffīdit atque ad aliās terrās dēclīnāre saepenumerō sēcum dēlīberat, Dusānus tamen quōdam diē, prō certō nōn habet cūr, cālīginōsō in līmine Avastis sē salūtantem dēprehendit. Ab ūnicō excipitur ministrō, quī, ut vidētur, explicāta praecepta sequēns, Dusānum ad domiciliī sēmisubterrāneī quandam partem parum iūcundam addūcit, ubi adulēscēns complūrēs diēs simul tamquam hospes et captīvus tractātur. Vnā enim cum cibīs satis sapidīs sed parcīs afferuntur et litterae brevēs quibus cottīdiē suscipienda paucīs, saepe admodum ob-

scūrīs, verbīs dēscrībuntur. Vel ūnō diē sunt variae rēs īnsolitae receptā-
culīs condendae, aliō dē quibusdam versiculīs est cōgitandum, aliō nīl nisi
quam diūtissimē in tenebrīs quiētē sedendum, aliō verbīs animō modo
occurrentibus parietēs crētā cōnscrībendī. Prīmīs diēbus ob mātris diffā-
mātae memoriam praecepta īnsolentia sat piē sequitur, proximīs tamen
augēscente cūriōsitāte incitātur; posteā, tālī ē victū et exercitātiōne sē rē
vērā aliquid ūtile accipere sentiēns, plūra sē addiscere cupere animadvertit.

Septimō decimō diē post adventum Dusānī ostendit sē Avastis, vir
compāctus, cānīs effūsīs, rūgōsā semper tunicā ïanthinā vestītus, mente
nunc speciē in permulta intentā nunc pugiōnī similiōre, nunc sententi-
ārum nīl nisi fragmenta prōferēns nunc duōbus verbīs diēī aurōrulam
vīventiumve halitum exstinguendī capāx, cuius dīrēctus intuitus tam rārō
quam prōrsus memorābiliter hospitis animō frīgidum horrōrem inicit. Magus sē Dusānum ut tīrōnem iam accēpisse nūntiat, huius assēnsiōnem haud
quaerēns.

Paene triennium incumbit tīrō in ardua studia atque experīmenta saepe
difficilia, interdum absurda, nōnnumquam perīculōsa dīcenda antequam,
quōdam diē vernālī īnsolitē frīgidō sed lūcidissimō, aliōs quoque in hāc
scholā studēre dispicit alumnōs; immō, hōs antehāc ita iuxtā sē esse ver-
sātōs ut tamen, sīve propriīs artibus sīve potentissimī magistrī ope, prōrsus
latuerint. Celdō, adulēscēns flāvicomus aliōquīn autem Dusānī nōnnihil
similis, antehāc semper quōdammodo ultrā oculōrum sinistrum marginem
agitāvisse vidētur. Iechlīfnius, vir prōcērus, gracilis, nigribarbus, tacitus,
semper ātrātus, umbrīs antehāc assiduē cōnfundēbātur. Phüntsocam,
exiguam fēminam Tibetānam, ūsque adhūc sē arcānō silentiō et tranquillitāte texisse patet. Quartus commīlitō, Taenēs nōmine, decōrus iuvenis
furvā cute, nāsō aduncō, sē longinquissimā ā terrā occidentālī Iohcāuh-
tlānā per "potentiae viās" hūc migrāsse adsevērāns, ut alumnōrum manifestē prōvectissimus, immō Avastis paene magis collēga quam alumnus,
atque intrā magistrī "prīvātam orbitam" plērumque versāns (quicquid hoc
sibi vērē vult), nōn sōlum Dusānum sed etiam cēterōs adhūc saepe latēre
vidētur.

Avastis tīrōnēs veterānōs sīc cēlāre nōn est assuēfactus, sed hōc dolō
Dusānum, adulēscentem sociābilem affābilemque, magis in sē penetrāre
cōgere voluit. Tam longum per tempus quasi sēmicaecē agēns nescīvit Dusānus vel sē mātūtīnō tempore semper animal aliquod, nunc lacertam nunc
mūrem nunc gallīnam, sacrificandō opus nōn sōlum suum sed etiam cēterōrum cottīdiē inaugurāre. Per haec officia cruenta, etsi ā Dusānō sōlō
facta, magister omnibus alumnīs prīncipium īnstillāre ac trādere solet om-

nem ex aliīs animantibus dēpromendam esse potentiam. Eādem dē causā discipulum quemque aliōrum, nōnnumquam et bēstiārum, rārō etiam huius regiōnis agrestium "voluntāriōrum" vīrēs animālēs in exercitātiōnibus experīmentīsque quasi dēprōmere et ūsurpāre. Immō, sē ipsum hōc tōtō tempore ūsurpātum esse discit Dusānus; indicat enim magister quōs artēs "ātrās" dictās exercēre adversus nāturālem rērum cursum prōcēdere. Cūnctam mentem, cūnctam vim potentiamque, seu bonam seu malam nōminandam, nihil nisi lūcem esse neque ipsās "tenebrās" quicquam esse nisi lūcis figūram inversam sīve lūcis partem oculīs corporālibus nostrīs plērumque abstrūsam. Rosam enim oculīs vel candidum colōrem praebentem omnēs simul colōrēs tālī modō ā sē ad nōs repercutīre ut oculīs "candida" videātur dum ipsa, ut hīs colōribus assiduē expulsīs assiduē igitur per sē carēns, sī scīlicet ex alterō lūcis latere sentiātur, necessāriō "ātra" ēvādat. Similī modō rosam ā nōbīs ut ātram vīsam – quārum sē quibusdam exstitisse locīs gnārum – ut paene nihil ēmittentem lūcis sed prope omnem sibi retinentem, necessāriō per sē, vel ex alterō lūcis latere perceptam, vērē esse "candidam." Nōs, ut rērum figūrās quasi illūstrēs et obscūrās utīque percipere valeāmus, quōdammodo sōlum alterum lūcis latus dispicere posse solēre. Immō, propter praecipuam nātūram corporālem nostram nōs omnia quidem hāc inaequālī ratiōne experīrī solēre. Ambō lūcis latera simul vīsa plērōsque sānē occaecātūra, rērum fōrmās duplicī lūce sēnsās oculōs nostrōs prōrsus ēlūsūrās. Ā nōbīs āversōs "ātrōs colōrēs," ut ex opīniōne falsā nostrā ita dicantur, omnīnō tam fortēs variōsque esse quam colōrēs nōbīs obversōs. Mortuōs impūnē ambō vidēre latera, paucissimōs hoc quīre vīvōs.

Oculī nostrī porrō quamvīs rēctam et inversam lūcem contrāriīs modīs sentiant, neutrum tamen latus per sē esse "bonum" aut "malum." Cūnctārum rērum mundānārum fōrmās ē lūce hīc rēctā hīc inversā cōnsistere; soliditātis speciem ex ambōrum laterum vīribus disparibus gignī; nīl dēmum praeter lūcem exstāre cum etiam, immō, praesertim animantēs ex eā cōnsistant. Lūcem omnibus quidem animantibus esse patrimōniō, at paucissimōs hoc satis bene perspicere ut ipsī lūcem temperāre et tractāre valeant. Perītissimōs quōsdam *samānōs* sānātōrēsque necnōn et summōs magōs benevolōs, velut Padmasambhāvam recentis memoriae illumve Issam ā Rōmānīs ac quibusdam Indīs adhūc celebrātum, bene scīre eum quem, suī ipsīus funditus immemorem, omnium vīventium bonō servīre lūcem modō tam facilī nātūrālīque, tamquam flābellum aurās vel gubernāculum aquās, circum sē dīrigere ut nōn sōlum vīcīnīs sed etiam ūniversīs simul prōsit. Quem tamen vim lūcis ad fīnēs speciālēs ambitiōsōsve malevolōsve ūsurpāre velle, hunc lūcem, ut ita dicātur, fūrārī dēbēre cum nōn sit tālis nātūra lūcis ut ad singulōrum tantum ēmolumentum, nēdum ad singulōrum dētrimentum exitiumve, facile advertātur. Quōs "artēs ātrās," parum quidem appositē dictās, exercēre fūrēs esse. Quōs apud sē similēsque magōs studēre, perītissimōs vidēlicet fierī lūcis fūrēs. Hōs permagnam quidem potentiam et vim ex arbitriō regere, temperāre, adhibēre valēre; haec autem facientēs, utpote rērum nātūrae resistentēs, sē ipsōs celerius absūmere; quamobrem multa quae in "magōrum fūrtīvōrum" scholīs trādī ad modōs vīs persōnālis replendae retinendaeque atque ampliandae spectāre. Quem mundāna regere cupere, ut ita dicātur, thēsaurōs undique acervātim tēctōs habēre oportēre.

Quae audiēns Dusānus magnopere mīrātur: tam rērum nātūram ita pressē et apertē explicātam quam quod aequē magister et cēterī discipulī sē nātūrae resistere nōvērunt nec tamen idcircō inquiētārī videntur. Nōnne pretium ātrārum sīve "fūrtīvārum" artium exercendārum nimis magnum ēvādit? Ipse certē post mātrem, ut pār est, vindicātam aliquem "summum magum benevolum" petere dēcernit ā quō magīam nātūrālem, eum quī exercet nōn absūmentem sed potius omnibus animantibus condūcentem, tandem discat.

Aliud post triennium, dīgressō interim mīrum in modum, id est, velut in turbine, Taene, Dusānus quoque, sē ab Avaste satis superque didicisse ratus, discēdere cōnsituit: cōnsilium facile captum, arduum effectū. Nam, eō fortasse propositō ut quisque magus in omnibus sibi tantum ipsī cōnsulendum esse perdiscat, magister alumnīs ita prohibet discessum ut tamen aliqua exstet via ... plērumque difficillima et inopīnāta. Itaque, cum Avastis Dusānum potentiā quōrundam sīderum iam satis pollēre sciat, hic sē ā magīā sīderālī abstinēre dēcernit, alterum potius genus antepōnēns quibusdam in sessiōnibus tantummodo dēlībātum, quod ipse sōlus clamque cēterōs in aliquantam facultātem pecūliārem sed sēcrētam explicāvit. Scīlicet animam suam corpore in tempus disiungere iam satis callet. Quō autem moribundius cadāverōsiusque fit corpus, eō potentiōrem oportet esse animam ut corpus in vītam revocētur.

Inventō igitur quōdam diē in mediānō Dusānī corpore velut mortuō, Avastis, prīmō num sit pulsus artēriārum pulmōnumve tractus scrūtāns, nīl invenit. Dein in corpore latentem animam propriae animae operā quaerit nec reperit. Venēnum enim ā Dusānō ūsurpātum cor tantum in modum tardat ut āctiōnem eius nōn percipiat quī temere experītur. Quibusdam etiam locīs vestibus levibus tēctīs apparātus tubulōrum quōrundam herbāceōrum satis oxygeniī sanguinī retardātō suppeditat ut corpus profundē cōmatōsum ad biduum in vītā cōnservētur. Fierī quidem potest – id quod saltem posthāc in animum veniet Dusānō – ut magister dolum adhūc suspicētur ingeniōsum autem spectāculum ita approbet ut discipulō mōrem gerere cōnstituat. Hoc utcumque sē habet, cum magī nōn humandī sed potius combūrendī sint nec prō faustō habeātur, in mediō relictō ipsō rītuum genere, prope magōrum fūrtīvōrum scholam collēgae īnfortūniō vel immātūrē interceptī reliquiās elementīs reddere, ministrō, cui est nōmen Vogoffa, mandātur alumnī corpus quoddam ad bustum sēmōtum ac clandestīnum vehere combūrereque. Haec quidem omnia sīc dispositum atque perāctum īrī ē quibusdam tabulīs libellīsque necnōn ipsum magistrum rārō sed dē industriā rogandō collēgit Dusānus.

Quaedam pecora vehendī causā plaustrī Vogoffae partī anteriōrī īnfīxus est alveus pābulāris faliscīs īnstructus mālōrumque rōbustōrum altiōrumque parī cōnfirmātus. Dē quibus mālīs, aliquid pāgānīs ut iniciātur terrōris, varia propriō arbitriō suspendere solet Vogoffa tamquam magōrum īnsignia: vexilla quibusdam signīs magicīs minōribus quidem sed vulgō nōtīs iactantia; victimārum vultūs, unguēs aliāsve partēs; īdōla hārum plagārum indigenīs praesertim minācia. Quamobrem plaustrum plaustrāriumque longē fugiunt omnēs.

Alterīus igitur in hōrum mālōrum apice cūriōsē fīxit Dusānus hesternā nocte cuiusdam plantulae, cui nōmen "nyctēgreton," mollem siliquam vēsīcifōrmem, quam, cum sit plantā modo modo solūta, post ferē ūnicum diem sēmina fluitābunda diffundendī causā is ruptum īrī scit. Cum omnēs huius plantae partēs nocte aliquantum fulgeant, Dusānus tamen siliquam haud cōnspicuam fore ratus est quia hae noctēs sūdiōrēs sint et dōdrantāriā crēscentīque lūnā pernoctī splendent. Perītus quidem animae trānslātor etiam integrā ex siliquā animam exsolvere valeat, sed tīrō vīribus suīs quam māximē parcere cupiēns vehiculum animae sē ipsum temperī apertūrum māvult.

Cum Vogoffa iter hoc paene biduum mātūtīnō occēperit, īnsequentī diē aperītur siliqua ad prīmam lūcem. Vnā cum sēminum tenellā nūbēculā ēlābitur Dusānī anima sēmicōnscia, utrum ad ipsissimam lūcem integram biviamque an ad misellum corpus inter vītam mortemque anceps suspēnsum pergere mālit paulisper dubia. Mox autem paulō excitātior, nōndum scit cūr, ad corpus tendit. Opīniōne longiōre opus est intervallō ut ipsa expergēfiant membra mīrē sōpīta. Tōtum sē linteō esse tēctum animadvertit lentē. Et ipsa ... ipsa membra ... mīrum, em, quantum frīgent! Neque ūllae iam usquam adesse videntur vestēs neque ūllōs tubulōs sentiunt segnēs digitī. Nihilōminus adhūc vīvere vidētur corpus, nam ... movētur. Immō, ecce, effrēnātē nunc tremit!

Dusānus caput dētegit linteōque sē involvere nōnnūllā cum difficultāte cōnātur. Acūtum dīlūculum cobaltinum huius vallis Dusānō ignōtae cūncta singula proxima, etiamsī adhūc aliquantum obscūra, perspicua tamen reddit; inter quae numerātur et vultus Vogoffae inter humile tentōrium et ignem excubitōrium prūnīs exolētīs languidum subsīdentis. Num minister taciturnus alumnum ē morte resuscitātum aspiciēns mirētur an terreātur an forte īrāscātur haud facile est dēcernere. Vultus enim rigidior et imperspicuus inter varia suspēnsus vidērī solet.

Dusānus aegrē surgēns sēque nunc prīmum scrūtāns trementia membra videt secundum huius regiōnis mōrem fūnebrem pulvere calcāriō dealbāta. Quam inamoenam animadversiōnem cūriōsē spectāns Vogoffa subitō cachinnum, haud scit Dusānus an malevolum, tollit. Quō perterritus Dusānus sē circumspicit. Ad occidentem versus vallēs in incerta abscēdentia multō minus silvestria humilibusque nebulīs mātūtīnīs adhūc partim vēlāta dēscendit atque dīlātātur. Ab oriente merīdiēque loca adhūc ēlātiōra atque angustiōra, cacūmina montium propiōra, dēiectūs aquārum sonus, sī nōn aspectus; quāsdam post arborēs habitāculōrum albōrum partēs minimae dispectae, vīcī suspiciō.

Cum Dusānus laevē ē plaustrō labōriōsēque dēscendēns ob membrōrum ultimum torpōrem tandem in fossam cadit, Vogoffa cachinnum omittēns surgēnsque appropinquat. Pars quidem Dusānī humī quiēscere gestit, spem alēns ministrum aliōquī nōnnihil tetricum, alumnī tamen mīrō dolō lēnītum, nīl nisi opitulātūrum esse. Altera autem pars, ministrum omnīnō tam sevērum quam dominum fore tetricōsque iūre tālēs vidērī opīnans, aliquantō praevalet, ipsum Dusānum, contrā articulōrum cruciābilem rigōrem, surgere fugamque quōquō modō potest capessere urgēns. Pedibus ē fossā manibusque ēluctātur. Plantārum rāmulīs arreptīs sē in proximum plānum paulō ēlātius trahit cursumque summīs vīribus temptat, nūdīs pedibus nīl inimīcius sentiēns quam pīnōrum sicca folia acufōrmia rārōsque lapidēs et rādīcēs arborum, linteum tamen fruticibus subinde captum solvere sibique dēnuō applicāre coāctus.

Pōne sē plūrēs Vogoffae cachinnōs audit, prīmō velut proximōs ac quasi persequentis, dein autem paulō longinquiōrēs, tandem iterum omissōs. Post arborem sē aliquandō tegēns tantāque contentiōne iam prope cōnfectus ad speculātiōnem vertitur. Vogoffam nōn persequentem sed potius ad foculum suum reversum et tamquam cibum mātūtīnum sibi parantem videt. Ad Avastis ministrum, quamvīs speciē nunc ignāvum, Dusānus tamen redīre haudquāquam audet, cum quibus artibus īnstructus esse possit iste famulus trīstis horridusque haud nōverit neque ūllō dolō in archimagī latebram redūcī velit.

Quam sententiam sibi in animō firmāns Dusānus, velut novā aliquā ē fonte hauriēns vīrēs, ad vīcum versus sē dīrigit, puellam mox ūnā cum porcellō spatiantem offendēns. Illa prīmō cōnsistit quasi mīrāns. Porcellus autem imperturbātus ad Dusānum accēdit. Quod vidēns puella *Dorgī!* exclāmat, quod sine dubiō porcellī est nōmen. Dusānus gressum comprimit linteumque membrīs commodius decōriusque aptat puellam terrēre nōlēns. Haec autem porcellum ad sē recurrentem manibus tollit versaque continuō quā vēnit aufugit, semel autem in ipsā fugā Dusānum respiciēns quasi vīsum sibi in animō cōnfirmāre tentāns.

Sequitur eam tardē Dusānus. Ē proximā casulā alicuius fēminae vōciferātiōnem ēmissam audiēns iterum dubius īnsistit. Dein pergit, in morā nihil dēmum cernēns ēmolumentī. Proximās inter casulās plūra vīcī dispicit: aedēs māiōrēs atque āreae mediae, fortasse forulī pūblicī, partem. Prope forulum iam videt parvum templum sīve sacellum haud ita bene cultum. Ē quō subitō, nīmīrum ad clāmōrem accūrrēns, vir inconditā veste quasi modo ē lectō suscitātus exit; dein, Dusānum, cadāveris ambulantis linteō fūnebrī involūtī īnstar, vidēns, lentē prīmō, velut inter pavōrem et studium videndī ambiguus, ad templum retrōcēdere incipit. Cum Dusānus gradum citat, vir, positā omnī dissimulātiōne, in templum fugit valvāsque fortī crepitū claudit. Ā dexterā nunc videntur duo, immō, trēs hominēs, vir et fēmina cuius dorsō alligātus est īnfāns. Holera ad mercātum dispōnere, immō, modo disposuisse videntur. Cōnspectō autem Dusānō aeditimīque animadversō pavōre, omnia sua tamquam terrae mōtū iam absūmpta dērelinquentēs dant sēsē in fugam.

Ā sinistrā audītur nunc susurrus ... immō, audiuntur susurrī complūrēs. Ex aedibus quibusdam māiōribus, quārum māxima pars arboribus tēcta, sentiuntur passūs leviōrēsque sonitūs. Dusānus, etsī prīmīs modo sōlis radiīs attāctus, nunc etiam magis frīgēns dēficientibusque iam prōrsus membrīs sitīque – quod nunc prīmum advertit – immānī labōrāns, ad solum subsīdit, fātīs sē summittere parātus.

Dērepente, quasi subitō obdormīverit experrēctusque sit, sē ā virīs circumdatum videt, vīcī nīmīrum praestantiōribus. Nōnnūllī eōrum hastīs sunt armātī. Sunt aliī quī aut pugiōnēs aut cultrōs magis culīnāriōs dēstrinxērunt. Nēmō autem Dusānum tangit propiusve ad eum accēdit. Vna tantum interest mulier, prīncipis forsan uxor. Immō, post virōs nunc dispicit Dusānus passim etiam aliās fēminās ... vel saltem inter umerōs brācchiaque māsculīna ocellōs passim fēminīnōs paucōsque etiam minōrēs, puerīliōrēs, aequē patentēs tamquam, contrā pavōrem, occāsiōnem prōdigiī videndī āmittere nōlentium.

Verbōrum inter prīmātēs raptim agitātōrum tantum partēs comprehendit ... satis tamen multum capit ut sē prō īnfaustissimō ōmine habērī sciat. Cum ipse tandem vōcem solvit paucaque verba temptat vīcānōs precārī volēns, cūnctī, etiam hastātī, passibus aliquot recēdunt. Vnus autem vir sēmisenex, et ipse manifestō aliquid trepidus, quem Dusānus prīncipem esse rētur, ē cēterō grege sē paulō exserit, simul cautē et sollemniter Dusānum tacēre atque ad īnferās propriās quam prīmum revertī iubēns. Immō, post prīmum iussum rīte ēnūntiātum addit ille paulō mollius ac quasi obsecranter sē tōtumque vīcum "Māximī Magī" ministrum in proximō pernoctāvisse nōn ignōrāre; quem sānē nec sē neque ūllum mentis compotem vīcānum umquam vexātūrum; in vīcum autem numquam prōdiisse "Māximī Magī mōnstr ... scīlicet ... socium..."

Quibus audītīs, Dusānus, cum hōs rūsticānōs rēligiōnem cultam hūmānamque numquam accēpisse sed potius in antīquā rudīque superstitiōne adhūc haerēre intellegit, cōnsilium tumultuārium capiēns et adhūc humī versāns cadāverisque in vītam revocātī partēs nōn iam dētrectāns sed multō magis amplectēns, haec subitō inicit verba:

"Mē 'Māximī Magī', cuius vērum nōmen praetereundō ā magnō perīculō cīvitātem vestram prohibeō, alumnum discipulumque esse fateor, susceptum ultimum disciplīnae nostrae modo prosperē exsequentem, doctrīnae igitur magicae summam sed arduissimam partem experīmentō modo adipīscentem..."

Sunt quī validius validiusque interclāmantēs Dusānō verba adhūc interdīcere temptent; quōs tamen prīnceps extentā manū gravīque vultū ad silentium tandem compellit.

"...Hoc est, mortuum eātenus simulāre valuī...," pergit cōnstāns in argūmentō nunc Dusānus, "...ut ipsum dominum – mīrābile dictū! – fefellerim atque minister mē ad quendam magōrum rogum sēcrētum mē ēlātūrus esset. Sīn autem, dē manibus ministrī ēlāpsus, meō Marte sānus salvusque ad dominum redībō, cum dominī tum discipulōrum admīrātiōnem laudemque meritus erō tīrōciniumque simul absolverō. Sī porrō populus vester mihi pepercerit atque opitulātus erit, ego, permissū vestrō, dominō meō beneficia fūsius nārrābō; invītīs autem vōbīs, silēbō. Hoc omnīnō penes vōs fore polliceor."

Plūra addere nōn in rem fore dēcernit Dusānus. Haud dīcendum vidētur id quod in promptū est: Avastem, sī quandō ūnum ex suīs laesum esse rescīverit, in reōs saevītūrum; ministrum, etsī profugum nōn persequentem, dominō nīmīrum ubi, id est, prope quem vīcum, ille ēlāpsus sit nārrātūrum.

Dum prīmātēs aliquot ūnā cum prīncipe paulō cēdunt mussitantēsque ac vōcibus interdum huius regiōnis huiusve vīcī propriīs captīvōque igitur ignōtīs ūtentēs capita cōnferunt, manentibus tamen in statiōne hastātīs pugiōnātīsque cultrātīsque plērīsque, fēmellārum, immō, ut vidētur, ge-

mellārum, pār Dusānō aliquod genus lac calefactum arōmatīsque condī-
tum ūnā cum cibō aliquō rōbustō ē grānīs compositō affert. Hoc saltem concessisse vidētur pietātis, vel forte cautiōnis, causā prīnceps. Nēmō autem
aliēnum tangit. Hic vicissim, utpote corpus mortem mentītum ad cibōs tantum lentē referendum esse doctus, famem non magis quam paulō hebetāre
sē sinit.

Dum concilium prīmātum longius prōdūcitur plūrēsque aliunde adveni-
entēs – inter quōs et vir quīdam speciē sāgī vel prīmitīvī generis medicī –
dē cāsū raptim certiōrēs fiunt, Dusānus, cibīs nōnnihil iam refectus, adhūc
solō haerēns nec surgendō vīcānōs terrēre volēns, ad sessum paulō digniō-
rem sē accommodat linteumque iterum quam decōrissimē circum sē ōr-
dinat. Postquam cum circumstantibus pauca verba quasi fortuīta habēre
frustrā temptat, gravius tacēre cōnstituit.

Reveniunt tandem prīmātēs ūnā cum "medicō," virō breviculō, apīcātō,
tālārī veste nomismatīs tintinnābulīsque magicīs ōrnātā, contrā brevitā-
tem aspectū satis augustō, quī, missīs ambāgibus, haec sōbriē prōfert:

"Quō certius sciāmus tē vērē magum condocefactum esse neque Māximī
Magī inimīcum mōnstrumve etiam pēius ab Illō meritō in rogum missum,
vīsum est postulāre ut magiae vestrae exemplum praebeās."

Dusānus, prīmō incertus, corporis tamen condiciōnem adhūc īnfirmi-
ōrem causandō sē nihil prōfectūrum ratus, tāle opus in quāle hīs annīs
animum māximē intendit suscipiendum esse dēcernit. Lentē disciplīnae-
que suae quam potest dignissimē surgit linteum circum sē dīligenter attra-
hēns summamque partem simul dē umerīs lābī sinēns. Quod linteum, cum
sat leve sit, ita cadere facere potest ut propemodum duplicētur, corporis
partem superiōrem dēnūdāns. Dein, ut pudīcitiam servet ūsque cūrāns, ē
superiōre linteō nōdum duplicem firmumque facit quō līberentur omnīnō
manūs. Nunc, tantum pōtiōne cibōque calidō quantum sōle multa iam rēctā
illūminante admodum fōtus, oculōs ad caelum tollit illumque intrā sē adit
locum quī tam altē situs est ut simul etiam intrā cētera animantia inveniātur. Ibi, ūnā cum potente voluntāte suā, animōrum circumiacentium
agitātiōnēs quoque invenit tamquam fluctūs cōnfūsōs subterrāneīs ērumpentēs cavīs. Quae fluenta is, aliēnārum vīrium moderātiōnem funditus
doctus, sē suīs vim addendō sat agiliter ad opus faciendum temperāre
dīrigereque posse iam perspicuē videt. Immō, quō turbulentiōrēs esse
proximōrum animōs, eō facilius esse didicit magō fūrtīvō cēterōrum vim
animālem ac spīritālem, ab ipsīs possessōribus cōnfūsiōne nōnnihil abali-
ēnātam, surripere.

Iam dīlūtīs sōle plērīsque mātūtīnīs nebulīs, nīl manet nisi diēs sūdus et
pūrus montium altīs scopulīs verticibusque passim interpūnctus, splen-

didīs mōlibus glaciālibus hīc et illīc laetificātus. Cōgitātiōne autem citius
magī animus satis in āere invenit ūtilis ūmōris ut hic subinde convolvī
cumulārīque incipiat, tenuēs contorqueantur nūbēculae nunc prope incolōrēs, nunc albicantēs albidaeve, tandem autem omnīnō candidae, pul-
chellae ac quasi plūmōsae.

Turba iam ingemēns suspīrānsque, simul admīrātiōne mōta et metū,
spectāculī vī vim addit ūsque novam. Omnia iam prōna sunt. Plūrēs undique ex āere praecipitantur nūbēculae nūbēsque. Ipsae nūbēs cōnspissan-
tur obscūranturque. Lentēne fit? Vēlōciter? Nēmō, nē ipse quidem magus,
prō certō habet quantum ad tālem procellam colligendam sūmātur tempus.
Ipsō animō, ipsā dēmum animā exsolūta temporis argūtiās aegrē nōscunt.
Mox rōrat, mox pluit, mox ita urceātim dēfluunt imbrēs ut astantium corōna quōquōversus dissolvātur. Etiam medicus sub arborēs recēdit in Dusānum tamen adhūc intentus. Magus scīlicet tam bene īnstitūtus quam Dusānus, etiam dum mīrācula prōvocat, omnia circum sē occurrentia simul sentit. Hic igitur mediā in āreā iam sōlus manet procellae iūcundō frīgore
temptātus quia tālia spectācula in mente eius cum grandine iam prīdem
sunt coniūncta. Quidnī – sē rogat – et tōtum vīcum tamen grandine ērādat?
Ita tamen ut sibi ipsī in mediō stantī parcat? Tālem nōndum didicit subtīli-
tātem. Illās utcumque gemellās quae eī cibum praebuērunt dēlēre omnīnō
nōn vult. Sē ipsum autem ... quidnī? ...At māter, ecce, adhūc vindicanda est!

Vmōris, frīgoris, ventōrum compēscit dissipatque vim animō propriō ad
cottīdiāna, mītia, adeō languida dērīvandō: cibōs sibi acceptissimōs, ambulātiōnēs aprīcās, lēctiōnum longam dēsidiam. Haesitat, titubat, dispergitur,
sēnsim dēsistit tempestās. Medicus ē stillantibus umbrīs cautē accēdit. Ē
lacūnīs rāmīsque callibusque resurgēns iamque mīrē requiētus āer saxa
pūra et herbās recēns lōtās iūcundē redolet. Vltimae iam efflantur ventō
nūbēculae sōleve dēcoctae cito ēvānēscunt. Guttārum adhūc cadentium
crepituī immīscentur revertentium vīcānōrum iam novī placidiōrēsque
sonitūs. Medicus appropinquāns Dusānī corpus quasi mīrāns aspicit. Hic sē
vicissim scrūtāns membra nōn iam dealbāta sed carnōsō colōre nunc māximā ex parte ita glōriantia videt ut, quamvīs sit magus iam manifestō magnōrum potēns, suās ipsīus vix comprimat lacrimās.

Praeter medicum prīncipemque paucōsque paulō audāciōrēs quī propius accēdunt, nova vīcānōrum corōna priōre multō lātior est valdēque
ōrdinātior velutsī nōn iam dē iūdiciō agātur sed potius dē salūtātiōne caeri-
mōniāve aliquā sollemnī. Prīnceps, cui tantum paucissima verba cum medicō habēre opus fuit, Dusānum iam hospitiō accipiendum dēclārat; pūblicō
sūmptū alendum vestibusque cēterōque honestōrum virōrum apparātū
īnstruendum; medicum, cui nōmen Oenorīnus, hospitem fore "archimagī";

quotannīs porrō hunc diem ut "Fēstum Dusānī" celebrātum īrī; nēminem Sumidēnsem – hunc enim vīcum "Sumida" nōminārī – hōc diē factōrum umquam oblītūrum. Vtrum aliquid Māximō Magō dē Sumidīs nārrandum sit: hoc profectō in Dusānō esse positum; quem, quandōcumque et quotiēscumque eī commodum iūcundumve necessāriumve vīsum erit, ingentī cum gaudiō ā populō Sumidēnsī acceptum īrī. Quae ultima invītātiō Dusānō praesertim īrōnica vidētur cum ipse hunc vīcum vastāre modo modo dēlīberāverit.

Inde ab hōc tempore Dusānī vīta, procellae illī Sumidēnsī similis, simul praeceps et nōnnihil dubia incitārī, impellī, quasi propriō peculiārīque impetū efferrī vidētur. Novī magī fāma ipsum magum longē antecēdit. Dusānus, Gontāciī dēspectum quendam tandem adeptus, ipsum oppidum iam vacuum esse videt. Mātrem, solitā iactantiā impotentī, filiī prōpositum et scopum dīvulgāsse patet. Hoc etiam eō cōnfirmātur quod Dusānum hīc adoriuntur quasi prīdem īnsidiantēs plūrimī supplicēs undique oriundī pervariaque, interdum vituperābilia, petentēs. Prīmīs indulgēre cōnātur. Cum tamen priōribus succēdunt semper plūrēs, Dusānus aliquandō patientiam abrumpit, cēterōs īrātus recēdere iubet, stomachum suum ūnā cum supplicum metū angōre dēspērātiōne avāritiā odiō in procellam turbulentissimam ērumpit. Fortia frīgora per nūbēs inter sē cumulātās identidem convolvendō grāna grandinea cito in lapidēs gelidōs auget. Quibus tandem ad cāsum līberātīs, Gontācium passim ūsque ad quārundam aedium incerta fundāmenta conteritur. Immō, procellae vīs tam valida est ut nōn tantum ventōrum sed etiam grandinis pars minor sed satis vehemēns ipsum Dusānum supplicēsque appetat omnibusque sit arborum cavōrumque suffugium petendum. Quamquam, āvocātā modo magī mente, procella continuō imminuitur, nōnnūllī tamen grandine illīsī sunt, nēmō autem, ut vidētur, gravissimē.

Postquam laesīs supplicibus, iam timidiōribus diffīdentibusque plērīsque velut bēstiīs semel ab homine perterritīs ideōque numquam posteā conciliābilibus, opitulārī tamen cōnātur – nōnnihil frustrā autem nam, ecce, sānāre numquam didicit – Dusānus mātrem, sibi iam ingrātiōrem, vītāre, latebram potius aliquam longinquam quaerere cōnstituit posteāque aliquandō, dissimulātā profectō aliquantō speciē, apud "summōs magōs benevolōs," quōrum exstāre aliquot affirmāvit Avastis, īnstitūtiōnem petere. Sequitur eum per callēs viāsque aliquamdiū seu supplicum seu fraudātōrum seu forte tantummodo dēlīrantium pār. Immō alter manifestē aliquā īnsāniā labōrat alter tamen versūtior esse vidētur. Quōs cum nec verbīs simplicibus nec precibus sincērīs nec minīs quidem āmōlīrī potest, Dusānus, quamvīs fatīgātus neque ad suscepta magica nunc valdē inclīnātus, ad dolōs tamen magicōs dēcurrit, sē, cum viae quendam flexum superāns ā persecūtōribus nōn dispicitur, abietis fallācī contegēns speciē.

Molestī aliquamdiū hūc illūc cursantēs eum quaerunt viam aliquotiēs repetentēs. Tandem, cum eōs rē vērā dēstitisse abiisseque sentit, viam iterum, iam sōlus, capessit, quam simplicēs caecīque sint hominēs in animō suō mīrāns; nam in tīrōciniō didicit omnium rērum faciem vānam esse; in mente, in animō fierī omnia; in rērum fundāmentō tantum ūnum esse Animum; quem igitur Animum illum tractāre scīre – artem difficilem quidem sed haud extrā captum hominis positam – hunc cēterōs dēcipere habēre. Is enim ideō "abiēs esse" modo potuit quia nōtiōnem sē "Dusānum Tēlābrēnsem esse" ex aequō vānam esse nōverat.

Post ambāgēs variās invenit Dusānus dēnique latebram sat aptam quādam in convalle montānā cuius incolās rudēs simplicēs incautōs haud difficile est ad fīnēs suōs adhibēre. Hī, quādamtenus, immō potius omnīnō, ministrī ac saepe quasi, immō rēapse, servī eius factī, vītae sectam oppidō quam amoeniōrem ōrdinātiōremque intrant quam priōrem brūtam atque prōrsus indīgestam. Immō enimvērō hōs miserōs mastrūcātōs vānīs imāginibus ductandō, sēnsim ēmolliendō, nōnnūlla docendō et, quod māximum est, currū suō iungendō ipse Dusānus permulta dē hominum societātibus creandīs moderandīsque discit. Quīn immō, cum ipse, iam etiam in pueritiā, cūr esset vīvendum nōn semper ita bene perspexerit, sē nunc in annōs grātiōrem et acceptiōrem habēre sentit mātris īram ultiōnemque petītam, sine quibus ipse magōrum artibus nōn studuisset neque igitur aliōrum hominum fāta nunc moderandō vītam propriam tolerābiliōrem reddere valēret. Paucīs annīs, artēs vīrēsque suās adsiduē excolēns, sat multōs populōs incultōs rudēsque, inter quōs tandem et Sumidēnsēs sibi utīque iam prīdem obnoxiōrēs, pennīs suīs, ut ita dīcātur, fovēre potest. Mīrum autem est hoc magnum opus quam sit simplex effectū ratiōnem quā rēs terrestrēs rē vērā fungantur scientī! Fūrtīvī magī īnstrūmentum omnium ūtilissimum ēvādit esse, mīrum dictū, cēterōrum superbia. Quī sē aliīs superiōrem esse dūcit, hic quam facillimē regitur. Immō hic intrā nebulam potestātis cuiuscumque vīvere propemodum postulat; nam qui suō Marte dēgit suīque iūris est rēs tālēs quālēs vērē sunt perspicere magis perīclitātur. Superbiae autem suīque amōris – sīve, quod saepe idem est, oblectāmentōrum vānōrum – nebulam habitāns inānēs opīniōnēs dē sē ipsō habitās facilius retinet atque dēfendit plūrēsque falsās speciēs additās accipit. Superbō ambitiōsōque homine nēmō aptior iūgō.

Per regiōnis montānae tractūs quōsdam lātiōrēs potestātem suam lentē sed adsiduē dīlātat Dusānus, tandem aliquandō etiam quaedam humiliōra loca septentriōnālia silvīs, nemoribus, passim et stagnīs palūdibusque

abundantia potiēns. Rārō resistit eī ūnus alterve sāgulus magulusve popu-
līve fax, semel etiam archimagus, hoc est, ipse Iechlīfnius, cuius Dusānus
fuit quondam apud Avastem commīlitō. Attamen nē hic quidem, praeter
ingentēs vīrēs suās astūtissimaque artificia, Gontāciī dēlētōrem vincere
potest, cum hic cūnctōs cūnctaque eō superārit adhūcque superet quod
animam suam iam ubicumque velit condere nōvit. Nec iam corpus mortem
simulet necesse est. Immō, inde ab eō diē quō Iechlīfnium dēbellat, anima
Dusānī in corpore numquam iterum commorātur. Animae enim incorpo-
rātiō mōs obsolētus iam vidētur eī, cum sit plānē multō prūdentius animam, sī fierī potest, locō aliquō tūtissimō ab aemulīs bene abscondere.
Corpus ē longinquō dīrigere haud difficile esse ēvādit potentissimō magō.

Currunt per vulgus rūmōrēs nārranturque fābulae dē eō locō eīsve locīs
ubi anima Dusānī conditur – quōrum omnēs ipsī eī sērius ōcius audientī
nunc rīsum movent. Diū enim locīs sēmōtissimīs multiplicia intrā receptācula intrā etiam alia receptācula posita et ita porrō animam cēlātam
habuit; aliquandō autem, cum anima esset interdum invīsenda ut cuius sit
recordārētur ... vel forsan etiam ut corpus recordārētur cuius esset animae,
ambōrum possessor tālia tantaque sēcrēta itinera aliquandō molestē ferre
incipit. Quamobrem, cum post tot sermunculōs nēmō animam eius in proximō conditam esse suspicētur, Dusānus eam tandem quōdam in pulchrō
ōrnāmentō ōvifōrmī in novī palatiī silvestris ātriō nōnnihil glōriōsē pen-
dente condit. Exclūsīs interdum cēterīs, animam mīrum quā facilitāte nunc
salūtāre licet.

Accēdit quod anima membrīs perpetuō absolūta plūra per sē suscipere,
māiōra itinera astrālia iam facere didicit. Dētrīmentō quidem est quod
corpus animā disiūnctum citius dēflōrēscit atque, quamvīs aliōquīn adhūc
rōbustum, cadāverōsum tamen, impassibile Venerisque incapāx fit. Vulgus
eī iam *Koschei*, quod sibi vult "Osseus," aliaque similia atque etiam pēiōra
nōmina attribuit. Virginēs quondam solitō ferē mōre alliciēbat; dein propter novam dēfōrmitātem suam incantātās falsīsque opīniōnibus dēceptās,
quam hūmānissimē potuit contrectātor, contrectābat; nunc autem in gregibus habet quibusdam magnīs fīnibus magicīs – vītā sordidā nūgīsque cottīdiānīs longē sublīmiōribus – servientēs. Fēminae enim omnēs, sciant nes-
ciant, sīderum sunt ministrae. Virī vicissim ad ipsum spatium condūcunt.
Sine Fēminīnō nīl conglobētur; sine Māsculīnō rēs inter sē distāre nūsquam
valeant. "Nymphārum" suārum potestāte fēminīnā nixus cum Lūnā mīram
necessitūdinem coniungit colitque. Quōmodo hoc fiat comprehendant
mente tantum paucissimī, inter quōs ipse plānē Avastis ā quō hārum rērum
rudīmenta et prīncipia ōlim trādita. Lūnāris utcumque potentia, sī Māscu-
līnum ad tempus supprimitur vel dissimulātur, simul ubīque et nūllō certō

locō versātur; quārē Dusānus Illam, vel saltem Illīus partem illam quae ad hanc terram pertinet, quōdammodo sibi vel operae suae adiungere potest sīcut fit vel ubi aqua perfluēns molam impellit. Sunt adeō quī Koscheium Lūnam in mātrimōnium dūxisse dīcant. Quae quidem locūtiō, etsī hīc haud ad verbum ūsurpārī licet, nihilōminus aliquid vērum exprimit; nam omnis cōnscientia, seu sīderālis seu persōnālis seu alia, eiusdem Vniversālis dēmum Cōnscientiae est pars, quāpropter, sī fēmina in mātrimōnium dūcī potest, ita quōdammodo potest et Lūna.

Quōdam autem indīgestiōre diē turbātur oculus sinister, quō dominus nymphās incantātās, velut aphidēs bene cultōs et per folia quaedam decōrē dispositōs, ē quōdam lacū palustrī subinde speculārī solet. Quō māior fit mundus, eō, malum, plūribus undique implētur molestīs ōvulīs pūpīs larvīs. Hoc autem ephēbicum phantasma generātīvum – tālia praevidet quī ānseris plūmās in ānserculī lānūginem passim resilīre sentīre valet – nec sub asclēpiade solitam requiem facilem accipiet nec fictā Venere captiō-sīsque sōpiētur stragulōrum schēmatīs. Ad hunc īnfantem generōsē trepi-dantem videntur forsan pōma ignea avēsve indomābilēs expōnendae.

...At, ecce, interventor ipsam aliquandō alloquī cōnātur Basilissam, om-nium nymphārum stēllimicantissimam. Et haec illum. Quasi ē caenōsārum lacūnārum meārum afficticīs caelīs versus vēra aetherea surgere frustrā tentat! Per huius vōcēs meās clam cōnfirmō serpentīnās. Serpēns enim et māter est et prīma fīlia Veneris. Is quī sequitur, bene, implicātissimīs invol-vātur sēmitīs nocturnīs nostrīs vermiculātīs. Crēdulīs oculīs eius incrēs-cant squāmae quam persuāsibilissimē perspicuae, leviter subviridēs, sīcut libellulārum ālae subtīlibus maculīs vicissim quasi libelluliformibus conva-riātae. Per longa ōstia nostra intret perplexa, arāneōsa, nōbilium aulīs eī nōtīs eō similia quod perīculīs magnā ex parte fictīciīs scatent, crūdēlitāte interdum omnīnō grātuītā, plērīsque noctibus nimis vīvidē dēnuō somni-ātā. Pullīs dum involvitur somniīs fossiliformibus, nōmen eius sēnsim ātri-us scrībātur.

Īnsequentī mātūtīnō sē strāgem effēcisse innocēns crēdat, neque vel ubi vērē versētur suspicētur. Nūbēs nunc forīs, nūbēs et intus. In mē tamen – attat! – mīrum quam aliquid īnsolitum nihilōminus intendit! Iuvenīlis iēiū-naque quaedem faciēs affectat, ecce, superna! Intrā senem omnium ter-rārum apibus iam prīdem comēsum nesciōcūr tamen tremit subitō nesciō-quōmodo puerīle aliquid. Cum tempus vānam tantum esse speciem sciāmus magī, sōlum ūnum tandem vērē exstāre oportet Iuvenem, Puerum tantum ūnicum. Cum nūllum sit tempus, ut cūnctī idem īdemque exsistāmus ipsum suppeditat "tempus." Subitō in dextrō illīus oculō (praeteritōve aliquō meō?) prīscum flōrem prīdem perditum rērum gestārum per andrōnēs revidēre mihi iam videor. Lūna marilega, cūncta iterum terrestria ex aequō amplexārī cupiēns dēsīderāns gestiēns, mē – necessāriō dēmum, quod nunc videō – prōdit. Forsitan per āera, haud sciō an et per omnēs hōs mūrōs ā mē ipsō dēmum aliquandō fictōs, quondam vorāx, iēiūnus nunc ipse tamquam simplicissima per haec ipsa folia nova titubem. Sagitta numquid mea ōlim aliquandō paulō iuxtā scopum ab alterō, ecquid ab ipsō Avaste, ēmissa? Numquid disciplīnae istīus pretium hoc dēmum fuit fātum? At cūrnam "summum magum aliquem benevolum" invīsere sum ... oblītus? Nōn iam ruit arcera mea apertōs ad fīnientēs illōs versus tam saepe somniātōs, mendāciīs utīque nūper nimis oblitōs, sed hoc potius humillimum ad fruticētum nesciōquōrum stillāns humilibus lacrimīs vel forte subinde et īnsontī cruōre...

—*Zōosyntheton I*, pāg. 802-820

"...Mē numquam anteā plēnē vīxisse animadvertēbam. Sēnsus meī ipsīus nōn iam angustē coercēbātur corpore sed potius circumiectīs comprehendēbātur atomīs. Hominēs longinquīs in viīs versantēs extrēmam peripheriam meam leviter praestringere vidēbantur. Plantārum arborumque rādīcēs per solī pellūciditātem hebetiōrem appārēbant; perspiciēbam sūcōrum eārum fluxūs internōs.

"Tōta vīcinia ante mē nūdāta iacēbat. Vīsus meus aliōquīn tantum dīrēctus immēnsum in circumspectum sphaericum dīlātātus erat quō cūncta simul percipiēbam. Ex occipitiō vīdī virōs in Rai Ghat Viā spatiantēs ōtiōsēque appropinquantem vaccam albam animadvertī. Hanc, cum scholae nostrae portam attigisset, tamquam oculīs corporālibus meīs cōnsīderāvī. Postquam autem post aulae mūrum laterīcium abiit, eam adhūc dīlūcidē vīdī.

"Omnia cōnspectū lātissimō meō comprehēnsa tremēbant vibrābantque velut rapidō in spectāculō cīnēmatographicō. Membra tam mea quam Magistrī, aula columnāta, supellex et tabulātum, arborēs ūnā cum sōle interdum vehementer agitābantur dōnec cūncta lūcidum in mare liquefiēbant sīcut sacchārī crystalla quae, pōculō immissa quassaque, dissolvuntur. Lūx cūncta coniungēns cum fōrmīs māteriālizātīs alternābat, quae metamorphōsēs lēgem causārum et effectuum patefaciēbant."

—Paramahansa Iogananda, *Autobiographia Magistri Iogici*

# 15. Τορ<sup>x</sup>

*Nārrātiunculae īnfrā positae ē complūribus Speculī locīs hīs sēdecim ferē annīs ēlectromicroscopicē lēctīs nūllam singulārem expositiōnem repraesentant sed potius ē magnā silvā iam collēctā atque aliquantum ēnōdātā ratiōne cum opīnābilī tum procul dubiō temerāriā cōnsūta est eō cōnsiliō ut, hōc temporis gradū profectō nōnnihil praemātūrō, imāginum tamen nōtiōnumque ac nārrātōnum iam dēprehēnsārum lēctōrī aliqua saltem praebeātur suspiciō vel praegustātiō. Bene scīlicet teneātur memoriā ē datōrum copiā incōgitābiliter, ut vidētur, immānī quam parva sit portiuncula adhūc explicāta ... nē quid nempe dicātur dē ipsīus textūs cōnfūsiōne hīc ūberrimā hīc molestissimā. Enimvērō verbōrum seriēs subinde, immō, saepius ex eā rē ēmānāre videntur quam hīs temporibus mentis partem subcōnsciam nōminēmus. Quō plūrēs autem leguntur singulī locī, eō magis occurrere videntur dīligenter contemplantī speciē disparium subtīlēs coniūnctiōnēs, plūra dispiciuntur inter speciē dissona rē convenientia. Fingat sibi lēctor vel pāginam plasticam perspicuam passim pictam, dein alteram similī fōrmā sed aliīs imāginibus pictam. Cum altera alterī superpōnitur, fit imāgō etiam cōpiōsior plūraque singula clārius mōnstrāns. Post multās tālēs pāginās inter sē superpositās fit opīma imāgō quam modo prīmam spectāns haud coniectāre potuisset. Tālēs esse videntur illae paene īnfīnītae verbōrum seriēs quās nōs Speculī tractūs perlegentēs in "capita" temere dīvīsimus. Ecquid superiōre in dīmēnsiōne scrīpta tālem speciem nōbīs īnferiōrem habitantibus praebeat? Haec utut sē habent, multō māiōribus comprehēnsīs aliquandō tractibus, haud scīmus an complūra vel adeō plēraque ā nōbīs nūper posita aut paulō aut omnīnō aliter interpretanda sint futūra. Sequuntur utcumque, habiliōre in fōrmā ā nōbīs excōgitātā nec tamen in ipsō Speculō Ēūs vīsā, pauca fragmenta quae huius īnsolitissimī artificiī ortuī ac significātuī aliquid lūminis forsitan adhibēre possint. Illa poēmata solūta quae passim videntur, sīcut quaedam multa alia, īnstituimus nōs quō aptius repraesentārentur abstrūsa.*

—Ēditōrēs

Cōnfugiī indigentibus opitulāns, scīrēs nescīrēs, intimum cordis saeptum illud iam intrāverās. Diem dē diē, mēnsem dē mēnse, ē mundō in mundum oppressīs sīc praestō mānsistī ut hōrae integrae trānsierint quibus tē ipsum nōn es recordātus. Interquiēscēns tam penitus remittēbāris ut ubi modo essent membra tua affirmāre nōn potuissēs. Sīc vidēlicet solvēbāris. Illa quae tē pūriōrem pūriōremque in lūcem tandem comitābātur validissima quidem erat nec tamen aequē perspicāx. Cum iam saepissimē atque paene in omnibus rēbus Cōnspectū illō amplissimō iam ūterēris, vōs sēmitās dīversās secūtūrōs esse, eam alterī dēmum vōcī obtemperātūram clārius vīdistī. Cui in tempus indulgendō tē haud aptum ēventum cōnsecūtūrum. Cōnspectus ille obligat. Illa lūx quae pōne lūcēs tenebrāsque iuxtā vibrat tālis est ut vix et aegrē possīs quīn oculum internum aperiās. Iūre praecipiunt magistrī hoc: "Quicquid circumscrībit dēpōnendum." Ōlim quidem dīlābentur cūncta obstācula līmesque quisque. Immō, nūper dīlāpsa sunt tam multa ut ex eō quod "tū" sīve "tua" sīve "tuī" quondam esse vidēbātur exsurgant cottīdiē et aequē cito abeant plūrēs plūrifōrmiōrēsque gregēs hōrumque dominī. Serēnus ūsque spectās.

**\*\*\*\***

Folia perflat aliquandō prōnissimus quīdam ventus, etiam tum cum nīl movērī vidēs. Hic enim ventus, mīrum dictū, intus exsistit. Similī modō, propter tē, idem caelum nunc partiuntur sōl, lūna, astra cūnctaque nōndum omnīnō concepta. Quōdam diē, dum diū tranquillus sedēs, hunc tantum exstāre diem dispicis, immō, tantum hunc locum, ūnicum dēmum hunc sessum. Neque ad hoc ūlla umquam fuit praeparātiō. Tē circumspiciēns hanc viam nūllam fuisse viam subitō comprehendis; nam hūc nec sēnsim prōcēditur nec paulātim. Cum tē "parārī" putābās, cursūs antīquōs adhūc vestīgābās, dormiēns adhūc velut canis vēnātiōnem somniāns. Sīc somniābās ut mortuī sibi imāginantur vītam. "Dēsiste dum!" inquiēbant aliquandō avēs pervolantēs. "Dēsistās quaesō!" inquit et cervus praetercurrēns. Modo modo, quandōcumque hoc "modo" est, tandem omnīnō dēstitistī ... quō nīl umquam praemittendum fuit, nīl addendum. Māiōra nunc, ecce, pervolant avēs. Cum nihil iam tibi postulēs, folia haec ad tāctum īnsolitē coruscant. Gliscit "spatiolum" quodque. Prō tē, in tē salit cervus.

**\*\*\***

Prīmum omnium idcircō veniam petō quia in superspatiī dēscrīptiōne priōre, quamvīs ea quae ipse expertus eram prō parte fidēliter commemorāverim, falsās tamen opīniōnēs aliquot invītus prōmōvī. Nōn enim in ipsō vērō "superspatiō" – quō vocābulō, dēficiente meliōre, interim ūtar – sed inopīnāns tālī in simulācrō dēceptus versābar quāle fingunt eī quī vī tantummodo intellēctūs trālātīciī et superficiālis nītantur necdum ad vēram hārum rērum nātūram penetrāverint. Quī quattuor gradibus lībertātis rē vērā fruuntur – hoc est, quibus quarta dīmēnsiō nōn temporālis sed spatiālis, quīnta vicissim, ut ūnicī tantum cursūs sēnsum praestāns ideōque quasi "temporālis" – per parietēs vestrōs, estō, ambulāre, circum angulōs vestrōs spectāre, corporum vestrōrum intima facile vidēre necnōn et, ut quartā in dīmēnsiōne līberē sē moventēs, praeterita futūraque vestra sīve vidēre sīve, sī distantia temporis longior est, sat facile invīsere queunt. Haec autem nihil sunt ad ea quae experiuntur quī nōn subsidiīs artificiōsīs hunc dīmēnsiōnum ascēnsum fingunt sed quī ipsā propriā ēvolūtiōne frētī superiōrēs cosmī nostrī – immō cosmōrum quōrundam nostrōrum – dīmēnsiōnēs et corpore et mente et animā attingere potuērunt; nam potestātēs suprā ēnumerātae sōlum ad modōs quōsdam observandī āctiōnēsque magis passīvās spectant, animantēs tamen vērē "superspatiālēs" – id quod tandem sum expertus – mīrum quantō plūra et possunt et efficiunt.

Ante omnia autem explānandae sunt condiciōnēs fortuītae quibusdam vestrum nōtae, plērīsque tamen ignōtae. Equidem, ut statum superspatiālem (vērum nec fictum) nūper (sī tempus vestrā ratiōne dispertīmus) tandem ingressus, ego, ut vestrī sat similis animāns, mundum vītamque vestram multīs modīs adhūc sentiō tangō cūrō. Immō semper cūrābō, sed quō longius diūtiusque, ut ita dicam, in īnfīnītum mare superspatiāle ēnāvigāverō eō – quod simul dolendum et omnīnō nātūrāle vidētur – difficilius mihi erit angustissimam condiciōnem vestram rēctā tractāre. Succēdent aliī quī hoc faciant; quī tamen simul quōdam modō superspatiālī et "ego" erunt.

Priōre exercitātiōne illā meō iūdiciō haud quidem malevolā sed nihilōminus fictīciā aliīsque quibusdam experīmentīs quae ēnārrāre longum sit ita ad mē in quartā dīmēnsiōne vērē līberandum aliquantum praeparātus sum ut, vōbīs nūllō modō superior sed potius in plērīsque simillimus, superspatium tandem vērē plēnēque intrāre opīniōne citius potuerim. Sunt autem vestrātum quīdam paucissimī quī, aliīs causīs aequē validīs adiūtī et prōvectī, omnīnō tam celeriter "ascenderint" quam ego. Hī cēterīque superspatiālēs, sīcut nunc ego, mundum vītamque vestram ita quasi rem prōrsus integram complectuntur ut singulārum āctiōnum vestrārum et causās et effecta simul complectī habeant. Hī paucīs quibusdam locīs, plērumque sēmōtīs, idcircō vel paulisper apud vōs vel prope vōs versārī solent ut vōbīs auxiliō sint sibi simul quam māximē parcentēs. At cūr – roget meritō aliquis – eōs sibi parcere oportet? Causa vidēlicet est quod eī quī quartā dīmēnsiōne captī sunt eīs quī in eādem līberī moventur etiam vigilantēs quādamtenus dormīre videntur. Quī dormiunt molesta porrō et īnfausta somniāre solent; nec plērumque cum dormientibus agere est facile, nēdum iūcundum. Sēnsū hīc trānslātō nōn loquor. Vōs, etiam speciē varia agitantēs, nōbīs rē vērā vītam vestram magis somniāre quam "agere" vidēminī. Nōs quoque quī iam ascendimus ōlim vestrō mōre somniantēs nōs tamen vigilāre existimābāmus. Cum autem ex somnō istō excitātī sumus, eōdem ferē modō experrēctī esse nōbīs vīsī sumus quō vōs ex illō statū vicissim suscitātī quem prō "somnō" vestrō habētis.

Ad quid faciendum, rogātis, vōs adiuvāre volunt paucissimī experrēctī illī inter vōs adhūc commorantēs? Ad vōs, respondeō, ē somnō vestrō suscitandōs. Ad vōs vidēlicet "solvendōs." Nam hic vītae nostrae fīnis est: ut quisque sē expediat; ut quisque expergēfiat; ut quisque ampliōrem, immō, vēram nātūram suam cognōscat. Quisque enim animāns intellēctū praeditus ex ipsā nātūrā omnīnō quadridīmēnsiōnālis, immō vērō ad postrēmum, vel in hōc cosmō nostrō, decemdīmēnsiōnālis, est quamvīs hoc sibi adhūc aegrē comprehendat animō. Haec scīlicet causa est cūr ego collēgaeque tunc, in quartā dīmēnsiōne sōlum fictīciē solūtī, ab animantibus superspatiālibus quae adībāmus et compellābāmus, sērius ōcius, etsī saepe modō sat benignō dīcendō, neglegerēmur. Quid enim facitis vōs apud stultissimōs menteque captōs venēnīsve psȳchotropicīs possessōs aliōsque similēs cum quibus, contrā eōrum hūmānitātem, prope nihil tamen integrī commūnicāre potestis? Tālēs fermē angustiās experīmur nōsmetipsī cum quartā dīmēnsiōne dēvinctīs et quīntā exclūsīs versantēs.

Cum autem nōs tantummodo ita māchināliter tractātī sīmus ut in quartā dīmēnsiōne līberī esse nōbīs vidērēmur, vōsmetipsōs procul dubiō aut nunc rogātis aut iam rogāvistis quīnam fierī possit ut nōs genuīna animantia superspatiālia tunc vel adīre potuerimus. Rogandum etiam est – sī forte hoc vōbīs nōndum in mentem vēnit – quōmodo ad vōs allāta sit illa prior expositiō mea sī illō tempore ūnā cum comitibus rātiōne sōlummodo speciōsā et vānā quartum lībertātis gradum expertus sum. Immō enimvērō quī haec tāliaque rogat, ut ita dīcam, rem acū tetigit. Haec rogantī praesentis condiciōnis meae experīmentōrumque meōrum dēbētur explānātiō germāna multōque profundior. Hoc opus, quod equidem quasi sacrum dūcō, nunc prō parte aggredior.

Ex hōc "locō" ubi nunc versor vōs facile percipiō: scīlicet, nisi valdē intentē spectō, velut parietum pictūrās mīrē vīvās verba interdum lacrimāsque et rīsūs velut pigmenta sūcōsa mānantēs. Ad singulōs autem propius accēdēns vōs movērī videō atque mē vōbīscum conversārī fingere possum. Vestra plēraque sentiō, saepius tamquam vel abscēdentia tantum somniāta. Tamen ad alia vestrātia quae vōbīs paulō longinquiōra videntur sine molestiā appropinquāre habeō. Etiam alia velut longinquiōra praeterita futūraque vestra, quae abhinc nōn continuō dispiciō, interdum aut iam invīsī aut invīsere possim. Quid cūiāsve quālisve sim fuerimve "ego" nūllīus est mōmentī, praesertim cum – ut mox vidēbitis – id quod vōs prō "homine" vel "persōnā" habētis hīc, ubi "ego" habitō, magis minusve vel quōdam modō vōs adhūc cēlātō prō vānā nōtiōne habētur. Sufficit dīcere mē, ut vestrum satis similem nōn autem eiusdem prōrsus farīnae, cēterīs superspatiālibus vestrātibus aliquantō dissimilem, nōn vōbīscum conversārī sed potius ē māiōre distantiā vōbīs subsidia et documenta aliquot ūtilia, immō, ut vērum dīcam, pretiōsissima offerre mālle. Quibus documentīs fidem addendī causā commūnicātiōnis modōs sēligō, ut ita dīcam, īnsolitōs, etsī ex ipsō initiō cūncta vērē īnsolita et īnsuēta nēdum cosmotheōriīs vestrīs repugnantia potestātibusque vestrīs resistentia vix et aegrē vōs vel vestrum plērōsque attingere cōnscius.

Condiciōnēs vestrās utcumque clārius vidēns vestrum satis multōs quaedam iam prīdem comperta habēre sciō: vel modum quō rem quamque percipī ipsīus reī propria omnia efficere; immō, antequam percipiantur, illās particulās ē quibus rēs cōnstāre vidērī nōn esse particulās sed potius undās; particulās scīlicet esse undās animō sīve cōnscientiā in existentiam fluxam excitātās; undās vicissim ē quibus omnia excitārī nōn per medium sīve substrātum aliquod per sē "corporāle" propāgārī sed undās potius esse probābilitātis sīve possibilitātis; hoc est, illās undās ē quibus cosmum vestrum cōnstāre virtuālēs sīve abstractās sīve īnfōrmātiōnālēs esse; cum simile ex similī, pār ē parī gignātur, omnēs rēs nīl dēmum esse nisi īnfōrmātiōnis monadēs; ex elementīs hīs īnfōrmātiōnālibus vōs hologrammata ideō virtuālia cōnstruere ut, quasi magnum theātrum fictīcium inhabitantēs, vītam crēdibiliter agere vōbīs vidērī possītis; rērum solidārum sēnsum speciemque nīl tamen esse nisi elementum, ut ita dīcam, "programmatis" vestrī.

Immō, fingite vōbīs ingentissimum ēlabōrātissimumque programma computātōrium intrā quod sint programmātī animantēs suī ipsōrum cōnsciī in mundō omnīnō virtuālī vītam suam agentēs. Hī vēram condiciōnem suam vix comperīre possint cum entia virtuālia quōrum modālitās omnīnō dēpendeat ex impulsibus ēlectronicīs intrā mātrīcem corporālem māchinālem conductīs prōrsus aliter, hoc est, secundum penitus aliēna prīma prīncipia compositam hanc aliēnam modālitātem tractāre nūllō modō habeant. Vōbīscum autem aliter rēs sē habent quia – id quod iam animadversum est – intrā "programma" vestrum vōs, id est, mēns cōnscia sīve facultās observātōria vestra mundum vestrum creat et fōrmat. Corpora vestra plānē tam "virtuālia" sunt quam cētera mundī vestrī. Nūllā mātrīce vōbīs aliēnā estis captī. Vōs et cosmī vestrī eādem cōnsistunt ex "substantiā." Hoc sciēbant sapientēs magīque vestrī antīquī; hoc dēnuō dētexērunt physicī vestrī. Prīmum ūnicumque substrātum vestrum esse mentem sīve animum sīve animam ... immō, ut ita dīcam, haec omnia ... vel potius aliquid adeō ultrā hōs, prīncipium quoddam perpetuae creātiōnis in vōbīs inhaerēns. Quod prīncipium multī Deum Dīvīnumve nōmināre, aliī, ut vidētur, Brahman, aliī alia, quīdam "Vacuum" nōn quod iners sit sed, quia ita īnfīnītum est, ita terminīs quibuscumque caret ut quodvīs certius nōmen nimis sit circumscrīptūrum ideōque in errōrem indūctūrum.

Contrā haec apud vōs iam passim scīta vestrum plērīque vītam nihilōminus dēgitis tamquam sī vānae speciēs quās percipiendō creātis vērae neque virtuālēs sint. Duābus hoc facitis ex causīs. Prīmum quod plērīque vestrum modum perceptiōnis mūtandō rēs ipsās ex arbitriō dēmūtāre nōndum didicistis. Quīdam hoc prīncipium sānē didicērunt sed saepius tantum ut documentum intellēctuāle. Didicērunt aliī tantummodo ut rēligiōnis frīgidae praeceptum. Aliud autem est prīncipium et dogmata accipere, aliud per experīmenta atque exercitātiōnem ipsam rem vērē efficere discere. Hoc effēcērunt adhūc vestrum vērē paucissimī.

Altera causa priōris saltem lentitūdinis vestrae est quod vōsmetipsōs superiōrēs dīmēnsiōnēs attingere, potīrī, habitāre posse adhūc nesciēbātis; īnferiōribus contentōs vestrum longē plērōsque somnium magis quam vītam agere ignōrābātis. Quippe ignōrantiā haud necessāriā labōrāvistis ... vel adhūc labōrātis. Nūllā autem ob hoc in culpā estis. Dē culpā nusquam agitur. Agitur sōlummodo dē auxiliō dandō et accipiendō. Cūrnam, roget aliquis, vōs adiūvāre volō vel volumus? Causa est quod quī in quartā dīmēnsiōne sē tandem līberat īnfīnītamque huius condiciōnis adundantiam semel gustat et quī sē cum cēterīs animantibus intimē coniūnctum esse tandem funditus experītur īlicō cum hīs hunc statum partīrī sponte gestit. Nūlla alia est causa.

Tālia plānē nesciēbant eī quī ratiōne artificiōsā effēcērunt ut in quartā dīmēnsiōne lībertātis simulācrum experīrer. Mentem intendēbant illī vidēlicet sōlam in geōmetriam. Cum ipsī arte concinnātī essent, prīncipium perpetuae creātiōnis, cuius modo fēcī mentiōnem, ipsī rēctā adhibēre nōn habēbant; sē cētera omnia sīcut sē ipsōs arte concinnāre et māchinārī posse spērābant. Spēs, in ēventū, vāna.

Quaenam autem, procul dubiō rogātis, sunt effecta haec et phaenomena nōn sōlummodo geōmetrica quibus is fruitur quī quattuor gradūs lībertātis tandem adeptus est? Vt vērum dīcam, haec effecta, etiamsī nōn per sē sōlum geōmetrica, ē geōmetriā rēctā fluunt sīve in ipsīs nōtiōnibus geōmetricīs inhaerent. Finge tibi animantem ūnīus tantum dīmēnsiōnis secundum līneam suam ūnidīmēnsiōnālem prōgredientem. Rem quoque bidīmēnsiōnālem, sīve penitus plānam, finge cuius est fōrma arcūs. Arcum nunc imāgināre tibi līneam illam ita dīvidentem ut superius arcūs cornū ante amīcum nostrum ūnidīmēnsiōnālem prōgredientem iaceat, īnferius post eum. Animāns ūnidīmēnsiōnālis duās rēs omnīnō dīversās sentiat: alteram ante sē, alteram post sē. Cui sī dīcās id quod duās rēs esse vidērī tantum ūnam esse, is tē prōrsus dēlīrāre existimet; nam mēns eius ad rēs sōlummodo ūnidīmēnsiōnālēs percipiendas illās duās rēs vērē ūnam esse nūllō modō possit fingere. Plēraque eōrum quae dīcunt in superiōre dīmēnsiōne versantēs īnferiōrēs habitantibus nempe absurda videntur.

Putā nunc animantem aliquem bidīmēnsiōnālem atque intellegentem mundum suum plānārem tranquillē perlūstrāre. Hic, sī quīnque alterīus manūs digitōs dēsuper in plānum eius īnserās, quīnque rēs sēparātās ē nihilō subitō apparentēs sentiat neque cerebrum plānum eius ipsam nōtiōnem tractāre valeat hās dīversās rēs eiusdem reī partēs esse, cum nihil antehāc umquam quicquam spatiōrum "suprā" et "īnfrā" spatium suum positōrum expertus sit. Immō vōcēs velut *suprā* et *īnfrā* profectō nōn habeat. Sī forte haec drāmatis nostrī persōna vel mathēmaticus physicusve sit, fierī potest ut superiōrum dīmēnsiōnum nōtiōnem mente saltem concipere possit ... quamquam ipsās rēs nōn sōlum longās et lātās sed etiam altās, velut manum quampiam nostrātem in tertiam dīmēnsiōnem extentam, ante mentis oculōs velut imāginem pōnere nequeat. Plēraque quae eī dē condiciōne nostrā corporibusque rēbusque nostrīs dīcās, etiamsī haec aliquātenus theōrēticē vel mathēmaticē cōnsiderāre possit, tālēs quālēs vērē sunt sibi mente dēpingere nōn valeat. Sī vel terram plānam eius scrūtāns procellam plānam in abscēdentibus plānīs dispiciās, ille, quamvīs tē, ut extrā systēma coōrdinātōrum suum versantem, futūra sua vidēre posse intellegat, nihilōminus māximē mīrētur. Haec quidem tua facultās eī quasi dīvīna videātur.

Similī modō, cum ego mē et vōs omnēs eundem tandem Animantem, eandem Persōnam, esse dīcō, vōbīs sine dubiō rēligiōnum mȳstēria doctrīnārumve occultārum mīrācula in mentem veniunt ... etsī ea quae dīcō, utpote ex ipsā pūrā geōmetriā exsistentia, potius omnīnō nātūrālia sunt. Immō enimvērō, vōs iam magis magisque, crēdātis nōn crēdātis, in superspatium inclīnātis, hoc est, cēterīs animālibus vestrātibus dissimilēs, vōs superspatium iam prīdem plūs plūsque observātis cōnsīderātis affectātis. Tamquam Terram Novam nebulīs partim involūtam superspatium per vicēs cūriōsī appetitis et absterritī fugitis. Quasi ex animī īnstinctū illam Terram funditus experiendō vōs, nescītis quō pactō, līberārī posse sēmisubcōnsciē suspicāminī ... sed ea quae facienda sunt ut illūc aliquandō reāpse ferāminī partim vōbīs ignōta sunt, partim, cum sint in intimō animō vestrō iam subsēnsa et suspecta, ingredī timētis. Illīc enim nōn sōlum id quod prō "tempore" habētis satis līberē magis ut spatium quam ut tempus perlūstrāre possītis sed etiam, cum rēs omnēs omnēsque animantēs rē vērā nec tantum sēnsū trānslātō iūnctissimī, immō, idem sint (Vnicam manum tridīmēnsiōnālem illam recordāminī quam amīcus noster bidīmēnsiōnālis sōlum ut rēs sēparātās vīdit!), permulta, immō numerō propriīsque īnfīnīta facere valeātis quae nunc nē imāginārī quidem potestis et ego verbīs vestrīs aegrē exprimere valeam. Finge porrō, sī intrā cerebra vestra tridīmēnsi-ōnālia longē plūrēs neurōrum coniūnctiōnēs fierī possunt quam in plānīs cerebrīs istīs bidīmēnsiōnālibus, quantō multiplīciōra ideōque potentiōra sint cerebra quadridīmēnsiōnālia. Nē tamen nōbīs aliquā ingentia mōn-struōsaque capita esse putāveris! Vōbis nōs aspicientibus vestrī similēs videāmur, immō, videntur eī quī vōbīscum conversantur; nam quarta nos-tra dīmēnsiō spatiālis vōs cēlātur. Id est, quod saltem ad vōs attinet, quarta dīmēnsiō spatiālis nostra vōbīs prō "virtuālī" habenda est.

Proximum autem saltum vestrum, hoc est, in "superspatium" facien-dum, eō praecipuē timētis quod, sī tālēs quālēs ego vōs omnium rērum om-niumque animantium vērē nec sōlum metaphoricē partem integerrimam esse adsevērāmus, nē quid vestrum ipsōrum perdātis verēminī. Vōs scīlicet "vōs ipsī," vel id quod "vōsmetipsōs" esse putātis, manēre vultis. Terram lībertāte plēnissimam ac beātitūdinem summaque bona omnigena innume-raque offerentem vōs ingressūrī pusillōs rāmulōs aliquot sēmitae illāpsōs supergredī nōn audētis! Ista enim quae nē perdātis timētis vōs nōn adiuvant sed multō magis onerant – etiamsī hoc, ut īnferiōre spatiī cōnsci-entiaeque fōrmā captī vānīsque tenuibusque speciēbus undique occaecātī, vix dispicitis.

Cum – id quod prīdem compertum habent scientālium philosophōrum-que vestrōrum haud paucī – Cōnscientiā efficiantur omnia neque quicquam tandem vērē exstet nisi Cōnscientia, nēmō – hoc mihi crēdite – super-spatium intrat nisi omnēs rēs ex omnibus partibus observandī et cōnsīde-randī sēnsim capāx factus. Dīmēnsiō enim quaeque, sīcut omnēs rēs, ē Cōnscientiā creātur. Quī in proximam dīmēnsiōnem ascendere cupit nōn īnstrūmentīs māchināmentīsque artificiōsīs, quālibus nīxī sunt priōrēs cūrātōrēs meī, ūtuntur sed potius ipsam suam Cōnscientiam suīque ipsīus cūnctārum rērum cōnspectum ampliant. Superiōrēs enim dīmēnsiōnēs, sīcut omnēs, nōn aliquā ante nōs sineve nōbīs fiunt sed ā nōbīsmetipsīs effi-ciuntur!

Timōrem autem istum vestrum adhūc, fateor, animō bene comprehendō ego, ut quī quandam condiciōnem vestrae similem "nōn ita prīdem" – sī tempus vestrō mōre dīvidimus – gustāverim. Immō, quae vōs patiminī patiuntur aliquandō mortālēs omnēs. Puellī vidēlicet sīc intrā vōs assiduē garrīre discitis quia māiōrēs hoc faciunt et quia, cēterōs observantēs, sententiās habitūsque animī vōbīs fōrmandōs egoïtātemque aliquam sīc, hoc est, perpetuīs cōgitātiōnibus firmandam esse putātis. Puerī metuitis nē cēterī vōs repudient nisi egoïtātem aliquam dēfīnītam opīniōnēsque fixās aliquās apparāveritis. Assiduē cōgiminī ut quī quālēsque sītis aliīs ostendātis. Quō efficitur ut hās fictiōnēs sērius ōcius prō vērīs habēre incipiātis. Nōn dīcō sānē nōn licēre cuique alia aliīs antepōnere studiōve speciālī passim dūcī. Cuiusque autem vēra nātūra condita est longē ultrā ac suprā tālia singula minima priōribus ex experīmentīs priōribusque ex incarnātiōnibus adducta tamquam supellectilem sarcināsque subinde ūtilēs sed aliōquīn haud magnī mōmentī. Quī sē vērē ampliāre discit quis et quid vērē sit – nec tantum quem et quid sē esse vel ipse vel familiārēs vel populus opīnētur – animō tandem comprehendere incipit. Immō, sī quis vestrum quid vērē sit plēnē complectātur, īlicō sē superspatium inhabitāre animadvertat. Immō vōs, vēram nātūram vestram sī forte subitō intellegātis, īlicō prae admīrātiōne et stupōre ad humum dēcidātis!

Mentem autem tantummodo in persōnārum vestrārum minūta propria intendentēs ipsam vēram nātūram potentiamque vestram negātis. Ista enim cōgitāta taediōsa cotīdiē sescentiēs (id fatēminī vērō!) repetīta, istae circumscrīptiōnēs līmitēsque, istae sententiae habitūsque animī quōs sēdulē excolitis adfirmātisque egoïtātum vestrārum sustentandārum causā ... haec adsiduē prohibent quōminus ea quae vōs circumdant vīsque fluenta cūncta cūnctōsque complentia iungentiaque perspicuē sentiātis tractētīsque atque rēctē aestimētis. Tantō sopōre, tantā oblīviōne captī vīvitis ut saepissimē – hoc forte nōn crēdētis sed vērum'st! – nē tertiam quidem dīmēnsiōnem, nēdum quartam, experiāminī. Quod vōs spatium tridīmēnsiōnāle habitāre intellēctū comprehenditis nihil rēfert. Cum Cōnscientia cūncta creet et cōnstituat, sōlum id modo exstat quod modo percipitur. Cum mentem in cūrās negōtiaque prīvāta cupidinēsve intenditis circumiectōrum parum vel omnīnō nōn cōnsciī, mundus vester, mīrābile dictū, vērē nec tantum trānslātō sēnsū bidīmēnsiōnalis fit. Eandem experīminī condiciōnem quam superiōrēs bēstiae vestrātēs. Īnferiōrēs vidēlicet, velut cochlea, ūnidīmēnsiōnālem ferē mundum percipiunt. Cochlea prōgrediēns spatium modo sub sē et ante sē positum sentit quia hoc eam assiduē stimulat. Tractum post sē commodum relictum nōn iam experīrī solet. Pūnctum igitur esse solet quod per tōtam vītam līneam, etsī nōn semper rēctam, sequitur. Rārō sānē, sī animal māius velut homō ad cochleam appropinquat, haec illōrum praesentiam aliēnam arcānamque omnīnō nōn "intellegēns" tamen sentit. Sīc et vōs ea quae in dīmēnsiōnibus vōbīs imperviīs versantur aliquā percipientēs prō ocultīs sublīmibusve "trānscendentibus"ve habēre solētis.

Animālia longē superiōra, velut canēs, bidīmēnsiōnāliter agere solent. In mente canis cōnfinguntur imāginum plāniōrum seriēs quibus ūtentēs multa quidem in mundō vestrō patrāre possunt, imāginēs autem omnīnō tridīmēnsiōnālēs animō nōn fingunt. Canis ōstium antīcum vīllae clausum inveniēns haud sibi valet in mente vīllae simulācrum tridīmēnsiōnāle imāginārī, sed potius iānuam postīcam familiārem petēns imāginum sibi iam nōtārum seriem sequitur. Sīn autem vīlla eī ignōta est, explōrat quidem sed haud sibi fingit mente vīllae ichnographiam. Attamen fierī potest ut propter vīllārum similitūdinem similem imāginum bidīmēnsiōnālium seriem inveniat canis sollers quibus ductus ad postīcam iānuam adveniat. Similī modō vel lupī vēnantēs, sī aliquot praedam antecellentēs interclūdunt, locum vēnātiōnis haud tamquam dūcēs mīlitārēs locum pugnae in chartā dēscrībentēs ratiōnem vēnātiōnis sibi in mente dēsignant; sed multō potius hanc artem priōribus ē rēbus prosperē gestīs acquīsītam sed per imāginum prope omnīnō bidīmēnsiōnālium seriem sentientēs exercent.

"Prope omnīnō" bidīmēnsiōnālem esse rērum cōnspectum canīnum lupīnumque dīcō quia est eīs quidem vīsus quādamtenus stereoscopicus quō mundī suī tridīmēnsiōnāle aliquantum saltem percipere possunt. Animāns scīlicet quodque ad superiōrem dīmēnsiōnem sibi magnā vel aliquā ex parte imperviam nihilōminus aliquantum viae accēdit. Quod vōs, cēterīs animālibus vestrātibus dissimilēs, in quartā dīmēnsiōne tempus experīrī ōlim coepistis haud spernendī prōgressūs fuit quondam signum. Nunc autem imminet vōbīs aliquid multō māius. Cum proximus magnus gradus ēvolūtiōnārius in proximō est, quīdam singulī eum plērumque sponte faciunt ... id quod iam apud vōs fierī cōnstat.

Quōmodo aliquis in quartā dīmēnsiōne omnīnō līberē sē movēre superspatiumque ideō rēctā et plēnē experīrī possit docēre valent paucī quīdam magistrī superspatiālēs apud vōs piē patienterque versantēs. Quibus ego illud opus simul dūrum et sublīme cōncēdō; nam hāc in rē sōlīs verbīs parum efficī potest. Generātim autem et ūniversē dīcam petītōrī mentem tam longē per tempus eōdem ferē tranquillō statū habendam esse, nōn tantum stabilem sed vegetam vīvidamque, ut quam māximē extrā temporis līmitēs fungī assuēscat. Sīc in quartā dīmēnsiōne adipīscimur – lentē prīmō sed aliquandō tamen fulgurātim – lībertātem. At quī nōndum experrēctus est quōmodo hoc cacūmen ascendendum sit suō Marte dispicere tantum rārissimē potest. Nec plānē cuiquam prōdest cum sōpītī dūcere temptant sōpītōs. Magistrō potius experrēctō est opus quī imprīmīs ipsa rudīmenta trādat nec superna ineffābilia dēpingere temptandō discentium mentēs cōnfundat atque ā prīmīs passibus humiliōribus quidem sed māximē necessāriīs āvocet. In hāc īnstitūtiōne sīcut in omnibus est ōrdō proprius habendus. Ab ōvō ūsque ad māla!

...Attamen, rogō, quid dē tālī "aliēnigenā" quālī mē quī ad ūsitātam disciplīnae vestrae fōrmam nōn ita valdē quidem aptus videor sed quī, haud sciō an propter ipsam sēmialiēnitātem necnōn, utpote prō refugiō hīc locōrum inventō grātiās habēns vōbīsque igitur vestrātibusque dēditus, novum aliquem hārum rērum aspectum nōn inūtilem forsitan praestāre possit? Ecquid verbōrum vestrōrum līmitēs perīclitandō peregrīnus, ut cui sit rērum cōnspectus paulō dīversus, idōneus est quī inēnārrābilium nārrātiōnem vestram aliōquīn validīs ex causīs claudicantem nihilōminus passim vel pauxillō prōferat: opus quod minimē, mehercle, sōlummodo ut oblecter cūriōsitātemve commūnem expleam suscipiō sed multō magis ut eōs quōs allicit via in superna dūcēns diū autem condiciōnibus suīs circumscrīptīs indignīsque nimis contentī adhūc cunctantur ambiguntque ad plūrēs passūs tandem aliquandō faciendōs stimulem. Nātī enim sumus ad lībertātem nātūrālem nostram aliquandō vindicandam neque ad sopōris angustiās perpetuō satis habendās. Cunctātiōnis causa solet esse aut novōrum mūtātiōnumque timor aut mera innocēnsque ignōrātiō. Quōrum ambō tentāmenta mea aliquantum minūtūra esse ex animō spērō.

Meritō sānē et iūstē solent vērē superspatiālēs factī apud tālēs quālēs vōs potius dē pēnsō magnō expergīscendī ac dē vītā vestrā vigilibus oculīs tandem observandā disserere quam de illā "arcānā" regiōne funditus quadridīmēnsiōnālī quam eī, datā occāsiōne, ā vōbīs subinde subtractī libenter atque nātūrāliter incolunt – nē quid sānē dē dīmēnsiōnibus etiam superiōribus dīcam. Quam regiōnem verbīs dēscrībere cōnantēs omnēs inter sē pugnantia dīcere solēre nīmīrum animadvertitis. Causa autem nōn est dēscrībentium sed potius verbōrum vestrōrum dēfectus.

Immō, nōn sōlum verbōrum. Cum cūncta superspatiālia assiduē ut inter sē iūncta sentiantur, in superspatiō vel arithmētica vestra ad penitus novās condiciōnēs sit aptanda. In mundō vestrō $2 + 2 = 4$. At "$2 + 2 = 5$" illud quod apud vōs interdum tantum metaphoricē dīcitur apud nōs ad verbum accipiendum est; nam, cum apud vōs disiūncta apud nōs rē vērā coniungantur nec tantum sēnsū trānslātō vestrō, in superspatiō nova illa monas rē vērā ut monas nova superaddita percipitur. Immō, quia in superspatiō cūncta dēmum ut coniūncta videntur, quōdam in artis mathēmaticae superspatiālis fastīgiō generālī, sī "$i\sim$" = *īnfīnītās*, numerus 1 sit ut "$i\sim + 1$" reddendus, 2 ut "i~ + 2 " et ita porrō. Vt vērum autem dīcam, quamvīs sint superspatiālibus quaedam artēs ad nōtiōnēs velut "numerum" et "schēmam" spectantēs, nūllā nōbīs est arte opus quam vōs ut "arithmēticae" sīve "mathēmaticae" vestrae persimilem agnōscātis. Huius reī sunt quidem complūrēs causae, quārum praecipua mihi vidētur quod reālitās superspatiālis minimē in partēs "subiectīvam" et "obiectīvam" dīvidī potest. Quā condiciōne efficitur ut nostrum "cuique" – sī hoc vocābulum haud valdē aptum ūsurpārī licet – scientia sapientiaque quaedam ūniversālis satis rēctā patet. Vbi ad cūncta interrogāta continuō respondētur, "artēs īnfōrmātiōnālēs" vestrae, quārum in numerō est et mathēmatica, frīgeant. Experrēctōrum artēs... At, hem, quōrsum altiōra difficillima temptent quī ipsōs prīmōs passūs nōndum ausī?

Fingat sē igitur quisque vestrum quōpiam ā magistrō experrēctō diū īnstitūtum atque exercitātum ac longō somnō dēnique excussum omnēs rēs Vnam, omnēs animantēs Vnum esse manifestē "vidēre." Immō, quamvīs oculīs tam corporālibus quam internīs haec "videās," tōtum etiam corpus, tōta mēns, tōta anima nunc aliquā "vidēre" valet tamquam per Oculum Vniversālem; necdum multum interest inter "vīsum" et "intellēctum." Quae intellegis vidēs. Quae vidēs intellegis. Ante omnia autem, ubi tē cēterōs animantēs esse animadvertis cēterōsque esse tē ūnicamque dēmum tōtīs in cosmīs exstāre Persōnam, cuius faciēs externae numerō īnfīnītae essentia autem ūnica, ineffābilī corriperis Amōre, ut ita dīcam, Vniversālī tē, quod nunc tandem vidēs, numquam relictūrō. Cēterōs adeō animantēs omnēs ad eundem beātissimum statum quam prīmum adipīscendum adiuvāre nātūrā gestīs.

Quae sublīmia experiēns, etiamsī tē animantem incarnātum adhūc esse aliquā sentīs, "ubi" sit corpus tuum nōn semper ita bene percipis. Dē quō autem minimē sollicitāris; nam quī sē simul ut partem et Tōtum semel experītur tālia nūsquam cūrat neque umquam iterum cūrābit. Quae autem nōs omnī metū līmitibusque vestrātibus solūtī suscipiāmus atque explōrēmus ac quōmodo novās experientiās condiciōne nostrā dignās reperiāmus mīlle annīs vōbīs explicāre nequeam sīquidem verbīs nōtiōnibusque vestrātibus mē ūtī oporteat. At quōmodo vōs mundumque vestrum percipiāmus expōnere, etsī nihil facile, prōnius est.

Vt vōs sēnsūs, velut vīsum, tōtamve ingeniī aciem aut in proxima aut in media aut in ūniversa intendere, vel intendere temptāre, habētis, ita et nōs, quamvīs iam ex nātūrā Tōtīus assiduē cōnsciī, animī attentiōnem nunc in māiōra nunc in minōra intendere possumus. Quā attentiōne quam māximē coartātā vōs vestrā lēge tractāre et vōbīscum quasi vestrātēs conversārī valēmus ... quamvīs, sānē, ut simul funditus quadridīmēnsiōnālēs, aliārum vestrī mundī partium vōs tantisper cēlātārum simul bene cōnsciī manentēs. Quantō autem intuitum paulō retrahimus ampliāmusque ad plūra plūraque sēnsibus nostrīs rēctā comprehendenda, eō – piget dīcere – nōbīs vidēminī inertiōrēs ... dōnec, cum ad rērum cōnspectum amplissimum redīmus, vōs, etsī nōbīs cārissimī manentēs – immō, nōs "praeteritae" nostrae ipsōrum condiciōnis admonentēs! – vōs iterum magis quasi imāginum mūrālium speciem induitis. Immō, hoc dīcentem mē ipsam rem nōn ita bene attingere fateor, sed aptiōrem comparātiōnem nōn inveniō.

Quibus lēctīs, vōbīs nunc manifestum esse reor quī fiat ut mē sociōsque meōs, ratiōne tantummodo fictīciā superspatium quondam experientēs neque vērē inibi versantēs, animantēs superspatiālēs tamen aliquātenus tractāre potuerint. Haud sciō an hī nōs eōdem ferē modō perciperent quō ego nunc vōs: ē proximō adibilēs sed quasi sopītōs; ē longinquiōre quasi immōtōs. Cum nōs nōn sōlum somniārēmus sed adeō nōs rē vērā superspatiālēs esse opīnārēmur, hoc est, cum nōsmetipsōs nōn somniāre somniārēmus, haud dubitō quīn superspatiālibus praesertim difficilēs essēmus comprehēnsū, nēdum adiūtū. Magnō quoque impedīmentō fuerit quod nēmō eōrum nostrae speciēī, sīve potius nostrārum speciērum, erat. Per eōs tamen tunc oblīquē et nunc cōram et dīrēctō experiendō didicisse mihi videor nōnnūlla, quōrum sequuntur exempla aliquot.

Apud superspatiālēs agitur magnā ex parte dē fīnientibus. Vbīque sunt etiam apud vōs fīnientēs neque, sciātis nesciātis, quicquam novī facitis cōgitātisve sine eīs. Rēs quaeque fīnientēs suōs habet, sine quibus nē percipī quidem possit. Ipsum enim Spatium nihil est nisi Cōnscientia sīve Νοῦς. Spatiī cōpia quaepiam circumiectōrum dēfīnītōrum cōnscia dīcitur "anima." Anima suī ipsīus cōnscia adeō "expergīscī" potest nec iam, cum sit bēstiālibus dissimilis, sopītōrum condiciōnibus adhūc coerceātur necesse est. Māximī quidem mōmentī sunt fīnientēs ubīque mundōrum, sed animantēs superspatiālēs, ut vigilāciōrēs Spatiōque igitur celebrātiōrēs, cūncta per fīnientēs sibi cōnsciī animadvertunt cōnsīderant discunt suscipiunt relinquunt. Ipsīs temporis mōmentīs vestrīs – quae vos, ut dēceptī, prō necessāriīs habētis, nōs tantum prō quārundam rērum iūcundō textū – sunt, plānē, etiam fīnientēs propriī. Immō vērō omnium rērum, cōgitātōrum, sēnsuum, coniectūrārum fīnientēs ita nōbīs subinde undique inter sē cōnspissārī videntur ut etiam altiōrēs dīmēnsiōnēs tamquam elementa ac prīncipia etiam priōra lātiōraque comprehendentēs saepius saepiusque coniciāmus, praesentiāmus, passim etiam ipsī inversum quasi per tēlescopium dispiciāmus. Superspatiālium omnium prōvectissimī dīmēnsiōnēs intuentur decem ... ultrā quās tamen, aliīs certē in cosmīs vel aliīs in huius cosmī exemplāribus, omnīnō nūllōs esse līmitēs renūntiant. Dīmēnsiōnēs

porrō incrēmenta esse cuiusdam transcendentālis Circulī, cuius marginem, cum ipsae dīmēnsiōnēs numerō īnfīnītae fiant, tam perfectē continuum lēvemque tandem fierī ut ipsae dīmēnsiōnēs tandem nihil cōnstituant, nihil dīcant, immō, ut quid sit intrā Circulī nōtiōnem et quid extrā
nōn iam quicquam significet. Quod nōn tamen esse fīnem, cum ultrā Circulum exstent "fōrmae" quās nēminem "dīmēnsiōnālem" sibi fingere valēre ... in quō Spatiō nōn iam "spatiālī" fierī ea quae, vel secundum captum
mentis nostrae, nōn fierī.

"Tot" autem, ut ita dīcam, "tanta"que īnfīnīta nē timeātis; nam cūncta
haec rē vērā intrā vōsmetipsōs iam īnsunt ... nempe "ex aeternō." Nihil
quicquam sine ūnīus cuiusque participātū fit. Vnus enim quisque – id quod
sōpītī nōndum sapiunt – tōtus simul est cosmus. ...Nōnne superspatiālium
sententiās vestrātibus absurdās vidērī solēre monuī?

Immō, multō minus dē participātū agitur quam dē quādam, ut ita dīcam,
intellegentiā generālī ... vel, ut aptius dīcātur, dē flūmine omnīnō atque
undique holisticō. Hoc enim nūper saepius videō nuncque referō: vestrum
quemque, etiam tantummodo secundum viam temere ambulantem, nēminem aspicere, nihil sentīre, nihil tangere quod nōn in vītīs temporibusque
priōribus iam vīdit sēnsitve tetigitve, nēminem cum quō nōn futurō tempore iterum ita aget ut omnia facta, omnēs nexūs, omnēs tāctūs, omnia
cōgitāta tandem aliquandō – quamvīs hoc sit crēditū arduum – ad exitum
iūstum perfectumque addūcantur. Cūncta tandem – hoc quoque "cōttīdiē,"
ut ta dīcam, experiuntur nostrātēs – ēnōdantur nōdāta. Cūncta patent
prius latentia. Cūncta sērius ōcius prōduntur sēcrēta. Neque hoc timueritis,
nam ūnā cum sēcrētīs dētēguntur comprehendunturque etiam causae cau-
sārumque causae et ita porrō ūsque ad Īnfīnītum, quod nīl dēmum est nisi
Cōnspectus Vniversālis, quī tandem nihil est nisi id quod nūllō vestrātī
verbō quam *Amor* aptius nōminem. Nēmō scīlicet tē repudiābit, nēmō sper-
net; quisque enim cūncta quae concipī possunt scelera quondam admīsit.

Apud nōs nōn multum interest inter sēnsūs et cōgitāta et viscerum
animīve mōtūs et ea quae "rērum omnium ipsa contrabia" dīcī possint. Cibī
vestrī, vehicula vestra, māchinae, oppida; cortīnae, cornua, flagra, feretra,
morbī, mitellae, corōnae; mūsculī, corda, ventrēs, vēnārum plexūs subtīlēs
sed audācēs, cūnctārum cellulārum negōtiōsum theātrum; cōnsilia, ācta
persincēra vel falsa, monumenta, cōnātūs, saltūs, lāpsūs, gestūs morsūsve
cēteraque vestra tālia omnia; ossa tam sepulta quam cāsū dispersa, thē-
saurī, artēs, facēs, aedēs, mūnīmenta quisquiliaeque plūs quam opulentae
omnēs lūce obscūritāteque ūsquequāque repercussae – cūncta haec cēteraque omnia vestra sīderaque et galaxiae galaxiārumque coetūs cēteraque
omnia quae dē cosmō cosmīsque scītis nescītisque assiduē quasi nesciō quō

nocturnō ē nemore nebulāve vel nocte aeternā quasi ipsōrum imbrium īnstantī cōnsōlātōriāque sed simul vacuā loquēlā sē nōbīs, ubi nōs satis aperuimus, īnsusurrant. Sed quō lātior glīscit perfectiō vestra et absolūtiō, eō – mīrum est – māiōre māiōreque circuitū quiēscunt rōboranturque etiam nōbīs omnia omnia omnia omnia... Nīl scīlicet sibi sōlī. Omnia ex omnibus. Omnia in omnibus.

Quō fit ut per aequātiōnem $[i\sim + 1] + [i\sim + 1] = [i\sim + 3]$, quantumvīs cōnfūsiō quantālis vestrātum longē plērīsque videātur absurda, necesse sit ut vel quibusdam in mundīs ego prius, ā custōdibus artificiōsīs dēceptus, satis tamen superspatiī gustāverim et participāverim ut commentāriolī tunc cōnfectī ūnā cum hīs "recentiōribus" ē superspatiō in sēsquartum spatium vestrum penetrāre potuerint (ecce alterum "$i\sim + 1$") – nē quid dīcātur dē illīs mundīs in quibus custōdēs nōs rē vērā in superspatium mittere valuerint. Reālitās quaeque minus sēmita est quam campus.

Inter tōtōs hōs cosmōs numerō īnfīnītōs quī fit ut vīta nostra nōn omnīnō fortuīta, immō, adeō penitus chaotica sit sī forte rogās, suādeō ut cūncta dēmum ex Animō ēmānāre meminerīs. Ex Animō perpetuō creantī gignentīque exoriuntur perpetuō omnēs quae fingī possunt et quae (vel ā vestrātibus) nōn fingī possunt possibilitātēs ē quibus ipse Animus quasi ex īnfīnītō thēsaurō ā sē creātō experīmenta sua assiduē sēligit. Quō magis īnsciā ratiōne sēligitur eō magis fit vīta, estō, fortuīta et chaotica sīcut apud bēstiās necnōn et apud hominēs somniantēs; quō autem magis cōnsciā ratiōne sēligitur eō concinnior optābiliorque fit vīta sīcut apud hominēs aliōsque animantēs omnīnō experrēctōs. Quam rem quī vērē comprehenderit, hic et superspatium comprehendere incipit. Animus scīlicet tuus, cāre lēctor, commentāriōs hōs aliōsque similēs magis magisque ad sē attrahit.

** 

...Caela vestra perpetuō tamquam novīs auspiciīs ūsquequāque dissilientia ōceanōsque suspēnsē lūnāticōs, immō, cūncta ubīque spatia quasi forāminibus exiguissimīs sponte accrēscentibus undique vībrāre videō. Quae forāmina, nīl nisi possibilitātēs, quamvīs speciē minōrēs, nūllōs tamen fīnēs accipientēs, assiduē et necessāriō creārī. Quae forāmina, accūrātius forte "forāminicula" dīcenda, singulīs tachyoniīs superiōre dē dīmēnsiōne spatium vestrum intrantibus ob dīmēnsiōnum disiūnctiōnem tamquam "bīnīs" assiduē et ubīque excitārī, plērumque tamen extemplō dīlābī. Eīs quī īnferiōre in dīmēnsiōne versantur singula superspātiālia semper bīna esse vidērī satis cōnstat. Cum superiōra īnferiōra semper circumdent, superiōra vidēlicet in proximō locō īnferiōre duplicārī videntur. Forāmi-

nicula cellulīs vel corporālibus nōnnumquam fierī similia, immō nōnnumquam ea, propter Animī āctiōnem, vērās tandem fierī cellulās vel potius
cellulārum partēs minimās mīrē vīvās, interdum etiam aliquandō cellulārum coetūs organaque velut folia – folia quae, utpote animantia quōdam
mōre sentientia, arborēs suās adhūc ex īnstinctū nōvērunt hārumve intimē
meminērunt sīve eās, quod etiam saepe fit, praesāgiunt. Vel ipsās tamen
arborēs sōlum omnīnō vērās suīque iūris manēre dummodo nē quis eās –
hoc didicī – "arboris" nōmine protervē indiligenterque tangat. Aliter eās
prō lēgibus quantālibus quasi nimis "obiectīvē" observātās sēnsim subtīliterque dissipārī vel dēmūtārī solēre. Vestrum plērōsque magis "arborum"
nōtiōnēs vestrās quam ipsissimās animadvertere arborēs, quās tandem,
crēdātis nōn crēdātis, ā tōtā terrā vītāque vestrā rēbusque gestīs nōn ita
valdē differre ... immō tandem aliquandō omnīnō nōn differre. Vt vestrum
obscūrārī ūsque aliquantam partem, similiter imminuī et eās. Nōmina enim
monotropa vestra vōsmetipsōs quoque aliquam multum labefactāre. Ipsās
autem cellulās vestrās, ut cellulīs tachyonicīs ūsque scatentēs, quaedam
profundius scīre. Tālī tempore adeō minima illa animantia vel elementa
prōtobiotica animadvertitis quae sub omnibus, etiam "inanimīs," opīniōne
semper avidius opperiuntur; interdum vel ea animantia innōtēscunt quae
aurās tam cito pervolant ut ā vōbīs tantum rārissimē līmīsque oculīs
rapidissimīsve īnstrūmentīs phōtographicīs vix dispiciuntur. Fervidī factī
etiam vōs longinquissima sīdera petere aliquandō cōgitātis, at, cum spatium sit praecipuē dīversārum cōgitātiōnum ingeniōrumque sēnsuumque
"campus," ante omnia vōsmetipsōs immūtandōs esse saltem subcōnsciē
percipitis – id scīlicet quod "ubīvīs" fierī licet. Prōfuit subinde migrāre;
prōfuit et saepe manēre. Neque tamen vērē migrātur neque manet
quicquam cum nihil quod certō nōmine fīnīrī potest nōn sit vāna nebula.
...Quālēs similēsque ob contemplātiōnēs nūper effectās Pomnātomit nostra
in rōbore sedēns hās novās tenebrās solitīs huius locī umbrīs longē
obscūriōrēs animō amplectī iterum incipit. Hās vidēlicet tam perfectē
"ātrās" esse animadvertit ut prōrsus omnibus rēbus subiacēre et ubīque
peraequae esse possint. Tamquam undīs quōdammodo simul vacuīs et
plēnīs sed perpetuō cōnstantibus pulsa, haec fēmina nunc līberārī sē, nunc
īnsānīre, nunc excēdere, nunc prīmum, praeter vincula, sē vērē vīvere
putat. Atque haud sciō an haec omnia simul fiant. Immō plānē fiunt vērē
simul omnia quia id quod quīdam ūnus experītur altiōre in dīmēnsiōne
experiuntur profundiōre quōdam locō et omnēs ubīque ... et vice versā
quamvīs forte obscūrius. Quisque prōporrō mōtūs animī cēterōrum eō
amplectī valet quod eadem similiave aliquandō aliquā in vītā expertus est
ac quia is dēmum quī vītam quandam dēgere vidētur speculōrum rēapse

numerō īnfīnītōrum aedēs ut imāguncula speciōsa sed adhūc minor perlūstrat in quibus versātur dēmum alicubī sed etiam ubīque tantummodo ūnicus. Immō vērō, sī satis ēlātā ē dīmēnsiōne respicitur, ūnicum tandem ēvenit esse et Speculum ... sīve, ad ultimum, nūllum ... quod tamen, simul atque agnōscitur, iterum fit speculum. Quod, utrumcumque est, ūnicum aut nūllum, hōc tenebrōsō in carcere sēnsim sine sēnsū fit longē, immō, īnfīnītē "ātrius." Cosmus igitur quam inopīnātō ac quasi inversō mōre tam fit subitō simplex! Clausīs enim apertīsve oculīs, quō obscūriōra fiunt circumiecta eō magis quōdam in prātō grāminōsō versārī vidētur ... videor ... tamquam sī sit hic mihi, quae alicubī plānē Pomnātomit vocor, locus status "discēdendī." Ē carceribus, ecce, ad mētam. ...Immō, ad mētās, nam abhinc quōvīs statim prōcēdere licet. Vbi restent membra haud iam prō certō habētur necdum multum rēferre vidētur. Iodentalth fīlia et Reudanttis fīlius adolēscunt, moriuntur, nāscuntur nunc proinde ut oculōs hūc aut illūc dīrigō. Hīs ē tenebrīs perfectīs vīvācissimīsque vacuissimīsque quōlibet licet iam intuitum intendere ... cum tam eōs quam mē ipsam nīl tandem esse nisi hās ipsissimās "tenebrās" sciam ... unde omnem dēmum orīrī lūcem, lūcis lūsūs, animī impetum, cōnsilium, gaudium, sordēs, glōriam, carmen, errōrem, sopōrem, iuventūtem, senectam, galaxiārum celebritātem. Istaec adhūc occupō membra? Occupābō? An ad aliōs mundōs versus huiusve ad aliās versiōnēs, adhūc ut semper somniāns, dēvertam? Illīc quoque inveniuntur cārī līberī meī. Dencilāc quoque haec omnia vel partim scīre vel suspicārī vidētur. Contrā autem hanc altiōrem scientiam suam opīniōnī tamen trālātīciae dē rērum nātūrā habitae adhūc nimis studet. "Lūce" propriā fruēns obumbrātur. Iniūriam adhūc sentit fovetque. ...Vel forte adhūc timet. Timet, ēn, ut quam sit inānis cupīdō ista potestātis, dīvitiārum, voluptātis iam nōnnihil cōnscius – idem scīlicet quod alicubī intrā sē clam scit et ambitiōsissimus, avārissimus, libīdinōsissimus quisque. Cupīdinēs numquam omnīnō explērī posse in mēnsēs, in diēs plūs callet ille. Cupītum, etiam ipsā in voluptāte, semper paulō ante extrēmōs digitōs fluitāre. Aliōquī cupīdinem nōn iam nōminārī posse "cupīdinem." Cupientem etiam optimō in cāsū nōn magis cōnsequī quam mediam partem ipsīus reī cupītae. Quārē, spē ductōs proximā vice plūris forsan adipīscendī, eandem voluptātem iterum iterumque quaerere plērōsque. Voluptātem tamen haud esse per sē rem "malam." Etiam hanc esse speciem vānam quasi per ipsam biologiam fabricātam quō quaedam vītae elementa et ratiōnēs cōnservārī possint. Cupīdō autem nōs ipsōs, id est, nostrum singulōs, nōn morātur, nōn cūrat, nē nōvit quidem. Nec potest. Quae quisque velit penitus ignōrat. Quod clārē perspicere nunc dēmum incipiunt multī ... sīcut et ipse longē lentius Dencilāc, ūsque sānē resistēns. Haud sciō an is, sī locum meum occupāret, vīsiōnēs meās multō melius participāre possit. Locum autem occupāns omnīnō meum, is sit ego … id quod is quōdam sēnsū dēnique est. Quae causa est cūr eum mē hīc retinēre oporteat. Quod quidem nunc plēnē sentiō et intellegō. Timōrem eius intellegō. Omnēs idem aliquandō sēnsimus atque alicubī adhūc sentīmus. Quamvīs videātur absurdum, hoc eum mēcum coniungit; mē quādamtenus līberat. Ille autem hanc coniūnctiōnem sentiēns metuit. At sē mē ideō coercitam habēre putat cum nōn iam sit mihi marītus … vērum simul partim eō nōn tamen ita valdē coercitam quia līberī ab amitā meā peregrē ideōque ultrā facilem ictum eius cūrantur. Haec omnia mihi significāre videntur hae "tenebrae" amplae tranquillissimaeque – quās magis magisque nīl aliud esse videō quam lūcem inversam, umbrārum alterum latus, altiōre ē rērum cōnspectū vīsum, mentēs *m* minusculā scriptās igitur plērumque cēlātum. Hinfrīoc marītus, sī adhūc vīveret, haud sciō an hoc nōndum comprehēnsūrus esset animō. In eō plūs valēbat āctiō quam prūdentia. Suō mōre quidem probus exstitit. Fortasse līberī nostrī eī similiōrēs sint futūrī pugnamque perpetuam illam continuātūrī. Post patris mortem per vasta tesqua mēcum fugientēs aliquid saltem huius inmēnsī mundī sunt expertī. Dencilāc scīlicet cīvēs domī manēre, nōtiōnēs perīculōsās vītāre māvult. Tālis paranoiae tyrannicae exempla haud sciō an aliās alibīque tam relāta quam damnāta sint, quae tamen ē librīs nostrīs datōrumque thēsaurīs expurgāta esse suspicor. Mercātōrēs aliēnī, quibus patent sōlummodo pauca quaedam xenodochīa sēmisēcrēta, ā plērīsque sēclūdī solent. Illūduntur eī quī aliās terrās colōniāsve in aliōs planētās dēductās nārrant. Summī lēgātī nostrī mercātōrēsque forīs negōtiantēs sē propriō ipsōrum mūnere fungī dēnegāre solent. Tyrannus nōs contentōs simplicēs incūriōsōs manēre cupit. Hinfrīoc, Dencilācis quondam assiduus cōnsiliātor, ut interdicta abrogārentur nimis pervicāciter contendit. Palam nimis crēbrō contrā lēgēs speciē per populum rē per Dencilācis potestātem lātās muttīvit. Mīra māchināmenta quaedam nostra digitō mōnstrāns undenam terrārum vēnissent rogābat. Plērīque enim ā nostrātibus ficta esse existimābant sīcut et māxima quaedam scrīpta atque artificia quae reāpse – hoc mihi dēmōnstrāvit ipse – ab aliēnīs facta erant. Ob prosperitātem generālem tāliōnisve timōrem tantum paucissimī erant quī Hinfrīocī apertē favērent. Longē plūrēs tēctē laudābant. Tālis enim vidētur esse nātūra hominum ut quīdam singulī etiam suāvissima ac paene invīsa vincula sērius ōcius molestē ferant neque, praeter etiam certissimam prosperitātem, in commūnī cūnctārum rērum interpretātiōne atque opīniōne acquiēscere velint. Deicī suspicor utcumque sērius ōcius, sīve per tālēs singulōs sīve per hostēs externōs peregrīnōsque sīve ob merum taedium sive causīs aliīs, saepīmentum quodcumque. Haec utut sē habent, quod Hinfrīoc ēvānuerat pessimō alicuī cāsuī pūblicē tribuēbātur; clam cursābant suspiciōnēs. Egomet exim prō virō populum etiam intentius sollicitābam, rēgnantēs recūsātiōnibus compellābam, mē eō tūtam dūcēns quia, sī subitō dēsīderāta essem, hoc nimium manifestō indiciō futūrum esset nec mē nec coniugem cāsū absūmptum; reclāmātūrī forent audāciōrēs; vel aliquot moderātī magis quam prīvātim conquestūrī. Dencilāc, quippe quī sē familiam quamque ut cīvitātis firmāmentum cōnstanter esse sustentūrum adsevērāre solēret, ad familiam tam inlūstrem quam nostram sīc palam dēlendam haud quidem vidēbātur parātus. Eum vel diurnāriōrum opprobrium saltem aliquantum timēre opīnābar; attamen, estō, sēmiperspicāx quisque lībertātem scrīptōrum, quae adhūc dīcitur, nīmīrum prō nihilō habet nisi figmentō scītē administrātō. Hunc circulum vitiōsum mihi scīlicet nōn prōvīderam: quō manifestē īnfirmiōribus argūmentīs facta eius dēfendenda vidērī eō magis auctum īrī in illō temeritātem et audāciam. Quō circulō et ipsum eum sē esse captum haud libenter perspicere coniciō, remedia autem eī quam ipsum malum etiam ingrātiōra vidērī ... nōn scīlicet quia magis ardua sint sed prō eō quod quisque laqueīs ā sē ipsō fictīs excipī solet. Quī laqueī sunt cōnsuētūdinēs agendī modīque solitī cōgitandī atque, ante omnia, mūtātiōnum timor. Idem sescentiēs et saepius mē passam esse videō. Hōc enim locō sedeō ut vōcem illam interiōrem quondam nōn bene secūta ... vōcem quae mihi ōlim dīxerat nēminem circumiecta sua efficācius refōrmāre posse quam sē ipsō reformandō; refōrmātiōnēs turbulentās, potius quam bonō pūblicō, turbulentantis plērumque tantum servīre admīrātiōnī suī. Quem sēmetipsum refōrmandō plūra refōrmāre cēterīs tranquillam sed adamantinam inicere fortitūdinem. Etiam sīc refōrmantēs repulsās quidem accipere, pauciōrēs tamen. Plācidam cōnstantiam sērius ōcius, etiamsī excēdendum redeundumque sit nōnnūllīs, firmiōrem fīnem assequī cum trānseant semper externa, intima maneant. ...Quae utcumque sē habent, Dencilāc tandem, candidīs cōnfessiōnibus meīs victus, dēcrēvit, haud sciō an invītus, necnōn adeō efficere potuit, ut "ēvānuerim." Quod haud sciō an hīs temporibus atque hāc in cīvitāte facilius sit cum quisque nunc propriīs imāginātiōnibus technologicē apparātīs utīque dēmersus vīvat ... vel sibi "vīvere" videātur. Immō cum quisque nunc prō sē tantum ipsō atque ā cēterīs disiūnctior vītam agat, adeō mē rogō num iste forte nōn sōlum propriīs timōribus sed etiam aut propriīs aut aliōrum programmatīs temperētur. Numquid ut mēns populāris ita et mēns tyrannī programmatīs sēnsim obruitur? Quondam ego ūnā cum līberīs in actā harēnam mīrē, immō, quasi improbābiliter mollem esse animadvertēns hoc alicuī Dencilācis cōnsiliō animōrum nostrōrum sēdandōrum tribuendum esse

paulisper putāvī ... antequam in mentem vēnit quam esset perversa prae-
posteraque haec nōtiō. Id genus paranoia haud sciō an sānārī possit vel
longīs itineribus commerciōque frequentī cum aliēnīs habitō ... nec tantum
cum aliēnīs istīs intrā programmata aut somnia – quae forsitan apud nōs
eadem sint – obviam factīs. Ab actā utcumque, sī vērē acta erat, ingēns animāns pervenetī maris ēmergere vīdī scintillantī rōre. Centipedae mīlli-
pedaeve simile erat, forsan autem pinnīs nātātōriīs potius quam pedibus
īnstructum. Iodentalthe continuō ē prīmīs fluctibus, ubi modo lūdēbat,
ēvocātā, Reudanttem ego brācchiīs tollēns ā maris margine sēmoveō. Fīlia
agilis sequitur. Mōnstrum autem nunc minus dīrum factum vidētur ... nec
iam tam magnum. At vōce quādam vōcisve simulācrō quasi loquitur vel
loquī temptāre vidētur. Vōx seu ventum seu commeātum vehiculōrum seu
aēronāvem quasi ē longinquiōre audītam simulat, quid autem dīcere velit
animō capere nequeō. Mox prōdigium fluctibus iterum lentē immergitur.
Ex eō tempore rēs multās velut ventōs, rīvōs, vehicula, māchinās, imbrēs
sponte ac dīligenter auscultō ... immō rīvōs imbrēsque minus saepe cum
caelum nostrum calidius sicciusque sit hominēsque māximam vītae partem
intus dēgere soleant. Interdum scīlicet īnsānīre mihi videor, sed mihi
fortasse sat bene esse dēcrēvī dummodo num īnsāniam mē adhūc rogem.
Haec quidem quasi ūniversālis esse vidētur rēgula. Aliquandō utcumque,
ut ad paulō recentiōra revertar, quōdam lautō in convīviō, cum nesciō quid
sēmifacētum dīxissem, iste mē in īnsequentem diem ad colloquium apud sē
habendum vocāvit. Petentī, quantīvīs sceleris suspectō, concēdendum
vīsum est cum tanta ego forte ex illō ēlicere possem quanta ille ē mē. Quod
sīc esse ēvāsit. Quīn immō quae ego īnsequentī vespere apud eum ālūcinor
eum vicissim ad ālūcinātiōnēs omnīnō propriās incitant. Tālēs ad sessiun-
culās in diēs saepius mē vocat. Tandem aliquandō ūnō ferē quōque vespere
convenīmus. Cum cōnsuētūdine meā apertē dēlectētur, mē tantisper prō
satis sēcūrā habeō. Rāmōsās per arborēs igneolā lūce vespertinā excitātās
sīve, sērius, caesiīs umbrīs adhūc vīvācibus īnsinuātās discurrere agitā-
reque solent avēs minūrientēs, pīpilantēs, passim altercantēs. Quibus sēnsibus ego sociābilis tyrannī per altās fenestrās inundāta semper nōnnihil
plācor, mē simul tamen suāviter interrogārī dictaque mea omnia forsan
obnoxia esse cōnscia. At nesciō cūr ac nesciō quōmodo nihil candōrī et
simplicitātī antestāre atque ē nihilō cōnstāre summam sapientiam nisi
pūrā ingenuāque ē sincēritāte cōnstitueram. Quā sērius ōcius mollīrī
quamvīs dūrās animās. Māchinīs quidem īnsidiīsque efficī posse quaedam
quae, cum aliīs comparāta, prospera vīdērī posse; sed tālia bona identidem
atque in perpetuum esse reficienda resarcienda. Quī fieret ut hoc
prīncipium prīmā speciē īnsolitum paucaque quaedam alia tam cōnfīden-

ter sustinērem prīmō nesciēbam. Ē librīs colloquiīsque, ē vōcibus sententiolīsque fortuītō exceptīs, haud sciō an etiam ē ventīs rīvīsque atque ex īnstrūmentīs dīversīs aliquamdiū ā mē auscultātīs, ē vītae dēmum mōmentīs omnigenīs ea quae iam simul alicubī intrā mē profunda iacēbant subtīliter recognōscēns excerpsisse mihi vidēbar ... quae quidem nesciō quandō mē ipsam corpore animōque expertam sed posteā oblītam vel semi-oblītam esse suspicābar. Quam philosophiam, quam vītae rēgulam, estō, parum vērī similem, quamvīs nunc in rōbore sedēns, adhūc, crēdās nōn crēdās, penitus probō. Interdum ille ad mē dēscendit cōnfābulātum. Virum meum sē excīdendum cūrāsse propemodum cōnfitētur. Nec semel sed aliquotiēs. Haud mīror ego. Paenitentiam eī sērās dīrāsque poenās dare haud aegrē dispicitur. Vt eiusdem miseriae quasi comparābilēs partēs intuērī valeō cūnctōrum trium dōlōrēs: hinc trāditī subitum horrōrem; illinc coniugis longum luctum; tertiō ā latere, ipsīus trāditōris iam paenitentis angōrem. Cuius polyedrī plūra sint nīmīrum latera, velut ipsārum operārum necnōn cuiusque dēmum animantis hōc facinore quōmodocumque attāctī. Immō miseriae omnēs nēminem nōn aliquantum, quamvīs subcōnsciē, afficiunt. Omnia porrō īnfortūnia sīcut et omnia ampliōris beātitūdinis impedīmenta necnōn et oblectāmenta levia egoïtātisque ūniversus apparātus, cum semel exstitērunt, nōn solent omnīnō trānsīre, sed potius quasi supellectilem vastam et inūtilem post sē relinquunt quae adeō, cadāverum struī similis, ā nōbīs identidem, fātō dolendō, renovātur. Nōs scīlicet haec cadāvera longā ē cōnsuētūdine occupāre et redanimāre saepe mālumus quam aliam aliquam vītae viam salūtāriōrem tandem invenīre. Mē virum meum nōn lūgēre nēquāquam dīcō. Immō, quem ante hanc custōdiam prō absente vehementer dēsīderāvī eundem nunc custōdīta prō mortuō certō habēns diū doluī doleōque. Sed etiam in luctū et angustiīs, ubi complūra mihi nōta cūrārum "cadāvera" aliquandō redanimāvī, sīcut etiam in fēlīcitāte mundānā, quōrum nemoribus, vīllīs, praediīs, secessibus sēmōtīs saepenumerō indulsī, circumiectōrum semper tractūs quōsdam perquam lātiōrēs, immō, ingentem regiōnem ūsque ad fīnientēs et forsan etiam longē ultrā patentem interdum sēnsī, nōnnumquam quasi oculīs dispexī. Ea scīlicet in quae animum modo intendēbam, quāliacumque erant, quīn ampliōra abscēdentia illa vidērem firmiter impediēbant. Quōquō spectābam, hīc fēlīcitātis arborēta hīc dolōris cadāvera hīc nūllīus mōmentī nūgae cōnsaepiēbant vīsum. Recentibus autem annīs circumiectōrum ampliōrum illōrum particulās singulās saepius saepiusque discernere valuī, rārissimē etiam tractulōs quōsdam nōn spernendōs. Quī tractūs minōrēs nōn sōlum nōn vidēbantur esse terrae alicuius ferae inhūmānaeque quasi lībāmenta, sed potius – id quod clam mihi exspectāveram – ad aliquam hūmānitātem, ut ita dīcam, singulōs hominēs ingeniaque singula quōdammodo antecellentem dūcere vidēbantur, hoc est, ad terram ita integram et ā solitae vītae duālitātibus absolūtam ut nihil ibi exstāret nisi plēna quaedam lībertās nūllōs usquam timōrēs admittēns. Quam lībertātem, ego mīrum per paradoxum in vinculīs prīmum plēnē experiēns, ita condiciōnibus quibuscumque vacāre nunc videō ut nihil excitet nisi amōrem – amōrem scīlicet nūllīs condiciōnibus circumscrīptum. Quāpropter mē, crēdās nōn crēdās, etiam eius quī mē carcere inclūsit ex corde miseret; nam hae novae tenebrae creātrīcēs effēcerunt ut prope nūlla iam videantur cadāvera redanimātiōnem flāgitantia. Immō, ut vērum dīcam, omnia suēta, etiam paulisper laetiōra, nunc cadāvera esse videō quae tamen, satis diū ac cōnstanter neglecta, tandem aliquandō vānēscunt. Etiam enim gaudia minōra nihil sunt ad gaudium huius lībertātis absolūtae amōrisque omnibus condiciōnibus vacuī. Hīs verbīs tē nōnnihil resistere sentiō, sed aliqua pars intima tuī simul cēdit. Penitus contenta utcumque iam videō partem meī subcōnsciam, ut cōnsciā parte saepe perspicāciōrem sapientiōremque, rēs ita administrāsse ut sīc tandem ... ut ita dīcam ... "exciter." Immō enimvērō nūper nūllam iam sentiō mentem in partēs cōnsciam et incōnsciam dīvīsam. Neque – quamvīs hoc tibi animō aegrē teneās – ob hoc ūllam videō usquam causam timōris sollicitūdinisve quāliscumque. Quod Dencilāc mē saepius saepiusque invīsit eum mihi ipsī iam cūrandum esse indicat, vinculīs quasi ut praetextū datīs. Pugnae – immō, māxima cadāverum, ut ita dīcam, Sāturnālia – iam omnīnō intrā eum agitantur. Quod terram quandam māiōrem illam līberīs nunc animae pedibus perlūstrō, nihil mē ille iam terret; nam quī nihilō, neque timōribus neque cōnsiliīs neque vānīs libīdinibus, impedītur ipsum rērum vīsque cursum nātūrālem sīc sequī potest ut omnia semper ad optimum fīnem perdūcantur. Aliās istās reālitātēs quae salūtī tam Dencilācis quam meae nōn rēctā viā prōsint assiduē recidere dīlābīque percipiō tamquam folia autumnālia aurea rubrīcōsa lūtea micantēsve guttās repentīnō ventō ex arbore sollicitātās. Ille sānē in mē idem inesse videt quod in sē ipsō, quod adhūc sēmi-invītus supprimere cōnātur ... idem simul tamen mē vīsitāns quōdammodo summīs digitīs tangere cupiēns. Vt vir tam ignāvus quam ingeniōsus viam aliquam salūtis ita sequī quaerit ut tyrannidem simul retineat. Nē potestātem perdat verētur minus ob ipsam potestātis cupīdinem vel ob poenās dandās quam quod sīc sē māximē errāvisse sibi ipsī cōnfitērī dēbeat. In sessiōnibus nostrīs, quās propter inōpiam hōrologiī sōlummodo ob rhythmum lūminum cibōrumque meōrum adhūc vespertīnās esse coniciō, magnam temporis partem sūmit facinora sua extenuāre haud valdē tēctē temptāns. Quibus occāsiōnibus hōrologium nōn petō.

Novissimē, cum colloquium nesciōcūr artem vestiāriam attigit, dē quādam vestificā nārrō modestissimae quidem stirpis sed tantō ingeniō praeditā tantāque ambitiōne plēnā ut per vestificī corporis gradūs solitō longē citius ascendēns histriōnēs quōsdam satis nōtōs populōque grātōs cum ad scaenās tum ad vītam vestīre coepisset. Quod ut efficeret libīdinī ūnīus et alterīus chorāgī sē praebuisse trāditur. Rūmōrēs vidēlicet adhūc dīversī aguntur. Eī utcumque chorāgō cui sē dedisse māiōre fide dīcitur erat uxor zēlotypissima, Ieuctoāl vocāta, quae illicitum sed bene dissimulātum amōrem nesciōquibus dē causīs suspicābātur. Haec optimōs vestīgātōrēs conduxit quī versūtam vestium dēsignātrīcem ubīque clam observārent. Quī quidem paucōs post diēs obstupefactī fēmellam secūtī sunt ūsque in Terram Nūllīus istam quam, cum Effrāctōrum latebra esse perhibērētur, intrāre audēbat nēmō sānus. Etiam ipse Dencilāc metuēbat nē hī programmātōrēs illicitī sed sine dubiō potentissimī, sī quandō commōtī essent, rēgnum sīve disiungere sīve omnīnō ēvertere valērent ... sīve, sī haec reālitās vērē – id quod in diēs adseverābant plūrēs – virtuālis esset, ipsīus mundī fundāmenta commūtāre. Vestīgātōrēs invīsibilitātis dolīs cēterīsque māchināmentīs suīs fīdentēs ab Effrāctōribus sunt scīlicet continuō perspectī ac nūntiīs vīsīsque quibusdam dīligenter sēlēctīs ita lactātī ut ipsī sibi cūncta ingeniōsē scīscitārī vidērentur. Ipsā merā Effrāctōrum mentiōne pūblicā prō scelere habitā, haud sciō an exitium meum hāc nārrātiōne etiam magis firmārētur, quamvīs ipse verba mea studiōsissimē atque quasi reverenter auscultāret. Cmēidābē – hoc erat vestificae nōmen – tantō ingeniō tantāque forsitan etiam impudīcitiā praedita erat ut Effrāctōrēs, "commūnēs omnium excultōrum sanctōrumque hominum hostēs" vulgō dictātōs, breviculō tempore sibi cōnciliāverit necnōn cūnctōs Ieuctoālis ictūs facile ēlūserit. Equidem hīs recentis historiae singulīs initiāta sum quia ipsa Cmēidābē, lībertātis dīcendī meae admīrātrīx et laudātrīx, mihi quondam quaedam multa cōnfessa erat, cēterīs singulīs haud difficilibus coniectū. Cmēidābē igitur, audāciae impudentiaeque exemplār, nōn sōlum cursum suum apud vestificōs scaenicōsque quam māximē dein māturāvit sed etiam in Effrāctōrum cōnsuētūdinem sē penitus immersisse vidēbātur. Vt Effrāctōrium Montem numquam ipsa adiī, ita nōnnūlla dē eō ā Cmēidābā didicī. Huic, cum Dencilāc Effrāctōrēs magnopere pavēret, ut hōrum cōnsortī, prope nihil apud nōs nōn patēbat. Magnō īnsuper tūtāmentō eī erat quod in pūblicō dē sociīs horrendīs suīs silēbat. Quamquam plēraque quae dē Cmēidābā sciēbam Dencilācī līberē trādēbam, haud sciō an is etiam plūra māiōraque mihi nōta esse suspicārētur. Ecquid mē hīc tenēbat quō etiam plūra ā mē ēliceret? Quod autem sī vērum fuisset, cūr mē nōn cruciābat venēnave vēritātis ēruendae similiave adhibēbat? Ipsane Cmēidābē, quippe cui grāta esse vidēbar, mē tūtam servābat? Ecquid autem quod permulta sēcrēta sciēbam ... hocine eam prohibēbat quīn mē carcere exsolvendam cūrāret? Rēs politicās mē āversārī fateor. Quōdam autem diē invīsit mē nōn tyrannus sed, lupus in fābulā, ipsa Cmēidābē odōribus rārīs frāgrāns vēlīsque ïanthinīs indicīsque quasi vesper ventōsulus diffluēns modōque prope scaenicō mē certiōrem facit sē Dencilācī esse nūptūram. Quō factō, sē apud eum certē māiōrem habitūram auctōritātem. Quantam igitur īrōnīam quod ego nūper tam multa dē eā nārrāvī spōnsō! "Quid," rogō, "dē Effrāctōribus tibi iam addictīs? Nōnne tū iam immodicē pollēs?" "Haud ita quidem," inquit illa. "In eīs sunt dēmum multō plūra quam suspicātur extrāneus quisquam. Mihi videor rē parum pollēre apud eōs. Quae sit eīs vēra potestātis textūra, quaenam omnia affectent et possint mē adhūc fugit. Aut cīvitātis nostrae regimen parvī faciunt aut aliquā ratiōne sibi sōlīs nōtā iam regunt. Etiamsī autem hauddum patet num eīs ut gregī cōnfīdere possim, mē utcumque hoc posse crēdere velim Dencilācem. Quārē nimis multa beneficia ab illīs petendō timeō nē status meus iam incertior etiam magis perīclitētur. In discrīmine sat ancipitī adhūc versor; attamen, cum prīmum condiciō mea satis firma mihi vīsa erit, missiōnem tuam certē mōliar. Nōndum autem agendum est quia ipse sibi adhūc perīclitārī vidētur. ...Quid autem mē ita obtuēris? ...Ob lībertātem dīcendī?" Annuō. "...At, o bona, quā sum dīligentiā, effēcī nōn sōlum ut ipse professus sit colloquia hīc habita nōn māchināliter subauscultārī sed etiam ut alter quīdam quī omnia tālia hīc cūrat grātiamque mihi, ut ita dīcam, dēbet Dencilācis tālēs professiōnēs cōnfirmet. ...At in quō articulō eram? Ecce, veniendum est nunc ad reī cardinem. Cum 'Dominā Effrāctōrum' dictā mātrimōniō tandem iūnctus, omnium rērum immūnis sibi nīmīrum vidēbitur amīcus noster." Tālibus plūribus nōnnihil glōriōsē additīs, repente discēdit tamquam vel ad alia cōnsilia alibī cum aliīs coquenda. Saepius tamen mē intervīsere incipit. Post autem plērāsque salūtātiōnēs eius dēscendit ipse ad mē dē colloquiīs cum spōnsā suā habitīs interrogitāns. Omnia ita ingenuē eī referō ut tamen dē māchinātiōnibus dolīsque Cmēidābae nihil dīcam ... sīcut et cōram illā Dencilācis vitia praeterīre soleō. Cūr sīc agam rogās? Nōn sōlum ex intimō aliquō īnstinctū sed etiam, ut nunc videō, priōribus ex experīmentīs ōlim obscūrīs sed nūper dēmum mihi vīvidissimē subeuntibus summum hoc principium magis magisque intueor: Animum esse omnia, nihil nōn ex Animō creārī, quem Animum rēctē tractāre nōvisse hunc dēmum reālitātem statuere. Quem porrō mala, ingrāta, molesta in mente aspicere solēre hunc tālia in vītam intrōdūcere ... nōn tantum in propriam vītam sed etiam in vītam omnium. Hoc Prīncipium, ut in ipsā vītā ā paucissimīs, immō, ā prope nūllō clārē vīsum, ā plērīsque repudiārī. Hīc tamen dē nihilō magis agī quam dē praedictiōne sē ipsam explente cum perquam difficile sit propriōs timōrēs cēterōrumque cālīginem ita dēpōnere ut Prīncipium ipsum perenne vērē probētur. Quī tamen, ingentibus impedīmentīs utut fierī potest superātīs, in Prīncipiō cōnstanter manet ad vēram rērum nātūram sērius ōcius pervenit. Haud sciō an praesēns condiciō mea tam sōlitāria quam penitus ambigua mē aliquā corrōboret ad solitōs timōrēs dīmittendōs fidemque firmandam. Rērum limbum quendam habitāre mihi videor nec iam quicquam meā valdē interest nisi Prīncipium illud – quod, sī probātum erit, nōn sōlum mē sed etiam līberōs meōs cēterōsque omnēs, adeō ipsum Dencilācem, adiūvābit. Neque utcumque dē cēterīs nec dē mē ipsā quicquam īnfaustī cōgitō cum cōgitātiōnēs rēs ūniversās creent et vītae fluenta dīrigant. ...Quōdam diē cellulam meam intrat Dencilāc apertē sollicitus. Sē Cmēidābam Effrāctōrum minus sociam quam īnstrūmentum esse nunc putat illōsque cīvitātis potestātem sibi arripere cōgitāre. Cmēidābam tōtam terram necnōn et īnsulās quāsdam perlūstrāre Effrāctōrēs laudibus efferentem hōsque adeō nōn scelestōs sed potius benignōs esse sē ipsam cōram expertam esse adsevērantem. Quibus omnibus is sē vel tacitē improbārī crēdit. Haud autem ita longē post petit mē illa, spōnsum vicissim ignāviae paranoiaeque cōnfestim et prōlixē incūsāns. Mihi ipsī rogātūrae cūrnam, sī ambō assiduō cōnsiliō meō ūtī velint, rōbore adhūc tenear subitō venit in mentem respōnsum manifestum: ipsa vincula mē perfectam facere cōnsiliātrīcem; custōdītam cum tertiā aliquā parte cōnsociārī vix posse; arcānam candōre sincēritāteque quālī meā ambōbus reddī quam locuplētissimam. In animum occurrit mē cum alterutrō tēctē cōnsociāre posse: aut cum prīncipe ipsīus reī pūblicae frēnōs iam tenente aut cum amīcā potentissimōrum Effrāctōrum, dominōrum fortasse, ut vel nunc vidētur, futūrōrum. In intimō autem pectore ipsa tālis fallāciae nōtiō extemplō penitusque frīget; nam Prīncipium postulat ut nēminī nihilōve nisi Tōtī serviam. Quem sibi ipsī servīre, cum sint singulae persōnae sōlummodo vānae speciēs, simulācrō servīre. Quem Tōtī imprīmīs servīre sibi simul ipsī prōdesse quippe ut Tōtīus partī; ēventum fierī ut integriōrem ita et necessāriō longē optātiōrem. Fierī potest ut vēritātis studium mē hīc longius retineat. Tandem autem aliquandō līberāta ā perfidiā temperandum esse fīliōs meōs sine omnī dissimulātiōne docēre poterō. Cmēidābē hās ratiōnēs sibi ā mē expositās, mīrum dictū, nōn continuō respuit. Fortasse, contrā indolem dolōsam, cosmotheōriam meam, undeunde dēductam, simul nōn minimī facit. Vel forte cosmotheōriam meam tantum idcircō probet quia haec mē fīdam cōnsiliātrīcem reddit. Immō, ambās causās aequē pertinēre sentiō. Dīgressā utcumque eā, invīsit mē Dencilāc dē colloquiō modo habitō, ut solet, scīscitāns. Plēraque ā mē doctus is quoque contrā opīniōnem rātiōnēs meās aliquantum laudat, scīlicet meliōra probāns dēteriōra tamen ipse adhūc sequēns. Nihilōminus lenta incruentaque dēcertātiō eōrum – neuter aemulum potentem aggredī audet – mē ipsam, concordiam pācemque cōnstanter suādentem, hīc incorruptam asservat tamquam utrīusque cōnscientiae pignus. Rēs certē tam anceps mānsūra vidētur dum ambō mē invīsere pergunt. Equidem ōstia quaedam mihi interim aliquandō trānsiisse videor. Quōrum quoddam post mē relinquēns mē ipsam dēmum sat facile hinc eximere posse sēnsī, simul tamen mē in tempus hīc manentem Tōtī melius servīre posse in intimō animō animadvertēns. Ōstium Māximum quī nōndum post sē relīquēre vītam rēsque gestās suās fluxās cadūcāsque nōn vērās esse nōndum propriīs oculīs vīdēre; quī iam trānsiit, ut aeternum iam ūsque intuēns, fluxa fictaque ista iam rēctā aptēque tractāre nōvit. Certāmina caecārum potestātum nīl solidum umquam cōnsequī posse iam prōrsus patet. In rēgnō istō duālisticō omnia inter bonum et malum sine fīne fluctuant. Nīl autem mūtābile omnīnō vērum est. Vnicum vērum est mūtābilia efficī posse. Quī hoc videt mūtābilia, ut clārē vidēns, ipse secundum ipsam nātūram ad aptōs ēventūs dīrigere nōvit. Tamen in vītā istā ā bellantibus sine fīne caecē somniātā nīl efficitur nisi quod quisque gressum gressulumve interdum facit ad illam dolōris satietātem, ad illam sacram nauseam versus quā labōrantēs nōn singulārum vītārum exitum quaerunt sed potius ultimum ūnicumque vērum exitum, quī rē vērā introitus est, hoc est, Ōstium ūnā quāque vice proximum. Mē hīc manēre videō ut ambōrum magistram ... atque ut mundō eōrum quam māximē prōsim. Quod intellegēns mē līberōs meōs simul fovēre iam sciō. Quī Tōtī servit servit et cūnctīs singulīs. Mē eōs tandem aliquandō revīsūram esse sciō. ...Immō, nesciō quōmodo, quādamtenus simul, hem, secundum novam quandam physiologiam apud eōs ... iam versor. *Vbīque versāris.* Vōcem internam adhūc numquam tam vīvidē loquī sēnsī. *Nec tantum ubīque sed magis quam ubīque. Ad Proximum enim Ōstium tuum, immō, ad omnium māximum accēdis.* Iam ad Māximum...? Quī fiat ut tam cito prōgrediar mē rogō. *Nunc tandem ad eum locum advēnistī quem quondam, priōre in "vītā" dictā, attigistī. Nunc prīmum hāc vice rē incipis. Bene contingit ut hāc in vītā tuā adhūc sat iuvenis sīs.* Ex eō tempore quō ē circumiectō somniō expergefacta sum Tōtīque serviō, ipse Animus, ipsum quasi Vniversum per mē et ex mē loquī vel saltem sentīre posse coepit. Nīl iam egoïtātis in nōbīs impedit quōminus omnis animī scientia nōbīs sit in promptū. At haec vōx, ecce, eō longē alia est quia mēcum quasi alter animāns colloquitur. *Olim aliquandō, cum prius Ōstium aperuistī, tū identidem tibi duplicāta esse vīsa es. Tē vel simul citrā et ultrā versārī putābās. Simul intrā domum et forīs. Simul extrā aliōs et in intimīs eōrum partibus ... sīcut nunc tē simul captam et iam līberam esse vidēs. Tandem autem tē nōn rē vērā duplicem sed sōlummodo opīniōne longissimē māiōrem esse comprehendistī. Quōniam ea quae in superiōre rērum campō singula sunt in īnferiōre duplicia esse videntur, similēs duplicātiōnēs mox es sine ūllō dubiō expertūra ... singulāris tamen manēns. Quoad tū nunc sentīre potes, ego sum prō magistrō tuō habendus ... sīcut et tū quōsdam aliōs in Sēmitā nunc morantēs nunc paulō prōgredientēs īnstituis. Aliquandō autem, ut vērum fatear, mē tē esse animadvertēs.* Tacente mē, Vōx tamen quid mē iam rogem statim cognōscit respondetque. *Eīs locīs ubi nunc versāris ego sum quīdam ex "Effrāctōribus" dictīs. At ... computātōria ... dīcam an...! Quondam quidem effrāctōrēs īnstrūmenta computātōria omnigena idcircō administrāre solēbant ut maleficia concinnārent, concīvēs compilārent, pestēs sererent, seu vulgī seu commīlitōnum animum cuiusdam sordidae glōriae causā movēre temptārent et ita porrō; sed, id quod fit in quōlibet hominum coetū, erant paucī quī post sescentās molestiās sparsās īnsignēs dōtēs propriās ad māiōra adhibēre velle inciperent. Exstitērunt quī māchināmenta quam intellegentissima cōnstruenda susciperent. Ex hīs fuērunt vicissim quī cōnārentur ipsīus reālitātis quasi ānsam arripere, ipsās omnium rērum notās arcānās quibus cosmus regitur tractāre atque administrāre. Multōs post annōs sodālitātisque effrāctōriae discidia et ēversiōnēs aliquot inventum est tandem hoc: quem satis sincērē ac satis cōnstanter quaerere, quōmodocumque et ubīcumque et quandōcumque quaerit, eandem dēnique inventūrum esse prīscam vēritātem. Sincērē enim cōnstanterque indāgantēs paucī, cum effrāctōrēs ad omnem ferē scientiam umquam ūllās in tabulās ēlectronicās relātam adīre habērent, quaedam prīmōrdiālia iam aliquotiēs reperta esse didicērunt. Antīquissimōs quōsdam sapientēs diū pertināciterque ipsōs sē intrōspiciendō nihil vērē exstāre expertōs nisi Aliquid omnīnō inēnārrābile ultrā cūnctās hās nōtiōnēs ieiūnās ita exsistēns ut nōn ut rēs exsistat. Philosophōs posteā inlūstrēs quōsdam ad idem ferē prīncipium penetrāsse; cum autem quī sōlō intellēctū nītuntur sērius ōcius nōtiōnibus sibi iam nōtīs grātīsve favēre magis quam ipsa sōla nūda experīmenta spectāre aliquandō incipere soleant, hōs philosophōs, sententiīs magis populāribus tandem cēdentēs, Animum nōn ut ūnicum vērum sed potius ut corporālibus tantum "vēriōrem" absurdē tractāvisse. Quō esse nātum duālismum, fōrmulam philosophicam vulgō grātam cuius auctōrēs numquam tamen bene explānāre potuisse quōmodo duae rērum vērārum catēgoriae nātūrā et essentiā prōrsus dīversae inter sē reciprocē agere possent. Longē autem post accessisse philosophōs aliquot nātūrālēs quōrum methodum omnīnō fuisse empīricam. Hōs, ipsum omnium rērum textum minimāsque particulās summā cum astūtiā et dīligentiā scrūtantēs ipsam "māteriam" dictam nīl esse dēmōnstrāvisse nisi effectum quōrundam nexuum energēticōrum. Cōnsīderātīs hīs omnibus plūribusque, trānsiērunt nesciōquandō nōnnūllī māiōrēs nostrī ā notārum computātōriārum exerci-*

*tātiōne ad ipsīus reālitātis notās arcānās atque, ut ita dīcam, algorismōs cōnsī-*
*derandōs et excutiendōs tandemque nōn sōlum mente sed etiam ipsā in animā*
*pertractandōs, quaedam prīncipia haud minima ex priōre studiō reperta ad novum*
*trānsferentēs. Quī enim sincērē et appositē quaerit – id quod iam dīxī – ubīcumque*
*quaerit eadem dēnique invenit.* Sīc igitur Vōx diem dē diē loquī pergit, per
occāsiōnem etiam quasi magistrālī mōre summārium iniciēns. Ego contrā
apud Vōcem vōce sileō, neque Cmēidābae neque Dencilācī dē hāc dubiōsā
rē quicquam memorō. *Bene facis,* inquit quōdam diē Vōx. *Nihil profectō melius*
*facere potes quam ut sileās. Sērius ōcius ipsum Silentium tē omnia necessāria*
*docēbit. Verba mea scīlicet nōn iam sōlum circum tē et intrā tē sed aliō quōdam*
*locō tibi antehāc ignōtō iam sentīscis. Haec causa est cūr, inter alia, vōcem meam*
*simul ut aliēnam atque ut tuam ipsīus sentīs. Quōmodo haec sint accipienda – dē*
*hōc nē dubitāveris – mōnstrābit tibi sēnsim silentium ... nōn per verba sed ut*
*scientiam nātūrālem alicubī ultrā verba, quae dēmum omnia fictīcia sunt, sitam.*
*Nōbīs "Effrāctōribus" hodiernīs hoc iam aliquot per saecula nōtum est, multīs vide-*
*licet adhūc tantum ē doctrīnā, quibusdam autem, quod īnfīnītē māius est, iam*
*dīrēctam per experientiam. In quōs singulōs tū animum, ecce, bene intendēns iam*
*ut ūnicam Persōnam, ūnicum dēmum Animum bene facileque agnōscis, sed... At*
*mihi ipsī nōn dīcendum est quod tibi iam lentē in mentem venit. Nōs reālitātis notās*
*arcānās ōlim adeptī... Plūra autem hoc temporis prōferre nōlō.* Somnia somnī et
somnia vītae prīdem persimilia facta sunt mihi cum ego ambō somniōrum
genera iam aequē "experrēcta" experiar, cūnctōrum singulōrum undique
exsistentium in ambōbus satis cōnscia, mē cēterōs esse et cēterōs mē
assiduē animadvertēns. Attamen nūper, quamvīs iam diū sciēns mē quandōcumque velim hās absurdās angustiās ēvādere valēre, in mentem venit
nunc, ut ita dīcam, mē utrōrsum flectere habēre dum simul neutrōrsum
flectō. Dē hīs tālibusque prīmō neutrī salūtātōrum quicquam dīcō, posteā
tamen ambōbus multa, dum nemus quoddam grāminōsum, locum quasi
"albae līneae" meae, simul placida perlūstrō. Quae dē Effrāctōre magistrō
nārrō ambōs quidem firmē tenent, quamvīs, ut videō, dīversīs ex causīs.
Cmēidābē Effrāctōrēs iam dūdum suspicātur nōn id esse quod esse
videntur, rēgnum Dencilācis utīque haud esse aggressūrōs opīnāns. Dencilāc Effrāctōrēs nōn iam imprīmīs technologicē agere audiēns ita paulum
levātur ut tamen, suī sat similis, "metaphysicam" eōrum, quam dīcit, valdē
suspectam habeat. Hoc vultus eius tam bene fatētur ut haud necesse sit
animum īnspiciam. Dīgressīs eīs, restō ego ita complūribus sēnsibus stimulāta ut plūra plūraque videnda vīsendaque accipiam. Per tenebrās quam
celerrimē adīre licet tantum longinqua tesqua quantum aliēnōs planētās
aliaque tempora. Sponte, cito, iūcundē itinerātur, etsī interdum, paulum
vertīginōsa facta, ad nemus meum vel adeō ad cellulam sēcūram grātē

concēdō. In itineribus hominēs nesciōcūr ēvītāre soleō. Quibusdam autem in hortīs pūblicīs aliquandō in subselliō sedentī mihi, praetereuntibus neque, ut vidētur, mē animadvertentibus nunc singulīs hominibus nunc globīs māiōribus, in animum venit līberōs meōs petere ... num mē tamen perceptūrī sint – ēcastor! – incerta. Quō captō cōnsiliō, statim ante meae Glarālis amitae vīllam stāre videor. Puella ōlim, tempore Mōtūs Alferventis, mēnsēs aliquot in hāc terrā horridiōre sed pulchrā nostrātibusque tunc sīcut et nunc interdictā illēgitimē grātēque dēgī. Sūcināscunt hōc annī tempore grāmina; arborēs plēraeque colōribus velut fēstōrum hilaritāte convariantur. Inter septentriōnēs et sōlis ortum hiant Lūbbācēs Faucēs, quārum fundus ipse, ob faucium cursum flexuōsum, abhinc nūsquam nisi ūnicō locō amethystinīs in abscēdentibus boreālibus appāret. Mīlle fermē passibus ultrā faucēs incipiunt agrī citeriōribus similēs: hīc paene plānī hīc passim clīviōrēs; hīc segete māximā ex parte prasinā cōnsitī; hīc fulviōre grāmine agrestī, saxīs rubricōsīs, rārō subinde frutice salviāceō maculōsī; flammeīs, luteīs, perflāvīs arbustulīs interdum distinctī. Metuntur subinde segetēs autumnālēs. Hōra ferē est quarta post merīdiem; aurae iam frīgidulae. Ā septentriōnibus splendent mixtim nūbēculae plūmōsulae paucaeque nūbēs māiōrēs. Ex sōlis occāsū ūsque sinistrōrsum ultrā merīdiem, quā porriguntur montēs frāctī passim sēmialtī, īnsīdit modo tremenda cālīgō. Altiōra per iūga, ubi inter nūbēs dispicī possunt, aequissimum candōris corium, quō tam arborēs quam terra saxaque cooperta, recentem arguit nivis cāsum. Humiliōra propiōraque māximā ex parte arbustīs carent, tametsī ipsum praedium Glarālis inīquīs quibusdam arborum globīs ūnōque longō agmine glōriātur. Ē proximō rīvō, longius ad merīdiāna absconditās in Lūbbācēs dēsilientī, hauriunt omnēs hae arborēs, propiōrēs ipsam per terram, distantiōrēs per eurīpōs, vītam suam. Arborum pār quoddam proximum hīc adhūc tenerē viret, hīc iam vīvidē flāvet; quā coniūnctiōne fit vel speciēs ingentis flōris subtīlissimīs gradibus inter perviridem et perflāvum variātī vel color compositus quārundam spūmidārum pōtiōnum dulcium quās puella nūdīs pedibus quondam remissa sorbēre solēbam. Alia quaedam arbōs eiusdem generis, ubi frīgora nocturna manifestō magis valent et quō īnflant sine dubiō gelidiōrēs ventī, iam languidius flāvet, passim etiam fulvō fuscōque tincta tamquam spādīcī vīnō macerāta. Alia arbōs, nūdātō vertice iamque rārīs foliīs īnferiōribus, caerulissimum caelum candidāsque nūbēculās ita avidē dissecat ut paulisper hīc admīrāns morer. Quod facientī mihi tōta voluptāte coruscāre videntur membra ut omnium rērum participī omniaque simul ex mē ipsā participantī. Immō, quamvīs cūncta haec vīsa intimē agnōscam, nihil quicquam mihi dīcere videor neque ūllum verbum agitat mēns. Rēs quaeque sē ipsam sponte et

silentiō reserat. Ad vīllam tandem accēdēns vestēs meās, quās nunc tandem
forte scrūtor, quibusdam ante multōs annōs gestīs similēs, hīs condiciōnibus aptās esse animadvertō. Tintinnābulō sonantī mihi aperītur simul
iānua tamquam sī sim modo per fenestrās cōnspecta. Quō, exsiliente corde,
mēns forsan trepidāre tentāns mīrē tamen firma manet. Glarālis est. Sub
cuius brācchiō laevō Reudanttis, incertō animō mē, ecce, intuētur. Intuētur! Glarālis adhūc tacita mē ex animō complectitur. Eam amō, nōn tantum
ut amitam et līberōrum meōrum tūtrīcem sed etiam prolixiōre quōdam
amōre nūllīs condiciōnibus circumscrīptō. Reudanttem crūribus meīs iam
haerentem sentiō. Haec omnia ut crēdī nequīre videntur ita tamen, forsan
propter hōs sēnsūs tam vīvidōs, crēdere valeō. Fīliolum mē modo solvere
incipientem ego, amitam vicissim partim solvēns, brācchiīs excipiō sinū-
que foveō: symplegma simul breve et sempiternum cuius Glarālis adhūc
pars. Laetum sēcūrumque eum sentiō, pānem simul cāseumque necnōn, nī
fallor, nucēs, nēdum puellum, redolentem. Quī mixtī odōrēs cūncta simul
subiciunt mihi significantque: nūtrītiōnem ut rem quasi sacram cēteraque
sacrāmenta māterna; comitātem facilem ūnā comedentium convīventi-
umque; crēscentium innātum amōrem incrēmentī; omnium vīventium
omniumque simul nōn iam vīventium circulōs nūtrīmentālēs perpetuōs
saepeque inopīnātōs. Amitae loquentis verba hōc temporis mōmentō nōndum ita valdē resignāta praeterfluunt. Per ōstium quasi librī phantasiīs
replētī caput novum intrō. Ecce, contrāriam super fenestram lātam adum-
brātam cōnspiciō Iodentalthem quasi immōtam, forsan – latent oculōs
meōs plēraque singula – tantopere stupentem ut animō linquī perīclitētur.
Ad eam ruō fīliolum adhūc tolerāns. Illa inter effūsās quōquōversus lacrimās mē, nōs, complexibus accipit. Aliquandō, tamquam salō omnīnō meō
modo ēmergēns, aliōrum necnōn et ipsīus mea verba, ut verba nunc nec
iam tantum ut laetitiae merōs tāctūs sonālēs, audīre mihique interpretārī
incipiō – tametsī ipsae verbōrum significātiōnēs adhūc minōris sunt quam
ea quae in nōbīs fierī iam rēctissimā viā sentiō. Quod dīcēns mē minus
cōgitātiōnēs legere quam, ut ita dīcam, vīs flūmina cordaque nostra corporis animīque sēnsibus vestīgāre ac prōsequī significō; cūnctōrum enim
ipsa cōgitāta eī nempe patēre possunt ā quō omnēs dēmum animī ut Vnicus
sentiuntur. Quod pōmerīdiānī restat temporis tōtusque vesper tamquam
fluidum opus symphōnicum ab ipsīs animīs nostrīs cōnscrīptum omnia per
incrēmenta propria et nātūrālia ūsque ad fīnem nōnnihil lippōsum ēvol-
vitur. Īnsequentibus diēbus latus laterī mihi continuat crēbrō super spondam, super bisellium Iodentalth, dum ambae adhūc stupentium mōre stīpi-
tum intuēmur crepitantem flagrantiam. Tālēs autem quasi intrā fīliae meae
imāginēs praesentēs videō eam et aliās alia agitantem: vel modo ante sōlis

occāsum aureōs per caespitēs ūnā cum Reudantte Sneudāque dēliciīs discurrentem vel inter vapōrēs culīnāriōs collȳrae ferculum summē peculiāre apparantem. Montēs, fōrmīs implicātī sed ex nātūrā nōbīs simul mīrum quantō simpliciōrēs, longōrum diērum aestīvōrum adhūc memorēs, ad resistentiam prīmō inclīnātī, hiemem negāre haud tamen diū valent. Mēcum interdum spatiāns garrit Glarālis complūra, quae quidem audiō menteque teneō, etiamsī, fateor, prope nūllum ex dictīs eius fermē praedīcī nōn possit. Morbus quīdam, cuius nūllam ea facit mentiōnem, intus, in ōvāriīs tubīsque quibusdam, iam facile cernitur. Satis tamen diū superstes erit illa. Hic locus nimis salubris est atque illa ergā alumnōs, quōrum in numerō mē iam habet, nimis mūnis et cūriōsa quam ut aliter ēveniat. Officium enim clārē dispectum grātōque animō susceptum plūrēs suppeditat vīrēs quam elixir quodvīs ... sīcut et cito marcet quī mūnere oblectāmineve sēmidignō caret. Lapidem autem eius iam cōnsīderō aliquō locō pulverulentō sed amoenō ērēctum ubi hilarās ad aurās oscillant flōsculī caesiī lūteīque. Quōsdam scīlicet ob angōrēs per mātrem ac praesertim per aviam trāditōs morbō sē tandem dēdet. Ad alium autem locum huic similem quaedam adhūc īnfecta cūrātum aliquandō trānsībit. Circum nōs dēscrībit nunc Reudanttis alacrēs gȳrōs, vōciferante concitātē Sneudā. Praelimpidum āerem tōtīs imbibō corporis cellulīs. Prout advesperāscit māiōre mē internā complērī lūce sentiō. Tantā beātitūdine coruscō ut mē dormīre posse dubitem ... dōnec prīmā lūce ē profundō somnō excitor, prīmō nē cōnscia quidem quōmodo somnum inierim posteā tamen, datā parvā operā, cūncta mihi in mentem venientia singula permixta ōrdināns. Factum enim quodque rēsque quaeque, simulac mente tācta, tamquam flōsculus novus aperītur. Trānscurrēre septimānae vel – idem est – trānscurrent. Propiōrum oberrō interdum monticulōrum nemoribus, siliquās passim alloquēns cīmicēsque atque ūnum alterumque subhorrentem cervulum. Tranquillissima inter stagnula verēcundula prope omnīnō dēsunt cōgitāta. Paucīs tantummodo ex vēnātōribus quī hāc prīdem trānsiēre restant sēnsūs dubiī quasi vermium conculcātiōnem aegrē vītantium culicumve aliquotiēs cōnsternātōrum. Montium avidō attrahor assiduē amplexū tam exhilarāta quam illī ipsī fierī volēns: hoc est, simplicī gaudiō cum feritāte illā pūrā līberāque. Quādam nocte, gelidulō ā collis cuiusdam nūdō vertice, stēllam quandam mē tandem sinō ... invīsere. Spissa est flāvaque, simul perfecta et mīrē multiplex. Metabolismum eius inēluctābilem iam ē longinquō sēnsī. Thermonucleārēs āctiōnēs eius reciprocās implicitāsque tamquam cordium ūnicīve ingentis cordis compositī palpitātiōnēs plūs quam multiiugās sentiō. Huius systēmatis sīdera plēraque radiātiōne verberāta, nūdāta, torrida, gelidissima. Praeter microbiōrum colōniolās passim bene prōtēctās, animantia quaedam māiōra hīc admodum rārē sparsa subsistunt. Rēgnat hīc pūritās quaedam quā iūcundissimē vacuefīō. Vacuefacta māior fīō. Alterum quendam quasi refugium petentem hūc peregrīnātum aliquandō, tamquam avem cuius colōrēs arborī cui īnsidet imitantur, animadvertō. Quem quidve eum vocem nōn habeō. Ex ūniversō nostrō nōn oriundum esse cōnstat. In aliēnissimīs quaerere vidētur varietātem. Huius enim cosmī nostrī lēgēs prō magis arduīs ideōque nōtātū dignīs habet ... tamquam sī ipse in recreātiōnis vīcō lautō diūtissimē ēdūcātus īnsuētā dūritiā spīnētī interdum vīsitātī grātē stimulētur. Is rē vērā, ut ēns glomerātum, persōnīs, oppidīs, adeō populīs integrīs est plēnum. Immō eum diūtius hīc commorārī sentibusque gelūque gammaque radiīs nostrīs excitārī in animō habēre putō. In patriā eius vīta minus disiungitur morte; apud nōs autem discrīmen māius iam sentīscit. Quō accidit modo ut singulī ab animante collēctō lentē dēscīscant. Eum sīve eōs salūtō. Ab eō sīve eīs invicem nōnnihil, ut vidētur, timidē salūtor. In mente eī trādō mē et līberōs ac Glarālem necnōn marītum mortuum carceremque mentī meae iam rārius prōpositum. Quod cōgitāns Effrāctōrem magistrum, vel huius sēnsūs, mē firmandī causā appropinquāre sentiō. Zamvolmonovohocmō aliēnō, commodius ā mē "Zamvus" nōmine appellātō, mē somnia haec corporālia nōn iam ita valdē habitāre, hīs cosmīs mē nōn iam magnās vīrēs addere velle apertē cōnfiteor. Cum sint mihi tempora propemodum plāna et aequa facta, mē līberōs meōs "iam" ab incūnābulīs ūsque ad annua cūrāvisse. Quae ultrā hās spississimās plagās iacēre, iam saepius praegustāta, mē iam multō fūsius explōrāre in animō habēre. "Corporālibus" somniīs contentōs ultrāmundānōrum mīrācula nē sibi imāginārī posse ... quamvīs, estō, variae orīginis mundāna operibus ultrāmundānīs māteriam saepius suppeditent. Multa mundāna quasi sēmina esse superiōrum. Cum nōs ē nōbīsmetipsīs omnia phaenomena creēmus cumque vīta ā nōbīs quōquō temporis mōmentō ācta ē nihilō fiat nisi ex animī nostrī praesentī statū, inter spississima et levissima nīl dēmum interesse nisi quod haec ad alia discenda aptiōra sunt, haec ad alia. Assentītur Zamvus ... verbīs multō minus quam imāginibus prōlixīs ūtēns. Sē autem modo nimis multīs implicitum esse quam ut nunc facile hinc "excurrere" valeat. Immō, hoc temporis quōrundam novōrum addiscendōrum causā sē dēnsiōra modo petere; sē ipsum alicui populō aliquandō trādere cupere quō melius hīs spississimīs condiciōnibus nostrīs assuēfierī discat. Cum ea quae forsan mīlliōnēs oculōrum eius vocanda sint intueor, cosmum simul vītamque eius adhūc āctam quasi summātim percipiō. Prope omnia illīc, ubi multō minor est vīs gravitātis, fluitant volitantve. Quod sciat ipse, ūnicum tantum forāmen ātrum illīc exstitit exsistetve. Sēnsūs illīc versantium longē quidem subtīliōrēs. Hoc est, inter exīliōra quaeruntur et discrīminantur minima singula plūra. Zamvō utcumque quam cōmissimē valedīcēns neque, ut vērum dīcam, "Aevī" cuiusquam "Zamvolmonovohocmānī" ratiōnem reddere dēbēre volēns, prūdenter, ut mihi quidem vidētur, dīlābor. Quod faciēns cosmī nostrī spatia "vacua" dicta haud vērē vacāre magis magisque animadvertō; immō ipsum spatium ubīque esse subtīliter quasi cancellātum; cancellīs fōrmātam cellulam quamque nōn sōlum cēterīs omnibus ubīque coniūnctam sed – quod īnferiōrum fastīgiōrum incolīs meritō incrēdibile videātur – simul *esse* et cēterās ... tam singulās quam simul tōtās. Immō enimvērō cellulās, cum sint solitōrum cancellōrum ratiōne quadrāta scutulaeve, nihilōminus simul et sexangula esse necnōn et cēterās omnēs fōrmās accipere – quod vidēlicet omnīnō ex ipsīus intuentis gradū percipiendīque modō pendēre. Ē cancellīs ūniversālibus sīve exsistere sīve exsistere posse ūniversa phaenomena cosmōrum. Cum cellula quaeque simul cēterae sit cancellīque ūniversālēs ubīque eīdem, vel līberōs meōs, "ubiubi" modo versor, aequē adīre habeō, scīlicet quōquō tempore volō. Vestrātum nōnnūllī dīcānt fortasse, quicquid fit ut modo agam, animam meam eōs necnōn aliōs multōs mihi nōtōs assiduē colere, cūrāre, ēdūcāre, docēre et ita porrō. Quid autem rē vērā faciam vestrī mundī verbīs explānārī nequit. Sunt vel quaedam animantia ventōs habitantia mēque ad meōs cūrandōs ultrō adiuvantia quae tamen oculō tantum rārissimē percipiuntur. Immō, sciās nesciās, omnia ubīque penitus inopīnātīs scatent. Vel ēlātiōre ē rērum cōnspectū nūper invēnī utrōrsum agī id quod "entropia" dīcitur, quō rem quamque ex arbitriō sīve fīnīrī sīve incipī posse. Mē entropiam ideō anteā ūnius viae cursūs esse putāveram quia corpus meum nītēbātur tālibus āctiōnibus chēmicīs reciprocīs quae invertī nequībant sed quae cursum semper "entropicum" sequī dēbēbant. Entropiam autem et ectropiam, sīcut omnia in īnferiōribus mundīs duālisticīs temporālibusque exstantia, nihil esse nisi eiusdem ūnicae reī duo latera sīve in eādem viā bīnōs cursūs omnīnō aequōs sed contrāriōs. Cui esse perspectīvam satis ēlātam hunc cūncta contrāriōrum paria in monadēs integrās nūllō negōtiō omnīnōque nātūrāliter redigere. Quem igitur entropiae ectropiam conciliāre velle huic alicubī extrā plagās paucōrum lībertātis graduum esse cōnsistendum. Quī enim – id quod iam diū mēcum cōnsīderō – animantēs prōvectiōrēs per temporis vestrī angustiōrem speciem līberē tamen sē movēre intellegit ... huic patēbit rēs in mundō "corporālī" dictō aequā lēge cōnstituī et dissolvī posse, cosmī vestrī status atque ōrdinātiōnēs omnēs rē vērā omnīnō extrā "temporis" opīniōnem vestram circumscrīptissimam exstāre. Circā annī tempora et aetātēs condiciōnēsque quāslibet iam sponte fluctuō, per complūra varia rēctā nāns ā tē nōndum somniāta quidem: "Hominēs," ecce, incōgitābiliter multiplicēs quōs, inter alia, simul et mē et vōs esse sciō. Locōs multō magis recordātiōnēs volucrāsve nōtiōnēs sīve prōposita subitissima quam "locōs" quōs vōs dīcātis. Terrārum orbēs cōnstantissimē incōnstantēs quōrum ēvānidiōrēs dēiectūs ut aquālēs ita et astrālēs nocturnissimōs per fulgōrēs ūnā cum incolīs sēmiperspicuīs semel quasi identidem stupeās. Praeceps iter omnium seu cōnsultō seu īncōnsultō spatia īnfīnītō ē nihilō cōnflantium. Centrum prōvocāns abscēdentiaque simul et aequē prōvocantia. Quāque in collȳride caespiteve igneve stagnōve modo nāscentium vultūs interim adhūc, ecce, squālidulōs surdulōsque. Impatientī ūnī cuique patientiam vērē sempiternam. Luctūs gaudiīque colōrum quasi incolōrum gradūs tamen innumerōs. Salum, sanguinem, sūcōs, saxa, īnfrā, suprā, intrā, extrā, nūsquam. Tranquillōrum montium placidārumque mortium percȳaneās noctēs profundissimās. Dēfōrmibus in gemmīs larvālēs exercitūs. Antīquissima omnia quam nōs iam longē sēcūrius exspectantia. Igneīs in mundīs spīritulum quendam modestulum ūnicumque. Pulchritūdinis undique grassantēs panthērās. Castella mersa quāsdam memoriās adhūc cōnfūsās tacitē sibi continentia. Incautōrum commōtiōnem trepidam et inhabilem. Folium aeternum nihilō nisi ipsā contemplātiōne mōtum, quō rēs quaeque in temporis mōmenta dissecārī falsō vidētur. Sēnsūs "incorporeōrum" dictōrum subinde necopīnātō inter sē quasi stringentium. Id quod explānāre cōnantur mōra paterā candidā temere condita. Sēcrēta involūta absque cōgitātīs fidē allāta. Quōmodo sōle tandem poliantur etiam ea quae nōn vēra sunt. Dēsīderiī maculam tangibilem. Vltrā longinquissimōs fīnientēs ea quae modo modo gemmant moxque adeō, longē antequam attingās, marcēbunt. Intrā mendīcum dormientem ea quae perpetuō scissim oriuntur occiduntque. Haec omnia sentiuntur intrā cavum mundōs nēns? Bene rogās. Semper, quaesō, istud mē rogēs ... dōnec nōn iam rogandum videātur tibi. Cum sint numerō īnfīnītī mundī, mē alicubi in carcere dēlīrantem sedēre, nēdum et innumera alia alibī facere, satis quidem cōnstat. Ecquid ut exsolverer cūrārent ipsī Effrāctōrēs vel ille ūnicus? Quod tū utcumque in carcerulum istum animum magis intendis quam in cētera ... hoc, putā dum, plūra dē condiciōne tuā testātur quam dē meā. Plūra dē tuā fābulā quam dē meā. Hoc aliquandō, sanctē polliceor, tenēbis. Vt rēs tālēs quālēs sunt necnōn vēram nātūram potentiamque tuam facultātumque absolūtam īnfīnītātem ipsam videās, prōrsus sunt compēscendae fābulae istae nōtiōnēsque angustissimae quās, quis sīs cōnfirmandī causā, tibi aliīsque assiduē commemorās. Quī animum suum fābulīs commentīsque vānīs nōndum expedīvit nōn ex ipsā nātūrā sed tantummodo ē figmentīs propriīs, plērumque aut glōriōsīs aut anxiferīs, māteriam haurit ē quā ratiōnēs artificiōsās continuō plectat quibus –

mīrum quantā pseudologicā et autophthoriā – facultātum īnfīnītātem pro-
bābiliter exclūdat. Quī rērum nīl nisi umbrās videt umbrārum artem
quandam logicam crēdibilem et speciōsam ēlabōrāre callet quā tam sibi ipsī
quam cōnfābulātōribus umbrōsum carcerem commūnem commodulum-
que et exstruat et bene fulciat strenuēque mūniat. Quī porrō – id quod
faciunt aliquandō cūnctī – dēteriōra semper expectandō dēteriōra assiduē
addūcunt, comprobātīs identidem praedictīs, circulum vitiōsum ā sē ipsīs
fabricātum identidem cōnfirmant. Animum autem tantum tranquillāns
quantum regēns nūllum esse eōrum fīnem quae fierī possunt tandem
vidēbis. Ego vidēlicet nūllō carcere sum contenta. Per ōstium novum quodque tamquam per cunīculum intortum trānsiēns ita omnīnō invertitur
itinerātor ut priōrem mundum sīve priōrem mundī speciem ipse penetret
et simul – hoc māximum est – circumdet. Quae solida erant fiunt tenuia,
quae simplicia multiplicia; simul autem complūra prius multiplicia in
fōrmam necopīnātō reditegrantur penitus perspicuam. Vel sōlis ortus et
occasus quādam ratiōne simul coalēscunt quam sōlīs verbīs tibi haud
valeam dēpingere. Timōrem et īram, quae eadem dēmum sunt rēs, adhūc
videō ... sōlummodo tamen quasi pictūrās in mūseō cūriōsē expositās
improbābiliterque cōnfectās. Amōrem tū tē "cognōvisse" putās, at hīc, ut
omnia simul circumdāns et omnibus circumdata, tē nihil quicquam nisi
amōrem et lībertātem – quae rēs idem dēmum sunt – percipiēs esse. Vel
cinereum rāmulum tremulum hebetī illūminātum mātūtīnō sescentaque
similia pūrissimum esse amōrem corpore aliquandō sentiēs tōtō. Rēs autem
quās rēctē dēscrībere nequeam quīn, bonā veniā tuā, trānslātīs significāre
temptem indiciīs?

Vnā mēcum vel captīvōrum quōrundam nōndum bene dispectōrum experiāris fortuītōs subinde tremōrēs in diēs certiōrēs, rārēscente pariter per-
vicācis scientiae tuae suāvī et gravī nebulā. Ecquid tuī dēmum vērē fuērunt
hī captīvī? Potestne fierī? Diffunduntur iam undae eōrum per aquae tuae
superficiem velut vōcēs effugium petentēs. Nūllō tamen in lītore fran-
gentur nisi in tuō, hoc est, in tē. Nāvem ultimam regēbās subtrīstī in
dīlūculō numquam nōn intingentem rēmōs. In cavernam nāvis magister
dēscendēns nēminem nunc offendis nisi forte tē ipsum quaerentem. Tempus exitum suum iam cēpisse vidētur. Cōgitāta tua inēvītābilēs agunt circulōs eōsdem quōs larī illī quī, hīc vīsī hīc invīsī, tē iam prīdem, immō, ex
aeternō congȳrant. Immō, inter tē tua petentem et illōs sua nūllum iam
restāre vidētur discrīmen. Quōdam igitur diē, perditō tōtō apparātū priōre,
tū quoque ad terram tandem flaccidus fluitās. Quō magis cēdis tū eō mollior
tolerat tē sufful gēns harēna. Etiam magis cēdentī īnsula concēpit tibi pōma

nova et īnsolita: quondam captōs illōs quasi mūtātā veste tibique iam mīrē conciliātōs, immō, tēcum magis quam coniūnctōs. Et plūs cēdis. Plūsque cēdis. Illā nocte ipsa astra, nūper item exempta firmulaque et tibi propitia, quid sit faciendum propriā lentissimā astrōrum ratiōne rogāre rogāre rogāre coeptant. Mīrāris illa quoque, rogantia nec iam respōnsum ūllum exspectantia, suō mōre simul magnificē cēdere.


Vnō quōque mātūtīnō somniculōsīs adhūc manibus tuīs committuntur quaedam tēla. Quae tū per diem sīve ad imbrēs sīve ad sōlēs sīve in alimenta sīve in sententiolās sīve forte in etiam alia tēla convertis. Etiam ipsō in elephantō bellicō, frūstrā vorācium servō, splendet certissima nostrum omnium lūx dum cadunt circumcircā seu turpiter seu pulchrē sagittae pīla falāricae bellātōrēs. Tam lupī quam delphīnī per vēnās tuās lascīviunt. At in libellō quondam alicubī ā tē humātō paucae quaedam pāginulae, sciās nesciās, tranquillē vigilantēs tē exspectant. In eīs sīcut et in tē sīcut in ipsā humō scrīpta est altera illa scientia, saepius āmissa: nihil dēmum nōn quōmodocumque vīvere. Frīgidō murmure trepidat iam extrēma Arctos prūriuntque asteroīdēs. Nihil usquam nōn anhēlat repugnantiās quāslibet falsās sed omnīnō mutuās. Ipsum mīrissimum Ōvum Terrestre ex aliōrum mundōrum paritur ultimā putrēdine. Grānōsā sub terrā sīcut et in altō aethere aguntur eīdem diēs alterā sub speciē longissimī, sub alterā cōgitātō breviōrēs. Immō exāctā quādam tandem cūnctōrum colōrum ēmendātissimā coniūnctiōne, diērum noctiumque patēre vidēs fīnem. Aliquandō tū quoque ultima, id est, quāque vice proxima petis. Tū enim squalus in undā es et simul unda, tū tremendus fulgor glaciālis; tū poena rigōrum es, tū et rigor vēnārum. Vbi fōcāle in silvā cecidit, ades alacris semperque parāta. Sī quae cadit arbor frutexve, spatium interim occupās tū. Permultīs itaque in tenebrīs ades aliōrum precēs nōnnumquam sponte resonāns. Tandem aliquandō vel plūmantur tibi pedēs fulminave in manum sūmis. Peregrīnī autem cōnsaepta tua petentēs nīl inveniunt nisi vel antīquōs lapidēs silicēs ruptāsque statuās rotāsque aliquot plaustrāriās. Ālae occultae sed indubiae tē iam prīdem in altiōra tulērunt. Agitant sānē ubīque explōrātōrēs semper novī. In ipsō extrēmō margine quaedam reperiuntur vestīgia vestīgiōrum nostrum cuiquam antehāc penitus incognita. Tū, nescīs cūr, hārum rērum nūllam nōn tibi aliquā et alicubī tibi adnotās. Immō nīl nōn adnotātum restat. Vbicumque errās proprium ferē invenīs domicilium. Sērius ōcius reperta tua susurrant plēraeque lītorālēs conchae. Etiam īnfestā hieme avēs numquam antehāc vīsae fenestrīs tuīs sē mānsae applicant.

Top<sup>x</sup>

# Institutum Vcrainense Pyrobolis Diruptum

*Chioviae (Reuters)* – Hesterno die hora fere sexta matutina quaedam officina, cui titulus Quartum Institutum Investigatorium Vcrainense, tribus pyrobolis, ut videtur, aberrantibus partim dirupta est. Id genus missilia 120mm quae e tormentis curtis mittuntur a partibus Russiae faventibus immissa erant in Rei Publicae Vcrainensis propugnacula ante Krasnohorivkam oppidum, suburbium occidentale urbis Donetsci, statuta. 60 fere pyrobolos, hos 82mm hos, Secundo Convento Miniscensi interdictos, 120mm ad Vcrainos eo in impetu una cum permultis glandibus e manuballistis polybolisque emissos esse aestimatur. Quod tela tam mane coniecta sunt nemo sociorum Instituti interfectus vulneratusve esse creditur. Vnicus quidam operarius, cuius erat quoddam experimentum adservare cuius autem nomen non proditum est, illaesus abiit. Secessionis studiosos officinam, ubi incumbitur in quendam rerum Aegyptiarum antiquarum thesaurum, inter quas et "Speculum Eus" nonnullius famae, consulto delere voluisse haud videtur verisimile.

"Ob tecti maximam partem collapsam..." inquit Demianus Shevelev, *Kom-El-Shoqafa* Suscepti praefectus, "...quanta pars ipsorum voluminum codicumque et artificiorum servari possit adhuc nescitur; nihilominus post amota rudera collatasque thesauri reliquias opus nostrum – de hoc ne dubitaverit quisquam – continuabitur. Post cladis locum hodie inspectum, altera ex parte codices voluminaque pleraque, praeter damna certe inevitabilia, restitui posse opina-mur; ex altera autem unus ex pyrobolis eum maxime in locum impulsus est ubi 'Speculum Eus' conditum erat et investigabatur. Nihilominus, etiamsi Speculum fractum adeove elisum est, permulti tamen nuntii e fragmentis adhuc extrahi poterunt. Iam annos aliquot ita inter hostilia viximus ut ergsterium nostrum omnino pacificum atque in vico domiciliis dicato situm tranquillum integrumque manserit. Haec talis aggressio Conventum Genavense manifesto violavit, quamobrem appositos apud magistratus litium actiones instituemus. Sciant autem factiones omnes nos medios et neutrius partis esse atque bono publico operari opusque nostrum universo generi humano prodesse."

De ipso Speculo Eus aguntur quidem diversae opiniones. Immo videtur, quod ad Speculum attinet, magis magisque inter Orientem et Occidentem fieri schisma; nam naturales philosophi Russi Vcrainique inclinantur ut credant laudentque illas adfirmationes de Speculo a Suscepti *Kom-El-Shoqafa* sociis prolatas quas collegae Americani Germanique et Britanni potius pro immodicis in dubium vocare solent. Ex Instituto scilicet emanaverunt, saepius furtim rarius sollemniter, narrationes de Speculi proprietatibus supradimensionalibus quibusdam fabulisque putativis intra compaginem eius molecularem conditis. Cum in Civitatibus Foederatis tum in Britannia flagitatur multifariam ut sistantur eae pecuniae, quamvis exiguae si cum aliis similibus donativis comparantur, quae Instituto quotannis e fisco publico conceduntur.

Excerptum Quartum (e *Margine*, xx d.m. Martii MMXVI, p. 21, "Litterae Lectorum"):

De Speculi Eus fato nil dum palam pronuntiatum! Satis multi, inter quos et ego, dolum olfaciunt. Suscepti rectores iam pridem anguntur propter Speculi nuntios tam "scriptos" quam "pictos" multas notiones tralaticias subvertentes. Furunt fraudantque academici quorum longe plerique nuntios de Speculi proprietatibus primo spreverant, dein renuntiationes confirmatas explanare nequeuntes de concessionibus futuris nunc diffidunt. Mundi Regimen Secretum, provectissimas artes technicas sibi ipsi semper arripiens, solum quasdam paucas, pro innocuis habitas, per socios corporationales stillatim divulgando quaestui habens, Speculum ipsum nimirum abscondidit. Immo "casum belli" non fortuitum sed potius commentum fuisse iam satis patet. Quamquam de fide Verneri Riesenfelder adiutoribusque eius non continuo dubito (immo quaedam multa in libro, "Capti" titulo inscripto, ipse firmare possum), ad me penetravit fama in alia quadam mythistoria quondam prodita nunc autem nusquam, ne apud Amazonios quidem, praesto, etiamsi ipsos Serapistas tractat, de Speculi origine nil expositum esse. Quare exhortor postulo flagito ut hic liber, c.t. "Eos," non solum iterum venum detur sed ut huius libri editio integrior paretur et divulgetur!

—H. Z.

# 16. Lux II

Trānseunt ita integrae hebdomadēs ut, quamvīs mīrum sit quantum scrīptitātiōne delecter ac remittar, huic diāriō tamen, animae vexātae refugiō saepe ūnicō, nē apicem quidem addam. Neglegentiae meae haud sciō an ignōscendum sit ob vītae meae recentem strāgem migrātiōnemque modo perāctam. Quod Seattlī iterum versor alterā ex parte placet ob cōnsuētūdinēs veterēs amīcitiāsque, ex alterā tamen molestum est cum suscepta hīc īnfecta passim velut līberī dērelictī mē crīminōsē obtuentur. Quōrsum autem tam turpe post discidium in eā urbe manērem ubi, praeter amāsium priōrem huiusque novissimam amātrīcem, tantum paucissimōs nōveram: Michaēlam, amīcam adhūc magis forsan illīus quam meam; patruēlem meum sānē amābilem sed subfatuum; quōsdam aliōs haud vērē meae farīnae?

Nōn sōlum illum sed etiam omnia ibi perlāta et cōgitāta quasi ut profuga relinquere voluī. Semel enim bisve Amandam – nōmen quō aptius eō fātālius – saltem in phantasiīs adeō interimere cōgitāvī. Illa autem haud vērē in culpā est quod dēsipientēs istī Fabricārum Ūniversālium praefectī tam venustum bacciballum, quod in mūnere magis, ut ita dīcam, decorāmentālī certē quidem praeluxisset, nōn sōlum ad multitūdinum moderātiōnem condūxērunt sed etiam turmae Ferdinandī ascrīpsērunt, immō, eōs adeō saepe in pār iungēbant! Neque, ut vērum tandem mihi ipsī dīcam, ipse omnīnō culpandus vidētur. Illa enim fōrmōsitāte et lepōre ita ēminēbat ut haud sciam an ego, sī in fēminārum amōrem vel paulō inclīnārem, cōnstitūtum ab eā petītūra fuissem. Nec nōbīs, hoc est, mihi et Ferdinandō, omnia prius pulcherrimē prōcessisse adfirmāre possum. Reī nostrae praesertim obstābant hōrārum ratiōnēs inter sē magnā ex parte repugnantēs. Cum ille ē prīmā vel secundā hōrā ūsque ad decimam ūndecimamve nocturnam, interdum ad mediam noctem operārētur saepeque diēbus fēstīs fēriīsque, mihi tamen quādam in comitātūs officīnā haud ita valdē propinquā humilis ōrdinis therapeutae mūnere fungentī erant observandae solitae hōrae officīnālēs. Immō praecipuē postulābar mātūtīnō tempore ... eīs scīlicet hōrīs cum ille vacāre solēbat. Cum illā autem magnam diēī partem dēgēbat. Sīc āctī sunt nōbīs prope sex mēnsēs; nec sciō neque umquam sciam utrum ratiō hōrārum eius in mātūrius flectī rē vērā nequīret –

apud Ūniversālēs iam septimā hōrā agitāre incipiunt multī – an, quō saepius cum Amandā conversārētur, nequīre finxerit.

Quotiēscumque autem ambō vacābāmus, ut ūnā oblectārēmur prō virīlī parte cūrābat ille ... etsī saepius in pūblicō ac māiōre pretiō quam familiāriter et remissē. Mundō Maritimō Didacopolitānō favēbat ... ubi ego, dē bēstiīs marīnīs libenter nōnnūlla discēns, quīn delphīnōrum tamen captīvōrum miserēre nōn poteram. Concentibus aliquot "metallicīs," quī dīcuntur, interfuimus, neque, quamquam istō genere aliōquīn nōn valdē dēlector, mūsicōrum summam perītiam nōn poteram nōn mīrārī. In ultimō autem concentū displicuit cantor praecipuus, vir lūridō, immō, cadāverōsō aspectū, lībertātem quidem in cantibus raucissimē laudāns ... lībertātem autem nunc īrātam et acerbam nunc admodum trīstem. Haud sciō an neurōsium meārum figūra ad id genus neurōtica nōn sit idōnea.

Additur quod in opere meō, quamvīs ingeniō gradibusque acadēmicīs meīs magis minusve congruentī, etiamsī mē aliquot hominēs adiūvāsse opīnor, immō, sciō, plūrifāriam tamen sum dēcepta. Commercium nostrum cum adventōribus ūsque in singula minima rēgulīs graphiocraticīs mentem aliēnantibus regēbātur. Cōnsilia, dēcrēta, ratiōnēs nostrae per systēmata computātōria dēfīnītō semper quōdam modō crībrābantur. Item referēbātur semper exāctissimē adnotātiō et āctiō quaeque in tabulās intrārētiālēs quae statīs temporibus recēnsēbantur. Īnstitūta, magistrātūs, valētūdināria, clīnica ad quae variīs labōrantēs reiciēbāmus interdum nōn eīs ministeriīs vērē pollēbant ob quae nōbīs commendābantur. Subinde magis speciem auxiliī quam auxilium ipsum praebēre vidēbar mihi. Praefectī quidem plērīque clientibus prōdesse volēbant; ipsum autem systēma, meō quidem iūdiciō, perperam excōgitātum erat. Ecce aliud pondus lībram ad fugam movēns!

Illō dēmum tempore in carcere āctō, ut iam prīdem in animō satis pertractātō, nōn iam gravor. Immō, neglectīs molestiīs dēdecoreque, quaedam ibi didicī quae verbīs nōndum bene exprimere valeō ... nisi forte quod, generāliter et ūniversē, in angustiīs facilius comprehenduntur et sentiuntur quaedam vītae prīncipia quae commoditāte obscūrārī solent. Haud sciō an tālia exempla prōferant philosophī incommoda vītae explānāre cōnantēs.

Haec utcumque sē habent, hūc prīmō advecta nōnnihil cōnsternābar. Post intervallum annō paulō māius opīniōne plūra mihi dēmūtāta vīsa sunt. Diaetārum pretia interim, ni fallor, nōnnihil aucta. Ad migrātiōnem Ferdinandus – num caelebs an Amandam iam adeptus nesciō nec scīre cupiō – tam pecūniam obtulit quam auxilium, sed ego, grātiās agēns, tabulam rādere dēcrēveram. Quārē statim, post migrātiōnis impēnsa sine cēnsū, nē salūtātīs quidem familiāribus trānsmontānīs nisi tēlephōnicē, quaestum petere coepī.

Omnīnō inopīnātō cōnsiliātōris locum cito invēnī apud quandam societātem computātōriam. Veterānī duo nūper abierant. In colloquiō interrogātōriō placuī. Mūnus īlicō obtulērunt. Sociōs cōnsiliātōre experientiā therapeuticā armātō indigēre. Longa studia postbaccalaurea, gradum magistrālem, dē autismō investīgātiōnēs susceptās, arduum officium pūblicum mē commendāre. Prīmā septimānā mē īnstituendam fore. Intus paulum haesitāns accēpī tamen. Oecōrum decōrem, supellectilem lautam, aedificia renīdentia, praedium quasi Ēlysium, palaestrās – haec omnia obtuēns mē rogābam num quis hīc vērīs cūrīs premī posset. Ecquid ex Īnferīs rēctā itūra sum in Paradīsum, omissō omnīnō mundō istō cottīdiānō quem ōlim tantī pendēbam? Opīmissimum nacta mūnus mollī taediō sum marcitūra? Nōnne taedium certius quam morbōs multōs vītae spatium contrahere quondam lēgī? At nōnne etiam didicī dēlicātōs aerumnīs, nōn sōlum solitīs sed etiam quibusdam magis speciālibus sed nihilōminus gravibus, labōrāre posse? In mentem venit Huardus Hughes lautī in dēversōriī summō appendiciō conclūsus ūnāque interdum alterāve cum fēminā dīvitiīs fāmāve incantātā pecūliārissimē dēlīrāns. Fierī potest ut multa expertūra sim quae vix mihi nunc imāginārī queō.

*Nārrātiuncula:*

Septimānā abhinc post merīdiem, dum vīlis dēversōriolī meī labrō lāvātōriō arāneum ingentem cūriōsē excipiō, interpellat mē tēlephōnicē Marnia, quam post reditum adhūc tantum semel ad breve quōdam in thermopōliō salūtāvī. Vt apud sē cēnem mē invītat; amīcam quandam, Anna nōmine, sē mē cognōscere velle. Melongēnam Parmēnsem sē apparātūram. Affatim adesse et vīnī. Flōrēs tamen ac theobrōma afferre tacitē cōnstituō. Neglectā praesentī pēnūriā, mūnus modo acceptum abundantiamque imminentem tam anticipāre quam celebrāre cupiō.

Vergente iam serēnō diē, mūnuscula emō, dein petō vīcīniam ūniversitātis, meae contiguam. Cum Marnia eandem īnsulam occupet quam abhinc sesquiannō, quā adveniam, ubi raedam statuam nōn haereō. In pedeplānīs aut odōrātus meus hebetātus esse vidētur aut antīquus paedor valdē imminūtus. In veteris aedificiī laterīciī summō tabulātō, Marniae propriō, nāribus nīl obviam fit nisi solitī tālium aedium odorculī mūcidulī et domesticī. Iānuam pulsantī aperit ipsa. Sīcut in priōre congressū neque prōcērior neque corpulentior vidētur quam ante sesquiannum. Mātūrior tamen est cōnfīdentiorque; vultus, ut ita dīcam, paulō magis cōnstitūtus;

capillī omnīnō flāvī nec iam usquam tinctī; vestēs ut priōre illā ēlegantiā nōn carentēs ita tamen simpliciōrēs nec iam quicquam affectātae.

Diaeta – id quod inter salūtātiōnem subitō sentiō – Ītaliam redolet. Marnia, dum flōribus meīs vāsum petit, Annam, quae modo ē spondā surgit, cōmibus verbīs mihi trādit. Ob occidentem sōlem commodum per lātās fenestrās pōne Annam glōriantem, prīmō nīl nisi obscūram puellae adumbrātiōnem cernō. Dein tamen, superātā mēnsā caffeāriā, cum ad eam ante spondam propius accēdō, videō parvam fēmellam, Marniā paulō iūniōrem, niveā cute, resīmō nāsulō, labiīs amplīs, crispīs crīnibus rūfīs longiōribusque. Oculī paulō magis caeruleī quam viridēs ē terrā aliquā ā mē nōndum explōrātā renitēre videntur. Scrīptrīcem esse Annam subicit Marnia dum flōrēs, vāsō hyalinō iam conditōs, apparātuī cēnātōriō addit. Contrā iuventūtem, aliquot opera eius iam esse īnsignī locō dīvulgāta; quae quidem "edepol" cēnsōrēs aliquot iam laudāvisse.

Inter ipsa sermōnum prīmōrdia quī fiat ut haec puella iam prosperā fortūnā ūtātur sentīscō. Vt ab initiō paene tamquam iam mihi nōta placet, ita tamen in sermōne et gestibus necnōn et in quibusdam eius nōtiōnibus latet aliquid īnsolitum, interdum quasi ēlātum, quod animī animadversiōnem tenet ac nesciōquae mīra adhūc incognita prōpōnere vidētur. Nōn tantum fābulīs sed et ipsā propriā suā *Gestalt* complūrium hominum animōs iam commōvisse reor.

Post furnum īnspectum sē nōbīs restituēns, Marnia, quae Annae omnia iam lēgisse vidētur, locōs, persōnās, facinora, dēpictiōnēs ita raptim effūsēque mihi ēnumerat ut ante animī meī oculōs ēliciātur mundus rēbus animantibusque mīrīs, īnsolitīs, incrēdibilibus, horribilibus, magnificīs sine fīne scatēns. Inter litterārum et philosophiae studium nūperrimē haesitantem sē propter Annam ad illās iam inclīnārī. Sē eam in bibliothēcā cognōvisse cum ambae dē eōdem altō pluteō librōs peterent. Ambās scīlicet librōs simul dē Alexandriā Aegyptiā scrīptōs īnspicere voluisse.

Ipsa autem Anna, ūsque modesta, quamvīs dēlectet nārrātiōnēs flexanimās compōnere, alteram tamen sē mētam simul spectāre autumat. Quantō enim plūrēs legī vītās, praeter īnsolita passim animumque subinde perstringentia, tantō tamen, tam in māiōribus quam in minōribus, plūra dispicī elementa omnibus commūnia. Aliā enim in vītā singulārī eadem elementa aliter sē exprimere solēre. Sīc sē ēvolvere, ut ita dīcātur, illum hortum, immō, ūniversālem silvam illam omnium animantium. Scrībendō sē velle tōtīus tandem silvae cōnspectum quasi quādam dē ēminentiā praebēre lēctōrī; etiam lātiōra circumiecta adhūc quasi aliēna expōnere; plūra adeō ultrā haec sita animō variē subicere; ante omnia sē efficere velle ut quisque ultrā vītae suae singula cūrāsque prīvātās māiōra semper abscēdentia cōnspicētur. Quem dēmum – sī ego hoc rēctē intellēxī – nōn in sēmet ipsum sed potius in cēterōs necnōn et in Tōtum vel adeō in summum bonum omnium animantium intendere cūrās suās cito ēvānēscere vidēre, novās quasi rērum dīmēnsiōnēs experīrī. Ambāgēs porrō inexspectātissimās facinoraque īnsolita legendō, etiamsī haec tantummodo oblectāre videantur, hominēs nihilōminus quanta sit rērum, condiciōnum, viārum, possibilitātum varietās seu cōnsciē seu subcōnsciē seu suprācōnsciē discere. Ficta facta quōdammodo parāre. Quemque enim fābulam vel potius fābulās complūrēs dē sē ipsō sibi nārrāre solēre; quem tamen fābulās suās nōn sōlum mūtāre posse sed etiam prō eīs novās meliōrēsque substituere scīre, hunc cum vītam suam trānsfigūrāre valēre tum etiam in statum omnīnō novum ascendere.

Hoc Marnia sē intellegere opīnātur quippe cum amnēsiā quondam labōrantī vīta propria sibi prīmō ab aliīs nārrāta ūsquequāque fictīcia nec quicquam vērī similis vīsa sit; sē fābulam istam magnā ex parte sed, ut vērum dīcat, nōn in prōrsus omnibus singulīs suam iterum fēcisse. Quaedam sē vidēlicet lentē recordantem sīve velut ex īnstinctū reiēcisse sīve cōnsultō aliter quam prius interpretātam esse. Adiiciō fābulās ā collēgīs meīs medicāminis locō adhibērī plēraque autem hodierna spectācula populāria īnsulsa, inurbāna, turpia, per cīnēmatographiam adeō plērumque chaoticam et ineptam praebita sēnsūs magis contundere et abaliēnāre atque ut animī multō magis dēscendant quam ascendant efficere solēre.

Dērīvātur sēnsim colloquium ad Vudium, Annae adhūc ignōtum, quem Marnia nūper, sprētīs vel tantisper priōribus artibus, sē in nesciōcuius templī negōtiīs quasi sepelisse, cultum extrāneum nōnnūllīs nesciōcūr invidiōsum propriā fāmā iam paulō dēcrepitā dēfendere cōnārī. Subsicīvō tempore – scrīptitantium ecce aetās! – chartīs īnsolita illinere. Quamobrem Marniae, ut litterīs iam dūdum sed nūper etiam magis dēditae, cum eō, praeter "fābulās" istās quasi longē aliā in scaenā ūnā quondam trānsāctās, aliud commūne exstāre. Mīrum quidem quam celeriter mūtētur mundus dum quaedam tamen pauca cōnstantia maneant. Num sint inter eōs iterum amōrēs futūrī hauddum scīrī. Sē hoc temporis animum utīque iam multō magis in studia atque cōnsilia intendere. Num sit sibi ad postbaccalaurea hīc manendum an aliae videantur hederae petendae adhūc dubium.

Inter et post cēnam ūsque ad tempus discēdendī in Annā observandā nesciōcūr haereō. Equidem apud acadēmīam in vī intellēctūs adhibendā, quamvīs nōnnūlla haud minimī mōmentī exsecūta, propriō ingeniō saepe obnītī vidēbar; in vītā tamen cottīdiānā celerī quādam animī habilitāte quoddam genus singula subtīlia sat distinctē cernere semper potuī ... quō minus rēctā ad mē ipsam attinentia eō agilius. In illā puellā multa utcumque tacitā quādam cognitiōne percipiō quōrum significātiō tamen mihi sunt incertissima. Vel Marniae nunc braccātae dispār, Anna pulchellam vestem genuālem gerit, subalbam scīlicet arbusculārum forsan Iaponicārum schēmīs miniātīs prasinīs aureīs ōrnātam, quam eam interdum quasi simul contentē et nōnnihil cūriōsē scrūtārī videō. Fierī potest ut vestis eī sit nova; sed aliquid in mē prōpōnit potius hanc puellam vestis caltulātae ipsam nōtiōnem novam vel saltem aliquantum aliēnam vidērī. Anna iam dīxit sē ex tesquīs oriundam esse atque studia prīmāria omnia et secundāriōrum plēraque subsidiōrum ēlectronicōrum ope fēcisse, patrem mortuum esse, mātrem trāns montēs habitāre. Vērumvērō haud mihi in animō fingere possum condiciōnēs priōrēs eius tam agrestēs fuisse ut caltulās ibi nōn nōverit. In mentem venit nesciōcūr eam forsan mūtātā veste puerum esse, sed hanc ineptam suspiciōnem simulac exortam excutiō cum sit Annā nēmō mollior gracilior fēminīnior. Tenellae ecce manūs. Pedīculī ecce dēlicātī mundulīs crepidulīs prasinulīs duplicum lōrōrum īnsertī. Inest in eā tamen aliquid, ut ita dīcam, aliquantillum bēstiāle ... immō forsan cervīnum vel fēlīnum. Quod elementum animāle nesciō quōmodo eam nōn sōlum valdē vīvidam reddit sed etiam contrā opīniōnem quasi plūs hūmānitātis eī tribuit. Ob hoc quōdammodo simul vigēre et tamen vulnerārī posse vidētur.

Tandem valedīcēns nōn possum quīn ambās amīcās, alteram diūtinam alteram novam, arctē complectar. Immō, quam ante paucōs diēs tantum ad breve inter nōs salūtantēs nunc modo tantō plūrēs recordātiōnēs excitāvimus ut apud Marniam lacrimulās omnīnō reprimere nequeam. Refert suās illa, nōs contuente haudque omnīnō immūnī Annā.

Ad crepīdinem reversa cōgitātiōnibusque adhūc incēnsa raedam nōn statim petere, hunc potius mihi nōtissimum vīcum sub plēnilūniō paulisper perlūstrāre mentis tranquillandae causā cōnstituō. In Vasintoniam reversa multa simul expediēns suscipiēnsque hīs aurīs septentriōnālibus adhūc parum fructa esse videor. Cum imbrēs longī āerem herī pūrificāverint hodiē autem sūdissimum fuerit, nunc, etsī in urbe versāns, sat multa sīdera cernō. Et aliud hārum plagārum mē simul commovet quod paene oblīta eram: scīlicet quod etiam iuxtā lūmina clāra sunt loca obscūra valdē ātra. Causam esse sciō quod āēr pluviā lautus pulveris particulīs ita vacat ut ē tenebrīs ferē nihil ēlūceat. Āēr Californiēnsis Merīdiānus, etsī mollior mītiorque, ita tamen particulīs onustior esse solet; quārē et tenebrae ibi dīlūtiōrēs sunt, lūcēs longē diffūsiōrēs.

Hae autem āterrimae tenebrae Seattlēnsēs mē illīus temporis admonent quō in cuiusdam bibliothēcae acadēmicae īmō hypogēō hōrīs vespertīnīs ūsque ad ōtium nocturnum librōs antīquōs nōn tantum cūrābam quam custōdiēbam. Nōnnumquam, antequam exīrem, experīmentī causā, hoc est, merā ē cūriōsitāte omnia lūmina interdum exstinguēbam, quō factō in tenebrīs tam absolūtīs remanēbam ut prīmō nē manum quidem ante oculōs tentam vidērem. Aliquot tamen post mōmenta temporis semper vel vidēbam vel mihi vidēre fingēbam nōn sōlum manuum quasi extrēma līneāmenta admodum subtīliter ante oculōs sē moventia sed etiam tōtum spatium obscūrum quādam maculōsā vel guttātā lūce vibrāns.

Apud quandam hypodidascalam philosophicam, Indam hinduïstam, Aadhīra vocātam, mihi eō nōtam quia hōrīs officiī meī quōsdam chartārum geōgraphicārum vetustārum tomōs saepius adiūvante mē cōnsulēbat, cum dē tenebrīs cōnsultō factīs maculōsitātisque speciē pauca verba fēcissem, adiectā opīniōne hōs sēnsūs sine dubiō systēmate neuricō meō efficī, haec, eā cum cōmitāte gentis illīus propriā, fāmōsum istud subiectīvī et obiectīvī schisma Occidentāle mentī saltem Exortīvae tam grātuītum quam parum aptum vidērī opīnāta est. Exstāre sānē pervaria simulācra fallācia, Fāta Morgāna aliaque sēnsuum mendācia nōs subinde dēcipientia; quem autem nōvisse Orientālēs, sīcut Hinduïstās ac Buddhistās Taoïstāsque et aliōs, necnōn et Occidentālēs aliquot, velut Benedictum dē Spīnōzā huiusque assectātōrēs, prope omnēs hominēs vītam propriam tantum somniāre ac longē plērōrumque vītam speciem vānam esse putāre, hunc ideō intellegere nōtiōnēs velut "systēmatis neuricī effecta 'subiectīva'" et "spatiī textum quemcumque 'obiectīvum'" aequē prō īnstrūmentō somniandī commentīs quasī parallēlīs atque – sī verba eius bene meminī – epistēmologicē aequipollentibus apud hōs habērī. Cum porrō nōs hominēs spatia, praesertim obscūra, velut subtilissimīs guttulīs grānulīsve minimīs lūminōsīs vel sublūminōsīs scatentia semper experīrēmur, quīnam probārī posset spatium rē vērā nōn tālem praebēre speciem? Nōs et spatiī obscūrī phōtographēmata dīligenter īnspicientēs eandem maculātiōnem sentīre quam ipsum spatium scrūtantēs. Spatium ātrum omnīnō vacuum pūrumque dormientibus tam aliēnum esse quam "obiectīvitātis" nōtiōnem; sōlōs "illūminātōs," id est, experrēctōs Vacuissimum Illud, ipsum īnfīnītae creātīvitātis prīncipium dīvīnum et metacosmicum, experīrī.

Immō adeō duo praecipua reperta artis physicae spatiī experientiam nostram – hoc est, dormientium – et cōnfirmāre et explānāre. Quōrum prīmum esse Ratiōnem illam Constantem Planckiānam, quam in cosmō nostrō nihil īnfīnītē parvum esse dēmōnstrāre sed potius quandam exstāre quantitātem quam minimam quā nihil minus esse posse; cosmum scīlicet ē pictūrculīs quam minimīs cōnsistere sīve "pictūrculātum" esse tamquam imāginem ē quadrō tēlevīsificō seu computātōriō prōiectam; cosmicās autem pictūrculās plānē longē esse minōrēs; cum autem nōsmetipsī omnēs ēventūs quantalēs observandō in reālitātem excitēmus, nihil forsan obstāre quōminus quandam "pictūrculātiōnem" sentiāmus.

Repertum alterum esse quod etiam spatium "vacuum" dictum secundum theōriās physicās paribus forāminiculōrum ātrōrum (sīve exitūs "aliōrsum") et albōrum (sīve initūs "aliunde") perpetuō quasi aliquam "possibilitātis spūmam" scatēre et vibrāre, quā āctiōne gignī undique simul et particulārum negātīvārum et positīvārum paria. Magistrōs autem spīritālēs orientālēs simile docēre: ipsum spatium Mentem sīve Cōnscientiam esse possibilitātibus plēnam; "corpora" esse Spatiī illīus partēs in quibus certās quāspiam possibilitātēs esse effectās "māteriālēs"que factās; quōs autem nōndum experrēctōs esse tālēs possibilitātēs māteriālizātiōnēsque magis minusve chaoticē experīrī; experrēctōs in spatiō nostrō forte versantēs sēligere et efficere habēre mīrēque plūra posse. Dē hīs aliīsque causīs philosophōs nātūrālēs occidentālēs plērōsque artem physicam quantālem īnsolitam et mōnstruōsam esse ratiōnīque resistere dīcere solēre; Orientālēs vicissim plērōsque prō iūstā ac quasi iam ex pueritiā nōtā accipere. Occidentālēs plērōsque propriīs repertīs suīs nūllamdum habēre fidem.

In ambulātiōne duōbus mendīcīs obviam fīō, quōrum utrīque sēmithālērum trādō. Paucīs verbīs inter nōs salutāmus. Alter senex est mente nōnnihil captus, alter est iuvenis facētus quidem sed ingeniō nūgātōriō. Proximam viam trānsversam intrāns ambōs ē longinquō accēdere līmīs videō. Sequentī in quadriviō iterum respiciō. Sequuntur mediī vīcī ex intervallō. Flectō dextrōrsum. Quandam popīnam Thailandiēnsem mihi nōtissimam petere in animō habeō. Per plūrēs vīcōs duōs adhūc sequuntur eōdem ferē intervallō ... num cōnsultō an fortuītō nesciō. Popīnam mediocrem, mētam meam, magnō cum strepitū cēnantibus adhūc plēnam intrō. Nēmō mē animadvertere vidētur. Satagunt ministrae. Dextrōrsum in andrōnem pergō ad lātrīnam androgynam dūcentem. Inde, satis tectō ex angulō, fenestrās antīcās paulisper vigilō. Praetereunt mox, ecce, mendīcī meī. Colloquuntur. Senex quasi cōgitābundus ad crepīdinem spectat. Iuvenis semel ad breve popīnam oculīs verrit quasi mē magis cūriōsē quam ex industriā quaerēns. Gradum utcumque nōn minuunt. Cum pār impār mē tantummodo fortuītō, vel forsitan sēmifortuītō, secūtum esse videātur, indulgendum esse tamen cautiōnī cēnsēns per ōstium postīcum mihi nōtum, ūsque, quoad sciō, nūllō mē animadvertente, exeō, quantō ūsuī esse possit etiam levium experientia contemplāns. Inversā viā raedam meam tandem adipīscor.

Īnsequentibus diēbus fābulās quās mihi dē mē ipsā nārrō agnōscere cōnor. Nesciō utrum tantum ē cūriōsitāte an ē vītae meae meīve ipsīus fastīdiō an aliā causā mihi tēctā īnsequentem per septimānam temptō, ubīcumque et quōmodocumque licet, etiam, immō, praesertim in novō officiō, cōnsuētūdinibus mōribusque inveterātīs meīs necnōn opīniōnibus ratiōnibusque solitīs resistere. Verbī grātiā, quia caffeam cum saccharō sūmere soleō, amāram nunc bibō. Cum anteā semper in officīnā pranderim, nunc tamen ut forīs prandeam vocāta, accipere soleō. Quae aut piscēs aut gallīnāceam antehāc postulābam nunc būbulam aut mera holera aut *tōfū* petō. Etiam capillōrum comptum mūtō anticipātāque mercēde vestēs decōrās quidem sed generis mihi adhūc aliēnī, colōribus moderātiōribus sed ēlegantiōribus nunc favēns, emō. Māximō auxiliō est quod iam paene semper cum hominibus nunc conversor quibus antehāc ignōta eram. Possum adeō corporis gestum nōnnihil mūtāre novaque vocābula quaerere atque in colloquiīs adhibēre.

Quae omnia faciēns alterā ex parte quandam anxietātem interdum sentiō, ex alterā tamen numquam mihi nōn videor stimulāta. Ante omnia excitat quod quaedam longa cōnsilia quondam capta in incertum revocō; diū dīlāta num sint properanda dēlīberō. Certō certius nōn ex merā libīdine haec omnia tam cōnstanter suscipiō sed potius ut māiōrī varietātī dūdum mātūra.

Hodiē vesperā ē culīnulae obscūrātae fenestrā orientālī prōspiciēns in longinquōrum Cataractārum montium pūnctum quoddam nesciōcūr diū intendō oculōs. Circum pūnctum volvī incipiunt sōlis occāsū oppositō ad breve illūmināta cūncta alia. Volvor et ego; vel volvī videntur meī partēs omnēs praeter oculōrum animīque intentiōnem. Sed pūnctum nesciōcūr placidē intuērī nōn dēsistō. Vertīgine paulisper afficior; posteā autem mīrē subitā invādor tranquillitāte. Mīrāque quādam cōnfidentiā tamquam sī in spatiō nunc ampliōre commodiōreque verser. Tōtam urbem, tōtōs agrōs circumiectōs viāsque hīc dēnsē hīc rārius inter sē intextās, disiūnctōs dīversōsque montēs prout dēscendit sōl māiōribus māiōribusque vibrantēs sēcrētīs, caelī tholum nōn tam tholum firmum quam brevēs aspectūs chāī illīus magnificī singulāribus temporis mōmentīs aliquā temperātōs – ūniversa haec plūraque nesciō quamdiū quasi tōtō corpore tōtōque animō ... minus sentiō quam ... ea ad breve tempus quasi fīō.

Diū ad mēnsulam in obscūrīs sedeō modo modo sēnsa contemplāns ... ad priōrem mē, ut vidētur, reversa ... vel māximā ex parte reversa. Solitā utcumque mentis operātiōne cūncta illa, praesertim nunc urbis regiōnēs propiōrēs cōnsīderō: plērāsque amoenās; quāsdam minus; "Centrālem" illam urbis partem quondam a parentibus habitātam, nūper sēnsim paulō nōbiliōrem factam, illō tamen tempore satis egēnam perīculōsam iniūcundam ... quae mātrem, domī prope semper contentam neque – id quod mente mihi saltem fingō – grātiōra loca invīsentem, synecdochicē induxit ut "hoc oppidum" forsan pyrobolīs dēlendum esse subinde opīnārētur.

Quae experta tālibusque cōgitātiōnibus dēfixa ad hanc ephemeridem diū neglēctam hodiē tandem rediī. At fābulās hās novās priōribus additās quisnam dēmum dēscrībit? Brevissimā in vīsiōne illā et nusquam fuī et ubīque.

*Heptologia Sphingis* ecce cunctorum librorum tituli:

# CAPTI

Fabula Menippeo-Hoffmanniana Americana

# PRAECVRSVS

Fabula Neophysiologica

# EOS

Carmen Methistoricum

# DAEMONOLOGIA

Fabula Synaesthetica

# CAELA PONE CAELA

Fabula Cubistica

# TANTISPER

Fabula Neoheroica

# SPHINX

Carmen Arcanum

# de auctore

Stephanus A. Berard, Ph.D., natus est Bostoniae, Angelopoli adolevit, nunc in civitate Vasintoniensi habitat. Plus XL annos – primo ut hypodidascalus, dein magister, tandem professoris munere fungens  – linguas Graecam, Hispanicam, Latinam, Theodiscam docuit. Anno MIIM ad sermonis Latini usum "vivum" est conversus; inde ab anno MM, praeter librorum recensiones, nihil iam nisi Latino sermone exaratum divulgat. Nunc temporis illi *Heptologiae Sphingis* insudat cuius est *Capti* pars prima et *Praecursus* secunda. Inter alia scripta Latina eius sunt *Vita Nostra: Subsidia ad Colloquia Latina* quaedamque monographia glottologica, *De Theoria Casuum Generativa deque Methodo Philologica*, necnon et libellus cui est titulus *De Philosophia Quantali Deque Institutione Publica*.

# index vocabulorum difficiliorum ac recentiorum

(Sigla: c. = commūnis generis; dēm. = figūra dēminūtīva; e.g. = exemplī grātiā; f. = fēminīnī
generis; i.e., id est; m. = māsculīnī generis; n. = neutrī generis; sc. = scīlicet)

## ad lectorem

**īconopōla, -ae, c.,** quī, vel in īconopōliō vel in pinacothēcā, artificia,
praesertim pictūrās, vēndit

## prologus

**calorculus, -ī,** calor minor
**chēmīa, -ae,** ars studiumve substantiārum chēmicārum sīve hārum
phaenomena ratiōnēsque

## 1. tempora ista

**allasomorphus, -a, -um,** fōrmam suam sponte commūtāre valēns
(Neograecē: αλλαζόμορφος)
**apoplēcticus, -a, -um,** apoplēxiā sīve ictibus cerebrālibus labōrāns
**bicolor vīs, -ōris vīs,** ea vīs quae efficitur ex eīs forāminibus minimīs
ātrīs albīsque in fluxū quantālī ūniversālī assiduē appārentibus
ēvānēscentibusque (Anglicē: *zero point energy*)
**bimāteriālis, -e,** ad māteriam antimāteriamque et hārum ūsum ad vim
(mīrē ingentem) generandam simul attinēns
**chronamnēsiacus, -a, -um,** ad eam ratiōnem pertinēns quā memoriae in
cerebrō conditae chronologicē sēligī et dēlērī possunt propter illōs
processūs neurochēmicōs per tempus sē ēvolventēs quibus nītuntur
hae memoriae
**chronometrum, -ī,** sc. hōrologium vel simile
**computātōrium (īnstrūmentum), -ī (-ī),** id quod etiam dīcitur
"cerebrum ēlectronicum"
**computātōrium quantāle, -ī -is,** īnstrūmentum computātōrium quod
statibus quantālibus ēlectroniōrum aliārumve particulārum ūtitur ad
īnfōrmātiōnem ut elementa bīnāria quantālia adservandam tractan-
damque
**datum, -ī,** īnfōrmātiōnis monas quaevīs

**diorismus (quantālis), -ī, (-is),** ratiō quā sīve prīncipium quō organum quantāliter discrētīvum, velut cerebrum vel mēns vel forsan labōrātōriī īnstrūmentum ad similia efficienda fabricātum atque ab homine observātum, ex undīs quantālibus numerō īnfīnītīs quāsdam tantum undārum – atque igitur possibilitātum – coniūnctiōnēs sēligit ad "reālitātis" cuiuspiam parametra īnstituenda

**encephalicus, -a, -um,** cerebrī, cerebrālis (vōx medica Graeca)

**energēticus, -a, -um,** ad vim sīve energīam attinēns sīve ex hīs cōnsistēns (vōx recēns scientālis orīgine Graecā)

**graphīocratēs/a, -ae,** quī graphīocratīam, sīve longōs contortōsque pūblicōrum officiōrum ānfrāctūs, exercet (etiam: **graphēocratēs**) > **graphīocraticus, -a, -um**

**hēlmānoīdēs, -is,** fōrmā ferē "Hēlmānā" praeditus

**inductōrium (īnstrūmentum), -ī (-ī),** sc. quod cuiusvīs generis campum sīve fluentum energēticum efficit sīve "indūcit"

**īnsitum, -ī,** h.e., īnsitum cyborganicum (minus rēctē: "implantātum cyborganicum")

**lasericus, -a, -um,** ad laser (n.) pertinēns, quod est lūcis spissisimus potentissimusque radius (ex acronymate Neo-Anglicō: *l[ightwave] a[mplification by] s[timulated] e[mission of] r[adiation]*)

**macroscopicus, -a, -um,** tālis magnitūdinis quālem hominēs sine microscopiō percipere valent

**manūballista, -ae, f.,** sclopētulum manuāle

**megacomputātōrium (īnstrūmentum), -ī (-ī),** māchina computātōria māxima (vōx Graecolatīna recēns)

**mīllisecunda (pars hōrae), -ae,** mīllēsima pars secundae (partis hōrae)

**nāniplanēta, -ae, m.,** orbis planētoīdēs vērō planētā minor, velut Plūtō (etiam: **"nānoplanēta"**)

**neuron, -ī,** cellula sōmatica impetūs biochēmicōs perdūcēns, elementum systēmatis neuricī

**organicus, -a, -um,** biologicē compositus

**organismus, -ī,** quicquid prō vīvō habētur; animāns biologicum (vōx Graeca)

**parametrum, -um,** variābile cui necesse est indicātūra certa aliqua attribuātur priusquam programma quodpiam operētur vel aequātiō quaepiam persolvātur vel prōcessus quīpiam perferātur

**paranoïcus, -a, -um,** paranoiā (pavōre immeritō ideōque pathologicō) labōrāns sīve ad hanc attinēns

**pertractātōrius, -a, -um,** ad pertractātiōnem attinēns, quae est āctiō datōrum administrandōrum, computandōrum, distribuendōrum et ita porrō (vōx cybernētica)

**phantasia, -ae,** cōgitātiōnum sequentia sīve "vigilantis somnium" quod necessitūdinem aliquam psȳchologicam explet (vōx psȳchoanalytica)

**psȳchē, -ēs, f.,** hominis mentis animīve tōta compositiō (vōx psȳchologica Graeca)

**quantālis, -e,** sc. artis physicae quantālis sīve "quanticae" *(Vidē et* **computātōrium quantāle.***)*

**radiophōnicus, -a, -um,** ad īnstrūmenta radiophōnica hōrumque ūsum attinēns

**reāctiō -ōnis, f.,** sc. āctiō reciproca (vōx propria philosophiae nātūrālis recentis)

**reāctōrium (nucleāre), -ī (-is),** īnstrūmentum quō efficiuntur āctiōnēs reciprocae sīve "reāctiōnēs" inter particulās subatomicās et atomōrum nucleōs, quibus ē reāctiōnibus ingēns vīs dērīvārī potest

**reālitās -ātis, f.,** omnia ea quae prō vērīs habentur vel ūnicum intrā "mundum alternātum" quantālem (vōx Mediō Aevō exorta)

**robotum -ī,** tālis māchina quālis perītiā quasi hūmānā vel etiam suprāhūmānā quodpiam opus cōnficere potest (vōx Slavica) > **roboticus, -a, -um**

**scientālis, -e,** ad philosophiam nātūrālem attinēns (Latīnitās recēns; etiam "scientificus")

**sclopētāre,** sclopētō sīve manūballistā sīve aliō tēlō bombardicō onus (glandem globumve) vel vim exitiōsam ēmittere > **sclopētātus, -ūs** = haec āctiō

**secunda (pars hōrae), -ae,** sc. quārum sunt in singulīs minūtīs sexāgēnae

**sēmihēmisphaerium, -ī,** dīmidium hēmisphaeriī, quarta pars sphaerae sīve planētae

**sēnsōrium, -ī,** apparātus quō circumiectōrum proprietātēs cernī possunt

**sēnsōrius, -a, -um,** quī ad circumiectōrum proprietātēs cernenda adhibētur

**septīlliōnēsimus, -a, -um,** ōrdinālis numerus ad septīlliōnem (secundum normās in CFA valentēs: 1,000,000, 000,000,000,000,000,000) attinēns sīve hanc compōnēns

**spacellī, -ōrum,** pasta longa commūnis (orīgine Ītalicā, nunc etiam omnium gentium; etiam **spagellī**)

**spatiflexīvus, -a, -um,** spatium flectēns velut mōtōria prōpulsōria spatiflexīva

**spatitemporālis, -e,** spatitemporis (quod est integrum systēma physicum quattuor coōrdinātōrum in quō versantium rērum, atomīs

māiōrum, locus certō temporis mōmentō cōnstituī potest) (locūtiō ē
doctrīnā Albertī Einstein dērīvāta)

**superspatium, -ī,** spatiī dīmēnsiō altior, saepe spuriō modō
"hyperspatium" vocāta

**suprāreālis, -e,** attinēns ad "suprāreālismum" dictum, hoc est, artium
genus quō rēbus solitīs impōnuntur significātiōnēs obscūrae sīve
subcōnsciae et modīs perīnsolitīs coniunguntur dīversa velut in
somniīs (Francogallicē: *surréaliste*)

**tabula distribūtiōnis, -ae** ___, tabula in quā sunt posita īnstrūmenta
(sīve epitonia sīve bullae sīve vectēs sīve quadrum computātōrium
tāctuī respondēns) quībus regitur māchina vel vehiculum

**temperātōrium (īnstrūmentum), -ī,** sc. quod temperat sīve moderātur

# 2. Top I

**abstractiō, -ōnis, f.,** reductiō ad elementa sīve prīncipia simul simpliciōra et māiōris mōmentī sīve magis perspicua (Latīnitās sērae
antīquitātis)

**anō,** adverbium et praepositiō alterum ē duōbus cursibus, quōrum alter
"katō"est, indicāns secundum quōs moverī possit quispiam intrā quattuor gradūs lībertātis spatiālis versāns > adiectīvum: **anōticus, -a, -um**
(Cf. in singulārī dīmēnsiōne *prōrsum* et *retrōrsum* quibus adduntur
duābus in dīmensiōnibus, velut *dextrōrsum* et *sinistrōrsum*, atque tribus
in dīmēnsiōnibus velut *sursum* et *deorsum.*)

**antimāteria, -ae,** Haec est māteriae genus alterum, ex antiparticulīs
compositum, cuius onus ēlectricum onerī māteriae solitae oppositum.
Māteria et antimāteria inter sē mūtuō exstinguunt, quā exstinctiōne
generātur vīs ingentissima. (Vōx scientālis hodierna.)

**avellāna/abellāna, -ae,** nux minor cuius oleum odōriferum ad caffeam
necnōn theobrōma condiendum saepe ūsurpātur (etiam "nux Ponti-
ca") > adiectīvum: **avellānāceus**

**bīnārius, -a, -um,** semper ex bīnīs elementīs vel monadum īnfōrmāti-
cārum paribus cōnstāns

**biochēmīa, -ae,** ea nātūrālis philosophiae disciplīna quae animantium
biologicōrum propria chēmica tractat

**biofōrma, -ae,** nōtiō Vedica quae sibi vult "genus vel fōrma vītae omnīnō
biologica (neque mēchanica artificiōsave cyborganicave)"

**biquantālis -e,** quī possibilitātum contrāriārum paria paulō longius per
tempus sequī potest quam solita animantia sublūmināria (sīve in
quartā dīmēnsiōne nōn lībera)

**cōnscientia, -ae,** Hoc nōmen, apud veterōs semper ad aliquod obiectum mentis spectāns, modernō tamen aevō ipsam animī āctiōnem, neglectō certō obiectō quōquam, indicāre potest.

**coōrdinātum, -ī,** quaevīs ex magnitūdinibus quae omnēs ūnā positiōnem indicant seu pūnctī seu līneae seu māiōris plūriumve dīmēnsiōnum entis intrā "systēma coōrdinātōrum" fixī

**datum, -ī,** īnfōrmātiōnis monas > saepius plūrāliter: **data, -ōrum** (Latīnitās recēns)

**expānsilis, -e,** quī expandī potest (vōx biologica recentior)

**Hēlmānus/hēlmānus, -a, -um,** eiusdem speciēī cuius est Tog > **hēlmā-noīdēs** = fōrmae aliquātenus hēlmānae

**holosōma -atis, n.,** corpus holographicum

**īnfīnītiēs,** innumerīs vicibus

**katō** (*Vidē* **anō.**)

**megacosmicus, -a, -um,** ad *Megacosmum* attinēns, quae vōx sibi vult numerum īnfīnītum cosmōrum inter sē tamen holisticē coniūnctōrum quia vīs inter eōs, ut intrā ūnicum systēma thermodynamicum, commūnicātur: velut per Māximum Fragōrem vel Forāmina Ātra vel per forāminum ātrōrum/albōrum minima paria ubīque exstantia vel per merum diorismum quantālem ūniversālem

**mitochondrion, -ī,** organiscon sīve "organellum" intrā cellulārum cyto-plasmum quod ad vim prōdūcendam cōnfert

**monodromicus, -a, -um,** ūnicī cursūs, ūnīus dīrēctiōnis

**negātīva vīs, -ae -īs,** vīs quae systēmatī energēticō cuipiam renītitur, velut vīs antimāteriae sī in cosmō nostrō exsistat

**neuricus, -a, -um,** ad systēma neuricum sīve perceptiōnis sēnsuumque apparātum attinēns

**orchidāceus, -a, -um,** colōris orchidis solitae, quae est flōrum tropicō-rum genus cuius colōrēs sunt variī, saepe autem inter violāceum et malvāceum saturōs fortēsque fluctuantēs (ex *orchis orchidis*, f., Latīni-tās botanica)

**organicus, -a, -um** (*Vidē Caput 1.*)

**pancosmius, -a, -um,** tōtīus cosmī, ūniversālis (vox Graeca)

**parametrum** (*Vidē Caput 1.*)

**phaenomenon, -ī,** quaevīs rēs rērumve coniūnctiō quae vel sēnsibus percipī vel mente apprehendī possit (vōx Graeca)

**phasicus, -a, -um,** ad phasēs (sīve periodicitātem) cyclōrum undāriōrum sīve ad hārum mūtātiōnem variātiōnemve attinēns (Latīnitās philoso-phiae nātūrālis)

**phōtonium, -ī,** lūcis particula minima

**Quantum, -ī:** Quantum, quod prīmum ab Albertō Einstein est nominā-
tum, āctiōnis corporālis monas quam minima – atque igitur ipsīus
mundī nostrī "reālitātis"ve nostrae fundāmentum – est quæ $\hbar$ signō
exprimitur "Cōnstantī"que "Planckiānā" dēfīnītur ob Max Planck
physicum Germānum quī huius indicātūram numerālem immūtātam
prīmus ratus est. Propter relatīvitātem, hoc est, proptereāquod spatium et tempus et vīs ex aequō aspectūs sunt eiusdem ūnicī substrātī
spatiālis/temporālis/energēticī, Cōnstans Planckiāna variē exprimī
potest, verbī grātiā ut vīs pūra (6.626 x $10^{-27}$ ergosecundīs sive $10^{-28}$
ēlectrōniōrum Voltīs) vel ut longitūdō ($10^{-33}$ centimetrīs) vel ut diūtur-
nitās ($10^{-43}$ secundīs) vel ut mōlēs ($10^{-5}$ grammatibus). Quantālēs (sīve
"quanticī") ēventūs entiaque quantālia omnia tam incrēdibiliter, immō
prōrsus īnfingibiliter parva sunt ut atomī mōlēculaeque cum hīs com-
parātae plūs quam ingentēs videantur. Quanta prīncipiiīs omnīnō
dīversīs reguntur quam mundus "classicus" ā nōbīs rēctā perceptus.
Cosmus, cuius sunt mundus classicus et disciplīna physica trālāticia
nostra "cāsūs" tantum "speciālēs," per sē funditus quantālis est.

**reāctiō -ōnis** *(Vidē Caput 1.)*

**reālitās -ātis** *(Vidē Caput 1.)*

**radius vector, -ī -ōris, m.,** quantitās quaepiam simul viam et vim
continēns, quae quantitās sagittā repraesentātur cuius cursus viae
dīrēctiōnem indicat et cuius longitūdō quantitātis vim (vulgō *vector*)

**sēsquartus, -a, -um,** cuius valor sīve indicātūra est trium et dīmidiī

**specillum, -ī,** hīc: īnstrūmentum quodvīs (nōn sōlum medicum) quō
nova explōrantur

**subiectīvus, -a, -um,** sōlum mentis statum habitumque ob oculōs pōnēns
magis quam rēs externās respiciēns (vōx Aevō Litterārum Renātārum
ficta; cf. **obiectīvus**)

**sublūmināris, -e,** quī lūcis velōcitātem attingere excēdereve nōn valet,
subspatiālis, in spatiō sēsquartidīmēnsiōnālī versāns

**supersymmetricus, -a, -um,** ad "supersymmetriam" dictam attinēns,
quae est illa mīra symmetria mathēmatica inter omnium variārum
particulārum subatomicārum proprietātēs exstāns (Vtrum supersym-
metria invicem imprīmīs cosmī physicī an mentis investīgantis proprietās sit ob ambiguitātis prīncipium Heisenbergiānum scīrī nequit.)

**suprālūmināris, -e,** velōcitātem lūcis excēdēns (ideōque in "superspatiō" versāns)

**tachyonium, -ī,** particula subatomica theōretica ultrā lūcis velōcitātem ā
nōbīs perceptam sē movēns > **tachyonicus, -a, -um** = ad tachyonia
attinēns

**temporālis, -e,** ad tempus attinēns sīve (hīc) per tempus (vel prōrsum retrōrsumve) mōtus

**thūramalinus, -a, -um,** coloris cuiusdam lapidis crystallinī, sc. succaesiī in plumbeum vergentis (ē vōce Sinhalēnsī *thūramali*; Latinitās recēns)

**trānsdīmēnsiōnālis, -e,** inter bīnās dīmēnsiōnum ratiōnēs porrēctus, velut, hōc in opere, inter (a) ratiōnem secundum quam intrā prīmās trēs dīmēnsiōnēs līberē movērī licet, intrā autem quartam per vim ūnicum in cursum (unde oritur temporis sēnsus) et (b) ratiōnem secundum quam intrā prīmās quattuor dīmēnsiōnēs līberē movērī licet, intrā autem quīntam per vim ūnicum tantum in cursum (unde per theōriam oriātur temporis sēnsus)

**trīlliō -ōnis, f.,** cardinālis numerus quī secundum nōrmās in CFA valen- tēs 1,000,000,000,000 indicat

**virtuālis, -e,** nōn vērus sed mentem sēnsūsve valdē similiter afficiēns atque is quī vērus est (vōx Mediī Aevī)

## 3. Lntacha Praecurstrix

**ADN,** acidum deoxyarabīnōsinucleïcum (minus rēctē "deoxyribōnucleï- cum"), sc. illa macromōlēcula longissima quae cuiusque animantis īnfōrmātiōnem ad duplicātiōnem biologicam, sīve "replicātiōnem," necessāriam in sē continet

**algorismus, -ī,** praeceptōrum ōrdō quō problēma mathēmaticum per numerum fīnītum ratiōnum solvī possit (vocābulum Arabicum Mediō Aevō in Latīnitātem acceptum)

**avatāra, -ae,** hīc: cuiuspiam persōnae cybernēticae fōrma ut in cyber- spatiō vīsa (vocābulum Indicum quō rē vērā nūminis incarnātiō quae- piam singulāris ē multīs indicātur) > **avatāricus, -a, -um**

**biofōrma** (*Vidē Caput 2.*)

**bismūthum/bizmūthum/bisemūtum, -ī,** elementum metallicum (ōrdi- nis 6A; numerus 83; pondus atomicus 208.98) > **bismūthinus, -a, -um**

**clūsūra tractilis, -ae , -is,** quā strictē clauduntur multa velut iacca sīve tunica vel braccārum frōns vel etiam vestis funda īnsūta

**cyberspatium, -ī,** mundus ille "virtuālis" quī intrā programmata compu- tātōria exsistere vidērī potest (vōx vulgāris recēns)

**cybernēticus, -a, -um,** omnīnō programmatīs apparātūque computātō- riō āctus

**cyborganicus, -a, -um,** ex partibus simul biologicīs et mēchanicīs sīve computātōriīs cōnstāns

**femtosecunda, -ae,** $10^{-15}$ pars secundae

**geneticus, -a, -um,** ex genīs cōnstāns, quae sunt minimae monadēs hērēditātis corporālis (secundum doctrīnam geneticam)

**genuflexōrium, -ī,** genibus flectendīs scabellum sīve scamnum genibus pōnendīs (vōx ecclēsiastica Mediī Aevī)

**graphīocratēs/a** *(Vidē Caput 1.)*

**Hēlmānus/hēlmānus** *(Vidē Caput 2.)*

**holoportus, -ūs, m.,** ōstium sīve apparātus quō ūtuntur quī corporī holographicō coniūnctī locum invīsendum intrant et iam invīsum relinquunt

**holosōmaticus, -a, -um,** corporum holographicōrum sīve "holosōmatum"

**implicātiō quantālis, -ōnis -ālis, f.,** ea condiciō physica sub quā bīnae particulae subatomicae ex eōdem ēventū quantālī generātae, ubicumque accidit ut utraque eārum posteā versētur, etiamsī inter sē longissimē distent, semper ita coniūnctae manent ut, sī in alterā proprietās quaepiam indūcitur, altera statim, nūllō ob temporis velōcitātem observātō intervallō, contrāriam proprietātem praestat – quō phaenomenō quantālī fulciuntur lēx dēfectūs locī (sīve "inlocālitātis) atque theōria tēleportātiōnis sīve tēletrānslātiōnis quantālis

**incybernātus, -a, -um,** lūsus verbōrum *incarnātus* et *cybernēticus,* in cyberspatiō nātus sīve exortus

**indūtōrium, -ī,** operātōriōrum vestis quae plēraque corporis praeter caput et manūs tegere solet, tunica labōrātōria

**īnsectilis, -e,** ad īnsecta attinēns

**īnsitum** *(Vidē Caput 1.)*

**orbiculus, -ī,** bullula quā vestis clauditur

**phasium amplificātōrium,** \_\_\_ **-ī,** īnstrūmentum quō corrōborantur immūtanturve phasēs (sīve periodicitās) cyclōrum undāriōrum (Latīnitās philosophiae nātūrālis)

**physiologia, -ae,** corpus huiusque officia varia

**psȳchagōgus, -ī,** quī animās dūcit

**Quantum, -ī** *(Vidē Caput 1.)*

**reālitās -ātis** *(Vidē Caput 1.)*

**scientiligiō -ōnis, f.,** tālis rēligiō cuius elementa multa ē philosophiā nātūrālī sint dērīvāta

**sēnsōrium** *(Vidē Caput 1.)*

**servītōrium -iī,** quāliscumque māchina, velut robotum, quae animantibus servit

**synthetizāre,** ē prīmīs elementīs artificiōsē concinnāre (Latīnitās scientālis hodierna) > **syntheticus, -a, -um**

**tēletrānslātīvus, -a, -um,** ad tēletrānslātiōnem attinēns, quae est methodus rērum aut animantium ē quōpiam locō in alterum locum sēmōtum statim, neglectā lūcis velōcitāte, trānsferendōrum (vulgō "tēleportātiō"; doctius sollemniusve "tēlemetaphora quantālis")

**therapeuta, -ae,** quī aegrum ope cuiuspiam therapīae (velut corporis exercitātiōne, calōre, herbīs, colloquiīs, hypnotherapīā ) tractat

## 4. Veda

**algorismus** *(Vidē Caput 3.)*

**analogicus, -a, -um,** ad analogiam attinēns, similis etiamsī alterīus generis

**antigravitārius, -a, -um,** quī vī gravitātis resistit sīve contrā gravitātis ratiōnem repellēns (vōx hodierna vulgātior; Latīnius "contrāgravitārius")

**audivīsificus, -a, -um,** simul sonōs et vīsūs praebēns (cf. "vīsificus" īnfrā)

**avatāra, -ae** *(Vidē Caput 3.)*

**biochēmīa** *(Vidē Caput 2.)*

**biofōrma** *(Vidē Caput 2.)*

**biophysica, -ae,** illa philosophiae nātūrālis pars in quā scientia corporum generālis ad systēmata biologica dēscrībenda adhibētur

**chēmicus, -a, -um,** ad chēmīam attinēns sīve doctrīnam dē māteriae statibus mūtātiōnibusque

**cōma -atis, n.,** somnus altissimus pathologicus ex quō aut numquam aut tantum difficillimē expergefierī potest patiēns

**Coniūnctum, -ī,** sc. Vedum cuipiam biofōrmae ita coniūnctum ut huius ratiōnī sē movendī, seu rapidae seu lentae, perfectē adaptētur

**cōnspeciālis, -e,** eiusdem speciēī biologicae

**cosmodromus, -ī,** statiō sīve curriculum unde āvolant atque ad quod appellunt nāvigia cosmica

**cryptographicus, -a, -um,** per nōtās arcānās scrīptus

**cybernēticus, -a, -um** *(Vidē Caput 3.)*

**cyberspatiālis, -e,** ad ea attinēns quae intrā programmata computātōria vel intrā Interrēte tamquam in alterō mundō alterōve spatiō nōbīs agī videntur

**cyberspatium** *(Vidē Caput 3.)*

**cyborganicus** *(Vidē Caput 3.)*

**cyclus, -ī,** quīlibet ēventuum "circulus" sīve seriēs integra plūriēs repetīta

**diagnōsticus, -a, -um,** ad diagnōsin attinēns, quae est causārum morbī recognitiō

**domipetus, -a, -um,** ad domum, sīve locum quempiam prīscum stabilemve, petendam attinēns aptusve

**ēlectromagnēticus, -a, -um,** ad vim ēlectromagnēticam attinēns, quae est ūna ex cosmī nostrī quattuor prīmis vīribus physicīs

**embryon, -ī,** partus adhūc in uterō ōvōve (vōx Palaeograeca ἔμβρυον)

**gāsum, -ī,** substantia vaporifōrmis, sīve elementum sīve chēmicē multiplex (vōx physiologica septimō decimō saeculō ficta) > **gāsōsus, -a, -um,** ē gāsō gāsīsve cōnstāns, gāsifōrmis

**geneticus, -a, -um** (Vidē Caput 3.)

**heterodoxia, -ae,** fidēs alterī doctrīnae rēligiōsae (nōn probātae) tribūta

**holosōma** (Vidē Caput 2.)

**hypotachyonicus, -a, -um,** id est, sublūmināris sīve spatiī solitī nostrī neque tachyonicus

**incybernārī,** vītae sectam intrā reālitātem virtuālem cyberspatiālem īnstituere – id quod nūmina Vedica quondam fēcisse dīcuntur. (Vidē Caput 3.)

**Indicus, -a, -um,** hīc: (ātrāmentī) Indicī colōris, hoc est, magis minusve cȳaneus (valdē) obscūra cui forsan additus est et aliquantulum violāceī

**īnsectilis** (Vidē Caput 3.)

**interspeciālis, -e,** quī inter animantium speciēs bīnās plūrēsve exstat hāsve complectitur

**ïon ïontis, n.,** mōlēcula sīve atomus sīve particula cuius onus ēlectricum, vel ob catïon (+) anïonve (–) additum vel aliā dē causā, anōmalum est (etiam: **ïon ïonis, n.**)

**ïontizāre,** in ïontia (q.v.) convertere

**metasōmaticus, -a, -um,** inter bīna plūrave corpora exstāns

**neuricus, -a, -um** (Vidē Caput 2.)

**neuroextēnsīvus, -a, -um,** signa neurica (intercorporālia) extendēns

**Ōrdinārium, -ī,** sc. solitum Vedum tam celeriter operāns ut plērumque nōn aut vix cernī possit

**oxydāre,** oxygeniō elementō admiscēre

**parametrum** (Vidē Caput 1.)

**plasmaticus, -a, -um,** ē plasmate cōnstāns, quod est gāsum summē ïontizātum

**plastimōtōrium, -ī,** īnstrūmentum ad corporis mōtūs captandōs tractandōsque ūsurpātum > **plastimōtōrius, -a, -um**

**programmāre,** programmate cybernēticō īnstruere sīve moderārī (Latīnitās hodierna)

**quantālis** *(Vidē Caput 1.)*

**radiātiō -ōnis, f.,** undārum, velut radiōrum ēlectromagnēticōrum, ēmissiō

**reāctiō** *(Vidē Caput 1.)*

**reālitās** *(Vidē Caput 1.)*

**secunda, -ae,** minūtae, h.e., sexāgēsimae partis hōrae sexāgēsima vicissim pars

**sēmiconductīcius, -a, -um,** ēlectridem neque omnīnō condūcēns neque omnīnō impediēns, velut silicium et magnēsium, quae elementa saepissimē ad apparātūs ēlectrōnicōs concinnandōs adhibentur

**sextīliō -ōnis, f.,** hīc = 1,000,000,000,000,000,000,000

**spectrographum, -ī,** spectroscopium quō fiunt spectrōrum imāginēs (spectrum hīc est tōtus frequentiārum campus)

**stēreometricus, -a, -um,** ad exāctās rērum corporālium mēnsūrās attinēns

**subcōnscius, -a, -um,** ad illam mentis partem plērumque arcānam attinēns quae secundum doctrīnam psȳchoanalyticam ācta cōgitātaque nostra nihilōminus afficit

**superspatiālis, -e,** ad superspatium attinēns *(q.v. sub Capite 1)*

**suprādīmēnsiōnālis, -e,** ad superiōrēs dīmēnsiōnēs attinēns

**synchronizāre,** ad idem tempus eandemque temporis velōcitātem adaptāre, simultāneum reddere

**synchronus, -a, -um,** simultāneus, ad idem tempus eandemque temporis velōcitātem adaptātus

**syntheticus, -a, -um** *(Vidē Caput 3.)*

**tachyonicus, -a, -um** *(Vidē Caput 2.)*

**technologicus, -a, -um,** ad technologiam attinēns, quae est tōta integra ars officīnārum

**tēlemetaphora, -ae,** "tēletrānslātiō" sīve "tēleportātiō" dicta *(Vidē Caput 3 sub lēmmate* **tēletrānslātīvus.***)*

**trilobīta, -ae,** nōmen zōologicum annō 1771 ā Iōanne Walch inventum ad arthropodum classem quandam extinctam dēscrībendam, cuius sunt nōbīs nōta 1,500 genera, 10,000 speciēs

**Variābile, -is,** sc. Vedum variārum celeritātis ratiōnum capāx

**vīsificus, -a, -um,** quī vidētur sīve spectātur, vōx recēns praesertim ad subsidia ēlectronica spectāns (etiam "vīsuālis"; cf. *tēlevīsificus*)

## excerptum primum

**CFA,** Cīvitātēs Foederātae Americānae

**Chiovia, -ae (sīve Kiovia),** urbs caput Vcraīnae

**ēlectromicroscopium, -ī,** microscopium quod nōn lūcis sed potius ēlectroniōrum flūminis ope hominibus facultātem suppeditat minimās rēs, etiam atomōs, īnspiciendī

**Lēdesiēnsis, -e,** Lēdesiae, quae est urbs Britannica (vulgō *Leeds*)

**scientālis** (*Vidē Caput 1.*)

**Serapista/Serapistēs, -ae,** socius conlēgiī cultōrum Serapidis

## 5. Eivom

**adrēnālīnum, -ī,** epinephrīnum sīve hormon quod medullā adrēnālī sēcernitur cum systēma neuricum sīve sollicitūdine sīve īrā sīve metū afficitur

**affectīvus, -a, -um,** ad animī affectūs attinēns

**anōkatōticus, -a, -um,** ad mōtūs per quartam dīmēnsiōnem spatiālem līberō cursū seu "anō" sīve "katō" factōs attinēns

**anōticus, -a, -um** (*Vidē Caput 2.*)

**biofōrma** (*Vidē Caput 2.*)

**biometapsȳchologicus, -a, -um,** ut vidētur, quī modīs psȳchologicīs studet quibus dīversae speciēs biologicae inter sē reciprocē agant (ἅπαξ λεγόμενον Speculō Ēūs exceptum. *Vidē Excerptum Alterum.*)

**bombavis, -is, f.,** nōmen Latīnum vulgātum aviculae illīus ālīs celerrimē plaudentis flōrumque nectar sūgentis, quam indigenae generātim *colibrí* sīve, Latīnius, *colibria* sīve *colibrīum* vocant (Nōmina Linnaeāna sunt pervaria neque colloquentibus ūtilia.)

**chrōmatodynamicus, -a, -um,** ad eam theōriam attinēns secundum quam pōnitur eās fortēs āctiōnēs reciprocās quae inter quarca et antiquarca et gluōnia fierī videntur adhibērī posse (vulgō *chromodynamic*)

**cobaltinus, -a, -um,** colōris fermē cobaltī (inter caeruleum et caesium)

**colibrīum, -ī** (*Vidē* **bombavis.***)

**cybernēticochīrūrgicus, -a, -um,** simul cybernēticus et chīrūrgicus (ex elementīs Graecīs)

**cyberspatiālis** (*Vidē Caput 4.*)

**expōnentiāliter,** secundum ratiōnem expōnentiālem auctus, h.e., secundum ratiōnem eam auctus quae exstat cum cōnstans aliqua positīva ad potentiam tollitur, velut *t* ut cōnstāns in $[x^t = y + z^t]$

**formīcastrum, -ī,** forsan īnsectum formīcae simile

**fūsōrius, -a, -um,** ad fūsiōnem (nucleōrum atomicōrum) attinēns

**generātōrium (īnstrūmentum), -ī (-ī),** quod vim, velut ēlectridem, generat

**geōēlectricus, -a, -um,** ad integrī planētae propria ēlectrica attinēns

**gradāle sacrum, -is -ī,** ille calix (forsan magicus) quō Iēsus quondam ūsus esse dīcitur

**helica, -ae,** apparātus cochleïfōrmis quō prōpellitur nāvigium (etiam: helix helicis, f.)

**hologramma -atis, n.,** figūra holographica (quae apud Veda solida esse poterant)

**holosōma** *(Vidē Caput 4.)*

**hormon -ontis, n.,** quodvīs ē permultīs compositīs biochēmicīs, velut īnsulīnum et thyroxīnum, quae in glandulīs fōrmantur atque in quībusdam organīs textibusque corporālibus commūtātiōnēs chēmicās efficiunt (etiam "hormōnum" sīve "hormōna")

**hyperbulla, -ae,** sphaera quadridīmēnsiōnālis (quālem sublūminārēs mentis oculō vidēre nequīmus, nam nōbīs plēna esse videātur quamquam in quārtā dīmēnsiōne vacua sit)

**incybernārī** *(Vidē Caput 4.)*

**mēchanizātiō -ōnis, f.,** āctiō aliquid mēchanicum reddendī (vōx hodierna ex elementīs Graecīs dērīvāta)

**morphicus, -a, -um,** ad imāginum figūrās programmatīs computātōriīs fōrmandās pertinēns

**neuricus, -a, -um,** ad neura sīve systēma neuricum attinēns *(Vidē Caput 1.)*

**nucleāris, -e,** ad atomōrum nucleōs (hōrumque fissiōnem fūsiōnemve) attinēns

**oropedium, -ī,** regiō in dorsō montis plāna porrēctaque (vōx Graeca: ὀροπέδιον)

**oxygenium, -ī,** elementum cuius est O signum

**parabolē, -ēs, f.,** curvāmen mathēmathicum quod efficitur cum cōnus plānum laterī suō parallēlum intersecat

**parametrum** *(Vidē Caput 1.)*

**pertractātōrius** *(Vidē Caput 1.)*

**phasicus** *(Vidē Caput 2.)*

**plasma -atis, n.,** gāsum summē ïontizātum

**psӯchē, -ēs, f.,** vōx psӯchoanalytica cuiuspiam hominis cōnfōrmātiōnem psӯchologicam vel mentālem indicāns

**psӯchotherapeuta, -ae, c.,** quī mente animōque labōrantēs variā ratiōne cūrat

**reālitās** *(Vidē Caput 1.)*

**recursīvus, -a, -um,** rēgulās praeceptave continēns quae repetī possunt aut dēbent (Latīnitās mathēmatica)

**Sacrum Synergisticum, -ī -ī,** aliquod genus, ut vidētur, senātūs Vedicī

**scientālis** *(Vidē Caput 1.)*

**sīsmicus fluctus, -ī -ūs, m.,** aestus immānis (terrae mōtū effectus), vulgō "tsunamia" dictus

**spectrographia, -ae,** ars spectrographī adhibendī spectrographēmatumque interpretandōrum

**statica turbātiō vīsuālis, -ae -nis -is, f.,** in apparātū tēlevīsificō vīsae maculae sīve fōrmae omnīnō inconcinnae neque optātae quae condiciōnibus ēlectromagnēticīs circumdatīs (māximā ex parte orīgine cosmicā) efficiuntur

**sublūmināris** *(Vidē Caput 2.)*

**subundānus, -a, -um,** subaquāneus

**supernova, -ae,** permagnae stēllae displōsiō, collāpsū forsan gravitātiōnālī effecta, quō tempore stēllae fulgor ūsque in vīgintī magnitūdinēs augērī potest ipsīusque māteriae stēllāris māxima pars in spatium vehementissimē dispellitur, ē nucleō stēllārī factō nōnnumquam dēnsissimō sīdere (Latīnitās philosophiae nātūrālis)

**syntheticus, -a, -um** *(Vidē Caput 3.)*

**tachygeōēlectricus, -a, -um,** ad integrī planētae propria ēlectrica in circumiectīs tachyonicīs, h.e., in quattuor dīmēnsiōnibus spatiālibus, attinēns

**tachyonicus, -a, -um** *(Vidē Caput 2.)*

**tēla cellulāris, -ae, -is,** tēla sīve textus ex quō cōnstant organismī biologicī

**tībulinus, -a, -um,** tībulī (arboris)

**virtuālis, -e** *(Vidē Caput 2.)*

# 6. Tenebrax et Advena

**abstractiō** *(Vidē Caput 2.)*

**acētabulōsus, -a, -um,** acētabulīs īnstructus obsitusve (velut polypī brācchium)

**allasomorphum, -ī,** animāns fābulōsum cuiuslibet alterīus animantis fōrmam ad libitum assūmere valēns (ē vōcibus Graecīs ἀλλάζω, "mūtō," et μορφή, "fōrma")

**alveāris, -e,** complūribus ē partibus sīve entibus minōribus aequīs similibusve compositus sīcut apium populus in alveāriō vīvēns

**antigravitārius, -a, -um** *(Vidē Caput 4.)*

**antisēpticum, -ī,** substantia quae microorganismōs morbōs sēpticōs afferentēs interficit; programma contāgia cybernētica āmovēns

**astrālis campus, -is -ī,** in philosophiā Neoplatōnicā, theosophicā aliīsque ille campus quī proximē mundum solitum corporālem situs est, in quō versantur spīritūs, angelī aliaque entia "caelestia"

**ātrivirēns -entis,** ātrī colōris cui admixtus et viridis sīve prasinī aliquantum (vōx philosophiae nātūrālis, praesertim biologica)

**avatāra/avatāricus** *(Vidē Caput 3.)*

**bīlliō -ōnis, f.,** *(Vidē Excerptum Alterum.)*

**bioenergēticus, -a, -um,** ad vim sīve energīam animantium biologi-cōrum attinēns

**biofōrma** *(Vidē Caput 2.)*

**biomorphicus, -a, -um,** fōrmā quasi animantis praeditus

**biotemporālis, -e,** ut vidētur, ad cursum temporālem attinēns secundum quem organismus quispiam vītam suam dēgit

**biovector -ōris, m.,** radius vector temporālis ut ab animantibus tempore captīs perceptus, cursus quispiam (ē multīs) quō animantia corporālia per tempus fluere sibi videntur

**cellochartāceus, -a, -um,** adiectīvum quod aliquid ignōtum inter chartam et māteriam cellophanicam indicāre vidētur (κελλοχάρτης: ἅπαξ λεγόμενον)

**chēmicus, -a, -um** *(Vidē Caput 4.)*

**chthonius, -a, -um,** subterrāneus, arcānus, occultus, ad nūmina subter-rānea attinēns (Graecē χθόνιος)

**Coniūnctum** *(Vidē Caput 4.)*

**cōnscientia** *(Vidē Caput 2.)*

**contrāgravitārius, -a, -um,** ad vim vī gravitātis repugnantem attinēns; tālis technologiae (Graecius *antibarytētoticus*)

**crēditum, -ī,** hīc: ūnum pūnctum saepe ex plūribus quae hominī cuipiam concēduntur ut hic aliquid accipiat

**cryptobiologicus, -a, -um,** ad animantia biologica sīve parum intellēcta sīve prōrsus mȳthica attinēns

**cybernēticus** *(Vidē Caput 5.)*

**cyberspatium** *(Vidē Caput 3.)*

**cyborganicus, -a, -um** *(Vidē Caput 3.)*

**cystis -tis, f.,** sacculus clausus vēsīcifōrmis in tēlā cellulārī animālī situs, in quō inest liquor sīve sēmiliquor

**dendrīta, -ae,** quī in arbore manēre solet (Graecius: *dendrītēs*)

**diaspora, -ae,** cīvium in aliās terrās (sīve aliōs planētās) dissipātiō (vōx Graeca: διασπορά)

**duālismus, -ī,** nōtiō sīve opīniō omnium rērum exstāre bīnās partēs
bīnave prīncipia contrāria velut corporāle et spīritāle, bonum et
malum et ita porrō > **duālisticus, -a, -um**

**ellīpsoīdēs, -es,** ellīpseōs fōrmā praeditus > Ellīpsis est fōrma geōmetrica
tālis ut summae distantiārum cuiusque pūnctī in peripheriā positī ā
bīnīs pūnctīs fīxīs, sīve "focīs," aequae sint (ā vōcibus Graecīs:
ἐλλειψοειδής et ἔλλειψις)

**embryon** (*Vidē Caput 4.*)

**empathicus, -a, -um,** ad empathiam attinēns sīve cuiuspiam habilitātem
aliōrum animī affectūs mentisve habitūs sentiendī

**empīricus, -a, -um,** per experīmenta cognōscēns sīve sīc cognitus

**energēticus** (*Vidē Caput 1.*)

**epistēmologus, -ī,** quī studet epistēmologiae, quae est illa philosophiae
pars quae scientiam huiusque prīncipia, auctōritātem, fīnēs investīgat
> **epistēmologicus, -a, -um**

**ergastēricus, -a, -um,** ad ergastēria sīve fabricās māiōrēs datus

**fragmentārius, -a, -um,** nōn holisticus, vōx praesertim eōs significāns
quī reālitātis tantum quōsdam aspectūs, quōs "corporālēs" nōminant,
prō vērīs habentēs, cētera nihilī facientēs

**gāsōsus, -a, -um** (*Vidē Caput 4.*)

**holisticus, -a, -um,** cūncta, nōn sōlum partēs quāspiam, cōnsīderāns
cūrāns tractāns (vōx recēns ē thēsaurō Graecō dēprōmpta) > **holisticē**
= secundum prīncipia holistica

**lacrimālis apertūra, -is -ae,** forāmen per quod fluunt lacrimae, "lacri-
miductus" (locūtiō medica: "nāsolacrimālis apertūra")

**macrocosmicus, -a, -um,** ad cosmī cōnspectum attinēns quō videntur
huius māiōrēs partēs quae nūdō oculō comprehendī possunt nec
tamen rēs minimae, nēdum mōlēculāria, atomica, subatomica

**māteriālista, -ae, c.,** quī sōlum mundum corporālem vērum esse crēdit;
quī animī spīritūsque facultātēs neglegere solet (vōx philosophica
saeculō septimō decimō ficta)

**metagalacticus, -a, -um,** inter galaxiās versāns exstānsve (vulgō:
*intergalacticus*)

**microundārius, -a, -um,** ad microundās attinēns, quae sunt undae
ēlectromagnēticae altae frequentiae (vōx Graeco-Latīna spuria quidem
sed vulgātissima)

**nebulāre cornū, -is -ūs, n.,** cornū gravisonum quō nāvēs nebulae
monentur

**neutrālis, -e,** vōx hīc nōn ad grammaticēn pertinēns sed potius ut
"neutrīus alterīus partis" (h.e., obiectīvae subiectīvaeve)

**nōtiōnālis -e,** ad nōtiōnēs cōgitātiōnēsve attinēns sīve ex hīs cōnsistēns (Latīnitās docta hodierna)

**obiectīvus, -a, -um,** rēs externās respiciēns dēscribēnsque magis quam sōlum mentis statum habitumque ob oculōs pōnēns (cf. **subiectīvus**)

**organismus** *(Vidē Caput 1.)*

**oropedium** *(Vidē Caput 5.)*

**ozōnium, -ī,** id oxygenium cuius fōrma est $O_3$

**parametrum** *(Vidē Caput 1.)*

**pendulum, -ī,** corpus dē pūnctō certō ita suspēnsum ut ob vīs gravitātis āctiōnem et impetum adquīsītum hūc illūc oscillet (neologismus septimī decimī saeculī ad apparātum hōrologiōrum pertinēns)

**perceptīvus, -a, -um,** ad vim habilitātemve percipiendī attinēns

**periodicitās -ātis,** quālitās rērum quae repetuntur, saepe, praesertim apud doctrīnās philosophiae nātūrālis, per intervalla aequa sīve ōrdināta (minus rēctē "frequentia," quod autem ad crēbritātem sed nōn necessāriē ad temporis intervalla spectat; Graecius "periodicotēs periodicotētis," f.)

**phaenomenicus, -a, -um,** phenomenōrum (φαινομένων) sīve ad haec attinēns hīsve circumscrīptus (vōx theologica et philosophica)

**phaenomenon** *(Vidē Caput 2.)*

**phōsphēnum, -ī,** imāgō lūminōsa rētinae stimulātiōne mēchanicā ēlectricāve effecta (etiam: *phōsphēna*)

**phrenocomīum, -ī,** aedēs in quās coarcentur mente captī (vōx Graeca)

**physica, -ōrum, n. pl.,** ars sīve scientia physica; illa disciplīna quae māteriem, energīam, mōtūs, vīrēs tractat

**planētārius, -a, -um,** planētae planētārumve sīve ad planētam planētāsve attinēns

**plasmaticus** *(Vidē Caput 4.)*

**probābilisticus, -a, -um,** ad probābilitātēs attinēns sīve ex hīs mathēmaticē generātus

**psȳchicē,** modō vel tēlepathicō

**quantālis** *(Vidē Caput 1.)*

**radius vector** *(Vidē Caput 2.)*

**reāctiō -ōnis** *(Vidē Caput 1.)*

**reālitās** *(Vidē Caput 1.)*

**relātīvitās, -ātis, f.,** theōria physica postulāns sōlummodo intrā fōrmam referendī aliquam relātīvam (sīve per comparātiōnem cōnstitūtam) dēfīnī posse quemque mōtum nec rēs absolūtās esse spatium et tempus (Cf. **relātīvismus,** Caput 12)

**scientālis** *(Vidē Caput 1.)*

**scientiligiō** *(Vidē Caput 3.)*

**sēmeiotypus, -ī,** ut vidētur, ratiō quā sīve modus quō quisque cosmum huiusve fluxūs quantālēs percipit interpretāturve (ἅπαξ λεγόμενον in Speculī Ēūs textū inventum: Graecē σημειότυπος)

**sernynx -cis,** animal quoddam domesticum Hrīniopēnse

**singulāritās -ātis, f.,** forāminis ātrī repraesentātiō mathēmatica sīve fōrma physica ex quā, cum peripheria semel extrinsecus attacta est, ob vim gravitātis cui resistī nequit, nihil iam exīre potest > **singulāritās technologica** = pūnctum temporis quō cuiuspiam animantium coetūs omnia omnēsque tantopere mūtantur vel trānsfōrmantur ut restantibus posteāve supervenientibus nūlla appāreant priōrum indicia relīquiaeve certae (vōx astronomica hodierna; ūsus trānslātus ā scrīptōre Vernerō Vinge inventus)

**spatitemporālis** *(Vidē Caput 1.)*

**stēreoscopicus, -a, -um,** ita cōnfōrmātus ut ē plūribus īnferiōrum dīmēnsiōnum aspectibus imāgō fiat plūrēs mōnstrāns dīmēnsiōnēs superiōrēs

**stylīta, -ae,** quī super stylum manēre solet (Graecius: *stylītēs*)

**subatomicus, -a, -um,** ex quō atomus cōnstat, atomō minor

**subcōnscius** *(Vidē Caput 4.)*

**subiectīvus** *(Vidē Caput 2.)*

**subsignātiō -ōnis, f.,** In philosophiā nātūrālī haec est signōrum vestīgiōrumve – seu chēmicōrum seu cybernēticōrum bīnāriōrum seu subatomicōrum – seriēs ūnicam rem īnstrūmentumve programmave certō ūnicēque indicāns.

**supernova** *(Vidē Caput 5.)*

**supraōrdinātus, -a, -um,** altiōris ōrdinis; superiōris nātūrae

**tectonicus, -a, -um,** ad disciplīnam ingentium lāminārum geōlogicārum attinēns quibus lentē moventibus efficiuntur terrae mōtūs montēsque ignivomī

**teichīta, -ae,** quī super mūrum manēre solet (Graecius: *teichītēs*)

**tēlecīnēticus, -a, -um,** ad tēlecīnēsin attinēns sīve facultātem rērum corporālium mentis vī movendārum

**tēlepathicus, -a, -um,** ad commūnicātiōnem nōn per quīnque sēnsūs solitōs sed rēctā inter mentēs effectam attinēns

**theocraticus, -a, -um,** attinēns ad theocratiam sīve ratiōnem reī pūblicae omnīnō secundum iūra dīvīna administrandae

**therapeuta** *(Vidē Caput 3.)*

**ultrāviolāceus, -a, -um,** undārum ēlectromagnēticārum fascia, hūmānum vīsum māximā ex parte effugiēns, cuius frequentiae undālēs paulō māiōrēs sunt quam violāceī

**virtuālis** *(Vidē Caput 2.)*

**vumiifōrmis, -e,** fōrmā *vumiī* avis praeditus

**zērotinus, -a, -um,** ad zērum ("Ø" sīve numerum Arabicum nūllam quantitātem significantem) attinēns, numerum sc. ante ūnum (1) positum

# 7. Lux I

**americānissāre,** mōrēs sīve habitum sīve sermōnem cīvium Cīvitātum Foederātārum Americānārum adsūmere vel adfectāre (cf. **graecissāre**)

**athēnaeum, -ī,** id genus acadēmīa quod nunc saepe "ūniversitās (studiōrum)" dīcitur (nōmen ab illō Athēnaeō, acadēmīa ingenuārum artium, ductum quod Hadriānus annō CXXIII commūnis aevī Rōmae condidit)

**autonomicē,** tālī ratiōne ut systēmate neuricō autonomicō rēctā stimulētur vel temperētur; sponte; invītus, incōnsultō (vōx orīginis Graecae)

**braccae/brācae Genuēnsēs, -ārum -ium,** brācae astrictae crassaeque, ex linteō trilīcī plērumque caeruleō cōnsūtae, ōlim tantum ab operāriīs huius autem narrātī tempore ab omnium aetātum hominibus neglegentiōre modō sē vestīre volentibus gestae

**caeliscalpium, -ī,** turris tam celsa ut "caelum scalpere" videātur

**cattus, -ī,** fēlēs mās (vocābulum quartō saeculō huius aevī in linguā Latīnā prīmum vīsum)

**crotalus, -ī,** serpentis venēnōsī Americānī genus (etiam "sīstrūrus")

**cubisticus, -a, -um,** ad cubismum attinēns, quod est genus artificiōsum ā Paulō Picasso Geōrgiōque Braque excōgitātum, secundum quod rēs hominēsque velut diffrāctī atque ē dīversīs simul partibus vīsī dēpingēbantur

**Cunīculus, -ī,** hīc: raedulae genus quoddam

**egoïtās -ātis, f.,** cuiusque hominis opīniō ac sēnsus sē sē ipsum esse (vōx prīmō psȳchologica; Neoanglicē *ego*)

**fauna, -ae,** omnia animālia locum quempiam habitantia (vōx scientālis recēns ā nōmine deae Faunae ducta)

**hēdonisticus, -a, -um,** voluptātī dēditus (vōx Graeca)

**Iacimēnsis, -is,** cuiusdam oppidī Iacima vocātī

**indūtōrium** *(Vidē Caput 3.)*

**phōtographēma, -atis (n.),** imāgō phōtographica

**prātāria -ōrum,** plāna et prāta sicciōra herbīs hīc brevibus, hīc plantīs rōbustīs, velut salviā, cooperta (Latīnitātis vulgāris; Francogallicē et

Neo-Anglicē *prairie*)

**radiophōnium, -ī,** īnstrūmentum ēlectronicum quō radiī radioēlectro-
magnēticī ēmissī excipiuntur atque in sonōs convertuntur

**rōmanticismus, -ī,** aetās sīve nōtiō aesthētica "rōmantica" illa mōtuum
animī līberae expressiōnī favēns

**subcōnscius** (*Vidē Caput 4.*)

**suprārēalisticus, -a, -um,** ad suprārēalismum attinēns, cuius doctrīnae
artificiālis interpres vel nōtissimus exstitit Salvātor Dalí Hispānus
(*Vidē Caput 1.*)

*tamāl -ālis*, **n.,** cibus Mexicānus cōnstāns ē polentā maīziā compactā,
carne plērumque fartā, foliō mūsae involūtus

**ūniversitārius, -a, -um,** ūniversitātis studiōrum cuiusvīs, sc. athēnaeī
prōvectissimī māximīque

**zenicus, -a, -um,** ad sectam philosophicorēligiōsam Buddhisticam "zen"
vocātam attinēns

## 8. de faucibus

**alsūlegiālis, -e,** hīc: illīus lūsus quī "alsūlegia equestris" nōminātur
(vulgō *polo*)

**amīnoacidum, -ī,** acidum amphotericum organicum classem amīnicum
$NH_2$ continēns; praesertim alpha amīnoacidōrum genus quod proteīna
cōnstituit

**bīl(l)iō -ōnis, f.** (*Vidē Excerptum Alterum.*)

**bīl(l)iōnēnī, ae, -a,** quāque vice bīlliō (numerus distribūtīvus, cf. *centēnī*
et *mīllēnī*)

**biofōrma** (*Vidē Caput 2.*)

**būrgēnsis, -e,** ad ōrdinem cīvīlem medium sīve equestrem attinēns sīve
proprius eōrum hominum quōrum praesertim omnēs sententiae
politicae et oeconomicae et coenōniologicae crēdantur imprīmīs ad
bonōrum familiārium pretia et fāmam honestātis spectāre; magis
minusve "angusticlāvius"

**caeliscalpium** (*Vidē Caput 7.*)

**Cambricē,** sc. linguā Cambriae (sīve Vallesiae sīve "Britanniae Secundae"
quae interdum dīcitur)

**carnelevālia,** fēstum quādrāgēsimāle aliudve spectāculum oblectārium
et vīle

**ceratoīdēs, -is,** cuius fōrma vel compositiō cornuī similis est (vōx
Graeca)

**cētorhīnus māximus,** squalus planctōnivorus ingēns sed innocuus

**chiliometrum, -ī,** mīlle metrōrum modulus (= 0.621371 modulī Angloamericānī "mīlle passuum" nōminātī)

**chrōmosōma, -atis, n.,** fīlum acidī deoxyarabīnōsinucleïcī (minus rēctē "deoxyribōnucleïcī" sīve ADN) in cellulae nucleō exstāns in quō gena ōrdine līneārī conduntur

**cognitīvus, -a, -um,** ad cognitiōnem attinēns

**commalleāre,** malleō cōnfōrmāre

**cōnspeciālis** *(Vidē Caput 4.)*

**contrāentropicus, -a, -um,** entropiae resistēns (Entropia est prīncipium quō tōtīus cosmī māteriēs et vīs ad condiciōnem omnīnō aequābilem inertemque gradātim per tempus redigitur.)

**colloīdicus, -a, -um,** ad colloīda attinēns, quae sunt solūtiōnēs particulārum mediae magnitūdinis alteram per substantiam ratiōne homogeneā dispersārum

**corpus vīle, corporis vīlis, n.,** animāns ad experīmentum scientāle ūsurpātum quod, praeter ipsīus experīmentī parametra mētāsque, nihilī habētur

**cytoplasmaticus, -a, -um,** cytoplasmatis, h.e., prōtoplasmatis extrā cellulae nucleum exstantis

**dendriticus, -a, -um,** arborifōrmis (vōx philosophiae nātūrālī recentī propria)

**diaetēticus, -a, -um,** ad diaetam sīve victūs ratiōnem attinēns

**duālitās -ātis, f.,** proprietās sīve condiciō quā rēs quaepiam duās partēs, saepe ut contrāriās vīsās, habet (vōx prīmum philosophica et psȳchologica saeculō duodēvīcēsimō reperta)

**ēlectrificābilis, -e,** quod onere ēlectricō complērī vel huic subicī potest (vōx recēns)

**ēlectris -idis, f.,** vīs ēlectrica (vōx scientālis)

**ēlectroplēxia, -ae,** ictuum ēlectricōrum ūsus ad organismī modōs sē gerendī temperandōs (vōx hodierna)

**endoplasmaticus, -a, -um,** ad endoplasma attinēns, quod est cytoplasmatis media pars minus lenta

**epembolicus, -a, -um** (Quid hoc sibi velit nōndum dēcrētum est.)

**ēthologicus, -a, -um,** ad ēthologiam, sīve mōrum studium, attinēns

**ex(s)istentia, -ae,** proprietās exsistendī sīve exstandī (vocābulum sēriōris philosophiae)

**galvānizāre,** fluentō ēlectricō ita expōnere ut rēs exposita stimulētur vel mūtētur

**geneticus, -a, -um** *(Vidē Caput 3.)*

**gestābile, -is,** hoc est, tēlephōnum gestābile vel portābile

**gestuālis, -e,** ē gestibus cōnsistēns vel ad hōs attinēns

**gladiolētum, -ī,** flōrētum in quō coluntur gladiolī flōrēs

**Golemum/us, -ī,** nōmen cuiusdam generis hominis artificiōsī quondam
Terrestris (Hebrāicē: גולם)

**graphīocraticus, -a, -um** *(Vidē Caput 1.)*

**hevēa Brasiliēnsis, -ae -is,** arbōs ex quā fit cummis/gummis

**Hispānicus, -a,** cuius est lingua patria Hispānica, cultus cīvīlis nātīvus
Hispānicus

**hormon** *(Vidē Caput 5.)*

**īnfōrmātiō, -ōnis, f.,** sēnsū hodiernō et cybernēticō, scīlicet: scientiae
sīve singulōrum "datōrum" summa, praesertim sī haec digitālī ratiōne
asservārī pertractārīque potest

**īnsitum** *(Vidē Caput 1.)*

*karma -atis,* prīncipium cosmicum secundum quod facta omnia novōs
ēventūs, seu bonōs seu malōs, afferunt (vōx Sansritica quae sibi vult
"factum"; etiam **karma, -ae**)

*Lacostiānus, -a, -um,* cuiusdam societātis commerciālis cui erat nōmen
*Lacoste*

**lavandulāceus, -a, -um,** colōris flōsculī cuius nōmen Linnaeānum est
*Lavandula angustifolia*, inter ïanthinum et subviolāceum (Latīnitās
recēns)

**leichidium, -ī,** saccharidium bacillō affixum (vōx Graeca, etiam "līchi-
dium") > **leichidium glaciāle** est leichidium cuius saccharidium ē
glaciē edūlī factum est.

*margarīta,* hīc: pōtiō quaedam Mexicāna ēx tecīlā facta

**microunda, -ae,** unda ēlectromagnētica cuius frequentia inter 300 MHz
et 300 GHz est, sc. īnfrārubrīs longior et radiophōnicīs brevior (Graecius: *microcyma*)

**mīlliō -nis, f.,** deciēs centēna mīlia (vōx quartō decimō saeculō reperta;
etiam **mīliō**)

**mīlliōniennium, -ī,** spatium mīlliōnis annōrum

**mīmum, -ī,** "genum mīmēticum" sīve agendī mōs cōnsuētūdōve plērumque inter hominēs trādita tamquam gena ā parentibus in prōlem – vōx
recentissima ē verbō Graecō μιμεῖσθαι (= "imitārī") ductum;
Neoanglicē *meme*)

**modulārīs, -e,** ita ē partibus integrīs atque ad normam redāctīs cōnstitūtus ut partēs facile inter sē repōnī possint (Latīnitās scientifica et
mathēmatica necnōn et cybernētica)

**nānīticus, -a, -um,** ad nānītās (*nānītēs nānitae, m.*) attinēns, quae sunt
automata microscopica

**nephritica petra, -ae -ae,** illud lapidis genus, sīve iadeītēs sīve nephrītēs
dēnōminātum, saepe prasinō colōre, quod ad ōrnāmenta sculpenda
praesertim in pretiō est

**neuricus** *(Vidē Caput 5.)*

**neuroplēxia, -ae,** ictuum, ut vidētur, neuricōrum ūsus ad organismī
modōs sē gerendī temperandōs (neologismus)

**neurorēticulātus, -a, -um,** rētibus, ut vidētur, rēticulātiōnibusve
neuricīs īnstructus

**obiectīvus** *(Vidē Caput 6.)*

**organismus** *(Vidē Caput 1.)*

**philauta, -ae,** quī philautiae sīve quī sibi ipsī semper īnservit sīve
tantum proprium commodum spectat (ā vōce Graecā φιλαυτία; minus
sollemniter "egoïsmus")

**phōtoexceptōrius, -a, -um,** ad phōtōnia, sīve lūcis particulās subatomicās, captanda aptus

**phytopodium, -ī,** organismī crūs sīve pars crūrifōrmis sīve fīlum quō
absorbentur nūtrīmenta (vōx Graeca, terminus doctus hodiernus)

**pilamalleus, -ī,** lūsus āthlēticus, in Scōtiā nātus, in quō lūsōrēs variīs
clāvīs ūtentēs quam paucissimīs ictibus pilās suās in parva forāmina
mittere temptant

**porphyriō -ōnis, m.,** avis quae multōs nīdōs abditōs facit, omnium tantum abditissimō ad ōva parienda ūtitur

**programmāre** *(Vidē Caput 4.)*

**quadrīl(l)iō, -ōnis, f.,** in Americā et Britanniā 1,000,000,000,000,000, in
Eurōpā 1,000,000,000,000,000,000

**reālitās** *(Vidē Caput 1.)*

**scientālis** *(Vidē Caput 1.)*

**sēlēctiō nātūrālis, -ōnis -is, f.,** ratiō secundum quam animantia tālibus
notīs praedita quālibus adiuvantur ut circumiectīs suīs – velut prae-
dātōribus, caelī vicibus mūtātīs, cibī coniugisque quaesītiōnī – adap-
tentur saepius superstitēs sunt crēbriōremque prōgeniem ēdunt quam
alia eiusdem speciēī, quō continuantur posteā notae illae commodiōrēs

**sēnsōrius, -a, -um** *(Vidē Caput 1.)*

**silicāceus, -a, -um,** ad elementum silicum attinēns (ex quō tālī integrātī
cōnficiuntur)

**sīsmica unda** *(Vidē **sīsimcus fluctus** Caput 5.)*

**smaragdoprasus, -ī,** gemma herbāceō colōre, forsan eadem quae
chlōrītis

**subiectīvē,** ratiōne potius ad mentis statum habitumque spectante quam
ad ipsās rēs externās (≠ obiectīvē) *(Vidē Caput 2.)*

**subiectīvus, -a, -um** *(Vidē Caput 2.)*

**subūcula capistrālis, -a -is,** sc. cuius duae lōrae, tantum antīcae partī assūtae, post collum ligantur (Cf. "subūculam lōream," quae est subūcula cuius umerālia perangusta sunt velut lōra.)

**Technicolōris, -e,** secundum artem "Technicolōrem" factus, quā spectācula cīnēmatographica quondam vīvidiōribus colōribus īnstruēbantur

**Theoderīcānus, -a, -um,** Theoderīcī sīve Theoderīcōrum, quod linguā Cambricā *Tudor* dīcitur

**thermonucleāris, -e,** ad tālem āctiōnem reciprocam attinēns quālis ē ferventissimā fissiōne fūsiōneve nucleārī exsistit

**thermoradiātīvus, -a, -um,** calōrem radiāns sīve distribuēns

**Tintinnābella,** quaedam persōna, *pixia* sīve nūmen faeëricum exiguum, in librō et pelliculīs titulō īnscrīptīs "Petrus Pan" aliīsque quibusdam spectāculīs animātis gryllīsque Disnēiānīs

**Tintinnābelliformis, -e,** Tintinnābellae similis

**trīl(l)iōnēnī, ae, -a,** quāque vice trīlliō (numerus distribūtīvus, cf. *centēnī* et *mīllēnī*)

**variābile, -is, n.,** in artibus logicā sīve mathēmaticā aliīsve terminus sīve signum quod complūrēs indicātūrās accipere potest

**Variābile (sc. Vedicum)** *(Vidē Caput 4.)*

**vibrivolventia carmina,** genus mūsicum vulgāre ē vīcēsimī saeculī annīs quīnquāgēsimīs ūsque in octōgēsimōs praesertim in pretiō, huius fābulae tempore vel nātū māiōribus adhūc grātum

**virgā** ("διὰ τὴν ῥάβδον") Quī apparātus quaeve commūnicandī ratiō hāc locūtiōne indicētur adhūc dubium manet.

**viscium, -ī,** pōtiō alcoholica, scīlicet ā XLIII ūsque ad L centēsimās partēs vīnī spīritum continēns, quae ex frūmentōrum mixtūrā fermentātā cōnficitur.

# 9. novum organum

**ablātīvus, -a, -um,** (in rē mīlitārī) quī aut aufert aut dēfendit (sērae Latīnitātis)

**accumulātōrium reonerābile, -ī -is,** apparātus ēlectridis accumulandae quī per cōnexum ēlectricum facile iterum atque iterum ēlectride onerārī potest

**aegometrum, -ī** longitūdinis mēnsūra aliqua nōbīs ignōta

**antimāteriālis, -e,** ad antimāteriam *(vide Caput 2)* attinēns sīve ex hāc cōnstāns

**arachnida, -ae,** arthropoda velut arāneus, scorpius, etc.

**astromēchanicus, -a, -um,** ad sīderum compositiōnem mōmentaque attinēns

**biofōrma** *(Vidē Caput 2.)*

**Blemōnus?/a?/um?,** animantium genus nōbīs ignōtum

**chēmicus, -a, -um** *(Vidē Caput 6.)*

**Coniūnctum** *(Vidē Caput 4.)*

**conversor -ōris,** quī convertit (nōmen agentīvum)

**cyborganicus, -a, -um** *(Vidē Caput 3.)*

**dēflectōrium quantāle, -ī -is,** īnstrūmentum, ut vidētur, quō undae quantālēs dēflectī possunt

**dioptra, -ae,** apparātus tēlī igniferī superiōrī partī affixus quō ūtēns tēlum accūrātius intendere potest (vōx Graeca)

**duodecimpēs -pedis,** duodecim pedibus/crūribus īnstructus

**dynamometrum, -ī,** īnstrūmentum vīs mētiendae

**ēlectris** *(Vidē Caput 8.)*

**fidingus?/um?,** quid hoc sibi velit, utrum animāns an vehiculum, hoc temporis nescītur

**fluxus quantālis, -ūs -is,** ortus necopīnātus brevissimusque particulārum energēticārum ex spatiō vacuō, quem ortum Ambiguitātis Prīncipium Heisenbergiānum et postulat et temperat

**glaguacinus, -ī,** ad aliquod, ut vidētur, acinī genus attinēns

**gravitonicus, -a, -um,** cōnstāns ē gravitoniīs *(q.v.)*

**gravitonium, -ī,** vīs gravitātis particula subatomica hypothetica (ut vidētur, bosonium secundae versātiōnis māteriā sīve mōle carēns)

**heurismus, -ī,** ratiō problēmatum ēnōdandōrum quā nōn ūnicus tantum algorismus admovētur sed singulīs novīs in problēmatis fastīgiīs novī semper ēnōdātiōnis modī quaeruntur

**heuristicus, -a, -um,** ad heurismum *(vidē suprā)* attinēns sīve hunc adhibēns

**hexapūs -podis,** sex pedibus īnstructus

**inductōrium** *(Vidē Caput 1.)*

**indūtōrium** *(Vidē Caput 3.)*

**īris īridis, f.,** pars oculī colorāta inter album et pūpillam

**lāsericus, -a, -um** *(Vidē Caput 1.)*

**lēns lentis, f.,** nōn sōlum legūminis grānum pernōtum sed etiam similī fōrmā orbis vitreus plasticusve rērum imāginem sīve augēns sīve minuēns

**mīlliōniennium** *(Vidē Caput 8.)*

**minūta, -ae,** sc. minūta pars ūnīus hōrae (quārum sunt apud nōs sexāgintā)

**nānosecunda, -ae,** bīlliōnēsima pars secundae

**Napicus, -a, -um,** adiectīvum ignōtum, forsan toponymicum

**neutronicum (elementum), -ī (-ī),** elementum putātīvum sīve māteriēs putātīva merīs ē neutroniīs cōnstāns, quod in stēllārum neutronicā-rum nucleīs exstāre crēditur (vulgō *neutronium*). Cf. neutronia, quae sunt particulae subatomicae onere ēlectricō carentēs quae ūnā cum prōtoniīs in ipsīs atomōrum nucleīs inveniuntur.

**neutronicus, -a, -um,** ex elementō putātīvō neutronicō factus

**obiectīvitās -ātis, f.,** proprietās hominis sīve animī obiectīvī *(Vidē Caput 6.)*

**omnivīsōrium, -ī,** ut quibusdam ex aliīs Speculī locīs collēctum est, genus īnstrūmentī simplicis quidem fōrmae sed tēlevīsōria, tēlephō-nia, computātōria aliaque īnstrūmenta nostra coniungēns longēque superāns ("ΠΑΝΘΟΡΑΣΤΙΚΟΝ")

**omnivīsōrius, -ī,** ut vidētur, quī per omnivīsōrium nūntiōs trādit

**Ōrdinārium** *(Vidē Caput 4.)*

**penetronica scatebra, -ae -ae,** Quid sibi velit haec locūtiō sōlum coniectārī potest.

**phryganium,** nōbīs ignōta speciēs pecorum "rueōrum" generātim nōminātōrum

**plasma** *(Vidē Caput 5.)*

**plūripēs, -pedis,** multipēs

**prātāria** *(Vidē Caput 7.)*

**quadrīl(l)iō** *(Vidē Caput 8.)*

**reāctiō** *(Vidē Caput 1.)*

**reonerābilis, -e,** quī iterum onerārī potest (vōx recēns ad ēlectridem pertinēns)

**rueum, -ī,** nōbīs ignōtum genus pecorum, phryganiīs, aequē ignōtīs, forsan similium

**scientālis** *(Vidē Caput 1.)*

**sclopētellum, -ī,** sclopētum exiguum sīve miserandum (Apud nōs est sclopētum tēlum bombardicum manuballistā māius.)

**sēnsōrium** *(Vidē Caput 1.)*

**sphingicus, -a, -um,** sphingis

**Suibbius?/a?/um?,** genus animantium nōbīs ignōtum

**Suīcīdia, -ōrum,** montium quōrundam nōmen cuius significātiō est "mortēs ultrō quaesītae"

**superspatium** *(Vidē Caput 1.)*

**synthetizātōrium, -ī,** īnstrūmentum quod aliquid "synthetizat" sīve ē variīs elementīs compōnit

**technocratēs, -ae,** quī per artēs technologicās novissimaque
īnstrūmentōrum genera moderātur administratve vel regit (recentis
Latīnitātis vōx)
**trīl(l)iō** *(Vidē Caput 2.)*
**Variābile (sc. Vedicum)** *(Vidē Caput 4.)*

## 10. quondam

**āeriae undae,** sc. undae sonālēs neque ēlectromagnēticae
**āeris sphaera, -is -ae,** atmosphaera
**āeriflagrāns, -antis,** sc. ob āeris frictiōnem flagrāns
**Atrāx (?) Atrāgis,** locus nōbīs ignōtus
**autogenus, -a, -um,** nōn factīcius sed suā lēge nātus, h.e., biologicus
**avatāra, -ae** *(Vidē Caput 3.)*
**caenigena, -ae, c.,** ē caenō nātus, hoc est, animālis sīve biologicus (sīcut
*terrigena*)
**centisecunda, -ae,** centēsima pars secundae (partis hōrae) (> *mīllisecunda*
> *microsecunda* > *nānosecunda* et ita porrō)
**circellus** (Vidē **mōbilēs circellī pyxidēsque.**)
**claustrum (mōbile), -ī (-is),** apparātus quō liquidī vel gāsiī vel similium
flūmen aperiendō et claudendō regitur (etiam *ventīle* sīve *valvula*)
**contrāgravitālis vīs, -is vīs, f.,** figūra poētica vim contrāgravitātiōnā-
lem, sīve vim prōpulsōriam gravitātis, invertentem significāns
**cyberspatiōsus, -a, -um,** cyberspatiī *(q.v.)*
**cyberspatium** *(Vidē Caput 3.)*
**data, -ōrum** *(Vidē Caput 2.)*
**diorismus quantālis** *(Vidē Caput 1.)*
**ēlectrōnicus, -a, -um,** hīc: ēlectromagnēticus
**genōma -atis, n.,** tōta cuiuspiam organismī chrōmosōmata (sīve,
Graecius, *chrōmatosōmata*); scīlicet animantis apparātus geneticus
integer; quī apparātus per gonidiōma, sīve "linguam geneticam,"
symbologicē dēscrībitur (Latīnitās recēns)
**gravitālis, -e,** gravitātiōnālis, ad vim gravitātis pertinēns vel ex hāc
cōnstāns
**hadron, -ī,** quaevīs particula subatomica, velut prōtonium et neutronium, quae ē quarcīs cōnstat et Vī Fortī obnoxia est (Neglectīs autem
coniectūrīs audācibus aliquot, quid sibi velit "pyxis hadrōrum atomōrum" hoc temporis nescītur.)
**hormon -ontis, n.,** *(Vidē Caput 5.)*
**īnstrūmenticulum, -ī,** īnstrūmentum parvum

**Megacosmus**  (*Vidē* **megacosmicus** *sub Capite 2.*)

**meteōrus, -a, -um,** in altō caelō, in caelī summā parte positus (Graecē μετέωρος)

**mōbilēs circellī pyxidēsque,** sc. variae fōrmae domicilia artificiōsa per spatium cosmicum nantia. Vel circulī sē convertentēs ūsurpantur vīs gravitātīs fingendae causā.

**neuricus, -a, -um**  (*Vidē Caput 8.*)

**ōchrus, -a, -um,** colōris ōchrae (*Vidē* Plin. *Nat. Hist.,* 37.183.)

**parametrum**  (*Vidē Caput 1.*)

**philauta**  (*Vidē Caput 8.*)

**planētiseda, -ae,** quī eiusdem semper in planētae superficiē manēre solet (cf. *domiseda*)

**praedīcibilis, -e,** quī praedīcī potest

**pyxis**  (*Vidē* **mōbilēs circellī pyxidēsque.**)

**quanticus, -a, -um,** sc. quantālis (vōx in terrīs Hispānicīs Gallophōnīsque acceptior)

**Quantum**  (*Vidē Caput 2.*)

**quāsar -aris, n.,** nucleus galacticus māximē energēticus, cuius media pars forāmen ātrum generis omnium māximōrum est cuiusque igitur vim radiālem ingentem trāns cosmī tractūs longissimōs sat facile percipere mētīrīque possumus

**radiālis -e,** radiōrum, h.e., radiomagnēticōrum

**radiī ēlectridis,** radiī sc. ēlectromagnēticī velut radiophōnicī

**radiōrum īnstrūmentum,** sc. īnstrūmentum radiophōnicum simileve

**radius vector**  (*Vidē Caput 2.*)

**robotillum, -ī,** automaton parvum (Latīnitās recēns; vidē *robotum*)

**robotum**  (*Vidē Caput 1.*)

**samānus, -ī,** magus et sānātor quī inter mundōs nātūrālem et supernātū-rālem officium exercet internūntiī

**sēdēns -tis, m.,** cōnexus, velut obturāmentum sīve spīna, sex dentibus īnstructus (cf. *bidēns* et *tridēns*)

**"spatiālī fallācī speciē,"** sc. hologrammatis ope

**spectrum, -ī,** hoc est, spectrum prismaticum illārum undārum ēlectromagnēticārum quae ā nōbīs vidērī possunt

**subspeciēs, -ēī, f.,** cuiuspiam speciēī biologicae classis secunda

**tettarakaitettaracontasyllaba, -ae,** versus, ut vidētur, ex quattuor et quadrāgintā syllabīs cōnstāns

**tholiscus, -ī,** tholus parvus (Graece θολίσκος)

**trānslūnāris, -is,** ultrā lūnam lūnāsve situs

**vector -ōris, m.,** h.e., radius vector (*q.v.*)

**x radiī,** perīculōsae undae ēlectromagnēticae quārum vīs inter 5 KeV et
100 KeV (etiam interdum, ob inventōrem Vilelmum Condrādum
Röntgen, "Röntgen radiī" nōminātae)

## II. crepuscula

**algorismus** *(Vidē Caput 3.)*
**alveāris, -ī** *(Vidē Caput 6.)*
**antirelātīvitās, -ātis, f.,** *(Vidē* **contrārelātīvisticus.***)*
**argonium, -ī,** elementum cuius numerus 18, mōlēs atomica 39.948
**basis commeātūs cosmicī, basis** (vel **baseōs**) **commeātūs cosmicī, f.,**
    ut vidētur, praecipuae cōnfōrmātiōnis locus ubi nāvigia spatiālia facile
    ēmittī appellereque possunt
**biofōrma** *(Vidē Caput 2.)*
**bioneuricus, -a, -um,** ut vidētur, ad systēmata neurica animantium
    biologicōrum attinēns
**biovector** *(Vidē Caput 6.)*
**caffeīnum, -ī,** chēmicum stimulāns, caffeae theaeque pars (etiam:
    *coffeīnum*)
**cognitiō synthetica homoeostatica** (sīve **"CSH"**) forsan prīncipium quō
    sīve ratiō quā effectum est ut automata animantium biologicōrum
    mōre nōn sōlum cōgitāre sed etiam omnīnō suī cōnscia fierent
**cōma** *(Vidē Caput 4.)*
**Coniūnctum** *(Vidē Caput 4.)*
**contrārelātīvisticus, -a, -um,** ut vidētur, relātīvitātem (physicam)
    supprimēns seu tollēns abrogānsve
**cosmotheōria, -ae,** modus sīve ratiō vītam et ūniversum hōrumque
    significātiōnēs cōnsīderandī
**cryptographāre** *(Vidē Excerptum Alterum.)*
**CSH,** "Cognitiō Synthetica Homoeostatica" *(q.v.)*
**cybernēticus** *(Vidē Caput 3.)*
**distribūtiōnis tabula** *(Vidē Caput 1.)*
**egersimon, -ī,** medicāmentum stimulāns
**fallāx speciēs spatiālis,** hoc est, cyberspatium
**fascismus, -ī,** regiminis genus cuius caput est tyrannus vel dictātor per-
    petuus tōtam potestātem sibi retinēns, factiōnēs adversāriās suīque
    reprehēnsiōnēs omnēs vī comprimēns, cūnctam industriam regēns,
    patriae amplificandae studium ab omnibus cīvibus postulāns et ita
    porrō (Latīnitās recēns)
**gāsōsus** *(Vidē Caput 4.)*

**graphīocraticus, -a, -um,** graphīocratum *(Vidē Caput 1.)*

**hēlmānoīdēs, -is** *(Vidē Caput 1.)*

**hyperspatiālis, -e** *(Vidē Caput 1 sub lemmate* **superspatium.***)*

**indicus, -a, -um,** colōris ātrāmentī indicī, quī color obscūrus est inter percȳaneum et perviolāceum

**indūtōrium** *(Vidē Caput 7.)*

**lacustris, -e,** lacum lacūsve habitāns

**macrocosmicus** *(Vidē Caput 6.)*

**medilectus, -ī,** ut vidētur, lectus medicus

**neurochēmicus, -a, -um,** ad illōs cursūs sīve progressūs biochēmicōs attinēns quī intrā systēma neuricum quodpiam inveniuntur

**neurologicus, -a, -um,** ad neurologiam attinēns, quae est studium scientāle systēmatis neurōrum sīve systēmatis neuricī

**neutronium, -ī,** *(Vidē Caput 9 sub lemmate* **neutronicum.***)*

**Ōrdinārium** *(Vidē Caput 4.)*

**perspicillum -ī,** vōx ad omne genus oculāria sīve apparātum opticum significanda, forsan autem corrēctius id quod et "tēlescopium" vocātur dēnōmināns

**pharmacon, -ī,** sīve medicāmentum sīve venēnum

**phrontistērium, -ī,** societās sīve opus fundātum cuius sociī nova cōnsilia dē quōdam argūmentō argūmentōrumve classe capere cōnantur

**physiopsȳchometricus, -a, -um,** ad corpus animumque pariter mētiendum attinēns vel tālem mēnsūram efficiēns

**programmāre** *(Vidē Caput 4.)*

**psȳchōticus, -a, -um,** mentis perturbātiōne ultimā (velut schizophrēniā) labōrāns ideōque ā vērīs rēbus sīve reālitāte abaliēnātus; cuius condiciōnis notae sunt dēlīria, ālūcinātiōnēs, sermōnis mōrumve cōnfūsiō

**psȳchotropicum (medicāmentum), -ī, (-ī),** medicāmentum sīve pharmacon cerebrī modum fungendī afficiēns

*puaunum, -ī,* ut vidētur, temporis monas brevis (minūta ferē hōrae pars?)

**quantālis** *(Vidē Caput 1.)*

**scientālis** *(Vidē Caput 1.)*

**sēnsōrium** *(Vidē Caput 1.)*

**spatitempus -oris, n.,** penitus coniūnctum ūnicumque systēma quarternārum dīmēnsiōnum, quārum nōs ternās ut spatiālēs, singulās, h.e., quartam, ut temporālem experīmur, quārum autem cūnctae secundum Theōriam Generālem Relātīvitātis Einsteiniānam vī gravitāte flectuntur sīve incurvantur

**spectrālis, -e,** ad lūcis spectrum attinēns (vōx philosophiae nātūrālis)

**stēreoscopicē,** ita parallēlē ut spectāns rērum trēs dīmēnsiōnēs facile cernere valeat

**stēreotypicus, -a, -um,** commūnī, saepe nimis facilī redditā saepeque
igitur omnīnō iniūstā opīniōne nixus dē quāpiam rē sīve homine sīve
hominum coetū

**sūberimalleātōrius, -a, -um,** eius quī lūsum "sūberimalleum" exercet,
quī vidētur esse lūsus sūberis, forsan pilae sūbereae malleōrumque

**subspatiālis, -e,** spatiī, ut vidētur, vectōrālis pauciōrum dīmēnsiōnum
(in spatitempore classicō fortasse tantum duōrum spatiālium ūniusque
temporālis) per quod (forsan in bullā aut contrārelātivisticā aut
quantālī-tēlemetaphoricā) vel nūntius, lēgibus relātīvisticīs classicīs sē
subdūcēns, lūcis velōcitātem excēdere valet

**superspatium** (*Vidē Caput 1.*)

**symbion -ontis, n.,** alterum ex bīnīs animantibus dissimilibus ūnā vīventibus quōrum alterum ex alterō dēpendet (Latīnitās biologica ex elementīs Graecīs)

**technologia, -ae,** illa scientiae pars quae tractat artēs īnstrūmentaque
creanda perficiendaque necnōn hōrum coniūnctiōnēs cum vītā atque
commūnitāte hūmānā circumiectīsque nostrīs, adhibitīs artibus
industriālibus māchinātōriīs

**tēleportātiō (quantālis)** (*Vidē Caput 4 sub* **tēlemetaphora.**)

**virtuālis** (*Vidē Caput 2.*)

**vīsiphōnicē,** ut vidētur, per apparātum simul tēlephōnicum et tēlevīsi-
ficum (sīcut quondam per "Scypēn" fiēbat)

## 12. oculi scatentes

**alveāris** (*Vidē Caput 6.*)

**androgynus, -a, -um,** proprietātēs aequē māsculīnās et fēminīnās
exhibēns

**asymmeter, -tra, -trum,** nōn aequālis, nōn congruēns, nōn symmeter
(vōx Boēthiāna)

**ātrivirēns** (*Vidē Caput 6.*)

**avatāra** (*Vidē Caput 3.*)

**biofōrma** (*Vidē Caput 2.*)

**cephalothōrāx -ācis, m.,** quōrundam corporum pars in quā caput
thōrācī cōnfūsum (vōx biologica Graeca)

**cobaltiniturcoïsinus, -a, -um,** color inter cobaltinum et turcoïsinum
sīve turcicum vel turcōsum (quārum omnēs sunt sērae Latīnitātis
vōcēs)

**commēnsālis, -is,** quī mēnsam cum alterō commūnicat (vōx Mediī Aevī)

**cōnspeciālis** *(Vidē Caput 4.)*

**cosmifōrmis, -e,** cuius fōrma cosmum simulat

**CSH** *(Vidē Caput 11.)*

**cybernēticē,** per programmata apparātumque computātōrium

**diorismus (quantālis)** *(Vidē Caput 1.)* > **dioristicus, -a, -um,** ad diorismum (quantālem) attinēns sīve hunc efficiēns temperānsve

**duālismus** *(Vidē Caput 12.)*

**fūnctiō (algebraïca), -ōnis (-ae),** ratiō inter bīnās classēs extāns in quā
alterīus classis elementum quodpiam priōris classis elementō cuique
attribuitur, sicut in "y = x$^2$." > **fūnctiō (algebraïca) undālis** = fūnctiō
ut unda mathēmaticē prōposita > **fūnctiō undālis quantālis** = unda
mathēmatica in quā indicantur ēventuum quantālium probābilitātēs,
sc. in quā aliī ēventūs minus probābilēs aliī probābiliōrēs esse omnēs
tamen occurrere posse mōnstrantur

**gravitātiōnālis, -e,** vīs gravitātis vel ad hanc pertinēns

**incīsōrēs dentēs, -um -ium,** prīmōrēs dentēs lātiōrēs quōrum est cibōs
secāre (vōx biologica; etiam "dentēs incīsīvī")

**inductōrium** *(Vidē Caput 1.)*

**īnfōrmātōrius, -a, -um,** ad īnfōrmātiōnem sīve singulārum rērum
indāgātiōnem expositiōnemque attinēns (vōx hodierna)

**Megacosmos** *(Vidē Caput 2 sub lēmmate **megacosmicus.**)*

**mercuriālis, -e,** Mercuriō Deō similis, mūtābilis, mōbilis (vōx aevī
litterārum renātārum; etiam "mercuriōsus")

**neuricus** *(Vidē Caput 2.)*

**oculāre, -is,** perspicillum (saepe **oculāria, -um** sī duplex)

**petrificāre,** lapideum facere/reddere (Latīnitās scientālis hodierna)

**phrontistērium** *(Vidē Caput 11.)*

**platineus, -a, -um,** colōris platinī, quod est metallum pretiōsum

**probābilisticus** *(Vidē Caput 6.)*

**programmābilitās, -tis f,** habilitās quā rēs programmārī potest

**quantālidioristicus, -a, -um,** sc. quantālis *(q.v.)* et dioristicus *(q.v.)*

**quantālis** *(Vidē Caput 1.)*

**reālitās** *(Vidē Caput 1.)*

**relātīvismus, -ī,** opīniō dīversa vēra rēctave esse vel esse posse dīversīs
sub condiciōnibus dīversīsve temporibus; vīsiō seu cōgitātiō omnia
eōdem pondere seu valōre praedita esse

**rēptiloīdes, -is,** rēptilibus similis

**secunda** *(Vidē Caput 4.)*

**sēnsōrium** *(Vidē Caput 1.)*

**Sestrācium, -ī,** īnstrūmentum aliquod, ut vidētur, medicum, forsan suī

## 13. Aenat I

**cosmopolīta, -ae,** tōtīus mundī sīve (hīc) cosmī cīvis (vōx Neograeca complūrēs in linguās accepta)

**cucurbitētulum, -ī,** cucurbitētum (sīve cucurbitārum hortus) parvum

**cynocephalicus, -a, -um,** (1) cuius caput canīnum est; (2) cynocephalō (Neoanglicē *baboon*) similis

**daemonologia, -ae,** daemonum – seu hērōum seu nūminum – dēscrīptiō vel hōrum rērum gestārum nārrātiō (etiam "daemonographia")

**dēminūtōrium compressiōnis, -ī -is, n.,** saeptum quod est āeris pressiōnis extenuandae (vel etiam augendae) īnstrūmentum

**dīmēnsiō -ōnis, f.,** mēnsūrārum systēma; locus mathēmaticus vel physicus quī quādam synthesī mēnsūrārum dēscrībī potest (vōx scientālis hodierna inde ā saeculō septimō decimō ūsurpāta)

**diodus, -ī, f.,** īnstrūmentum, velut duōrum elementōrum tubus vel sēmiconductōrium, per quod tantum ūnicō cursū trānsīre potest fluentum ēlectronicum

**dioristicus** *(Vidē Caput 12.)*

**epiphyticē,** mōre epiphytōrum, id est, illōrum animantium, plērumque plantārum, quae aliīs animantibus haerent nōn tamen parasīticē ex hospite sed potius ē proximīs fontibus, velut āere vel aquā vel dētrītīs, sē alunt (vōx scientālis Graeca)

**equus marīnus, -ī -ī,** mammiferum maritimum magnum, *Odobenus rosmarus*, phōcārum propiquum, cui sunt pinnae, dentēs longī, pellis dūra et rūgōsa (etiam "vacca marīna")

**exosceleton, -ī,** integumentum externum, praesertim sī dūrum, velut quōrundam crustāceōrum concha

**extrāpolāre,** ex indicātūrīs nōtīs indicātūrās ignōtās mathēmaticē aliterve aestimāre sīve conicere (vōx scientālis saeculō ūndēvīcēsimō ē comparātiōne verbī *interpolāre* reperta)

**holismus, -ī,** opīniō sīve theōria rēs omnēs sīve entia omnia, ut prīma elementa reālitātis, ita exsistere ut plūs cōnstituant quam summan eārum partium; nōtiō omnia exsistentia omnibus quī fingī possunt modīs inter sē coniūncta esse (vōx philosophica ē linguā Graecā excerpta)

**hologramma** *(Vidē Caput 5.)*

**hypnotissāre,** statuī hypnoticō immittere (etiam "hypnotisāre" et "hypnotizāre")

**interferometrum, -ī,** īnstrūmentum īnfōrmātiōnis holographicae interpretandae

**libellula, -ae,** īnsectum volāns quaternīs ālīs, longō corpore

**monoxīdium carbōniī, -ī -ī,** gāsum quoddam (CO) perlūcidum odōre saporeque carens, venenosum

**mumia, -ae,** cadaver medicatum

**neophysiologicus, -a, -um,** novissimi sive provectissimi generis philosophiae naturalis

**niamum, -i,** amylosa radix tuberosa variarum vitium amplexoriarum generis Dioscorea (vulgo *yam, Yamswurz, ñame*)

**odobenus, -i,** equus marinus (*q.v.*)

**oxydare** *(Vide Caput 4.)*

**oxygenium** *(Vide Caput 5.)*

**paranoïcus** *(Vide Caput 1.)*

**phaenomenon** *(Vide Caput 2.)*

**philtrum, -i,** potio magica, praesertim amatoria (Graece φίλτρον)

**photographema** *(Vide Caput 7.)*

**pixiānus, -a, -um,** "pixiae," sive exigui numinis silvestris, similis (neologismus semifacetus de voce vernaculari *pixie* derivatus)

**probabilisticus** *(Vide Caput 6.)*

**protonium, -i,** baryon nucleare positivum, quarcis u,u,d constans

**pyraulus, -i, m.,** missile quod cuiuspiam generis vi chemica "pyraulocinetica" in caelum propellitur

**quantalis** *(Vide Caput 1.)*

**radiatio** *(Vide Caput 4.)*

**scientalis** *(Vide Caput 1.)*

**sclopetare** *(Vide Caput 1.)*

**subatomicus** *(Vide Caput 6.)*

**subiectivus** *(Vide Caput 2.)*

**symbion** *(Vide Caput 11.)*

**syntheticus** *(Vide Caput 3.)*

**synthetizare** *(Vide Caput 3.)* > **synthetizatorius, -a, -um** = ad materies synthetizandas aptus

**tachyonicus** *(Vide Caput 2.)*

**technologia** *(Vide Caput 11.)*

**technologicus** *(Vide Caput 4.)*

**vellutinus** *(Vide Caput 12.)*

**visificus** *(Vide Caput 4.)*

**visorium, -i,** "quadrum" sive "album" sive aliud simile instrumentum quod imagines, plerumque moventes, ostendit (Latinitas hodierna; etiam "monitorium")

*zigurrāt(um?),* **n.,** cuiusdam antiqui generis Mesopotamici aedificium turriforme

## excerptum alterum

**acronyma/acronoma -atis/-atis, n.,** verbum fictum ex prīmīs litterīs
verbōrum locūtiōnem quampiam compōnentium (Vōx saeculō
vīcēsimō ex elementīs Graecīs ficta. Ipsī autem Graecī nunc dīcunt
*arcticólexon/αρκτικόλεξον.*)

**analysis spectrālis, -is/-eōs -is, f.,** cuiuspiam fōrmae undātae, sīve
ēlectricae sīve sōnālis sīve opticae, explicātiō; spectrī explicātiō
(**spectrum** = signa composita fōrmae undātae sīve omnēs undārum
subclassēs intrā māiōrem undārum classem compositam)

**ballisticus, -a, -um** (*Vidē* **intercontinentālis ballisticus.**)

**bīl(l)iō** (*Vidē Caput 8.*)

**cabidārius, -ī,** lapidārius quī gemmās sculpit excavat exarat (vōx Mediī
Aevī; Graecē καβιδάριος)

**Calvīnus Klein,** quondam vestium ēlegantium adumbrātor hēdysma-
tumque auctor

**chaotica theōrīa, -ae -ae,** disciplīna quā in systēmatīs chaoticīs, adhibitīs aequātiōnibus frāctālibus, schēmata ōrdināta quaeruntur

**cosmodromicus, -a, -um,** ad spatiī cosmicī explōrātiōnem, praesertim
Russicam, sīve ad ipsōs cosmodromōs (unde ēmittuntur in cosmum
pyraulī) Russicōs attinēns

**cryptographāre,** notīs sēcrētiōribus scrībere (vōx moderna ē Graecō
κρυπτγραφώ)

**cryptographīa, -ae,** ars notīs sēcrētīs scrībendī (vōx recēns)

**cryptographicus, -a, -um,** ad cryptographīam attinēns

**cybernētologus, -ī,** quī rem cybernēticam (computātōriam) callet

**diacritica nota, -ae -ae,** signum scrīptum cuipiam litterae propietātem
phōnēticam quampiam attribuēns (velut ¯ ` ´ ^ ' ¨ ^ ˘ )

**digitus (bīnārius), -ī (-ī),** quodvīs zērum ūnumve in seriē bīnāriā
positum

**dōtāre,** pūrae māteriae sēmiconductīciae "dōtem" addere > **dōs dōtis, f.**
= impūrum aliquid quod sēmiconductīciō cōnsultō additur quō
immūtentur huius propria ēlectrica (vulgō: *dopant/Dopant,* etc.; nōtiō
vīcēsimī saeculī sexāgēsimīs annīs exorta)

**ēlectromicroscopicus, -ī; a- ae-,** quī ēlectromicroscopium operārī facit

**Ēōthen,** ex Ēō (ad verbum: ex Aurōrā, ex oriente, ē mātūtīnō); hīc
*Novissima Ēōthen* sibi vult dīcere novissima dē Speculō Eūs (vōx Graeca,
Ἠῶθεν, facētius ūsurpāta)

**focussātiō -ōnis, f.,** (lentis) aptātiō secundum subtīlitātis vīsuālis
gradum (vōx recēns ē verbō scientālī **focussāre**)

**Gideōnēs (Omnium Gentium),** sodālitās annō MDCCCIC fundāta cuius
sociī cūrant ut ūnī cuīque dēversōriālī cubiculō Bibliōrum Sacrōrum
Chrīstiānōrum exemplar impōnātur

**gradāle sacrum** *(Vidē Caput 5.)*

**grānātus, -ī, m.,** ea gemma quae forsan etiam "carbunculus garaman-
ticus" nōminārī potest (vulgō: *garnet, Granat, granate*)

**intercontinentālis ballisticus sermunculus,** lūsus verbōrum spectāns
ad *missile intercontinentāle ballisticum,* tēlum nucleāre quod inter terrās
partēs mittī potest; rūmor sc. īnfestissimus

**lāsericus radius, -ī -ī,** lūx ita coartāta spissātaque ut sēmisolida valdēque energētica fiat

**magnētophōnium, -ī,** īnstrūmentum taeniīs magnēticīs soniferīs impri-
mendīs sonāreque faciendīs

**mentātiō -ōnis, f.,** mentis operātiō, cōgitātiō (terminus technicus undē-
vīcēsimō saeculō disciplīnā medicā dēductus)

**MSC,** ēlectromicroscopiōrum genus quod Neoanglicē STM (*scanning tun-
neling microscope*) dīcitur (**Micro**scopium **S**crūtāns **C**unīculōs faciēns)

**octētārius, -a, -um,** ad octētūs attinēns sīve ex hīs cōnstāns

**octētus, -ūs, m.,** alicuius rērum classis octō exempla (Cf. **quartētus.**)

**Pantonicus, -a, -um,** ad quandam colōrum scālam (sīve colōrum graduum seriem *Pantone* nōmine) quondam observātam attinēns

**physicochēmicus, -a, -um,** tantum physicus quantum chēmicus

**physicus, -ī; -a, -ae,** scientiae/artis physicae perītus

**prōiectōrium (īnstrūmentum), -ī (-ī),** māchina quae particulās, velut
phōtonia sīve integrās imāginēs, prōicit

**radiophōnium** *(Vidē Caput 7.)*

**reālitās** *(Vidē Caput 1.)*

**scientālis** *(Vidē Caput 1.)*

**Serapista/Serapistēs** *(Vidē Excerptum Primum.)*

**siliquīs ēnātī,** vōx quandam pelliculam, titulō īnscrīptam "Corporirap-
tōrum Incursiō," referēns in quā agitur dē siliquīs magnīs ē quibus
nāscuntur entia extrāterrestria animī mōtibus carentia sēque prō vērīs
hominibus noctū clam repōnentia > **siliquālis, -e** (adiect.)

**supercomputātōrium (īnstrūmentum), -ī (-ī),** computātōrium (quondam) prō māximō potentissimōque habitum

**superconductīcius, -a, -um,** ēlectridem paene perfectē condūcēns velut
quaedam rēs prope zērum absolūtum refrīgerātae atque, quod nūper
repertum est, aliquot gāsa gemmaeque nōn refrīgerātae

**"terrae rārae,"** quaedam xvii elementa metallica tabulae periodicae (xv
lanthanoīda et Scandium Yttriumque), quibus dōtārī possunt quaedam

gemmae

**trīl(l)iō trīl(l)iōnis, f.,** in CFA = 1,000,000,000,000

**vīsificē** *(Vidē Caput 4.)*

**vīsuālis, -e** *(Vidē Caput 4, sub lēmmate* **vīsificus.***)*

## 14. Aenat II

**aphis aphidis (m.),** īnsectum succisūgum, saepe plantārum vastātor

**autocratōr -oris, m.,** titulus prīncipibus Imperiī Rōmānī Orientālis (sc. Byzantīnī) attribūtus (ē vōce Graecā, αὐτοκράτωρ, quae sibi ferē vult "dictātor" vel "tyrannus")

**cobaltinus** *(Vidē Caput 5.)*

**Dusarēs, is, m.,** Deus quīdam Nabataeus (vulgō *Dushara* sīve ذو الشرى)

**nūminōsus, -a, -um,** dīvīnus (vōx Neolatīna)

**obiectīvus** *(Vidē Caput 6.)*

**‘Ρωμαῖος,** vōx Graeca sibi volēns "Rōmānus" (**‘Ρωμαίων** = "Rōmānōrum')

*samānus (Vidē Caput 10.)*

## 15. Top^κ

**abstractus, -a, -um,** ad elementa sīve prīncipia simul simpliciōra et māiōris mōmentī reductus (vōx Aevī Litterārum Renātārum)

**algorismus** *(Vidē Caput 3.)*

**anticorpus -oris, n.,** microscopicum corpus organicum quod post contāctum cum antigenīs immūnitātem ab hāc contāgiōne pestiferā efficit

**asteroīdēs, -is,** planēta minor sīve corpus caeleste minus solidumque quod gȳrum ellīpticum circum stēllam agit (Graecē ἀστεροειδής)

**autophthoria, -ae,** suī ipsīus ēversiō (Graecē αὐτοφθορία, cf. βιοφθορία)

**Casimīriēnsis, -is,** Casimīriae, rēgiōnis Indiae septentriōnālis valdē montuōsae

**chorāgus, -ī,** is quī cūrat ut fābula sīve alterīus generis spectāculum exhibeātur pecūniam imprīmīs sīve ipse impendendō sīve ab aliīs petendō; antīquitus sōlummodo is quī chorum docēbat

**cōnscientia** *(Vidē Caput 6.)*

**cosmotheōria** *(Vidē Caput 11.)*

**dīmēnsiō** *(Vidē Caput 13.)*

**duālismus** et **duālisticus** *(Vidē Caput 12.)*

**duālitās** *(Vidē Caput 8.)*

**ectropia, -ae,** prīncipium quō tōtīus systēmatis cuiuspiam ōrdō atque vīs gradātim augētur (vōx recēns scientālis orīgine Graecā)

**egoïtās** *(Vidē Caput 7.)*

**elixir, n.,** pōtiō vītālis (vōx Arabica Mediī Aevī; etiam "elixirium")

**energēticus, -a, -um** *(Vidē Caput 6.)*

**entropia, -ae,** prīncipium quō tōtīus cosmī māteriēs et vīs ad condiciō-nem omnīnō inertem aequābilemque gradātim per tempus redigitur > **entropicus, -a, -um** (Cf. **ectropia.**)

**ēvolūtiō -ōnis, f.,** prōgessus ex īnferiōre statū in superiōrem (vōx moderna praesertim biologica) > **ēvolūtiōnārius** = "ad ēvolūtiōnem attinēns"

**genum, -ī,** monas minima hērēditātis corporālis (secundum scientiam geneticam)

**hologramma** *(Vidē Caput 5.)*

**ichnographia, -ae,** dēpictiō aedificiī partium ut dēsuper vīsārum

**īnfōrmātiōnālis, -e,** ad īnfōrmātiōnem attinēns

**intangibilis, -e,** quī tangī nōn potest (vōx Aevī Mediī)

**Megacosmos** *(Vidē Caput 2 sub lēmmate **megacosmicus.**)*

**mīlliō** *(Vidē Caput 8.)*

**modālitās, -ātis,** proprietās aut mōmentum modum denotāns

**neuron** *(Vidē Caput 5.)*

**paranoia, -ae,** pavor immeritus, immō, pathologicus (vōx psȳchologica hodierna Graecae originis)

**perspectiva (ars), perspectivae (artis),** scēnographia (geōmetrica); rērum vīsus sīve prōspectus quō duo plūrave latera eiusdem reī sīve eārundem rērum simul vidērī possunt (Latīnitās Mediī Aevī)

**pessimismus, -ī,** mēns omnia in dēterius referēns (vōx psȳchologica hodierna)

**polyedron, -ī,** plānōrum laterum figūra cuius sunt minimum quattuor latera

**programmātor -ōris,** quī computātōria programmata compōnit atque administrat

**psȳchotropicus, -a, -um,** cerebrī systēmatisque neuricī modum fun-gendī afficiēns

**salviāceus, -a, -um,** salviae similis sīve huius colōris

**scientificus,** idem quod **scientālis** *(q.v. sub Capite 1.)*

**sēmisubcōnsciē,** partim sīve quasi subcōnsciē *(Vidē **subcōnscius** in Capite 4.)*

**sentiēns, -entis,** quī sentīre potest; interdum, quī animadvertere et
  intellegere potest (ūsus exeunte Aevō Litterārum Renātārum ortus)
**sēsquartus** *(Vidē Caput 2.)*
**sūcināscere,** sūcināceum colōrem assūmere
**superspatium** *(Vidē Caput 1.)* > **superspatiālis** = ad superspatium attinēns
  sīve hoc habitāns
**systēma, -atis, n.,** hīc: systēma stēllāre sīve "sōlāre"
**tachyonium** *(Vidē* **tachyonicus** *sub Capite 2.)*
**technologicē** *(Vidē* **technologicus** *sub Capite 4.)*
**trānscendēns,** idem quod trānscendentālis *(Vidē Caput 12.)*
**trānscendentālis, -e** *(Vidē Caput 12.)*
**virtuālis** *(Vidē Caput 2.)*

## excerptum tertium

**manuballista, -ae,** scoplētum *(q.v.)* minus, quod manū tenētur
**polybolum, -ī,** sclopētum *(q.v.)* māchināle sīve automaticum
**pyrobolus, -ī,** falārica sīve missile ignivomum sīve globus quī, ob
  māteriam displōsīvam quam continet, magnā vī displōditur
**sclopētum, -ī,** tēlum quodvīs glandēs pulvere bombardicō prōpulsās
  ēmittēns; aliud tēlum simile

## 16. Lux II

**androgynus** *(Vidē Caput 12.)*
**caltulātus, -a, -um,** caltulā, sīve vestis muliebris parte īnferiore circum
  crūra plicāta haecque sīve hōrum partem tegente, īnstructus
**cīnēmatographia, -ae,** ars sc. cīnēmatographica
**clīnicum, -ī,** valētūdinārium minus lectīs medicīs īnstructum (vōx
  Graeca κλίνη = lectus), ubi tamen aegrōtantēs plērīque nōn pernoctant
**comitātus, -ūs,** hīc: ūna ex eīs partibus politicīs in quās cīvitātēs terrae
  CFA plēraeque dīviduntur (vulgō: *county*)
**corporātiōnālis, -e,** "corporātiōnis" sīve magnae (interdum et ūniversālis) societātis quaestuōsae
**creātīvitās -ātis, f.,** status sīve facultās novōrum creandōrum (Latīnitās
  scholastica)
**Didacopolitānus, -a, -um,** Didacopolis, i.e., secundae urbis Californiēnsis
  sī incolārum numerus spectātur (vulgō *San Diego*)
**epistēmologicē,** secundum epistēmologiam sīve illam philosophiae
  partem quae scientiae hūmānae orīginēs, nātūram, methodōs, limitēs
  indāgat

**Fāta Morgāna, -ōrum –ōrum,** illa dēceptiō vīsūs quae praesertim suprā aquās longinquās fit

**genuālis, -e,** genua attingēns

**graphīocraticus, -a, -um,** graphīocratum *(Vidē Caput 1.)*

**intrārētiālis, -e,** intrārētis sīve tālis rētis computātōriī quāle intrā socie-tātem quampiam ūsurpātur neque cum Interrēte nisi per quōsdam portūs custōdītōs coniungitur

**māteriālizātiō, -ōnis, f.,** āctiō aliquid ad māteriam redigendī (Latīnitās philosophica)

**melongēna, -ae,** holus quoddam sōlānāceum, castaneā ferē cute, carne subalbā

**neuricus, -a, -um** *(Vidē Caput 8.)*

**neurōsis, -is/-eōs, f.,** persōnālitātis aegrōtātiō minor cuius sunt notae nimia anxietās aut haesitātiō morbida necnōn et rītūs mōrēsque tur-bātī (psӯchōsī minus gravis)

**obiectīvus** *(Vidē Caput 6.)*

**pictūrcula, -ae (sīve pictūricula vel pictūrculum),** minimum elemen-tum pictūrārum sīve impressārum sīve īnstrūmentīs vīsificīs ēlectricīs pertractātārum: vernāculē *pixel* > **"pictūrculātiō"** = ratiō quā fōrman-tur vel exoriuntur pictūrculae

**pyrobolus** *(Vidē Excerptum Tertium.)*

**subcōnsciē** *(Vidē **subcōnscius** sub Capite 4.)*

**subiectīvus** *(Vidē Caput 2.)*

**theobrōma -atis (n.),** cibus ex sēminibus apparātus cui est nōmen vul-gāre "cacao" (locūtiō Graeca sibi volēns "cibus deōrum"; vulgō etiam "socolāta" sīve "chocolāta/-um")

*tōfū,* **-ūs, n.,** sōia concrēta (vocābulum Iaponicum)

# de Heptologiae Sphingis difficultate excursus brevis

Hanc septem mythistoriarum poeticarum seriem aggrediens non imprimis subsidium Latine discentibus suppeditare in animo habebam – quamvis haec haudquaquam spernenda videatur meta – sed potius, haud scio an nimio gloriae studio motus, totius mundi litteris opus eo "aere perennius" addere volui ut lingua perenni, immo, cunctarum linguarum perennium validissima corroboratum atque in futura aeva transmissum. Talibus scriptis Neolatinis qualibus vel *Carminibus Buranis* Archipoetae, *Stultitiae Laude* Erasmi, *Vtopia* Thomae Moore, *Principiis* Isaaci Newton, *Itinere Subterraneo* Ludovici Holberg inflammatus ego aliquid vicissim novissimum hodiernissimumque saeculique mei ingenio aptum prodere cupiebam et adhuc cupio. Palmam utinam tandem aliquando accipiant, si non mei, alicuius saltem versus novi meis meaque temeritate incitati!

Cum autem multo minus legendi exercitationem quam litterarum artificium condere coner, omnino tam liberum stilum mihi permitto quam scriptor quivis cuiusvis aevi vernaculo sermone utens. Solito vocabulorum thesauro adduntur plura non tantum quod modo magna ex parte poetico scribo quantum propter argumenta mea quae, etiamsi in litteris ac spectaculis cinematographicis hodiernis non perrara, Latini auctores prope omnes adhuc vitaverunt. Quorum argumentorum significo imprimis duo: altera ex parte philosophiam Orientalem, praesertim Buddhisticam et Hinduïsticam; ex altera artem illam physicam quantalem cuius comperta et principia notiones Orientales per decennia magis magisque corroborant.

Cum vel Indus quisque scientiam quantalem primo libans sibi nota atque quodammodo familiaria inveniat, Occidentales tamen, utpote ab Aristotele, Renato Descartes, Francisco Bacon et Isaaco Newton quasi ex infantia educati vel saltem notionibus materialisticis atque dualisticis subtiliter diuque informati, quantalia mirantur, stupent, saepe negare volunt. Ipsi physici quantales plerique aequationes algorismos regulas quantales ita accipiunt usurpantque ut tamen, morem sequentes Nicolai Bohr potius quam Werneri Heisenberg, ea quae in his alte latent considerare omittant. Infinitis e possibilitatibus (per "undas quantales" expressis) observatorem mundum mundanaque omnia seligentem re vera creare; numero forsan infinitos esse universos; omnes res tamen simul Vnum esse neque spatio vere, scilicet in rerum fastigio quantali, inter se distare; id quod exsistentiam dicimus e nihilo nisi informatione constare – has notiones, quas gratus accipit Buddhista, Hinduïsta, Taoïsta quisque, respuere vult mens generatim Occidentalis ... etiamsi haudquaquam respuunt ipsi Occidentales omnes. Immo – mirum ecce paradoxum – prout quidam populi Orientales, velut Sinae, materialismo cultuque civili mercium consumendarum Occidentali plus plusque illiciuntur, plures simul in dies ad mentem "quantalem" holisticam transcendentalem inclinare incipiunt Occidentales haud pauci.

Tales sunt litterae phantasticae taleque praesertim id genus quod his temporibus "scientia ficticia" denominatur ut – hoc summum est – nova, peregrina, putativa in his prolata credere non necessario oporteat lectorem lectione tamen frui volentem. Nova tantummodo in animo habere posse oportet; nam his in litteris aguntur experimenta. Hoc videlicet est stili phantastici maximum decus, haec praecipua eius potestas: quod scriptor notiones in vita solita et cottidiana raro vel numquam visas describere tamen et libere tractare valet. Novum autem difficultatis fontem superaddo ego, sicut et nonnulli auctores alii, quod multa non solum per versus poeticos sed etiam per prorsam orationem poetico tamen cogitandi et sentiendi more dispositam exprimere tempto. Hoc mihi necesse vel saltem optabile esse videtur quia nullo meliore modo principia haec multis, etsi non omnibus, hominibus aliena exponere possum quam lectorem ipsum in novam cogitandi et experiendi rationem artificiose inducendo. Qui nexus hic subtiles hic paulo apertiores inter multigenas fabulas meas exstantes atque inter fastigia exsistentiae in his descripta cernere discit, is ipsa principia a me proposita non solum mente amplecti sed etiam, id quod saltem ex animo spero, ipse experiri atque quasi sua ipsius facere poterit. Haud sine causa in *Captis* (pag. 158 alterius editionis) Heraclitanum illud commemoravi "coniunctionem reconditam manifesta validiorem" esse (ἁρμονίη ἀφανὴς φανερῆς κρείττων); nam ea quae nobis dilucida videntur iam notis in principiis fulciuntur, vere tamen nova aspectum cum difficilem tum subtiliorem primo praebere solent. Quod quidem in multis videtur. Vel quidam investigatores bestiarum sermones gesticos et vocales quondam contemplantes motus parvos sonosque summissos primo pro fortuitis nulliusque momenti habuerunt ... donec per talia nonnumquam necopinato subtilia ipsa tradi signa sicque fieri commercii magnam partem inventum est. Quosdam nuntios inter quaedam insecta per paucas tantum moleculas transmitti, praecepta adeo ad itinera facienda per solos tactus. Nunc, quod insectorum modi sua communicandi fusius explanati sunt, haec res non iam tam arcana videtur. Quamvis porrō – ut alterum exemplum afferam – stellarum genera et propria incredibilem in modum inter se differre nunc sciatur, ei qui primo nudis oculis telescopiisve adhuc rudibus armati stellas scrutabantur haud plus animadvertere potuerunt quam magnitudines coloresque paulo, immo, subtiliter diversas. Qui electridem primum investigaverunt – hic tertium exemplum – primo nil nisi levem formicationem e sucino (sive electro) per manus surgentem senserunt.

Cum librorum meorum et argumenta et modos compositionis sciscitantibus describo, Latinitatis inopes non raro, immo, satis saepe delectati rogant quando versionem Anglicam paraturus sim. Talia enim legere hoc tempore cupiunt, ut mihi quidem videtur, satis multi. Vernaculas autem versiones me divulgare nolle, immo, ab re fore respondeo cum scribens imprimis in animo habeo et specto hoc: ut eos quibus placet novissima gustare quique litterarum experimentis audacioribus alliciuntur alliciam vicissim ego ad linguam Latinam discendam colendam diligendam. Illis saeculis cum lingua nostra florescebat, vigescebant fere simul non solum praeteritorum studia sed etiam novae indolis litterae Latinae. Hoc factum est Medio Aevo, hoc Aevo Litterarum Renatarum, hoc Aevo Explorationum et Philosophiae Naturalis Renovatae. Numquid autem aevo nostro recessit tandem in perpetuam obscuritatem "linguarum regina" a Valahfrido Stroh dicta? Experimentorum et rerum novarum inopinatarumque lingua tam diu capacissima numquam tamen iterum maiora, nedum maxima, capiet? Lingua nostra summis aliquando indigna facta est? Futura aeva solis linguis "Punicis" semper novis, se perpetuo mutantibus delentibusque nitentur neque usquam edentur nova opera elegantia lingua perenni diversa aeva in se coniungenti et consocianti conscripta? Tale fatum haud scio an passurum sit genus humanum nisi meliora audacioraque mox capiantur consilia.

Id studium quod nunc philologia Latina, pars philologiae classicae (*Classics, klassische Altertumswissenschaft* et ita porrō), denominari solet, varios sane quidem ad se trahit; maxima autem pars – id quod exspectandum fuerit – tales sunt quales mentem libentius in praeterita quam in praesentia futurave intendunt qualesque ex natura – hoc mihi confessi sunt quidam – linguis alienis scripta legere malint quam has linguas ad colloquia et scholas habendas usurpare. Quod neque absonum est neque continuo contemnendum. Pervariis ex causis, quas hic explorare longum sit, talia sensim facta sunt studia classica qualia nunc sunt atque, id quod haud mirum videtur, volventibus annis homines magna ex parte in talia proniores allexit. Recentes philologi classici linguas Graecam et Latinam cuiusque aetatis proli tradiderunt, scriptorum antiquorum correctiora exemplaria ediderunt, de mundo atque cultu civili "Mediterraneo" antiquo nova reppererunt et dissertaverunt, omne genus utilia enchiridia paraverunt. Pro his aliisque aetas nostra Latinistis recentibus hodiernisque pro "tralaticiis" nunc habitis gratias debet. Sin autem opusculorum meorum argumenta nova et contextus nonnihil inusitatus (vel *avant-garde*) philologis Latinis multis hodiernis non ita valde arrident (placent tamen nonnullis!) et si hac de causa circulum lectorum meorum longe imminuo, hoc nihilo setius libenter facio non solum Latinitatis vivae susceptorumque Latinorum ambitum tandem aliquando ampliatum iri exspectans sed etiam me exemplumve meum forsan olim sequentes auctores alios talem rerum statum exoptatum consecuturos corroboraturos foturos esse sperans. Hoc aevo et proxime venturo Latinitas aut ad ignobilem indignumque finem lente verget aut, sicut per plus duo milliaria annorum iam saepe factum est, iterum improviso resuscitabitur, resurget, reflorescet. Populos, ecce, nonnumquam inconstantiae vernaculae taedet; cultus civilis vehiculum stabilius, immo, perenne interdum petitur. Quodsi quis me cum molis venti hasta certare putet, prorsus fieri potest ut hic recte putet. Fiat, dico, certamen! Fieri etiam potest ut non prorsus delirem sed ut delirii mei species inde tantum oriatur quod perardua et quasi intempestiva moliar. "Omne" utcumque "initium difficile" esse certe haud sine causa dicitur. At, amici Latini, minora exspectando quando umquam attacta sunt maiora?

Artes elegantes omnes ac praesertim, meo iudicio, litterae sublimiores et poeticae tales sunt ut is qui artificium experitur et considerat ea quae animadvertit quibusque fruitur pluris sibi videri sentiat si ipse solus ac sine auxilio considerat atque ea quae insunt sibi ipsi ratione propria proprioque utens iudicio interpretatur. Immo artifices quosdam, etsi in opere creando inspirari merito dicantur, quam aestimatores atque etiam contemplantes laicos multos pauciora in operibus suis videre et intellegere ipse vidi ... vel saltem alia interdum percipere artificem, alia ceteros. Etiamsi porro in artibus illis quas Latine "elegantes" Neolatinis autem sermonibus "bellas" nominamus imprimis agi vulgo putatur pulchritudo, summis tamen in artificiis decora vel "pulchra," quae quidem specie nonnumquam quasi turpi et inamoena vestiri possunt (ut, puta, in *Medea* Euripidis sive in spectaculis cinematographicis "atris" sive *noires* dictis sive vel passim in picturis Francisci Goiae multisque aliis), non necessario ea ratione "pulchra" esse censeo qua res cottidianae pro pulchris vulgo habentur sed potius decorem eorum quadam surgere ex partium dispositione ad quasdam notiones exprimendas atque ad mentes hominum excitandas aptissima. Ante enim omnia summae artes nos nova animadvertere, sentire, animo complecti docent. Et qui per se animadvertere discit minimum duplo plura discit quam cui omnia praemonstrantur sive cui omnes cibi, ut ita dicam, praemanduntur. Quamobrem artifices opera sua explanantes ac praesertim poetas carmina sua interpretantes numquam valde probavi.

Attamen siquidem, id cuius mentionem iam feci, argumenta mea tantum rarissime et ipsa mea ratio elementorum subtilius contexendorum forsan antehac numquam in litteris Latinis visa sunt, pauca dumtaxat aliquantum illustrans non valde improbandus videor. Qui autem omnino suo Marte ad versus meos accedere malit capitula infra posita deflexo statim cursu praeternaviget!

## Pauca de libro *Capti* titulo inscripto

Id participium quod est *captus* duo sibi vult: "captivus" et (corpore animove) "imminutus." Hoc in libro de viventium evolutione interiore conscripto depingitur id fastigium, quod nunc occupamus plerique, in quo quisque serius ocius aut condicionibus inoptatis vinculisve, sive ad verbum sive translato sensu, ferreis capitur aut, quod simile est, corpore menteve laborat. Secundum enim principia Buddhistica (et Buddhismum referens significo aliqua ex parte simul et Hinduïsmum et Taoïsmum necnon et alias similes doctrinas non solum Orientales sed etiam in sectis mysticis singulisque hominibus Occidentalibus mystica ratione imbutis saepe visas) nemo animatus est quin super hanc scaenam partes suas nunc comicas nunc tragicas nunc tritas nunc formidulosas nunc voluptuosas nunc odiosas agat. Hae partes, quas nobis discendi causa fingimus agimusque, sunt scilicet ficticiae atque e possibilitatibus numero infinitis excerpuntur. Huic notioni haud repugnant physicae quantalis recentia experimenta neque spatium neque tempus neque ipsam "materiam" vere exstare (*nonlocality* et *atemporality* et *immateriality*) mundosque possibiles forsan numero infinitos esse monstrantia (Vide Caput 9); idem dicit et Buddhismus nihil verum esse proponens nisi "Vacuum" (a multis etiam Divinitatem dictum) perpetuo, immo, in infinitum ex se creans. Vitam nostram idcirco tam veram atque quasi obstinatam nobis videri propter principium karmatis, hoc est, principium causarum et effectuum. Vitam quam quemque quovis temporis articulo agere sibi videri eventum esse omnium tam praesenti in vita quam in prioribus factorum. Causas scilicet effectus "obstinate" afferre. Homines tamen entiaque superiora ob liberum arbitrium karmate non omnino regi, non omnino esse "captos"; immo quemque leges karmicas cognoscere et tractare posse quo facilius karma inoptatum, ut ita dicam, exuant optatumque induant. Vitae finem esse talem summam et dispositionem karmatis acquirere quali fretum quemque fabulas illas continuas omnino extinguere posse ut hoc e somnio in exsistentiae fastigium "illuminatum" sive longissimo amplius sublimiusque, cum vera natura nostra longissime melius congruens, expergefieri.

Qui hunc librum evolvit ante omnia versicolorem struem invenit fabularum hic satis clare et perspicue inter se coniunctarum, hic tantum leviter inter se perstringentium, hic vel prima facie prorsus diversarum. Animadvertit lector etiam has fabulas diversa fastigia exsistentialia inhabitare. Nam sunt hic narrationes quasi verisimiles; hic minus versimiles; hic imaginationes poeticae; hic mythi; hic somnia; hic etiam, in ipso initio, periculum in spatio ficticio computatorio factum. In Capite 11 colligatur series "realitatum parallelarum" quantalimysticarum in quibus unica fabula ita iterum iterumque refingitur ut fiant exemplaria pervaria ... scilicet illius spectaculi ballematici *Lacus Olorum* nominati. Mundus demum a nobis fictus et frequentatus e nihilo constare videtur nisi e fabulis variis. Qui nexus subtiliores inter diversas fabulas sensim animadvertit (ut, puta, inter Vudium lumen ballematicum ob famam suam captum et Ophiochem prope invitus regem factum atque etiam post mortem regio fato captum), hic vitas omnium nunc directius nunc subtilius coniunctas esse videt. Quo praeparatur lector ad quandam notionem in *Praecursu* apparituram: altiore in fastigio (dimensionali) unam tantum exstare Personam.

Qui ambas fabulas Hoffmannianas illas (*Prinzessin Brambilla* et *Das Fräulein von Scuderi*) legit, quas exempla feci fabulae meae, inveniet apud me elementa Hoffmannianis similia sed passim aliter disposita et commixta. Ne multa, tota fabula mea et duae Hoffmannianae ita inter se revocant ut tamen significationes saepe invertantur, qui ibi boni fuerunt hic mali sint et ita porro. Quo subicitur menti non solum "Megacosmus" ille infinitarum possibilitatum sed etiam principium illud omnes homines per vitarum innumerarum seriem nunc bona nunc mala nunc mediocria quasi experiundi causa concipere; neminem per se malum esse; etiam quos pessimos videri eadem demum scintilla divina animari qua ceteros; ob ignorantiam, timores, insaniam – id est, pernicioso ex karmate – scelera nonnumquam admittere; quandoque etiam hos in proximum exsistentiae fastigium denique suscitatum iri. Quomodo fabella de Ave Ignea (Caput 20) hunc argumenti locum attingat in sequenti parte tractabitur ... necnon et significatio itineris Antonii Eremitae (etiam Caput 20).

## Pauca de libro *Praecursus* titulo inscripto

Secunda in parte, ubi Heptologia in litterarum genus "scientiae ficticiae" expanditur, illis scaenis in priore libro iam depictis in quibus fabulae evolvi possunt adduntur etiam plures: spatium cosmicum; superspatium (cuius inquilini non tribus sed quattuor gradibus libertatis utuntur); superspatium commenticium sive virtuale; spatium solitum in quod experientes tamen ut hologrammata aliunde proiciuntur; spatium anomalia quantali corruptum; spatium fabularum intra fabulam meam hic private narra-

tarum (Caput 8) hic divulgatarum et in commentariis publicis aestima-
tarum (Caput 14). Narrandi thema hic etiam magis premitur quod una ex
dramatis personis, hoc est Aenat, fabulatrix est. Hic videntur etiam
fabularum priore in libro narratarum exemplaria aliter, immo, inverso
aspectu se evolventium. Vel in fabula Dusani (Caput 14) describitur
quomodo magus ille vulgo Cassheius vocatus, fabulae Avis Igneae magus
malevolus (*Capti*, Caput 20), ut iuvenis sollers neque quicquam malignus
per gradus et fortunae ambages atque ob bona consilia numquam ad
exitum perducta (id est, infestum ob karma) gradatim factus sit sceleratus.
Passim et intra hanc mythistoriam respondent satis evidenter inter se
narratiunculae minores, velut eo loco ubi Lux, persona ex *Captis*, ut ita
dicam, capta, convivium sibi ingratum tandem relinquit dum maritus eius,
Victor, vir honorum avidus eodem modo pocula duo manibus tenens
anceps impotensque astat (Caput 8) quo Tog Lntacham convivium
spernentem discedentemque attonitus aspexit (Caput 3).

Immo, ut agitur ubique in *Praecursu* de discessibus et progressione atque
itineribus longis (argumentum, ecce, in *Captorum* Capite 20 anticipatum),
ita, eis in personis quae aut "praecurrere" aut haerere videntur, tractatur
discrimen illud inter, altera ex parte, fortitudinem et constantiam et
vivacitatem et, ex altera, dubitationem timiditatem inertiam. Animantibus
enim prima selectio facienda est haec: utrum sit haesitandum tempusque
terendum an novis salutiferisque obviam eundum. Antara (Caput 14),
quamvis sit miles non solum peritissimus sed etiam fabulosus factus,
nihilominus, ut cur sit vivendum nondum tamen animo complectens, in
senectute nihil magis optat quam ut in Gul-Nazaris amplexu inter volup-
tatem Veneream extinguatur. Inter haesitabundos, dubios, inertes,
deerrantes sunt Mymb, Victor, Antara, Va (animantia biologica Poffol-
gensia), Tenebrax, Dusanus; inter perpetuo alacres constanterque "prae-
currentes" sunt Lntacha, Vedd, Pomnatomit; tertii gregis sunt qui, sicut
plerique homines, praeter dubia obstaculaque multa, saepius saltem progrediuntur quam haerent: Tog, Lux, Obum, Momfiet, Aenat. Ei qui saltem
praesenti in vita non longe progredi possunt sed alteros adiuvantes ipsi
"praemature" absumuntur eximium sibi vindicant karma ac, contra rerum
faciem exteriorem, re vera longissime progrediuntur, id quod quidem
futuris in vitis maxime eis proderit. Inter hos esse videntur vel Thedrinus
et Eivom. Vitam non pro se ipsis sed pro omnibus agentes eo se ipsos simul
adiuvant quod et ipsi "pars" sunt omnium. In Prologi versibus scriptum est
"simul dēcantātus / pūnctum vidēris sīve – estō – cuiuspiam scaenae / persōna." Pro ceteris autem viventes non "personae" minuscula littera scriptae his inferioribus in plagis apparenti serviunt sed Personae illi altiore e

prospectu visae, cuius quisque est pars sive aspectus – immo quae Persona quisque demum est. In hoc perseveranti cuique, velut Pomnatomiti, Togis forsan subsequae avatarae, reserantur tandem prorsus omnia.

...Quo dicto attingitur argumentum quod non solum in hac parte Heptologiae sed etiam in futuris summi erit momenti. Buddhistae cosmum nostrum decem dimensiones occupare adseverant, ne quid de ceteris cosmis dicatur; decem dimensionibus (una cum vi gravitatis, dimensione "zerotina," puncto scilicet quodvis alterum punctum ad se attrahente) niti universum nostrum opinantur et hodierni physici. Mystici plerique phaenomenon dimensionale neque putativum neque theoreticum nec tantum mathematicum esse ducunt sed pro illo principio structurali habent quo ascensus spiritalis in mundis phaenomenicis exprimitur ... vel exprimi potest. De hoc plura videbuntur in tertio libro, *Eos* titulo inscripto, ubi et thema illud itinerum longorum, praesertim inter Occidentem et Orientem factorum, et repetetur et ampliabitur. Ibidem indicabitur etiam Speculum Eus non tantum totius Heptologiae fontem esse sed etiam per Speculum demonstrabitur et "mentem" et "corporalia" reapse "tertium aliquid" esse.

Heptologia Sphingis non praecipue ideo in litterarum classem poeticam describenda videtur quod multi eius versus numerose pacti sunt sed magis quod in ea, tralaticiis litteris dispari sed recentibus pluribus pluribusque necnon et spectaculis cinematographicis quibusdam (velut *Cloud Atlas*) simili, lectoris mens minus in narrationum singularum eventum quam in earum significationes, hoc est, minus in externa quam in interna intenditur. Eventus autem nonnullius momenti esse haud neget quisquam; quapropter quod persona Lucis totum ultimum caput (16) occupat et quod in hac narratione lector perspicuus permulta priorum capitum elementa hic subtiliter hic apertius resumpta videt totius demum libri Lucem quodammodo fuisse primam vel unicam personam menti saltem proponit: cuncta scilicet narrata quasi alicubi intra Lucem alte latere. Inter Mymbem, porro, quae aemulam illecebrosam interficit, quo perniciosissimum karma in mundum emittit (Caput 1), et Lucem invidiam omittentem (Caput 16) nemo legens non videbit discrimen. E talibus progressibus minoribus forsitan componantur omnium itinerum longissima.

Paucas nunc notiones quam in ipsa mythistoria huiusque glossario fusius et simplicioribus verbis hic exponam.

*Quae et quot sint dimensiones spatiales. Quid sit "superspatium."*

In mundo solito nobis noto corpora nostra intra unam quamque trium dimensionum utroque libere movere possumus:

- prima in dimensione per <u>lineam</u> velut ultro citroque sive prorsum et retrorsum;
- altera in dimensione per <u>planum</u> velut dextrorsum laevorsumve ex hac linea;
- tertia in dimensione per <u>cubum</u> quasi sursum e plano et deorsum de eo.

Hoc est, in spatio tridimensionali omnes res libere intra cubum moveri possunt. Diu putaverunt physici recentiores quartam dimensionem per se esse tempus. Nuper autem ex actionum reciprocarum subatomicarum observatione collegerunt physici quartam dimensionem re vera tam spatialem esse quam primas tres; particulas tam crebro e futuro "tempore" quam e praeterito fluere; "tempus" non esse universi nostri proprium sed potius rationem peculiarem qua nos, quorum corpora niti actionibus chemicis inverti nequeuntibus, quartam dimensionem ut "temporalem" experiri. Quotiescumque coordinatorum systemati additur nova dimensio, additur per hoc et novum cursuum oppositorum par. Talibus in tribus dimensionibus exstantibus paribus qualibus (1) "ultro citroque" et (2) "dextrorsum laevorsumque" et (3) "sursum deorsumque" accedit in quarta dimensione <u>spatiali</u> par novum quod in libro meo (4) "ano et kato" voco.

Etiamsi paucissimi quidam mathematici post longam contemplationem meditationemve se formas quadridimensionales atque igitur quartam viam progrediendi (id est, "ano katoque") per pauca tantum momenta temporis animi oculis dispexisse adseveraverunt, generatim et universe homines, vel tales quales nunc sumus, quamvis cursum per quartam dimensionem extentum mathematice et theoretice nobis proponere possimus, hunc nobis mentis oculis imaginari nequimus. Sin autem exstent animantia quattuor intra dimensiones spatiales libere se movere valentia, non solum per muros nostros ambulare et circum aedificiorum nostrorum angulos externos spectare possint sed etiam ad arbitrium id quod nobis tempus praeteritum aut futurum esse videtur satis libere adire habeant. Si ipsa talia animantia tempus experiantur, hoc non in quarta dimensione fiat sed potius in quinta. Id videlicet quod ut "tempus" experimur, nihil est nisi sensus unici (neque bivii) cursus in dimensione altiore perceptus cui resistere non possumus ... sive resistere posse non solemus.

Hic ad vitam quattuor in dimensionibus libere actam depingendam, cum mens nostra hoc sibi imaginari nequeat, quadam analogia uti velim; quae si lectori non persuadebit, veniam in antecessum sincere peto. Finge te autocineto vehi quod sisti nequit. Intra ipsum autocinetum, ubi vitam tuam agis, te quoquoversus libere movere vales, bracchium autem per fenestellam porrectum unico tantum cursu, a raedae prora ad puppim versus, aerem fluere sentit. Res universae extra raedam sitae etiam praeterfluere videntur. Ergo dimensionem illam extra raedam exstantem per se fluere dicas – quamquam ipsa illa "quarta dimensio" per se tam spatialis et stabilis est quam primae tres quas intra raedam percipis. "Quarta dimensio" tantum idcirco tibi fluere videtur quia raeda tua usque procurrit. Hac in allegoria autocineti motus continuus exprimit processus biochemicos corporis tui quos sistere invertereve nequis. Ipsa natura tua corporalis (h.e., raeda tua) illum "temporis" fluxum efficit.

Sin autem vel conscientiae punctum incorporale sis, <u>relativitatem</u> experiaris. Tunc extra raedas omnes (necnon et intra eas) omnino libere verseris. Cum cuiuspiam rei raedaeve motu te ita coniungere possis ut haec immobilis maneat ceteraque omnia praeterruere videantur. Ob libertatem te movendi, ubicumque adsit aer, te ad arbitrium movendo tam creare quam sistere habeas ventum. Raeda perpetuo vecti qui, tui dissimiles, per spatium illud externum se ad libitum quoquoversus movere nequeant motum venti ut indicium irrevocabiliter praetereuntis temporis experiantur. Tu autem, ut punctum conscientiae ad arbitrium quoquoversus motum, motum quemcumque extra raedam factum sive sequi sive sistere sive (te ad libitum in oppositum cursum accelerando) invertere valeas. Si ullum motum penitus irrevocabilem experiaris, hoc experimentum tuum intra te ipsum, scilicet superiore quadam in dimensione, efficiatur. Haec allegoria autocinetica eo necessario claudicat quod omnia per solos motus interpretatur neque postulat ut legens (sive audiens) spatium vere quadridimensionalem sibi imaginetur, sed nihilominus non innutilis videtur.

In *Praecursu* meo occurrit etiam notio "biovectorum" sive "temporis" (percepti) cursuum variorum atque adeo inter se oppositorum. Quod phaenomenon fieri potest ut in etiam altioribus dimensionibus videatur, in quarum una quaque addatur inferioribus coordinatis et novorum coordinatorum nova scala. In cosmo nostro una cum vi gravitatis, dimensione quasi zerotina, exstare decem dimensiones dicunt physici hodierni theoriae resticularum (sive *string theory*) studentes. Decem item in dimensionbus, sive "regnis" consistere mundum nostrum autumant mystici Buddhistae; extra mundum nostrum exstare infinitas alias dicunt permulti, velut Buddhistae Hinduistaeque necnon et physici illi qui mechanicae quantalis Interpretationem Polycosmicam (*the Many Worlds Interpretation*) accipiunt. Argumentum dimensionale tantum unum est e compluribus quibus hac in fabula ingentem, immo, infinitum coniectum et potentiam Animae describere conor.

In "scientiae ficticiae" fabulis occurrunt crebro notiones illae "subspatii" et "superspatii" quas scriptores imprimis adhibere solent quo facilius incommodum limitem velocitatis lucis circumveniant. Navigia enim cosmica lucis velocitatem non excedentia pleraque sidera a nobis visa non nisi complura post saecula vel adeo complura post annorum milliaria attingere possint. Itaque talia commenta qualia "subspatium" et "superspatium," ut systema coordinatorum nostrum praeteriri posse significantia, perutilia videntur. In *Praecursu* tamen animum multo magis intendo in ipsas superspatii proprietates spatiales. Vtcumque hoc se habet, mirum est mysticos cum philosophis naturalibus in opinione decem in cosmo nostro exstare dimensiones congruere. Immo mystici multi se non religionem sed potius philosophiam naturalem exercere asseverant. Magistri eorum, aliter atque in religione, ut discipuli quicquam credant non postulant, petentes tantummodo ut hi, exercitationes a se iniunctas perficientes, principia quaedam universalia ipsi reperiant, cognoscant, tractare discant.

*Quae sit "realitas virtualis"; quae avatarae computatoriae.*

His temporibus sunt quibus quoddam genus casside visifica sonalique utentibus programmata actionum reciprocarum sive "interactiva" experiri libeat. Varia non solum spectare et audire sibi videntur sed etiam per spatium ficticium vel adeo per "mundum" satis elaboratum instrumenti computatorii ope fictum se libere "movere" possunt. Additur interdum et sub pedibus taenia continua quae sensum per spatium ambulandi efficiat necnon et vectis vectesve quibus programma ab utente regatur. Sic homo intra cyberspatium tamquam in "realitate virtuali" vivere sibi videri potest. Medio Aevo ficta est nomen illud *realitas* quod sibi vult "omnia quae vera sunt." Ex eadem aetate ortum est et id adiectivum quod est *virtualis* sensumque habet "possibilis" vel "vicarius." Vbi bini homines eadem realitate virtuali utuntur, alter alterius praesentiam percipit ut imaginem, voce Sanscritica *avatāra* vocatam. Cuique quamcumque imaginem ad avataram fingendam usurpare licet. Saepe praesto est avatararum thesaurus.

In fabulis phantasticis describuntur passim et alii modi quibus homines realitatem virtualem experiri possunt. Saepissime ficticio quopiam modo aptatur realitatis virtualis instrumento ipsum hominis systema neuricum. Aliam coniunctionis rationem efficit "plastimotorium," instrumentum ad corporis motus captandos tractandosque usurpatum. Talis instrumenti ope non solum potest utens cyberspatium inhabitare sed etiam homini sic instructo licet in solito spatio opera sive propinqua sive remota, etiam talia qualia humanas vires alioquin superent, remotos per apparatus perficere. Diu utenti prodest plastimotorium cum corpus utentis nulla longa desidia languescat. Plastimotorio dirigi possunt etiam hologrammata et holosomata. Vide insequentia.

*Quae sint hologrammata et holosomata.*

Hologramma est imago trium dimensionum laseris (sc. lucis densatae) ope proiecta. In fabulis scientiae ficticiae proponuntur complures modi et apparatus quibus hologrammata quoquoversus proici possunt. Finguntur et rationes quibus lux compacta omnino solida fieri possit. Quo efficiuntur realitates virtuales tam hologrammaticae quam mobiles computatorieque temperatae, quas homo ut mundum commenticium sed soldium perlustrare potest. Qui quasdam series subsequas (nec tamen primam) *Peregrinationis Interstellaris* spectavit, huic nota est illius rei notio quae est *holodeck* sive "holoselma." In holoselmate possunt homines inter hologrammata et aliorum holosomata solida tamquam in vero mundo vivere. Holoselma est mundi (cuiusvis) holographicum simulacrum densatum et valde iconicum et reciproce agens (sive "interactivum").

Tales etiam in realitates commenticias hologrammaticas proici possunt undelibet, similiter atque in cyberspatium, avatarae hominum semoto aliquo loco versantium. Quae "holosomata" (sive corpora vicaria holographica) etiam in spatium solitum proici possunt. Holosomata avatarica non omnino tam "virtualia" sunt quam avatarae cyberspatiales quia ut res vere tactiles (e luce densata effictae) in spatio solito nostro, seu inter res solitas seu inter alia hologrammata et holosomata, exsistunt. Holosomata tam cum rebus animantibusque veris quam cum aliis hologrammatis (igiturque cum holosomatis avataricis homines alibi versantes repraesentantibus) reciproce agere possunt. Eisdem rationibus quibus avatarae cyberspatiales possunt etiam holosomata avatarica cum hominibus utentibus coniungi. In *Praecursu* intrant homines Veda Speculatoria, maiora animantia synthetica, in quibus hominum systemata neurica cuidam apparatui speciali conecti possunt quo homo sibi videri potest aut in cyberspatium ut avatara aut in locum quempiam solitum ut holosoma proici. Immo in fabula mea fiunt et alia proiectionis genera, quae hic describere nolim ne lectori omnino corrumpatur legendi voluptas.

*Quidnam sit holismus ... tam quantalis quam philosophicus et mysticus.*

Prioris saeculi annis septuagesimis et octogesimis in experimentis ab Alano Aspect aliisque physicis peractis demonstratum est omnes particulas subatomicas, e quibus constare omnia corpora, nullo spatio esse seiunctas sed potius, ubicumque totius universi accidit ut "positae sint," statim et proxime cum paribus coniunctas esse tamquam si eodem loco usque versentur. Vnde ortam esse notionem "inlocalitatis" (*nonlocality*). In rerum fastigio quantali, cosmi nostri ipso fundamento, nulli sunt "loci," nullum videtur esse "spatium" ut a nobis perceptum. Cosmus potius in pura informatione consistere videtur haud dissimiliter atque programma computatorium; nos, ut huius "programmatis" monades sive inquilini, programma cosmicum ut mundum "spatialem" omnino speciosum experiri; ea quae in mundis fiunt, quasi intra programma computatorium, reapse solummodo, ut ita dicam, "informationaliter" fieri. Sunt adeo qui putent nos re vera intra programma computatorium vitam nostram degere. Plerique autem philosophi empirici mysticis assentiuntur unicum verum exsistentiae fundamentum informationale sive virtuale esse sive ex animo eminere, mundum a nobis perceptum vanam demum speciem esse affirmantes. Enimvero quaedam physicae quantalis interpretatio, "transactionalis" nominata, entia quantalia non vere probabilistice sive fortuito agere ponit sed potius, contra fortuitatis speciem in experimentis semper visam, unum quodque eventum, unam quamque informationis monadem deterministice sive certa causa ad certum finem adduci. Hoc fieri posse quia monas quaeque ea quae modo facere ceteras omnes propter inlocalitatem holismumque absolutum continuo "sciat." Vnum quemque eventum ceteris omnibus eventibus deterministice respondere neque ideo quicquam fortuito fieri.

In mundo "classico" ab Isaaco Newton et Alberto Einstein descripto, omnes res inter se dirimuntur spatio, quod per spatium citius quam lucis velocitate procedi non posse. Sin autem universi nostri imum fundamentum quantale est, qui fit ut nos spatii intervalla et velocitatis limitem experiamur? Multi physici hodierni id rerum fastigium "classicum" quod circum nos animadvertimus "casum specialem" et "proprietatem phasicam" cosmi quantalis esse opinantur. Ad quod intellegendum necesse est scire totum universum ex undis probabilisticis quantalibus constare neque "materiae" particulas exsistere nisi ab observante percipiantur. Qui animadvertit efficit ut quantalis unda probabilisitica et incorporalis in particulam "collabatur." Nisi unda observatur non solum unda esse pergit sed omnia effecta corporalia eius undarum propria exhibent neque usquam videntur particulae proprietates. Attamen unda, simul atque observatur, particula fit seque exinde ut particula gerit. Hoc, quamvis multis laicis adhuc dubium facit, iam per plus centum annos experimentis identidem demonstratum est. Complures indagatores, inter quos et Albertus ille Einstein, hoc principium refellere saepenumero conati sunt; nulli autem eorum talis conatus prospere evenit.

Plerique physici et machinatores aequationes algorismosque atque regulas quantales in operibus suis ita adhibent ut de harum rerum significationibus philosophicis non cogitent. Inde autem a primorum experimentorum quantalium tempore exstiterunt et physici ad philosophiam propensi, velut Wernerus Heisenberg, et philosophi empiricorum rationi philosophiaeque naturalis studio faventes qui miram congruentiam inter principia quantalia et philosophiae sectas Orientales animadverterunt et commentati sunt. Buddhistae enim et Hinduïstae mundum nil esse credunt nisi vanam speciem (Sanscritice *māiā*) neque vere exstare, unicum verum esse aut Animum/am aut Conscientiam ab Hinduistis *Brahman* dictam, a multis Buddhistis "Vacuum." Experimenta quantalia ipsum observatorem mundum corporalem ex undis quantalibus excitare demonstraverunt; materiam corporalem in vi sive energia potentiali consistere; id quod intra particulas ut molem sive *mass* nominari nil demum esse nisi effectum virium inter se oppositarum; "materiae" sensum a nobis animadversum similem esse illi sensui a nobis percepto cum binorum magnetum polos negativos opponere temptamus et "aliquid" inter eos manibus nostris resistens sentimus. Quo paulo accuratius dicatur: "materia" nihil est nisi lux in puteo gravitationali capta. Dixit quondam ipse Albertus Einstein: "Quod ad materiam attinet, omnes perperam putavimus. Id quod materiam vocabamus vis est cuius vibratio sic dimittitur ut sensibus percipi possit. Nulla est materia." Hoc demum videmus in illa notissima aequatione eius quae est $e = mc^2$ (scilicet "energia est moles quae in lucis velocitatem quadratam multiplicatur").

Nunc quod cosmum in undis probabilisticis quantalibus consistere videmus, illae notiones quae sunt "casus specialis" (*special case*) et "proprietas phasica" (*phased property*) faciliores sunt intellectu. Vndae quantales, sicut ceterae undae, hic inter se ita corroborant hic inter se ita repugnant ut variis locis varia schemata figurent. Vbi inter se repugnant efficiuntur "intercessionis striaturae undales" (*wave interference patterns*). E quibus striaturis, velut in formis illis *moiré* dictis, exsistunt pervaria schemata et figurae. Rationes mathematicae haec intercessionum schemata explanantes nominantur "phases." Adiectivum *phasicus* est. Quo plures sunt undae quoquoversus fluentes et quo plures undarum frequentiae, eo maior exsistere potest formarum varietas. Numerum undarum quantalium harumque frequentiarum infinitum esse iam pridem probatum est, unde exstiterunt in formulis undalibus quantalibus Schrödingerianis magnitudinum infinitarum indicaturae ($\infty$). Ergo in cosmo quantali nostro sunt loci ubi tot sunt intercessionis striaturae ut alicubi exoriatur, immo, ut observatori obiciatur, seu obici possit secundum principia phasica, illa "cosmi materialis" speciosa facies a nobis visa.

Finge tibi in animo, exempli causa, vel lacum profundum oceanumve in quo, ob discrimina pressionis aqualis et lucis deorsum penetrantis procesu-

504

umque chemicorum et biochemicorum aliorumque variabilium multorum, altero in altitudinis fastigio prorsus alteras esse condiciones: hic crebra adesse quaedam animalium genera, hic omnia deesse; hic vigere maiores plantas aquaticas, hic tantum minimas, hic nullas; hic homines sine subsidiis natare posse, hic solum quibusdam instrumentis instructos, hic natare prorsus nequire. (Cum omnia exsistentia ex undis constent, haec quoque proprietatum varietas phasica est, sed undae aquales et chemicae et biochemicae et pressionales ceteraeque longe, immo, infingibiliter maiores sunt quam undae quantales illae e quibus oriuntur omnia.) Nos, ut sensu translato loquar, in lacu marive natamus cuius tantum unum fastigium angustius nobis habitabile est. "Infra" nos pressio nimis magna est et lux nimis rara; "supra" nos condiciones illis prorsus contrariae nos aeque minantur. De alienis mundi aqualis nostri fastigiis nil recte experimur. Indagatores (materialistae) de his nonnisi theoriis exquisitis arteque mathematica atque instrumentis sensuum nostrorum captum excedentibus aliquid discere possunt.

Finge tibi nunc igitur ingentem cosmum/Megacosmum quantalem cuius undae inter se secantes tantummodo in unico satis angusto (magnitudinis) fastigio nos vitam corporalem agere et opera facere posse. Subter, in fastigio a nobis subatomico dicto, sunt omnia quasi magica. Particulae e nihilo apparere videntur neque sciri licet ubi sint appar                                                                                                                        iturae; nam legibus tantum probabilisticis parent vel parere videntur. Immo, cum hic nihil verum quin potius omnia tantum probabilistica vel "semivera" esse pateat, particula quaelibet citra saeptum plumbeum versans quod alioquin transire nequeat, subito, neglecta adeo velocitatis luminalis lege, ultra saeptum apparere potest. Immo ens subatomicum quodque tam semiverum est ut interdum – raro scilicet nec tamen numquam – ex unda quantali hic in Vasintonia mea exsistenti collabatur, dummodo aliquis observet, particula in Vsbecistania, neglecta iterum velocitatis luminalis lege, nam hoc in fastigio etiam spatium tantum semiverum est. (Comminiscuntur nunc ipsum, credas non credas, rationes quibus hac mundi quantalis proprietate uti possimus ad homines ab A puncto ad B punctum statim transferendos. Ecce teleportatio sive telemetaphora quantalis.) Immo, quo diligentius dicatur, spatium tantum ibi exstare videtur ubi semidefinite exstare videntur particulae. Si ipsum particulae cuispiam situm sive locum spectamus, quo cursu procedat scire non possumus. Si vicissim cursum eius percipimus, ipsa particula ubi modo versetur, etiamsi huic operi idonea instrumenta adhibeamus, nullo modo cognoscere valeamus. Hoc postulat notissimum illud Ambiguitatis Principium Heisenbergianum. Sin autem nos tam parvi simus quam particulae subatomicae forsan principia quantalia nobis credibilia et iusta videantur!

Si vicissim tam magni essemus quam galaxiae horumve celebritates, leges principiaque ad id rerum fastigium attinentia animo forsan complecteremur – quod fastigium physici hodierni, talia qualia "materiam atram" "vim"que "atram" paulo desperanter ponentes, nondum bene intellexerunt; nam, ubi tam ingentia tractantur, leges Newtonianae de vi gravitatis non ratae esse videntur. Fastigium magnitudinis etiam maioris, ubi totus considerari potest cosmus necnon et pars saltem propior illius "Megacomi" infiniti cuius cosmum nostrum solum partem esse postulant physicae quantalis interpetationes pleraeque, mens humana, vel talis qualis nunc est, haud capiat. Tam igitur inaestimabile est "stagnulum" nostrum.

Duo, ecce, modo didicimus. Primum vidimus cosmum holisticum esse quia "spatium," quod esse videtur, vana species est omnesque res, ut informationales sive "virtuales," tamquam cogitationes proxime mutuoque cum ceteris omnibus coniungi. Dein observavimus qui fiat ut undae probabilisticae et incorporeae, cum observentur, nobis se praebeant ut mundum quasi solidum, scaenam virtualem in qua vitam agi. Haec principia philologis classicis forsitan nonnihil Platonica videantur. Platon autem, quamquam illam notionem mundum vanam speciem esse a mysticis, forsan et ab ipso Socrate, acceperat, maximum autem in errorem incidit cum rebus phaenomenalibus exsistentiam quandam secundariam attribuit. Quod faciens proprio suo modo illum dualismum corroboravit quo cultus civilis Occidentalis diutissime laboravit adhucque magna ex parte laborat. His certe temporibus nemo philosophus huius nominis dignus hoc genus dualismum promulgat defenditve, cum demonstrari nequeat quomodo binae exsistentiae classes tam inter se diversae quam, altera ex parte, corpus/ materia et, ex altera, anima/spiritus simul verae esse atque inter se reciproce agere possint. Si duae res non solum inter se tam oppositae sed etiam quarum modalitates sint a priori funditus dispares exstare videantur, alteram veram esse alteram tantum speciem epiphaenomenalem esse oporteat. Omnium rerum ipsum fundamentum aut corporale aut incorporale sit necesse est. Post longum regnum dualismi primo in terris Europaeis nuperiusque in harum coloniis atque terris imitatricibus visum, coeperunt multi, praesertim saeculo sexto decimo, puro materialismo favere ... restante tamen apud plebem et in ecclesiis dualismi saltem recenti, ut ita dicam, cadavere. Nunc, cum physica quantalis tantum materialismum quantum dualismum lente subruat, illucescit in Occidente ille "mentalismus," non Platonicodualisticus sed vere monisticus, qui in Oriente diu floruit atque adhuc apud Indos quosdamque alios satis viget.

*Quomodo possit spatium nostrum quantaliter corrumpi.*

Ex interpretationibus physicae quantalis – id quod iam significavi – quaedam postulat ut sit infinitus numerus realitatum parallelarum. Mystici quoque multi, velut Buddhistae et Hinduïstae necnon et magi vel ei divini qui *shaman* dicuntur, infinitum esse numerum mundorum adseverant. Primis decenniis postquam Hugh Everett anno MDXXXXLVII hanc interpretationem satis prospero eventu proposuit, physici omnes, "magiam" illam quantalem (sive "monstruositatem quantalem" illam quam dicunt multi) in vita cottidiana non animadvertentes, parallelas realitates illas numero infinitas, simul atque exsistunt, in perpetuum inter se dissaepiri sumpserunt. Postea autem detectae sunt quaedam viae quibus energia inter systemata quantalia sive "realitates parallelas" sive "cosmos" nihilominus fluere sive fluere posse videtur. Vel praeteriti saeculi annis septuagesimis et octogesimis increbruit theoria illa Fragoris Maximi, qua totam vim cosmi nostri aliunde "Megacosmi" subito exstitisse et incredibili velocitate expansam esse positum est. Quo addita sunt Foramina Atra quae energiam-materiam ex Vniverso nostro sugunt alioque – adhuc nescimus quo – mittunt. Inde ex annis sexagesimis animadversum est nusquam totius cosmi spatium non esse quasi "spongiam quantalem" repletam minimis "foraminibus atris," per quae energiam alio exire posse, et minimis "foraminibus albis" e quibus energiam spatium nostrum inire posse; immo e spatio "vacuo" dicto perpetuo exoriri paria entium quantalium, quae, simul atque observantur, binas fieri particulas inter se perpetuo exstinguentes.

His accedit quod indagatores atomos quasdam tali exquisita ratione observare potuerunt ut hae atomi simul multiplices status assumere viderentur quamquam singulis in realitatibus singulae atomi tantum singulos tales status assumere possunt. Simul autem atque investigatores ipsi has atomos tractare temptaverant, atomi unicum tantum sumebant statum, omissis statim ceteris tamquam si experientium "tactus" atomos ambiguas in realitatem singularem attraxisset. Qua autem subtilissima machina investigatores singulari e realitate plures brevissime dispexisse videntur. Vbi, rogas, sunt hae aliae realitates? Noli oblivisci mundum, quem ut hologramma virtuale decem undecimve dimensionum experimur, ex informatione constare tamquam in programmate computatorio. Finge te vel televisionem "tridimensionalem" dictam (quae re vera quadridimensionalis est quia per tempus fluit) spectare. Pellicularum scaenas iconicas et mundos verismiles vides. Vbi autem sunt hi magnifici mundi "spatiales" quos experiris? In mediano tuo? Intra televisorium? Intra ipsas electricas diodos luminosas quarum lux emissa, nisi percipiatur, non exstat sed potius tantummodo ex undis probabilitatis constant? In disculo sive in instrumento aliquo moderatorio Interreti coniuncto unde pelliculae effluunt? Minime! Illi "mundi" in experientia tua siti sunt! Nonnihil similes sunt ipsi mundi "veri," quos dicimus. Informationales sive virtuales sunt. Intra observantis experientiam evolvuntur. Hoc monstrant experimenta quantalia "subiectivum" et "obiectivum" idem tandem esse monstrantia. Sunt adeo facta saepiusque confirmata quoddam genus experimenta, "dilatae optionis experimenta" (*delayed choice experiments*) vocata, in quibus observatoris ratio observandi quid praeterito tempore factum sit decernit. Observator, sciat nesciat, mundum format.

Mystici autumant non per mundum sed per nos stare quod plerisque nostrum mundus tam durus et obstinatus esse videtur. Plerosque, utpote cogitandi consuetudinibus ineptis atque karmate non exoptando "captos," mundum pariter magna ex parte vel aliqua ex parte non exoptandum efficere; solos illos mundi ductile et flexibile experiri quos sine timore libidine odio sineque omni vanitate et iactantia ac – hoc tam magni momenti est quam difficile est – nulla re devinctos, velut Krishnam Buddham Iesum aliosque, rerum flumen naturale tale percipiunt quale est atque ideo, ut omnium naturalium partem omnino sinceram et integram, naturaliter dirigere posse; quos animi motibus fortibus perturbationibusque laborare quasi somnio infesto usque proripi; quos nihilo perturbari e somnio generali expergisci, veram naturam suam (quantalem) intellegere, sese mundi esse creatores cernere, nihil verum esse nisi Mentem/Animum/Noῦν/Brahman/Divinitatem.

At praecipuum redeamus ad argumentum. In medio relictis foraminum atrorum alborumque et statuum multiplicum causis proprietatibusque ceterisque singulis, cosmus noster "systema clausum" esse non videtur. Itaque, ut mystici se ceteros illos mundos visitare adseveraverunt, ita litterarum quoque phantasticarum personae permultae, praesertim post fabulam illam Vrsulae K. LeGuin recentis memoriae *Tornus Caelestis* ("The Lathe of Heaven") titulo divulgatam, non solum Megacosmi quantalis cosmos illos extra nostrum exstantes sed etiam ipsius cosmi nostri realitates parallelas internas experiuntur; nec raro fit ut, saepe ob nimiam temeritatem ὕβριν-ve humanam, hae realitates quantales modo seu subtili seu monstruoso diversae – sed plerumque ita ut lectoris animus commoveatur! – ratione omnino non expetenda commisceantur. Spatium, ecce, quantaliter corruptum. Cum autem mystici "Illuminatos" "Beatos"ve possibilitatum flumen semper naturaliter ideoque salubri eventu tractare doceant, commixtiones illas dystopicas in litteris scientificticiis descriptas suspicamur ut exempla formidulosa fungi posse quo vividius lector videat nondum illuminatorum selectiones ad pessimos eventus in vita cottidiana conducere. Quem autem e somnio vitae tantummodo terrestris tandem surrexisse, eum mirissma omninoque insperata manere.

Haec autem hactenus. Haec pauca verba fabulas meas lecturientibus sed de scientia quantali reque mystica dubitantibus animum additura esse ex animo spero!

—Stephanus Berard, sec. d. m. Sep. MMXVIII